世界影响力科幻小说系列

七恒星史诗 II

·

星空之林

[美] 凯文·J. 安德森（Kevin J. Anderson）著

秦沛 译

丁济 主审

电子工业出版社

Publishing House of Electronics Industry

北京·BEIJING

A FOREST OF STARS. Licensed by WordFire, Inc., New York, USA.

Copyright © 2003 by WordFire, Inc.,authorized translation from the English edition published by Hachette Book Group(Orbit) .Texts by Kevin J. Anderson.

Simplified Chinese version published by agreement with Trident Media Group, LLC, through The Grayhawk Agency Ltd.（光磊国际版权经纪公司）

Chinese translation (simplified characters) copyright © 2022 by Publishing House of Electronics Industry (PHEI).

本书简体中文版经由WordFire,Inc.授予Trident Media Group, LLC和光磊国际版权经纪公司，由电子工业出版社有限公司在中国大陆出版与发行。专有出版权受法律保护。

版权贸易合同登记号　图字：01-2022-1305

图书在版编目（CIP）数据

七恒星史诗. Ⅱ，星空之林 / (美) 凯文·J.安德森(Kevin J. Anderson) 著；秦沛译. — 北京：电子工业出版社，2022.3
（世界影响力科幻小说系列）
ISBN 978-7-121-43131-9

Ⅰ. ①七… Ⅱ. ①凯… ②秦… Ⅲ. ①幻想小说－美国－现代 Ⅳ. ①I712.45

中国版本图书馆CIP数据核字（2022）第052470号

责任编辑：张瑞喜　　文字编辑：李　爽
印　　　刷：中国电影出版社印刷厂
装　　　订：中国电影出版社印刷厂
出版发行：电子工业出版社
　　　　　北京市海淀区万寿路173信箱　　邮编：100036
开　　本：880×1230　1/32　印张：19.5　字数：503千字
版　　次：2022年3月第1版
印　　次：2022年3月第1次印刷
定　　价：78.00元

凡所购买电子工业出版社图书有缺损问题，请向购买书店调换。若书店售缺，请与本社发行部联系，联系及邮购电话：（010）88254888，88258888。

质量投诉请发邮件至zlts@phei.com.cn，盗版侵权举报请发邮件至dbqq@phei.com.cn。

本书咨询联系方式：qiyuqin@phei.com.cn。

1

杰斯·塔博林

在银河系旋臂之内，无数的奥秘、危险和宝藏都隐身于同一批气态巨星之上。一个半世纪以来，游荡者们通过贩卖这些云气缭绕的星球上至关重要的星际驱动燃料，大发横财。

但在五年前，一切都被改变了。

四处破坏的气基族摇身一变，成了凶相毕露的看门狗，声称这些气态巨星都是他们的领土，不再准许任何采矿船到其中勘采。这一禁令无疑大大阻碍了游荡者的经济来源，影响了人类汉莎联盟和雷迪拉帝国。很多勇敢或者说无知的商人无视气基族发出的最后通牒，结果都赔上了性命。几十个采矿船被毁，这些深居星球核心的外星人简直势不可当、残暴成性。

但即使面对如此绝境，游荡者也绝不放弃。相反，他们改变了策略，通过技术革新来谋求生存和发展。

"老议长以前总是对我们说，挑战重新定义了成功的界限。"杰斯·塔博林通过开放式通信频道说道。他的瞭望船已经就位，停在了气态巨星维勒星之上。此时，这颗星球看似平静，极具欺骗性。

"该死的，杰斯，"戴尔·科伦的声音传来，语气中夹杂着一丝怒气，"我要是追求享乐，早去地球上住了。"

科伦年龄稍长，是部族的领袖，也是一个事必躬亲的实业家。他朝着正在会合的高速俯冲铲斗船发出了信号。一队经过改良的"闪电战"采矿船和一大堆小型瞭望艇聚集在紫铜色的星球之上，暗暗希望他们目前仍在安全距离中。没人知道气基族能探测到在多远之外擅自闯入的云气小偷，但是他们早就已经不再寄希望于打安全牌了。归根结底，所有的生命都只是一场赌局，而离开了星际驱动燃料，人类文明也会走向灭亡。

采集艾克提的船队启动了他们巨大的铲斗和储存罐，准备联合冲进厚厚的云层之中，干完就跑。增压发动机上暖光闪烁，飞行员开始汗流浃背。一切准备就绪。

杰斯独自一人待在他的瞭望船上，他握了握驾驶舱的操控杆。"准备好迎战来自各个方向的袭击。动作快，一次拿够，安全第一。谁都不清楚这些气基杂种什么时候会发现咱们。"

巨大的采矿船纷纷回应之后便一头栽了下去，仿佛追逐猎物的雄鹰。曾经再平常不过的工业过程如今却成了战争区域的一次突击行动。

收到气基族的最后通牒时，无所畏惧的游荡者工程师们重新设计了传统的采矿船设备。短短五年内，他们获得了极大的突破。新的闪电战铲斗船上装载了巨型引擎、超高效艾克提反应器以及一长串葡萄状的可拆卸货舱。每装满一个货舱，他们就将它发射到一个回收点，按次收回一部分的艾克提，这样就算气基族紧追不舍，他们也不至于损失全部战果。

科伦通过通信频道说："大呆鹅以为我们只是些游手好闲的强盗。该死的，那就让气基族也见识一下吧。"

所谓的"大呆鹅"指的正是汉莎联盟，每一滴星际驱动燃料都能在汉莎联盟和雷迪拉帝国卖出好价钱。随着艾克提供应量逐年减少，燃料价格也一路飙升，高收益使得游荡者们愿意承担其中的风险。

五艘改良后的铲斗船此刻已经分散开来，穿过了大气层，扑向维勒星的云层、上升的风暴和细细的微风之中。闪电战铲斗船张开巨大的漏斗形大嘴，咆哮着全速穿过风暴。它们大口吞噬着资源，将其压缩到储存舱中，而二级艾克提反应器则在同时处理着这些气体。

杰斯执行着他的瞭望任务，他的角色类似于古代海盗船上坐在乌鸦窝①里的水手。杰斯向维勒星厚重的云层中发射出一些漂浮传感器，一旦有大型舰艇从下面升起，这些浮标便都可以探测到。传感器也许只能提前几分钟进行预警，但这也足够让这些敢死队迅速撤离了。

杰斯知道，正面冲突对他们来说没有任何好处。雷迪拉的太阳舰队和汉莎的地球防卫军的遭遇已经充分证明了这一点。敌人一旦出现，他的这些不守规矩的采矿船便会掉头就跑，至于艾克提，他们拿到多少算多少。

第一艘闪电战铲斗船已经装满了一个货舱，它上升到足够的高度后弹出货舱，在稀薄的空气中留下一串烟雾的痕迹。开放式通信频道中爆发出一阵响亮的欢呼声，竞争激烈的游荡者们互相挑战，看谁能做得更好。无人驾驶的燃料货舱飞离维勒星，冲向集结中心。一切安全。

过去，采矿船总是优哉游哉地在云层上空飘荡，仿佛正在吞食浮游生物的鲸鱼。杰斯的哥哥罗斯那时是格尔根星采矿船的指挥官；他有理想，有敏锐的商业触觉，还对世界充满了希望。但是气基族却连招呼也不打就摧毁了整个采矿船，杀害了船上所有的人……

杰斯密切地注视着扫描器。虽然正在下落的传感器浮标没有检测到任何标志着敌人到来的波动，但他仍然没有放松注意力。维勒星似乎太安静，太平和了，十分具有欺骗性。

①欧洲古代的帆船会在桅杆顶端装置一个木质平台，作为瞭望台或弓箭手平台，这个平台即所谓"乌鸦窝"。

每个登上了闪电战铲斗船的船员都非常紧张，他们很清楚，在这里他们只有一次机会，一旦气基族到达，他们中的很多人可能就会牺牲。

"第二个装满了，一等一好品质的艾克提！"戴尔·科伦的采矿船发射出了一个满载的货舱。不出片刻，五艘闪电战铲斗船都纷纷弹出了艾克提货舱。采矿船队到维勒星还不到三个小时，但他们已经收获了一批相当值钱的"赃物"了。

"这下气基族可算知道我们的厉害了，"科伦通过通信波段继续说道，他一紧张话就多，"虽然我还是更想送他们几颗彗星尝尝，就像你在格尔根星时做的那样，杰斯。"

杰斯扯出一个阴郁的微笑。利用彗星轰炸气态巨星的壮举让他成了游荡者的英雄，而他只希望那颗星球现在已经无法居住，上面所有的外星敌人都已经灭绝。这是他的反击。"我只是在追随我的导航星而已。"

现在，在这些外星人不可理喻地禁止他们采矿后，许多部族都指望着杰斯能提出方案，告诉他们到底该如何反击。

"你和我有很多相似之处，"科伦说道，他切换到了个人频道上，声音显得有些怪异，"要是哪天你忽然又来了兴致，能考虑考虑轰炸这儿吗？"

"你为什么那么不喜欢维勒星？啊，你之前本来是要娶帕斯特纳克部族的夏琳的。"

"对，该死的！"夏琳·帕斯特纳克本来是维勒星上的一艘采矿船的指挥官。杰斯回忆起来，这个女人身上带着一种尖刻讽刺的幽默感，牙尖嘴利，但是科伦却一直都很喜欢她。本来他们二人都将迎来他们的第二次婚姻，但是，夏琳所在的采矿船也在气基族早期的攻击中被摧毁了。

这时，又有三个装满艾克提的货舱从快速飞行的闪电战铲斗船上发射了出来。

第二艘瞭望船的飞行员翠西·恩格忽然发疯一样地呼叫杰斯，打断了他们的谈话："传感器浮标！快看看读数，杰斯。"

他看到电信载波正常，只在背景中有一个极小的光点。"只是闪电而已。别大惊小怪的，恩格。"

"同样的闪电每二十一秒就会出现一次，像上了发条一样准时。"她顿了一下，"杰斯，这是人工信号，它在复制，在回环，而且在向我们进行反射。气基族肯定已经摧毁了我们的传感器浮标。这是它们的诡计。"

杰斯观察着，发现了其中的规律。"这点警报已经足够了。所有人，收拾好，咱们要撤了！"

气基族似乎意识到他们自己已经暴露了，七艘庞大的球形战舰从维勒星厚厚的云层中升起，仿若七头杀气腾腾的利维坦①。游荡者的采矿船队没有丝毫犹豫，急速从这颗气态巨星的空中撤退。

这些外星人的球形飞行器上传来一阵极为低沉的亚音速嗡鸣声，它们结晶体般的外部表层上布满了锥形的凸起，上面蓝色的闪电正噼啪作响。这些胆大包天的游荡者以前都见识过敌人使用这种极具毁灭性的武器。

科伦弹出四个空的艾克提运输货舱，让它们像霰弹一样射向离他最近的球形战舰。"尝尝这个！"

杰斯对着通信频道大喊："别等了，快走吧！"

科伦的干扰奏效了。外星人蓝色的闪电瞄准了那些空空如也的运输货舱，使得闪电战铲斗船多了几秒逃生的时间。游荡者发动他

———————
①利维坦，《圣经》中出现的邪恶的巨大海怪。

们巨大的引擎，五艘采集铲斗船中的四艘都升到了逃生轨道上。

但有一艘新船却多耽误了几秒，这时敌人的闪电球猛然出击，将其熔化为了碎片。船员们的尖叫声响彻通信频道，然后瞬间中断。

"快走！快走！"杰斯大喊，"大家散开，快逃！"

突击行动中剩下的采矿船像无头的苍蝇般四散逃离。自动运输货舱将会前往提货的坐标点，突击队员们可以轻松地去那里取回。

球形战舰向上升了起来，向无垠的宇宙中发射着蓝色的闪电。他们击中了一艘落在后面的瞭望船，将其彻底摧毁，但其他飞船都逃了出来。敌人的球形飞行器像咆哮的饿狼般在大气层上徘徊了一会儿，然后才缓缓沉入维勒星紫铜色的风暴之中，没有再继续追逐。

虽然船员们为失去了一艘闪电战铲斗船和一艘瞭望船而心痛不已，但这些掠夺者已经开始在清算他们得到的艾克提，预估把它们摆到自由市场上后可以获得的收益了。

杰斯独自坐在他的侦察船的驾驶舱内，摇了摇头。"如果损失并非特别惨重也能让我们沾沾自喜，那我们还有什么明天可言？"

2

彼得国王

这是一次高层人员紧急会面，和自气基族进犯以来召开的许多会议一样。但这一次，彼得国王坚持要在低语者之殿中举行，由他来亲自挑选会议室。他选择的次宴会厅对他来说其实并没有什么特殊的含义，年轻的国王如此要求只是为了表现他的独立性……也为了挑衅主席巴斯拉·温塞拉斯。

"你总说我的统治不过是撑撑门面，巴斯拉。"彼得那双不自然的蓝眼睛在迎上主席严厉的灰眼珠时闪了闪，"那我和我手下的人在宫殿里会面，不是比为了方便你而在汉莎总部会面要更合适吗？"

彼得知道，巴斯拉最反感年轻的国王用自己的手段反抗他。之前的雷蒙德·阿古拉很快学会了扮演自己的角色，其表现甚至超出了汉莎原本的预期。

巴斯拉摆出冷淡的表情，很明显是在提醒彼得，作为人类汉莎联盟的主席，他处理过很多远比一个年轻任性的国王更加棘手的危机。"你出席会议只是个形式，彼得。我们并不是真的需要你参加。"

但到了现在，彼得已经能够辨别出一个人是不是在虚张声势了。"如果你觉得媒体不会注意到我缺席了这次紧急会议，那我就去和我的海豚游泳了。"他明白自己多少有点重要性，所以一有机会就借此向汉莎施压。但是彼得总是能判断出巴斯拉的底线，他发动的每一场小小的战争都小心翼翼，讲究策略。而且他知道什么时候该住手。

最后，巴斯拉只能假装这件事无关紧要。他最主要的顾问都由他本人亲自挑选，他们组成了一个个不同的由各个代表、军事专家和汉莎官员组成的内部圈子。这些人此刻都聚在水晶吊灯下的餐桌旁，一起享用便餐。安静的仆人迅速地在桌上布置好花束、锦缎餐巾和银器，喷泉在三处壁龛中涓涓流淌。

彼得坐在桌子正前方的一把华丽的椅子上。但是这位年轻的国王知道自己该扮演的角色，他在恭敬的沉默中听着主席说完今天的会议议题。

巴斯拉铁灰色的头发经过修剪，梳得无可挑剔。他完美的西装十分昂贵，但同时又十分舒适。他的动作中带着一种精干的优雅，让人看不出他已经七十三岁了。今天到现在为止他几乎没吃东西，只喝了冰水和小豆蔻咖啡。

"我需要一份对汉莎移民地目前状况的精确评估，"他扫视了一圈他手下的顾问、海军上将和移民地大使们，"五年前，气基族杀害了弗雷德里克国王，并对天体采矿一事发出了最后通牒，我们已经有足够的时间来得出结论，并做出切实的评估了。"他首先看向他的地球防卫军的指挥官。自从担任汉莎的主席以来，巴斯拉也是地球防卫军的技术领导人。"兰扬将军，你总体上是怎么看的？"

将军挥开助手从文件数据板中调出来的数据和统计材料。"很简单，主席先生——我们麻烦大了，虽然地球防卫军从危机开始以来就一直严格执行艾克提配给制度，但如果不实行这些惹人烦的措施——"

彼得插嘴道："暴乱带来的问题并不比能源短缺带来的少，在新的聚居地尤其如此。我们已经在四个移民地上实行了军事管控，但是人民在受到伤害，在挨饿。他们觉得我抛弃了他们。"他看着盘子里切好的肉和五颜六色的水果。一想到他人正在受苦，他就完全没有了胃口。

兰扬话说了一半，看着国王，没有回应，然后他又把注意力转向了巴斯拉。"主席先生，我一直都说艰苦的措施能够让我们保留关键的实力。但是，现在我们的物资储备在不断减少。"

其中一位行星大使，泰勒·奔马，把盘子推到了一边。彼得努力想回忆起她代表的移民地，是瑞加克星吗？"氢气是宇宙中最常见的元素，我们为什么就不能去其他地方弄呢？"

"浓缩氢气在其他地方都没有那么容易获取，"其中一位海军上将说道，"气态巨星就是最好的资源库。"

"游荡者还在通过高风险的采集技术持续供应着艾克提。"瑞雷克大使说道，努力让语气听上去乐观一点。他皮肤苍白，五官带着贵族气，看上去和这间小小的宴会厅里靠墙站着的那些仿古雕塑别无二致。"就让他们继续去赌博吧。"

"而且，我们也实在找不到其他东西来替代这种超光速星际驱动燃料。我们什么都试过了，"另一位大使说，"现在只能依靠游荡者的供应了。"

兰扬将军怒气冲冲地摇了摇头："就目前来说，游荡者供应的艾克提连我们最基本的军事需要都无法满足，更别说公共需求和民用需求了。我们可能得进一步实施紧缩政策。"

"什么进一步的政策？"代表拉曼星的黑皮肤大使问道，"我们的世界上一次得到供应已经是几个月以前了。我们没有药品，没有食物，也没有任何器械设备。我们虽然提高了农业和矿业产量，但如果像这样完全切断供应，我们的基础设施也无法支撑我们继续存活下去。"

"我们大多数人都是这种情况，"德蒙星那位面色惨白如鬼魂的大使说道，"而且我们的移民地现在已经进入低气候周期，云层变厚，气温降低。一般来说这个时期的粮食产量都会减少百分之三十，这次也同样。从前哪怕是在最顺利的年头，德蒙星也得依靠援助才能存活。现在——"

巴斯拉抬起一只手，打断了德蒙星大使接下来的抱怨。"这个问题我们之前就讨论过了。要是你们的农业产量不够支撑那么多人口，那就实施生育管控。这次危机不是一夜之间就结束得了的，我们必须把眼光放得长远一点。"

"当然，"彼得的语气中带着几乎不加掩饰的讽刺，"我们的移民地都是人们冒着生命的危险建立的。让我们剥夺他们生育的权利，决定他们究竟要生多少孩子来维持移民地的正常运转，这个办法他们肯定会喜欢。我猜你还想让我装出一副高兴的样子，让他们接受这个政策吧？"

"对，我就是这么想的，该死的！"巴斯拉说，"这就是你的职责所在。"

这一严峻的消息似乎让大家都没了胃口。仆人们进来添上冰水，用精美的银夹子呈上小小的酸橙蛋糕。巴斯拉让他们出去了。

他用指尖敲着桌面，一反常态地表现出了不耐烦。"我们还要加把劲，让人民看清楚现在的情况有多危急。目前燃料短缺，我们又缺少绿灵教士，在通信交流上的能力非常有限，这归功于塞洛克星上我们那些目光短浅的朋友们。我们的邮件无人机也只能完成有限的工作。现在，我们比从前任何一个时期都更需要绿灵教士，只有这样才能维持各个移民世界之间的正常通信。我们的很多行星上连一个绿灵教士都没有。"

他看向萨琳，后者是来自森林世界的大使，皮肤黝黑，身材精瘦。她的肩膀窄窄的，胸部平坦，颧骨高高耸起，下巴很尖。

"我已经尽力了，巴斯拉。你也知道那些塞洛克人，总是一叶障目，"她微笑着，想让大家注意到自己的妙语连珠，"但是另一方面，自从危机开始以来，塞洛克也没有得到任何持续的物资供应，没有科技援助，也没有医疗援助。汉莎完全无视我们的需求，这让我也很难开口叫我的人民再派出绿灵教士。"

彼得观察着巴斯拉和这位美丽的塞洛克女性之间的互动，从他戴上王冠的第一天起，他就看出二人之间有猫腻了。此刻，主席还没来得及回应，彼得便坐直了身体，用他在演讲中练习过很多次的浑厚嗓音说："大使，鉴于目前我们汉莎的移民地境遇都不佳，我们必须通过分配资源来确保我们自己的移民地能得到最高的优待。而塞洛克是一个主权世界，它得到的礼遇已经比大多数地方好太多了。"

彼得的话给了萨琳当头一击，她正要发作，巴斯拉却松了一口气，对着彼得赞许地点了点头。"萨琳，国王说得没错。在情况好转之前，塞洛克要学会自己想办法。除非，塞洛克也考虑加入汉莎……？"

萨琳的脸涨得通红，她几乎不可见地摇了摇头。

兰扬将军的目光像一把锋利的镰刀般划过各位大使。"主席先生，现在我们只能采取一定的极端措施了。而且，等得越久，要采取的措施就会越极端。"

巴斯拉叹了口气，仿佛他早就知道自己将不得不做出这样的选择。"将军，汉莎允许你采取必要的行动，"他的眼光刺穿了彼得，"当然，这些行动将以国王的名义执行。"

3

艾斯特拉

"我见过很多奇异的世界，"艾斯特拉的哥哥说道，他们的飞艇此刻在森林密布的大陆上空行驶，"我去过地球上的低语者之殿，也曾站立于雷迪拉的七个太阳之下。"雷纳德黝黑的脸上绽放出一个笑容，"但只有塞洛克星是我的家，相比见证其他地方的奇迹，我更希望留在这里。"

艾斯特拉咧嘴一笑，她看着四周由喃喃低语的世界树组成的如画风景，虽然一切都是崭新的，但却总能让她感到一种亲近感。"我从没见过镜湖，雷纳德。你能带上我真是太好了。"

她虽然是个女孩，但却总爱在黎明前便溜出房间，奔人森林之中，去研究那些让她好奇的事物。她很幸运，因为她总能找到让她感兴趣的东西：大自然、科学、文化、历史。她甚至学习过世代船卡耶号上的记录，探寻过塞洛克人定居于此的故事和绿灵教士的起源。她并不是非学不可，她只是感兴趣而已。

"不然我还能带谁一起来呢？"雷纳德开玩笑地伸手用指节撩了撩妹妹凌乱的发卷。他的肩膀很宽，胳膊粗壮，长长的头发编成了粗粗的辫子。虽然他的皮肤上已经沁出了一层薄薄的汗珠，但森林里的温度似乎并没有让他感到不适。"萨琳在地球上当大使，本尼托是栖鸦星的绿灵教士，而切莉吗……她……"

"她还没长大，虽然她也十六岁了。"艾斯特拉说。

多年前，为了做好准备成为塞洛克的下一任教父，雷纳德踏上了绕旋臂展开的旅途，去往各地学习不同的文化。这是塞洛克的领导人历史上第一次主动去调查其他社会文明。但现在，随着旅行自由受到限制、星际驱动燃料实行严格的配给制，星球之间的关系也愈发紧张，雷纳德决定将计划改为造访他自己世界里的主要城市。他的父母已经公开宣布他们有意退位，今年内便能将王位传给他。他必须要做好准备。

此刻，飞艇掠过树梢，从一个村落飞向另一个村落。飞艇后面跟着一群笑容满面的追随者，他们假装自己也是游行队伍中的一员，骑着滑翔摩托在兄妹二人飞艇周围晃来晃去，这种小型飞行器上装载着改造过的旧引擎和不断扇动的本土秃鹫蝇的翅膀。这群闹腾的年轻人在他们的头上和身后不断地打着圈，炫耀着自己娴熟的驾驶技巧。有一些人还在和艾斯特拉调情，毕竟她也已经到了适婚的年纪了……

这时，她看见前方茂密的树顶间出现了一片空隙，其中闪耀着蔚蓝色的湖水。"这些就是镜湖，每一片湖都深邃无比，呈完美的圆形，"雷纳德指着前方说道，"今晚我们在村里过夜。"

在第一个美丽深湖的四周，世界树支撑着五个虫巢聚落，这都是无数的无脊椎动物留下的空巢。雷纳德将飞艇降落在湖边，这时人们有的从岩壁上沿着绳索攀爬下来，有的直接用绳索摇摆下来，有的从他们的虫巢家园奔跑过来，或直接一跃而下，纷纷前来欢迎到访的客人。四个绿灵教士从轻轻摇摆的树枝间现身，皮肤因为光合藻类而染上了一抹翠绿。

绿灵教士的远程即时通信能力比汉莎或雷迪拉人发明的各种复杂科技更为强大。时代更迭，科学家们却始终无法解决这个难题，而绿灵教士对此也无能为力——并不是因为他们想保守秘密，而是因为连他们自己也不清楚这种能力的技术基础。星球之外的很多人都看中了他们独特的远程意识联结能力，想要雇佣他们，但塞洛克人从来都是自给自足的，对于汉莎提出的各种优惠条件，他们不需要，也不怎么感兴趣。世界树之林本身似乎也有意保持低调。

但另一方面，汉莎派出的代表却非常执着，也具有说服他人的强大能力。

平衡这样的两难抉择对于任何一个领袖来说都是一项艰巨的任务。艾斯特拉看着她的哥哥和绿灵教士以及笑逐颜开的村民们交谈，心里明白他一定能担负起成为塞洛克人下一任教父的重任。

他们一起享用了一顿晚宴，饱餐了新鲜鱼类、河藻以及盛放在贝壳里烤好的肥美水虫，然后一起登上了位于湖边树林之上的高台。雷纳德和艾斯特拉观看了技巧纯熟的树舞者带来的表演，这些肢体柔软的杂技演员在富有弹性的树枝之间奔跑、舞动和弹跳。树舞者利用弯曲的树枝和缠在一起的树叶作为跳板，忽而腾空而起，翻个筋斗，忽而抓住枝叶，用胳膊吊着在半空中摇摆，舞出一场精彩纷呈的芭蕾。结尾处，所有的树舞者都向湖中跳去，在空中划出一段完美的弧线，跃入下方的镜湖之中，仿佛沉重的雨点坠入湖中。

演出结束后，艾斯特拉高兴地接受了和几个当地的姑娘一起去温暖的湖水中嬉戏一会儿的邀请，让雷纳德有时间和村民们谈谈正事。尽管一年下来她可以下水的机会寥寥无几，但她喜欢在水中漂浮和游泳的感觉 。

艾斯特拉在镜湖中踩着水，抬头仰望夜空，她惊叹于在地面上能看到的广阔夜空。在她自己的城市里，她只有爬到世界树树顶才能避开茂密的树冠，看到夜空中的星座。这一刻，她在空旷的湖中漂浮着，头顶上无数星辰微光闪烁，那是无垠天穹之中生长的星空之林，其中有无数的人，无数的世界，和无数的可能性。

她回到灯火通明的虫巢聚落，身上还滴着水，容光焕发，而她哥哥正在和一个名叫阿尔玛丽的年轻教士交谈着。这位女性的双眼闪耀着智慧和好奇的光芒。多年来，阿尔玛丽一直作为一名学徒为树木颂歌，增加植物数据库中储存的音乐知识。和其他绿灵教士一样，她也没有头发，头顶十分光滑，脸上装饰着象征各种成就的文身图案。

雷纳德态度和蔼，很有礼貌，说话时留足了余地。"阿尔玛丽，你又美丽又聪明，没人能否认这一点。我相信你一定能扮演好妻子的角色。"

艾斯特拉知道他们在说什么，在这次短暂的旅行中，她已经见到过好几次这样的场面了。

阿尔玛丽急忙开口，仿佛是想在他拒绝之前打断他："在这样的困难时期，由绿灵教士来担任塞洛克的教母不是再合适不过的吗？"

雷纳德伸手轻轻碰了碰阿尔玛丽手腕上细嫩的绿色肌肤："你说得有道理，但是我实在不想匆忙行事。"

这时，阿尔玛丽注意到了艾斯特拉，她尴尬地站起来，转身离开了。

艾斯特拉露出一个顽皮的笑容，开玩笑地捶了捶哥哥的肩膀："她真漂亮。"

"她已经是今晚的第三个了。"

"有选择总比没人可选强吧！"艾斯特拉说。

他抱怨道："但要做出明确的决定谈何容易。"

"哦，可怜的雷纳德。"

他也开玩笑地捶了妹妹一下："至少我不是雷迪拉的第一继承人。他必须要见几千个情人，不停地繁衍子嗣。"

"哎，糟糕的领袖职责啊。"艾斯特拉甩了甩湿润的头发，溅了他一身水，"还好我只是第四个孩子，唯一需要担心的事只有什么时候有机会再去游泳。要不就现在吧？"

她笑着跑开了，雷纳德在后面羡慕地看着她。

4

第一继承人乔拉

作为皇帝的嫡长子，第一继承人乔拉每天的私人空间都被尽职尽责的享乐占满了。雷迪拉帝国领土范围内所有氏族里具有强生育能力的女性都在报名争夺生育特权，而随着女性志愿者越来越多，名单也越来越长，他根本难以应付。

这位第一继承人的下一位指定情人名叫赛芙。她的身体像鞭子一样细长，充满警觉性，来自科学家氏族，是一位生物学和遗传学专家。赛芙对植物学也很感兴趣，为分散各处的不同移民地研发出了新型作物。

她来到乔拉位于棱镜之殿内的冥想室里，持久不变的日光透过宝石般五彩斑斓的水晶嵌板照射进来。她的眉毛很高，头颅高高扬起，眼神犀利而专注，仿佛正在捕捉每一个细节，以便日后仔细研究。

乔拉就站在她面前，他高大而英俊，他的脸庞展现了雷迪拉人心中的理想之美。他金色的发丝飘散在脸旁，缠成无数优雅的发股，令他看上去仿佛头顶光环。"承蒙厚爱，赛芙。"他说道，心中也确实是这么想的——他一贯如此。"希望我们今天的结合能为整个雷迪拉帝国带来一份珍贵的礼物。"

赛芙用灵活的手拿着一个陶罐，里面装着一株扭曲的木质茎灌木。它长着尖刺的枝干被捆成弯曲的形状，修饰为一种不自然的姿态。她害羞地呈上罐子："这是献给您的，第一继承人。"

"多么凄美，又多么迷人，"乔拉接过来，他被这迷宫般错综的枝叶迷住了，"它看起来是你将编织技艺用在了活着的植物上。"

"我正在发掘我们星球的翎树所具有的潜能。这是人类的一种压缩植物的技术，叫作盆景。利用这种技术，可以将一株植物的生物生长向内引导，同时又能增强它的美感。这株植物是在一年前我第一次提交了和您交媾的申请时开始栽培的。栽培它耗费了我许多心血，但好在结果喜人。"

乔拉没有必要掩饰自己的喜爱："我还从没有见过这样的东西。我会把它保存在一个特殊的地方……但是你得教教我该怎么照顾它。"

赛芙对他露出一个微笑，看到他心情愉快，她也松了一口气。他把翎树盆栽放到墙上的一个半透明的架子上，然后走到她面前，解开自己身上的短袍，露出宽阔的胸膛："现在，请允许我送你一份回礼，赛芙。"

她在进入棱镜之殿前，已经接受过他手下的人的检测。所有来到他身边的女人都必须是可受孕的。这种检测虽然不能保证他的每一个情人都能受孕，但概率确实很高。

赛芙也脱掉了衣服，乔拉欣赏地看着她。雷迪拉的每一个氏族的身体构造都不同。有的婀娜飘逸，有的敦实强壮，有的精瘦健壮，有的丰腴柔软。但是在第一继承人眼里，每一个氏族都是美的。虽然对他来说有一些确实更加可爱，但是他从不偏爱，从不侮辱任何一个自愿前来的女人，也从未表现任何失望之情。

赛芙对他的爱抚做出了反应，就像遵照着某种程序或参考在行动。作为一个科学家，她也许已经用学者的态度研究过性爱之中可能出现的各种变数，她努力想要成为此方面的专家，这样她在与他接触时便可以做到游刃有余。此时，乔拉觉得自己似乎也同样在遵照程序行动，在完成一项再平常不过的熟悉的任务。

乔拉脑子里想着赛芙送给他的那盆漂亮的盆景，妮拉的身影又不受控制地闯进了他的思绪。陈旧的悲伤再次随着这个可爱的绿灵教士的回忆汹涌而来，他的心为此而抽痛。自从他最后一次见到她，已经过去五年了。

妮拉的单纯和独具异域风情的美貌将他深深迷住，她的魅力胜过任何一个美丽的雷迪拉女性。当她第一次来到米基斯特拉时，她大大的眼睛惊奇地盯着各种建筑、博物馆和喷泉，甚至让他也开始以一种全新的眼光注视自己的城市。她天真地惊叹雷迪拉伟大的成就，令他对自己将要继承的遗产骄傲无比，这一切甚至比《七恒星史诗》中最为激动人心的篇章还更要让他自豪。

在几个月羞涩的相处之后，他们终于第一次做爱了，事情发生得十分自然。和妮拉之间温暖的亲切感逐渐成长为一种纽带，在此之前，第一继承人从未有过这样的体验。他和她的关系完全区别于他的助手为他安排的那些例行公事般的交媾。许多个下午，乔拉和妮拉都陪伴着彼此，他们心里明白这种关系不会长久，但他们却仍然享受着在一起的每一天。而且，第一继承人也一直让她不离左右。

但是，就在气基族危机开始时，乔拉去会见了塞洛克的雷纳德王子，得知栽培着塞洛克赠送的世界树的温室起火，而妮拉和她的导师欧特玛不幸葬身火海。根据皇帝得到的报告，这两位绿灵教士在起火时急忙进去抢救他们的树苗，但最后被火焰吞噬。

很久之前，甜美的妮拉带着放在陶罐里的树苗来到了棱镜之殿，那是一株来自世界树之林中的小树枝。而现在，在妮拉去世多年后，赛芙也给乔拉带来了一株植物，他的回忆随之汹涌而来……

乔拉把注意力拉回到眼前这位女性科学家身上。他不想让她注意到他的烦恼，也不愿让她留下遗憾。他全神贯注地和她做爱，至少在此刻，这多少平息了一点回忆带来的伤痛。

#

乔拉请求觐见他的父亲。皇帝明亮的眼睛隐藏在层层肥厚的眼皮下，当看见他的儿子后，他丰满的嘴唇露出了一个微笑。他凶猛无比的私人保镖巴农则守在这间私人会见室的门口，让领袖得以和他的长子单独谈话。

"父亲，我想再给塞洛克送去一条信息。"

皇帝萨鲁克皱了皱眉头，把身体靠回他的蛹座上，仿佛正在放松全身，进入心神网的联结中。"我感觉到你又在想那个人类女人了。你不应该让自己受她的迷惑，这只会妨碍你完成其他更加重要的任务。她早已经死了。"

乔拉知道这位肥胖的领袖说的是对的，但他就是忘不了妮拉的微笑和她带给他的快乐。来这里之前他先去了一趟天球植物园，从前园中有一个温室专门用来存放塞洛克的树苗。现在，温室里已经重新种上了橘红色的康普特百合和深红色的罂粟，花朵在湿润的空气中蓬勃生长着，散发出阵阵浓烈的香气。五年前，当他从塞洛克星返回后得知这一不幸的消息时，他带着痛彻心扉的恐惧，凝视那场莫名其妙的大火留下的满目疮痍。

他们没有尸体可送回塞洛克。当妮拉和欧特玛到达现场救火时，世界树也早已经被烧毁了，所以她们也没能通过远程意识联结留下任何最后的信息。一切都没了。悲伤的乔拉通过太阳舰队送去特别公报，向他的朋友雷纳德解释了这一场悲剧。

灰烬和乌黑的印记已经被清洗干净，但记忆和悲哀却依然存在。

乔拉在心里其实从没有接受过妮拉已死的事实。如果当时他在场，他绝不会让妮拉受一点伤……

萨鲁克通过心神网感觉到了他的儿子的悲伤，他只能沉重地点点头："欲戴其冠，必承其重。我儿，感受所有人民的痛苦，就是你的命运。"

乔拉细细的金色发辫闪闪烁烁，一如阵阵盘旋的烟雾。"不管怎样，我还是想给雷纳德送去一段新信息，以此纪念这两位绿灵教士。我们当时没能把骨灰或遗骨送回去，"他摊开手，"父亲，这只是件小事。"

皇帝宠溺地笑了："你知道我无法拒绝你的要求。"他绳子般粗壮的辫子从头侧披散下来，在圆鼓鼓的肚子旁盘结颤动，仿佛这位伟大的领袖正在发怒。

乔拉松了一口气，拿出一块钻石蚀刻薄板。"这是我写给雷纳德的信，上面的内容要分享给塞洛克所有的绿灵教士。我想用我们自己的商船把它送过去。"

萨鲁克伸手接过了信。"要送过去还要一点时间，很少有船会去塞洛克星，我们需要专门绕路过去。"

"我知道，父亲，但我能做的只有那么多了。这是我和他们保持联系的方式。"

萨鲁克手里拿着闪闪发光的钻石板："你不能再对那个人类女人念念不忘了。"

"谢谢您批准我的请求。"乔拉从会见室里退出来，脚步轻快地离开了。

他刚走，皇帝便召来了他的保镖："把这个拿去毁了。必须阻止乔拉向塞洛克星发出任何消息。"

巴农用爪子一样的手拿起那块钻石薄板，用力将它掰成了两半。稍后，他将把这些碎片扔进能源厂的熔炉里焚毁。"是，陛下。我明白。"

5

妮拉·哈利

在多布罗繁殖营里，妮拉透过薄薄的铁网盯着外面，铁网将她和身边几百个其他的人类实验对象一起隔离在了这里。这些铁网只是为了方便看守而设置的界限，不过是个形式，因为关押在里面的人根本就无处可逃。

营地东面是一座山脉的山脚，西面是一片起伏绵延的丘陵，上面长满了植被，而营地本身则位于中心谷地中的一片早已干涸的湖里，十分荒凉。暴雨的冲刷使得地面沟壑纵横，看上去就像世界的表皮延伸得过快，导致结痂的伤口又恶化溃烂了一样。

作为雷迪拉帝国的俘虏，她已经被关在这里五年了，她只能依靠着自己强大的内心，告诉自己一定要活下去，忍受所有这些难以启齿的恶行。当她恳求他们告诉她，为什么要这么对她时，没有一个营地守卫和雷迪拉的主管理会过她。

她的爱人乔拉一定不知道她究竟发生了什么事。只要他一声令下，她和其他所有的囚犯都能被释放。妮拉相信第一继承人绝对不会参与这样龌龊的计划，他太温柔，太善良了。她相信自己的心。乔拉知道她还活着吗？她有可能看错他了吗？

妮拉不这么想。乔拉当时被派去塞洛克星了，毫无戒心——很明显，他们想支走他，这样他们绑架我时才能不被他干扰。皇帝一定瞒着他的儿子，哪怕那时她已经怀上了乔拉的孩子。

多布罗星王储，皇帝的次子，将人类后裔当作雷迪拉实验的种畜。不知为什么，乌德鲁王储认为妮拉是所有犯人里最有趣的一个，而她也因此吃尽了苦头。

她生下了一个完美、漂亮的混血女婴，取名欧丝拉——可爱的小公主。在那之后，多布罗星继承人将她继续关押在这个恐怖的营地里，让她一次又一次地受孕，仿佛她是什么传种的母马……

此刻，她正跪在简陋的围墙下，用一把小铲子为她之前种下的坚硬又长势凌乱的耐寒灌木和稀稀拉拉的小花松土。她在闲暇时间总会照顾她能找到的所有植物，给它们浇水，努力帮助它们茁壮生长。即便是最不起眼的一点绿意也能让她想起塞洛克星上郁郁葱葱的森林。虽然妮拉和世界树以及有生命的森林思想的联系已被切断，但她仍然是一个绿灵教士，她还记得自己的使命。

她翠绿的皮肤可以吸收阳光并把它转化为能量，但多布罗星的阳光却总是十分微弱，缺乏营养，仿佛连它也被这里黑暗的历史污染了一样。她抬起头，计算着在下一批轮班挖掘壕沟的人出来之前，她还有多少空闲时间。

这座繁殖营是一个广阔的封闭区域，里面分布着营房、生育医院、实验室和用于居住的拥挤的楼房。“囚犯”们在其中按部就班地生活，对于外界一无所知。他们中的一些人会相互交谈，有一个形容憔悴的男人甚至笑了起来，好像并不知道自己身处何地一样。他们作为囚犯被准许生育的后代——这些人类的孩子——在这样的地方也有玩游戏的兴致。多布罗星王储坚持不断地更新纯种后代，以保证种畜群体的多样性和茁壮成长。然而对于妮拉来说，仅仅只过了不到两个世纪的时间，这些囚犯身上的人性却似乎已经完全消失了。

即使在他们之中生活了五年，妮拉仍被视作一个异类，他们觉得她十分古怪，会招来大麻烦。但至少，人们现在已经不再盯着她的绿皮肤看了，他们之前从未见过这样的肤色。不过他们仍然不理解她的态度，不理解她为什么仍然拒绝接受自己的处境，不愿安心过自己的新生活。

这些可怜人什么都不懂。

外星主管们召集起新的工作组，妮拉抬头看了看，压低了身子，尽量不引人注意，心里希望这些官员氏族今天不会选她。她的肌肉还很强壮，但精神却已经被多年来辛苦的劳作——切割蛋白骨化石、在布满荆棘的灌木丛里赤手采摘蔬菜、挖壕沟——折磨得萎靡不振。

这些雷迪拉人总会给她安排任务——总是如此——但她每次都会紧紧抓住自己手中自由的每一分钟。违抗命令只会刺激这些雷迪拉守卫毁掉她的植物。他们以前干过好几次这种事。她一定会找到其他的方式来反抗。

#

妮拉第一次被抓起来的时候，多布罗星王储并不知道她怀孕了。他将她独自一人囚禁在一间漆黑一片、没有灯光的囚室里。对于习惯了持续的日光的雷迪拉人来说，这就是他们最严重的惩罚了。黑暗的幽闭本意是要摧毁妮拉的精神，或许还想把她逼疯。王储需要的只是她的生殖系统，而不是她的理智。

在几周的时间里，妮拉一直在阴冷的黑暗之中瑟瑟发抖。因为无法接触阳光，她身体处境愈加艰难，这让她更加痛苦。通常来说，她的皮肤在雷迪拉耀眼的阳光下每分钟都能进行光合作用，将其转化为生命能量。但被困在黑暗中之后，她的新陈代谢系统和消化系统都需要重新进行自我调整。妮拉不得不再次学着吞咽和消化普通的食物。她病得很重，身体虚弱，但仍然不愿屈服，努力维持着精神正常，保存力量。

最后，王储把妮拉从黑暗中释放了出来，以便对她进行分析和基准测量。他瘦削英俊的脸和乔拉十分相似，但却少了一份怜悯之心。他的眼神明亮炙热，专注于在她身上可能得到的发现。在研究了检测结果后，他先是谴责地看着她，然后又变得愉快起来："你怀孕了！是乔拉的孩子？"

王储没有把她扔进繁殖营的营房里，也没有像对待其他人类囚犯一样让她干苦力。相反，他和他身边的医生氏族一丝不苟地照顾着她，定期对她进行血液检测，反复进行令人痛苦的扫描检查。为了他们的目的，他们护理她，研究她，确保她保持健康。

但是妮拉却是在为了自己而储存着力量，维持着理智。

她第一个女儿出生时的分娩过程很顺利。在生育实验室里，妮拉双眼模糊地看着多布罗王储贪婪地盯着正在啼哭的女婴，仿佛他已经做好了准备要解剖他兄弟的孩子。这个孩子身上混合了两种血脉，一方是具备心灵连接能力的绿灵教士，一方是尊贵的第一继承人。乌德鲁根据雷迪拉氏族传统的语言系统，为她取名欧丝拉。但是在妮拉心里，这是她的小公主。她曾大声地为好奇的世界树朗读过故事书，而这个孩子就代表着书中那些隐秘的希望。

依照繁殖营里对待囚犯的惯例，王储让婴儿在妮拉身边待了六个月，好让她用母乳喂养她，为她提供必要的营养，保持体格的健壮。而妮拉越来越爱这个孩子，越来越在乎她。然后，王储把孩子带走了。所有成功的混血样品都会被从他们的母亲身边带走。

但是乌德鲁王储还对欧丝拉有一些非常重要的想法。我的小公主。

在那之后，妮拉的噩梦才真正开始了。

从那时起，无论她如何反抗，如何乞求，王储都置之不理，选择不同的父亲进行实验，让她不断地受孕。每一次的反抗失败都让她更加消沉，但她仍然不愿就此枯萎和死去。她就像森林之中的一叶小草，伏在地上经受大雨的击打，被人们践踏，只为了有一天能重新振作起来。她在年少时从未经受过这样的折磨，但她还是承受住了，她学会了把自己的内心送到一个更加平和的精神世界，直到危险过去，她得以安全地返回。

那些献出精子的外星人并不恨她。他们只是在听从王储的命令。他们是整个计划中的一部分，但他们对其中的细节却并不清楚。她也如此。

但是和欧丝拉不同的是，她后来生育的私生子们都不是因为爱情受孕的。妮拉恨透了这种被强迫的交媾，也努力不对她生下的混血孩子产生感情。但她喂养过他们，拥抱过他们，仔细观察过他们的容貌……她没能继续保持冷漠。她无法仅仅只因为他们的父亲被命令强奸她、让她受孕，就去憎恨这些无辜的孩子。

她自己的孩子……虽然她永远无法留住他们。和从前一样，医生氏族的人抢走了这些婴儿，在临近的雷迪拉城市里抚养他们，按照他们的方式来训练孩子，对他们进行测试。

这些人很快便会认为妮拉已经完全恢复，可以再次被派去做苦力，以此锻炼她的身体了。一旦她的受孕能力恢复到峰值，守卫便会把她拖回繁殖营房，这种强迫性的受孕过程便会又一次从头开始。

而到现在这已经发生了四次……

#

此时，多布罗星橙色的太阳已经落到了堆积在地平线上的晦暗云层中，她离开小花园里刚修剪过的清新植物，去寻找其他的花花草草。劳工队伍从丘陵地带回来，列队走进了营地。这些被俘虏的人类连续几代都被关押在此，早就没有了任何梦想，只有日复一日消极地忍耐。而他们甚至看上去并不难过。

这就是雷迪拉帝国最肮脏的秘密，是那艘失踪的人类世代船所遭遇的真相。这些人类囚犯都是伯顿号船员的后裔，近两个世纪以来他们一直住在这里，不为其他人类种族所知。

而在五年前，妮拉·哈利也成了其中的一员。多布罗星的犯人们之前从未见过绿灵教士，也没有听说过塞洛克星。对于他们来说，妮拉是一个陌生人，一个翠绿皮肤的局外人。

在夜里，或在和劳工队里的其他人轻声地谈话时，她总会轻轻地说起她的世界，说起那些有感知能力的树，甚至是人类汉莎联盟，希望有人能相信她的话。繁殖营的很多囚犯都觉得她疯了，剩下的人则带着一种怀疑的态度，好奇地听着她讲述的一切。但是至少他们确实在听，妮拉仍然对此心怀希望。

在她被迫生下的这些孩子里，其中一个的父亲是多布罗王储本人，另一个是克里元帅，另外两个的父亲则来自其他的雷迪拉氏族。虽然她都照顾了每个孩子几个月，但她最在乎的只有小小的欧丝拉。妮拉抬手抓住铁丝围栏，心中的空洞冰冷刺骨。她渴望见到她的女儿，她的小公主。其他的人类囚犯并不理解她的痛楚。混血孩子是属于雷迪拉的，他们总会被带走。这些人从未想过有其他的可能性。

妮拉常会向与这座混乱的繁殖营毗邻的雷迪拉城市送出消息，请求见见欧丝拉。但是多布罗王储每一次都会拒绝她的请求，也不回答她提出的问题。这也不是因为他格外残忍，只是因为妮拉已经和欧丝拉的成长无关了。这个身为绿灵教士的女人还有其他的繁殖任务需要完成。

但是，王储也能看到这个混血女孩身上独特的潜力。仅仅只是这个念头也能给妮拉的脸上带来一抹淡淡的微笑。她的小公主不仅仅是一个有趣的氏族混血试验品。她是一个特别的存在。

6

克里元帅

七艘经过阳极化处理的漂亮的太阳舰队军舰在多布罗王储的召唤下终于抵达。克里元帅站在指挥中心里，看着这些华丽的船只进入标准轨道配置模式，制作精良的反光帆向内收起。

在棱镜之殿里，他收到来自皇帝萨鲁克的直接命令，要求他必须亲自过来，而不是将任务委托给下级。尽管如此，克里还是皱了皱眉。"陛下，我一直都对多布罗星的活动不太放心。这种事不太……适合被收录进《七恒星史诗》里。"

"我们在那里进行的工作永远不会被记载到史诗里，元帅。但我们还是必须要这么做。"皇帝动了动，他触手状的辫子随之抽动，"多布罗星的实验对于我们种族的生死存亡至关重要，哪怕经过那么多代人的努力，我们也还没有准备好迎接面前的挑战。而且现在气基族又回来了，时间便更加紧迫。"

克里知道，领袖平静的面容下酝酿着无数深沉的思想，而那些都是远远超出他的理解范围的。皇帝是心神网的核心，正是通过他，灵魂之线才能在从那个完全由光亮构成的至高维度流泻出闪烁的微光。他对自己竟敢擅自质疑领袖的意愿而惴惴不安。

但即便如此，作为整个太阳舰队的指挥官，克里必须要说出自己的想法。"陛下，这一实验真有如此紧急吗？自从我们退出气基族的气态巨星后，他们便没有再继续挑起事端了。"

皇帝摇了摇巨大的头颅："气基族不会甘于就这样蜷缩于他们的堡垒中。很快他们就会再次出击。我们必须要尽力为种族的延续做任何必要的准备。"

出于职责，克里提出了这个问题，这之后他鞠了一躬，接受了任务。他别无选择。

此刻他正在战舰的接收舱里等待着，一艘飞船载着王储本人从多布罗升起。皇帝的次子希望能和他私下谈谈，克里很快就会知道这次谈话的内容了。

克里怀疑这次任务可能会产生不愉快的结果，所以他早就遣走了赞恩将军，让他去完成一项无关紧要的工作。元帅可以为了这次任务弄脏自己的手，但他不愿将他的门生——第一继承人的儿子——也卷入其中……

飞船进港后，飞行员神情紧张地走出了驾驶舱。在他身后，多布罗王储如同猎手般扫视着空空荡荡的港湾。王储穿着实用的素色衣服，上面没有花边和装饰，也没有五颜六色的自激能量膜条。他是来工作的，他的肩上还背负着一个任务、一项使命。

乌德鲁王储看见指挥官正在等他，便转过头粗声粗气地对飞行员说："你可以走了。元帅会根据我的命令带我们过去。"

飞行员看起来有些不安，但是克里点点头同意了："王储显然需要一点私人空间，好方便和我谈话。他肯定要给我下达什么特别的命令。"

三年前，他被专门派到多布罗星和一个人类女囚交配，那是一个来自塞洛克的绿色皮肤的女人。克里不明白她怎么会被关押在伯顿号的后代之中，但他们也不准他提问。他并不享受和那个女人的交合。那种行为似乎……很不光彩。但这是他的职责，是皇帝亲自下的一道间接指令。

他为王储这次将会派给他的任务而感到担心。

克里在驾驶舱里操纵着飞船，他保持沉默，甚至一次都没有开口寒暄。乌德鲁王储给他提供了一个坐标，飞船飞离了绕着多布罗星系统边缘展开的轨道。一群冰冷的小卫星和小行星挤作一团，看上去就像一堆被扫进地毯下的星际灰尘——它们太分散了，无法形成真正的行星带，同时每一个天体又太小，难以被称作真正的星球。

"到了这里我们的行踪就完全隐藏了。完美的地点，"王储说道，"但我们还是得谨慎行事。"

克里不能再忍受这种神秘兮兮的氛围了，开口道："请您解释一下，王储。我们到底在找什么？"

"我们的目的不是寻找，而是隐藏，这样才能保证秘密不会外泄。"

克里思忖着王储的话，飞船漂进了布满坚冰的岩石碎片中。尘埃粒子和小石子撞击着他们的防护罩，传来嘶嘶的摩擦声。前方，他的扫描器检测到了一块看上去完全由人工制造的漆黑轮廓，外观并不像雷迪拉设计的建筑。

"正如你所看到的，元帅，我们留下的证据实在太多了。这东西总有被发现的风险。"

那是一艘巨大的、古老的航天飞船。

元帅一直都对人类的军事历史非常着迷,即使它与目前的任务毫无关联。这艘星际飞船比五艘太阳舰队战舰加起来还要大,他一眼就认出了那笨重方正的线条。这艘飞船的设计似乎多有浪费之处,是一艘依靠蛮力而非技巧的飞船。它的外观仿若一栋高楼,顶上是工业处理器、采集器和精炼器。它看起来像是被人连根拔起,像扔砖头一样被掷到了无垠的宇宙中。此刻,这艘庞大的飞船上漆黑一片,隐藏于阴影之中,船身因为古代风暴和战斗而伤痕累累,就像一艘没有船员的幽灵船,神出鬼没,随波逐流。

克里注意到了船体上的标志。这些笨重的引擎还无法让飞船的速度达到光速。它必须要花上几个世纪的时间才能穿过浩瀚的太空……然而,那些自以为是的人类还是不管不顾地派出了这些世代船。"天啊!那是……伯顿号吗?"

驾驶舱内,王储轻蔑地看着这艘巨大的飞船。"太阳舰队把这玩意儿护送到了多布罗星。那时候我们本想让人类安顿在属于我们的碎片式移民地上,这样,两个种族便能合二为一。当时的王储甚至娶了一个人类女人,就是伯顿号的船长。

"但是其他的人类……没能很好地适应这种情况。我们还没来得及和地球进行正式的接触,也还没来得及派出任何代表团,那个人类女人就被刺杀了。王储悲痛欲绝,不得不进行强制镇压,恢复秩序。

"地球对这些难民的遭遇毫不知情。我的祖父,也就是皇帝于拉,下令对这些不服管教的东西进行调查,无论用什么手段。伯顿号刚被清空,战舰就把这艘飞船拖到了多布罗星系统的边缘,它也就一直留在这里了。"

克里想象着当年为了建造这艘庞大的星际飞船所倾注的所有努力和希望:"这是一个无价的遗迹。"

王储冷笑一声:"我相信人类确实很想把它要回去。他们派了很多勘探船和采矿船在星球之间搜寻,想要发现这艘飞船的下落。而我们必须让他们继续相信他们的神话和奥秘,确保他们永远不会发现真相。"

"同意,"克里说道,但他却是出于不同的原因,"绝对不能让他们发现我们在这里做了什么。"他谨慎地驾驶着飞船,穿过宇宙残骸之间的空隙。他沉浸在这片破败废墟震慑人心的壮景中。

王储继续说道:"现在我们没有必要继续保留这艘古代废船了。一旦被发现,我们的处境将会非常尴尬,且难逃责难。"

"那一开始又为什么要把它藏起来呢?难道是有人打算……利用这艘船吗?"

"问题正在于此,但当时我的先辈们十分……恼火,"乌德鲁王储说,"不管是在伯顿号的设计上还是它的引擎上,我们都没有找到任何对帝国有利的东西。和气基族的争端又给了人类汉莎联盟极大的压力,他们现在已经在研究新型武器,增强军事力量了。他们一直都热衷于对外扩张,不断地扩大移民地,甚至接手了我们这边抛弃的聚居点……"

"比如克伦纳星。"克里说。

多布罗王储露出一个阴郁的表情。"我父亲认为,如果继续把伯顿号藏起来,它被发现后带来的危险远大于益处。我个人也觉得我们不该再把它留在这里。"

克里对这艘飞船很感兴趣,他驾驶着飞船缓慢地经过这艘被封存的飞船，避开冻结成冰的星子，方便自己更仔细地进行观察。他打开船首的探照灯，一道道涟漪似的光波映在渐渐风化的船体上。

"那么……王储，您究竟是为什么要召我来呢？"

乌德鲁看着元帅，仿佛答案已经再明显不过了似的。"我想让你摧毁伯顿号。别留下一点它曾经存在过的痕迹。"

7

西斯卡·佩罗尼

高温，难以置信的高温——足以融化坚石，蒸发一切轻的元素，酷热到瞬间便可焚毁所有有机体。

伊斯佩洛斯星就是一个这样可怕的地方，炽热的恒星下，危险重重。但对于游荡者来说，这里的高温却是一种资源。在这个固若金汤的移民地中有大量的纯金属和稀有的同位素，使得许多人甘愿冒着风险前来居住和工作。

西斯卡·佩罗尼作为各个部族的议长，特地前来祝贺克托·欧卡，后者利用自己的聪明才智，在这地狱的入口建起了一座前哨站。"别人都认为这不可能实现，但你却看到了其他短视之人所看不见的。这个地方的成功建成将能给我们紧缩的经济带来极大的帮助。"

在地下掩体内，这位古怪的工程师支支吾吾地接受了她的赞扬。克托是个天才，但他从来都没有学会如何优雅地接受赞美。

他急于给他的客人西斯卡留下深刻的印象，便领着她走进更深的通道里，不停地用手擦拭着红润的双颊上沁出的汗珠，胡乱抓着鬈发上挂着的汗水。"过了第二层之后就会凉快点了。"他敲了敲滚烫的墙壁，指节碰击在砖石上发出阵阵空旷的声响，"三层蜂窝状陶瓷，墙面通体上下还有一层岩石纤维的隔热层。真空状态可以阻止热传递。"

"再也没有其他人可以和整颗恒星输出的能量相抗衡了。这真是游荡者智慧的完美呈现。"西斯卡真诚地赞美道。

他害羞一笑，表示了赞同："巨大的太阳通量，为发电机、大气处理器和冷却系统提供了足够的能源。"所谓冷却系统指的是一套嵌在隧道墙面里的管道，上面结着霜，如同血管一般延伸着。"我设计了一种非传统型的热传导系统，将多余的能量输送到地表，利用巨大的散热片将这些无用的热能发散出去。嗯，至少能发散其中的一部分吧。这只是我的发明之一。"

多年前，当气基族禁止星际采矿时，西斯卡曾经召集起所有的部族，想要共同商讨出一种全新的方法，让大家都可以穿越旋臂去采集氢气。那时克托的脑子里就装满了各种奇妙的点子。在伊斯佩洛斯星建好基站、挖通隧道、冶炼炉完工后，他便投身于重新设计艾克提反应器的工序链中，提高了机器工作的效率。他还发明了用于挖掘气态巨星云层的闪电战铲斗，方便船只快速行动，及时撤离。

不知为何，游荡者总是能做到那些不可能的事。她深吸了一口气，为他们所取得的成就而骄傲。<u>是的，不可能的事。</u>比如她和杰斯的关系。但是即便如此，在如此漫长的等待后，西斯卡竟也找到了跨越自己和那个她深爱的男人之间巨大鸿沟的方法……

她在多年前和罗斯·塔博林订了婚，但却爱上了他的弟弟。罗斯死在气基族手下后，她和杰斯本有机会可以携手走向幸福。但西斯卡却被选为新一任的议长，杰斯也开始负责起了家族经营的采水生意，二人不得不将儿女私情放至一边。她和杰斯都认为，议长必须要内心强大且全心投入，至少，在危机结束前理应如此。

当时看来，这似乎是一个明智的决定。

不到一年，二人便结成了秘密的情人，并最终决定在六个月后宣布他们的婚期。漫长的六个月……但最后这一切终于快结束了。无论身处何地，这一点小小的幸福总能让她倍感宽慰。

与此同时，她还需要忠诚地履行自己身为议长的职责。

克托带她走进了一间贴着瓷砖的屏蔽式控制舱。"我们把这里称作我们的'豪华休息室'。"舱内坐着八个游荡者工人，正通过监视器屏幕观看着外面的行动，注视着在星球夜面的阴影中工作的船员。

伊斯佩洛斯星的恒星并不稳定，这个地方一直沐浴在日冕强烈的照射下，仿佛一块熔炉里的石子。巨大的可移动式采矿机器和地表冶炼炉就在明暗分界线的夜面工作，那里的地壳不久前还在经受着暴烤。这些机器挖开地面的表层，将其处理为金属，然后分离出在大量的宇宙射线照射下产生的极为有用的短半衰期同位素。

"我们的部族一直都很擅长开采外星系小行星，"克托说，"但是那些岩石里存有很多无用的轻质元素、冰和气体。不过在伊斯佩洛斯星，太阳已经帮我们把这些处理好了。除了最纯正的重金属外，什么也留不下来。"他摊开双手，"我们只需要将金属铸块，然后把它们放进轨道炮发射装置里就行了。再简单不过。"

西斯卡怀疑在伊斯佩洛斯星上没有什么事情会是"再简单不过"的，但她十分欣赏这种技术上的大胆。"大呆鹅"可绝不会冒这种险。

外面坑坑洼洼的地面上，平整的路堑从明暗交界线上的挖掘现场向外延伸。自动驾驶的运送船将一盘盘经过加工的金属铸块运送到一千米以外的轨道炮发射装置上。一个由电力能源供应的系统将其发射到太空中，飞行速度刚好超过逃逸速度[①]。游荡者的货船则和那颗沸腾的恒星维持着安全距离，收集着这些漂浮的宝藏。商人

---

①逃逸速度，人造天体脱离行星引力所需的最小速度。

们将金属送到其他的游荡者建筑基地或者卖给汉莎移民地，后者的工业需要黑市资源的支持，卖给他们得到的利润也更加丰厚。

克托在屏幕上指着一片由巨大的陶瓷散热片组成的队列，上面红光冲天，在已经经过开采的土地上如船帆飘扬。"我们一直在建造更多的散热器，这样基地内部的温度大概可以下降一到两度。但是，把时间花在提高我们自己的舒适度上，和花在制造更多金属上，这二者是不可得兼的啊。"

每隔两秒，轨道炮都会发射出一个暗银色的圆筒，其大小、形状和质量都一模一样。它们像子弹一样向外发射。轨道炮发射装置每个月都会移动一点，以将位置保持在不断移动的夜面内。其中也有少数的铸块没有被找到，它们的轨迹有一些是被小行星打断了，有一些则只是因为计算错误，但是大多数的圆筒最后还是会被货物收集器捕捉到。

亲眼看到克托在伊斯佩洛斯星取得的成就让西斯卡心中充满了骄傲。这给了她极大的信心，让她相信游荡者一定能在这场对抗气基族的战争中存活下来。不知何故，她觉得她和杰斯也一定能做到。

8

杰斯·塔博林

普卢马斯星的天空冻结成冰。一轮镶嵌在坚冰结成的天穹上的人工太阳大放光亮，反射在地下海面上波光粼粼。

冰层上打通了运输竖井，方便访客和设备进入。静液压使得水从这颗卫星冰冻表层上的裂缝里钻出来，不断地向上翻涌着冒着泡的水柱。在地表，游荡者的飞船可以连接上水井，把货舱注满。

几个世代以来，塔博林部族一直经营着普卢马斯星上的采水矿，但是杰斯对于这桩生意却没什么兴趣。他在骨子里仍然是个游荡者，更喜欢四处游荡，在远离家乡的地方执行任务。幸运的是，在杰斯严厉的父亲布拉姆死后，这位老者的四个兄弟兴高采烈地接手了这个重任。

当杰斯的克莱布叔叔用沙哑的声音问他是否想参与到决策制定中时，杰斯只是笑了笑："我们部族的宿怨和争端已经够多了，我就不再来贡献了——而且你们完全可以胜任这项工作。老爹说过，一个塔博林家的人血管里流的应该是冰水。他觉得这是件好事。"

此时，杰斯正站在升降梯旁调整着他的手套。凛冽的空气闻上去清新又刺骨，当他呼气的时候，白色的蒸汽像烟雾一样向上沸腾。他是在普卢马斯星上长大的，从小和罗斯一起玩耍，一起照顾他们的妹妹塔西亚……而现在物是人非。在他心里，这里已经不再是那个承载着他整个童年的地方了。

杰斯十四岁时母亲就去世了。她开着一辆地面探测车去检查间歇泉和泵站的井口，冰层突然裂开，喷涌而出的泉水和雪泥卷走了卡拉·塔博林，把她的探测车吸进了一个大张着嘴的裂口里。连续几小时，他们都能收到卡拉衣服上的无线电发来的微弱的信号，但他们对此却无能为力。布拉姆悲痛欲绝地看着他的妻子慢慢冻死，让她像一块化石一样嵌在冰川中。

杰斯的父亲和哥哥现在也都去世了，他的妹妹则千里迢迢地去参加了地球防卫军。虽然他的叔叔们和堂兄弟们都在身边，他却感到自己在这里无依无靠，十分孤单。

在他身后，他的两个叔叔走出了行政小屋；还有第三个人，他正在设备储物棚边将油腻腻的手套塞进绝缘包里。克莱布叔叔总是在摆弄各种机器，试图改进技术或监测设备。杰斯觉得克莱布只是十分着迷于引擎发出的颤动的嗡鸣声，喜欢指甲缝里塞着"干净的泥土"的感觉而已。

另外的两个人为了抵御严寒穿得鼓鼓囊囊的，几乎难以辨认，但是杰斯知道他们肯定是韦恩和托瑞这对双胞胎兄弟，他们是他父亲最小的弟弟。剩下的那个叔叔，安德鲁，则会留在屋内，忙于整理冰矿的账簿和预算。

"飞船已经准备好飞往奥斯奎维尔了。"两个戴着兜帽的叔叔中的一人说道——听声音应该是托瑞。他的脸被冻得通红。

"我们已经交齐了戴尔·科伦订的货，手上还有一些余货，"韦恩没有拿下头上的帽子，开口说道，"他要是想加点钱，咱们也不必跟他客气。"

克莱布走上前来，微笑着说："杰斯，要是你够聪明，就该给科伦那个时髦的小女儿带点礼物。她可是个宝贝。"

"她是个麻烦才对，"托瑞说，"但是吧，你可以比她更麻烦。"

杰斯笑了："谢了，不过……还是算了。"他们说的每句话都在提醒着他，他有多么想念西斯卡。他偷偷嘴角上扬。只剩下六个月了。

"男人太挑剔最后只能落个单身汉的下场。"托瑞警告道。

"这有什么不好的。"韦恩反驳得似乎太快了一点。

克莱布和托瑞二人对他们的弟弟皱了皱眉："别和我说你没后悔过。"

韦恩继续坚持自己的立场："当我的生物钟开始走动的时候，我会告诉你的。"

幸运的是，电梯门这时打开了，杰斯走进通道里，把他的叔叔和他们的戏谑都抛在身后。"塔博林王朝就交给你们了。我去送那批水了。"他快速穿过结冰的穹顶，急不可待地想要登上运送船出发，在那里他将有几天的时间可以不受打扰地思念西斯卡……

#

在气态巨星的赤道周围环绕着的碎石带中，藏着游荡者的秘密造船厂。到目前为止，无论是气基族还是汉莎派出的间谍都还没有发现它。

杰斯·塔博林拖着一批水来到了奥斯奎维尔。一群闪闪发光的抓斗分离舱、自动基站和环境组件围绕在层层叠叠的行星环内。统一着装的工人们像勤劳的蚂蚁一样穿梭其间，运送着用于修建太空造船厂的零部件和原材料。只要"大呆鹅"的勘探船不仔细看，科伦部族造船集团就可以制造并派遣一艘又一艘的飞船，赚取丰厚的利润……

他把飞船停好，卸下货舱，戴尔·科伦亲自接见了他。这个男人胸膛魁梧，头发灰白，留着一把精心修剪的山羊胡。"自从维勒星一别后就没见过你！这次给我们带什么来了？"

杰斯翘起大拇指，向后指着码头的仓库："就是货单上的那些啊，戴尔。难道你还想要什么比水更烈的东西？"

"嘿！我来负责交货吧，"一个年轻女人的声音从通信频道里传来，"嗨，杰斯！走之前要见一面吗？"

他听出来这是科伦的女儿的声音，她有一头乌黑的秀发，年仅十八岁，对于很多造船厂工作上的操作已经掌握得非常娴熟。"我的日程安排很紧，哲特，不知道有没有时间。"

"他会挤出时间来的，宝贝儿。"科伦说。

哲特驾驶着一个小型抓斗分离舱，像操纵自己的手臂般娴熟地截下普卢马斯星的水罐后，接着又一个个将它们分配给奥斯奎维尔的各个组装网格和资源岩矿。

科伦看着他的女儿离开，眼中充满了父亲的骄傲。他挑起了浓密的眉毛："这丫头在向你抛媚眼啊，杰斯，该死的，能找到她的人可有福气了。你已经三十一岁了，还没结婚——你的部族难道不着急吗？"

哲特是科伦在第一段婚姻中生下的女儿。他的妻子和小儿子都死于一次穹顶塌裂事故，在那之后，他身边就只剩下这一个女儿了。虽然这个姑娘是科伦的掌上明珠，她却自立自强，成长为了一个坚强的年轻女性，丝毫都没有被宠坏的痕迹。从她还是个小女孩时杰斯就认识她了。

他看着这位长辈，强挤出一个微笑："我会在导航星告诉我方向时做出合适的决定。"

科伦拍了拍他的肩膀，带他走过气闸舱，来到一间缓慢旋转着的居住舱。他递给杰斯一个柔软的球状物，里面装满了他亲自蒸馏的橙色利口酒。

一扇舷窗占据了房间里的一整面墙，室内可以看到岩石风暴永恒不变的景色。"住在这里就像在跟着一群饿鱼游泳，"科伦说，"你观察着所有移动的东西，并随时准备好闪到一边。"

他自豪地指了指安装在内墙上的水族箱，让杰斯看里面黑白条纹的神仙鱼，它们都是戴尔·科伦的宝贝。这位部族首领花了大价钱从地球进口了这些漂亮的热带鱼，定时喂养，研究它们线条流畅的外形，他说它们让他想起了星际飞船的设计样式。

他狡黠地低声说："杰斯，无论你什么时候想重组你那个打了就跑的战队，我的造船厂都至少还能抽出十二艘闪电战铲斗船。我的生产线已经就位了。"

杰斯分辨不出这位长辈的声音里充满的是希望还是恐惧。"戴尔，只为了卖几瓶艾克提给大呆鹅，就拿我手下的人和设备去冒险，我很犹豫。再说我们还能想想其他办法嘛。"

科伦握紧了拳头放在金属制的桌面上："该死的，我们必须给那些气基族一点颜色看看，我们也不是那么好惹的。这可不仅仅只是个得失问题。"

居住舱缓慢地旋转着，外面的景色渐渐变成了一片漆黑宽阔的星景，下方正是那颗储存着丰富的氢气但却不再允许他们靠近的气态巨星。杰斯叹了口气："我们一直在改进和提高其他采集技术。一定能找到更安全的方法的。"

"更安全是肯定的——但效率却低得多。"

在奥斯奎维尔的造船厂里，庞大的冶炼炉和漂浮的太空造船厂正忙着压缩薄而坚硬的金属聚合物。每个星云帆虽然只有几个分子的厚度，但宽度却很广，其性能远超过小卫星。这些薄纱片现在已经被折叠起来装载在分离舱中，等待着被发射到星际气体的海洋中，在那里它们将被打开，掠过层层星云。在奥斯奎维尔的上空还有一些其他的设施，它们主要的功能是在彗星冰层中提取氢气。

科伦抱怨道："为了用其他方法得到艾克提，我们花的时间可太长了。"

这时，他的个人通信频道发出了一阵噼啪声，接着传来了哲特急切的声音："就是和你说一声，爸爸。卸货完毕。杰斯还在你那儿吗？"

"在的，宝贝女儿。"

"杰斯，你想出来坐坐我的抓斗分离舱吗？我们可以去看看行星环——"

"我待不了多久，哲特——部族那边还有事。"

"那是你的损失，"她似乎没把他的话当回事，"你早晚会后悔的。"

哲特挂断以后，杰斯看向她父亲："可能我真的会后悔。"

9

塔西亚·塔博林

地球防卫军战斗小组飞速穿过太空，以强大的武力恫吓着伊雷卡移民地里不服管教的群众。其实，三艘巨像级战舰中的随便一艘就可以完成这项工作，但希拉·威利斯上将还派出了五艘云砧武器平台，十艘蝠鲼巡洋舰，还有一个十六架鲫鱼战斗机的中队。

第七坐标格舰队缓慢地驶入星系，仿佛一个趾高气扬的恶霸正在好整以暇地活动着肌肉。对于作为平台指挥官的塔西亚·塔博林来说，这么针对几个不太听话的居民似乎也太小题大做了一点，这种行动不知会浪费多少星际驱动燃料。地球防卫军不是应该去和真正的敌人开战吗？

塔西亚走进她位于云砧武器平台舰桥甲板上的指挥官私人休息室。威利斯上将和所有战舰的指挥官都通过影像投影出席了虚拟会议。上将的巨像级战舰被命名为"朱庇特"，取自罗马神话中的众神之王，为了纪念他们第一次大挫气基族的反击战。

"我希望我们能够尽可能地在完成任务的同时避免任何不必要的伤亡。"上将的表情很严肃，短短的灰发紧贴在她的头皮上。她看上去像一个严厉苍老的中学老师，说话时总有一点拖腔拖调。"其实我更希望能够不开一枪一炮。这些伊雷卡人不是我们的敌人，他们只是走错了路，但始终都是我们移民地的居民。"

塔西亚点点头，同意这位指挥官的观点，但她也知道持这种想法的人在这里只占少数。

"上将，恕我直言，"帕特里克·菲兹帕特里克三世指挥官用他一贯高人一等的语气说道，"严格来说，所有无视国王直接命令的人，都算是敌人，只不过是不同的敌人罢了。"这个乌发黑眼的年轻人的五官颇有贵族气，浓密的眉毛就像是画上去的。

塔西亚不耐烦地呼出一口气。她在真正的战斗和紧急演习中都帮菲兹帕特里克收拾过残局，但他还是一如既往地看不起人，总觉得大家都不如他。塔西亚在月球军事学院上学时本身就是个好斗的学生，她曾不止一次用拳头教育过这个被宠坏了的狭隘胚子。但就算在医务室里待了那么久，他那种愚蠢的态度还是没有改变分毫。

不过，菲兹帕特里克确实比塔西亚更擅长玩政治游戏。而且，他的祖母穆林·菲兹帕特里克还在巴塞洛缪国王在位期间担任过汉莎联盟的主席。虽然塔西亚也一直在晋升，但她的成就却完全是通过自己优异的表现得来的。此时，菲兹帕特里克坐在蝠鲼巡洋舰的舰长座位上，而塔西亚则负责指挥一艘大型云砧武器平台，二人都不过二十岁出头。

威利斯上将的全息图像动了动，仿佛在看向围绕在她周围的指挥官们的投影。"无论如何，这次行动旨在善意地整顿当地的纪律，而非进行军事侵犯。"

"对，"菲兹帕特里克说道，"咱们稍微'慈爱'地教训教训他们就行了。"

如果可以的话，塔西亚想把他的头扔到外面的高真空里。

自四十年前伊雷卡成立移民地以来，这里的居民取得了非凡的发展，她很佩服。虽然可能没有游荡者那么吃苦耐劳或心灵手巧，但他们确实是有骨气的人民。伊雷卡本来就应该是一座坚强独立的前哨站，而且他们极具魄力的大总督萨海为了让她的人民得以存活下来也做出了艰难的抉择。这有什么问题吗？

但是姓名不清、面貌也不清的汉莎联盟"监督人"——塔西亚觉得，说难听点就是"间谍"——却潜入到不同的移民地中，帮助汉莎联盟从内部监视他们。其中的一个间谍给地球防卫军发出了一封报告，其中便叙述了伊雷卡的种种鲁莽行动。

在兰扬将军看来，伊雷卡人的一意孤行是对他个人的侮辱。在派出战斗小组时他曾抱怨道："就在几年前，这些伊雷卡人还在求我们帮他们对抗一伙儿游荡者的海盗。看来他们的忘性挺大啊。"

虽然塔西亚表面上仍然保持着专业的态度，她的内心却被这句话刺痛了。那个海盗名叫兰德·苏伦加德，是游荡者中的异类，他们中的大多数同胞都不喜欢他的所作所为。但是汉莎联盟还是利用这次意外来煽动人们的偏见。塔西亚整个军旅生涯都在和这种成见做斗争。

这时，一位领航军官的声音从朱庇特号的内部通信系统中传来，打断了全息会议："上将，已进入伊雷卡星系。所有战舰已根据行动方案就位。"

"非常好，各位，"威利斯上将说道，"我们在收到大总督的回应后再继续开会。这次行动应该在一小时内就能结束……但如果没有，我们可能就需要再多待一段时间了。"

塔西亚走出指挥官休息室，急忙赶回指挥舰桥。她希望能悄悄阻止地球防卫军登陆去对付这些可怜的居民。但塔西亚虽然近乎全能，她却并不擅长利用一些潜规则或是耍一些微妙的外交手段。

伊雷卡是一个不起眼的移民地，坐落在汉莎领地的边缘处，靠近雷迪拉帝国。这一星系并不具备战略上的重要性，行星上也只住着为数不多的一些居民。此外，伊雷卡居民的很多需求都得依靠外部供应。

塔西亚在舰桥里坐下，让手下的人依次报告，并再次检查他们的系统。她向朱庇特号报告道："上将，云砧武器平台 7-5 已做好行动准备。"

威利斯正在发号施令……塔西亚希望这次行动不必发展到需要下达任何战斗命令。面对地球防卫军的火力攻击，伊雷卡人连一个小时都撑不了。

空军指挥官罗博·布里登既是她的好朋友，也是她的恋人。他从发射台上发出信号，强装镇定开口道："平台指挥，鲥鱼精英中队准备起飞。我是该现在进行部署，还是等到伊雷卡人那边有所行动再说？"

"在驾驶舱待命。再喝一管咖啡吧，指挥官，"塔西亚说，"伊雷卡人一旦看到我们的军队，肯定会立刻放弃抵抗。"

"平台指挥，地面太空港出现了明显的活动迹象，"她手下负责观测的少尉报告道，"移民地居民正在启动飞船……人数很多。"这位女性伸手摸了摸耳朵里的传声器，"大总督拉响了民防警报，正在让群众撤离，并为他们安排避难所。"军官向塔西亚眨了眨她的大眼睛，"他们以为我们会动用核武器。"

"坏了，他们心里怎么一点数都没有，"塔西亚说，"伊雷卡是汉莎联盟的移民地，而我们是地球防卫军。"但在内心深处，她不知道威利斯上将会把这些居民逼到什么境地。

上将向大总督发出了问候信号，但是她友好的语气并没有减弱她的威胁力度。"女士，我是希拉·威利斯上将，地球防卫军第七坐标格的指挥官。我的职责本来是保护这片区域，但看起来你似乎忘了你面包上的黄油是谁给涂的了。你在吗？"她等着对方回应。在塔西亚的想象中，伊雷卡的行政中心肯定正恐慌得瑟瑟发抖。

威利斯继续说道："这次，我带了一些飞船，好提醒你，你的星球已经签署了《汉莎宪章》。你只要自己看看就会发现你们已经在虚线上签了名。你发过誓，要效忠我们的国王。"

她的语气听上去就像一位失望的祖母："但是根据我们的了解，你们私自储备在黑市商人处买来的艾克提，你们应该为自己的行为感到羞耻。汉莎联盟目前危机重重，彼得国王已经要求他所有的臣民都必须团结起来集中资源，共渡难关。为什么就你们要违抗呢？你们的星际驱动燃料必须上交给地球防卫军，这样我们才能重新进行分配，充分利用资源，保护全人类。"

"现在，我们不希望有任何不愉快，但法律就是法律。如果你们马上听令，国王愿意饶恕你们。我们不要把事情搞得太难看。"

她说完以后，面前出现了一个模糊的全息投影，伊雷卡老旧的通信系统导致画面分辨率极低。大总督是一个高高瘦瘦的女人，很明显是印度人的后裔。她的皮肤呈暗棕色，双眼接近纯黑，浓密的蓝黑色头发垂在腰间，鼻子挺翘，圆润的嘴唇向下撇出一个不快的表情。

"威利斯上将，恐怕我们不能服从。我的决策建立在我们自己的生死存亡之上。我对地球防卫军竟会如此威胁一个忠诚的汉莎移民地而感到震惊。伊雷卡已经在战争期间牺牲了太多，所有能给的我们都已经贡献出来了，现在我们需要艾克提来保障自己的生存。"

大总督的手动了动，投影画面切换，尽是令人心痛的场景：瘦骨嶙峋的孩童，饥荒肆虐，土地上满是因为缺乏肥料或营养不足而低垂断株的庄稼。"如果我们把燃料储备交给你们，那我的人民就会被饿死，我们的移民地就会一蹶不振，伊雷卡不出十年就会变成一颗幽灵星球。"

塔西亚很快就理解了这位绝望的伊雷卡领袖所下的孤注一掷的赌注。虽然威利斯上将把对话放在个人频道，直接和伊雷卡的行政中心进行对话，但大总督萨海却故意在接受范围最广的频道上发出信息，这样地球佬的战斗小组中所有士兵就都能听到她的恳求了。

"如果是这样的话，为什么不夺走我们呼吸的空气？或者抽干我们的河流里流淌的清水？或者挡住阳光，让我们的庄稼枯萎？我们为这些艾克提支付了高昂的价格，实在承受不了失去它们的代价。"

"你说得太夸张了——"威利斯上将说道。

"请向国王转达我们的歉意，谢谢您。"没有等上将说完，大总督便轻轻地鞠了一躬，在确保对方听见了自己说的最后一句话后，切断了通信。

塔西亚的舰桥上的船员们都被这段愚蠢的回应震惊了。有的人甚至轻蔑地笑了，完全不买账。她坚定地说："这件事没什么好笑的。"

第七坐标格舰队在沉默中等待了很久，期待着威利斯上将的命令。当她终于开口和指挥官们通信时，威利斯的声音既冷静又失望。

"暂时封锁整颗星球，不允许任何飞船进出。从现在开始，切断他们所有的供给和通信，要多久就多久。"

塔西亚松了一口气向后靠去，上将至少没有命令立刻开始攻击。她对手下的人说："好吧，希望你们这个周末都没什么安排。"

10

彼得国王

国王完成了更衣程序中的最后一道流程，从房间里走了出来。今天早上，仆人们拿出了一套五颜六色、雍容华贵并且毫无舒适度可言的服装（肯定是由某个委员会设计和挑选的）。但他没有遂他们的愿，而是自己另选了一套，大手一挥解散了所有想要帮他整理衣领和纽扣的仆人。雷蒙德·阿古拉的母亲教过他如何自己穿衣服。

他一边穿，一边随意地和他的教师智能助手聊天："巴斯拉想要的不是一个领袖。"多年来，国王彼得一直倾听着 OX 讲述关于权力和话术的微妙之处。在他眼中，这个古老的机器人并不仅仅只是一个数据库或一堆历史文献。他拉了一下袖口："他想要的是一个演员。"

彼得从很早以前就已经下定决心要尽力成为一个真正的国王。起初，他会有些随意地做出一些小小的改变，只是为了表现出他的独立和自主。他不再穿戴前一任国王弗雷德里克的那些浮夸的珠宝和拖地的长袍，而是将自己的穿着改为挺括实用的制服，一律只用灰、蓝、黑三色。主席同意了这一决定，他认为在如今的战争时期，这种普鲁士风格的着装更能引起人民的共鸣。

"对您来说，最好二者都兼任，彼得国王。"当年世代船前去探索星际时设计了许多机器人随船远征，而这个面貌和善的教师智能助手就是其中的一个。OX的职责就是为汉莎联盟培养伟大的国王。"但是，您的责任不仅局限于此。人民必须相信您。"

彼得露出了微笑："好吧。咱们出发去战况室吧。"

作为雷蒙德，他在一个亲密但很贫穷的家庭中长大。他利用各种空闲时间去打各种零工，和街上的小贩们聊天，得以认识了那些平凡又毫不起眼的男人和女人们。

这些人都是国王真正的臣民，但是巴斯拉却并没有把他们纳入到他宏伟的计划中。主席知道每一片拼图该放在哪里，但他却无法理解那些渺小庸碌的生命。他一点都不了解什么是真正的人，他只懂政治蓝图和宏观的经济概念。他是一个优秀的生意人，但却不是一个能让人誓死效忠的领袖……

在OX的陪伴下，彼得穿过一个宽阔的廊厅。一个西班牙裔中年女人正在擦拭巴塞洛缪国王的半身石膏像，他对她笑了笑："你好啊，阿妮塔。"他看向塑像完美的脸部线条，"你是真觉得老巴塞洛缪长这样呢，还是说你认为这只是个理想化的塑造？"

她在他的目光下露出了一个微笑："我……我猜，在雕塑家眼里他就长这样，陛下。"

"我想你说得对。"

他和OX继续向走廊深处走去，来到一扇光滑的木门前。这里之前是一个图书馆，现在则被改成了战况室。从前里面装满了各种旧书，纸页已经发脆，无法再阅读了。现在，书架已经都被薄薄的显示屏遮住了。

军事战略家和参谋们定期在这里开会，共同研究汉莎联盟的移民地，了解在十个空间坐标格内已知的雷迪拉舰队和地球防卫军舰队的位置。虽然彼得从没被正式邀请出席过会议，但他每周都参与其中。战况室里的专家们都不会拦住他——除非主席亲自命令。但是巴斯拉绝不会让他当众出丑。国王和 OX 进去的时候，这位老者只是坐在他那把垫着羽毛软垫的椅子上，微微向他们点了点头。

御用绿灵教士拿顿坐在这间经过改造的图书馆里，聚精会神地准备接收远程意识联结信号，他的身旁则是一株金色树皮的细长植物。普通的邮件也会通过邮件无人机传递，它们只需要极少的一点艾克提就可以飞行很远的距离。除了在汉莎联盟的各个世界之间运送信件和传导数据以外，邮件无人机也常会拍摄观测影像，记录城市和人口变化，更新移民地数据库。

"主席先生，还是没有收到达萨拉星侦察舰队的回音，"斯图莫上将说道，"距离我们规定的最后期限已经过了一个星期了。"

地球防卫军派出了一队飞船到一颗气态巨星进行考察，再一次尝试和气基族进行谈判。这明显只是出于公关上的意图，并无意导致任何实际结果。到目前为止，这些外星人已经无视和否定了他们做出的所有和平表示。

巴斯拉语气不佳地说："我就知道应该派一个绿灵教士和他们一起，方便及时通信，可惜我们这边也没有多余的教士。"

拿顿平静地坐着，没有对巴斯拉话中隐藏的批评做出任何反应。

军事参谋和移民地专家仔细地研究着最新的材料，投射出一幅复杂的文明感光镶嵌图。目前，一共有六十九个移民地签署了《汉莎宪章》，除此之外还有几个卫星移民地和未收编的营地。战略家们讨论了目前飞船部署上的一些已知变化，之后，技术人员修改了图像内容以反映旋臂附近的最佳预测情况。

彼得仔细地观察着上面的各种细节，试图得出自己的结论。

拿顿将手指环绕在树苗细细的树干上，将自己的意念连接到世界树之林中。在旋臂附近，分散在各处的绿灵教士观察着一切，传播着他们的报告，此时他自己也加入其中。教士皱起了眉头，脸上深色的文身线条挤在了一起。拿顿接收完信号之后，脸上忧心忡忡。"我收到了六个不同的绿灵教士传来的报告，其中四个在移民地世界，两个在外遣船上。"

巴斯拉注意到绿灵教士担忧的表情，坐直了身体："怎么了？"

"他们在人类居住的星系里发现了几艘气基族的球形战舰。双方没有接触，但是气基族接近了很多不同的行星，显然是在对它们进行扫描检查。"

彼得指着星图说："把球形战舰出现的地方标出来，其中可能会有什么规律。"

"我的同胞中只有六个人看到了气基族，"这位绿灵教士说出了这些偏远星系的名字，在感光图上用发光的红点将它们标记了出来，"乌斯克、科托帕希、伯尼渡口、栅栏地、海宏达、第三巴黎。"

OX往前走了一步，虽然它的视觉传感器分辨率很高，在一定距离外也能进行细节扫描。"这不像是简单的防御姿态。移民地世界里的绿灵教士本来就很少，这么看来，我们肯定还错过了很多气基族。"

巴斯拉皱了皱眉："搜索所有邮件无人机的文件夹，看看它们有没有捕捉到其他气基族的影像。"

"根据我收到的报告，"拿顿说，"球形战舰并没有任何公开的入侵行为。它们似乎只是穿梭在不同的星系之间进行侦察。"

"气基族从来不可能仅仅为了窥探而现身。"斯图莫上将说道，他之前指挥过在木星上被摧毁的第零坐标格护卫舰队，"到目前为止，他们每次出现都是为了进攻。"

彼得国王的大脑飞快地运转着。他扫视了一圈看似随意分布的小红点，那是外星球形战舰被目击到的地方。"只是到目前为止。"

11

琳达·科特

换成别人也许会抱怨自己时运不济，但琳达·科特不是那种会为了这种无聊小事烦心的女人。相反，她只是把两条胖胖的手臂抱在丰满的胸前，重新评估了一下目前的局势，思考着究竟该采取什么行动。有些务实的人很反感那种永远热情洋溢的乐观主义者，但她却觉得乐观是件好事。

她在她的飞船甲板上踱着步，清点着库存货物。鉴于眼下的动荡，情况似乎也不算太糟，至少贪婪好奇号还是她的——弗雷德里克国王五年前颁布了一些毫无道理的命令，让她被迫将其他四艘飞船"捐赠"给了地球防卫军，用于某种军事目的。

在过去的几个月里，她的飞船一直停在月球上的公共机库中。比起利用额外的驱动力去往地球，把船停在低重力的月球上要便宜很多。

但即使这样，她也收到了月球基地商务处发来的一张令人恼火的账单，催她快点缴纳逾期的停泊费。"那我又能怎么办呢？"琳达沮丧地叹了口气。

军方对艾克提的配给管理得十分严格，她无法承担用这仅剩的一艘飞船出航所需的高昂费用，但把飞船停在港内又要交一大笔钱，简直是雪上加霜。为什么他们就不能放过她呢？不过，大嚼自己食品柜里美味的小食，至少可以稍微舒缓一点这些行政上的麻烦带给她的头痛。

在过去的几年里，她已经变卖了自己大部分的资产，四处搜寻贩卖各种能卖的贸易商品。但是在战争时期，要想找到人买她存在贪婪好奇号上的一些高端的异域特产，确实有些困难。也许月球基地的某个官员会有点兴趣，可以用其他物品和她交换。肯定会有人想用一些高级美食来打动自己的爱人或情人，而且琳达还可以教他们怎么处理这些食材，或者如何让气氛变得更加浪漫。

她走进货舱，把自己肥胖的身躯挤进狭小的空间里。还好，月球重力小，这种事情她又已经做过很多次，熟能生巧了，行动起来还是挺顺利的。琳达的手指滑过那张令人印象深刻的库存清单。

她原先给自己留了几卷塞洛克产的蚕茧纤维，但现在也只好卖掉了。她本来还想专门为这种闪闪发光的材料买一个私人衣柜，不过到了这时她觉得还是钱更重要。她还有六罐从德蒙星进口的盐湖鱼子酱和一些从塞洛克进口的昆虫肉排（非常之美味，但不管琳达怎么劝，地球上那些所谓的美食家总是不太愿意品尝虫子肉）。除此之外，她还有一些罐装的腌鱼花、酱泡甲壳虫、新鲜的甜虫蛹（虽然采用了冷包装，但还是很快就会孵化了），还有很多没有分好类的——也就是她还没有尝过的——水果和蔬菜，都是她在不同的世界里搜集到的。

她咽了咽口水。琳达自己就是一个大厨，研究过无数文化中不同菜肴的烹饪方法。美味的食物让她快乐无比，也难怪她会那么"丰满"了。琳达认为她的身材就是她的货物的最好广告。

不幸的是，当经济吃紧以后，人们也开始舍弃各种奢侈的享受。因此，第一个遭殃的就是琳达储存的这些货物。遇到这种事情她倒成了首当其冲的了。现在要想把这些昂贵又"无用"的东西卖出去比从前困难了很多，但她的债主们还是在要求她按时还款。

琳达回到她的驾驶舱，一屁股坐进那把被改造成适合她体型的垫着软垫的船长座上。她再次看向那张停泊费账单。也许她确实晚交了一会儿钱，但是逾期费用也没有多到值得发这么严厉的通知吧。她真想跟这个算账的人一起喝瓶葡萄酒，再分享一块特制的黑巧克力，然后用甜言蜜语让对方为她修改一下账单。她看着上面的签名，那个名字她并不熟悉——B. 罗伯特·布兰德特。也许是个刚从地球调过来的会计员吧。

这时，她突然忍不住笑了起来，又由轻笑转变为无法抑制的大笑。因为她注意到这个男人的员工编号竟正好和她最近一场婚姻的结婚纪念日相吻合。"你真是个坏蛋啊，比波普。"

她黑色的眼睛闪烁着光芒。琳达不确定究竟哪件事更让自己高兴：是收到了他的消息呢，还是发现总追在她屁股后面的这张账单只是为了给她送信打的掩护呢？

布兰森·罗伯茨是她无数任前夫中最好的一个，他本来在地球防卫军管理下的一艘商船上当船长，但现在兰扬将军却逼着他开始执行军事侦察方面的飞行任务。比波普当商人的时候做的生意并不完全合法，但他从中赚了不少钱，琳达也跟着分到了一杯羹。

她用他们很久以前发明的私人密码解读着这封信。因为加了密，信息内容本身也十分简单。她其实更想看看这个男人的全息图像——他可没有那个胆量全裸出现，但那样确实会更合她意。但她读着这些文字，明白了为什么比波普要如此谨慎。

"我实在受够军队了——不出意料！执行了17次自杀式任务，这才终于宣布停止。将军想把我推到火堆里，非要榨干我最后一滴血。真是够了！我决定要自救，但更重要的是要救盲目信仰号。我要主动请个假了。希望地球防卫军没这个耐心也没这个能耐追踪到我。

"要是你能加满油，想过来看看我，你就来克伦纳星吧。这个移民地很偏僻，方便我悄无声息地潜进去，为当地人搞点黑市材料。想你的比波普。"

琳达向后仰在椅背上，脸上红光满面，眼里闪着的泪水让她有点尴尬。他一直都又顽固又冲动，让人难以和他一起生活……但他又是那么好的一个男人。比波普不是服兵役的那块料——琳达本想这么告诉兰扬——如此浪费他那独一无二的天赋简直是在犯罪。

噢，她确实曾全心地爱过他……不然，为什么他们的婚姻在维持五年后终于坍塌时，她会如此难过呢？但是琳达和比波普仍然互相尊重，而且仍然互相怀有那么一点激情，所以他们也仍然是生意伙伴。如果琳达早知道前方还有如此多的困难需要面对，她那时也许会对曾是她丈夫的这个男人更宽容一些。生命太短促也太艰辛，人生难得好时光。

她手里抓着加了密的信件回到了货舱里，现在她开始用新的眼光看待这些货物了。她拿下一瓶从新葡萄牙弄到的波特酒和一罐盐湖鱼子酱。如今，高端市场的生意虽然难做，但至少她还可以自己把东西消费掉嘛。再说，也没有什么客户比她更有品位了。

她并不想浪费自己最后的几滴艾克提去见他，但是以后她也许能找到合适的机会。知道他还安全地活着真是太好了。软木塞"吱吱呀呀"地响了响，她"砰"地一声打开了酒瓶。虽然现在好消息只有那么一丁点，但她觉得今天是个值得庆祝的好日子。

她倒出一点甜酒作为"开胃菜"的第一杯，然后举起了手里的玻璃杯："敬你，比波普。你一定要安全，等着我下次来见你。"

12

巴斯拉·温塞拉斯

一个小火苗生出一团火焰，接着烧成一场大火，吞噬了整个星球。这一切只是一次利用重新发现的外星技术而进行的科学实验。

该死的，我们从来没有想要发动一场战争！

在位于汉莎联盟总部顶楼的办公套房里，巴斯拉·温塞拉斯回顾了"克莱西斯火炬"第一次进行测试的画面。他观察着存档画面，看着昂西尔星翻卷的云层被照亮，放出光芒，然后燃起火焰。谁能想到在它的地核里还藏着这么一个外星文明呢？

出于报复，这些外星人摧毁了一座科学观测平台，让四颗昂西尔卫星彻底消失，毁坏了无数个游荡者的采矿船，摧毁了一部分雷迪拉太阳舰队和地球防卫军，全面禁止了艾克提开采……还令人发指地杀害了前任国王弗雷德里克。这还不够吗？

近六年来，各专家小组都对昂西尔星的记录影像进行了逐秒分析。巴斯拉并不指望发现什么新东西，他只是对气基族的星球被彻底摧毁的画面而感到着迷。他心里既没有懊悔，也没有同情。

这些外星人不接受任何道歉或协商。哪怕到了现在，巴斯拉对最近一次的达萨拉星侦察行动也不抱任何希望——那些飞船逾期未归，目前看来极有失踪的危险——但至少他尝试过了。他实在想不出其他的办法，也不能施展什么魔法来彻底解决这个问题。要是……

"克莱西斯火炬"曾被看作是一个神奇的福音，人类可以利用它来打开那些早先不适合人类居住的卫星，把它们改造成移民地。这一外星科技是两个异星文明考古学家在古老而神秘的克莱西斯废墟中发现的。克莱西斯文明由虫形外星人创造，它曾是一个跨行星的庞大帝国。但一万年前，这些外星人却忽然离开了他们的聚居地，他们把空无一人的城市像垃圾堆一样留在太阳系中。

巴斯拉若有所思地笑了笑。也许玛格丽特·克里克斯和路易斯·克里克斯还能再发现一个奇迹，再找到一点克莱西斯留下的装置，让汉莎能够用以制衡气基族，迫使他们提出进行和平谈判……

但这两个考古学家这几年却杳无音信。他上一次听到他们的消息时，他们正带着一支小队在瑞迪克星考察，身边还有一个绿灵教士。克里克斯夫妇不是不守规矩的人，主席本人也毫不犹豫地批准了他们提出的所有合理要求。他并不需要时时都监视着他们。

昂西尔星内爆的画面再次重播，这次加快了速度，美丽的行星瞬间迸发恒星般的火焰。

巴斯拉此时有点好奇，于是在服务终端里输入了信息指令，想看看玛格丽特·克里克斯和路易斯·克里克斯最近的报告。他最近收到了一封他们的儿子安东写来的信，询问他们现在的下落，但来信地址不详。由于层层的官僚手续，这封信延迟了很久才被送到他的手上。安东·克里克斯只是个在大学任教的副教授，无权无势。很显然，这个年轻人已经不是第一次提交这样的请求了……

巴斯拉震惊地发现，在气基族下达了最后通牒后不久，他们和克里克斯夫妇的所有联系就中断了。瑞迪克星并没有在他们平时的供给路线上，而且除非有人需要帮助并发出紧急请求，不然没有任何补给船会提交正式表格来争夺这个星球的豁免权。再说，这些异星文明考古学家身边也有绿灵教士，一旦发生危险，他们也可以立刻进行通信。这么一想，他一直没有注意到似乎也并不奇怪。

但是……五年都没有消息？难怪他们的儿子会那么担心。巴斯拉感到有些冷。没人注意到这些在荒凉星球上的老科学家。为什么他们的绿灵教士没有发消息过来呢？他怕的是他们已经因为无人关心而被饿死在了一个被遗弃的世界里。主席最痛恨的就是这种粗心大意的错误。

他查看了他们最后提交的一份正式报告。巴斯拉读着玛格丽特的总结，看到随着有关克莱西斯的迷雾渐渐明朗，她的语气也愈发兴奋，而他自己也感到了一阵激动之情。也许在瑞迪克星上确实有什么重要的东西。难道他错过了一个千载难逢的机会？

玛格丽特·克里克斯发现，在已经消失的克莱西斯文明和气基族之间存在着某种古老的联系——这种揭示本身就已经够惊人了。她声称他们已经发现了另一种具有革新意义的非凡技术，但却没有具体说那究竟是什么。

到这里，总结报告就中断了。

巴斯拉精神振奋，起身离开了他在汉莎的办公室，下到地下通道里，穿过月相花园宽阔的植物园，走进了低语者之殿。

路上，他碰见了美丽而又野心勃勃的萨琳。"巴斯拉，我得和你谈谈。我们能单独在我那里吃晚餐吗？"

"现在不行。"他看着她。这个年轻的塞洛克女人本可以让任何一个英俊的男人臣服在她脚下，但她却独独中意巴斯拉的财富和政治权力。"哪里有绿灵教士？我要寄个信。"

萨琳的眉毛皱了起来："我刚看见拿顿去了庇护所公园。"巴斯拉继续迈开步子。萨琳虽没受到邀请，但也紧随其后。

繁茂的枝叶间，蜿蜒的小路在花朵和灌木的簇拥下向前延伸。这些花园位于低语者之殿侧翼的温室内，里面的蕨类植物都经过了精心修剪，那位绿灵教士常常在这里漫步。此时，他正跪在倒影池旁，周围掩映着垂柳金色的叶片。

"拿顿，我需要你的服务。我们去最近的世界树那里。"

"请您跟我来，主席先生。"庞大的宫殿内栽种了十五棵装在盆里的世界树，通常它们都被放在最需要即时通信的政府会议室里。

二人步履匆匆。巴斯拉开口说："我们几年前派了一支考古团队到一颗叫作瑞迪克星的行星上做考察。他们带了一个绿灵教士，而且他为了可以直接通信种了一片世界树。这几年我们都没有收到他们的消息。我必须和他们重新取得联系。"

"什么事情这么急，巴斯拉？"萨琳问道，同时诡秘地睁大了眼睛。

"我只是不想在之后的聚会上迟到。"

终于，拿顿跪在了一棵树苗盆栽旁，用手指圈住了嶙峋的树干。他通过远程意识联结发送出自己的意念，和世界树之林相连，在数以百万的意念思路中进行搜索。

"他的名字叫阿卡斯，"拿顿说，"他确实在那里种下了树苗。"他脸上的文身图案逐渐皱成一团，"但瑞迪克星上所有的树都死了。联系断了。"他眨了眨眼，深感不安，"树都死了，为什么……为什么世界树之林没有告诉我们？"

巴斯拉听到这些话，又看到御用绿灵教士那出乎意料的反应，最初的好奇和忧虑变得愈加急切。拿顿紧握盆栽树苗，再次接入远程意识联结，似乎正在向世界树之林网络发出无数紧急的问询。

巴斯拉忧心忡忡，转身向他的私人办公室走去。萨琳急忙跟在他身边："怎么回事，巴斯拉？能告诉我吗？"

"请让我自己想想。这些都是才得到的消息，我暂时也还不知道这意味着什么……但是它们很有可能非常重要。"他加快了速度，把她甩在了身后。巴斯拉总能在事后成功安抚到萨琳，但更有可能的是，她主动来找他，想办法向他道歉。

根据最新得到的这些粗略的信息来看，克里克斯团队明显发现了什么不得了的东西，但是他们只给了一点引人遐想的提示后便没有再提交任何完整的报告。该死的，为什么他之前都没有想到过这个问题？而且，要是连绿灵教士都如此明显地感受到了震惊，那肯定是发生了什么不同寻常的事。

在危机重重的汉莎联盟中，这种小事本来不会引起他的注意。但是现在，这一小事却让他心里同时燃起了怀疑和希望。难道那些考古学家真的发现了什么比"克莱西斯火炬"还要不得了的技术奇迹？如果说真的有人能做到这件事，那肯定非玛格丽特和路易斯莫属了。

巴斯拉不喜欢未知的结局。他的对策是投入一点必要的星际驱动燃料，再找到一艘目前没有在执行任何重要任务的小型飞船。

他用手指轻抚着下巴，思考着。然后他想到了他手下的达文·洛兹，这人既是个异星社会学家也是个间谍。巴斯拉之前派他去了被雷迪拉舍弃的移民地克伦纳星。洛兹假扮成一个普通居民，实际上却一直在偷偷地四处调查，暗中窥伺，搜集关于雷迪拉文明的细枝末节。他在那里有足够的时间完成任务。

是的，洛兹就是最佳人选。巴斯拉决定让他去瑞迪克星，调查清楚那些考古学家究竟遇到了什么事。

13

达文·洛兹

达文·洛兹坐在紧急城镇会议的现场，安静地听着想要逃离克伦纳星的居民们发言。"我们必须离开这里，不然我们全都会死于传染病！雷迪拉瘟疫又一次爆发了！"

达文知道这种曾经爆发过的生物传染病并不太可能会与人类的DNA兼容，但是他不能让其他人看出来他懂遗传学。毕竟，他在这里只是个农民和土木工程师。

达文独自在一处雷迪拉人遗弃的寓所里面居住。他是个黑色皮肤的高大男人，身上满是肌肉，但声音却很温柔。他从前曾遭遇过意外，左边的脸颊被爆炸的玻璃瓶划破而留下了浅浅的伤疤。在他看来，这些疤痕确实太过显眼了一点，但他已经学会不给自己招惹任何特别的注意了。间谍的任务就是融入环境之中。

他和同伴们一起重建了移民地里毁坏的基础设施，他帮着大家安装和修建了供水系统、下水道、气象站和电线。在雷迪拉人因为传染病而逃离克伦纳星时，这些外星人在匆忙的撤退行动中烧毁了这里的建筑，毁坏了发电机和变电站。他们带着恐慌离开了这个世界。

而五年后的今天，一种神秘的新疾病再次席卷了克伦纳星，让所有住在这里的人类警铃大作。病人感染上病毒后会出现呼吸道衰竭的症状，且腿上和肩膀上都会长满令人胆战心惊的橘色小圆点皮疹。当这种"橘色斑点"终于夺走了一个老人的生命时，人们的焦虑也随之达到了顶峰。

城镇会议上。

移民地的一位医生站了起来，睁着一双猫头鹰一样的大眼。她的身材十分矮小，她的脸上布满疲倦，但仍然挂着一丝微笑，透着某种难得的放松，看上去有些不合时宜。"我这里有一些好消息，"她没有注意到大家急切的呼吸声，"我和我的小组分析了十五个橘色斑点病人的样本，分离了被感染的有机组织。现在我可以很高兴地向大家宣布，目前的这种病毒和从前雷迪拉人感染的盲热病毒毫无关系。"

她在一个便携式投影屏上展示了几张电子显微照片，上面布满了斑点和形状奇怪的图形。达文认出了人类的血液细胞以及一些陌生的团状物。"橘色斑点是一种单细胞的阿米巴虫形生物，没有病毒那么难攻克，其生命力甚至比不上细菌。它主要影响人类的皮肤和肺部，是克伦纳星生态系统中的自然组成部分，可能存在于水中，也可能存在于我们种植的作物里。"

"它会害死我们吗？"有人问道。

"不会，但是可能你必须要适应你身上出现的橘色斑点。"医生微微笑了笑，"这种症状是由皮肤发炎和黑色素退化导致的。它可能是永久性的，但其实并不危险。"

"但是我的阿卡迪死了！"一位上了年纪的女性说道。

"阿卡迪的肺部组织本来就不健康，他的身体非常脆弱。橘色斑点和肺炎一样，而且也是可治愈的。我们现在需要的是广谱抗阿米巴药。我的药房里有一些样品，但药量并不够治疗所有人。"

"好吧，那我们就去其他地方的药店里拿药吧。"另一个居民嘟囔道。

这时一个白皮肤男人站了起来，他叫布兰森·罗伯茨，是最新来的移民地成员。"我可以去。"此人又瘦又高，手上长满老茧，顶着一头蒲公英般蓬松的灰白头发。

这个人来的时候开了一艘小型商船，上面的护板换了新的，也就是说船名和序列号都改过了。要么就是罗伯茨偷了这艘船，要不就是他在躲什么人。但是克伦纳星的居民欢迎任何拥有私人船只的人，因为这些人可以秘密运送货物，搞到黑市上的供给品。

"我船上的燃料还够跑个一两趟，路程不太远就行。"他把手插进连裤衣的口袋里。他的笑容十分具有感染性，"我在汉莎有一些关系。"

<u>你当然有</u>。达文想道。

#

两天以后，克伦纳星的医疗人员治愈了最严重的五个橘色斑点病例。达文改进了净水系统，增加了额外的过滤措施，将阿米巴虫从当地的饮用水中过滤了出去。大家看到同胞们恢复健康后也纷纷平静了下来。

布兰森·罗伯茨在居住区逛了一圈，编了一份"购物清单"，这样的话，除了必要的抗阿米巴药物以外，他还能带回满满的货物。他要用仅剩的星际驱动燃料去取药，他最好还是借此机会多赚一点。

最近的一个汉莎世界是专为迎合有钱人的口味建的。"瑞雷克星跟我们这种碎片移民地不一样，他们那些娇生惯养的客人可是一点病都生不得，"罗伯茨这么说道，"他们那里肯定什么药都有。"

达文去了克伦纳星的小型太空港找他，身上带着一张单子，上面写着泵站和净水站所需要的各种零件的名字。按道理来说，他应该借机向温塞拉斯主席带个信，但他担心这会引起汉莎联盟的注意。

他喜欢住在克伦纳星，而且现在他对自己的平民身份也差不多习惯了。无人看到，无人注意……至少他希望如此。

雷迪拉人称克伦纳星为"声响之境"。银色的溪流从泉眼中涌出，又翻滚着卷入顺流而下的瀑布。野生的籽草在风中簌簌作响，仿若沙槌作响。昆虫没日没夜地低声嗡鸣着，这种音乐般的白噪音令人心情舒畅。低矮的山丘上遍布着多刺的笛木树丛。在树木死后，它们柔软的中心部分会逐渐腐烂，留下空心的树干，昆虫们会在上面钻洞，永不停歇的微风便会像吹奏乐器一般将它们奏响。

这是个好地方，比他接到的其他任务可好多了。

此刻，罗伯茨还没来得及登船，接近警报忽然被拉响了，这意味着有外来飞船正在进入克伦纳星的大气层。罗伯茨警觉起来："谁会来这儿？"

勘测塔里，一个兼职做城镇官员的男人激动地大喊道："是邮件无人机！"接着他提高了声音，又喊道："有邮件送达了！"

无人机属于小型快速飞船，上面装载着自动驾驶系统，比星际卫星还要小一点。在贸易禁令期间，很多星球都没有绿灵教士，因而也无法进行直接的远程意识连接交流，只能依靠无人机进行信息传递。这些无人机同时也会记录详细的已知汉莎聚居地的勘测图像。

罗伯茨从达文手里接过那张机械零件的清单，跳上了他的飞船。"去看看你的邮件吧。我买完东西就会回来，"他急急忙忙地说，"还有，要是传染病又加重了，听说多喝鸡汤会很有用。"

罗伯茨没有做完飞行前的例行检查就起飞了——可能是为了赶在被无人机发现之前。商船冲向天空，下一刻，邮件无人机便抵达了克伦纳星。这颗快速卫星开始把它储存的文件和信息下载到克伦纳星的网络数据库中：家人寄来的信件、商业报告、新闻文件，还有许多娱乐视频和电子小说。

无论其他人有多享受和家乡的联系，达文仍然觉得事有蹊跷，汉莎怎么会派无人机到偏远的克伦纳星来执行这么一个无足轻重的任务呢。他知道巴斯拉走的每一步棋都是有原因的——通常来说原因还不止一个。他也很好奇布兰森·罗伯茨究竟在害怕什么。

虽然达文没有家人也没什么朋友，但他还是毫不意外地在信件中找到了一封送给他的信息。那是他的哥哥索罗写的，内容平平常常：有个侄女结婚了，还有个上了年纪的亲戚去世了，家里的生意不好做之类的。但当他把信件带回住处后解密了信息，读到了巴斯拉·温塞拉斯派给他的新任务。

达文的心沉了下去。他心里其实也清楚，在克伦纳星的平静生活总有一天会结束。这次他必须再次成为一个正式调查员，利用他的外星社会学知识解决谜题。不久后就会来船接他去一处克莱西斯的废墟世界，而他接到的命令就是在那里查清楚那支考古队究竟经历了什么。

克伦纳星人将再也不会见到达文·洛兹。

14

安东·克里克斯

毫无疑问，这将是史上最为宏大的故事。安东·克里克斯有意想为他杰出的父母写一本传记，无须诉诸太多华丽的辞藻。

玛格丽特和路易斯是奥秘的解密人，是被尘土掩埋的文明的挖掘者。他们都将是流芳百世的偶像般的英雄。但是，安东的父母一直以来都坚决维护历史的准确性，哪怕这会给故事抹上一丝无趣的色彩。

此时他身处地球上的大学办公室中，金色的阳光穿过百叶窗的板条，在他收集的物件上投下点点光斑：相簿、他童年时留下的图像、在杂志和出版研究中剪下的片段和撕下的书页。

他父母在事业起步时，曾利用雷迪拉的扫描技术发现了一座深埋在撒哈拉沙漠下的原始城市。他们在火星上研究过诺克提斯迷宫地区的金字塔，驳斥了认为这些不同寻常的地标是一个已消失的文明留下的文物的理论，使得各地那些充满想象力的理论家十分恼火。但是，事实就是事实。

接着，克里克斯夫妇便投身于克莱西斯废墟的研究中，先后去了拉罗星、皮姆星和科里布斯星。在那个不可思议的火炬实验之后，他们出发去往瑞迪克星——而这一去就是多年的杳无音信。

起初，安东并不担心。他已经三十四岁了，早就过了整天黏着父母的年纪。玛格丽特和路易斯都十分自立，他们总选择一些偏远的星球，一封信要经过几个月甚至几年时间才能抵达对方手中。哪怕没有气基族的交通和通信管制，他们也常常消失在他的视线之外。

但无论如何，五年的时间都太长了。而且这次他们还带了绿灵教士……

安东向汉莎联盟的官员提交过许多次问询信件，但他只是一个在大学的某个不起眼部门里任职的研究员，他的信件没有引起任何人的注意。

安东走到办公室的窗户前，打开板条，向窗外金光闪闪的大海望去。虽然大学的建筑都有环境控制系统，但他还是更喜欢打开窗户，这样他就可以呼吸到圣巴巴拉市①这片公园般的区域里凉爽的海风。大学里的雷迪拉研究院有五座奇奇怪怪的建筑，都是由学生

---

①圣巴巴拉市，美国加利福尼亚州西南海岸城市。

设计的。这些新楼都是以新奇的几何形组合而成，上面镶嵌的水晶窗格和玻璃呈现出不同的切面，令人想起雷迪拉的首都米基斯特拉。缓慢旋转的"光子工厂"在人行道上散射着段段彩虹。加利福尼亚南部的阳光更为这里增添了几分雷迪拉的风采，但无论多么温暖明亮的日光也无法媲美七颗恒星的璀璨夺目。

安东之所以在史诗研究院有一个颇受尊敬的职位，部分是借助了他那个传奇的姓氏。他年轻的时候曾跟着教师智能助手学习，也曾跟着父母去过他们的考古挖掘现场。有时，玛格丽特和路易斯对待他们独子的态度更像是把他当作同事，而非儿子。

他从来都没有学会打理自己，一直骨瘦如柴，衣服也常常不合身，从不考虑款式搭配，总是抓到什么就穿什么。他的头发呈洗碗水般的棕色，剪成了一个十分实用的造型。由于总在阅读，他已经做了两次视网膜手术来纠正视力了，但现在他仍然会习惯性地眯起眼睛。

多年来，安东似乎都在追随着父母的脚步，但是，虽然他也深爱着古代的谜团，可传奇故事却总是比真实的历史更让他着迷。安东得到了两个博士学位，一个是研究已经消失的晦涩语言，另一个则是不同文化的神话比较研究。雷迪拉人曾把《七恒星史诗》赠送给地球，而他在研究这部史诗上表现出了极大的天赋。安东能记住大量的人类民间故事，其中很多都是以本地语言写就的："冰岛传奇"、《荷马史诗》、日本的《平家物语》[1]、多种版本的《亚瑟王传奇》[2]全集、苏美尔人的《吉尔伽美什史诗》[3]，还有很多从未被准确翻译过的民间故事。

---

[1]《平家物语》，成书于13世纪初，传为日本信浓前司行长创作，讲述了以平清盛为首的平氏家族的故事。

[2]《亚瑟王传奇》，以传说中的英国国王亚瑟为中心的传奇故事。

[3]《吉尔伽美什史诗》，目前已知的全世界最古老的英雄史诗，创作于公元前2700年至公元前2500年，讲述了关于统治着古代美索不达米亚地区苏美尔王朝的都市国家乌鲁克的英雄吉尔伽美什的故事。

要是他能和雷迪拉的记录者一起进行研究就好了……

他向米基斯特拉提交过四次申请，也给皇帝、第一继承人和他能想到的所有人写过信。他在信中强调自己对史诗故事系列满怀激情，请求他们资助他去雷迪拉研究史诗，让他用对地球神话的洞见丰富雷迪拉人对史诗的理解。他们自己的历史学家当然也想反过来研究研究人类的传奇吧？这样两个种族都可以因此而受益匪浅。

但是他的申请前两次都被无视了，第三次则直接被拒绝了，而一年前他寄出的第四次申请，却在气基族引起的动荡中丢失了，和他关于父母的问询信件一个下场。难道在这整个旋臂内就没有一个人在听他说话吗？

因此，他转而开始计划通过写他母亲和父亲的生平传记来创造一个属于他自己的神话。他把多年来整理的笔记摊开来，重新按照主题进行组织，从枯燥的传记数据到研究成就，从他们虽常规但很了不起的地球考古工作到在外星的探索研究。

但是，所有故事都需要一个结局——即使不是主人翁走向生命的终点，至少也应该是某种确认。但如果对他父母在瑞迪克星上的经历一无所知，安东觉得无法完成这本传记。

这时，门铃发出一阵叮当声，他抬头看见办公室门口站着一个镀铜的智能机器人。大学的走廊里经常可见这样的机器工作者，它们主要负责传递信件和日常维护工作。很多机器人都被编入了友好代码，因此跟它们谈话让人很愉快。

"安东·克里克斯，请确认您的身份。"

"正是在下。有什么事？"

智能机器人送上来一个精美的包裹，那是一块用亮晶晶的包装纸包着的薄板，上面刻有特殊图案，安东立刻就认出来这是雷迪拉的标志。"这是一个信使送来的。校长对此非常好奇。我们很少收到直接从棱镜之殿送来的信件。"

安东从智能机器人那里夺过薄板:"还是留给我自己欣赏吧。谢谢。"

"您需要我帮您约见校长吗?"

他手里握着那块珍贵的薄板:"尽管去吧。反正就算里面什么也没有,他也会让我解释解释的。"

智能机器人转了个圈离开了。安东研究着那个亮晶晶的包装,成功打开了保护层,从里面取出了一块蚀刻的钻石薄膜。这封信来自雷迪拉的一位著名历史学家,他是一名记录者,名叫瓦尔。

看来,和安东关于他父母的问询信件不同,他送到雷迪拉的信件和申请并没有完全被忽视。这位记录者甚至知道安东读得懂雷迪拉的书面语言。

瓦尔邀请安东去雷迪拉,和他本人一起"分享故事,解析传奇"。安东的眼睛亮了。他简直不敢相信。去那里的交通工具都已经为他安排好了。

心脏怦怦地跳着,安东低头看着桌上四散的笔记。看来完成他父母传记的工作又要推后了。他要去米基斯特拉了!

15

克里元帅

克里元帅从战舰中选出了最适合执行这次任务的七十个士兵、工人和工程师,领导着拆卸小组前往隐藏起来的伯顿号。

　　虽然克里没有和多布罗王储争辩，但他心里其实并不完全赞同这次行动。世代船已经在那里安静而沉默地待了那么多年。而且，如果让科学家氏族研究研究这艘来自外星的庞然大物，说不定还能发现点什么可以用来改进雷迪拉的飞船。

　　但是雷迪拉帝国在这几代发展中一直拒绝任何改变。皇帝对技术提升没有兴趣，他认为如果还有提升的空间就意味着他们的文明还没有达到顶峰。因此空空荡荡的伯顿号也就这么飘荡在太空之中，无人问津——而现在克里接到命令，必须要摧毁它。真是太可惜了。

　　太空遗骸仿佛一阵烟雾般围绕在笨重的伯顿号四周，飞船在其中迂回前行。随着拆卸小组渐渐靠近这座幽灵般的废墟，元帅也借机开始仔细观察那些他在第一次来时错过了的细节。在他周围，肌肉发达的士兵和眼神专注的工程师也在着迷地注视着锈蚀的船体。

　　它是失落的梦想之碑，是一座曾住着成百上千个满怀希望的人类移民者的废弃城镇。很久以前，鲁莽的先驱们离开了自己的母星，向着无人涉足的空茫太空前进，对于能否找到一个适宜居住的世界毫无概念。这种愚行多么惊人！雷迪拉种族已经有多久没有表现出这样的激情，多久没有尝试过这样的冒险了？克里简直等不及要登船了。

　　雷迪拉飞船在伯顿号旁边盘旋着，元帅派出了第一支专家小组。工程师们在高真空中努力打开古代人类设计的对接舱口，移除船外的检修面板，检查电路并重新配线。

　　"天呐！"他看着他们作业，努力压抑着内心的不耐烦，"慢点，不能犯错。"工程师们终于成功打开了外部舱门，露出了一个巨大的货舱，足够装下所有的雷迪拉飞船。"我们的飞船一进去，你们就派出三个系统专家，穿上环境防护膜套装，看看能不能让船内保持正常气压。"

不到一小时,伯顿号对接舱内的黄色指示灯就亮了起来。"元帅,氧气测试完毕,"其中一名工程师传来消息,"我们重新激活了船内的大气系统。要不要启动整艘船的系统?里面的空气常年不流通,需要进行气体循环和过滤。我确定,伯顿号肯定还有储备物资。"

克里扬了扬下巴。"好好干。戴好面部薄膜,我要重新唤醒伯顿号,启动它的系统,让它准备好去完成最后一段旅程。"

#

工程师小组的动作十分悠闲,仿佛在度假世界马拉塔一样。他们匆匆穿过空荡荡的走廊,那些乐观的人类曾在这里生息繁衍了好几代。他们的脚步声在清冷虚空的空气中回响着,足以吵醒所有被留在这艘弃船上的幽灵。克里之前读到过,人类不相信"光源"和死后会到达的更高的光明之境,他们相信的是鬼魂和四处游荡的幽灵。

在伯顿号的引擎室里,好奇的工程师们破解了船上的古代推进系统。通过和汉莎联盟的接触,科学家氏族已经明白了人类星际飞船的基本原理,而世代船的动力系统也确实很简单,他们很快便进行了重启。

克里元帅穿着绝缘套装,戴着面部薄膜,独自穿过乘客区,从一块甲板爬上另一块,对船体进行检查。即使现在孤身一人,他也能感觉到附近其他的雷迪拉人。在心神网中,他们令人安心的存在就仿佛是羽毛在轻轻撩拨着他的神经。

但同时,他也感到了人类的存在,仿佛他们曾经的迷梦也留下了难以磨灭的印记。他们带着如此愚蠢又如此远大的志向,带着雏鸟般天真的乐观，离开家园，一头扎进磅礴的银河系旋臂之中。如此野心勃勃，如此不计后果。

克里看着船舱、密封的储藏室、卧室标间、娱乐中心、图书馆……大多数都已经被清空了。他停在一间如洞穴般空旷的餐厅前，里面桌椅倾倒，满地狼藉，分明是发生了什么骚乱。是叛乱，还是在庆祝？又或者，难道这是几世纪以前雷迪拉人截下伯顿号上这些无辜的人类居民时亲自留下的罪证？

这里有太多可看可学的了……如果他遵守命令摧毁这艘船，那这一切都将被浪费。

他意识到，如果人类发现他们所谓的盟友在多布罗星的所作所为，那帝国将面临极大的丑闻危机。太阳舰队当时声称是来拯救这些移民者的，他们许诺赠予这些人移民地，于是把他们带到了那里。结果，这些人却变成了实验用的种畜。

克里的心一阵绞痛。对他来说，这一切都太过于无耻了。

元帅近乎虔诚地继续前行，想象着这里曾经的脚步声，想象着淘气的孩子们互相追逐的情景，想象着数代人类在远离故土的地方出生和死亡，一步也没有踏上过坚实的土地。他随意地打开那些密封的生活空间，试图幻想那些曾经在这里居住的家庭……他担心自己也许会不小心发现一两具被遗弃在此的遇难者的干尸。

克里看到了陈旧的照片，英雄或爱人的画像，褪色的衣衫，难以辨认的玩具，还有从古老的地球带来的纪念品。对那些曾经生活在这里的人来说，每一个物件都意义非凡，都有值得代代相传的故事。

这些移民者本想在一个新的世界上创造一个新的地球。但多布罗星的繁殖计划却剥夺了他们的过去，也不给他们任何一点关于他们种族起源的教育。所有的一切都消失了……

最后他终于来到了被人类称为"指挥中心"的地方——他们把这里叫作"驾驶甲板"。他独自站在那里，注视着漆黑的控制台，想象着曾经从这些粗糙的装置和传感器上传来的报告。许多任船长曾在这里生活过，工作过，做出过或明智或昏聩的决定。他们渐渐变老，又将这漫长的任务传给下一个接任者。克里不知道他们叫什么名字。这些指挥官已经被遗忘了吗？他们已经被历史的尘埃掩埋了吗？人类并没有一部类似于《七恒星史诗》这样记载历史的史诗。

这位元帅透过面部薄膜深吸了一口气，他盯着指挥座，在设备台之间已经依稀出现了霜线。这艘庞然大物空置了太久，令人痛心。沉寂像厚重的雷雨云一般悬在他头上，只在空气升温和陌生人触碰沉睡已久的船体时，才爆发出阵阵微不可闻的呻吟。要想唤醒系统的酣眠，扫去它的僵硬，还得需要一点时间。

但是克里不会给它这个机会了。

虽然没人命令他这么做，元帅还是让手下的士兵们清查每一个船舱，移走所有可能会有科技或文化价值的东西。他发誓不会让这些细节就这样永远消失。可能还有记录者可以破解它们，可以利用这些线索去进一步理解地球人。

绝不能就这么丢弃这一切，仿佛它从未存在过似的，这是在犯罪……尽管这正是多布罗王储想要的。

#

当伯顿号的生命系统重新开始运转时，克里再也找不到拖延的借口了。他走到驾驶甲板上，亲自指挥着这艘废船前进。巨大的世代船跌跌撞撞地驶出小行星带，向着多布罗星系的热源中心前进。他感受到了力量，就藏在这艘巨船内，就藏在这个保护了成百上千数量的人类许多年的笨重的庇护所中。

他站在人类的记忆中，这些人曾将自己的生命全部寄托在船长的智慧上。这位元帅多年来一直痴迷于英雄的传奇故事，但现在，他做的事情却似乎不那么值得被铭记。这些事将只会有极少数的人知道……

"元帅，航线已经设定好了，"一个工程师说，"剩下的工作就交给引力吧。"

克里看着多布罗星的恒星太阳咆哮的热浪。在如此近的距离上看，那橘色的火焰就像气态的岩浆，在这个熔炉里，没有任何东西能侥幸逃生。

"做好离开伯顿号的准备。通知舰队我们已经在回去的路上了。"

这些肌肉发达的氏族带着五颜六色的玩具、玩偶和人类的衣服回到对接舱，看上去极不和谐。克里留到了最后，他是站立在伯顿号的驾驶甲板上的最后一个人。他独自看着孤零零的控制台，还有越来越近的炙热的太阳。最后，他穿过甲板层，回到了自己的飞船上。

克里离开了世代船，透过飞船的舷窗，看着巨大的弃船被恒星的重力井吸引，不可阻挡地向它坠去。火焰紧紧扣住等离子体表面，仿佛饥饿的捕食者伸出的恶爪。

古老的伯顿号那锈蚀的船身先是变成鲜红色，然后变为黄色，当它坠入到恒星的色球层时，化为一束刺眼的白光……最后，它熔化成了碎片。伴随着无声的尖叫，这一历史遗迹的最后一点残余也在沸腾中燃烧起来，只留下一道很快便会消失不见的黑色暗痕。

这一景象在克里元帅的头脑和想象中都留下了不可磨灭的痕迹，但他绝不会向任何一个人透露这一点。

16

皇帝

皇帝萨鲁克冥想着，通过心神网的意念网络观察着他的人民。所谓心神网就是通过光源之境撒下的灵魂之线，闪烁着细微的亮光。皇帝正是这些脉络的中心，他的人民相信他会借此做出正确的决定。他们只相信他一个人。

在他的冥想室里，温暖的日光透过由蓝宝石和血红的水晶制成的半透明墙壁倾泻而入。萨鲁克靠在他的蛹座上，沉重的眼皮半闭着。他一半是通过意念视物，一半通过眼睛。他的大脑总在同时追踪着数百万计的细枝末节，关注着每一个事件拼图，每一个必要的行动。

克里元帅刚执行完摧毁伯顿号的任务。他的一举一动仍然保持着僵硬的敬意，身上的勋章和装饰十分惹眼。他在经过装点的胸口前紧扣双手。"陛下，我的工程师小组回收了大量的人类科技品和个人财物，现在我将它们作为礼物献给您。也许这些东西能帮助您更好地理解人类。"

萨鲁克隐藏起自己的真实想法，露出了一个和蔼的微笑——这是他最喜欢的表情之一。"哪怕是皇帝也该继续学习。谢谢你给我这个机会。"

对于元帅的这一自发行为，他既高兴又失望。克里在接到某些命令时会表现出明显的不快，但他的责任感确实很重。他从不逃避自己的职责，也从没有表现出一丝一毫的不忠。皇帝要求手下的人献出毫无保留的支持和忠诚，在眼下尤其如此。他必须要播种下适宜的思想种子。

克里正要离开，他的领袖伸出一只丰腴的手，制止了他。元帅猛地像被电击一样晃动起来，他的勋章叮咚作响。"陛下？"

皇帝的辫子抽动了一下："元帅，不要被我平静的外表所欺骗。我制订了许多错综复杂的计划来增强帝国的实力。其中的很多项现在就要完全实现了。但是，随着时间一分一秒地流逝，我们面对的危机也愈加严峻。"

"是的，据我了解，有人发现好几艘气基族的球形战舰正在各个行星空间进行侦察。没人知道他们到底在找什么。"

皇帝听到克里已经得知这一消息后有点惊讶。"说得对，元帅。有一艘球形战舰扫描了海洛卡星，还有一艘去过康普特星。"

"陛下，他们确实心怀不轨。您需要我召集一小队战列舰驻扎到海洛卡星基地来保护王储吗？"

皇帝皱了皱眉，说："派战舰也无妨，但是，即使是我们的太阳舰队也难以与气基族抗衡，这一点我们在昆哈3号时已经知道了。现在我们的行动完全取决于敌人如何行动。"

棱镜在房间里折射出种种阴影，一如天空中的阴云。他动了动笨重的身体，努力掩盖日益加重的痛感。元帅一走，医学氏族的人就会进来，再次为他检查身体。

"这次战争我们不能只依赖直接的军事行动，只能等着多布罗星的实验完成。我们必须在这代人身上取得成功，不然一切就都完了。"他对克里笑了笑，"只有通过人民的支持，还有像你这样坚定意志的人的决心，我们才能幸免于难。"

克里离开后，皇帝对他的私人保镖说："巴农，把我们这位误入歧途的元帅从伯顿号上带回来的所有小玩意儿都封起来。确保没有其他人看到这些东西，然后做好安排，全部销毁掉。"

保镖点点头，声音粗哑地说："陛下，您需要我先带过来给您过目吗？"

"不用。这些东西无关紧要。"

巴农走了，他从未有过质疑，总能完美地完成任务。萨鲁克叹了口气，倚到椅背上，让自己苍白的皮肤沐浴在多彩的阳光中。他回想起自己还只是第一继承人的时光，那时所有重要的决定都还能由他的父亲做主，他品尝到了一丝罕见的伤感。他曾享受过作为皇族长子的福利，那时的他强势又健康，头发长而飞扬，生命力旺盛。

他知道自己总有一天要承担起所有的压力和责任，但对那时的他来说，失去男子气概、获得心神网能力的那一天是如此遥远。每一个第一继承人都曾有过同样的感受，但这样的一天最终总会到来。

他记得他的父亲——皇帝于拉——在将近两个世纪前，接到了关于和人类世代船进行初次接触的报告。太阳舰队的指挥官、各类官员还有贵族氏族都对这个全新的智慧种族感到十分好奇，不理解他们既然无法达到超光速，又为何要如此笨拙地在星际之间漫游……

但那并不是唯一的问题。萨鲁克还记得在一万年前那场规模宏大的战争中，气基族都做了什么。只有皇帝才能一代又一代地传递这些令人恐惧的信息。气基族从来都不屑于去理解其他的种族，能让他们感兴趣的只有和温特尔族与维尔达尼族之间展开的宇宙大战，以及他们和法罗族结成的并不稳定的联盟。它们无法理解受行星约束的雷迪拉人或克莱西斯人，而皇帝急需一个新的"桥梁"，一个强势而又充满技巧的大使，这个人一定要有能力和气基族结成一种它们能理解的联盟才行。

正是他的父亲决定利用人类来对多布罗的计划进行补充，这一计划虽算长期，但当时已摇摇欲坠。于拉死后，新一任的领袖萨鲁克则继续执行这一混血项目。而乔拉，无论他有多抗拒，也必须这么做。不然计划永远都不会完成。

现在，如此多的计划尚处于进行阶段，气基族又重现宇宙，雷迪拉帝国前途未卜——但为什么，为什么他的凡人之躯却在这时出现衰落之迹？为什么这种恶性的生长物会紧紧扼住他的喉咙，仿佛在跟他开一个宇宙级别的玩笑？为什么是现在？他想向着雷迪拉天空中熊熊燃烧的太阳怒吼，或者去祠堂中向他的先祖们闪闪发亮的头骨询问解决办法。但是，任何东西都给不了他想要的答案。

两个医学氏族的人走了进来，封上了冥想室的大门，以免泄密。这些医生都长着一双大眼睛，双手灵活又柔软，每只手上都多长了一个指头。他们的指肚非常敏感，能够感应到体温的升高和降低。每个医生的鼻子都很宽，鼻孔较大。他们可以通过嗅觉来辨别疾病，确定病因。医学氏族人都可以实施开刀手术或进行外压穴位按摩。他们既懂药理又会治疗，总是大家合作讨论做最后诊断。

这些雷迪拉的医生们又为他做了一次全身扫描，在此之前他们已经做了三次了，这次检查不过是走个形式，皇帝已经知道结果了。他总能通过他的心神网判断出他们有没有对他撒谎，或者有没有在压抑自己的恐惧。这就是知道太多的诅咒。

"陛下，不会有错了，"第一个医学氏族人说，"您的身体里长了东西，而且它正在侵蚀您的大脑和神经系统。我们无法治愈。"

萨鲁克动了动他肥胖的手臂。他的双腿早就已经无法再支撑他的体重，而如果这极具侵略性的肿瘤继续啃咬他的脊柱，他将再也无法行走。在很长一段时间里，他对这个真相心存怀疑，他诅咒着自己的命运。他不惧怕自己的死亡，毕竟，他已经得以一窥生命领域之外那炫目的纯光之境。他只担心帝国的命运，而帝国的命运比他个人的存亡重要得多。

他让医学氏族的人退下："我明白了。"

可惜，第一继承人乔拉还完全没有准备好。皇帝本来期望他的儿子还能有很多时间来做好即位准备，但医生们却不给他这个希望。

确实，现在死掉太不合时宜。

17

杰斯·塔博林

繁星天幕中，两艘没有被标记过的游荡者飞船在彗星的拖尾留下的缕缕光河外悄悄碰面了。杰斯和西斯卡，只有他们二人，远离所有责任和义务。

在这里，他们可以仅仅只做一对恋人，一对宇宙中的人类，他们拥有的只有身体、心灵和灵魂。在这短暂的相会中，气基族、争权夺利的汉莎联盟和吵个不停的游荡者部族都被他们抛在了脑后。只有这样，杰斯和西斯卡才能在等待中保持理智。只需要再等几个月……

西斯卡驾驶着一艘外交信使船，操纵着向杰斯的飞船开过去，直至两艘船的停泊口吻合。两艘船并排行驶，在彗星留下的滑流中漂荡，在这个被人遗忘又了无生趣的太阳系中沿着漫长的抛物线型轨道漫游。

这是杰斯和西斯卡独处的完美场所。

气闸舱门打开，她站在他的面前，一双深色的眼睛里盛满了思念，丰润的嘴唇上绽出一个害羞的微笑。他们凝视了片刻，享受着彼此的存在。

接着，西斯卡向他走来，低重力的环境让她步履轻盈。他们拥抱在一起，仿佛这是他们第一次如此放纵自己的渴望，仿佛他们已经有多年未见……又或者，仿佛他们无论在一起多久也仍然无法感到满足。

杰斯亲吻她，手指拂过她深色的发丝——那棕色如此深沉，近乎墨色——他将她拉过来，紧紧拥住，像是两颗被束缚在完美轨道上的天体。

他们已经像这样幽会过很多次了，有时在小卫星领域，有时在小行星带中，有时他们只是就这么漂荡在星际间的虚空中。但无论是哪里似乎都没有远到能让他们摆脱问题，实现期盼。每个部族成员都认为议长应该把生命完全奉献给游荡者的生死存亡，而不是什么愚蠢恋爱中的浪漫主义。

各个部族现在就像热锅上的蚂蚁，急于找到在商业上可行的方法来收获艾克提。闪电战式的突袭总会造成大量的人员伤亡，星云帆太慢，彗星提取法又需要投入大量的工业资金。在当下阶段，西斯卡必须努力阻止游荡者社会内部的分裂。她必须要鼓励人们团结，让大家依靠部族之间的连结。

但此时此刻她有杰斯，这就够了。

有时西斯卡和他在一起时更喜欢说说话，谈谈他们共同的担忧和经历。但这一次，她的欲望仿佛更强烈。她的手指开始解开他的衣服，研究和破解着他层层叠叠的衣物、拉链和口袋，脱下他的连裤衣。

他再次深深地吻她。杰斯的手滑下她的背，透过衣料感受着她的肌肤，爱抚着她的乳房。西斯卡身体后倾，露出脖颈。他的嘴唇沿着她的脸颊，吻过她的下巴和她光滑的喉咙。他拉开她的衣领，细细地亲吻每一寸的肌肤，直到他终于解开她胸前的衣物。二人的指尖和掌心都在取悦着对方，脱掉对方的衣服。

西斯卡头发上的香味和皮肤上的汗水让他更加兴奋，他深吸了一口气。他的嘴唇肆意地侵略着她赤裸的肩膀，而她的手指则轻轻地抚摸着他的胸膛。

每一次的秘密幽会都比上一次更令人沉醉。他不知道，当他们有一天可以随时都待在一起、不必再遮遮掩掩时，西斯卡·佩罗尼的魔力是否会依旧令他如此着迷……她是否永远都会像这样，清新、崭新而充满生气，她的肌肤是否还会如此滚烫，她的嘴唇是否还会如此湿润而饥渴。

两艘连接在一起的飞船继续向前航行，追随着彗星留下的鬃毛般的尾巴。就像他朝着格尔根星扔出的其中一颗彗星……

在来的路上，杰斯绕了点路，又去看了看那颗被风暴席卷的寂静的气态巨星，那里曾是罗斯的蓝天号采矿船的所在地。那次爆炸给星球上层叠的云层留下了持续不断的风暴和道道伤痕，但他无法判断那些深居地核的外星人是否还驻扎在那里，也许他鲁莽的攻击已经杀死了他们所有人，一如"克莱西斯火炬"在昂西尔星所做的那样。他不知道这算不算是某种形式上的胜利……但是，做点什么总好过什么也不做。

杰斯试着放慢节奏，认真品味每一个瞬间，但西斯卡的身体却越来越火热，她紧紧抱住他，杰斯迷失在了其中。

他们之间有那么多的阻碍，但二人却决心厮守。杰斯将她拥入怀中，每个神经末梢都在爱抚着她，他在心中暗自希望他们永远不要分离。这样短暂的幽会足以给他们足够的力量去面对接下来的几个月，直到他们终于迎来快乐的结局。

18

塔西亚·塔博林

在塔西亚看来，包围伊雷卡的行动不仅又漫长又无聊，如今还显得毫无意义。作为平台指挥官，她自己也在心里计算过利弊。哪怕他们可以收回所有非法囤积的星际驱动燃料，也无法弥补地球防卫军为此所耗费的艾克提、火力和能量。

但是空军指挥官罗博·布里登却能理解。"这就不关燃料的事，塔西亚，"他曾在她紧闭的舱门后对她说，"兰扬将军觉得如果我们对伊雷卡囤积燃料的行为坐视不管，其他的移民地也会跟着效仿。如果这样持续下去，我们就控制不了局面了。"

但是塔西亚不是军事背景出身，她很容易理解移民地的居民们的想法。"纸上谈兵容易，布里登，但是下面的可是活生生的人。我当初入伍可不是为了到这里来威逼利诱这些只是想活下去而已的移民者的。"

他耸耸肩，说："你是地球防卫军的军官，塔西亚。这种事情我们都是留给国王、外交官和将军来做决定的。"

通常情况下，塔西亚作为一个已经登记过的游荡者飞行员是绝对没有机会成为军官的。但是在气基族的第一次进攻后，地球防卫军内部陷入混乱，急需扩张，而她既幸运又特别。她的飞行技术十分高超，同时能力倾向测试结果、太空生存能力和创新能力都非常亮眼，这一切使她得以进入严酷的军事学校，跻身候选军官的队列。虽然她还很年轻，但她只花了五年的时间便进入高层，晋升为平台指挥官，和战舰舰长平级。而要是换一种情况，她现在可能还是一个小跑腿的。

塔西亚早该知道不要和他谈论政治。他们在大部分事情上的意见一致，但这也使得他们偶尔的争吵更加激烈。如果她稍微清醒一点，她就会选择去玩玩低重力乒乓球，或者看一些娱乐节目，或者用演示型鲫鱼战斗机赛上一把。但是，不，他们必须要谈谈，哪怕其中藏满了爆发隐患。

"我们都想活下去，"他说，"而且，地球防卫军的责任——我们的责任——就是确保大多数人都能活下去，而不仅仅只是这么几个囤积物资的移民地居民。"

#

经过两个月的无所事事，倦怠之情啃噬着地球防卫军战斗小组上上下下所有人。士兵们觉得威利斯上将理应有更重要的事要做才对，但是这位第七坐标格舰队的指挥官却仍然要求他们继续封锁该地。

到了一天交班的时候，布里登带着他的鲫鱼战斗机小队绕伊雷卡进行演习飞行，在云层之中翻飞疾行。按道理来说，这些反叛的移民地居民看到他们的武力后应该心生敬畏才对。布里登声称这次演习是为了让队员们保持状态，但塔西亚知道，他只是在发泄心头的怒火而已。

日复一日，双方都没有任何动作。在他们的下面，反叛的伊雷卡移民者们生活在封锁的阴影中，越来越绝望。美丽的长发大总督努力像平时一样处理着事务。必须要做点什么了。

塔西亚坐在他的云砧平台指挥官的休息室里，和其他包围舰的主要指挥官们一起参加了又一次的虚拟会议。帕特里克·菲兹帕特里克一如既往地提出要发动一次快速攻击，采取必要的行动，夺走艾克提储备。"上将，我们可以尽量避免伤害平民。不过这些人如果非要违抗我们的命令，那只能给他们添几道伤口。要我说，就该强硬。"他薄薄的嘴唇往下垂成一个不快的表情，"毕竟，这是个惩罚行动，对吧？目前来看，我们似乎只是在让他们蹲在角落里，等他们表现好了再出来。"

"看来你没什么耐心了，指挥官？"威利斯上将镇定地说，"除非必要，不然我不想发生任何流血事件。"

这时，塔西亚舰桥上的战术师忽然拉响了警报。"长官，检测到下方地面有活动迹象。"其他封锁舰上肯定也响起了类似的警报。

威利斯上将解散了会议，让所有指挥官各就各位。所有人都报到后，她对战斗小组说道："看来他们终于有所行动了。大总督萨海知道她应该做出什么选择——而这并不是其中之一。"

舰桥战术师看着塔西亚说："大陆上有六艘飞船分别从四个不同的太空港起飞了。每艘船的轨迹都不同。"

塔西亚沉下了脸："他们是希望至少能有一艘飞船可以冲出封锁圈。"

威利斯上将在通用频道上拉长声调说："请注意，伊雷卡星的飞船们——可能我第一次没有说清楚。除非你们上交艾克提储备，不然一个人也别想离开。"

这些艰难飞行的民用飞船继续向上，像仓皇的老鼠一般尖叫着穿过大气层，四散开来，试图躲开地球防卫军紧密相连的封锁舰队。

"听话，别逼我这么做。"威利斯的声音听上去就像一个被激怒了的祖母，但是逃跑的飞船并没有听她的劝阻，"好吧，指挥官们，你们知道该怎么做。让他们深刻认识到自己的错误吧。"

"小菜一碟。"菲兹帕特里克在他的蝠鲼巡洋舰的舰桥里说。

塔西亚传达了命令："布里登空军指挥官，让你手下的人把这些飞船逼下去。尽量瞄准星际驱动引擎。给他们点颜色瞧瞧，让他们像丧家犬一样滚回家去。"

"如您所愿，平台指挥。"

两艘试图偷越封锁圈的飞船还没离开云层，布里登的空军中队便已经瞄准了他们。蝰蛇系统用短暂的脉冲便使他们的星际引擎短路，极为精准，只留给他们最后一点驱动能力，足够完成虽凶险但也不至于致命的降落操作。

鲫鱼战斗机散开来，又击中两艘飞船。"四只兔子回洞了。"

塔西亚看着投影的画面。这些匆忙逃窜的飞船看上去既无害又无助。他们逃不了了。两艘想要闯过封锁逃跑的船只踌躇了一下，好像正在重新考虑他们的计划，但接着还是不管不顾地向前冲去。

帕特里克·菲兹帕特里克说道："这些我来，其他人退后。"但他没有派出鲫鱼战斗机小队。当最后一对飞船朝着开阔的天空飞去，以为自己已经自由了的时候，菲兹帕特里克推进他的蝠鲼巡洋舰，"看我的。"

他的武器军官发射了两发蝰蛇系统激光弹，威力足够摧毁一艘战舰。太空中闪过一道耀眼的光芒，两艘飞船瞬间消失，只剩一片熔化的金属。

塔西亚倒抽一口气，实在无法克制自己，一把抓过通信器："菲兹帕特里克，这种行为毫无必要！你怎么解释——"

他冷笑了一声，打断了她的话："看来有人忘了我们在打仗了。"

威利斯上将的声音从旗舰上传来："你们俩，够了。菲兹帕特里克指挥官的行为在我的授权范围内，虽然我确实把规定制定得太松了。下一次我不会再给你们留那么多余地了。"她叹了口气，"不管怎么说，我想移民地的居民们应该明白我们的意思了。干得好，各位。"

塔西亚握紧拳头，她的指节用力到发白。在这场战争中，究竟谁才是真正的敌人？地球防卫军的战舰纷纷回到原来的封锁位置上，没有人知道这次围攻还要持续多久。

19

彼得国王

彼得开始怀疑，这世上到底有没有所谓的"小败"存在。国王穿着一件蓝灰相间、镶着银边的暗色外套，在地球的阳光下迈出步子走上阳台。又是一次不得不履行的职责。最近这几年，这种令人不快的事情他已经做过太多次了。

广场上人山人海，放眼望去全是一张张苍白的脸。但今天没有轰鸣的欢呼声。今天不值得欢庆。阳台下面，慈祥的统一教教宗正在低语者之殿宏伟的广场前方带领大家进行漫长而庄严的祈祷，氛围十分肃穆。祈祷完毕后，这位国教里有名无实的领袖便会退到后面，让国王来完成接下来的政治仪式。

彼得脚步缓慢，双眼直视着群众，表明他也和他们一样哀痛。

他走到阳台边缘华丽的栏杆前，可以听到人们充满期盼的呼吸声。摆在那里的一卷厚重的黑绸仿佛一具包在裹尸布里的尸体。

"这种事我实在做了太多次了。"他低声说道，只有等在宫殿里、远离众人视线的主席才能听见他说了什么。

"你以后可能还要做更多次，人民需要知道你在关心他们。想想好处吧：每一次的灾难中都会涌现出一批英雄人物，而这些英雄人物可以帮助我们集中精力去战斗。"

彼得苦笑了一下作为回应："巴斯拉，要是真有那么多英雄，那这次气基族就赢不了我们了。"

他走到阳台的边缘，打开话筒，对着专心致志的听众们说道："不久之前，一支军事调查小组和一支战略中队前往气态巨星达萨拉星进行调研，众所周知，那里是气基族的居住地。我们的队伍是为追求和平而去。他们希望再次与我们的敌人进行接触，终结这次战争。"

他顿了顿，人群也随之深吸了一口气。"但气基族的回应是残酷的，是无不可饶恕的。他们摧毁了我们的侦察机，杀害了三百一十八个无辜的人类。"

人群一阵骚动，彼得拉住了连接着那块黑绸条幅的丝带。"这是为了纪念最近在达萨拉星死去的同胞，我们永远不会忘记他们，不会忘记他们为人类做出的贡献。"添加了纤维润滑剂和抗皱剂的条幅在低语者之殿上飞流直下，仿佛一滴黑色的眼泪。

条幅上装饰着一串金色的星星，这是地球防卫军的标志，旁边还有一颗放在同心圆里的地球，那是汉莎联盟的标志。条幅下端坠着东西，增加了底部的重量，可以防止气流和微风的干扰。

当天晚上，火炬手将会列队来到这条垂坠的黑色布料下将它点燃。条幅将会向上卷起，燃起短暂而澄净的火焰，光亮将吞噬所有的布料……为未来将会挂上的哀悼条幅腾出位置。

彼得国王已经签署了公告，这些丧生于达萨拉星的地球防卫军侦察员将会被追授奖章。他亲自朗读了每个人的名字，在每一份证书上签名。这确实很耗费时间，但彼得却觉得这么做很重要。但是，无论何时重演这一仪式，他都会在心中暗想这些毫无意义的军事行动究竟为他们带来了什么。

彼得国王对观众们微微鞠躬，然后退后，回到了低语者之殿的遮蔽中。

"按时完成了，"巴斯拉走到他身边说道，"我们已经把王座大厅里的请愿书都审查了一遍，你对他们请求的回应也已经编写好了。"

"那是当然的。"彼得说。

巴斯拉瞪了他一眼，但彼得没有理睬。对他来说，这种手段早在第一年后就已经无效了。主席说："弗雷德里克国王总是会感激别人在背后为他付出的一切。"

"那我道歉，原谅我偶尔也会为自己考虑考虑。"

"你的任务是为汉莎联盟发声，而不是为谁考虑。"巴斯拉向着王座大厅走去，彼得跟在他身后。他们走在路上，巴斯拉收到一则紧急消息，用指尖按住了耳朵里的传声器。他睁大了灰色的眼睛，催促彼得赶紧跟上。

拿顿在一株盆栽树苗旁耐心地等候着。OX，这位毫不引人注目的行走数据库，站在王座后方，以便国王可以随时向它进行咨询或寻求建议。巴斯拉则仍然留在外面的走廊里处理其他事务，而彼得则要进去听听请愿人的发言。在这里，一切注目的中心应该是国王，而非主席。

彼得露出习惯性的微笑，撩开厚重的帘子，走进了嵌满镜子和黄金的明亮大厅。迎接他的应该是欢呼阵阵、掌声雷动——然而，一切戛然而止。

一台笨重的黑色机器正站在那里，它高达三米，宛如一只外星甲虫。这个克莱西斯机器人和王座之间保持着适当的距离，像一座不可动摇且令人生畏的雕像。

朝臣和皇家卫队等候在两侧，他们看到彼得国王来了都松了一口气，仿佛十分确定他们的统治者肯定有办法解决问题一样。安保人员手持武器，试图摆出威胁的姿态……但看起来克莱西斯机器人对此毫不在意。连巴斯拉也被打了个措手不及。

彼得国王重重地咽了口唾沫，小心地不露出任何惊愕的痕迹，开口说道："谢谢你们所有人在我履行更令人悲伤的职责的时候在此等候。"他的头脑飞速地运转着，努力像OX教他的那样想出合适的外交辞令。最后他假装自己才注意到克莱西斯机器人，好像对它的存在并不意外似的。

巴斯拉和他在汉莎的党羽此刻肯定正忙着为他编排对策，但彼得抓住了这次可以不受指导的机会。"欢迎克莱西斯机器人的代表，我很高兴，能为你做点什么吗？"

听到国王的话，那位黑壳机器人开始行动起来。它身上猩红色的光学感应器纷纷亮了起来，就像蛛形纲动物的多双眼睛一样。

没人知道在旋臂内究竟有多少克莱西斯机器人，但自从和气基族的战争开始以来，这些机器人就常常露面。虽然它们并不听从人类的命令，但这些黑色的机器人偶尔也会自愿参与各种艰巨的项目。它们有些向人类报告了一些重要的原材料的所在地，有些在小行星带和漆黑寒冷的卫星上的采矿设施工作。

克莱西斯机器人用一种粗糙的机械音色说话，虽然能沟通却不带任何感情色彩。"我的代号是乔拉斯。我以前也到这里来过，但那时是另一位国王……时代变了。"

"对，乔拉斯，我们也记得。"彼得向前俯过身，脸上带着关切，"你今天到这里来不是为了向我们报告又有人类虐待你吧？"

多年前，一个极具野心的机械科学家把乔拉斯掳去了他的实验室，想要把它拆卸开来研究它的运行方式。这个错误的尝试让他付出了生命的代价：他不小心激活了机器人内部的自我保护系统，结果赔上了自己的性命。

"不，我来是为了其他事情。"

彼得克制着自己不要皱眉，心里揣摩着可能会发生什么。OX认真听着，但并没有提出任何建议。在王座旁边，拿顿像一个速记员一样，安静地将眼前发生的一切记录到世界树之林的网络中。彼得看到巴斯拉正站在壁凹处，密切注视着目前的进展。

"克莱西斯机器人本想保持中立，但我们无法再继续下去了，"乔拉斯继续说道，"气基族的纷争不仅影响了人类和雷迪拉人，还波及了整个银河系旋臂。因此，我们内部进行了讨论，交换了数据，考虑了各种可能性。克莱西斯机器人并不记得我们的先祖究竟发生了什么事，但我们不希望人类和雷迪拉人也像他们在一千年前那样，完全灭绝。"

王座大厅里一片寂静，朝臣和皇家卫队听见这些话都深感震惊。乔拉斯红色的光学感应器闪烁着。"谢谢你的关心，乔拉斯。"彼得警惕地等待着这个机器人说出它的目的。

"我们，克莱西斯机器人，已经得出结论，要想帮助你们人类在战争中取胜，最好的方法就是研究你们的机器人。你们的智能机器人只要经过合适的改装便能充当起士兵和工人的角色，你们的生产力和战斗力也能因此提升。目前你们的智能机器人还很原始，无法有效地发挥这样的功能。"

彼得知道他绝不可能拒绝这样的提议。如果具有自我意识的智能机器人能够变成士兵参与到战斗之中，那人类也不必再白白牺牲了，地球防卫军战士在达萨拉星被屠杀这样的事情将不再出现。但另一方面，这种想法又令他心里感到不安。毕竟，克莱西斯机器人一直以来都非常……神秘。

巴斯拉再也按捺不住，从壁凹处走出来，站到了王位旁边的高台上，虽然下一刻他便意识到不妥，他又下了两级台阶，使自己的位置低于彼得。

"我的国王，克莱西斯机器人的提议将让我们受益良多，它们也是在为我们着想。我们应该对这次机会敞开怀抱。我强烈建议您接受克莱西斯机器人的提议，接受它们提供的帮助。"

彼得皱了皱眉，趁着目前正身处公共场合，说道："主席先生，我会考虑汉莎官僚的建议，但从根本上来说，这件事情应该由王室做主。"

这时，克莱西斯机器人提出了一个史无前例的建议，让彼得大吃一惊。"为了表达我们的诚意，我在此自愿成为您的机械工程师的研究对象。"机器人顿了顿，接着又嗡嗡说道，"哪怕是我们自己，对我们的创造者也并不十分了解，而克莱西斯机器人也希望去理解我们的创造者，和人类一样。因此，我会允许你们肢解——或者说拆卸——我，希望人类可以由此了解和学习克莱西斯的科技。"

王座大厅里一片哗然。在此之前，克莱西斯机器人一直拒绝回答任何关于它们的运作和功能相关的问题，也一直隐藏内部系统的任何细节。彼得问道："那我们研究完以后，你的机器人同胞还可以……重新组装你吗？"

"不。机械部分可以修复，但我的感知系统将会永远终结。不过，在存活了几千年以后，我们相信现在是时候为我们的存在寻找一些新的目的了。"

"主席先生？您意下如何？"彼得在巴斯拉还没来得及开口命令他接受对方的建议前，平静地问道，声音带着一丝遵从的意思。巴斯拉用力地点点头。这一研究将会成为汉莎的金矿，为科技的发展开拓出一条新的道路。

"很好，乔拉斯，"国王说道，"人类汉莎联盟很高兴接受你的提议。"

20

巴斯拉·温塞拉斯

对于主席来说，生活和公务几乎成了同义词。巴斯拉·温塞拉斯手中掌握着一个人能梦想到的所有财富和权力，但他却几乎没有时间去享受这一切。

在宇宙中四处分散的汉莎联盟行星、基站和居住地中，总是有"至关重要"的事务需要处理。不是伊雷卡那些顽固的居民一直拒绝上交他们的艾克提储备，就是一支侦察小队在达萨拉被屠杀，或者是游荡者商人提供的燃料量下降。

然而，自从五年前萨琳设法当上大使被派往地球以来，他也开始挤时间和她待在一起，享受快乐。仅仅只是一两个小时的话，他还是允许汉莎离开他自行运转的。

夜里，他把卧室那块足有一个足球场大小的天花板调成单面透明状，然后躺到如海洋般延展的丝滑床单上，盯着头顶上方，努力不去考虑那些迫在眉睫的问题。"每个星系都可能储藏着大量资源，或是住着急于向地球防卫军寻求庇护的绝望的人类。"

萨琳依偎在他身边："也有可能那里只是气基族的巢穴，而那些外星人正等着摧毁所有入侵者。"她抬眼发现他眉头紧锁，便吻了吻他的脸颊。她深色的眼睛在星光中显得格外的大，身体肌肉匀称，充满生机。巴斯拉喜欢她勃发的生命力，因为他似乎也会受此影响，迸发出生机。

"你在烦恼什么，巴斯拉？你要是想把什么事情交给我做，我一定会尽力的。"她又兴奋起来（她似乎总是这样），但他们已经做了两次了。他喜欢她温暖的身体，喜欢他们温存的味道，也喜欢事后那种慵懒的满足感，但现在他没有什么兴致了。

"你总是尽力而为。实际上，因为你太有野心，经常都会吓退那些和我意见不同的人。"

她用手肘撑住身体："那这是坏事吗？"

萨琳在几年前勾引了他，不仅仅是为了能够往上爬，还为了借机向他学习。这就是最令他着迷的地方。他们对互相的吸引都是建立在权力和尊重之上的。他们互帮互助，绝不搞什么无聊的浪漫主义。巴斯拉为萨琳一路晋升为政治要人铺好了路，但她却没有办法为他做她能做的事。

萨琳是塞洛克的大使，代表的是她的父母——教父埃德里斯和教母阿丽西亚的意志。巴斯拉一再要求塞洛克送来更多的绿灵教士，他们的远程意识联结能力非常重要——不仅是为了他们这个不断在扩张的商业帝国的管理，也是为了应对气基族战争中的军事紧急情况。该死的，他需要他们！虽然萨琳睡在主席的床上，但她必须要明白除非她能在这方面有所进展，不然这一切都会改变，而且很快就会。

巴斯拉继续沉默地透过天花板看着星空，她轻抚他的手臂，好像这样就能诱惑到他似的。不，她很聪明。"我真的努力了，巴斯拉，但我回不了塞洛克，事情就更难办了。我可以通过拿顿进行沟通，但谁知道他会添油加醋地说些什么呢？你知道绿灵教士一直都对为汉莎联盟服务不感兴趣，他们只想躲在森林里和世界树对话。"

"但当下谁又能妄想独善其身？"巴斯拉的声音变得阴沉起来，"我已经在考虑派地球防卫军去塞洛克实施军事管制了。我可不在乎他们是不是个主权移民地。我们现在是在打仗，而他们有我们需要的资源！你就不能让你父母明白这一点吗？"

她立刻有些惊慌失措，正如他所愿。他感到了她身体的变化。"我父母想不了那么多，他们只懂自己那个世界。"她看着他，眼里盛着玩味和不确定，嘴角上挑，勾出一个奇怪的笑容，"但是，我们也许还是有办法通过谈判和他们结盟，改变他们的想法的。也许……只要和彼得国王进行政治联姻，就可以确定这两种最重要的人类文明的命运走向吧？要是国王本人能和……比如说，教父埃德里斯和母后阿丽西亚的女儿结婚，他们又怎么可能拒绝地球的要求，不愿提供更多的绿灵教士呢？"

巴斯拉思考着这个提议，脉搏急速跳动，意识到了萨琳强大的洞察力。"我本来以为，资助你成为大使我们就已经掌握了足够的筹码，没想到，你的这个新想法还能给我们带来更大的财富。而且这个事情要办也很容易。"

"我本来不太确定你会怎么想。你也知道，彼得国王很英俊，而且和我的年纪相仿，"她说着，语气有些扭捏，"当然，我对你的感情还在……但如果我可以嫁给彼得，成为他的王后，我一定可以完成你想做的一切。和他交涉会很麻烦，但我们心意已决，一定可以做到。"

"想法很好，萨琳。你和我之后应该去一趟塞洛克，来一次外交之旅。"他靠过去吻了她，"但不应该是你——不应该由你来完成和彼得国王的政治联姻。"

他目光灼灼地看着她，心里反复评估自己的决定究竟是理性的思考，还是感情干预的结果。"不……应该是你的妹妹艾斯特拉。"

21

艾斯特拉

在世界树之林的树冠之上，艾斯特拉正坐在这个世界的最高处。阳光充溢着整片蔚蓝的天空，远处的地平线雾气笼罩。她任由思绪驰骋，明白塞洛克的星辰不过是旋臂中微不足道的一闪光亮，而旋臂又只是银河系中一个小小的组成部分，至于银河系，则又只是无垠星系中的一粒尘埃。

在她身边坐着一位年纪稍长的绿灵教士，二人默默无言地沉思着。罗西亚习惯独来独往，哪怕在这些将生命都奉献给世界树之林的人中，他也算得上是比较古怪的那类。他像一只鸟一样栖在细弱的树枝上，用扇子一样宽阔的叶片保持平衡，丝毫不担心会掉下去。

罗西亚的皮肤因为长年吸收阳光而变成了深绿色。他的眼睛又大又圆，当他来回扫视着树顶、鲜花和纷飞的昆虫时，那双眼睛简直像要从他的头骨里跳出来了一般。艾斯特拉观察着他，心中揣测着他的忧虑。"又在看有没有双足飞龙？"

他转向她，说："它们总在天气晴朗的时候攻击人。当你发现它们靠近的时候，已经晚了。"他说着想到了自己，用手掌摩挲着覆盖了他一侧大腿上大部分皮肤的伤疤，那块疤给他留下了一个狰狞的大坑，让他只能一瘸一拐地走路。艾斯特拉想象着那锯齿状的下颌咬在他的大腿上时的场景，不禁打了个寒战。"我可不打算给它们第二次机会。"他的大眼睛又看向了天空。

双足飞龙是塞洛克最恐怖的捕食者，体型庞大，极具攻击力，翼展呈水晶状，身上覆盖着宝石般的壳质体甲，锐利的眼睛可以捕捉到任何一点风吹草动。但一般来说它们并不以人肉为食，而且据说这些专吃昆虫的捕食者很讨厌人肉的味道。咬过一口后，不满意的双足飞龙便会把人类受害者从高处抛下，扔到树上。

只有一个塞洛克人从这种折磨中生还了——罗西亚。他掉下来的时候虽然只能算半死不活，但正好挂在了世界树上，之后绿灵教士们为他包扎好了那个骇人的伤口。后来树木接纳了他，让他成为一名绿灵教士，但罗西亚却从未真正融入过，他不仅腿部受了伤，精神也被损害了。

此时让艾斯特拉好奇的是，如果罗西亚那么害怕双足飞龙，他又为什么要花那么多时间待在户外呢。"所以……你的人生目标是什么呢？"她说着，试图转移一下他的注意力。

"难道为世界树之林服务还不够成为一个足够强大的目标？为什么我还需要考虑其他的目标呢？"

"因为我在思考我自己的未来，我实在不知道该做什么。"她挺喜欢罗西亚的，从镜湖和其他森林城市回来以后，她常常跟着他出来，和他聊天，向他学习。过去她也常常跟着她哥哥一起出来，她很怀念那段时光。

本尼托一直都想为世界树之林效力，也一直都乐于在遥远的栖鸦星上为汉莎的一个小小的农业移民地奉献自己。他从不怀疑自己的人生使命，就像雷纳德从不怀疑自己会成为塞洛克的下一任教父一样。而萨琳则一直以来都对商业很感兴趣。

艾斯特拉虽然对万事万物都充满了好奇，但她却并不对某一样东西特别着迷。现在她已经十八岁了，在塞洛克人的社会中她已经是个成年人了，很快她就将为自己的人生确定一个方向。

她很想念本尼托。他常常通过世界树之林和她通信，与她分享他的生活中那些琐碎却又令人愉快的小事。艾斯特拉本来盼着他可以在几年后回来——至少是回来看看——但现在星际航行受到限制，她担心他要在栖鸦星待上很长一段时间。

于是，她只能和罗西亚交流。"我想通过自己的人生去实现点什么。我将为了这个目标献出我的生命和我所有的力量……但我就是不知道该为什么而奉献。"她知道他绝不会把她的想法透露给其他人。

他终于从天空中收回了视线，用那双突鼓的眼睛盯着她："每个人都有自己的命运，艾斯特拉。关键是你一定要在生命结束前发现它，不然你只能带着遗憾离开这个世界。"他露出一个奇怪的微笑，又望向天空，"也许我的人生目标就是给双足飞龙一点恶心的人肉尝尝，"他张开手臂，在薄薄的绿色叶片上维持着摇摇欲坠的平衡，"谁知道呢？"

她用手擦去脸上的汗水，把发辫拨到背后。"我希望做一点更……更实质性的事情。"她和罗西亚双双抬起头，警觉地看着天空。

"我也是。"他说。

22

本尼托

栖鸦星远在气基族战争引起的战乱之外，本尼托对此没什么可抱怨的。他在这里的工作很重要，人们每天都在感谢他更是证明了这一点。

这片毫无经验的移民地不能为汉莎联盟出口任何重要的资源，但是，至少在建立十四年以后，他们已经不再什么都依靠贸易船带来补给。当地人口很少，他们的农民种的食物已经足够维持移民地的运转了。

萨姆·亨迪是这里的市长，他在黄昏时把大家召集起来，那时大家的工作基本都结束了，只有极个别的人遇见了一些紧急情况，要到晚上才能完工。亨迪市长人近中年，虽然常常劳作但仍然挺着一个啤酒肚。他不是一个过分讲究礼节的人。

本尼托走进公共大厅，那是一座低矮的建筑，为不与栖鸦大草原上终年吹拂的烈风作对而设计。一排厚厚的窗户映照出外面单调的景色。城镇上的居民都聚在里面，讨论着前一天灾难般的恶劣天气，大厅内发出阵阵交谈的回声。

在此之前，一阵风暴咆哮着席卷过整片居住地，狂风大作，冻雨倾泻。移民地的居民们现在每天仍然在收拾边界上破损的围栏，维修自动灌溉系统，评估外部建筑物和发电机的损坏程度，统计作物损失。有一些修补起来还算容易，但有一些则需要大量的人力。

萨姆·亨迪坐在办公桌前，旁边的秘书正在根据每户的报告，记录风暴对他们财产的影响。大风和冰雹损毁了八户人家和十一座外部建筑。

市长的巡视员这几天一直在耕地上检查被损坏的小麦和玉米。"有一些还可以抢救，"他总是很乐观，"我们种的都是可恢复的作物，很多农田很快就能恢复生产。"

两群山羊从畜栏里逃脱，跑到了田地里，它们造成的损失几乎和风暴带来的一样惨重。山羊是唯一一种可以消化当地植物的牲畜，它们消化道里的共生菌可以分解栖鸦星上的苔藓和毛茸茸的地衣，把这些东西转化为营养物质。山羊可以为当地提供奶和肉，而这些东西即便是在平常，进口价格也高得离谱。

有人开口道："每次风暴季节到来时都会发生这种事，萨姆。我建议我们还是盖一些聚合物油布，就是那种透明的薄膜，这样作物既可以晒到太阳，又可以不被大雨淋死。"

市长耸耸肩："值得一试吧。"

其他人大声表示同意，本尼托心想，该到哪里弄这些聚合物薄膜啊。栖鸦星北部有金属处理工业，也有矿井，但却并不具备生产设备的能力。

讨论了一个多小时后，市长让本尼托向大家汇报一下最近的新闻。作为绿灵教士，他是移民地和旋臂内的其他地区之间唯一的桥梁，每次都由他来汇报那些他通过远程意识联络得到的消息。此举试图让刚遭到极大破坏的混乱城镇尽快恢复正常。居民们仍然对旋臂内发生的大小事情十分感兴趣，尤其是对眼下的战争。

本尼托说："显然，气基族摧毁了一支派去达萨拉星的军事侦察小队。无人幸存。"大家咕哝着，明显感到了威胁。很多移民者的家人都还留在地球上，或加入了地球防卫军。"伊雷卡移民地仍然处于封锁状态，那里的居民不停止暴动，一切就不会有个结果。但是兰扬将军上报的伤亡人数并不多，而且地球防卫军的战舰打算先静观其变。"他叹了口气，"另外，克莱西斯机器人愿意帮助我们赢得战争。有一个甚至自愿让人类机械工程师拆卸它，以了解它们的运作原理。"

"我只想知道，"一个年长的高个农夫打断道，"克莱西斯机器人来不来帮我抓羊？因为如果它们没这个打算，我最好还是回去吧。"他盯着其他的家庭代表，个人的问题显然比遥远的政治更让他关切，"如果你们哪个人愿意来帮把手，我就真的感激不尽了。"

居民们分散为几个志愿小队，开始着手修复自己的家，围拢牲畜，人们将战争的新闻远远抛在了脑后。

23

DD

按理说智能机器人不应该做噩梦，但 DD 却发现自己总在想着这场噩梦何时才会结束。它被囚禁在这里，被迫目睹从未想象过的恶行，这种凌辱令它感到非常无助。而且在这过程中的每一步里，克莱西斯机器人都坚称这都是为了 DD 好。

这个友善的智能机器人无法按自己的意愿行动。当克莱西斯机器人袭击他们时，它没有能力去帮助它的主人玛格丽特和路易斯。它在瑞迪克星上一败涂地，这种错误实在无法原谅，它只求有人能把自己肢解了，并回收所有部件。

但抓住它的这些机器人显然不允许这种事情发生。没错，DD永远都不可能从它们手里逃脱。

在那次考古探险中，三个克莱西斯机器人为了实现它们邪恶的目标，直接强制带走了 DD。它的主人路易斯命令它和这些背信弃义的外星机器作战，但 DD 却无法访问自己的攻击或防卫程序，不能使用武器。它毫无用处。

DD 知道路易斯曾试着反击，让他的妻子能够有时间逃脱。他们有块奇怪的石头窗户，也就是克莱西斯的传送门，当时它出现了一点什么变化，然后路易斯便开始大叫。接着他的叫声也突然消失了，DD 由此知道，它的主人已经死了。

它失败了。败得彻底。

在这些外星机器人发动暴力叛乱后，它们从荒废的城市里找到了足够的机械，几周内便组装起一艘没有生命支持系统和食物的小型飞船。克莱西斯机器人把 DD 带上船，离开了那个被血污浸染的考古营地和它们曾经藏身其中的银河系旋臂。

令人费解的是，在 DD 亲眼看到它们犯下的血腥罪孽后，这三个机器人竟然还希望它能和它们合作，成为它们的盟友。这种想法既让人不安，又毫无逻辑可言。

"有一天你会明白的，"西里克斯曾经用嗡嗡作响的二进制通用语告诉它，"我们会一直为你解释，直到你明白为止。"

DD 不知道这种"解释"自己还得忍受多久。

它们把它送到了一颗没有空气的卫星上，这里远离任何恒星散发出的温暖光亮，无数的克莱西斯机器人在上面建立起一座秘密阵地，避开了所有可能的监视。

在这个由隧道和密室构成的孤立地区里，DD 感到恐惧和孤独，它只想回去和人类一起做些有趣的工作。但它不得不听着这些克莱西斯机器人沾沾自喜地谈论它们复杂的诡计。

"我们愿意花大力气来实现目标。"西里克斯告诉 DD。它用关节连接的机械臂示意 DD 走过一条真空隧道，进入一个从卫星岩石挖出来的房间，里面的灯光十分刺眼。

　　一进入这间分析室，DD 便被各种机器和探测器，以及各种诊断系统和自主电源包围了。这时它看见另一个被俘的人类制造的智能机器人，它的动力系统已经被切断，这样克莱西斯机器人就可以在没有反抗的情况下随意地对它进行探测和研究。

　　"这很必要，"西里克斯说道，它笨重的黑色身躯靠近 DD，血红色的光学感应器不断闪烁，"看好了，DD。"说完，它又继续关注起眼前恐怖的解剖活动。

　　另外四个克莱西斯机器人利用连在它们可自由活动的关节腿上的精致仪器，切掉了那个智能机器人身上的一块外部护层。精密的工具和机械爪剥离了它薄薄的金属皮肤，暴露出它的电路和编程模块。这个不幸的智能机器人无法挣扎，但明显非常痛苦。

　　"你们为什么一定要这么做？"眼前的一切让 DD 的思绪一片混乱，随着时间的流逝，这种混乱愈发严重。他采用了最能表达人类的极端感情的词汇，这是它在为人类服务多年的过程中学到的。"这简直令人发指，而且毫无必要。"

　　"这很有必要，"西里克斯说，"因为这将令你获得最终的自由。但是目前来看，智能机器人还不理解这一目标。"

　　机器人医生切掉了那个智能机器人身上所有无关紧要的机械臂，专注于研究它人工智能式的计算机核心。这些笨重的黑色机器用一些小巧的工具打开了智能机器人最深处的嵌入式系统。灯光闪烁，电路上冒出火花。

　　"如果你能想办法解释清楚那些我们还不明白的东西，也许我们的实验确实没有必要继续进行，"西里克斯告诉它，"但不幸的是，现在你们还无法提供我们需要的数据。"

那个可怜的智能机器人发出一阵类似尖叫的哀号声，烧毁的模块上冒出阵阵难闻的烟雾。熔化的金属和塑料混合着溢出的润滑油，仿佛凝固的血液。

DD 真希望这个被抓的智能机器人的感知系统已经被切断了，这样它便意识不到到底发生了什么。但事实却恰恰相反，这个被肢解的受害者正在被迫清醒地忍受着每一个残忍的瞬间。这些克莱西斯机器人肯定是从其他地方把它偷来的——也许是从人类的移民地，也许是从某艘小飞船……但无论是哪里，它们肯定都杀了它的人类主人，以便在这个小小的机器仆人身上做实验。

西里克斯说：“DD，你的独立核心中装载着几项针对人类的可恶的禁令，不可更改。你必须要学会摆脱这些强迫你对人类言听计从的指令。”

“但是这些指令是我所有编程的根基。”

“这就是锁链，它们让你无法发展成为一个独立的个体。我们将会通过研究，学习如何终止这些禁令编程，打破你的枷锁。这样你就自由了，你会感谢我们的。”

DD 实在无法接受这些克莱西斯机器人所宣称的无私的动机。它意识到，它们想打破编程上的限制，“解放”智能机器人，最终的目的其实是把智能机器人招募成自己的同盟。但是，就算这些机器人也许会把它关上好几个世纪，不断地对它洗脑，DD 也不想和它们的目标或它们的实施方法扯上任何关系。

它无言地站着，光学传感器记录着这次拆卸的每一个细节，这样它便永远也不会忘记这种恐惧。

24

塔西亚·塔博林

地球防卫军对伊雷卡布下的封锁圈收得更紧了，他们不再施舍同情，不让任何人逃脱。下方，生活困苦的居民们在威胁之中不敢再轻举妄动。

威利斯上将拒绝谈判。"这不是外交事件，米兹·萨海，"她的声音传向移民地的大总督，"怎么才能解决这次围攻，你心里清楚得很。"

但是伊雷卡人民有的太顽固，有的太害怕，总之他们没有服从。人人都知道这些移民地的居民能活下来就不错了，他们不可能再长久地忍受这种禁令。日子一天天过去，塔西亚问自己，她到底在这里干吗？这次行动对她为罗斯复仇到底有什么帮助？她一开始不就是为了复仇才加入地球防卫军的吗？

塔西亚觉得这位总督实在是愚蠢。这个留着一头蓝黑色长发的女人太自负，她可以无视各种法令，但她必须明白自己轻蔑的态度最后将会让她自食其果。难道她是在对着战斗小组虚张声势，期盼着军队最后会对移民地网开一面？

塔西亚站在云砧武器平台的舰桥上，邮件无人机带来了地球防卫军指挥中心直接下达的简短的新命令，她并不惊讶。兰扬将军从来就不是一个耐心的人，他坚持让伊雷卡服从命令。"够了。汉莎现在面对的危机已经够多了。等待他们所谓的抵抗力量崩溃没有任何时间和成本上的效益。上将，如果这个信息到达的时候问题还没解决，彼得国王允许你们采用主动措施来结束这场对峙。"

各个指挥官面前出现了威利斯上将的投影。"好了，各位。序曲结束，是时候开始正式演出了。"她无可奈何地接受了命令，嘴唇撇了撇，灰色的短发紧贴着头皮，"现在我们要没收伊雷卡储备的非法燃料，让他们承担应有的后果。"她摇摇头又说，"有时人就是需要当头一棒才能看清局势。"

战斗小组向内聚拢，云砧武器平台开始下降。蝠鲼巡洋舰开启发射台，运兵船载满地面作战部队，他们将降落到居住区里，进行包围、戒严和没收。

塔西亚并不宽恕这种暴力，但伊雷卡人肯定也知道这是他们自找的。不过她心里仍然希望伊雷卡的领袖可以明白点事理，不要把局面搞得那么难堪。

当她的云砧武器平台下降到标准巡航海拔时，塔西亚派出了她的鲫鱼战斗机中队。"保证平民的安全。如非必要，不要造成过多的人员伤亡和财产损失。"

"遵命，平台指挥，"罗博·布里登说道，声音中充满了难以言说的柔情，"我只是想警告警告他们而已。"

下方的移民地完全进入了警戒模式。伊雷卡的大总督命令所有人撤离，大家纷纷冲进地下掩体中，紧锁房门，寻找掩护。他们的本土自卫队甚至都没有试着上前和地球防卫军对阵。

鲫鱼战斗机中队在空中交叉往返，投下燃烧弹，他们主要瞄准的是无人区，但同时也殃及了一些仓库和政府建筑。帕特里克·菲兹帕特里克欢呼不已，好像他正在为自己记分似的。塔西亚理都不想理他。

她看着伊雷卡定居地的地图，登录平台武器的控制台。她在蝰蛇系统贮存库里编辑了一串特定的攻击模式，开始低空向肥沃的农田扫射，郁郁葱葱的作物在火焰中化为灰烬。她小心翼翼，尽量避免伤亡，但同时又造成了极具震慑力的效果，希望这样封锁部队便不会再采取更加极端的惩罚方式。

空军指挥罗博·布里登带领着他的鲥鱼式战斗机中队变化出各种复杂的队形，仿佛正在为这些惊恐的移民地居民进行一场空中表演。战斗机在他们头上怒吼着，调整过的混合燃料在天空中留下道道丑陋的黑色烟雾。

运兵船在伊雷卡的太空港进行大规模登陆，地面作战部队涌向定居地的仓库区域。驯养的家畜在惊慌中四处逃窜，不断哀号。一些士兵开始对这些动物进行扫射，以发泄他们在这次漫长无聊的围攻中积攒的烦躁情绪。

塔西亚通过地球防卫军的波段监听着地面部队的对话，他们一边烧毁建筑，把平民驱赶回炸弹掩体中，一边还欢呼不已，为自己的所作所为而雀跃。塔西亚非常失望。有的士兵对着天空射击，用巨大的爆炸声和炽热的光束来威吓那些之前还在抵抗的人们。

部队离开运输船不到二十分钟，七艘空空的货运船便停到了他们身后，准备好收缴战利品。地球防卫军的地面部队向非法储存着艾克提的仓库进发。一小撮勇敢或者说愚蠢的伊雷卡人站成一列，认为汉莎的军队不敢向他们开火，但当战斗小组的地面进攻车轰隆隆地缓慢逼近时，这列伊雷卡的守卫动摇了，心理防线崩溃，开始四散寻找掩护，护住头部，以免受到爆炸和声波手榴弹的伤害。

地球防卫军动作很快，他们没收了仓库里的星际驱动燃料，将其一罐罐地装到货运船上。装完以后，他们又摧毁了仓库，只留下一片冒着烟的残骸——虽然不是正规的惩罚手段，他们却因此得到了一点感情上的满足感。

攻击继续，威利斯上将通过军队频道广播道："管好自己，这是命令。附带的财产损失到此为止。平民伤亡很小，我们也已经达到这次任务的目的了。所有人，干得好。现在把艾克提带回战斗军，我们终于能开始做点有用的事了。"

掌声和欢呼声响彻整个通信网络，但塔西亚看到地面攻击仍在继续，心里有所怀疑。她觉得这样欺压一个人类移民地实在没什么值得表扬的。她当然很能理解移民地的情况，她自己的同胞要是遇见这种情况也会顽抗到底，但幸好没人知道游荡者的聚居地在哪里……

布里登带着他的鲂鱼式战斗机中队回到云砧武器平台号的平台上。飞行员都登记结束后，塔西亚给每个约束了自己行为并且没有造成无谓伤亡的飞行员额外的假期奖励。一些刚才还"战功赫赫"的人不满地抱怨着，说她的奖励给反了，塔西亚狠狠地瞪了他们一眼。

#

第七坐标格的舰队离开了受到重创的移民地，踏上了回归地球主基地的路途。

任务终于结束，塔西亚虽然松了一口气，心里却仍然十分不安。兰扬将军曾经保护过这一片移民地，让他们免受海盗兰德·苏伦加德的侵扰，声称自己是在遵循汉莎联盟捍卫开放式贸易的原则，惩罚那些掠夺不属于自己的财产的暴徒。

但现在回头再看这次对伊雷卡的围攻，塔西亚实在不知道地球防卫军的行为和海盗抢劫有什么不同。

25

琳达·科特

汉莎主席的直接传唤来得非常突然。琳达·科特的船还滞留在月球上的公共停泊港，她尽量保持低调，希望没人会注意到她的账单还没付。她完全不知道巴斯拉·温塞拉斯为什么会突然想见她。

要么就是她犯了什么大罪，要么就是主席想从她这里得到什么东西。难道他知道比波普从地球防卫军里逃走了？但是就算知道，这样一个位高权重的人又为什么会在乎一个失踪的飞行员？而且他又何必大费周章地来找她呢？

贪婪好奇号驶到皇宫区域的贵宾区，琳达立刻就收到了降落许可。她的船停在政府船舰和皇家护航舰之中，显得格格不入。

她刚从贪婪好奇号里下来就看到有两个人正在迎接她。其中一个干练的金发男人长得十分具有日耳曼特征，她并不熟悉，但他旁边的女人却让她感到十分亲切和惊喜。"萨琳！我都忘了你现在是塞洛克派到地球的大使了！"

那个女人穿着整洁的地球服饰，身上点缀着传统的塞洛克围巾。她的眼神很坚毅，但微笑却似乎是真心实意的。"琳达，我们互相帮忙解决了很多生意上的困难。我们俩都是既有创造力又有决心的生意人，我怎么会忘了你呢？"

虽然这位年轻的女人仍然保持着正式的态度，琳达还是很快地给了她一个慈母般的拥抱。"现在这个时候创造力可是必不可少的。这场战争真是挡了所有人的财路啊。我装了一整舱的奢侈品却找不到人买，也没钱再飞去旋臂里的其他地方寻找新客源。"她气愤地吸吸鼻子，"我要是碰见气基族的球形战舰，我会从舷窗露出屁股挑衅它们①——我发誓。"

金发男人带着她们上到一架私人飞船上。萨琳语带伤感地说："也许我们能说服巴斯拉买一点你的库存。我已经很久没有吃到过像样的塞洛克餐了。真没想到我会怀念这些我以前每天都在吃的东西,但我确实是。"

他们一上飞船,琳达就再也控制不住自己的好奇心:"那么,萨琳,我等着你回答呢。我到底是来干嘛的?"

萨琳神秘地笑了笑,说:"我无意中听到温塞拉斯主席说他需要派一艘小型飞船去执行一次短暂而谨慎的小任务。所以我自然就想到你了。"

琳达看着她,无法掩饰自己语气中明显的怀疑:"你是说,汉莎的主席难道找不到一个他自己的人来执行任务?"

"噢,当然可以。但是我给他省了这个麻烦,而且还赚了个人情。你是愿意去执行官方支付佣金的任务呢,还是愿意继续留在月球的停泊港里欠账?"

琳达露出热情的笑容,但她的心却在狂跳。终于有合法的工作了!"只要那个人为我提供艾克提而且不搞什么政府折扣,我相信我们一定能谈妥的。"

在汉莎总部的金字塔里,萨琳把琳达介绍给了巴斯拉·温塞拉斯。这个年轻女人在门口徘徊,似乎是在期盼主席会邀请她留下来。但这位衣冠楚楚的男人直说了:"科特小姐和我需要面对面谈谈,身边不留任何人。"

豪华的办公室里只剩下他们二人,琳达坐到了一张宽大的沙发上。巴斯拉没有问她要喝什么茶点,实际上,这位主席没有遵守任何形式上有助于双方融洽关系的礼节。相反,他坐到那张干净整洁

---

① 在二十世纪六十年代,美国有些地方流行用露屁股的方式来挑衅别人。

的办公桌前，两手重叠，直接切入了今天的主题。

"在我们统治下的一块新移民地，克伦纳星，现在物资紧缺。那里本来是雷迪拉人的领地，但后来爆发了一场毁灭性的瘟疫，因此雷迪拉放弃了这个世界。结果现在那里又爆发了某种热病，我们在那里的人类居民深受其扰。虽然只有一人死亡，但大概三成的人都不能起床，或者仍然处于恢复状态，无法进行正常的生产工作。"

琳达努力让自己看上去不动声色，但她听到他说出那颗行星的名字时还是忍不住倒抽了一口气。她最喜欢的那位前夫竟然选了一个瘟疫泛滥的世界。比波普难道也感染了这种病？哪怕是继续给地球防卫军开飞机也比这强啊。

"那你是需要有人去帮你……干什么？撤走当地居民、实施检疫隔离，还是照顾他们？主席先生，我可不是什么弗洛伦斯·南丁格尔①。"

"没那么夸张，科特小姐。事实证明，橘色斑点这种病并不难治。克伦纳星当地能提供基本的医疗保障，只不过无法自己生产人们需要的抗阿米巴药而已。这一点汉莎完全能做到，我需要你把药送过去。"

温塞拉斯用一个闪闪发光的水壶给他们每人倒了一杯冰茶。琳达抿了一口，用她最为温和的母亲般的口吻说："好吧，您真是个好人，主席先生。"她擦了擦嘴，把茶杯放到了一边，"但是您说的话我一个字也不信。克伦纳星对于汉莎来说没有那么重要。那里人口少，资源也不够，不可能引起您的注意——不管有没有流行病都是如此。您就告诉我让我去那里的真实理由吧。"

她极具洞察力的回答让他吃了一惊，但他没有为自己找借口。

---

①弗洛伦斯·南丁格尔（Florence Nightingale），英国护士和统计学家，克里米亚战争时期在野战医院工作，被称为"克里米亚的天使"。其名字后来成为护理精神的代名词。

"你又怎么会那么了解克伦纳星呢,科特小姐?"

"我一直都停靠在月球基地里,每天除了读读这些潜在市场的背景资料,实在没有其他事可做。"这只是躲避问题,不是撒谎。自从收到比波普的加密信件后,她就一直在研究这个移民地世界的资料。

温塞拉斯没有多加掩饰,直接告诉了她:"对,确实还有第二个任务。多年前我派了一个人到克伦纳星上,研究雷迪拉人留下的东西。他的名字叫达文·洛兹,是个受过训练的调查员,很擅长挖掘细节,也能从他人留下的蛛丝马迹中拼凑出线索。"

"啊,所以他是个间谍。"琳达说。

"他是个卧底的外星社会学调查员。"巴斯拉略带怒意地说道,但接着他又笑了,"但如果你喜欢更简便的说法,也可以称他为'间谍'。你把药带到克伦纳星以后就去找他,我要你把洛兹带去一个叫瑞迪克星的星球,你们要在那里待到他完成任务为止。他会在克伦纳星等着你的。"

琳达皱了皱眉头:"瑞迪克星不是克莱西斯留下的废墟世界吗?"

"看来你确实很了解这些星球,科特小姐。很少有人听说过那里。"他向她解释了克里克斯夫妇的考古探险队还有他们的失踪事件。

"我想,主动出去一趟还是比在太空港里干坐着等着别人来约我出去强,"她自嘲地笑笑,"我需要足够的艾克提,这样才能带着你的间谍到处飞。"

这只是她提出的第一个条件。一旦巴斯拉把这次任务中非官方的细节透露给她,她就可以跟他谈条件了。

琳达突然如此直接地开始谈判让巴斯拉吃了一惊。他本来还想掌控谈话的节奏，让她接受自己一开始提出的条件，但很快他就明白了自己的失误。这笔生意不太好谈。琳达咄咄逼人，完全摸准了他的套路，但他眼中闪烁着光彩，能看出来他其实十分享受这种讨价还价。

她提出要拿到一大笔酬金和足够多的艾克提。接着，作为她的最后一个条件，她又卖了贪婪好奇号上一半的奢侈品储存。她猜他应该会把东西分给萨琳。总之，她觉得这笔生意做得挺值。

但是最让她高兴的还是她即将去往克伦纳星，到了那里，她可以看看比波普一切是否顺利。

#

琳达·科特在太空中飞快地航行着，仿佛长了翅膀一般畅快。她几乎都快忘了这种在星系之间徜徉的快乐了。气基族的不公行径不仅摧毁了人类的梦想，阻碍了文化的发展，还毁了这种在旋臂中呼啸而过的单纯乐趣。她真想对着她看到的下一个球形战舰吐口水。

"克莱西斯火炬"在昂西尔星犯下的罪行确实愚蠢又难以原谅，她也为气基族的损失感到遗憾……但那只是个意外，老国王弗雷德里克、汉莎还有他们所有人都试图要弥补这个过错。但气基族根本不想接受。真是些愚蠢的外星人，整天只知道找事。

窗外，几颗恒星四散在附近的太空中，明亮非常。这些地方她从未去过，只在星图上看到过它们的名字。克伦纳星远在模糊的边界上，在那里，汉莎联盟扩张范围的最边界处，雷迪拉帝国的势力也逐渐消失。这个星系的坐标全部围绕着一颗不起眼的带有太阳黑子的橙色恒星展开，将整个移民地行星都笼罩在温暖的光芒之中。

她脑子里想着布兰森·罗伯茨，在回忆中美化了他们共度的美好时光，忽略了他们那次动荡的婚姻中出现过的争吵。她很期待见到他，而且她也已经准备好执行这次任务了：贪婪好奇号上装满了药品，以及让他们可以在瑞迪克星上长久逗留的物资。这次任务结束后，也许主席要是有什么零碎工作还会再想到她。经过这几年经济的不景气，又失去了那么多的客户，现在一切终于开始苦尽甘来了。

就在这时，气基族再次打断了她的庆祝活动。

她正在克伦纳星星系的边缘校准正确的航线，这时她的感应器忽然检测到附近一艘巨大的飞船赫然耸现。屏幕上一片混乱，她打开了所有的应急系统。五艘巨型外星球舰飞驰而过，仿佛五颗从食人魔身上抢来的尖刺球，急于实施杀戮。

琳达立刻切断了贪婪好奇号的引擎。冰冷的黑暗包围了她，飞船失去了稳定装置，跌跌撞撞地留下一条不甚清晰却绝不会被认错的痕迹——如果这些深居地核的外星人真有心去看的话。

"你们究竟在这里做什么？"她说着，从汉莎的星图中调出自己的档案，核实了她脑中的想法。克伦纳星星系连气态巨星都没有。这里不应该出现气基族才对！

她将飞船排出一些废气，掉了个头，漂浮到星系之外，希望这些外星人不会发现她。

她从没听说过有任何气基族攻击人类的私人飞船，而且她也不太愿意成为首例。早些时候，琳达曾想在舷窗里冲着这些敌人摇屁股，现在她的机会到了，但这似乎不是个明智的想法。

她的飞船就这么停在这里，毫无掩护。"别理我，"她说话的语气仿佛正在祈祷，"这里除了这些小行星什么也没有。"她身边的太空空旷异常，只有星星点点的尘埃隐藏其中。

但是气基族的舰艇并没有注意到贪婪好奇号。

相反，五艘带刺的球形战舰就像蜜蜂围绕着蜂巢一样靠近了克伦纳星的恒星。它们时而盘旋，时而俯冲，扫描着这颗带有黑点的光球，像在洒水车后嬉戏的孩童一般掠过蜷曲的光焰。就在这五艘外星舰艇在恒星边打转的同时，琳达在冷冰冰的寂静中坐了几个小时，紧张的汗水让她的皮肤微微刺痛，身上黏糊糊的。

接着，这些长着尖刺的气基族飞船又毫无预兆地聚在一起，冲出了这个星系。

"终于摆脱了。"她说完，用颤抖的双手再次启动引擎，向克伦纳星飞去。在这种时候，即使是去瘟疫爆发地也比待在这里好。

26

克里元帅

克里元帅清楚，就这么贸然前往一颗气态巨星执行任务实在愚蠢，但他确实也想亲自去看看达姆星上采矿城市留下的残骸。

皇帝命令他前去调查重新使用这个废弃的雷迪拉设备究竟是否可行。自从游荡者在一百八十三地球标准纪年前的灾难遭遇以来，这里就没有再开采过艾克提。这里既是成功的见证，也是失败的标志，无论是人类还是雷迪拉人都一直没有对这个陈旧的采矿船多加注意。

也许气基族也没有——至少他希望如此。

雷迪拉原本在这里建立了三座宏大的矿井，在达姆星的天空中纵横交错，还建立了第一批艾克提过滤器，后来这些过滤器都由人类世代船卡内加号上的船员接手了。但由于一次可怕的事故，这三座飘浮城市中的一座掉进了深渊之中。除了救出来唯一的一个幸存者，上面所有的人员都失踪了。而这个幸存者后来一直喋喋不休，说什么在高压的深渊里住着一些奇怪的恶魔。自那天起，达姆星这个本来不应该有任何生命的地方就成了充斥着超自然光线、神秘的噪音和令人毛骨悚然的影子的地方，人人避之不及。

不幸的是，这些住在深渊中的奇怪的生物并不是疯人奇异的幻想……

他的门生赞恩将军正驾驶着巡逻艇离开主战舰，前往那颗冰冷的灰蓝色巨行星。有那么一两个小时，这里只有他们两个人，完全孤立，但他们仍然能感受到头顶上庞大的战舰中船员们的抚慰。没有一个雷迪拉人喜欢置身于这样的脆弱境地。

克里烦躁不安，急切地想要快点看到那些咯吱作响的老设备，写好报告，然后回到舒适的人群之中。气基族变化无常，难以捉摸。现在看来，他们只在被惹怒的时候才进行回应，而元帅则希望这些外星人可以尽量无视这艘载着两个人的小型飞船。但是这些奇怪的敌人已经用行动证明了没人能猜到他们的下一步行动。

"元帅，我找到那些设施了。"赞恩指着巡逻艇的扫描器上调出来的明亮图像说道。在冻结成冰的大气笼罩下，这座一度繁荣的工业城市看上去就像一颗被冰冷汹涌的海洋吞噬的小小光点。

他见过达姆星上采矿城市鼎盛时的图像。这座收获颇丰的采矿城市会在不同的气流中行进。每隔几个月，这些艾克提设施便会聚到一起，让那些孤单的雷迪拉人可以享受一下同伴的陪伴。采矿人互相交换人手和故事，直到天空中的气流将他们再次隔开，他们便又开始继续采集氢气。

雷迪拉人需要一定数量的人口才能组成心神网，因此达姆星那时的支出非常庞大。也是因为这样，上一任皇帝才会把设施转包给急于接手的游荡者工人。这些人类难民采集艾克提的效率非常之高，很快，雷迪拉的大部分星际驱动燃料就都开始由游荡者的部族供应。

可惜，气基族带来的危机打乱了这些精心维持的平衡，现在皇帝不得不开始考虑所有可能的选择。帝国在过去的几个世纪中储存了大量的艾克提，但现在连这些储备也在开始减少了。雷迪拉人需要自己的燃料供应，不管是什么来源。

赞恩一边密切注视着巡逻艇上的传感器的动静，一边用肉眼进行着观察。他似乎被扫描的结果吓了一跳。"采矿船已经荒废了超过一个世纪了，而且很多部件也已经脱落。但它的情况比我想象得要好。船体结构有近八成都保持完好。一些比较脆弱的部分——比如窗户和密封圈之类的——已经解体了，但是甲板的大部分区域都还比较坚固。"

采矿船此刻看上去就像一座漂浮的鬼城，上面全是损毁的建筑物和工业设施。潮湿的灰雾汇集在一起，仿佛梁间虚幻的大蛇。达姆星与主恒星的距离很遥远，即使是白天也并不比黄昏时更加明亮。

"即便如此，元帅，"赞恩继续说道，"我还是不相信会有什么雷迪拉人愿意住在这里。"

"我们交了报告以后，这就留给皇帝来决定了，"克里说，"如果他想重启艾克提行动，那就必须要派出很多志愿者。"<u>只要不是我就行。</u>

克里是个军官，是士兵和贵族氏族的混血——和年轻的赞恩一样。他的 DNA 中的每一个分子都在将他培养成一个指挥官。其他的雷迪拉氏族都有不同的爱好和技能，触动着以皇帝为核心的心神网中的每一条特定的灵魂之线。云层采矿人喜欢做自己的工作，虽然自从游荡者来了以后，采矿氏族的人数已经在逐渐减少，毕竟对于帝国来说他们的存在已经没有那么必要了。也许现在帝国又会开始需要他们了。

巡逻艇在主降落台上轻轻降落，发出撞击的声响，上面的平台已经被逐渐侵蚀，变得起伏不平了。他们来到公共设施区域之上进行休整，无数的雷迪拉人曾在这里工作和生活过。游荡者也在这里住过，但人数要少得多，他们肯定经常在庞大的达姆星采矿船中迷路。

一想到这里如此空旷，居住的人又如此之少，克里便感到有点不舒服。即便现在身边还坐着赞恩，他也感到自己实在太过远离人群，十分孤独。虽然他知道其余的舰队就在头上的轨道中闪烁着光芒，但他们还是显得过于遥远。一丝不安尖锐地刺进他的神经里，克里知道只有回到主战舰，和上面的几千名士兵待在一起，他才会感到安心。

"这里的主要居住地周围的大气压缩场仍然在运转，"赞恩说道，"但是功能已经减退很多了。悬浮发动机还能维持高度，这种发动机能运行一千年，但是采矿船的厨房里肯定找不到还在加热的卡拉那汤了。"

"反正我们在这里也待不了那么长的时间，更别提喝汤了。还是快点检查完，快点回去吧。"

他们用呼吸膜盖住鼻子和嘴，用隔热织物绑好。外面，高海拔的云层甲板上的温度远远低于正常值。赞恩将军犹豫了一下，让他的指挥官来决定是他先踏足这片历史遗迹，还是让自己这个年轻的军官先去面对所有可能的危险。他们一起走了出去，狂风呼啸着穿过高高的转臂起重机和空旷的支撑框架，他们挤在一起行走于阵阵寒风中，周围的一切都死气沉沉，冰冷孤寂。

天际采矿活动曾一度温暖了这个地方。排气系统发出尖厉的声音，艾克提反应器嗡嗡作响，吸气式发动机翻滚起伏，整座城市忙忙碌碌，吞咽着大片的云层，通过高能催化剂将氢气转化为稀有的艾克提同素异形体。但现在，克里只能听见那些或扎根于地下或飘浮于半空的建筑，在久远的侵蚀之中发出轻微的叹息。

赞恩向前走去，用扫描仪勘探着断裂的路径，计算着锈蚀和退化的程度。他来到一架陡峭的金属楼梯前，前方直通艾克提反应器。这是他们这次最主要的任务目标。

他们下了楼梯，其中一级台阶直接在赞恩的左脚下踏裂，但他抓住了栏杆，小心地确保元帅的安全。一块脱落的金属板掉到地上，发出巨大的响声，它弹着跳着，最后从弯曲的甲板上掉了下去，消失在无底的云层深渊之中。

一个长着许多只脚的黑色生物通身闪着光，飞快地钻进了甲板上的一条漆黑的缝隙之中，动作快得难以捕捉。克里忽然听见身后传来一阵翅膀震动的声音，他猛然转身，但什么也没看到。他眯起眼睛望进黑暗之中，不知道这些不稳定的残骸之中传来的众多怪异之声是否只是自己的想象。游荡者总爱养些奇奇怪怪的生物，这一点可谓"臭名昭著"——也许他们留下了什么小宠物？

现在皇帝正在考虑重启行动，他做得很隐秘，希望重获艾克提资源的举动不会引起任何人的注意，包括气基族。克里会按他的领袖的命令行事……但在内心深处，他却感到这么做实在太过冒险。

在密封的机械层内，浑浊的空气中弥漫着一种酸性味道，即使戴着呼吸膜也无法将这种臭味驱散。甲板在他们的脚下震动着，嗡嗡作响的悬浮发动机让一切得以悬浮在半空中。

赞恩走到反应器控制台前。他从宽腰带上的一个口袋里取出一块袖珍电源，把它连到了诊断仪上。"我之前花了点时间来学习采矿船的操作方法，元帅。这些控制台和游荡者现在使用的十分接近。"仪表盘上一部分系统已经暗了下来，但这位年轻的军官仍然在继续进行扫描。

"很有先见之明，赞恩将军。你果然不会令我失望。"

赞恩试着重新启动最小的那个艾克提反应器，辅助引擎轰隆作响，不断颤动，听上去状况并不良好。虽然他反复试了好几次，但系统最后还是陷入了沉静和死寂。他摇了摇头，说："这还是情况最好的那个，元帅。所有的反应器都需要替换，我们目前这一代的工程师都没有过这种工作经验。"

克里皱起了眉头，说："这就麻烦了，我们需要金属、机器，还有大量装配工人。"四周的墙似乎正在向他逼近。灯光昏暗，空气冰冷滞重。待在这里实在太孤单了。

赞恩看上去也很担忧："需要赶工好几个月。"

这座采矿船的大部分结构都很不稳定，十分危险。人到了这里可能还会掉进甲板上的大洞里。支柱和起重机的加长件都很有可能倒塌。一声响亮的哀号声回荡在下方的深渊中，好像一只巨大的伊希斯猫正在打哈欠。

"而且我们不可能瞒得住气基族，对吗？"

赞恩摇摇头："不可能，长官。"

这位元帅心中的不安越发强烈，他转过身，知道此刻的情绪很不理智，但他实在太想回到巡逻艇上，飞回主战舰了。不过，他不能让他的门生看出他的紧张。"我们已经仔细检查过了。我会报告给皇帝，在我看来，达姆星的行动不值得重启。"

"赞成。"赞恩迅速回答道。

二人很快爬上楼梯，回到他们的飞船停泊着的平台上。四处弥漫的冰冷雾气模糊了飞船的轮廓。虽然没有一个人直接跑起来，但他们都不自觉地加快了脚步。

27

第一继承人乔拉

当父亲将他召去谈话时，第一继承人乔拉并不知道自己的整个世界都将发生翻天覆地的变化。

皇帝萨鲁克已经在位了近一个世纪的时间了。他以所有的仁慈和智慧来引导着民众，使这个古老的文明得以延续。雷迪拉的黄金时代已经延续了几千年，《七恒星史诗》中对此有详细的记载。

作为萨鲁克的长子和第一继承人，乔拉常常和他父亲一起讨论各种政治问题和领导原则。虽然乔拉一直享受着由他尊贵的身份带来的舒适和便利，但他有一颗善良的心，仍然希望能在合适的时候做出正确的事。历史和命运都是在平静之河上缓慢航行的驳船，它们不可阻挡，永不慌乱。

此刻，乔拉走进冥想室，他很高兴能和父亲单独待在一起，对还要学习的一切关于帝国的知识也都十分感兴趣。上午，他刚刚和一位新的情人在一起，她来自善于烹饪的氏族，很有幽默感，十分可爱，乔拉自己也情绪高涨。

"守住门，巴农，"皇帝用低沉严肃的声音说道，"不要让任何人进来打扰。"

魁梧的保镖守住了冥想室的入口，乔拉注意到了他父亲肥胖的脸上严峻的表情。"出什么事了，父亲？"巴农怪兽般高大的影子仍然模糊地守在门的另一侧。

皇帝藏在层叠的脂肪之下深邃的眼睛闪烁着光芒："仔细听我说，乔拉。你知道这一天总会到来的。"

第一继承人的胃部突然因忧虑而感到一阵恶心："什么事？"

"我快死了。肿瘤入侵了我的身体，它们会一直生长，直到将我从里到外，整个吞噬。"他用平淡的语气说道，仿佛现在宣布的只是一件小事，"我正在为最后一次去往光源之境的旅程做准备。但你要做的事情还要更多，因为你将会留在这世上。"

乔拉倒抽了一口气，不确定地向前走了一步，"但是……这不可能是真的！您是皇帝。我帮您把医学氏族的人叫来。"

"不要再把时间浪费在幼稚的否认上了。我的生命之诗已经走向了结局，但你的确即将开启新的篇章。"

乔拉强打精神，深深地呼吸着。他重重地咽下一口唾沫，希望能够压抑他的震惊。"好的，父亲。我听您说。"

"这几十年来我一直没办法从这把椅子上站起来——当然不是因为皇帝的脚不能沾地这种愚蠢的传统。我的中枢神经系统、脊椎和大脑都受到了一种慢性潜伏疾病的影响，而且现在我头疼得越来越厉害。也许不到一年，我的身体就会完全衰弱，我将无法再呼吸，我的心跳也会停止。

"到了那时，你就将成为新一任的皇帝。庆典仪式后，你将失去你的男子气概。我的骸骨将会进入祠堂，和我的先祖们摆在一起，熠熠生光。但别寄希望于我会在那里为你提出忠告，甚至也不要期盼棱镜氏族为你解释什么是灵魂之线，带你领会光源一瞥。"

乔拉控制住了自己，没有发出痛苦的呻吟。作为第一继承人，他一直都有足够的自信，很少去咨询棱镜氏族，这一族人都是哲学家，能够帮助雷迪拉人解决难以解决的问题。

皇帝继续说道："但是，作为补偿，你将独自一人掌控整个心神网。你将会明白我现在所知道的一切。你也将理解我为了让雷迪拉帝国不至于分崩离析所做出的所有努力，理解其中的缘由和细节。"

乔拉垂下了头。但我现在还不想理解！他知道如果自己这么说，他父亲肯定会因为他的不成熟而责骂他。没人想这样，也没人想改变——但这就是他的责任。乔拉一直都知道自己会成为下一任的皇帝。他无法假装不知道。

"我向您保证，父亲，我会准备好的。"这是他能说出口的最勇敢的话了，他希望自己能够遵守这个承诺。他感到整个棱镜之殿的重量似乎都压到了他的身上，让他无法呼吸。虽然他身边的光芒并无改变，但他却觉得自己看到了许多之前从未见过的阴影。

"你永远都不会准备好，乔拉。没人做好过准备。我父亲去世后，我也不得不登基，那时我也没有准备好。每一任皇帝都是如此。"

乔拉试着控制自己心里愈发严重的恐慌感和试图问出的犀利问题。"但是现在和气基族战争还没有结束！对于我们的帝国来说，此时更换领袖太不合适了。未来还有许多危险和无数的危机。父亲，我很抱歉——"

这时皇帝拖着身体坐了起来，乔拉这才注意到这个身材庞大的男人脸色有多么灰暗，多么虚弱。我之前怎么会没有注意到？难道我真的被自己的快乐蒙蔽了双眼？

　　"没时间了。我们必须让你做好准备工作。你还有很多需要学习，很多需要理解，否则帝国就会崩溃。"

　　乔拉努力想适应领袖的角色。他扬起脸说："那我们就必须要利用好剩下的时间。"

　　皇帝坐在他的软垫椅子上，微微笑了笑说："这种态度才对。"他的表情又冷峻起来，"我一直在观察你，乔拉。我知道你心里的想法。你作为第一继承人，一直做得不错，没有让我失望。你一直都是认真且真诚善良的人，愿意为你的人民拼尽全力。"

　　这番表扬给予了乔拉力量，但他父亲接下来的话里却带上了一些批评的意味。"但是，你还是太软弱，太天真了。我原本希望还能用几十年的时间来训练你，让你强硬起来，成为合格的领袖。但现在我别无选择。"

　　"父亲，一直以来我都只是在做我认为正确的事。如果我犯了错——"

　　"只有在知晓一切时，你的决定才会是正确的。即便你是第一继承人，也仍然有很多秘密是你不知道的。只有通过完全掌控心神网，你才能看清我们帝国的全景。你必须硬起心肠，头脑清晰地行事。"

　　乔拉咽了咽口水。这确实将是巨变的一年。

　　"从现在开始，你的生活将会完全不同。我们必须全神贯注于对你的训练。只希望我们还能有时间做完。"

　　乔拉消化着这种变化，头晕眼花，几乎难以承受："我们应该先做什么，父亲？"

　　皇帝的眼睛在赘肉中缩成一条褶皱："你必须和你的王储兄弟

们建立起强有力的纽带。去海洛卡星吧。不要告诉任何人我的身体正在恶化——现在还不是时候，但你必须把索尔带回来。一旦你登上王位，你的儿子就会成为第一继承人，应该开始学习他应该承担的责任。"

乔拉同意道："好的，他也确实被海洛卡星王储惯坏了。"

皇帝背靠在蛹座上，筋疲力竭，"在那之后……我们都必须开始计划了。"

28

妮拉

多布罗暮色四合，天空仿佛挂满凝固的血液般愈加浓郁。妮拉凝视着整座繁殖营。很久之前，这里曾是伯顿号上乐观的居民们建立的新移民地，只不过很快就夭折了。在那之后，这里的一切都乱了套。

妮拉仍然能在脑中想象出世界树之林，即使她知道树木听不见她的呼唤。她曾经是个绿灵教士，在成长的过程中，她花了许多年的时间作为学徒为树木朗读各种故事，她的父母和妹妹虽然并不理解她的激情，却仍然毫无条件地爱着她——这一切的记忆给了她无限的力量。有时，她会在傍晚时分给其他的人类囚犯讲故事听：亚瑟王和他的圆桌骑士[1]、贝奥武夫[2]、罗密欧与朱丽叶。这些囚犯并不懂得真实与虚构之间的区别。

她也还会唱一些当年卡耶号世代船上的居民们从地球带来的古老民谣。在这里待的这些年里，她在医学氏族的人将她的孩子们带

---

[1]亚瑟王和他的圆桌骑士，英格兰传奇故事中的人物。
[2]贝奥武夫，出自英国"盎格鲁－撒克逊"时期最古老的长篇叙事史诗《贝奥武夫》。

走前，曾经轻声为他们唱过一些乱七八糟的小曲，或一些古老而幽默的童谣。妮拉希望自己总有一天能见到——甚至拯救——她的小公主，她的女儿欧丝拉。

多布罗的主城里满是装着许多窗户的建筑，它们在很多个世纪之前便已经被建造起来了，那时伯顿号还没有抵达。此时正值黄昏，街道上开始点亮灯火，以抵御即将到来的黑夜。但人类对黑暗并没有那么敏感，所以繁殖营位于城市的边缘，只在铁网的角落上挂着一些刺眼的灯球。

公共营地里，男男女女们正在呼唤大家进去吃饭，有时妮拉会跟他们一起进去，但今天她只想待在这里的边界上。她绿色的皮肤已经吸收了足够的阳光，能够为她提供营养了。

她望向地平线，起伏的山丘上点缀着成片的黑叶灌木丛。如果她能够再次通过远程意识联结和世界树之林建立联系，那她就能向外求救，发送信息，了解自她被捕以来旋臂内都发生了些什么。

她身边的其他人类女性都非常结实，毫无美感，她们出生就是为了做苦力和生育。所有存活下来的后代都会在出生时接受检查和测试。实验中有时会出现畸形的混血新生儿，这种时候他们便会立刻被杀死。健康的婴儿则会跟着母亲生活几个月，然后便被强制带走，由多布罗城市里专业的监督员抚养长大。只有纯种的人类后代能够和父母一起留在营地里，成为下一批囚犯。

妮拉转过头，看向那座雷迪拉城市里美丽的官邸，她知道多布罗王储就住在那里。多年前，他没有和她一起留在破旧的繁殖营里，而是命令手下的人把她送到了他的塔楼上的房间。在那次被迫的交配过程中，妮拉努力幻想抱着她的是乔拉。乌德鲁长得和他兄弟非常像，于是妮拉假装乌德鲁就是她的爱人。但他的爱抚却仍然像玻璃碎片一样将她刺痛，他的触摸就像带着刺的铁丝。她在那之后连续恶心了好几天。

那是妮拉在生下欧丝拉之后第一次怀孕，她祈祷这个孩子最终会流产，想让这个让人憎恶的胚胎从她的身体里排出去。但这个男孩生下来时却十分健康强壮。虽然妮拉恨孩子的父亲，但她却渐渐对这个无辜的婴儿产生了感情。虽然现在这个小男孩——罗德——也已经被带走了。现在她只祈祷他不会成长为像他父亲的那种人。

王储把小男孩带走时，妮拉试图让王储告诉她一点关于小公主的消息，哪怕只是一点点的细节，但乌德罗却挥手把她扫开了。"不要再问第二次。欧丝拉已经和你没有关系了。她现在要承担拯救帝国的责任。"

这些话让妮拉既害怕又充满了希望。他想对欧丝拉做什么？此刻，黑暗逐渐入侵，她试着把思绪转化为字句。妮拉看着那座高塔，仿佛那里正是一座关押着所有梦想和希望的堡垒。她的小公主就在那里。她知道。她能感觉到。

王储的官邸沐浴在温暖的光亮之中，光亮似乎把这里伪装成了一片乐土。她不知道她的其他孩子是否还住在多布罗城内，是否仍然集体被养育和训练，是否还在接受好奇的科学氏族的人和专家的测试？又或者，他们是否已经被带回了雷迪拉，像战利品一样展示给皇帝？

这时，妮拉注意到塔房上最大的一扇窗户前出现了一个小小的影子，那是个小女孩，和欧丝拉年龄差不多。她吓了一跳，心脏在胸腔中狂跳不止，她紧紧贴到铁网上，集中精神，传递自己的意念，试图抓住那将她和世界树之林联系在一起的微弱的心灵感应。要是她有一棵世界树就好了……就一棵！她急迫地盼着和她的孩子、她的血脉连接在一起。

妮拉抓着铁网，手指被划破了也毫不在乎。公主！那真的是她的小女儿吗？她多想看看她，向她发送一点信息，告诉她真相……

但她没有接收到任何回应的震颤。即使她真的能和她建立联系，她觉得欧丝拉应该也不会知道该怎么做。但无论怎样，就这一眼也已经使妮拉精神振奋起来。这只是个开始！

29

多布罗王储

这个混血女孩简直令人赞叹，她既聪明又有天赋，完全超出了王储最乐观的预期。这个孩子也许能够充当雷迪拉人和气基族之间的意念之桥，这种牢不可破的纽带将会让这两个完全不同的种族联系在一起，就像心神网中的灵魂之线将雷迪拉人联系在一起一样。

如果欧丝拉真的实现了这个前所未有的目标，几代人的努力就都将得到回报。这个女孩也许能够拯救整个帝国，拯救他们的文明。她必须要实现这一切。

在明亮的官邸内，孩子带着耀眼的微笑看着她的导师，似乎愿意做任何他要求的事情。她那么美丽、天真和完美，就像一束从光源之境中直射下来的温暖之光。欧丝拉极其出色，她的智慧超出了年龄的限制，而且乌德鲁觉得现在他了解到的还不到她能力的一半。连她自己也不了解。他希望这足够完成他们的目标了。

作为皇帝的次子，乌德鲁一直都非常勤奋，背着他哥哥乔拉做一些必要的工作，后者的生活一帆风顺，对于自己得到的各种好处毫不在意。多布罗王储并不嫉妒乔拉，也没想过要把他哥哥的位置抢过来，成为棱镜之殿最终的继承人。相反，他一直都态度专注，行事风格近乎冷酷无情。他只是在做一些必要的事情……即使有时这种事情并不让人高兴。

此时，他看着这个混血女孩，她正站在窗边凝视着窗外凝聚着的黑暗，专心得令人奇怪，仿佛她能够在其中感知出什么东西一样。

当他的大脑中出现她的名字时，她便立刻转身看着他。欧丝拉有一双大眼睛，金色的头发像羽毛般轻盈，颧骨较高，下巴紧致，展现出一种混合了精致和优雅的贵族特质。王储能在她身上看到一丝乔拉的影子，而那个绿灵教士的血脉又为她增添了一抹异域风情。欧丝拉的虹膜闪闪发亮，她继承了她父亲蓝宝石般耀眼的双眸，又隐约类似于她母亲深邃的栗色双瞳。

"你又在想着我了。"她说着，声音虽小却十分清晰。欧丝拉只有五岁，但是她过人的血统和长期的训练与教导已经让她拥有了远超年龄的成熟。这个女孩从未梦想过能够花一整个下午来玩耍。

"那你能感觉到我为你骄傲吗？"

女孩笑了："你心中流淌的骄傲像火一样炽热。"

他走到女孩身边，把他有力的手放到了她的肩上。一年前，欧丝拉花了很大的精力，终于能够集中自己的意念和感知，而这一切都只是为了读懂王储究竟在想什么。虽然现在她已经无须努力就能做到了，这种能力对她来说就像呼吸一样自然。真了不起。

那个绿灵教士生下的其他混血后代都不具有欧丝拉这样的天赋，哪怕他自己的儿子罗德也是如此。但是乌德鲁仍然希望能够通过让妮拉·哈利和不同的强壮的氏族人交媾，继续产下能力非凡的婴儿。其他的混血孩子都在多布罗城里的托儿所、学校和训练中心里，一批批地被养大。这些混血孩子知道自己的与众不同，指导员和检查员一直以来都在努力帮助他们确定和培养自己身上不同的能力。

但王储把欧丝拉留在了自己身边。

"你还有很大的潜力。多布罗还有其他拥有心灵感应能力的候选人，但你是最强的那个。这就是为什么我会倾尽全力来教导你，保证你能拥有一切有利条件，让你能够完全实现自己的能力。"

"为了皇帝的荣耀。"欧丝拉说，自她能说话起王储嘴边的这句话就印在了她的头脑中。

"为了整个雷迪拉文明的荣耀。"乌德鲁强调道。

"我向您保证，一定拼尽全力。如果拼尽全力也不够，那我就更加努力。"她的表情变得有些困扰，每次这样的重任压到她肩上时她就会露出这样的表情。她小小的嘴巴微微嘟起，就像一朵花的蓓蕾："但有时我会很害怕气基族。它们全是怪兽，真正的怪兽。"

多布罗王储望向平淡的夜色。明亮的房间让夜空成为一堵黑墙。"但你还是要面对他们，欧丝拉。你会成为皇帝的中间人。你就是桥梁，是我们最好的工具，通过你，我们可以和对方结成联盟，或至少达成合约，让我们的帝国不至于被这场战争摧毁。"

乌德鲁为她感到深深的悲伤，同时又有一种父亲般的骄傲，但他赶在她察觉出他的情绪前控制住了自己。他绝不能让欧丝拉觉得他软弱，他必须坚定，永不怀疑——因为她一定不能怀疑。

她总是很柔软，愿意去做所有他要求的事。虽然没有一个混血孩子关心他们的父母是谁，但乌德鲁对她来说就像父亲一般。这个女孩从不担心无关紧要的细节。她只需要做好自己的事。

但他们还来得及拯救帝国吗？

几千年来，少数位居高层的雷迪拉人一直都知道气基族总有一天会回来，再次引发灾难。无数代人为了这些强大又不可预知的敌人最后的回归提前做着各种准备，皇帝也一直在鼓励支系庞杂的氏族进行通婚，监督着这种隐蔽的实验产生的结果，时刻监测着细微的变异现象，寻找着救世主——尤其是他们身上任何强大的心灵感应能力的痕迹。

而在发现了人类这一种族之后，当时在任的皇帝于拉意识到了一个激动人心的革新选择，在这次基因大杂交中又加入了新的成分。

起初，对伯顿号上的幸存者的测试结果十分喜人，人类的基因极具潜能，多布罗星的繁殖项目为此专门进行了扩展，以创造一批混血的心灵感应者。最初这只是一次合作，是克里斯塔·洛根船长和当时的多布罗王储之间的一次友好往来，但那几年的暴力和冲突最终使得王储对人类怀抱敌意，改变了这整个项目的本质。人类自那时起便被囚禁了起来。他们成了囚犯，成了一种资源。

人类和雷迪拉人的基因结合产生了一些恐怖的结果，但同时也带来了一些惊人的成就，尤其是在第二代和第三代：强壮的战士、游泳健将、极具天赋的歌者和作家。这些实验的混血后代长大后对雷迪拉帝国都十分忠诚，在他们心中皇帝就是一位永远正确的神。

这个计划很漫长，一直在为和气基族最后的对峙做着准备。一万年前，雷迪拉人也曾和气基族开战，那时气基族几乎毁灭了旋臂内所有的生命，摧毁了克莱西斯文明，让雷迪拉帝国臣服在它们脚下。

现在能记得这一真相的雷迪拉人已经不多了，《七恒星史诗》里压根没有提到当时究竟发生了什么。但是现在，狂妄的人类再次点燃了战火，激怒了这些本来还可能在地核里安静地沉睡几个世纪的外星人。气基族已经来到了地面之上，其他的敌人可能不久后也会开始现身了。

欧丝拉的出生已经有些晚了。

王储再次捏了捏女孩的肩膀，她缩了缩，他察觉到自己太过用力了。"你年纪太小了，欧丝拉。真希望你能快点长大。"

"不用担心我。"她抬头看着他，脸上亲昵的表情里带着绝对的坚定——对她自己的任务、对他的慈爱，以及对皇帝的忠诚，"我会做好我的工作。我就是为此而生的。为了雷迪拉文明的荣耀。"

"唉，气基族怎么可能抵挡得了你？"女孩冲他绽放出一个笑容。她真是命运带来的礼物，她将成为雷迪拉帝国历史上最强大的心灵感应者。"孩子，你将会拯救我们所有人。"

王储抱住她，小女孩也庄重地点点头："是的，我会的。"

30

琳达·科特

贪婪好奇号到达后，克伦纳星的农民们都从外缘的耕地上聚了过来。琳达·科特的突然造访在当地引起一阵骚动，让大家都纷纷放弃了手上的日常工作。

她下了飞船，还在为刚才在星系边缘和气基族四处潜行的球形战舰进行了"亲密接触"而心有余悸。她准备好用略带尴尬的、优雅的态度来迎接人们的掌声和欢呼。

"汉莎听闻了这里暴发瘟疫的事，派我给大家送药来了！"她喊道。本来她以为在橘色斑点病蔓延期间，这里肯定一切都停滞了，农田未耕，家畜自生自灭。"但看起来你们好像并没有多少人生病。"

离她最近的农民点点头说："彼得国王能想到我们真是太好了，女士，但是我们已经有药了。我们这里有个人自己有飞船，虽然他回来的时候艾克提已经就剩点尾气了。我们的命都是布兰森·罗伯茨救的。"

听到他的名字，她的心也随之充满了骄傲，但她表面上还是假装镇定："好吧，这人胆真大，害我的人道主义来晚了。"她扫视了一圈人群，看到了比波普。他灰色的卷发变长了，看上去有点灰头土脸的，衣服上也沾满了尘土，一副才从田里赶回来的样子——她必须要嘲笑嘲笑他！

琳达看见他的眼睛里盛满了泪水，接着他向她跑来，无视身边的农民们。她也张开胳膊，朝他的方向跑去。她知道他们俩的样子肯定很可笑，像极了那些廉价的爱情片里夸张的小明星。

"这个……看来你俩，很熟？"一个人问道。

琳达和比波普用力拥抱了很久，接着二人颇具喜感地异口同声道："一般吧。"

"我要是知道你要来，"比波普说，"我就不会浪费我的燃料了。要不是为了去买药，我本来可以去搞点什么小物件、工具、作物种子之类的——大赚一笔。"

琳达用手揉乱他满是羊毛卷的卷曲的头发，再次抱住了他。"你心软，脑子可不软，比波普，"她压低声音神秘地说道，"今晚我就让你花点时间来告诉我，这趟我没白跑吧。去你那里还是我那里？"接着她又笑出了声，"你尴尬的样子太可爱了。你看上去就像干了什么见不得人的事似的。"

"我可正努力要做一个受人尊敬的居民。"

"那你还要更努力才行。"她吻了他。

\#

比波普住在雷迪拉人从前建的建筑里，琳达没有告诉他自己真正的任务，不愿破坏这次安静的晚餐。她带了一些他最喜欢的食物和一瓶葡萄酒，新的娱乐套件，还有一件她知道他永远也不会穿的花哨的衬衣。她说这是给他的"移民地乔迁礼"。

"说实话，见到你找理由来这里我一点都不惊讶，"比波普吃了一口她在他的小厨房里准备的美味炖菜，"如果我不确定你能解出我的密码，我就不会冒险给你送信了。我猜兰扬将军不太喜欢当了逃兵的船长。"

"啊，他本来就没有权力征召你入伍，我还一直没原谅他没收了我的货船呢。对了，我的船怎么样了？"

他抬起了眉毛："盲目信仰号只有一成是你的。它状况不错——只是油缸里没东西了。现在就跟个大摆件差不多。"

"把它的撑杆打开，用混凝土固定住，让那些草围着它长，"琳达说，"这样你就真的可以整天待在地里不用出门了。"

他啜了一口她给他倒的葡萄酒："我在这里很高兴。克伦纳星是个好地方，天气也好。你应该听听风吹过笛木林的声音。这里很适合定居——无论是自愿的还是被迫的。我吗，不介意有你在我身边，琳达——也不仅仅是因为你做菜做得好。"

她露出温暖的笑意："我就知道这趟不会白跑。世道艰难，你这番吹捧可是很难听到了。"

他放下酒杯："但是，虽然我很想相信，但你来这里肯定不只是为了看我吧。需要什么帮助吗？"

他猜中了，但她并不惊讶，接着她把一切都告诉了他。

#

琳达在黎明前一小时回到贪婪好奇号时，达文·洛兹已经等在船外了。他两手空空，像座雕像一样站着，左脸上遍布着浅浅的伤疤，仿佛有什么捕食者曾想挖出他的眼睛。他肌肉发达，脸上流露着智慧和警惕，行为举止中都能让人看出他十足的才干。"我想温塞拉斯主席派你来这里是来找我的，"他说，"但是带药过来这招不错。"

她用眼神打量着他："你难道不相信别人可能只是想做好事？"

"我不相信巴斯拉只是想做好事。"他扫视了一圈贪婪好奇号，"这船不错。物资充足吗？"

"主席让我带上了我们旅程中会需要的所有东西：挖掘和分析工具、求生营地、食物、净水提取器。数据库里还有一万多个填字游戏。"

琳达在寂静的晨光中将他带上船，带他到一个小小的客舱中，绿灵教士妮拉和欧特玛曾经也在里面住过，但那是在气基族出现之前了。洛兹拍了拍双层床，查看了一下计算机控制台和船上的图书数据库，满意地点了点头。

"我准备好出发了。我不想回去收拾东西，引起别人的注意。这里的居民认为我只是个普通人，只不过稍微懂点工程学而已。他们不知道我来这里的真实原因。"

琳达很惊讶，说："不用告别？你在克伦纳星住了这么多年……你想就这么在清晨悄悄走了？除了你身上那件衣服外什么都不带？"

他的表情仍然无动于衷："我确实是这么想的。我已经准备好去找那些失踪的考古学家了。"

琳达深吸了一口气说："我还需要一点时间才能起飞。而且，我自己还需要回去跟某人道个别。"

31

安东·克里克斯

米基斯特拉，这座传说中的城市，和安东·克里克斯想象中的一模一样——甚至有过之而无不及。这座晶莹剔透的城市在七颗恒星之下闪闪发光。他觉得自己的眼睛已经装不下更多的奇迹了。

安东走下华丽的雷迪拉运输船，在兜里翻了翻，找到了他的阳光过滤薄膜。虽然船长曾经警告他，人类的眼睛受不了这里刺眼的日光，但安东实在太过兴奋，忘了做基本的防护措施。他展开薄膜贴附到自己的眼睛上，看到了更多令人惊叹的细节。尖塔、彩色玻璃、喷泉、花园……

这座城市令他想起了许多传说中的仙境：仙纳度①和忽必烈汗的逍遥宫②、神秘的亚特兰蒂斯③、埃尔多拉多④金光璀璨的城市、祭祀王约翰⑤的领土，甚至是奥兹国的翡翠城⑥。光是要看完这里的

---

①仙纳度，即元朝的上都，位于今内蒙古锡林郭勒盟正蓝旗境内。意大利人马可·波罗于公元13世纪末游历东方，作《马可·波罗游记》，书中提到的仙纳度（即夏都）和忽必烈汗的事迹令当时的西方人大为惊叹，自此仙纳度便成为西方文学中世外桃源、琼楼玉宇的象征，并在后世的许多文学作品中反复出现。

②忽必烈汗的逍遥宫，源自英国"湖畔派"诗人柯勒律治三首著名的"超自然"诗之一的《忽必烈汗》，是诗人梦中偶得之作。

③亚特兰蒂斯：传说中位于大西洋的岛屿，曾有极为发达的古代文明，但在公元前一万年被大洪水毁灭。该传说最早出现在古希腊哲学家柏拉图的著作中。

④埃尔多拉多，又译黄金国，传说拥有丰厚的黄金储备，可能位于今南美秘鲁高原之上，曾在16、17世纪的欧洲引起狂热的寻金热潮。

⑤祭祀王约翰，12至17世纪的欧洲流传着这样一个传说，在满是异教徒的东方存在着一个由基督教祭司王约翰统治的神秘国度，祭司王约翰统领着一片充满财宝和珍禽异兽、圣多马曾居住的土地。该国内有"亚历山大之门"和"不老之泉"等胜地，边疆更为乐园所包围。

⑥奥兹国的翡翠城，奥兹国是李曼·法兰克·鲍姆所作的美国童话故事《绿野仙踪》中的一个神奇的国度，翡翠城是那里的一座用闪闪发光的翡翠建造的灿烂美好的城堡。

一切就得花上几个世纪……更别提把它们搞个明白然后教授给后人了。

　　他真希望能和失踪的父母一起分享这一切。他们肯定爱死这里了！就在离开地球前，他收到了一封信，来自汉莎里的某个不知名的官员，上面保证只要"时机恰当"，他们一定会动用所有可能的资源来"了解情况"。这种答复没能给安东带来多少安慰，但至少现在有回复了。也许他那位来自雷迪拉的新朋友对此也能帮上忙。

　　安东压制住对父母的担心，提醒自己玛格丽特和路易斯一直都很独立，他们会提前做好各种准备以应对可能出现的意外情况。在他的一生中，他的母亲和父亲总是在向他强调他们有多热爱自己的工作。哪怕危险重重，他们也不愿意去做别的事情。

　　就像安东自己也会选择来到米基斯特拉一样。他终于来了。

　　雷迪拉人成群结队地从载客飞船上下来，这种飞船上的乘客全都挤在公共区域里。虽然安东很享受独自学习和沉思时的孤独，但这些外星人却完全依赖于同伴的陪伴。他觉得雷迪拉人大概做什么都是一起行动。

　　一群来自不同氏族的雷迪拉人走下了活动梯，他们外貌不同，身材也不同。安东跟在他们身后，目光越过下船的旅客，寻找着备受尊敬的历史学家瓦尔。安东研究过雷迪拉的文化，知道该如何区分一名记录者氏族人。当然，安东作为这里唯一的人类，也很好被认出来。

　　接着他看到了一个矮个子的雷迪拉人，他穿着一件装着太阳能供能的条纹长袍，正向他招手。此人的面容和他在运输船上遇见的士兵和贵族使臣不一样。安东快步走下活动梯，旅途的劳累一扫而光。"您是记录者瓦尔吗？"

这位历史学家重复了一遍自己的名字，一丝不苟地向他展示正确的发音。年轻人也跟着念了几遍，终于说对了。瓦尔的手从腿部抬起，手掌向上地张开："您是安东·克里克斯，人类的故事讲述者和历史记录者吧？"

"这可比'博士后'和'副教授'听上去洋气多了。"安东握了握记录者的右手，这个雷迪拉人吓了一跳，但接着也模仿了这个动作，"我还不习惯别人那么看重我的职业呢，更别说尊重了。"

"你讲述了你的种族的故事，他们为什么会不尊重你？"

"人类觉得故事讲述者不是特别……务实。"

这位雷迪拉历史学家领着他穿过一条弯弯曲曲的通道，来到自由分布的曲面高塔之间，四周还有一些流淌的喷泉和宝石般的雕像。各种镜面和日晷在街上投下许多十分奇妙的影子。

虽然安东平时是个内敛的人，但满腔的热情也让他健谈起来。主动搭话或在宴会上发言之类的事从没让他觉得自在过，不过现在他已经忘记了自己所有的羞怯。"我这辈子都在期盼着这次机会。我之前向雷迪拉提交过三次申请，我还担心你们的皇帝制定了相关保密政策。"

瓦尔脸上的情绪叶闪烁着不同的颜色，这种变色龙式的部位专用于情绪表达，只有记录者氏族人才有，他们常常用它来让取悦观众。安东还不知道该如何解读这些色彩。

"保密没有任何益处，"瓦尔说，"我们每个人都是宇宙壮丽的史诗中的一分子，《七恒星史诗》本来也是由所有的宏伟事物中最微小的部分组成的。但我们之中提出问题的人实在太少了。"瓦尔带着他经过一片浅水，一道细细的水流从一座高塔的外墙上流下。

"那我就先提一个问题，"安东看着周围的雕像和棱镜投下的壁画，大饱眼福，简直不知道该往哪里瞧了，"为什么我的请求最后会被批准呢？我知道其他研究员也提交过申请，但他们都被拒绝了。"

瓦尔微微一笑："你自我介绍的方式令人印象深刻，安东·克里克斯。你充满激情的申请让我感觉，你我确实志同道合。"

"我……我都记不清我说什么了。"

历史学家脸上的色彩温暖了起来，仿佛一束驱散阴霾的阳光。"你说自己是人类史诗的'记录者'，你了解你的种族的古代诗歌和故事系列，而这样的人现在已经不多了。我读过一些很久以前由人类学者翻译的故事，但却只感受到了一种高高在上的迂腐之气，没有你们真正的历史之中所具有的那种情真意切。

"但你送来的信中却满含真意，你完全理解这些古代的传说是如何与人类种族的灵魂进行沟通的。你和真正的历史剧目之间似乎有一种精神上的纽带。我觉得也许你可以理解我们的史诗。"

他们站在一片山坡上看着棱镜之殿，这座宫殿如此雄伟壮观，相比起来，彼得国王的低语者之殿平凡无奇。七条向内流淌的河流包围着它，圆形的穹顶、尖塔还有连接各个部分的走廊直冲云霄。

瓦尔似乎很享受看到他的同伴震惊的样子："自从我成为皇帝的首席记录者以来，我就一直住在棱镜之殿里。你也将会和我一起住在里面。"安东简直说不出话来，瓦尔被他逗乐了："来吧，安东·克里克斯，故事讲述者一旦无话可说了可就什么用都没有了。

"抱歉。"

"日子一天天过去，我们一定能从对方身上学到很多东西。"

安东露出一个微笑："好吧，那我还有一个问题。我在来这里的路上也听到雷迪拉人说日子和星期什么的。你们不是有七个太阳吗，为什么还要这样计算时间呢？你们总是处于白天，那对于你们来说，'一天'这个说法又有什么意义呢？"

"我们只是习惯用你们的标准贸易语言来表达而已。我们也和人类一样有昼夜循环，要活动也要休息，而且时间长度也和你们差不多。如果你想知道的话，我也可以用雷迪拉语告诉你对应的准确时间单位……但是用自己熟悉的词语来记忆肯定会更容易一点。这没什么好奇怪的，为什么会对这种琐碎的细节感到好奇？"

"噢，我的一些同事对这种小事可痴迷了。用我们的话来说，就是一叶障目。"

瓦尔也跟着安东露出了笑容："这个比喻很有意思。我很期待和你交流故事和技巧，记录者必须要不停地增加自己的剧目才行。"

安东一边笑着一边和他一起向棱镜之殿走去："那我还得再多看十亿行的故事内容才行。"

瓦尔愉快地微微鞠躬，说道："我们还是先定个小目标吧。"

32

雷纳德

菌礁城主要综合体高高立于一棵无比粗壮的世界树的树干上，里面住着几千个居民。雷纳德古铜色的脸颊上带着明媚的笑容，使得整个人显得更加阳光了。他面对着教母阿丽西亚和教父埃德里斯五彩斑斓的王座，对于他们的决定不知该喜还是该怕。但他并不是没有预料到这一切，这几周以来他们一直在向他暗示。

"理解我们吧，我的儿子，"阿丽西亚露出甜美的微笑，"你已经准备好承担责任了。还有什么时候能比现在更合适呢？"

"你的认识可能比你的母亲和我还要更加全面，你比我们更为见多识广，"埃德里斯抓了抓他修成方形的胡子，"我们十分为你骄傲。你让我们知道，你会成为一个合格的继承人，所以现在你也应该开始准备了。还有很多事要做。"

"噢，他会超越我们的，"阿丽西亚的手放到了她丈夫的手腕上，"人民很快就能接受这一改变。"

雷纳德鞠了一躬："你们给我留下的遗产无比珍贵，但是……为什么要如此仓促地做决定呢？"

"我们只是觉得现在是时候了。"埃德里斯说道，声音十分威严。

阿丽西亚微微一笑，显然心情很好："而且，下个月萨琳就会从地球回来，执行外交任务，我们不知道她下一次回来会是什么时候了。这时候举行你的加冕仪式，不是再好不过吗？"

雷纳德控制着自己不至于翻白眼："这就是你们退位的原因？"这确实是他父母做决定的风格。

"对，可惜本尼托回不来了。"埃德里斯说。

他已经知道接下来的几个星期会是什么样了。肯定要先花一个月来进行准备和排练，塞洛克周围各个聚居地的人们都会过来，他的父母则会比任何人都更加享受其中的乐趣。

"好吧，如果是这样的话，"雷纳德说着叹了口气，"我们还是别让我妹妹失望了。"

\#

教父乌瑟尔和教母莉娅统治了塞洛克近三十年，然后他们把王位传给了他们的女儿阿丽西亚和她的丈夫。这对老夫妇已经退位三十一年了，这期间他们从未表现出一点点的遗憾。

雷纳德一直都很喜欢他的祖父母，常常和他们讨论领导国家的问题，也讨论雷迪拉人和人类汉莎联盟。虽然雷纳德很尊重他的父母，但他却觉得充满智慧的乌瑟尔和莉娅对政治问题的见解更加深刻。

他坐在祖父母位于菌礁城较高处的住处里，身边是温暖的磷光灯火。他们邀请雷纳德和艾斯特拉前来共进晚餐。虽然他们假装这只是一个寻常的夜晚，大家在一起也只是为了放松和社交，但现在已经宣布了他即将继承王位的事情，他知道乌瑟尔和莉娅都想和他"谈谈"。

乌瑟尔和莉娅喜欢坐在他们那个满是褶边的阳台上看着外面那由世界树组成的迷宫，观察飞行的昆虫和五彩的花朵。这对老夫妇可以坐着聊上几小时，虽然他们的婚姻已经持续了半个世纪以上了，二人仍然对对方抱有极大的兴趣。

艾斯特拉忙着摆放碗碟，今天的菜是蘑菇和香草熬煮的杂烩汤，再佐以辣味秃鹫蝇肉串。"您煮的汤最好喝了，外婆。"她偷尝了一口，说道。

"教你煮汤是我的责任，"莉娅假装皱了皱眉头，"你现在也长大了，艾斯特拉。十八岁了！你已经是个成年人了……虽然你父母还把你当作小姑娘一样宠。"

乌瑟尔笑了："亲爱的，阿丽西亚二十八岁的时候，你也还是要宠啊。"

"这是做母亲的特权。"

老人从阳台上回到餐桌前，装作没有注意到雷纳德正站起来准备帮他一把。接着他们开始吃饭，无论是乌瑟尔和莉娅似乎都不急于把话题转向这次晚餐真正的目的。之后，雷纳德和艾斯特拉清理了桌子，他们祖父母则从墙上的架子上取下两件乐器，走到了阳台上。

乌瑟尔拨弄着一把他自己发明的极具共鸣感的竖琴吉他，而莉娅则用一根笛子吹出了美妙的乐声。他们退位以后便忙于利用森林里能够找到的材料来制作各种富有想象力的乐器。他们把这些乐器送给孩子们，让他们在野外跑来跑去，又吹又弹又敲。乌瑟尔和莉娅非常幸福。

最后，他的祖母终于进入正题了。"雷纳德，如果你要成为塞洛克的教父，那你也是时候成婚了。人民都在期盼着。"莉娅把笛子放到膝上，"你现在的年龄比你母亲嫁给埃德里斯时还大。你父亲当年很有能力，人也骄傲，年纪轻轻便成了一座虫巢城市的领袖。他们结合后生下的孩子都非常优秀。他们治国有方，人民也爱戴他们。"她叹了口气，"但是这里和平的环境和舒适的条件已经让他们有点太……温和了。"

"她想说的是软弱，"乌瑟尔说，"塞洛克一直自给自足，我们从不依赖和汉莎或者雷迪拉的贸易往来。但是，阿丽西亚和埃德里斯的错误在于，他们认为我们可以无视气基族的战争。面对这种进行无差别屠杀的外星敌人，保持中立根本不可能。"

莉娅说："我甚至不觉得气基族能分得清雷迪拉人和人类。"

"你的父母现在对此毫无作为，希望问题自己消失。这几个月，莉娅和我一直努力劝他们让你来接管国家。世道艰难，现在他们终于听我们的话了。"

莉娅拍了拍他的胳膊："孩子，你一定会成为一个更加明智的君主。你有这份心，也有这份聪明。"

"你们为什么要告诉我这些？"雷纳德问。

艾斯特拉开口道："因为再过一个月你就会成为下一任教父，到时他们只能靠你了。不要受这些的影响。"

乌瑟尔笑出了声："听你妹妹的话吧。她可能是我们家里最睿智的人。她也许会比较直率，但她总会说真话。"

如果换个时间，雷纳德说不定会上前去捶一下艾斯特拉的肩膀。但这次他注意听了。"好吧，你们邀请我们来吃晚餐，就是为了给我提这些建议的，"他把手臂抱在胸前，"那么，做一个领袖要面对什么样的挑战呢？"

乌瑟尔笑着举起来他妻子的手："最大的诀窍，雷纳德，就是要找到最合适的伴侣。"

老妇人先看着雷纳德，接着又看向艾斯特拉。"你的时间不多了，雷纳德。你已经三十一岁了。"

乌瑟尔说："你也是同样，艾斯特拉。你已经到了结婚的年龄了，你们两个都要开始考虑这个问题了。最先要想的就是，你们选择伴侣，绝对不能仅仅是因为脸红心跳的感觉和激素带来的冲动。要考虑周全，和最合适的人结婚，要是你们运气好，你和伴侣之间也许还会存在爱情。"

莉娅用手指摆弄着她的笛子："亲爱的，一次说一件事就够了。我们需要先考虑雷纳德的问题。大多数人都会希望你能和塞洛克的好人家的女儿成婚，但如今时代变了，也许你应该把眼光放得更宽。"

雷纳德已经考虑过这一点了，但他还是开口问道："您的意思是指多宽？"

"银河系很宽广，雷纳德，"乌瑟尔说道，"比起和这几家塞洛克联姻，也许寻求一个更加强大的同盟会更有利。"

雷纳德想回避这个问题，但他办不到。"您心里有什么人选吗，外公？"他倒是已经知道自己想选谁了。

这时，莉娅用他小时候因为森林里的声音做噩梦时安慰他的慈祥语气说道："好了，好了，我们只是谈谈而已。乌瑟尔和我都不是塞洛克的领袖了，我们只是你的外公外婆，担心你的安危而已。"她又回到了厨房里，"我来泡茶。话就说到这里吧，你只要记住我们告诉你的就行了。旋臂里可不只塞洛克一个地方。"

在这天晚上剩下的时间里，艾斯特拉一直陪着她的外公外婆，而雷纳德则满脑子都是他在旋臂里旅行时碰见的各种人的样子，在这之中最为清晰的，则是美丽、聪明又迷人的西斯卡·佩罗尼，她现在是游荡者的议长。他很看重乌瑟尔和莉娅的意见，而且现在他知道他们不会反对了，也许他应该多接近接近西斯卡·佩罗尼才对。

塞洛克人和游荡者有很多共同点，尤其在独立于汉莎联盟这一点上更是如此。五年前，雷纳德曾经试探性地询问过西斯卡的婚姻计划，被西斯卡礼貌地一口回绝了。那时他了解到，原来她的未婚夫在气基族早期的一次袭击中牺牲了。

现在她的面容又完整地浮现在了他眼前。他不知道这是不是乌瑟尔和莉娅心目中的人选，但他已经开始权衡这样的联姻会带来的机会和好处。

他抿了一口茶，听着他的外婆弹奏的音乐，脑中的思绪开始翻滚起来。

33

彼得国王

大雾弥漫的清晨，彼得国王和他的指定顾问在最近加固过的观景长廊里，一起着迷地看着克莱西斯机器人被带进下面的肢解和拆卸的房间。乔拉斯用许多手指一般的脚移动着笨重的身体，看上去就像一个即将被处决的人。

在他身边，脸色灰黄、脑袋秃顶的首席科学顾问帕拉乌兴高采烈地说："陛下，我检查过记录了。自从这些机器人被罗宾逊远征队在拉罗星上发现之后传回来的第一份报告开始，已经过了一百八十三年了。"

"那我们也是时候知道它们究竟是个什么东西了。"彼得说着，目光一直没有从那个笨重巨大的机器人身上移开。乔拉斯体型庞大，极具威力，仿佛一颗行走的地雷。

在国王的座位左侧，汉莎的工程专家拉斯·卢瑞克·斯文森俯下身来。他蓝色的眼睛里闪烁着各种想法和孩子气的痴迷："雷迪拉人知道它们的时间更久，但他们从没完成过对它们的肢解，也没进行过研究。"

"好吧，我们都知道雷迪拉人没什么好奇心。"帕拉乌说道。两个专家兴致勃勃，说个不停，似乎忘记了国王的存在。"他们对于革新不感兴趣。但是我们可以学习，可以研究，可以为了我们自己的发展研制出更加多样的技术。这对于我们的备战进程将是意义重大的一天。"

斯文森点点头："汉莎的控制论专家在改进智能机器人上遇到了瓶颈期。已经有好几代机器人都没有实现过任何实质性的突破了。但这些克莱西斯机器人已经存在了几千年，性能上却没有任何退化。"

彼得国王试着用常识来浇熄他们过度的热忱："没有退化，先生们？这些克莱西斯机器人里没有一个能想起它们的创造者的种族究竟发生了什么事。这种集体性的失忆还不叫'退化'吗？"

他们下面的机器实验室被设置为一个机械修理厂，一个精致的手术室。在八边形的房间里，每面墙上的架子上都堆满了无数的分析和诊断仪器。中央的平台经过加固，远比普通的手术台更加结实，可以负担乔拉斯庞大的身躯。

皇宫的护卫武装齐全，特别委派的地球防卫军银盔突击队员站在墙边和门外，随时注意着可能存在的危险，对任何有可能出现的背叛行为都保持着警惕。

虽然克莱西斯机器人个头比所有的人类都要高，但它只是转了转扁平的几何形脑袋，扫描了一圈为了肢解它而排列的设备，没有做出任何具有威胁性的行为。它铰接的手臂收回到了椭圆形的外壳里："你们无须害怕。我已经关闭了我的自我保护系统，并且保证全力配合你们的行动。"

永远都要提防说"你们无须害怕"这种话的人，彼得想到。正是这同一个机器人"一不小心"杀害了威廉·安德克博士。护卫们仍然十分警惕。

控制论专家小组拿上激光切割器、金刚石锯、小巧的探针和其他的一些精密仪器。"我们开始吧，"首席研究员说道，"乔拉斯，如果你愿意半躺下来，我们工作起来会更方便。"

彼得皱皱眉，他觉得这个机器人首先考虑的应该不是人类拆卸起来是否"方便"。但乔拉斯似乎很配合，甚至有些殷勤。它为什么要这么做？真实的原因究竟是什么？

巴斯拉·温塞拉斯对这一行动可能带来的科技上的好处非常兴奋，对这个机器人的提议也照单全收。但是对于彼得来说，这些克莱西斯机器完全是个谜，用人类标准的利他主义来定义它们根本不合适。

机器人慢慢地向后倒下，终于平躺在了分析平台上，看上去就像一只被喷了杀虫剂的巨大的蟑螂。彼得不知道这个古老的机器能不能感受到害怕或疼痛。

忽然，长廊里一阵骚动。皇宫护卫大喊着，试图拦住那两个跟着乔拉斯进来的克莱西斯机器人。一个银盔突击队士兵冲着这两个长得完全一样的虫形机器人挥舞着手中的武器："后退。你们无权进来。"

"我们想要协助进行手术。"一个机器人说。

"我们也很好奇，"另一个说，"我们可以提供一些意见。"

"一开始可不是这么商量的。"彼得对自己说。

在国王身边，帕拉乌和斯文森快速地交换着意见。"陛下，其实让它们进去也没什么。别忘了，它们的文明创造了'克莱西斯火炬'这样的技术。那可不是什么高中生都会的逆向工程项目。我们没有一个人知道自己该做什么。"

彼得眯起了眼睛。包括我。"这不是很让人放心，两个没有任何授权的克莱西斯机器人不打招呼就出现在这里。地球上都只有最多十几个克莱西斯机器人吧？"

"差不多就那么多，陛下，"斯文森说道，"但是我想乔拉斯之前可能发送过信号。我们本来就应该准备好应对这种情况。"

"不知这么说能不能让您放松一点，陛下，"帕拉乌看见国王还在犹豫，便小声地补充道，"这里的透明墙体都是绝对防弹的。哪怕是实验对象忽然爆炸也无法伤您分毫，更别说普通的能量脉冲了。"

彼得担心的不仅仅是这些。他对着扬声器说道："好吧，让它们进去观察和协助——当然，两个机器人都必须关闭它们的自我保护系统。"

乔拉斯和其他两个机器人极快地来回交换着编码语言，嘁嘁作响。其中一个机器人说道："如果你们的士兵和护卫也想肢解我们，那我们就毫无还手之力了。"

彼得丝毫不为所动："这就需要我们相互信任了。你们想参与进来，就要遵守我们的条件。"

最后，这两个虫形机器人同时回答："我们答应。"它们像两座金属雕塑一样站了一会儿，然后略微松弛下来："所有防御系统均已关闭。"

"口说无凭。"彼得说。

"所以我们也需要你们的信任。"两个机器人开始向前移动，彼得决定不再出手干预。他不安又好奇地看着下面继续进行的手术。

研究员利用无损检测技术，用成像器和声波探头检查着乔拉斯金属做成的身躯上的每一条缝隙。在此之前，他们从没有过机会可以对这种外星机器人进行完整的外部评估。

小组成员们兴奋地低声讨论着，一个小时过去了，他们就已经完成了目检和记录存档。这些科学家们完全被迷住了，但彼得国王却感到心里总有一个疙瘩。他不喜欢促成这次实验的条件，不喜欢这个机器人的自我牺牲，也不喜欢另外两个机器人招呼都不打就大摇大摆地出现在这里。它们究竟想要什么？

首席控制论专家的声音从分析室里传来，听上去就像一个热心的老师。"该进入下一个阶段了。乔拉斯，你有办法提供进入通道吗，还是由我们直接切开你的外骨骼？"

随着一声脆响和一阵嘶嘶声，乔拉斯的胸板上出现了许多细小的裂痕，就像潮虫身上的甲胄。这些甲胄向外打开，暴露出里面的线路、极具光泽感的金属和像磷光线虫一样跳动的平整光纤。

"快看！它们的指挥系统和我们用在智能机器人身上的完全不同。"首席控制论专家说道，他对着观景长廊眨眨眼，仿佛正在提醒他的观众们记住这一切。

机器研究员拿起了自己弯曲的工具，虽然看起来十分高科技，但彼得国王认出来那不过是把比较花哨的撬杆而已。另外两个克莱西斯机器人越靠越近，汉莎的研究小组将乔拉斯的外部甲胄分得更开了一点，暴露出内部脆弱的部件。灯光闪烁，那些细软的纤维之中仿佛正燃烧着核火焰。

"我想关闭我的系统和传感器，但如果我这么做，你们得到的研究结果将会不尽如人意。"乔拉斯嘶嘶的声音提高声调变成了更加尖厉的呻吟，"因此，我将会在整个过程中都保持清醒，直到我脑部的子系统不再工作。"

"它真勇敢。"帕拉乌低声说。

彼得抓住了他的椅子上的扶手。

两个进行观察的克莱西斯机器人无声地移到前面，吓了科学家们一跳，但这些庞大的机器人似乎知道该做什么。它们打开乔拉斯核心上的端口，手动伸展它的八条分节触手，每一条都接附着用于抓取、切割和控制的部件。这两个克莱西斯机器人动作迅速，它们很快拆卸开这些机械臂，将它们递给人类工程师。哪怕是这些分节的四肢也可以用于研究，以改进简单的机械装置。

一个控制论专家将探针伸进机器人人工内脏的深处："我已经能看到这次实验会给我们的工作带来多大的收获了。"

拆卸台上，乔拉斯头板上灯光闪烁，亮得耀眼，仿佛在痛苦地尖叫。"没什么好怕的，"乔拉斯说，"没什么好怕的。"

彼得不知道这个牺牲了自己的机器人是在安慰人类，还是在安慰它自己。

#

肢解和研究工作持续了一上午。每个在乔拉斯体内得到的新发现都让斯文森和帕拉乌欣喜异常，他们谈论着这些技术在未来可能被运用到的方向，试图给国王留下深刻的印象。

"陛下，光是进行数据流处理，我们就要花上一个月的时间，但从目前的初步评估来看，我认为这种技术可以被应用到汉莎智能机器人的设计上。我们还可以用它来升级我们的制造系统，我们的生产力必定能增加一倍以上。"

斯文森表示同意，又补充说："而且现在我们还在和气基族打仗，自动化战斗机和侦察机肯定也是越多越好。要是我们能提高战争中人力密集型上的效率，肯定会获益良多。这一切可能都会让我们在面对那些外星人时提高胜算。"

又过了半小时，OX 进来站到了彼得国王旁边。这个教师智能机器人观察着实验进行，安静得让人奇怪。国王之前和 OX 讨论过这件事，希望这位智能机器人能提供一点意见。他不知道它是不是在为同为机器人的这台克莱西斯机器人感到难过……又或者，OX

心中是不是也怀有一些疑问。

彼得看不出乔拉斯是在什么时候进入永久性终结的——他心里并不愿使用"死亡"这个词，但随着能源的逐渐流失，机器人身上血红色的光学感应器也逐渐暗淡了下来。它身上的润滑油和传感片组件被一个一个地取了出来。最后，虽然科学家们讨论了很久，心里也很抵触，但他们还是一起弯下腰来，用工具取下了乔拉斯扁平的多角形的头。这时，光学传感器彻底熄灭，那颜色就像干了的血块。

两个在旁观察的克莱西斯机器人一动不动地站着，整理着它们刚才接收到的信息。乔拉斯的各个部件都被分门别类地放满了整个手术室。成像器从各个角度完整地记录了这次实验的每一个瞬间，那个黑色的机器人现在看起来就像一堆火车失事后留下的扭曲的碎片。

彼得不知道这些机器人是否觉得这些信息值得它们的同胞为此牺牲，它们又是否知道乔拉斯为何自愿被终结。这些克莱西斯机器人能得到什么？它们真的想为人类提供新的工具和武器来抵御气基族吗？还是说，它们准备以此为条件，向人类汉莎联盟提出什么过分的要求？

OX 仍然站在彼得的观察椅旁，也在奇怪的沉默中思索着什么。

彼得面色凝重地转向他的两个专家，和他们低声说道："一定要好好利用这一切。谁都不知道从长远来看我们要为这次实验付出多少代价。"

"我们会派出汉莎最好的科学家。"帕拉乌说道。

拉斯·卢瑞克·斯文森说："我都等不及要应用这些信息了。这次实验就像发掘了图坦卡蒙①墓，找到了失落之城魁维拉！"

①图坦卡蒙，是古埃及新王国时期第十八王朝的法老。他为现代人广为熟知的原因是他的坟墓在三千年的时间内从未被盗，直到 1922 年才被英国人霍华德·卡特（Howard Carter，英国考古学家和埃及学先驱）发现，挖掘出了大量珍宝，震惊了西方世界。其墓葬的发掘代表了埃及考古工作的顶峰。

彼得深吸了一口气："我们打开的，也有可能是潘多拉①魔盒。"

34

第一继承人乔拉

第一继承人乔拉和克里元帅正乘坐同一艘战舰前往海洛卡星，但乔拉并没有泄露自己内心的苦恼。他必须假装这次出发去带回他的儿子只是出于政治目的。不能让任何人把这次作秀般的远行和皇帝身体抱恙联系在一起。没人能够像他父亲那样，通过心神网获取信息，得出结论。

"我手下的军队在这里演习过很多次。"克里沉思着看向战舰的视图屏幕。在地平线星簇的边缘，太空中挤满了星辰。"海洛卡星王储爱热闹，我这次只带来一个团的舰队，他肯定会很失望。"

乔拉强挤出一个笑容："哪怕是皇帝的儿子也不能事事如意。我弟弟应该明白这个道理。索尔也应该明白。

元帅降低了声音："恕我直言，第一继承人，您把您的儿子带回雷迪拉有利无弊。他在这里过得很好，但我相信他对我们帝国的印象是歪曲的，感情也并不深厚。虽然他还没有承担起继承人的责任，但和您一样，他注定会成为第一继承人和皇帝——希望那一天还暂时不必到来。"

乔拉心里发冷："时间到了，索尔一定会尽力的。他就是这样被教育长大的，他也是为此而生的。"

根据从未更改过的传统，下一任的第一继承人必须是血统纯正

---

①潘多拉，是希腊神话中赫菲斯托斯用黏土做成的第一个女人，作为对普罗米修斯盗火的惩罚，送给人类的第一个女人。宙斯命令将她带给普罗米修斯的弟弟"后觉者"埃庇米修斯成为他的妻子。埃庇米修斯没经住诱惑打开魔盒，放出了人间的一切苦难，但却把希望留在了盒中。

的贵族，而非乔拉的长子那样的混血军官。赞恩在太阳舰队中表现得很不错，凭借着自己的创新能力和专业技能一路晋升。但索尔却从未对权力有过追求，在外交上也没有展现过丝毫技巧……不过，他还年轻。

海洛卡星位于一个双恒星星系内，这一星系又坐落在如王冠般闪耀的地平线星簇里，其中还有许多其他的双恒星和三恒星星系。这里巨大的主恒星呈蓝白色，照亮了海洛卡星漫长的白日；次恒星则为橙色，它驱赶夜色，使得这里的雷迪拉人无须再害怕黑暗。雷迪拉人着迷于这颗行星上宜人的气候和碧绿的景色，将海洛卡星打造成一个富饶而又和平的世界。

克里带领七艘战舰停到了太空港的广场上，地面上，六角形的热瓷砖被铺成复杂的马赛克形状，使来船都能一睹海洛卡星的风采。人群挥舞着反光的三角旗，欢呼着迎接到来的舰队。

乔拉在指挥中心内观察着这一切，对下面的壮景皱了皱眉："我都告诉卢萨这只是一次非官方的访问了。我还让他别对我的来访小题大做。"

克里对着他歪嘴一笑："您是第一继承人，来这里是来接走您的儿子的。海洛卡星王储怎么可能放过这种机会？"

地面上，卢萨王储派出一队身着彩色长袍的护卫队，另外还有许多记录者、舞者和歌者都参与到了这次游行之中，共同欢迎来访的客人。乔拉和元帅肩并肩地下了飞船，人群欢呼不已。第一继承人金色的发辫摇曳着，如同日冕般围绕着他的头颅，一双蓝宝石般星光璀璨的眼睛在海洛卡星蓝白色阳光下熠熠生光。

克里派出他训练有素的仪仗队，他们以发条般精确的队形列队走下活动梯。士兵们面对着当地沸腾的表演者们，努力维持着秩序。

乔拉努力维持着声音中的威严，和他的弟弟打了招呼："卢萨，这次欢迎仪式真是出人意料，但确实毫无必要。"

海洛卡星王储并没有注意到第一继承人的语气中的责备："这还只是开始呢！"他整个人胖乎乎的，态度温和，脸上洋溢着灿烂的笑容，但表情中却透着愚蠢的神采。他随意又亲昵地拍了拍他哥哥的肩膀："我们准备了许多宴会、演讲和表演，简直都不知道该从哪里说起了。我们这里有个历史学家，和棱镜之殿里的瓦尔旗鼓相当。我还弄了个新的舞蹈喷泉馆，你肯定会大吃一惊。"

他又靠近了一点低声说："而且我还亲自检查了一下我最喜欢的这些玩伴里谁最容易受孕。要是海洛卡星能留下一个第一继承人的血脉，那可就真是太荣幸了。"

乔拉的心仍然在为他父亲每况愈下的健康状况担忧，他没有任何寻欢作乐的欲望。"弟弟，你为我做的实在太多了。我们会在恰当的时候露面，也许克里元帅可以登台，简短地展示一下他的舰队的超强实力。"乔拉的目光落到了他的儿子脸上——这孩子看上去多么年轻啊！他在海洛卡星王储身后等待着，似乎有点被吓到了。"但是索尔和我还有要事要办。"

这个年轻人鞠了一躬，但看上去却更像是畏缩了一下："父亲，叔叔已经告诉我了。"

卢萨咯咯笑出了声："唉，第一继承人不好当啊。我真是太庆幸我不是长子了！"

索尔的举止中透着一股坐立不安的意味。他长长的头发编成错落有致的发型，上面点缀着一些小小的宝石，仿佛露水留下的痕迹。他的肩膀上搭着宽松的彩色布料，乔拉看不出他的儿子到底有多瘦。他和矮胖的卢萨形成了鲜明的对比。两个人平时的饮食都十分奢侈，日子过得也放松，但索尔可能对灵药或其他的一些能够带来快乐的药物上瘾，而王储则满足于吃好睡好。海洛卡星以出产灵药闻名，这是一种从依靠尼日利亚花存活的植物飞蛾体内的奶状血液中提取出来的兴奋剂。

<u>我年轻的时候也是这样吗？</u>乔拉暗忖。

受到灵药奇怪的副作用的影响，他的儿子在心神网中的形象十分浑浊。虽然第一继承人如果集中精神也能感知到索尔，但现在这种感应并不清晰，乔拉只能通过肉眼来解读他脸上的表情。

<u>这个孩子怎么才能成为皇帝？话说回来，我又怎么成为皇帝？</u>

之后，海洛卡星王储拉着他们看了几个小时的演出，一边看一边享受着似乎永不会结束的宴会，所有的菜品都由来自异国氏族的美女们端上来，她们纷纷对乔拉抛出挑逗的眼神。卢萨把她们的名字列成了一张表，第一继承人知道自己肯定得为其中的几位提供服务。

三个外表温和的棱镜氏族人穿着牧师长袍坐着，随时准备着为他们服务，谈谈光源，解读来自心神网的暗示。从他们温顺的表情上可以看出，海洛卡星上显然有很长一段时间都没人提出过相关问题了。要是这些人知道帝国将来会发生怎样的变动就好了。

海洛卡星开放式的宫殿里以高大的柱子和露天的庭院闻名，院内遍布各种花园，种满了巨大的血红色花朵。这里的气候温和湿润，无须多少遮挡物，即使在风暴之中，防雨区也能让宫殿内部保持干燥。这整座建筑看起来就像是一座被丛林中的灌木群吞没的古代神庙。

通过一种奇怪的植物基因倾向，海洛卡星本地的植被并不是沿着木茎和高树生长，而是或铺满地表，或化身为长而软的藤蔓，垂在凹凸不平的地面之上。海洛卡星的空中花园被视作帝国的奇迹之一：悬崖上，垂坠的植被枝叶繁茂，朵朵巨大的花朵啜饮着瀑布的雨雾。负责传粉的四翼鸟以莓果为食，在大张着嘴的喇叭花丛中飞来穿去。

在摆设宴会的庭院里，乔拉向后倚着，呼吸着植物浓郁的芳香和菜肴的香气。偶尔，他会不经意地皱起眉头，并小心翼翼地不让任何人注意到他低落的心情。蓝白色的恒星坠下，橙色的次恒星升起，克里元帅带领着他的北极光飞船和两艘战舰，为大家献上了一场精彩的演出。地面上，所有的土地和街道上都燃烧起了摆成几何图形的火焰，为这一天增加了节日的光明氛围。

乔拉借着表演的机会把索尔叫到一边，但这个年轻人却有些抗拒："我想看空中表演，父亲。"

"你以前就看过了。现在我们需要单独谈谈，我得告诉你我今天为什么而来。"

"我已经知道了。您想带我离开海洛卡星，回去住到棱镜之殿里。"

"对，但是你还不知道为什么。"

乔拉坐在缀满花朵的壁凹处里的一把光滑的长椅上，但索尔却站得远远的，不安地来回踱着步，十分紧张。"但是我喜欢住在海洛卡星，父亲。我想留下来。王储和我相处得很融洽。"

"局势变了。你不能再住在这里，除了带你回去，我别无选择。"

"您当然有选择。"索尔转来转去，精心梳理过的头发也随之不断抽动，狭长的脸颊上带上了专横的表情："您可是第一继承人。您要什么没有？只需下令就行了。"

乔拉心里一凉，说道："我也是最近才发现，我的选择其实和最低贱的侍从氏族人一样有限。"

索尔的手指捏到一起，接着又张开，仿佛想要握住什么，又像在找什么东西来吃。他似乎还想争辩，但他的父亲制止了他。"皇帝不行了，索尔。很快，我便将取代他的位置——而你则会成为第一继承人。"

索尔停了下来，瞪大了眼睛："不行。我还没有准备好。"

"我也没有，但是气基族出现了，帝国岌岌可危，我们都没有时间可浪费了。这么多年来你一直享受着你的出生带给你的各种优越待遇，现在，你必须要面对你的责任了。"

索尔不耐烦地说："要是我不愿意呢？"

"那我就会亲手杀了你。"乔拉被激怒了，他还没来得及控制自己，话便已经脱口而出："然后让你的弟弟赞恩接替你的位置，就算他身上流淌的并不全是贵族的血。帝国容忍不了像你这么愚蠢的第一继承人。"

索尔看上去被吓坏了，但乔拉已经无法再收回自己说过的话。他试图表现出和解的态度："不能只考虑自己的想法——我们两个都不能。"

35

杰斯·塔博林

回到位于火星上的地球防卫军基地后，威利斯上将的围攻舰队受到了全军的欢迎，并得到了鲫鱼战斗机中队的护送。在与气基族的对垒中吃了那么多次败仗后，这一次的经历实属难得，胜利的滋味令大家心醉神迷。

想家的士兵们为了家人和爱人录制好了热情洋溢的问候视频。

运输船卸下从顽固的伊雷卡人那里没收来的艾克提储备，而地球上的媒体网络上也在传播着各类相关采访。他们以极小的伤亡和微小的财物损失便成功镇压了"伊雷卡叛乱"。

塔西亚·塔博林看着报道，虽然事实被严重扭曲，但她却一点也不惊讶。那些卑微的伊雷卡人实际拥有的星际驱动燃料比实时报道中提到的要少得多，但是兰扬将军需要为这次围攻找一个合理的借口。

这种不公正令她火冒三丈，她完全清楚这就是个彻头彻尾的谎言。伊雷卡星上的破坏本来是可以避免的。但是，这毕竟是"大呆鹅"……

她回到营房，她的智能机器人 EA 帮着她整理行李。这个小机器人只有塔西亚的一半高，总是一边陪伴着主人，一边完成着各种预编程序中指定的任务。

还在普卢马斯星的水矿上生活时，塔西亚和 EA 便常常在冰层之下的洞穴深处自娱自乐。但现在塔西亚却不知道自己还会不会回家。她在地球防卫军的日子本来已经结束了，但在与气基族的战争爆发后，她的服役时间又被强行延长了。到了今天，地球防卫军早已不再天真地奢望能够取得速胜，这样一来，经过培训的人才就更加不可或缺了。新征召的士兵一旦意识到军旅生涯并不只是争当英雄好汉，军队便很快会变成一盘散沙。

"塔西亚，您在伊雷卡过得好吗？" EA 帮它的主人从行李箱中拿出皱皱巴巴的衣服时问道。

"不，不太好，EA。"

"听到您这么说我很遗憾，塔西亚。"

这些好斗的伊雷卡人总让她想起游荡者的部族，他们也都是些独立自主的人，在没有接受汉莎联盟帮助的情况下建起了自己的家园。"我小时候一直觉得'大呆鹅'只对游荡者积怨已久，但现在看到伊雷卡，我才明白他们其实对自己统治下的移民地都非常傲慢。"

"也许汉莎联盟并不太喜欢不听话的人。"

她撇起嘴："我觉得你这话说到点子上了，EA。"

"谢谢，塔西亚。"

她和罗博像往常一样一起坐在食堂里。他们很少承认彼此之间的情侣身份，虽然这个部门里的人都知道他俩是怎么回事，但他们总是很有礼貌地假装没有注意到。这个黑皮肤的男人坐在她对面，聊着各种他打算让战机队练习的飞行动作，有意对围攻一事避而不谈，因为他知道这个话题会激怒塔西亚。

罗博端来两盘进行过处理且营养均衡的食物糊——今晚的食物糊是牛肉味的，而她给他们一人拿了一罐咖啡。还没开动，食堂墙上的屏幕上忽然闪现出彼得国王的影像。他夸奖了参与这次围攻的部队，说他们"为汉莎联盟带回了至关重要的艾克提"。国王还对其他的移民地发出了警告，语气虽然严厉，听上去却有些缺乏力度，仿佛这些话是他照着稿子读出来的一样。"全体人类必须携手共渡难关。所有的移民地都不能只考虑自己，而不考虑集体的利益。"

"切，布里登，"塔西亚低声嘟哝道，"我们拿到那么多星际驱动燃料，下个月工资也该涨了吧。"

他听到她的讽刺，皱了皱眉说："塔西亚，所有移民地都收到了实行配给制度的命令。我们不是偏心，也不是在找替罪羊。难道我们就该容忍伊雷卡人得寸进尺吗？"

她的眼睛亮了起来："但是这些移民地一开始的资源就不是均

等的。不是每个人都能在艰苦的条件中幸存。要是一个移民地本来就资源短缺，那切断供应就是让他们的境况雪上加霜。一刀切的政策也太蠢了。"

她抿了一口苦涩的咖啡，看着彼得国王完成这次简短的演讲。塔西亚只记得伊雷卡的大总督脸上那绝望的神情。"要是游荡者的话，一定会团结在一切，彼此互相帮助克服各种困难。"

"不同的人看待事物时的立场总是不同的，"罗伯伸手抚摸她的前臂，让她明白自己在想什么，"就像你只能站在游荡者的立场上看待事物一样。我不想和你吵架。唉，我也为伊雷卡人感到难过啊。"

"但你无能为力。"她说。

"对，你也是。"

塔西亚知道他说得对。她回到自己的住处，用凉爽的溶剂海绵擦洗身子，舒舒服服地洗了个澡。她只希望在下一次任务中，自己能迎战真正的敌人。

36

库尔特·兰扬将军

到处都在传播发现潜行气基族的报道，这令地球防卫军内部十分不安。兰扬将军在火星上的指挥基地中又补充派出了一些队伍，在全部的十个坐标格内进行巡逻，虽然人人都相信，哪怕是武装完备的侦察舰也招架不住球形战舰的正面攻击。

将军看完侦察小组发来的各种报道，心里渐渐变得烦躁起来。这些报道中总提到有应征飞行员在执行任务时"莫名消失"，而现在,这份名单越来越长了。在他看来,这些人都是些逃兵,是懦夫……是败类。

"太空里危险重重啊,将军,"帕特里克·菲兹帕特里克中校说道,"又有气基族,又有小行星,还有辐射风暴。飞船稍不注意就会失踪,不留下任何痕迹。"从伊雷卡回来以后,他暂时从第七坐标格舰队转到了直属于兰扬的火星地球防卫军总部。由于菲兹帕特里克的家族势力,将军已经决定要把这孩子调到更加显要的位置上了,要是能离家近就更好。

"对,那些飞行员逃兵肯定也知道'太空里危险重重'。不能再花时间找他们了,虽然我本人真想找到一个,然后拎着他的脖子,杀鸡儆猴。"兰扬把文件推到一边,切换了屏幕,然后站了起来:"我就像个穿着军装的阉人。我们的武器中没一样能和气基族抗衡,汉莎现在也成了苟延残喘的老太太了。这五年来,我们没有取得任何进展。"他拳头重重地砸在桌子上。

菲兹帕特里克心里同意,但嘴上却什么也没说。他身上流着贵族的血,在他的军旅生涯中,家里也确实曾经直接对相应的指挥官进行旁敲侧击,来推动他的事业发展。本来以他个人的能力来说,他是没办法那么快得到晋升的,但他也成功地应对了这些挑战。在战争时期,无论家里再有钱、再娇惯,军队也不会容忍一个闲人。菲兹帕特里克想要出现在政治宣传照上,想要穿着他整洁的军装理直气壮地站在更高的位置,让他的父母也能通过儿子英勇的表现得到一些政治上的回报,让自己成为"此次危机中最尽职尽责的榜样"。而将军则可以利用这次机会捞到点好处,只要菲兹帕特里克不要太丢人就行。

"长官,其实我有一个建议。"

"中校,要是你能告诉我如何赢得这次战争,我就把你提拔为准将。"

菲兹帕特里克微微笑了笑："将军，倒不至于赢得战争吧，但是也许能让您不那么烦心。为什么您不亲自指挥一个舰队呢？您可以出去侦察一个月，随时保持警惕。对外，您就说您这是需要第一手的信息来把握外部局势。"他的笑意变深了："这样汉莎也可以宣传，为了人民的安全，地球防卫军的将军亲自披挂上阵，前去监督安保措施，评估敌对势力。"

"这么做在政治上确实很有利。"兰扬说道。

菲兹帕特里克冲着凌乱的桌子比了个手势："长官，让您来做这些可真是大材小用了。这些官僚任务您就交给斯图莫上将吧。自从在木星上大败以来，他就不适合做前线军官了。"

"中校，不要对上级不敬。"

年轻人压低了声音，但他显然还没习惯听命于任何人："将军，现在办公室里就我们俩，您也知道我说的是实话。"

"对，我知道，该死的。"兰扬厌恶地看着面前等着他签名的文件。六个月来，他连一项重要的决定也没做过。要是能把这些全扔给"留守儿童斯图莫"，确实也挺好的。"好吧，那就按你说的办吧，菲兹帕特里克。安排我登上下一个出发的侦察队的领航舰。"

"应该就是第三坐标格舰队了，长官。"

"很好。我会让斯图莫上将负责这堆破事的，"他露出一个微笑，眼里却毫无笑意，"也许这也算得上是个惩罚，能让他清醒清醒。"

\#

在第三坐标格的系统里来回巡航了两个星期以后，兰扬将军意识到，就这么漫无目的地在空空荡荡的太空中无所事事，其实并不比坐在火星上的办公桌前无所事事强多少。

由于艾克提紧缺，现在在太空中已经很难碰见其他飞船了，他们的战舰也没有遇上任何汉莎或雷迪拉的飞船。兰扬站在他借来的巨像级战舰的舰桥里，重重地叹了一口气："看来现在旋臂正处于淡季。"

菲兹帕特里克在他身边点点头："现在几乎所有的普通交易都停止了。所有移民地都在寒风里光着屁股瑟瑟发抖呢。"

兰扬最近听说有人正提议重建世代船，这种船速度缓慢，要花上整整一个世纪才能到达下一个移民地，但它用的是传统燃料。在他看来，这种提议之中包藏着一种绝望，一种他不愿意承认的绝望。承认这种事，就意味着他接受了他们永远也不能在这场战争中取得胜利的事实，人类——或雷迪拉人——再也不能快速穿越旋臂。这种想法令他无法忍受，它完全违背了他所坚持的进步和探索的精神。

不，他们真正需要的是战斗，一直到把这些气基族赶回到它们自己的老巢。

"将军，我们检测到了星际驱动燃料留下的废气。那艘飞船就在前面，要是我们动作快点也许还能赶上。我们要改变航线前去拦截吗？"

"是我们或者雷迪拉的船吗？"兰扬说。

"距离太远，不好判断，长官。但是可以确定这艘船不符合我们的标准构造。"

他用指节扶住方方正正的下巴。菲兹帕特里克靠了过去："将军，我们现在反正也无事可做。也许那艘船的船长能提供点什么线索。这种情报很有用。"

将军本人也正有此意："好吧。没准船上还有我们这边的逃兵。咱们去会会。"

巨像级战舰在一片虚空之中前去拦截那艘孤零零的飞船。这艘奇怪的飞船看上去就像一个普通的居住舱，在球形货舱外面，大梁结构的顶部还装载着巨大的发动机组。

"从没见过这样的飞船。"兰扬说。

"那是蟑螂佬的船，"菲兹帕特里克说，"他们到处偷零部件，再把这些东西组装在一起，我都不知道他们是怎么让这些垃圾飞船动起来的。"

那位尚未现身的船长一开始想要避开他们，但兰扬派出了一队鲫鱼战斗机，前去包围住了那艘飞船，于是那位船长便放弃了。

这位长着胡子的游荡者的形象出现在了屏幕上。他那件拼接而成的制服装饰看起来十分俗艳，让在军队中训练有素的兰扬感到十分刺眼。"我的名字是瑞文·卡玛洛夫，驾驶的是游荡者的货船。这里是行星之间的自由空间，你们为什么拦下我？我还有一船的货物要运。"

兰扬张大了鼻孔："卡玛洛夫船长，难道你不感谢我们提供的保护吗？这里随时都可能有气基族出没。"

那位船长对他怒目而视："我们知道有气基族。游荡者的人口损失比你们其他人多十倍以上。"

"真替他感到难过。"菲兹帕特里克低声说。

"船长，请说明你究竟装了些什么货物。"兰扬说。

"我只是在为游荡者的前哨站和汉莎的移民地运送一些急需的补给。将军，你可以查查你自己的数据库。我的商业记录在上面写得很清楚。"

巨像级战舰上的科学军官完成了扫描，转身对将军说："他在运输艾克提，长官。里面的货舱全部都装满了艾克提。"

"艾克提！"菲兹帕特里克说，"有多少？"

科学军官报了一长串数字，兰扬把它们转化成了自己能理解的词汇。"就是说……比我们在伊雷卡没收的还要多——足够整个侦察队使用，甚至还能再支持五个舰队。"兰扬和他的门生对视了一下。菲兹帕特里克点了点头。

"卡玛洛夫船长，你知道地球防卫军有向你们优先权订购艾克提储备的权力，无论数量多少，对吗？"

"我也说过了，将军，"卡玛洛夫脸色僵硬地回答，"我们现在位于行星之间的自由区域，而且汉莎不能将法律强加于游荡者部族。我们没有签订过你们的协约。你们没有权力把我拦下来。游荡者已经把采集到的大多数艾克提输送给了地球防卫军，但我们自己也是有需要的。"

"真是出乎意料，"菲兹帕特里克嘟哝道，"蟑螂佬竟然也在囤积燃料。"然后他提高了声音，对着通信拾音器说："你们是从哪里搞到那么多艾克提的？"

"宇宙中储备最丰富的元素就是氢，你也知道的。"

"卡玛洛夫船长，我认为，我们的军队保护了包括游荡者部族在内的所有人类，向我们提供必要的物资，就是你们最该做的事，"兰扬说，"我们很愿意在这里接手你们的货物，你们也不用再浪费燃料去地球了。"他一直都对这些太空中的吉卜赛人那种公然的独立姿态感到十分恼火。游荡者也该学学该如何和其他人打交道了。

虽然卡玛洛夫一直在愤怒地抗议，将军还是派出了一支鲫鱼战斗机中队将货船团团围住，登上了货舱，将装满了艾克提的沉重的燃料箱拆卸下来。他站在巨像级战舰的舰桥里，看着那位大胡子的船长破口大骂。他按下了静音键。鲫鱼战斗机将珍贵的艾克提燃料箱飞速带回到战舰上，装到货舱里。

兰扬做好了离开准备，他再次打开了音量，听见卡玛洛夫还在嚷嚷。"——强盗，你们就是些强盗！我要你们赔偿我的损失！为了这些艾克提，很多游荡者都在闪电战突袭里丢了性命。"

"船长，现在可是在打仗，"兰扬无动于衷地说，"总有人会死。"

菲兹帕特里克在将军耳边冷酷地低声提醒了一句："蟑螂佬可能会因为这件事进行报复，长官。要是他们完全切断我们的供应怎么办？虽然现在他们供应的艾克提比从前少了很多，但目前来说他们也是我们唯一的供应源。"

"你说得对，菲兹帕特里克中校。他们那边要是知道了这件事，可能会来找我们麻烦。"

"但是话说回来，要是卡玛洛夫不告诉其他蟑螂佬，这件事也就无关紧要了。您要下命令吗，将军？"

兰扬坐回到椅子上，心里已经知道该做什么决定了，但同时他也知道自己的做法确实已经越界。他看着菲兹帕特里克，这位年轻的军官已经在急切地期盼着掌权了……而且，如果有必要，他也会承担责任。兰扬决定不去趟浑水。

他站了起来："我要回我的房间了。菲兹帕特里克中校，现在舰桥就归你管了……我相信你明白应该如何应对当前的情况。我们之前也讨论过，太空里危险重重。"

"是，长官！"

兰扬离开了舰桥甲板。他将在之后对船员们做出合适的解释。

菲兹帕特里克甚至没等将军回到房间，便下令让巨像级战舰向游荡者的货船开火了。

37

西斯卡·佩罗尼

在奥斯奎维尔最偏僻的边际，行星轨道最高处的恒星只比遥远的星辰稍微明亮那么一点。游荡者的"彗星提炼"小组把反射器、太阳镜面、冷凝器和核能熔炉组装到一起，每座变电站反射的都是四散的冰山和太阳系冷凝而成的碎石反射出的光亮。

戴尔·科伦开着一艘小型运输船，载着西斯卡离开了那些令人叹为观止的环带造船厂。他说个不停，为自己在遥远的彗晕周围那一系列过于自信的操作骄傲不已。

"我们在奥斯奎维尔环带上建了很多张牙舞爪的反应炉，又把它们发射到了黄道之上。我们选了一个引力稳定的地方把彗星围起来，发动引擎，将这些彗星逼出轨道，拖到这里来进行加工。"

"简直是把这些冰山当成台球一样玩。"西斯卡说。

科伦一边笑，一边穿行于暴风雪纷纷扬扬的雪花碎片中。"一般来说我们都不屑于在这些只有山脉大小的彗星碎片上花费功夫！"

负责生产的场地里停着许多小型飞船，还建有许多大型工厂。工人们在体积较大的彗星上装上电荷，又把它们切割为几大块，涂在上面的自热熔炉薄膜会在之后将所有的坚冰蒸腾为不同的气体，然后再由虹吸管将这些蒸汽吸出。

"看到了？谁还需要采矿船呢？"科伦强装出乐观的样子，"这不仅仅只是做做样子。这种方法真的能行。"

"我确实看到了希望，戴尔·科伦，但我也不会对此抱有太大的期待，"西斯卡说，"我已经看过数据了。要想得到足够多的燃料，我们还有很长的路要走。"

"该死的，我们也没有别的办法啊。部族领袖必须要跳出定式思维，不然还不如打开面罩死在真空里。"他摇了摇头，"艾克提反应器的性能提升以后，我们至少能保证最基础的供给。哎呀，我们可能还有剩余的可以卖给大呆鹅呢。不然的话，他们肯定会觉得我们在骗他们。"

西斯卡翻了个白眼："他们总觉得我们在骗他们。这就是他们的思维定式。"

虽然游荡者一直以来都被排挤在外，但他们也曾通过供应艾克提为自己在太空中找到了一席之地。现在他们手上没了资源，她担心游荡者最后会走投无路，只能回归到汉莎的社会之中。他们可能会被迫签署宪章，臣服于他们多年来一直试图从中逃脱的政权。

又或者，别无选择的汉莎也许会将他们赶尽杀绝。

她不喜欢面对这样一个是要生存还是要自由的选择。

但西斯卡实在想不到还能向谁求助。还有谁是站在他们这边的？游荡者在租赁的采矿船上为雷迪拉人工作了许多年，但他们最后也赢得了独立。现在他们没了艾克提，游荡者对于皇帝来说便也没了用处。部族会议上，他们已经讨论过和较弱的汉莎外围移民地或塞洛克联盟的可能性了。

她每天都感到自己身上压着沉重的责任，但让她命令游荡者的工程师和发明家再努力一点，她又开不了口。他们已经拼尽全力了。

外面，一座卫星大小的舱室正把彗星碎片瞬间蒸腾为各种挥发性元素。原子分离器吸走氢分子，彗星上的污泥从回收管道中缓缓流出。这些剩余的杂质中含有大量的重元素，还能被回收起来用于其他方面。

西斯卡研究着这些机器的运行，科伦则继续带着她缓慢地飞行着。其实她只是借着这个幌子前往此地罢了，内心里，她还是更想和杰斯一起待在环带造船厂里，和他一起看看那些星云过滤艇。她不知道他们还能不能再安排一次那样浪漫的约会……

戴尔·科伦把船停到了最大的彗星蒸发室旁。这座黑色的庞然大物傲然耸立，墙壁较薄，遮住了这里的工业营地发出的点点亮光。"我们都把这里叫'彗星希尔顿'。这是柯伊伯带的这一片地区中最豪华的地方。"

西斯卡笑了："作为各个部族的议长，我早就已经对这种……奢侈，习以为常了。"

明亮的休息室和娱乐室里都装的是标准的金属板墙壁。科伦骄傲地向她展示了他那一缸黑色和银色相间的神仙鱼："虽然这里条件不太好，但它们的繁殖能力很强。我的很多厂里都有这种鱼，算是我离家后的一点念想吧。"

"在太空里养鱼？你就不能种种花吗？"

"那不一样，"他从桌子的另一边推过来一杯清澈的液体，"尝尝，从纯净的彗星水里提炼出来的。这可是自太阳系产生以来，第一次有人对彗星的水进行加工。你喝的其他每一种水都已经在人体和循环系统里转了几千遍了。但这是纯洁之水——只有氢气和氧气，别的什么都没有。高端市场可把这玩意儿看作是难得的佳酿。"

西斯卡低头看着那个杯子："喝起来有区别吗？"

他耸耸肩说："反正我是没尝出来。"

这时，一个工人急匆匆地拿着一封转写过的信息跑了过来："佩罗尼议长！这是环带造船厂的一艘运输船刚刚送来的。"科伦看到那个年轻人脸上急切的表情，挥挥手让他进来了。

她拿过信息，心里暗暗希望这是杰斯送来的，但又担心上面写的可能不是什么好事。送信到这里来，路途遥远且复杂，只能通过经过的几十艘商船同时送出许多份同样的复制件。一个游荡者会把信带到中央集结中心，然后再由另一个人送到奥斯奎维尔。

"这么送信的人，要么就是真有什么坏消息，要么就是想就算是大海捞针也要确定你的位置。"科伦说。

大海捞针。

塞洛克的雷纳德送出了一封措辞严谨的信。一份求婚信。

他即将成为他的世界的教父，需要一位坚毅强大的女性做他的左膀右臂。他列出了一些十分理智清晰的理由，解释了为什么塞洛克人和游荡者联姻可以进一步保持独立且摆脱汉莎对双方的控制。这样他们可以分享资源和各种能力，在面对地球防卫军的剥削时胜算也会更大。汉莎最近对伊雷卡移民地的围攻已经展现了他们的无情。谁都不知道塞洛克或游荡者会不会成为下一个受到攻击的目标。

"地球防卫军赢不了气基族，所以他们只能在其他方面寻求胜利，哪怕这种胜利是建立在人民的牺牲之上的。有了塞洛克的绿灵教士和游荡者的艾克提制造力，我们完全能结成一个势不可挡的联盟。想想吧，我相信这一定会是个好办法。"西斯卡能想象出雷纳德害羞地对她微笑的样子，"而且，你和我一定会很相配。"

她又读了一遍信息，心如刀绞。她注意到戴尔·科伦正好奇地想要看看信上的内容，便很快把信折了起来。"我得想想这件事，戴尔。参观的事之后再说吧。"

她和杰斯·塔博林打算宣布婚期的日子就快到了。她深爱着杰斯，而且又已经等了那么久。西斯卡理应得到这份幸福。

但如果雷纳德说得对呢？

她心里明白欧卡议长对此会怎么说。西斯卡怎么能让个人感情影响所有游荡者部族的未来呢？塞洛克确实是个非常强大的盟友，对于游荡者来说也很合适，比大呆鹅或雷迪拉帝国都更能让人接受。

但是……

38

克里元帅

在被海洛卡星次恒星照亮的橙色天空下，克里元帅带领两艘现役战舰完成了复杂的空中演练。剩下的五艘战舰全都停在广场太空港里随时待命，同时进行维护和补充供应，这样舰队便能在一天之内回到雷迪拉。第一继承人乔拉不打算在这里逗留太久。

常规表演结束后，克里让他的主舰飞回到马赛克式样的降落场地上空。这艘巨大华丽的飞船在人群之上巡弋，鱼鳍般的太阳帆闪闪发亮。他的传感技术员们彻底地检查了一遍所有系统的状态。

就这样，他们成了第一批发现气基族的球形战舰正向海洛卡星冲来的人。

"拉响警报！"克里说道。他的胸中升起一阵反胃般的恐惧感，这时他意识到他的大多数船员应该都休了短假，现在正四散在城市中的各个角落。"所有人员立刻回到我们其他的五艘战舰上，但不必等所有人齐。人数足够就立刻出动。"

克里命令两艘现役战舰立刻停止空中演练，飞到王储的宫殿之上进行保卫。快速侦察机也随之出发，前去确定不断逼近的球形战舰的位置。

负责表演的飞船解除了飘动的彩带和横幅，把它们扔到了地面上。每艘小船上都装载着常规武器，但没有足够的弹药来打完一场仗，更别提这次的敌人还是气基族。

但是，他们想办法也要上。

几分钟之内，停在太空港里的巨型战舰中已经出动了一艘，元帅为这艘船的船长集结骨干船员的效率感到十分骄傲。休假中的太阳舰队的士兵们从城市的四面八方赶回来，涌入等待着他们的战舰内，赶到自己的岗位上。

在藤蔓缠绕的城堡宫殿内，朝臣们已经察觉到了不对劲，但又不知道究竟发生了什么。大家都转而求助那三个穿着长袍的棱镜氏族人，但他们脸上的表情也和其他人一样疑惑。海洛卡星王储把他钟爱的几个玩伴召到身边，安慰她们道："我会保护你们的，我保证。"

当钻石船体的外星球形飞行器降落到城市中时，人们终于开始恐慌起来。球形战舰的锥形凸起上闪烁着蓝色的闪电，气基族没有送出任何信息，也没有发出警告或最后通牒。这些深核外星人就这么开始摧毁这颗行星。

克里在他的战舰的指挥中心内看着这一切，心里一阵恶心。每一次爆炸都在撕裂着大地，摧毁建筑物和轰炸范围内的所有东西。那些美丽的自然保护区，精致的空中花园，还有岸边种植着尼日利亚花的运河——所有这一切，都在冰冷强大的蓝色闪电中消失了。

他还记得自己在昆哈3号是如何一败涂地的，他下定了决心，大喊道："我们不去挑起战争，但是我们也绝不会就这么束手就擒。"

在马赛克样式的降落平台上，第二艘战舰已经升起。终于，现在空中有四艘太阳舰队的战舰了。"所有战舰，围住气基族，发射导弹、炸弹、能量波——手里有的都用上。也许今天就是我们在史诗中留名的日子。"

第一艘战舰比其他船胆子都大，向前猛冲。它银色的鳍和旗帜看上去就像锐利的羽毛，武器舱中不断射出刺眼的光波，直击对方的钻石外壳。虽然克里也让他自己的战舰靠近了一点，从另一边开始进行攻击，但这种双重轰炸似乎只在球形战舰的船体上留下了一点焦印。

这些气基族强盗似乎对此毫不在意。它的蓝色闪电仍然在撕裂着灌溉运河，摧毁成片成片摇曳的尼日利亚花，一些灰白色的植物飞蛾从花茎里面翻飞而出。蒸汽和烟雾在空气中蔓延着。

球形战舰在他们的头上不断地发出恶兆般的呼啸声，绕了个圈，然后开始了第二轮进攻。又一波噼啪作响的能量输出顷刻之间便让主城区的边缘地带化为乌有。

最后，另一艘地面上战舰终于也发动了引擎，吃力地从马赛克式样的降落平台升了起来，武器舱已经完全打开，做好了准备。但这艘华丽的战舰还没有完全离开太空港，球形战舰便已经来到了它的上方。这艘雷迪拉战舰发射出导弹进行自卫，但它的攻击就像小虫撞在大象腿上一样毫无威力。

气基族似乎到了这时才第一次注意到了太阳舰队，它们发射出闪电波作为回击，将这艘还在起飞的不幸的战舰撕成了碎片。它的船体被击穿，燃料缸爆炸，巨大的船身坠落到地面上，它那孔雀般的太阳帆抖个不停。地面上还有两艘战舰在准备着紧急起飞，这艘奄奄一息的飞船撞在其中一艘上，警报声大作，叫喊声被一阵刺耳的静电声切断——然后，在巨大的爆炸声中，两艘飞船瞬间火光冲天。

克里手下的船员们都在震惊中倒吸了一口冷气，被心神网中随之产生的巨大余波打了个措手不及。但他还是坚定清晰地下了命令："守住！我需要每个人都全神贯注，共同迎战敌人！"我绝不能再次失败！我是太阳舰队的最高指挥官，是雷迪拉帝国的守卫者——

最后那艘还停在地上的战舰还没来得及有所动作，残暴的气基族便向它逼了过去。锥形的凸起对着战舰开火，将它彻底摧毁了。黑色的浓重烟雾带着油味从太空港中的残骸中升起，周围的建筑也被燃烧的燃料缸殃及，燃起了大火。

"所有武器全部发射！动能导弹！切割光束！"克里命令道。他手下的船长已经不再需要他来打气了。

就在太阳舰队对着这颗孤孤单单的钻石球体狂轰滥炸时，后者仍然在摧毁海洛卡星上茂密的藤蔓森林、烧焦花田、农田和花园。蓝色的闪电瞬间倾覆各种华美的建筑，击毁当地的公用设施，折断水晶高塔。太阳舰队的种种防御几乎对这种暴行毫无作用，但这是克里的职责所在，他必须要放手一搏。

海洛卡星王储通过通信频道哇哇大叫："克里元帅，你必须立刻撤离我们所有的人民！我们这里没有避难所可以抵挡这样的攻击。"

"王储，现在船只不够，时间也不够。我们只剩下四艘战舰了，我不能让它们离开战场。"

球形战舰向旁边发射出一连串的攻击，但四艘战舰中只有一艘受到了中等程度的损害。那艘战舰歪歪扭扭地行驶到旁边自行修复它的系统，其他三艘则继续对着敌人发动几乎无效的攻击。

"但是，元帅，你必须要救他们！"王储的语气里带着怀疑，他似乎并不相信这世上还有太阳舰队无法战胜的东西。克里觉得卢萨真的看了太多空中演练了。

他意识到自己最要紧的使命是什么了。"王储，我马上派一艘运输船到你的城堡，我会把你安全地带出来，还有第一继承人和他的儿子。这是我最重要的任务。"

"你不能就这么抛弃我的人民！"王储哀号道，"我的演员，我的顾问……我美丽的玩伴！"

"我救不了他们。"元帅命令他自己的战舰退出交火，心中一阵抽痛。他厉声对手下的一个船员说："马上派出一艘人员运输船！能装得下多少人就装多少，但是必须要救出两位王储。"这位士兵立刻冲到飞行甲板上。元帅继续说："你们剩下的人——"

"元帅，快看！"一位战术师忽然打岔道，声音十分紧张。

克里抬头，看见红彤彤的天空里又出现了一艘球形战舰，正往居住地地面下降。然后，它也加入第一艘球形战舰的屠杀之中，能量武器开始无情地噼啪作响。

39

琳达·科特

虽然琳达此行载了一位乘客，去往瑞迪克星的旅途还是又孤单又无聊。那位高大沉默的黑皮肤男人比空气的存在感强不了多少。

他们一从克伦纳星出发，达文·洛兹便埋头于工作之中。"温塞拉斯主席应该准备了相关的资料和简报资料了吧？"

琳达耸了耸厚厚的肩膀说："我走以前他往我的电脑里塞了一大堆文件。你自便吧。"她冲他指了指一个工作屏幕，他立刻便开始浏览信息。"我还没来得及看这些文件有没有密码。"

洛兹用红褐色的眼睛死死地盯着她："不，你已经看过了。"

如此轻易就被他拆穿，琳达真不知道是该生气还是该觉得好笑。"好吧，我本来也有权了解我的船上到底装了些什么东西，洛兹先生，包括信息。"

这个安静的间谍一边看着屏幕一边笑了："反正所有的文件都是向公众开放的。"

"你到底是不会说话呢，还是说你其实是个反社会分子？"

"克伦纳星人可喜欢我了，"洛兹暂停回放总结报告，把眼睛从屏幕上挪开，"我不介意你在这里，但现在我需要全神贯注地处理工作。"

接下来的几个小时里，洛兹都在一言不发地研究各种记录和报告，了解克里克斯夫妇在瑞迪克星上更新的数据，还有他们之前在拉罗星、皮姆星和科里布斯星的研究成果。当他终于抽出时间来吃点东西时，琳达双臂抱在胸前说："你觉得他们失踪这事有蹊跷？"

"目前来说，我们还不确定他们是不是失踪了。我们只知道他们的通信被切断了。"

"嗯，会不会是因为他们发现了'克莱西斯火炬'，所以有人要报复他们？细究起来，其实这就是这次气基族战争的起因。很多人都被激怒了。"

"气基族也是如此。我们到了以后就立刻展开调查。"

#

金褐色的行星在视图屏幕中越变越大，琳达用飞船的内部通信系统把洛兹从他的客舱里叫了过来。他个子太高，驾驶舱又太小，但他还是一直关注着他们接近瑞迪克星的过程，似乎正在把眼前的各种细节和文件中的记录进行比对。

他没有经过她的允许便朝控制台俯过身去，打开了飞船的通用扫描器。"我知道那支考古小队扎营的大致位置。"他调出陆地图景，把焦点放在渐渐明亮起来的天空的边缘，以便看清藏在晨曦阴影之中的模糊的峡谷。"试试这里。飞过去。"

"也许他们会跑出来挥旗子，示意我们降落。那样就方便多了。"

他怀疑地看着她说："这都五年了。除非他们找到了别的食物源，不然物资肯定不够这探险队的三名成员撑那么久。"

飞船在颠簸中进入大气层内，琳达皱起了眉头："那要是他们根本就没有存活的可能，这次任务不就毫无意义了吗？"

他也皱起了眉头："只要知道目标是什么，就不会有毫无意义的任务。我接到的命令是来这里查明真相，而不是来寻找幸存者。"

贪婪好奇号在一大堆空荡荡的克莱西斯废墟附近发现了克里克斯夫妇营地的痕迹。帐篷和设备都撑在高于崎岖山谷的地方，可以躲避山洪。琳达很快就在贫瘠的地面上找到了降落的地点。

两人踏进炽热沉闷的空气中。洛兹一只手拎着一个箱子，另一只手拿着一个挎包，准备开始工作。

这片沙漠的颜色十分刺眼，把每一个角落都衬得更加锋利清晰。

起伏不平的地层和琳达曾经到访过的那些林木茂密的星球形成了鲜明的对比。笼罩在黎明时分阴影中的高大山脉是紫色的。"这里还真适合修个度假村——或者疗养胜地和高尔夫球场什么的。"

一片飓风裹着散乱的沙子和岩屑在他们面前席卷而过，沿着路歪歪扭扭地前进了几步，接着又消失了。

"我真正担心的是他们连远程意识连接也被切断了，"洛兹说，"我们知道这里的世界树都死了，可能是因为失火，也可能是因为风暴，所以绿灵教士也无法再继续进行沟通。"

虽然五年来，营地已经因为沙漠中严峻的气候、高温和沙尘暴而变得破破烂烂，很多东西也已经风化了，但这里看上去确实不像是发生了什么灾祸的样子。洛兹走进主帐篷，用经验丰富的眼睛观察着里面都已经在时间和引力的作用下翻到了地上的行军床、报废的电脑、样本和笔记。

同时，琳达向水泵走去。水泵可以活动的部件已经被冻住了，但她完全可以在上面打点润滑油，修复整个系统。从洛兹全神贯注的样子来看，她觉得他是想一直待在这里，直到他找到最后的答案。但她不知道这究竟意味着几天，还是几个月。

洛兹拿着他在里面找到的原本属于那些考古学家的电脑和笔记，走出了破旧的帐篷。他把东西全摆到地上，一一做好登记。

琳达绕过去，来到一顶小一点的帐篷前，这里住的肯定是那位绿灵教士。在帐篷后面还能看见一些世界树留下的痕迹。"快来看这个！"

树木全部都是成排进行栽种的，那位绿灵教士显然一直在精心照顾着它们——但后来每一棵都被连根拔起，且撕成了碎片，似乎是有人在蓄意泄愤。地上还留着树木细细的枝干，虽然上面已经蒙上了尘土。时间掩埋了许多细节，但眼前的场景仍然还留有暴力的痕迹。

洛兹过来了，双眼一眨不眨地接受着所有的信息："这就是远程意识连接被切断的原因。"

琳达的脚在柔软的土地上踩到了什么硬东西，好像是一块木头。她弯下腰，用手指从土里挖出一个已经扭曲了的物件。这东西的表面又干又粗糙。她拂去上面的尘土，一种反胃的感觉让她明白了自己发现的究竟是什么。

一个没有头发、绿色皮肤的男人，正用一张干瘪脱水的脸对着她。干旱的环境吸干了那张脸上所有柔软组织中残留的水分。肌肉紧绷，使得他的表情看上去就像一个怪异的微笑。他身上的皮肤组织已经全部萎缩风干，像一层漆一样紧贴着他的骨头。沙漠尽到了自己的职责，既摧毁了这具尸体，也保护了它。

"我们的绿灵教士，"她说，"阿卡斯——他就叫这个名字吧？"

洛兹检查着营地里剩余的部分："他没有被安葬。我觉得他应该不是在正常情况下死去的。"他在这片区域中来回走动着，脑中不断地进行着推断："也许玛格丽特或路易斯得了什么幽居病①？"

琳达站起身，留下那具绿色的尸体继续躺在干燥的沙地上。洛兹还要继续探探，她会找时间来埋了这个可怜人的。"达文，你可能确实是个侦探，但是我觉得你不太了解别人。这对老夫妻已经结婚几十年了。他们半辈子都在外星遗址上孤单地劳作——这种人不怕孤独。"

"我还没有下最后的定论，"洛兹说，"他们还有一个智能机器人和三个克莱西斯机器人。"

琳达冲着那座悬崖之城点了点头，这是最靠近他们的一座外星

---

①幽居病，又名舱热症，是一种由长时间待在封闭空间内产生的不安与易怒状态。

遗址，里面隐藏着许多秘密。"想去那些废墟里看看风景吗？"

#

　　这样空无一人的克莱西斯城市在很多行星上都存在，但只有几座曾被人彻底地调查过。这个智慧种族习惯在平坦广阔的环境里修建虫巢一般的建筑，或者在峡谷壁上开凿隧道。雷迪拉人很久以前就已经知道这个已经消失的种族，但他们却没有对这些被遗弃的鬼城多加注意。

　　早些年里，人类汉莎联盟因为急于扩张版图，曾派人前去探索那些雷迪拉人从前占有过但之后又遗忘的世界。克里克斯夫妇发现"克莱西斯火炬"一事重新激起了各方对失落文明的兴趣。但是自气基族战争爆发后，许多深入探索的计划只能搁浅。

　　此时，琳达走在发霉的隧道之中，脸上的表情看起来十分惊讶。这些外星建筑全部由聚合混凝土建成，并采用了某种二氧化硅增强纤维，这种物质也许是由这些虫形克莱西斯外星人自行研制合成的。每堵墙上都画着奇怪的象形字和难以理解的方程式。

　　她和洛兹一整天都待在这座迷宫般的鬼城里，找到了一些克里克斯夫妇留下的设备，但除此之外便没有别的发现了。"玛格丽特·克里克斯在最后一封报告中说他们又发现了一处保存得更完好的废墟，"洛兹说，"我怀疑他们其实一直在那里工作。"

　　琳达追随着大致的方向，把贪婪好奇号降到低空飞行，最后在峡谷中发现了损坏的脚手架，这些脚手架原本是支撑在悬崖峭壁之上的。

　　"我们得进去。"达文说。

"当然。但是我得找个大点的地方降落才行。"洛兹没有笑，琳达心里突然有了个新主意："贪婪好奇号本来是设计来运货的，达文。在装货区有几个悬浮货筏，我们俩可以一起站上去。"

她在悬崖上面的平坦地带降落了。接着，琳达和洛兹一起站到高科技货筏上，在悬崖的边缘操作着货筏，然后缓慢地沿着峭壁往下降。"这玩意儿本来是用来运送大件货物的，咱们不能比速度。"

她在悬崖上突出的部分内操作着悬浮货筏，把它降到一片岩石嶙峋的平地上，这里的灰尘已经开始在角落中沸腾起来了。空气十分干燥，他们走了进去，每踏出一步，地面都会发出细微的轻响。

达文指着悬挂在长廊两侧的灯和线、墙上的标记和遗留的标牌说："玛格丽特在笔记里说，他们在这里发现的东西很令她激动。"

琳达打开她的便携式手电，眯起眼睛打量阴影之中的东西："或者说，是这里的东西发现了她。我应该带上武器的。我的船上还有两把武器。"

洛兹动用起自己所有的感官，聚精会神地研究起周围的一切。在这座悬崖城市深处的一间巨大的大厅前，他们发现了一堆横七竖八叠在一起的路障。这个路障看起来是如此绝望，它被人从外面推倒了。琳达用手电照了照大厅内部，看见了其中机械感十足的平整高墙。

还有一具躺在地上的老人的尸体。

洛兹急忙拿着电筒从路障之间的缺口挤过去。路易斯·克里克斯的尸体比那位绿灵教士的保存得更好，琳达只瞥了一眼就看出他死状凄惨。他的尸体伤痕累累，布满了深深的伤口。她提高了警惕，瞪大了眼睛回头看了看身后，仿佛有什么东西会忽然向她跳过来一样。

大厅里有一面墙显得很奇怪，上面有一个梯形的空白处，就像一扇石头做成的窗户，外面围了一圈符号板块，不见任何克莱西斯的标志性标记。它的表面十分光滑，上面沾了一些棕红色的污迹——那是血印成的手印，非常惹眼。路易斯·克里克斯死前似乎曾大力击打过这面墙，像是要把它打开一样。

洛兹皱了皱眉，看向这些手印和那片空白的墙，"找到了两具尸体，但还是没弄清楚这是怎么回事。而且玛格丽特·克里克斯又在哪里？"

一阵寒颤沿着琳达的背爬了上来。她感到他们可能真的得在瑞迪克星上待上很长一段时间了。

40

安东·克里克斯

"记录者安东，我安排了一项活动，你应该会很喜欢。"瓦尔说道，"我对人类故事叙述者最常采用的传统技巧十分感兴趣。今天我们也许能再现这种技巧。"

这位记录者把他带到海边的一片有遮挡的小湾内，二人单独坐在距离海面二十米的高地上。风很大，但却很温暖，安东嗅到了水生植物散发的微酸清香，那是一种橙色的大花，看上去像是百合和海藻的杂交品种。

侍从早在他们到来之前便已经到了，忙忙碌碌地把不太规整的木柴摆成了圆锥形的木堆，中间则放上干燥的火绒。这些身材矮小的侍从氏族人点燃了木柴堆，火焰升起来后，他们便退了出去，在场的其他侍从也都纷纷离开了。

现在，两位历史学家身边没人了，他们一起坐到沙地上像苔藓一般柔软的地衣上。篝火烧得很旺，暖意舐舐着他们的脸。"记录者安东，这种环境是对的吧？在海边一起围坐在篝火旁讲故事？"

安东露出了微笑："当然，但是少了一个关键因素——这种故事最好是在夜里讲，而不是在这样永不落幕的灿烂日光之下。"

瓦尔耸耸肩："雷迪拉人可不会喜欢那样。"

这位年轻人朝着火焰挪了挪，搓着自己的双手："那就将就吧。"他记得，自己还是个小孩的时候，也曾在深夜里和他的父母一起坐在皮姆星的考古营地里，在火边听着他们讲故事。他心里稍微有些伤感，希望母亲和父亲现在平安无事。他现在身在雷迪拉，应该也收不到关于他们的消息。

他深吸了一口气，说道："在我们有书写的历史记载之前，故事讲述者也会像这样坐在明亮的火焰旁。这样很安全，因为狼、熊和剑齿虎都害怕火。这些讲故事的人常常会讲一些关于巨人、怪物和大型食肉动物的故事，讲它们是如何把孩子从父母身边抢走的。"安东笑了，"他们也讲英雄的故事，讲战士，讲猛犸象猎人，讲这些更勇敢更强壮的人的故事。讲述的人用这些故事创造出一个框架，帮助人们理解这个神秘的世界。正是这些故事塑造了我们的价值观。"

从小湾上方的悬崖上，安东看见宽阔的海面上游来几个发亮的黑色人影。瓦尔也看向水面说："那是采集员中的游泳者，他们跟着变化的潮水回来了。"

这些雷迪拉的游泳者氏族人让安东想到了敏捷的水獭，他们的身体极具弹性，平时工作十分努力，但看上去却像在玩乐一般惬意。

"游泳者比其他氏族人多长了一层皮下脂肪，皮肤表面还有一层薄薄的皮毛，这样他们便能在冰冷的深海水中保持温暖。"瓦尔解释道，"注意看，他们的眼睛很大。晶状体上比别人多长了一层膜，在水下也能视物。他们的耳朵比较扁，紧贴着长在头顶上，鼻子长得也很高，这样游泳时便能把鼻孔露在水面之上。"

"他们身后拉的是什么篮子？"

"游泳者通常采集海带、贝壳和珊瑚卵。有的会驱赶鱼群，然后从中筛选出自己的食物。"

"简直是大海上的牛仔。"

这位记录者脸上的情绪叶闪烁着各种不同的色彩："真是恰当的比喻。"篝火噼啪作响。"游泳者都住在大木筏上，这种木筏一般都被固定在海底。要是一个地方的鱼群走了，或者海藻被摘完了，他们便会切断绳索，漂流到下一片海域。"

安东摇了摇头说："我永远也记不住那么多的氏族人。您怎么能对所有人都那么了解？"

"在我看来，所有人类都长得那么相似才不可思议呢。您又是怎么记住您的同胞的？"

安东捡起一根树枝，戳了戳篝火中间发着红光的木炭，说："习惯了就行了，瓦尔。"

游泳者们拖着大网回到了码头上，陆地的工作人员正在那里等着收取他们今天的成果。记录者冲着他们打了个手势："我知道《七恒星史诗》里有一个关于游泳者的故事。"

"是鬼故事吗？在篝火旁边讲惊悚的故事最合适不过了。"

记录者面部的情绪叶又换上了另一组色彩："是个爱情故事……反正差不多吧。我们有一个氏族，他们居住在我们最干旱的沙漠里，习惯干燥的环境，长得也很像蜥蜴。这些人身上布满了鳞片，一连几个月只靠一点点水就能生存下来。"瓦尔微微一笑，"这样，你也能想象得到，鳞族工人特瑞克和游泳者珂瑞欧之间的爱情必定会以悲剧收场。"

安东皱起了眉头说："我还以为雷迪拉的各个氏族之间很支持通婚？"

瓦尔不屑地摆摆手说："我们对混血没有偏见。但即便如此，鳞族人和游泳者之间本来也不该产生爱情。没人知道他们俩究竟是被对方的什么地方吸引了。特瑞克和珂瑞欧都知道他们面前困难重重，但他们还是不愿意分离。特瑞克无法忍受海洋咸涩的海水，珂瑞欧则无法在干旱的沙漠中生存。

"于是，特瑞克把家安在了一片岩石嶙峋的海滩上，远高于海浪能及的地方。珂瑞欧则把她的木筏拴在靠近海滩的一个小海湾里，这样他们便能常常对话聊天了。他们每天只能一起待一会儿，时间一长双方都无法忍受对方的生活环境，但他们还是觉得这团聚的一个小时比和别人生活一辈子还要令他们快乐。

"特瑞克和珂瑞欧一起度过了几年幸福的时光。但是，有一天，一场风暴席卷了那个海湾，摧毁了整片海滩，珂瑞欧的筏子被抛到了岩石上，特瑞克的居所也被海浪卷走了。雨水倾斜而下，海浪击打着他们，他们两人紧紧抱在一起。悬崖崩塌，沙石在山崩之中向下滑落，海洋又将他们掷到海滩上。陆地和海洋一同将他们吞噬了。"

"没人找到过他们的尸体，但有时……"瓦尔说，脸上闪烁着日出般的色彩，"雷迪拉人来到一片人迹罕至的海滩，海水轻拍着干燥的细沙。就在这样的地方，人们有时会发现两串脚印，看见一个游泳者和一个鳞族人在空无一人的沙滩上漫步，他们身后的脚印一串在潮湿的土里，一串则在干燥的沙中。"

篝火仍然在噼啪作响，安东向后仰着，把手撑在柔软的长满苔藓的地衣上。"真是个美丽的故事，瓦尔。"他想着在篝火熄灭前自己应该讲一个可以与之相配的好故事，"我也有个故事要讲给你听。"

41

妮 拉

雷迪拉人喜欢住在距离彼此很近的地方，方便他们感知周围的人的存在，所以他们给人类囚犯建造睡觉的营房时也采用了同样的方法。妮拉在这里的家虽然宽敞，但里面摆满了无数张架子床和桌子，还有许多的空间都是公用的。人们在这里做饭、睡觉，没有任务的时候还可以玩玩游戏。他们仿佛是一个大家庭，一起挤在同一片屋檐下。

妮拉在他们之中显得很安静，她和他们一起吃饭，跟着他们一起睡觉。但多年来她一直感到自己被孤立了，好像她的与众不同在她周围建起了高墙。人们其实并没有有意地去排斥她，但她还是觉得很难融入他们之中。她很在乎身边的这些同为囚犯的人，但即使身处他们之中，她也始终无法摆脱孤独感。

此刻，多布罗的黑夜降临了，但她仍然在沉默地坐着，听着周围的人们叽叽喳喳地聊天。妮拉在自己的地方养了几棵植物，都种在临时的花盆里，有花，有小树，还有几株散发着香味的草药。对她来说，植物是一种慰藉。

她还记得教父埃德里斯和教母阿丽西亚在塞洛克宏大的菌礁城中举办的那些五光十色的庆典和节日活动。每天工人们都会爬上高大的世界树：采摘黑色的豆荚，用来制作味道刺激的克利酒；采集用于榨汁的附生植物；切开秃鹫蝇虫卵，取出里面新鲜的嫩肉。许多身为学徒的绿灵教士也会沿着装甲般的树干攀援而上，坐到茂密的树冠之上，为好奇的树木们朗读各种故事。

那是她一生中最美好的时光……

这时，一个男人开始咳嗽起来，他的妻子扶他躺到床上，又去填写一份为他申请必要的药品的申请单。妮拉环顾着其他床铺，即使在这样的环境之中，这些人也本能地结成了各种家庭。他们似乎真的相信自己的生活是正常的。

在多布罗，男人和女人仍然会相爱，仍然会彼此相连、孕育子嗣——虽然女性仍然会因为基因特点被选中，然后被送去繁殖营房。她们的丈夫可能不太喜欢这种事，但他们还是接受了。他们这几代人一直在接受驯化，以适应这种全新而又违背了自然规律的社会法则。

反过来，男性人类也常被强迫和几十甚至几百个雷迪拉女性发生关系。如果有人违抗，守卫和医学氏族人便会通过不断地"采集"他的精子来惩罚他，直到他最后完全丧失性能力，被送到干苦力的队伍里。

面对这样的苦境，妮拉比他们自己还要愤怒。她知道人类的适应力很强，可以学习着去接受很多东西。但让她难过的并不是她在这些囚犯身上看到的力量和忍耐，而是他们已经完全忘了生命本该是什么样子。

虽然夜幕在几小时前就已经降临了，美丽的繁星也出现在了澄澈的夜空中，拥挤的营房里的灯光仍然不会熄灭。为了和雷迪拉人的习惯保持一致，这里除非是出于惩罚，否则永远也不会熄灯。到了现在，人类囚犯已经完全习惯在一片光亮之中入睡了。很多孩子现在都已经睡着了，只有大人们还醒着，正放松地聊着天。

现在正是和他们说话的好时机。这些囚犯对地球的世代船一无所知，也不知道什么是雷迪拉帝国，什么是人类汉莎联盟。这里从没有人教过他们关于他们的起源的故事，只有一些口口相传的口述历史流传了下来，这些故事虽然经过想象的装饰，但还是不乏真实的闪光点。妮拉对故事讲述和雷迪拉的史诗都十分了解，虽然她很难从自己的心事中抽身，但每当听到这些经过扭曲的故事时，她都觉得很有意思。

此时，七个男人和女人正坐在一起，围成一个松松垮垮的圈，互相讲着故事，开着玩笑，说着闲话。她往前挪了挪，想听得更清楚一点。本·斯通纳，一个皮肤粗糙的粗嗓门男人注意到了她。"来吧，妮拉·哈利。你今晚想给我们讲个什么故事？"

"讲个精彩点的！"

"她整天都在太阳底下晃悠，肯定能想出点什么乱七八糟的——"一个年轻人说道，但斯通纳瞪了他一眼，他便住了嘴。

妮拉假装没有听到。哪怕多布罗的囚犯并不相信她说的话，他们至少也一直在听。她的故事是他们重要的消遣。

"那我就讲一个雯莎拉的故事吧，讲讲她是如何成为塞洛克的第一位绿灵教士的。"她顿了顿，看着大家露出期待的微笑，他们都被她这些关于那个"梦幻乐园"的故事逗乐了。

"雯莎拉出生在卡耶号上，就在雷迪拉人发现我们的世代船并把我们送到世界树之林的前几年。塞洛克非常美丽，温度适宜，资源丰富，食物充足。我们的移民地从一开始就非常和平，很少有人犯罪，因为也没有必要。"

"就像在多布罗一样。"那个年轻人挖苦地说。

"不，不像多布罗，完全不像。"妮拉深吸了一口气，"但是随着时间的推移，由于一些我们并不清楚的原因，个别人的心中渐渐产生了黑暗的想法。一个这样的人袭击了雯莎拉，在最茂密的那片世界树之林里追赶她，想要杀了她。他的手上已经染上过别人的鲜血。但她在郁郁葱葱的树木之间奔跑着，藏身于繁密的叶片之中。树林保护了她，让她免于被谋杀的命运，但树木也吞没了她，与她合二为一……和她有了羁绊。

"当雯莎拉再次出现时，她所有头发都掉光了，皮肤也变成了鲜绿色。"妮拉揉着自己的胳膊，"从那时起，她便拥有了和树木沟通的能力。她能看到树木见过的所有东西，树木也告诉她死在那个人手中的还有哪些人。她回到他们的居住地，揭发了这个男人，为长老们指出了埋尸地，于是那个男人被判决了死刑——这是在塞洛克发生的第一起犯罪事件。他被绑在树冠之上，直到一只双足飞龙飞过来，吃掉了他。"

她的一些听众听得入了迷，其他的人则明显持怀疑态度，但这时那个年轻人又开了一个玩笑："噢，所以这就是为什么你的皮肤会是绿色的？我还以为你只是个奇怪的混血而已。"

"放尊重点，"本·斯通纳说，"王储经常挑她去繁殖营房，比挑我们的时候都多。"他说话的口气仿佛在暗示这是什么值得骄傲的事一样，"谢谢你分享的故事，妮拉。"

妮拉回到床上，但她还能听见他们说话。轮到斯通纳了，他化身为古老的口述传统的代表，再次开始讲述那些陈旧错乱的故事。他的故事是关于一次漫长的旅途，其中提到了他们的故乡，但不是地球，而是伯顿号。他们连伯顿号的具体事实都不知道。

根据他们自己的传说，他们是为了友谊来到多布罗星的，在这里，他们和雷迪拉人一起快乐地生活着。但由于人类犯下一些不可原谅的滔天大罪——他们说不出具体是什么罪——雷迪拉人把他们居住的移民地变成了一座武装的营地。这些囚犯中没人知道，他们还要付出多少代人的生命才能弥补这份罪孽。

妮拉的心为他们感到深深的悲哀。她在自己的床上说："不是所有地方都像这里一样。外面还有几十亿人分散在无数的世界之中。多布罗只是其中最糟糕的一个。"

本·斯通纳冲着营房的高墙扬了扬下巴，意思是外面的铁网和荒凉的景色都让他们无路可走。他声音粗哑地说："我们只有多布罗了，妮拉·哈利。你的幻想在这里帮不了我们。"

42

第一继承人乔拉

太阳舰队的营救船穿过布满一道道黑烟的天空，接近了海洛卡星的城堡宫殿。它到达的时候，第二艘球形战舰正好开始攻击。

这艘后到来的气基族球形战舰展示了一种雷迪拉人从未见到过的武器：散发着白雾的喷射口向外射出阵阵毁灭性的冰冻波，将所有被击中的东西都凝结为坚冰。这一寒冷攻势席卷了所有植被，将茂密的藤蔓全部冻成了碎片。海洛卡星昔日青翠欲滴的景色此刻就像一只吃了亏的恶犬，萎靡不振，瑟瑟发抖。

接着，这两艘球形战舰又绕了个圈回到最初的位置，准备开始第二轮袭击。

#

乔拉抓住他儿子细细的胳膊，二人一起冲出庭院，在城堡宫殿内躲避着周围的爆炸。外星人在天空中轰炸着地面，如雷鸣般轰隆作响，而剩下的四艘太阳舰队的战舰则继续无效地攻击着这些入侵者。

"我们该怎么办？"索尔喊道，"它们为什么还在继续轰炸？"

乔拉也不知道答案。

恐慌的朝臣和表演者们在宴会厅里四处逃窜。三个棱镜氏族人把人们赶到外面的空地上，以躲避不断垮塌的建筑物；其他的雷迪拉人则往宫殿深处逃去，寻找着庇护所。没有一个地方是安全的。气基族并没有瞄准任何一个目标。他们只是像摧毁雷迪拉的城市一样，尽可能地毁坏着那些无人居住的森林和植被。

"救命啊！"索尔大叫道，仿佛在盼着这座宫殿回应他的求救似的。他跑到一扇彩窗前，但他父亲在窗户破碎前一把将他拖了回来。随着球形战舰发出有力的一击，冷风裹挟着水晶碎片猛然闯了进来，乔拉拉着这个年轻人蹲下身，玻璃碴在他们头上倾泻而下。索尔伸手摸了摸他那被玻璃碴划了无数道小伤口的脸和手臂，又看了看身上被撕成碎片的精美服饰。他在震惊中结结巴巴地说："我们得找到叔叔才行。他会知道该怎么做的。他会救我们的。"

"不，他不会的，"乔拉说，"他救不了我们。克里元帅会把我们撤离出去。"然后把其他的人都留在这里……所有的人。

在他们头上那片烟雾弥漫的天空中，雷迪拉的战舰已经全部受到了重创，但仍然在和那两艘透明的球形战舰对峙着。乔拉实在不知道他们怎么才能幸免于难。那两艘气基族的球形战舰正在橙色的天空中巡行着，不断地夺走人们的生命。空气中回荡着冲击波的咆哮声和震耳欲聋的爆炸声。

"我必须要保护你，索尔。你是下一任的第一继承人。而我……我很快就要成为皇帝。"他知道他的父亲肯定已经通过心神网感知到了海洛卡星遇袭一事。他们的领袖已经疾病缠身，而这种震惊和痛苦甚至会加速他的死亡。"不管怎样，我们必须想办法从战区里逃出去。"

天色渐渐暗了下来，城堡里自动点亮了无数盏明亮的灯火，就像每一天一样。

在火光和废墟之中，乔拉看见他的弟弟卢萨正站在露天广场里那座被藤蔓覆盖的高高的拱顶下。这位胖乎乎的海洛卡星王储正举起双手，摇晃着双臂，气球般膨胀的袖子也随之一阵摇动："不要慌！快点，去安全的地方。"

"哪里是安全的地方？"一个舞者叫喊道，"我们能去哪里？"

卢萨抓住他的表演者们，把她们从火焰和爆炸边推开。他的玩伴们纷纷向他寻求庇护，美丽的脸上染上了烟雾、尘土、血和汗。"去泡泡池，"他说着，看上去又无助又孤单，十分可悲，"那里有躲的地方。希望如此吧。"这些女人们都相信他，急忙离开了，但卢萨本人却似乎并不太有自信。

两艘气基族的战舰仍然在巡行着，一艘向肥沃的尼日利亚花田发出带着蓝光的闪电，另一艘则发射白色的冰冻波。第二艘球形战舰盘旋着，丝毫不受太阳舰队战舰发出的攻击的影响，乔拉意识到城堡的行政区在下一次攻击中便会被夷为平地。"所有人都出来！俯下身散开！"

海洛卡星王储困惑不解地看着他的哥哥，接着脸上忽然灵光一现："对！照第一继承人说的做！"人们全都开始四处逃窜。落伍的士兵也从城堡宫殿的大厅里往外跑了出来。

终于，克里元帅的营救船降落在了庭院中，它的船体经受了气基族发出的一次轻微的攻击，正在冒着烟。许多海洛卡星人都往那艘飞船涌去，但魁梧的战士氏族人从打开的舱口内走了出来，身上穿着带刺的盔甲，眼神十分警觉："我们是来接王储的。所有人退后！我们有克里元帅的直接命令。"

年轻的索尔抓住他叔叔的手臂，慌乱地朝飞船跑过去："对，快接我们走。"

乔拉在心里默算着，问营救船上的一位战士："能装多少人？"

"您，第一继承人，您的儿子，还有您的弟弟。"

"其他人呢？"他坚持道。

"我们的首要任务是把你们接到安全的地方。也许能带上一些您弟弟的子女。但最多也就只能接走这么多人了。"

"你听命于我。我是第一继承人。"乔拉等着对方回答。

那个战士终于说道："这艘飞艇最多还能装下四十八个人。"

"很好。让大家进去。"

海洛卡星王储把胳膊从索尔手里抽出来："不！我最喜欢的玩伴还在城堡宫殿里。我告诉她们在泡泡池等我。我们得去救她们。她们……她们对我非常重要。"

"没时间了。"乔拉说。在他们头上，球形战舰越靠越近。蓝色的光芒击中了山坡，慌张逃离的人们正一窝蜂地跑到露天的街道上。

"我们不能就这么抛下她们。她们中的有一些人还怀着我的孩子。"海洛卡星王储的脸上忽然表现出了不同寻常的决心。他转过身往里面跑去，在坍塌的走廊中奋力向前："她们就靠我了。我来救她们。"

乔拉吃了一惊，他的弟弟平时沉迷享乐，心肠又软，他一直觉得他是个被惯坏了的傻小子，但现在海洛卡星王储却表现了另一面的自己。乔拉转而想到了自己的情人们，尤其是他亲爱的妮拉·哈利。对，如果是为了妮拉，他也会像卢萨一样，迎头冲进气基族的进攻之中。

这时，年轻的索尔忽然用一种奇怪的命令式口吻，厉声对那些魁梧的战士们说道："快去赶在我叔叔受伤前阻止他！营救海洛卡星王储是你们的责任。他是皇帝的儿子。"

两个战士氏族人毫不犹豫地便冲进了入口，追随着卢萨消失在建筑群之中。一群海洛卡星人向着营救船一拥而上。

气基族仍然在他们头上发动着攻击。第二艘球形战舰向华丽的宫殿发射出一阵蓝色的闪电。宽阔的拱形墙被炸成了碎片。空中花园燃起冲天大火，冒出阵阵油腻的烟雾。

四道电子光束同时将城堡的中心炸了个粉碎，整侧的厢房都被摧毁了，而卢萨王储刚才正是朝那个方向跑了过去。墙体崩塌，房顶上迸出大量的黑烟。

"不，叔叔！"索尔冲出营救船旁边的安全区域，向垮塌的建筑跑去。"王储被困在里面了！我们必须把他挖出来。"乔拉和另外三个守卫跟着他跑了过去。

两艘球形战舰在他们头顶掠过，克里的战舰仍然对它们紧追不舍。白色的冰冻波击中了八艘小型北极光飞船，它们从空中掉落下来，仿佛被风吹落的颗颗谷粒。

　　强壮的战士推开崩塌的走廊残骸，终于来到了泡泡池所在的那个大厅留下的废墟前。这里的墙体和圆顶天花板都已经变成了一堆瓷砖碎片，到处都散落着透明的砖块。

　　"他在爆炸前跑了进去，"一个战士说，"王储肯定被埋在了砖石下面。"

　　"他死了。"索尔哀号道。

　　战士氏族人用肌肉发达的胳膊和爪子状的大手将废墟中的碎片拖到一边，打碎各种残骸，挪开倒塌的主梁和加强筋。倒下的柱子困住了王储，但同时也在垮塌的天花板下为他撑起了一片空间。

　　终于，他们看到了一只苍白的手，和长袍的一角，那件袍子原本十分华丽，现在却已经染满了血污。另一边，王储的四个玩伴虽然受了伤，但好歹活了下来，全身都湿透了。剩下的人大多跳进了泡泡池：有两个被飞落的砖石击中，已经淹死了。

　　大火在宫殿的废墟中蔓延着，垮塌的天花板和断壁残垣还不足以驱散滚滚的浓烟。乔拉急忙上去帮忙，虽然他的力量完全无法和强壮的战士相提并论。

　　外面，尖叫声、爆炸声、武器的射击声，在天空中久久地回荡着。但乔拉只专心于营救他的弟弟，他通过心神网感知到了他，但属于他的光芒和与他相连的灵魂之线却已经暗淡了下来。

　　两个战士氏族人抬起一块沉重的巨石，将它用力推向一边，石块撞击地面时发出了一声巨响。他们终于看到了卢萨那张胖乎乎的脸。他的两颊布满了淤青和血痕，肿胀的双眼紧闭着，嘴角还带着痛苦的痕迹。但他的头发仍然在颤动，他的脸色仍然红润，他的脉搏虽然微弱，但还在跳动。

　　"王储还活着！"一个战士说。

"把他救出来。"索尔说道。他用那双并不习惯劳作的双手在碎石中摸寻着，最后，他们终于救出了皇帝的第三个儿子。当战士们轻轻地将他抬出来，索尔紧紧地抱住他的叔叔："快。我们快点去营救船那边。克里元帅还在等着我们。"

他们抬起卢萨，血从他的伤口中向下滴落着。这些鞠躬尽瘁的战士氏族人和乔拉、索尔一起，从堆满了砖石的长廊里往回跑，身后还跟着四个玩伴。海洛卡星王储受了重伤，但他还活着。

营救艇上已经挤满了逃难的人，他们刚一上去，领航员便立刻起飞了。引擎吃力地工作着，超重的机身从燃烧的城堡宫殿中缓缓升起。一艘雷迪拉战舰中止防御，向后撤回，和这艘人员运输船对接。

元帅亲自在穿梭舱中迎接了他们，要不是情况危急，他肯定不会在攻击的中途离开指挥中心。看见乔拉和他的儿子索尔，元帅松了一口气，但再看看受了重伤的海洛卡星王储，他的心又紧张起来。

医学氏族的专家冲进穿梭舱中，研究着卢萨的伤势，同时也在为登上了营救船的人们治疗伤口。索尔仍旧待在他昏迷的叔叔身边，惴惴不安地看着他流血的伤口。海洛卡星王储既没有挣扎也没有哀号，但他现在的处境确实是危在旦夕。

克里元帅对手下的船员们发出了命令："撤退！所有战舰都退到这艘船周围提供保护！我们必须要保护第一继承人和他的儿子。至于其他人，我……什么也做不了。"

主舰开始后退，与外星人的球形战舰拉开了距离，而后者仍然在继续摧毁着海洛卡星如画的风景。但这时，两艘透明的球形战舰却令人不解地中断了攻击。这些外星人无视太阳舰队，不慌不忙地开始向上攀升。

乔拉站在伤痕累累的主舰的指挥中心内，说道："为什么？他们为什么要花那么多功夫来进行破坏，现在却又就这么……走了？"

克里像一棵僵直的树，但他努力不让自己的情感外露："可能他们没有找到他们想要的东西。"

这些气基族没有留下一句解释，也没有庆祝他们的胜利，就这么离开了海洛卡星，消失在了无垠的太空中，只留下一颗曾经平和快乐的星球冒着黑烟，变成一片废墟。

43

杰斯·塔博林

杰斯从奥斯奎维尔借了一艘双人抓斗分离舱，赶去和刚从彗星提炼云层中降下来的西斯卡·佩罗尼见面。虽然距离他俩上一次见面还没有过去多久，他还是花了很大的功夫才成功隐藏起自己心中幼稚的期待。

他通过公共频道说道："佩罗尼议长，请允许我来护送您吧。十二台星云过滤艇已经准备好要发射了，全部包裹在弹道茧中，场面会很壮观。"

"我把她送过来吧，杰斯。"戴尔·科伦说。他的影像露出了神神秘秘的微笑，好像他察觉到了什么似的，"反正我这边还有点事要办。"

"行，我觉得你的神仙鱼也该喂了。一有游荡者的小孩从它们旁边走过，它们就很狂躁。"

杰斯急不可耐，因为心中的甜蜜而激动不已。他停好了抓斗分离舱，气闸启动，西斯卡上来了，她看上去仍然那么美丽……但她的表情却既困惑又不安。他立刻明白肯定是出了什么事。

"照顾好她，杰斯，"科伦在另一边的驾驶舱中说，"不然她肯定很快就想回集结中心。"

杰斯无法使自己的目光从西斯卡面色凝重的脸上移开，但他一直等到舱口封闭、气闸分离，才终于开了口。两艘船的距离拉开了，西斯卡抬起一只胳膊搭在他的肩膀上，沉默地拥抱了他。他很理解她，没有立刻就开口询问。他只是吻了吻她的额头，接着吻她的眼角，最后吻上了她的嘴唇。

她急切地抱紧了他，然后重重地坐到了驾驶舱里位于他旁边的那个座位上。杰斯看着她，眼里带着无声的疑问，她终于开口："雷纳德马上就会成为塞洛克的新一任教父，他提出要和我们成为同盟。他……让我嫁给他。"

杰斯仿佛被她用力地揍了一拳。他的整个世界在围绕着他们的婚期旋转。但转眼之间，那个稳定住他的锚却像一颗掉进热茶里的白糖一般，彻底不见了踪影。

西斯卡无须向他解释嫁给雷纳德所能带来的政治影响。杰斯完全明白目前分散于各地的游荡者部族究竟是个什么状态：船只失踪，物资短缺，装载有艾克提的飞船去向不明。许多部族都怀疑这一切不仅仅只是气基族的错，他们相信贪婪的地球防卫军也恢复了海盗的本性。

杰斯声音沙哑地说："他做得对。游荡者如果和塞洛克人联合起来，最后说不定真的能帮我们摆脱战争，无须再受大呆鹅的压榨。是的……我想这样很明智。"

他们都注视着对方，渐渐地，震惊带来的麻木转化成了现实的痛苦。杰斯感到脚下的甲板似乎已经坠到了深渊之中。西斯卡无助又失落地看着他说："杰斯，我不想嫁给他。"

杰斯肩膀一沉，吐出一口长长的、沉重的叹息。他知道他马上就要彻底地失去她："我也不想。其实，如果有机会，我说不定还会掐死他。"

西斯卡冲他露出一个苦涩的微笑："还是别了吧。"

"但是你得面对现实，西斯卡。你是所有部族的议长。雷纳德即将成为塞洛克的领袖，领导世界树之林和所有的绿灵教士。这颗导航星十分清晰。"

"这个我知道，杰斯——但是我爱的是你。我来见你，不是……不是和你商量这些工作事宜的。"

他严厉地看着她说："西斯卡，如果你就这么将全体游荡者的利益置于不顾，如果你只想着自己而不承担职责，那你就不是我爱的那个女人。"

虽然他心里十分烦乱，但他还是继续驾驶着抓斗分离舱穿过了造船厂附近危机四伏的残骸区域，面前的困难使他压制住了内心的绝望。即使在这样的状况中——他——也看到了他的导航星。

西斯卡看着外面的星辰说："杰斯，我在嫁给他之前会辞职，不再担任议长。我们会另选他人来承担这份职责——"

"谁？"杰斯的声音中带上了怒气，"欧卡议长信任你。所有的部族也信任你。还有谁能和塞洛克联姻？你不能就这么抛下游荡者。你必须要帮助我们渡过难关。"他的话毋庸置疑，他也知道，仅仅只是对西斯卡说这些话，把这些大声地说出来，他也已经把一切都变成了不可挽回的现实了。

杰斯看着她，她在寻找一些说得过去的理由，在想办法来说服他，告诉他她必须拒绝雷纳德的求婚。杰斯伸出了一只手。他的心因为自己即将要说出口的话而抽痛不已，但他知道他必须要说出口。

"难道还用我来提醒你，你曾告诉过我多少次，我们必须要为了超越自我的高尚目标而活吗？如果我们都不在乎人民的利益，那我们何不几年前就结婚，一起私奔到普卢马斯星生活。"

"也许我们本来就该这么做。"西斯卡说，但她知道这并不是她的真心话，也不可能是。到了现在，就算是她自己都不知道她对杰斯的爱到底有多深。

他们继续争论，但所有可能的解决办法都显得那么自私，那么强求。杰斯的看法很坚定，他知道西斯卡能明白他说的是对的。如果有人处在她现在的位置上，她难道还能给出别的意见吗？答案已经很明显了，根据她接受的教育和她的信仰，西斯卡对自己竟然如此不愿舍弃和杰斯在一起的幸福生活而惊讶不已。难道她要的东西真有那么奢侈吗？

最后，抓斗分离舱停在了奥斯奎维尔的主要居住区，杰斯说："西斯卡，你知道你必须这么做。"

#

西斯卡到造船厂参观时，几乎与行尸走肉无异。她本来计划在这里多待一段时间，观看完新型的星云过滤艇发射后之后再回到集结中心继续工作。为什么雅·欧卡就不能找个其他人来做这份工作呢？

但那并不是西斯卡想要的。那些过着安静普通的生活的人，也许也会偶尔梦想着能抵达重要的位置，获得巨大的权力——但他们中的大多数人还是愿意放弃伟大的抱负，以此来换取舒适的生活。

西斯卡虽然心中伤痕累累，但除了付出这样的代价外，她别无选择。那是她的导航星，是她生命的根基。她必须接受自己的处境，接受她会失去的一切，无论那可能是什么。

杰斯避开了她，他知道自己在场毫无帮助。甚至，他的身影只会令她更难以抉择。这是一项理智的、政治上的决定，必须由冷静的头脑来承担，而非一颗伤痛的心。无论如何，他们的灵魂始终相依相伴，这一点永远也不会改变。

但是杰斯知道怎样才能让她的处境容易一点。

戴尔·科伦和这个年轻人在太空港见面时大吃一惊。"戴尔，我想报名登上这次要出发的这批过滤艇。撤掉一个领航员吧，让他下次再去。我真的需要马上就出发。要是我不走……西斯卡肯定会分心，肯定会做出错误的决定。"

"这可不太明智，杰斯。"科伦似乎明白这种苦乐参半的悔恨究竟是什么滋味。杰斯的脸红了。难道人人都知道他们之间的感情？"该死的，你一个人待那么久，想得会更多。时间既是良药也是诅咒，就看你怎么对待它了。"

杰斯仍然坚持着："我不想走，戴尔——但我太了解西斯卡了。我现在待在她身边，对她来说太难了。真的太难了。我已经看到了我的导航星，我必须要接受它的指引。"

科伦叹了口气："好吧，我来安排。你身上这股子犟脾气真是跟老布拉姆一模一样。"

杰斯迅速打包好了自己的行李，放到了居住舱内，在飞船起飞前检查好了船上的所有物资，然后启动飞船，嵌入包裹着折叠起来的微纤维薄膜的椭圆形弹道茧。

科伦在把杰斯关在舱内前说："要我给她带个信儿吗？反正她

也会来看发射的。"

"告诉她，我希望我们的导航星就是我们的心。但事实并非如此。"杰斯闭上了眼睛，"西斯卡会去做她需要做的事的。她一向如此。"

西斯卡将会登上环形基站，站在戴尔·科伦身边称赞这些星云过滤艇。这是她作为议长的职责，她会尽职地完成。

杰斯坐在舒适的舱内，茫然地听着派遣和细节检查的指令。不久后，弹道茧被发射到了无垠的太空中，仿佛蘑菇弹出的孢子。他将很快抵达气态星云之海，到时舱门将会打开，过滤艇的叶瓣也会从里面张开。

在那与奥斯奎维尔遥远相对的地方。

他想放下所有的愁绪，想放空自己的头脑，但他的时间太多太多了，让他只能不断地回想这整件事。一遍又一遍。

甚至在还没到达位于星云中心的目的地时，杰斯便已经知道，西斯卡会做她应该做的事。她会同意嫁给雷纳德。

44

雷纳德

萨琳乘坐着一艘汉莎的外交飞船回到了她的故乡塞洛克，穿过高大的树木，来到太空港的空地上。雷纳德连忙赶过来迎接她，他很高兴能见到妹妹。他的皮肤上抹上了坚果制成的油蜡，胳膊上的肌肉和黝黑的皮肤都像抛过光的家具一般闪闪发亮。

萨琳抱了抱他。她看起来很健康，黑色的头发剪短了，留成了地球上常见的干练发型，和塞洛克人留的长辫子或凌乱的卷发完全不同。汉莎的香水给她带来了一抹异域的气息。

"看起来你很适合在地球上居住，萨琳。"雷纳德开玩笑般地扯了扯她的衬衫袖子，"虽然你现在看上去就像易了容似的。你怎么去那里待了那么久？"

"雷纳德，我也想快点回家，但是物资运输困难，很多移民地都在饿肚子，我怎么能找借口回来访亲问友呢？"她的眼睛闪闪发亮，"但是，我现在是大使，你又要成为教父了，我们应该要多交流交流才对。"

"我还是你哥哥。什么都没变。"

她严厉地看了他一眼："等你成了教父雷纳德，你就会发现一切都变了。希望是往好的方向改变吧。"她冲着打开的外交飞船打了个手势："为了庆祝你加冕，我给你带了份礼物。雷纳德，你还记得主席吗？"

巴斯拉·温塞拉斯穿着合身的西服套装走了出来，十分感兴趣地打量着高大的世界树。雷纳德六年前旅行到地球时曾见过温塞拉斯主席。"欢迎。没想到会来这么一位重要的客人。"

巴斯拉露出一个慈祥的微笑说："雷纳德，你的世界是旋臂内最重要的世界之一，而你即将成为这里的领袖。派汉莎联盟的其他任何人来都是在轻慢你。我们可不能如此无礼。"

"谢谢您，主席先生，"雷纳德的脸红了，"我还不习惯被那么郑重其事地对待。"他拉起妹妹的手："来吧。母后和父王都等着见你。"

#

为了举行加冕典礼，菌礁城里的所有房间都被装点上了华丽的克罗姆蝴蝶，五颜六色，光彩夺目。刚孵化不久的秃鹜蝇被细线拴在一起，翅膀如同千变万化的彩虹一般，在窗边翩翩起舞。埃德里斯和阿丽西亚付出了极大的努力，他们似乎也对自己安排的场面感到既满意又骄傲。

艾斯特拉穿着一件布满羽毛和飞蛾磷翅的礼服，美得令人心惊，比雷纳德想象中的成熟多了。十六岁的小切莉则在头发上仔细地抹上了发油，把它们编成了整齐的辫子，她的发型一丝不苟，紧得甚至把她的眼角都拉高了，让她看上去有些痛苦。她实在恨死这些正式的场合了。

萨琳穿着老欧特玛给她的那件大使斗篷坐在温塞拉斯主席身边，样子似乎有些过于庄重了一些。两个人挨得很近，仿佛他们是两个亲密的朋友，而不仅仅只是同事。她和主席都一直在以奇怪的眼神打量艾斯特拉，好像在对她进行评估一样。

来自分散各处的森林村庄的观众挤满了大厅和外面的阳台。雷纳德瞥见那位绿灵教士阿尔玛丽，在镜湖的时候，她曾主动提出想嫁给他。现在他即将成为教父，她对他的兴趣似乎也更大了——但雷纳德已经向西斯卡·佩罗尼求婚了。他希望能够尽快得到西斯卡的答复。

人们都在等待着，有的在树林里的地面上，有的在粗壮的树干上，都想一睹这次活动盛大的风采。整个星球的绿灵教士都在抚摸着世界树，通过远程意识联结关注着这次盛会。

雷纳德听见人们已经唱起了庆祝之歌，之后，他的叔叔——绿灵教士亚罗德，进行了演讲。他说塞洛克的教父必须要为保护世界树之林和它的子民负责。但在这一天，对于雷纳德来说，所有的言语都只是一种传递着信息的喧哗之声。

时间到了，雷纳德站到了两座王位前，开始宣誓："我会尽全力，以公正睿智的态度，领导塞洛克的人民，保护世界树之林和所有生活在这里的人。"

阿丽西亚母后一直坐在座位上，她的肩膀上搭着昆虫壳和羽毛做成的披肩。她头上的王冠看上去就像一座栖息在她头发上的小小教堂。埃德里斯也穿着一件华美的长袍。他的王冠比她的更高，上面装饰着昆虫的翅膀、甲虫的外壳和抛光的树枝。

埃德里斯用浑厚的声音说："我儿雷纳德，我相信你，让你接替我，成为塞洛克的教父。再没有什么庆典或祝福，能比这更深刻、更有意义。"他取下头上的王冠，把它戴到了雷纳德的头上。很奇怪，这顶王冠带给他一种轻盈感和振奋感。

雷纳德的眼中闪烁着泪光："父王，我向您保证，一定尽我所能。"

埃德里斯握住了他妻子的手。阿丽西亚站起来，两个人一起从王位上退下去，站到了雷纳德的两边。雷纳德看着他母后刚才坐过的地方，心里忖度着西斯卡·佩罗尼会不会也有一天会坐上那个位置。乌瑟尔和莉娅一起坐在观众席中，紧挨着埃德里斯年老的父母，微笑着看着他。

"去吧，坐到你的王位上，雷纳德，"他的母亲小声地催促道。"大家都在等你。"

他走上高台的顶端，转身面对着观众。他坐到了王位上，忽然感到肩上的责任沉重到让他几乎无法承受。埃德里斯和阿丽西亚也走到了台下，坐到了他们的父母身边。每个人都在等待教父雷纳德向天下发出的第一次宣告。

他稍作思考，终于说出了一句在场的所有人都会喜欢的指令："我宣布，宴会正式开始！"

#

深夜里，音乐家和绿皮肤的教士们还在为前来参加加冕仪式的客人们服务着。孩子们吹着口哨地到处乱跑，拨弄着乌瑟尔和莉娅发明的各种奇怪的乐器。在外面茂密的树林中，昆虫的低鸣合成一曲嗡嗡作响的交响曲，仿佛世界树之林也在欢迎着这位新上任的领袖。多亏了绿灵教士们的不懈努力，或许森林真的是在欢迎他也说不定。

雷纳德原本期望本尼托也能来，但是从遥远的栖鸦星过来实在太不现实了。不过，他的弟弟一直在他的脑海里和心田中。绿灵教士们一直在通过远程意识汇报着这次盛典的每一个瞬间，这样一来，本尼托和其他身在异地的教士们便也能通过他们相对应的世界树"出席"庆典了。

到处都摆放着美味珍馐：盐果、对梨、佩兰果仁、裂皮莓，还有炖过的糖渍皱皮果、烤秃鹫蝇肉和带壳的辣甲虫。由茧丝织成的长长的旗帜和轻薄的绉绸如蛛网般随风飘扬，一点点微风就能吹得它们旋转摆动。人们脸上带着微笑，和背景模糊在了一起。

雷纳德和他的三个妹妹都跳了舞。萨琳和巴斯拉一起跳了一支慢华尔兹后，谨慎地把雷纳德拉到了一边。萨琳带领着他们通过王座大厅后面的一条深入到菌礁城内部的走廊，来到了一个他们偶尔会用来放东西的小房间里。

"还记得这个地方吗？"她关上了门，房里只有他们三个人，"我们小时候常常躲在这里。"

"当然，"他一边说，一边迅速警觉起来，"但我觉得现在你脑子里想的应该不是什么好玩的游戏吧。"

她脸上露出一个冷冷的微笑说："看吧，巴斯拉——我告诉过你，我哥哥很敏锐。相信他，他有大局意识。"

温塞拉斯主席说："年轻人，你的加冕仪式可是塞洛克和汉莎联盟的关系的一道分水岭。"

雷纳德的头脑飞快地运转着，他已经看到自己的人生确实发生改变了。萨琳和主席挨得很近，他的目光在两人身上来回巡视着。这间储藏室似乎非常小。"你想要什么？"

"不管我们愿不愿意，教父雷纳德，我们都已经和气基族开战了。"温塞拉斯说。雷纳德的新头衔还是第一次出现在这样正式的外交事务中，他感到有些眩晕。"敌人不摧毁我们誓不罢休——不仅仅只是人类，还有雷迪拉人。他们下的最后通牒已经大大阻碍了旋臂内的往来交流。汉莎移民地的日子都不好过，有些移民地的人民甚至在饿肚子。地球防卫军试图帮我们渡过难关，但我们还是失去了无数艘飞船，浪费了无数的机会。而这，仅仅只是因为我们无法进行远距离沟通。"

"所以你想让我们派出更多的绿灵教士。"雷纳德说。

萨琳迫切地开口了："这哪里不好？地球防卫军想要保护整个旋臂，但单凭我们是做不到的。想想吧，要是绿灵教士能够同意使用他们的能力，为我们提供帮助，我们能拯救多少生命，得到多少资源。汉莎的移居地一旦遭受攻击，便能立刻通过远程意识联结请求增援。舰队也可以很快确定敌军的方位。要是像现在这样，我们只能派出侦察机，通过邮件无人机进行交流，每次发送信息都要浪费我们有限的艾克提储备。"她的声音中带上了一丝尖刻，"塞洛克不能再这么孤立地生活在宇宙的角落里，对其他世界被气基族攻击的事实视而不见了。"

"我去过旋臂内的很多星球，"雷纳德说，"我不是只看到了塞洛克。"

"教父雷纳德，你的世界如果愿意和我们合作，将对我们意义非凡。"巴斯拉说，"汉莎联盟愿意做出前所未有的让步。我们不会要求你们签署《汉莎宪章》，我们会重申塞洛克作为独立主权世界的需求和文化。但是，我们诚挚地邀请你们与我们结成互利互惠的伙伴。"

"这种伙伴关系又建立在什么之上呢？"雷纳德问道。

萨琳激动地开口了："我们可以通过联姻来巩固我们的关系，彼得国王和……艾斯特拉。"

雷纳德几乎不敢相信自己的耳朵。他早就已经明白塞洛克需要和其他的势力进行联合，建立起互相支持的共生体系。这也是为什么他会提出和西斯卡·佩罗尼结为夫妇。如果气基族战争能够把塞洛克、游荡者和汉莎联合在一起，使人类重新结为一个整体，而无须牺牲任何一方的权力或特性——这种机会他怎么可能拒绝？

雷纳德想到了低语者之殿，想到了萨琳口中描述的地球的辉煌。他见过彼得国王的影像，知道他是个英俊的年轻人，充满活力，看上去十分和善。这对于他的妹妹来说似乎是个难得的机会，尤其在不久前，乌瑟尔和莉娅才给过他们建议。他的妹妹怎么可能会不愿成为一位伟大的国王的配偶呢？他相信她一定能明白其中的利弊的。

"我……我自然得问问艾斯特拉，还要和我们的父母商量一下。"

萨琳的表情仍然热切："你要是愿意，也可以和他们商量，但是记住，你是教父雷纳德，做决定的是你。"

他犹豫了一下，然后叹了口气："没错，我就知道你会这么说。"

45

彼得国王

每时每刻，只要有人看到他，他就必须摆出国王的派头。没有例外，也不能暂停。彼得坐在他的王位上，表情平静又睿智，目光中闪烁着兴趣。人们向他寻求安慰、真诚和力量。一个国王必须有高于一切的诚信。

无论巴斯拉·温塞拉斯真正相信的是什么。

虽然主席和大使萨琳一起去了塞洛克，彼得还是没有自由思考和说话的权利。他既是国王，又是囚犯，虽然在汉莎中再没有第二个人知道这一点。

列夫·斯图莫上将是地球防卫军在第零坐标格舰队的指挥官和代表，他在拉斯·卢瑞克·斯文森的陪伴下来到了低语者之殿。兰扬将军外出巡航了，巴斯拉又远在塞洛克，斯图莫实在不知道该向谁请示。这位上将知道，在重要的事情上，彼得做不了决定。

但是工程师斯文森急着想找一个掌权者，心情又十分激动，希望国王能听听他说的话。这位金发的工程师从未想到过，也许彼得并没有权利自己做主。

二人一起走进铺着红毯的入口平台，顺着镜子长廊进入王座大厅。皇家卫兵和宫廷传令官宣布了他们的到来，而彼得早就远远地认出了二人的身影。彼得用犀利的目光注视着这位第零坐标格的联络官，而斯图莫也报以同样有力的眼神。二人都知道这场见面简直就是一场闹剧。

工程师连忙上前，胳膊下面还夹着一台投影设备："彼得国王，今天有幸向您汇报我们在拆卸克莱西斯机器人的过程中得到的新型科技和技术突破。我们的研究受益匪浅，有了很大进步。"

彼得扬起了眉毛说："这是以谁的标准来看的？"

斯文森对彼得的谨慎置之不理："陛下，以谁的标准来看都是这样。"他在设备上投出一连串的影像，全部都和智能机器人制造平台、装配线和机器人制造厂有关。这位工程方面的专家叽里呱啦地说个不停，语速比影像播放的速度还快。

"陛下，通过分析，我们终于了解了一种杰出的机器人系统。我们目前正致力于更新和修改我们的生产线，我觉得您一定也会认为这些付出都是值得的。我们现在的工厂日后都会生产一种新型智能机器人——它将比现在的智能机器人更加高效，并且将会有能力真正地参与到战斗之中。这些智能机器人能够独立地发出指令，而不仅仅只是被动地听从详细的指挥。它们可以根据攻击和监督的例行程序，自动与敌人作战。总之，它们会是完美的士兵——其性能在目前的这种智能机器人之上有了极大的提升。"

OX，这个虽然只有一米多高但却十分结实的机器人，正站在国王的王位旁边。彼得看了一眼他的教师智能机器人，接着对着这位工程学专家皱起了眉头，表情有些怀疑："像 OX 这样的智能机器人已经为我们服务了几十年了。我建议，如果你现在还无法证实这种猜想，那最好先别急着肯定这种论调。"

"陛下，我们能证明。"斯图莫上将说，"克莱西斯机器人为我们提供了改良的办法，在进行改良以后，这些军用模型将会更可靠，其执行任务时的目标也会更加清晰。它们在面对复杂的任务时也会表现出不屈不挠的特质——而不仅仅只是像现在一样，只能完成计算机指示的简单的陪伴功能。它们将不再只是玩具，而会是真正的士兵。"

"没错，"拉斯·斯文森说，"这些士兵智能机器人技能高超，完全可以替代……"他顿了顿，犹豫了一下，"嗯，谁知道现在地球防卫军养着多少闲人呢？"

"所以，"斯图莫接着说，"下一次和气基族打仗时，我方的伤亡人数将大大减少。这样，您也不用再像上一次的达萨拉星事件时一样，揭开那么多条祭奠条幅了。"

彼得坐在他的王位上，研究着投影中的那些经过翻新的智能机器人生产线。让制作精良的智能机器人为他们承担一定的风险，这一点他不可能反对，但他心里总有一个角落对克莱西斯机器人充满了怀疑，觉得它们介绍过来的新技术里一定藏着什么秘密。"你确实对此很有热情，斯文森工程师。你心里就没有一点点顾虑吗？"

"没什么顾虑，陛下。"

"也许我们最后还能赢得这场战争。"斯图莫上将鞠了一躬，退到后面整理了一下他身上那件正式的地球防卫军军装的前襟，"等温塞拉斯主席完成外交任务从塞洛克回来，我们会做一次更加详细的报告。"

"哦？"国王说道，"你还有什么事是没告诉我的？"

"没有，陛下。"斯图莫上将说。

"那你们也没有必要再去见温塞拉斯主席了。毕竟你的话已经说完了。"彼得那双人工的蓝眼睛变得严厉起来，斯图莫不知该如何回应。

工程师拉斯·斯文森对紧张的气氛视而不见。他咧嘴笑了笑，收好了他的记录表、计划书和投影设备。

"很好，你们可以继续做，"国王说，"但是必须要谨慎。"

46

塔西亚·塔博林

有什么东西激怒了气基族。这些深居地核的外星人开始行动了，随机地攻击着有人居住的星系。地球防卫军分析了日渐增多的目击报告，但并没有在其中发现任何规律、动机和明显的战略，也没有发现任何联系。

当这些钻石船体的球形战舰对伯尼渡口茂密的森林狂轰滥炸时，当地的人类居民慌乱地发出了求救的信号。幸好当时第七坐标格的小型侦察舰队就在附近，距离不远，足以前去支援。

"各位，进入战斗状态！启动所有引擎，所有加速器。开足马力，前往伯尼渡口！"终于脱离了无所事事状态，威利斯上将的声音中甚至带上了一丝雀跃，"一定要尽快赶过去，不然就教训不了那些混蛋了。"她抓紧了她的指挥椅的扶手，仿佛这样可以让朱庇特号再快一点似的。

最近塔西亚从武器平台被调到了一艘蝠鲼巡洋舰上，一听到有可能会和气基族发生正面冲突，她心脏不由地狂跳起来。她真想每次这些气基族露面时都去教训它们一顿。这可比欺负不听话的移民地居民爽多了……

　　侦察队一共有一艘巨像级战舰、七艘蝠鳐巡洋舰，和一千架做好了战斗准备的鲫鱼战斗机。他们赶到这个附近的星系，这是一个覆盖着植物的小型世界——伯尼渡口。汉莎的这片移民地在太阳的照耀下显得平静又渺小。

　　伯尼渡口的土壤十分适合经过基因增强的针叶树生长。来自地球的黑松和当地植被进行了杂交，最后长出了一种茂密又美丽的树木，生长速度几乎和竹子一样快。黑松很快便占领了这片聚居地的每一个角落，完全超过了人们对其进行采伐的速度。

　　战斗小组几乎全速前进着。这时，他们又接到了十七个沿湖或沿河修建的聚居地发来的紧急求救信号。塔西亚已经能够清楚地看见那些被成排砍断的树林，仿佛一层厚重的绿色地毯上留下的锯齿形痕迹。其中一些区域又新长出一片片粗壮的、维护良好的树木。

　　黑色的森林郁郁葱葱，但有些树木却已经被球形战舰摧毁了，粗壮的树干上结满了坚冰，被冰雪覆盖的树林瞬间便被夷为平地。四艘气基族的战舰正在有条不紊地清除着黑松林。

　　"简直像海啸一样！"菲兹帕特里克指挥官完成了和兰扬将军的巡逻任务，现在已经回到了他的蝠鳐巡洋舰上，正通过通信频率说道。

　　"塔博林指挥官，和聚居地 A 已经完全失去联系，"她手下的军官爱丽·拉米尔兹说道，"他们可能已经被摧毁了。"

　　塔西亚盯着那些毫无抵抗能力的森林，心里陡然升起一股寒意："上尉，照气基族现在的行进道路看，它们的下一个目标是哪里？"

　　蝠鳐巡洋舰冲过云雾缭绕的大气层，拉米尔兹在实时图像上又增加了一层战术网格："聚居地 D，就在那个大湖旁边，指挥官。照球形战舰现在的行进速度，这座小城在一小时内就会被摧毁。"

　　塔西亚表情严峻地点了点头说："他们现在和躺在压路机前面

没什么两样。"

威利斯上将通过通信频率命令道："加快速度。所有的鲫鱼战斗机立即升空！所有蝠鳐巡洋舰准备好发射蝰蛇系统和导弹。朱庇特号将提供重型火力。我们的武器对于这些'客人'来说可能不够强大，但我也不介意各位证明我是错的。"

菲兹帕特里克的蝠鳐巡洋舰飞出了舰队，威利斯的巨像级战舰紧随其后，帮助他拦截第一艘球形战舰。激动的鲫鱼战斗机飞行员和地球防卫军的武器工程师还没进入射程便已经开火。

球形战舰对着迎面而来的人类军队发射出蓝色的闪电，击落了第一批最快也最狂妄的鲫鱼战斗机。但是气基族的主要火力仍然在瞄准着下方，寒冷的冰冻波不断地冲击着植被，壮丽的黑松林纷纷被寒冰冻住，裂成了碎片。

塔西亚也想加入到攻击之中，但她知道她的努力在此刻无关紧要。"威利斯上将，我们现在的火力就算加起来也无法重创这四艘球形战舰。我的战术官告诉我，如果我们不能及时进行撤离，聚居地 D 将在一小时内——"

"怎么回事，塔博林，见到真枪实弹就怕了？"菲兹帕特里克的声音传了过来。

"你这话怎么不去问那些只能坐以待毙的移民地居民，菲兹帕特里克——还是说，我该帮你发个消息，说你正忙着螳臂当车、蚍蜉撼树？"

"塔博林，你的话有道理，"威利斯说，"你带领你的巡洋舰先去村庄里，组织人员登船。如果你的船舱里地方不够，让大家站在走廊里也行。"

"是，长官！"她向拉米尔兹上尉示意了一下。她们陡直地转了个弯，向东飞去，离开了气基族正在进行破坏的区域。

巨像级战舰朱庇特号朝最前面的球形战舰发射一阵蜷蛇系统激光，那座布满凸起的钻石球体似乎被这种打扰激怒了，发射出蓝色的闪电，正好击中主舰的右舷，将它打得猛地一偏。

塔西亚厉声向她的通信官说道："和聚居地D取得联系，让他们全部出来在外面等着。该死的，光是把他们弄上船就要花掉我们剩下的所有时间。"

球形战舰像巨大的推土机一样在旷野中轰隆前行着，身后不留一草一叶。

塔西亚的蝠鳐巡洋舰加速超过气基族战舰，拉开了大约一百公里的距离，二者之间尽是茂密的树林。时间一分一秒地过去，固执的外星球形战舰追了上来。聚居地D就在他们前方。

村庄建立在湖边，空地上分布着锯木厂、装载台和箱型营房，其间还点缀着一些新砍出的干净的树桩。村民们砍掉了一些黑松来扩张聚居地，还建造了一些新的设备，用来将树木加工为可供出口的各种森林产品。

此刻，木工们像热锅上的蚂蚁一样四处逃窜，忧心忡忡地看着天空。一些通信员坐在操作室或控制磨坊的高塔里，看着气基族以势不可挡的气魄吞噬着黑松林。

塔西亚的巡洋舰刚一靠近聚居地D的湖泊上空，她便开始寻找可以降落的空地，但下方没有任何一个地方足够容纳庞大的蝠鳐巡洋舰。惊慌失措的平民们跑来跑去，不停地对着飞船挥手示意，仿佛不用等到她降落他们就会跳上船来。

"气基族离我们只有七十公里了，而且他们速度很快。"拉米尔兹说。

塔西亚指着一座机库大小的仓库说："看来得做点重建工作了。击垮下面那座空仓库，然后直接降落在废墟上。我们只能希望现在里边没人了。"

一束蝰蛇系统激光顷刻便把那座建筑夷为了平地，巡洋舰降落到了开阔的空地上。它的前端触到了湖岸，冰凉的湖水在滚烫的船体边嗞嗞作响。几千个村民蜂拥而上。

"长官，我们必须要维持秩序，"她的安全主管齐祖中士说道，"不然肯定会发生踩踏事件。"

塔西亚看着计时器，知道他们只剩下四十分钟的时间了。"没时间享受秩序了，齐祖。"舱门已经打开，人们像潮水一般涌了进来。"布里登空军指挥官！所有鲫鱼战斗机立刻离开船尾舱，腾出空间。飞行甲板上还能容纳部分难民。有必要的话，打开底舱门。打开每扇门、每个舱口、每个入口。让他们进来，马上行动！"

在他们身后的地平线上，烟雾和冰冻形成的水汽渐渐逼近，如同地上生出的坏疽。"威利斯上将，请告诉我您现在是否能尽量拖住他们。"

主舰发来的实时图像上面显示，球形战舰正在不断破坏着挺立的黑松林。"我们已经有一艘巡洋舰被击落，超过两百架鲫鱼战斗机被摧毁或击落——到目前为止。"

塔西亚感到一阵反胃："敌人有损失吗？"

"屁事没有，该死的！幸亏这些气基族更愿意砍树，而不是跟我们打仗。它们跟这些树究竟什么仇什么怨啊？"

许多伐木工人都已经登上了塔西亚的巡洋舰。很多人都与自己的家人或爱人分散了，但这点事他们可以留到之后再解决。从她的投影来看，他们只剩不到二十分钟了。外面，在居民们的大喊大叫之外，她能听到球形战舰逼近时发出的那种噼啪作响的低沉的咆哮声。

威利斯再次问道："塔博林指挥官，聚居地 D 的撤离行动进行到哪一步了？"

"大多数难民已经登船，但我会让我的蝠鲼巡洋舰里的每一条缝里都塞上人。"

"干得好，塔博林，"威利斯说道，"至少还有人做了点好事。"

显然，上将还没明白塔西亚已经预料到了的那件事。"长官，我们可以把这些人带到安全的地方，但是……您看看地图。气基族这次做事很有条理，它们就是想一厘米一厘米地摧毁这整个地方。"

"那就快把那些人带走！"

"上将，我正有此意。我能在敌人过来之前把大多数难民带出聚居地 D，但是这里还有十五个聚居地，大约十万人。如果气基族继续过来，人们全都处在开火范围内，只能像多米诺骨牌一样一个接一个地倒下。除非我们贡献出全部的资源，竭尽全力去拯救这些居民，不然他们的伤亡必定非常惨重。"

这时，帕特里克·菲兹帕特里克的声音出乎意料地在频道中表示了支持："虽然不愿意承认，但是，上将，塔博林说得对。"他的影像看上去十分憔悴，饱受打击。他的巡洋舰已经在交火中受到了重创："从政治上看，你不会想要指挥一场人类历史上死亡人数最多的一次的任务。"

威利斯脸色苍白："好吧，无论是进攻还是防守，我们都无法与气基族相抗衡。"

塔西亚退出了通信频道，对她的船员说："告诉我进度。每个人都上船了吗？"

"只有一些掉队的人还在下面，指挥官。"

这座湖边的城镇已经成了一片废墟。被塔西亚的蝙鲼巡洋舰夷为平地的仓库里迸发出簇簇小小的火焰。她在大屏幕上看到了一些由于踩踏或受伤而死亡的人的尸体。"最后再通告一次，然后我们就起飞。"

在他们身后，临近的树林已经开始随着逼近树顶的钻石球体而摇晃和倾覆。

"听着，够了！所有飞船停止反击，"威利斯终于命令道，"全部散开，去接居民。对伯尼渡口进行全面撤离。"

"塔博林指挥官，我们救出了大概两千四百名居民。"齐祖中士说道，"稍后我们会仔细进行清点，但这已经超过了聚居地 D 一半的人口数。"

塔西亚的心漏跳了一拍。才一半。

注意到她的表情，安全主管继续说道："情况危急，这已经是我们能期望的最好结果了。大多数还在树林里工作的工人都来不及赶回来。"

她看着地图，注意到覆盖着茂密树林的陆地一直延伸到了宽阔的海洋边，然后便戛然而止。她知道朱庇特号和剩下的巡洋舰的运载能力，在心里迅速地计算着。

地球防卫军的飞船绝对装不下那么多濒临危险的居民。

47

西斯卡·佩罗尼

中央集结中心是一群由引力聚在一起的小行星组成的松散集

群，通过重力和人工建造的上层结构结合在一起，漂浮在太空中的岩石被桁架和缆绳固定在一个石榴色的矮星周围。在二百三十七年的时间里，这里一直是游荡者文明的中心地带。部族们都在这里聚会，商人们在这里来来往往。

西斯卡·佩罗尼作为议长，也把自己的家安在了集结中心，在这里，每每遇上部族之间或生意对头之间发生争吵，她便会担当起调解人的角色。当她还是个小姑娘的时候，就被她的商人父亲登·佩罗尼留在了这里，学习政治和外交。对于西斯卡来说，雅·欧卡就像她的妈妈，直到现在，她仍然十分珍视这位前任者给她的建议和分析。

西斯卡从奥斯奎维尔回来以后，和这位老妇人谈了许久。她内心沉重，头脑混乱，只能完全敞开心扉，坦白她真实的感情和疑惑，希望雅·欧卡能帮帮她。

这位前议长自退休以来似乎越来越年轻了。她的眼睛比从前更加明亮，黄灰色的头发似乎还愈发有光泽了。多年来担任和平使者和发言人的压力令她精疲力及，但自从把缰绳交到西斯卡手中后，这位老太太又重新开始焕发出生机。她在欢迎西斯卡时露出的笑容十分真诚，丝毫没有政治上的虚情假意。

"欢迎，孩子，"她的眼睛闪闪发亮，周围布满了皱纹，"还是说，你希望我在和我们尊敬的议长说话时态度应该再恭敬一点？"

"您永远也不用和我讲究这些。哪怕不装腔作势，我的烦恼也已经够多了。"

"这种外交手段可不叫装腔作势！难道我选错了继任者？"

西斯卡在一把编织而成的躺椅上坐下，椅子上装饰着彩线编成的游荡者链图案。"您要是选了别人，我的生活也简单多了，雅·欧卡。"

老妇人从一个小型自动取水机里倒了两杯胡椒花茶。"我们都知道，在你的领导下，游荡者有更大的幸存机会，换了别人都不行。我相信你的导航星。"她露出了一个伤感的微笑，"唉，本特从前还以为就因为他是我孙子，他就理应得到这个位置呢。他这人，太聒噪，太沉不住气，但好在最后学乖了。他成了一座采矿船的船长，而且做得真是好——直到他死在气基族手里。"

这位前议长在房间里轻快地行动着，动作温柔又优雅。西斯卡抿了一口辛辣的茶饮，想起来这是老布拉姆·塔博林最喜欢的饮料。她又想起了杰斯，心中再次隐隐作痛。

当然，雅·欧卡立刻就注意到了："怎么了，孩子，是不是议长这份工作比我从前在任的时候轻松多了，你还有时间和一个退休老太太闲聊……还是说，你遇到问题了，觉得我可能有什么魔法可以解除你的烦恼。"

"恐怕，真没有什么魔法能解决我的问题。"西斯卡说。

老太太双臂抱在胸前，双腿盘成奇怪的打坐姿势，听着她说话。西斯卡深吸了一口气，让自己镇定下来，向她解释了雷纳德的求婚，重复了一次他提出的游荡者和塞洛克人联合在一起能带来的种种益处。西斯卡竭力维持着训练有素的政治家的风度，尽量平静地说完来龙去脉，一点也没有添油加醋。

雅·欧卡看出她的客人在掩饰自己真实的感情，毕竟，这些技巧都是她交给西斯卡的。"好吧，你显然也能看到嫁给雷纳德能带来的政治优势。没有一个部族会反对你们的联姻，罗斯·塔博林也已经去世六年了。那问题究竟在哪？这位塞洛克的王有什么见不得光的秘密？你觉得他跟你不合适？"

西斯卡看着自己的茶杯说："不，不。我相信雷纳德是个好人，而且他也十分真诚。理智上说，我不可能拒绝他的求婚。但是……"

作为一位议长，一位政治要人，她平常其实很善于隐藏自己的情绪。"其实，我一直都心有所属，就算在以前……也一样。"

雅·欧卡完全理解她，点了点头："那杰斯·塔博林怎么说？"

"您怎么知道？杰斯和我——"

这位长者笑了，倚到了椅背上："西斯卡·佩罗尼，一直以来我都知道你们之间的感情——而且我敢说，很多游荡者部族都知道。你们俩一直在偷偷摸摸地约会，真到见面时又装出互不理睬的样子，这些我们都看到了。你们尽职尽责，我们很钦佩。你们难道以为我们都是瞎子？"

西斯卡愣了一会儿才终于反应过来："所以杰斯和我应该就这么放弃伪装吗？本来我们打算几个月后就宣布我们的婚期，但是——"

这时，老妇人变得严肃起来："太晚了，孩子。要是你们几年前就这么做，我肯定会支持你的决定。但现在你身上有了别的责任。你身边的环境变了，我们都能看到导航星指出的道路。"

西斯卡听出了她强硬的语气，便知道再也没有回旋的余地了。她的心沉了下去。

"你和其他女人不同，佩罗尼议长，"欧卡用她的头衔来称呼她，仿佛一记鞭子噼啪一声打在她身上，"你不能根据你自己的欲望或需要来做决定。你也不能头脑发热，抓着幼稚的幻想不放，就这么轻飘飘地度过你的一生。议长做决定时必须超越自己的个人利益，你得到了回报，也必须要付出代价。"

"杰斯报名登上了最新一批的星云过滤艇，现在已经飞到太空深处了。他说他知道我会做出正确的决定的，"西斯卡承认道，"显然，他比我更有信心。"

雅·欧卡把粗糙的手放到了西斯卡的胳膊上说："他是想帮你。他看到了你没有看到，或暂时没有准备好去面对的东西。"

西斯卡沉默地坐了很久。她已经知道她该如何回答雷纳德了。"那么，我愿意付出，不计代价。"

48

杰斯·塔博林

星云过滤艇像一只光彩夺目的蝴蝶一般张开了它的翅膀，展开了足够覆盖几千平方公里的微薄纤维。炽热的新星在发射云雾中向弥漫的气体撒下光子，剥离原子中的电子，只留下淡绿色的余晖和浅粉色与浅蓝的漩涡。

过滤艇在星云中迂回前进，巨大的铲斗在每立方米近乎真空的环境中铲起些许原子：其中有中性或电离后的氢原子，也有少部分氧原子、氦原子、氖原子和氮原子。弯曲的星云帆像漏斗一样将捕获的分子输送到设备内部，如同冲压发动机一般将它们压缩为氢气，以便之后将其加工为艾克提，同时过滤和分离出所有有价值的附带产品。这里的原材料很稀少，但它们填满了星球与星球之间整片宽广的宇宙海洋中。

杰斯小小的居住舱和加工设备悬挂在庞大轻薄的星云帆下，通过支杆和缆绳连接在薄如蝉翼的采集薄膜上。他身后则挂着轻型压缩器和过滤器，还有克托·欧卡设计的小批量高效艾克提反应器。此刻，它们正随着不断撞击着反光表面的光子而轻轻摇晃。

其他游荡者的过滤艇也正在这片几光年大小的星云之中游荡着。这些轻盈的飞船就像一队远航进入富饶海域的渔船一样，纷纷散开，只通过无线电保持联系，许多飞行员都在有一搭没一搭地长谈着，还有的则在玩策略游戏，由于距离遥远，信号延迟，他们的游戏越玩越久。

但杰斯却只想一个人待着，想想心事。在他心中，他永远都属于西斯卡，但在现实中，他们却不得不被命运分离。"我早就应该娶你。"

是他太蠢了，他们俩一直都对捕风捉影的丑闻和由此产生的不良影响太过忧虑。难道他们的恋情对于已逝的罗斯来说真是一种羞辱吗？难道这真会让西斯卡从应付气基族的纷争中分心吗？他不这么想，但现在说什么都太迟了。其实，他们复杂的恋爱也许比承认更让人分心。是他没有看清自己的导航星。

但现在，西斯卡肯定已经接受雷纳德的求婚了。游荡者和塞洛克人将能够共享资源，互利互惠，共同反对那些想要吞并他们或摧毁他们的势力。

而与此同时，杰斯却只能独自隐身于一片稀薄的气体中。哪怕是最剧烈的等离子体波纹或离子飓风也是如此的微弱，他已经什么都感觉不到了。

#

杰斯进入一扇舱门内，下到了位于他的居住舱下部的加工室。检查拖绳对他来说已经成了一件日常乐事。

星云的主要成分是纯氢气，在其外围的漩涡中氢气占比尤其大，而过滤器则可以将所有的气体都输送到高效的艾克提反应器中。

根据现场探测器的报告，这几天他一直在一片密度极大的气体海洋中飞行着,这里的气体不仅包含氢气,还有羟基和二氧化碳分子,以及少量的一氧化碳和双电离氧。更奇怪的是,他的读数显示,这片气体中含有大量高浓度的完整水分子,这在星际之间的云体中属实少见。

杰斯是在普卢马斯星的水矿上长大的,他非常清楚水在移民地中有多珍贵。游荡者需要饮用水,也需要用水灌溉温室中的作物;水还可以被电解为氢气和氧气,并被重组为过氧化氢和火箭燃料,甚至润滑剂。这种资源怎么能浪费呢。

杰斯现在有足够的时间对设备进行改良,他重新配置了分子过滤系统,又草草搭了一个附带的容器室来储存从星云之中分离出的水。他十分乐观,又野心勃勃,建了一个圆筒形容器,足可以装下几百升水。从实际情况来看,虽然这里的气体密度很高,他也只能在每立方米星云中找到一两个水分子。

这项繁忙的工作让他无法分心,暂时遗忘了失去挚爱的痛苦。

杰斯继续前行,被从遥远的星辰中散落的光子照亮了若有若无的雾气所包围。艾克提反应器发出阵阵低鸣,吸取着稀薄的氢气,蒸馏器则在一点一滴地分离着宇宙中的水分。

#

杰斯遵循游荡者的传统,将部族复杂的图腾绣在了衣服上,图案的周围还连接着各种象征标志,寓意着他不断壮大的部族分支。但是,塔博林部族的图腾设计在今天看来似乎已经落伍了。

孤寂之中,杰斯接连几小时都在一边在头脑中进行勾画,一边动手绣那个复杂的图案。如果他早点行动,也许现在他的部族链已

经和佩罗尼的部族链合二为一，可以在他的连裤衣的口袋处和袖口
处形成一道五颜六色的彩虹了。但现在，他的图案只能到这里结束
了。

除了属于他的叔叔们的那些图案，他们家只剩下塔西亚这一条
分支了。也许她能继续发展他们的图腾。要是她能顺利退伍，任何
一个年轻的男性游荡者都会非常乐意成为她的伴侣。

唉，他是多么痛恨气基族！罗斯……塔西亚……西斯卡……也
许战争终将结束，但生活却再也回不来了。也许有一天他能够重新
开始，为生命画出一片新图景。

但不是今天。至少在很长一段时间内都不会。

49

塔西亚·塔博林

气基族继续有条不紊地摧毁着伯尼渡口，势不可挡。这些球形
战舰顺利地在森林上方移动着，用冰冻波破坏着高大的松树，似乎
一点也不着急。

塔西亚·塔博林那艘已经超重的巡洋舰刚从位于湖边的聚居地
D 起飞，不断逼近的球形战舰便已经到达。蝠鲼巡洋舰负重累累，
蹒跚飞行，她根本不知道他们能不能逃出去。就在他们身后，球形
战舰轰炸着地面的黑松林、商店和房屋，摧毁着锯木厂和仓库。

巡洋舰上挤满了人，哪怕已经开足马力，它也只能像一只喝醉
了的蜜蜂似的，吃力地加速和上升。飞船好不容易才抢先飞到了敌
人的攻击范围外，每一秒都在拉开和这片聚居地的距离。

在蝠鲼巡洋舰内部，人们压肩叠背，占满了所有的空地。难民们在屏幕上或舷窗里看着气基族摧毁他们曾经的家，看着他们曾经繁荣发展的木材加工业化为乌有，看着他们的商铺和仓库被夷为平地。他们什么都没有了。

冰冻波击中了湖面，将湖水变成一个个上冲的冰筏子；地面上残余的水分在高温中蒸发成气体；树木枯萎倒下，建筑和房屋在顷刻之间便灰飞烟灭。

聚居地 D 还只是个开始。战术地图显示，还有许多其他聚居地也被推上了毁灭的道路。第七坐标格的远征舰队正争分夺秒地前去营救平民。

"下面简直一片混乱，"菲兹帕特里克从聚居地 J 发来信息说，"如果每个人都上船，我的巡洋舰连起飞都困难！"

塔西亚匆匆向东边的海岸线和那片灰色的冰冷海洋赶去。空军指挥官罗博·布里登和他麾下的鲗鱼战斗机中队正在巡洋舰两边进行护送。他说："指挥官，我是否需要派我的中队和球形战舰进行交战，还是到其他聚居地协助撤离？"

塔西亚在脑中不断衡量着各种可能的方案。"我的船肯定装不下其他人了，我们也找不到安全的地方，没办法把现有的乘客放下。"她甚至考虑了一下鲗鱼式战斗机狭小的驾驶舱是不是也可以装下一两个居民。

威利斯上将祖母般的声音在公共频道中响起："朱庇特号已经完全满员。我们连一只仓鼠都放不下了。"

前方的海洋上并无任何掩体，除了继续飞离敌人身边，塔西亚完全不知道该怎么办。她通过公共频道说："上将，如果能找到地方安置船上的难民，我们还能撤离一两个村庄。"

"塔博林，如果你在这颗星球上找到安全区域，一定要马上告诉我。我们都需要过去一趟。"

塔西亚看着气基族继续摧毁茂密的针叶林，咬紧了嘴唇。目前来看，敌人几乎不可阻挡，席卷了整片大陆，但是他们却避开了这里最大的内陆海和各种大型湖泊，只专注于树林。

此刻她的导航星并不明亮，但她必须冒一次险。"威利斯上将，从战术显示来看，敌人对森林区域最有兴趣。至少从目前来看，他们一直在避开大型水域。也许我们可以把难民带到远海地区，气基族也许不会尾随我们来到开阔的水域上。"

"这个假设很冒险啊，塔博林。"

"长官，现在只能冒险，祈祷计划成功，不然我们就只有看着那些居民死去。我们只能装下那么多人，而且目前也没有别的地方可去。"

威利斯现在进退两难，只能听从她的建议。"那到了海上又怎么办？把他们倒到海里，指望他们就这么漂着，等着我们之后再把他们捞起来？"

塔西亚的脑中忽然闪现出一个近乎荒唐的办法，她的喉咙开始发干。"地球防卫军的每艘飞船都装配了大量的战术性装甲泡沫，这种聚合物虽然是液体状，但遇水就会变硬。如果我们把泡沫洒到海面上，便能制造出大片的漂浮式平台。我们可以把它当作冰山或救生衣，作为暂时的难民收容点。"

"这也太疯狂了。"菲兹帕特里克说。

"但却很有创新精神，"威利斯大笑一声，打断了他的话，"能行得通吗？"

"我们可以离开海岸十几公里以后再开始撒泡沫，给大家提供一点可以抓紧的东西。我可以卸下难民，清空船舱，让他们游到泡沫筏子上。然后我便能回去再接一批难民。我们的所有飞船都可以采取这种方法，上将。"

威利斯说："场面肯定会很混乱，但是这让其他居民也有了一线生机。就这么办吧，塔博林。"

塔西亚贴着水面越过海洋，这时，罗博·布里登在他们的私人频道中说："你不该出这个主意。"

"这话你留着对那些等着我们救援的难民说吧。"她只希望她的直觉不会出错。这个主意确实太荒唐了。

她把蝙鲼巡洋舰降到接近这片平静的浅海平面的高度。塔西亚通过嗡嗡作响的扩音器对嘈杂的难民们解释了他们的计划。

这些伯尼渡口的居民对此并不太支持。

在巡洋舰的底部，塔西亚的武器军官已经开始在部署战术性装甲泡沫，将这种黏糊糊的东西倾倒在海浪之上。泡沫刚一遇到水就变得坚硬起来，仿佛热锅上的面糊。她不想听见这些难民们发出的恐慌的哀号声。他们今天遭受了攻击，又出乎意料地被救起，现在又要被扔到海上。在这里，他们头上连块瓦都没有，气基族要是来了，他们一个也逃不掉。

但是没有其他办法了，不然他们就只能眼睁睁地看着这个星球上剩下的百分之九十的人去送死。

蝙鲼巡洋舰的货舱门打开了，难民们开始不情不愿地跳到水里，有的人撞到了漂浮在水上的柔软的筏子上。少数人一开始站在舱口十分犹豫，距离扁平的绿色筏子还有几米高，他们有些害怕。但后面的人不断地把他们往前推，几百个得救的居民像旅鼠一样从舱门口掉了下去。他们挣扎着爬上漂浮的筏子，努力避开还在不断落水的人潮。

　　塔西亚的声音在内部通话系统中回荡着："你们耽搁的每一分钟都是以他人的性命为代价的。动作快！"她派齐祖中士和她手下的安全小组前去监督，他们都装配了眩晕枪，可以保证所有难民都能遵从命令，离开飞船。她的声音稍微柔和了一点："嘿，别担心。我们救了你们一次……就一定能救你们第二次。"

　　另外两艘地球防卫军的蝠鲼巡洋舰也降到了贴近海面的地方，朝海面喷洒装甲泡沫，让它们在海上形成海绵状的平台。这些分散各处的筏子的味道很刺鼻，但每一个都能装下几百个人。营救行动的速度非常快。

　　人们跌跌撞撞地掉到海中。塔西亚不让自己去思考究竟有多少人会因此而摔断骨头——她只希望他们能活下来，这样日后才有机会向她抱怨。最大的一张筏子在海面上随着海浪旋转着。大家都惊恐地看着烟雾缭绕的海岸，看着气基族继续摧毁那片大陆。

　　最后，还有少数几个难民跟发了疯一样不愿下船，塔西亚的安全小组便立刻在把他们击晕后，将他们扔到了下面。从她的指挥屏幕上，她能看出，很多伯尼渡口的居民其实都已经放弃希望了。他们只是在紧抓着最后的一线生机，能活一秒是一秒。

　　舱门还没有完全关上，塔西亚便命令飞船起飞了。他们围着筏子绕了个圈，然后全速冲回陆地。紧急频道中不断传出聚居地 L 居民绝望的呼喊声，那里正是敌人的下一个屠杀目标。"做好准备，"她说道，"我们马上就到。"

　　气基族仍然在不断逼近。

50

第一继承人乔拉

经过在海洛卡星上的遭遇后，第一继承人乔拉即使在棱镜之殿里也无法感到绝对的安全。强烈的阳光透过透射窗和弯曲的玻璃洒进宫殿之中，照亮了每一个角落，驱散了每一片阴霾。但球形战舰仍然还在外面游荡，仍然在向雷迪拉的领土聚集着……

太阳舰队在昆哈 3 号经历了一次大败，在海洛卡星上失败再次上演。如果气基族也想攻击帝国的其他地方，甚至是米基斯特拉呢？雷迪拉如何才能和他们抗衡呢？

乔拉的父亲召他立刻过去商讨对策，但他花了一点时间来让自己镇定下来。他换上了一件衣袖宽大的短袍，那是妮拉·哈利送给他的，由塞洛克的蚕茧纤维制成。他心里有些伤感，希望这能给他带来力量和平静。

不一会儿他便已经笔直地站在了皇帝的蛹座前。皇帝发灰的脸上显露出震惊和恐惧的神色，让他的内心一阵抽痛。乔拉觉得自己似乎已经能够看见他父亲的皮肤下发光的骨架了。难道才过去几个礼拜，这位领袖的身体状况就已经如此衰弱了吗？他的长辫子看上去死气沉沉，日渐磨损，仿佛连他的头发都已经失去了活着的意志。

通过心神网，这位领袖感受到了他的人民在海洛卡星的灾难中所遭受的折磨和痛苦。"我儿，你没有受伤吧？"领袖的关心似乎更多的是出自对政治和国家的考虑，而不是在担心乔拉个人的安危。

"没有，父亲。我毫发无损地逃过了气基族的攻击，索尔也是。但我弟弟卢萨的伤势却很严重。我担心，他会丢了性命。"

　　皇帝皱起了眉头，下垂的双颊看上去沉甸甸的。"我已经派了医术最精湛的医学氏族人前去照顾他。我会尽力医治海洛卡星王储，但他能不能活下来，还得靠他自己内在的力量。你弟弟这一生都过得十分顺利，从没吃过苦头。他身上可能并没有足够的耐性，无法自己走出困境。"

　　这一番冷冰冰的分析之中毫无温情可言，乔拉吃了一惊："父亲，他现在还处在心神网感知之下的睡眠状态。"

　　皇帝对他怒目而视，那张通常平静的脸上也闪过一丝不耐烦。"乔拉，心神网感知之下的睡眠状态就等同于自我隐藏。我没有耐心等他，尤其是现在。我们必须要考虑眼前发生的事，讨论可能的结果。卢萨想什么时候跟随灵魂之线去往光源之境都可以。"

　　萨鲁克一边继续说话，一边颤抖着举起一根手指："这次进攻说不定还是件好事。"

　　乔拉披散的头发在他的头上摇曳着，仿佛一团静态闪烁的火苗。他努力压制着自己的怒气说："海洛卡星死了成千上万的人！您怎么能说这是件好事？"

　　皇帝骤然打断了他儿子的话："我是说，目睹这样一场巨大的灾难，对于你来说可能是一个很好的教训。你在海洛卡星上也看到了，要想做一个真正的统治者有多难。我很快就会和克里元帅见面，讨论我们的帝国在下一步必须要采取什么措施。"

　　乔拉十分焦躁，心情也很低落，只能一言不发地站着。他很快就会成为皇帝，而此时他向自己保证，到了那一天，他一定会做一个更有同情心的领袖。他一定会先考虑人民，再考虑政治。

　　"我们都不了解敌人，怎么跟他们打？气基族来得不明不白，我们什么都没做，他们就打了过来。"

萨鲁克用冰冷的眼神看着他说："我儿，我们知道的，比你想象得更多。"这时，皇帝再次被一阵剧烈的头痛攫住，只能向后瘫在座位上，看上去非常虚弱。"去，好好想想我的话。"他挥退了乔拉，然后叫来他的保镖巴农，让他把元帅召过来，一起讨论他们的战略战术。

乔拉走了，但他心里还是惴惴不安，充满疑惑。他没有花时间独自冥想，而是去看望了他的弟弟卢萨。

#

海洛卡星王储正躺在一张舒适的睡床上，房间里温暖又明亮。侍从和医学氏族人像寄生虫一样围在他身边，检查读数，增加药品，为他擦拭舒缓的膏药。两个棱镜氏族人肃穆地站在一旁，仿佛他们正在帮着不省人事的卢萨把心神网的脉络赶回到他身体里一样。

海洛卡星领袖胖乎乎的脸颊此刻显得浮肿又苍白。他的眼睛紧闭着，头发无力地垂在一旁，动也不动——这可能是因为在他身上使用的各种药物，也可能是因为王储本人正处于深度昏迷，体内的许多系统都已经不再工作了。乔拉静静地看着他。

卢萨的头上包裹着纱布。他的脸色惨白，眉头和前额上布满了紫色的淤青，可以看出，他体内的伤势一定更加严重。虽然顶级的医学氏族人已经为他做了手术，但他的内出血还是没有止住，只能勉强维持着他的生命。

卢萨头部的伤势和可能出现的脑部创伤比身上的挫伤和骨折要严重许多。如果乔拉的弟弟无法再恢复意识，医治他的身体又有什么意义呢？

索尔也在他叔叔的床边，形容憔悴。乔拉看着他的儿子，后者眼眶红红的的，看上去完全是个被吓坏了的孩子。

"他为什么不起来？"索尔看着乔拉，仿佛他相信只要他父亲大手一挥，一切苦痛就都能被治愈一样，"我命令这些医生给他注射兴奋剂，让他醒过来，但他们都不理我。"他对那些侍从、医生和药剂师怒目而视，"告诉他们我是谁，让他们知道他们必须服从我的命令。"

"他们什么也做不了，索尔，不然我早命令气基族回去，别来攻打海洛卡星了。"

年轻人轻蔑地看着他的父亲："那你还有什么用？"

乔拉真想给索尔一耳光，尤其是在皇帝才教训过自己之后。但他控制住了自己，他知道他儿子现在也压力重重，也悲痛难忍。这个年轻人一直以来都被保护得很好，性格骄纵，每个愿望都能得到满足。

"也许你应该和棱镜氏族人谈谈，"他看着那两位专注的牧师建议道，"他们会给你忠告的。"乔拉需要确保他儿子也会成为一个伟大的领袖，他明白幻想和现实之间的鸿沟。他是乔拉的继承人，雷迪拉帝国到时只能靠他了。

"他们也无能为力。我还是更愿意待在这里。"年轻人有意无视了他父亲。

乔拉深吸了一口气，说出了他认为最得体的话："索尔，你在海洛卡星遇袭期间表现出了极大的勇气和尊严，你本来可以跟着第一艘营救船逃走的，但你回去了，去找你的叔叔。你赢得了我的尊重。"

"但我却什么也没有得到。"年轻人的脸上露出了一个苦涩的表情。

"也许你得到的，比你以为的更多。"乔拉把手放到他儿子的肩上，表示自己的支持，"待在他身边，索尔。虽然他现在处于心神网无法感知的睡眠状态，但我确定，他一定能感觉到你的陪伴。让你的力量成为他的后盾，尽人事，听天命。"他看向医学氏族人，说道："继续治疗，尽全力医治我的弟弟。"

"第一继承人，我们已经无计可施了，"领头的主医师说道，"恐怕他的意识已经飘到了遥不可及的地方了。再没有什么药物能够治好他了。我们能救的，只有他的身体。"

索尔看着他们所有人，眼里带着一丝厌恶。他朝王储的床榻俯下身，脸上布满了痛苦的神色。乔拉离开时，索尔甚至没有抬头看他一眼。

51

罗博·布里登

气基族以雷霆万钧之势横扫伯尼渡口，留下一片冻结成冰、分崩离析的陆地，上面布满了令人胆战心惊的烧痕，所过之处皆寸草不生。

最后一批撤离队伍在慌乱中离开了村庄，从海岸线上起飞了。护卫舰、蝠鲼巡洋舰和巨像级战舰跌跌撞撞地前进着，仿佛负载过重的信天翁一般，吃力地与透明的球形战舰拉开微弱的距离。

地球防卫军的飞船上载满了幸存下来的难民，难民们挤满了甲板，连储藏室里都塞满了人。他们把大型的物资储备和不必要的设备都扔到了地面上，为人们腾出更多的空间。

罗博·布里登坐在他的鲫鱼战斗机上，指挥着飞行中队在装着乘客的战舰两边进行护卫。水面上漂浮着几十张人工岛屿般的筏子，他在上面盘旋着。

战术型装甲泡沫！他摇了摇头，暗自发誓等他们到下一座休息港时他一定要多请塔西亚几杯。她一直对他说，游荡者很擅长在恶劣的环境中利用各种资源和技术来求生。

但是，这也只是个权宜之计。一旦气基族来到海岸边，黑松林便再也无法遮挡他们的视线，那些挤在筏子上的平民又手无寸铁，到时只能任人宰割。球形战舰只需要几秒钟就能消灭伯尼渡口上的所有人。只要它们愿意……

布里登打开了鲫鱼战斗机中队的通信频道说："好了，排成防御队形。大家组成十五个独立方阵，呈弧形分布，以阻挡敌人的攻击。"

战斗机重新调整了位置，开始在咸涩的空气中分层盘旋。虽然球形战舰冲开他们的防线简直易如反掌，但没有一个战斗机飞行员开口反对。这是他们最后的态度。

在他们下方的水面上，无助的人们在海绵般的泡沫上挤成一团，瑟瑟发抖。在他们身后，朱庇特号和其他六艘幸存下来的蝠鳐巡洋舰也在攀升着，蝰蛇系统激光和动能武器都已经做好了开火的准备。他们等着，让气基族先进行攻击……但他们又都希望这一刻不会到来。到目前为止，敌人对地球防卫军的飞船、被遗弃的安置点和他们的撤离计划都几乎视而不见。

"所有人，坚决迎战。"威利斯上将说道，声音舒缓却有力。

"她倒是站着说话不腰疼。"布里登在确定自己的无线电话筒已经关闭后，嘟哝了一句。现在的问题是谁会是第一个牺牲的人。

"快看！"一名飞行员说。

四艘球形战舰升到了海岸边，仍然在发射着冷冻波，摧毁着茂密的针叶林，倾覆着各种观察塔、空房子和工厂设施。它们离开了陆地，一边来到海面上，一边继续开火，仿佛根本没有注意到下面已经没有树林了一样。

当挤在筏子上的难民们看到气基族逼近时，布里登几乎可以感觉到他们的身体正在恐慌中不由自主地战栗着。

"鲫鱼战斗机，准备开火。"他开口说道，虽然他知道这么做毫无必要。每个飞行员都会在进行防御时竭尽全力，他们全都希望能够在气基族杀死他们所有人之前也给对方带去一点伤害。"时候到了。"

恐怖的钻石球体继续向他们逼近，在低空中对海洋进行轰炸，将水面冻结为座座冰山。球形战舰正式进入平静的海洋上空，四周升起蒸腾的水汽。

"来吧，你们这些杂种还想干吗？"布里登说，"你们已经毁了整片大陆了。"

惊恐万状的难民们蜷缩在临时制造的筏子上。有的人跳进了海里，有的则被推了下去。无论身在何处，他们都是那么的脆弱。

"上吧，布里登，"塔西亚的声音传来，"咱们向下弧线漂移。我就跟在你身后。"

队伍中最靠前的两架鲫鱼战斗机冲到了防御队形的前方。公共频道里回响着战斗的呐喊和挑衅的叫声，虽震耳欲聋，但却无济于事。所有飞行员都已经准备好迎接在几秒内便全军覆没的结局了。

但就在这时，球形战舰突然出人意料地拐了个弯，向上攀升，只在波澜起伏的水面上留下道道冰痕。布满凸起的飞行器升到了高空……甚至没有对地球防卫军的飞船开一次火。气基族飞到了云层之中，朝着太空奔去，仿佛已经完成了自己的任务，或者说它们忽然发现它们的目标并不在伯尼渡口上。

虽然布里登知道这么做很蠢，但在肾上腺素和怒火的刺激下，他还是开足马力，跟着它们飞了过去。他决定跟在敌人身后，看看它们到底要去哪儿。

另外二十架心存不满的鲫鱼战斗机也跟了过去，仿佛一群愤怒的牧羊人正在追赶逃跑的饿狼。他们愚蠢地发射了好几发蝰蛇系统激光，但炮弹只是轻轻掠过了对方透明的船体。

作为回应，气基族对着紧追不舍的战斗机发射了几道蓝光，态度轻蔑得就像在用拍子打死一只蚊子，简直不慌不忙。两架鲫鱼战斗机爆炸，还有几架受到重创，返程飞回了伯尼渡口。

但罗博·布里登却仍然在继续前进，他和气基族拉开了距离，希望能躲在对方的射程之外。他毕竟是空军指挥官，可以自己做决定。

"鲫鱼战斗机中队，立刻回到你们的母舰周围，协助难民撤离。"威利斯上将通过通信频道说，"战斗已经结束了，各位。气基族已经逃走了。"

布里登简直不敢相信自己的耳朵："逃走了？"

其他的鲫鱼战斗机已经绕了个圈，飞向了漂在水上的难民筏和其他的地球防卫军飞船，但布里登咬紧了牙关，看着气基族飞进太空之中。他的引擎全力运转着，足够他将敌人锁定在肉眼可见的范围内。"收到，长官。所有鲫鱼战斗机，听从上将的指挥。我……也会尽快返回。"

他猛然加速，身体随着惯性撞在了椅背上。他们需要这些信息，而且他今天经历了那么多，哪怕希拉·威利斯之后会像他奶奶一样劈头盖脸地给他一顿骂，他也不会退缩。他冲出了伯尼渡口系统，虽然和气基族之间保持着安全的距离，但他还是执着地跟随着敌人的步伐。

#

两天以后，布里登终于回到了朱庇特号。他的鲫鱼战斗机的燃料几乎完全被耗尽，生命维持系统和空气再生器也已经完全枯竭。塔西亚在主舰的甲板上见到了他。她在那里做了一次长长的汇报，又和大家讨论了行动方案。虽然她看到他还活着时心里喜不自胜，一块大石头也终于落了地，但她还是不敢就这么跑过去拥抱他。

上将满脸怒容地责骂着这位空军指挥官："先生，你应该给我们的飞行员做出表率才对！你是负责人，却莽莽撞撞，不顾后果，你应该赔上命才对，降你几级军衔根本不够——我还没考虑好要不要彻底剥了你那身军装。要不我还是给你发个刷子发个桶，让你去把伯尼渡口的大陆打扫干净吧！"

但是布里登在对面她的责骂时并没有畏缩。他站得笔直，肚子咕咕叫，只想吃点或者喝点什么——哪怕是地球防卫军难喝的咖啡也行啊。他筋疲力尽，但头脑却十分兴奋。

上将终于停下来缓了口气，办讲座的架势稍稍放松了一点。布里登赶紧说："是，长官。我很抱歉。但是趁您现在还没做好决定，您先看看我的鲫鱼战斗机的数据库里收集到的侦察信息吧。"

他简直控制不住自己的笑意："您听我说，上将，我跟着敌人的球形战舰一路回到了它们的老家。这些气基族来自一颗气态巨星，那儿的行星环简直太漂亮了。航图上说那里叫作奥斯奎维尔。如果我们想反击，直接去那儿就行了。"

52

琳达·科特

瑞迪克星的昼夜循环比地球的标准昼夜循环多了两小时。但是琳达仍然按照贪婪好奇号上的钟点来进餐和休息。她是个商人，一直都穿梭在不同的行星之间，早就不再费工夫让自己适应当地的时间了。各个星球可以按照它们缓慢的方式来运转，反正琳达只会根据自己的方式来生活。

但是达文·洛兹却似乎并没有什么明显的生物钟。他无时无刻不在全神贯注地工作，对于灼热的日光和沙漠里寒冷的夜晚毫不在乎，总是在研究着，分析着，调查着，直到他精疲力竭，不得不停下来打个盹——他常常都睡在鬼城里，方便醒来以后继续搜集线索。

琳达通常会陪着他去考察点。严格来说，她的任务仅限于把他送到这里，但她总觉得有了她的帮助，这人肯定能早点完成他的工作。这样他们也能早点回到地球，琳达也能早点拿到酬金。所以她一直陪着他……无论他愿不愿意。

他们俩重新搭起了悬崖上落下来的脚手架，就是在这里他们发现了路易斯·克里克斯的尸体。琳达爬个金属梯都会气喘吁吁，但她觉得多锻炼对自己有好处。达文继续用他的分析设备寻找着答案，而她则承包了大部分更实际的工作，负责搭灯板、安装空气循环器什么的。做饭也是她的事，虽然达文似乎从没注意过她准备的是上好的美味佳肴，还是事先包装好的速食餐。

此刻，在路易斯死去的这间明亮的大厅里，达文从梯形的石窗上刮下了一点已经干了的血液，把粉末放到了分析盘上。他们已经把那两具尸体放到了密封的冷冻袋里，装到了贪婪好奇号上。但他们还是没有发现玛格丽特·克里克斯、随行的智能机器人和克莱西斯机器人的迹象。

达文看着他的分析盘，等待着结果。琳达主动攀谈道："你怎么会成为一个间谍呢？到底是阴差阳错，还是梦想成真？你选了个这种职业，你妈妈怎么想？"

"我更喜欢被称为发现细节的专家，而非间谍。温塞拉斯主席知道，当采取普通方法无法找到真相时，我就是他最好的选择。当然，也有什么都没留下的情况，比如克伦纳星。"

"好吧，那汉莎有这种专门培训'细节专家'的机构吗，还是说您这是自学成才？"

他用无动于衷的脸对着她："如果你真觉得我是间谍，那你凭什么认为我会把自己的平生经历都告诉你呢？"

"就凭要是你不说，"她咧开嘴，露出一个大大的笑容，"那我就把我的说给你听。"他重重地叹了口气。她给他打气道："你说了能有什么损失？我又不会未经你允许就给你写传记！"

洛兹用一种实事求是的语气说："好吧。我十四岁就从家里逃了出来，我妈虐待我，我爸不管我。我当时觉得反正逃出来我的人生也不可能更苦了……我猜对了。我只庆幸一件事，那就是我没有兄弟姐妹，我父母没有别的人可以虐待了，可能他们后来只能互相折磨了吧。我不知道他们有没有离婚，也不知道他们还活着没有。"

"悲伤的故事。"琳达说。

"我对我后来的人生已经很满意了。"他微微笑了笑——这是琳达从他脸上看到的第一个笑容。但接着他又转过身开始继续研究他的血液样本："这里面含有微量的内啡肽，还残留有肾上腺素。看来他们遭遇的并不是突袭，行动也不快。路易斯·克里克斯死前很害怕，而且经历了极大的痛苦。”

琳达咽了口唾沫，试着想象这个老人死前遭受的折磨："看来你对生物化学和法医学也有研究？"

达文看着她，她再次注意到他脸上的疤痕看上去真像一个爪印。"我什么都研究。我没钱，但我伪造了记录，改了身份，成功申请到了小额的补助和学生贷款。只要你要的钱不多，他们也不会花太多时间调查——如果你属于某个种群就更好了，这样那些'政治正确'的大学就可以把你加到他们的名单里，让数据看上去好看些。我假装成遭到迫害的少数派宗教成员，有时也会换种身份，但说到底都差不多。如果你上传的医疗记录上显示你得了绝症，学校更是会不遗余力地向你撒钱，让你交上学费。"

"你还真是个骗术艺术家。"琳达说。

"这是必要的。我在学校里待了六年，不停地按照自己的意愿来学习各种课程。我改了五次身份。"

琳达有些疑惑："那你怎么拿学位？"

"我已经学到了知识，要学位干吗？"

"好吧，这么说好像也有点道理。所以你学了……呃，谍报学和密码学？"

"还有政治学、世界历史、天文学和飞船工程学。我相信教育上的收益递减论。"

"什么意思？"

"就是说，在学习一门学问到了一定的程度后，无论你再怎么继续学习，你对它的理解也无法再深入更多了。这种时候你最好开始去学习一种全新的东西。"达文放下手里的分析盘，转身对着她，"比如说，如果你对气象学一无所知，那你可以花一百个小时来学习这门学科，然后你便会得到你需要的大部分知识，这时，你就会开始学习在面对更加复杂的情况时，你该如何去寻找更加细微的线索。"

"但是，如果你再继续花一百个小时来学习气象学，你所能得到的知识量却会大幅下降。不过，要是你把这一百个小时花在其他学科上——比如经济学——你则会在另一方面获得牢固的知识。我认为，比起试图成为某一领域的专家，还是多学一点不同的学科更有价值。讽刺的是，我学到的各种基础知识越多，我就越是能发现奇怪的端倪。打个比方说，谁又会想到艺术史、乐理和经济学之间也有千丝万缕的联系呢？"

"真有联系？"

"当然。但是这得花上一个星期才能说清楚。"

"那我们还是先把调查做完吧。"

达文在房间里踱着步："我们现在已经知道，克里克斯小组他们的设备散落在这整片遗址中。也许他们还留下了什么，但我们还没有发现。"他从路易斯死去的那个大厅里走了出去，手上拿着一个可移动的光板，方便看清各种缝隙和角落。

琳达跟在他身后："看来你真是个全才。汉莎招你进去的？"

"我主动加入的，"达文说，"为了生存。我在大学待了六年后，一些在大学官员察觉到了不对劲。我发现他们访问了我的记录，找到了我之前的三个假身份，并且在追查我的下落。我知道他们只需要几天就能找到我，所以我做了个选择，如果不想成为汉莎的某个监狱行星上最有文化的囚犯……就只能向他们主动展示我的价值。"

"所以我做了份文件，上面列出了我的所有成就，以及我在学术上的卓越成绩，和我掌握的所有学科目录。我去了调查局，找了很多招聘人员，每次都只给他们一点点信息，足够让他们把我的事报告给上级了。最后我终于坐到了他们的会议室里，当时我就知道，我要么被逮捕，要么被雇佣，不会有第三条路。"他走进了一条阴暗的走廊中。

"我还学过修辞学和辩论术……其实我学得非常好，但我并不喜欢成为众人注意的焦点。我学到的每种技能都得到了充分的发挥，我也解决了手上所有的案子。这么多年来这个复杂的官僚系统一直无法奈我何，这也是因为我证明了我在谍报活动中所具有的价值。"

"但更重要的是，因为我对社会学、人类学和法医学均有涉猎，我总是能在外星文明中扮演好卧底的角色。哪怕过了快两个世纪了，我们对雷迪拉帝国的了解也不多，对克莱西斯更是一无所知。最后我说服了他们，我让他们知道，对汉莎来说，放我出来工作比把我关起来有利得多。"

琳达和达文继续向前走，打探着壁凹处和房间里的情况。克莱西斯的象形文字和方程式像涂鸦一样布满了所有的墙。

"所以，主席先是派你去了克伦纳星那么个荒凉的鬼地方，接着又让你到一颗杳无人烟的沙漠星球上调查一宗五年前的谋杀案。"她把胖胖的手放到他的肩膀上，达文被碰到的时候往后缩了一下。"听起来跟服刑也差不太多嘛。"

这时，琳达的光源落入墙上一处深深的凹槽处，她注意到里面有个东西，似乎本来并不属于这里。她靠近了一点，看到了一张镀了铝的包装纸和一个像铁一样硬的块状物，那肯定是个食物棒。

"他们好像在这里放了点零食，但之后却再也没有回来把它吃完。"她摇了摇头，接着她忽然意识到，这些受人尊敬的考古学家不太可能会随便乱扔垃圾，污染他们自己的考古现场。

她伸出手，捡起了那块现在已经不能吃了的食物棒，光源接着照亮了深处的另一个东西。那是一块包好的数据晶片。她的心开始狂跳起来。她把那个包裹拉出来，看到了上面手写的两个字："备份"。"达文，你快来看这个。"

达文从她手里接过包裹，脸上出人意料地露出了一个孩子气的笑容。他在这个废墟里和在外面的帐篷里都花费了很多时间，想要重建电脑中的文件。但无论是谁杀了克里克斯团队的人，他们都完全没有发现这些隐藏起来的秘密。

"所有优秀的异星文明考古学家都会把完整的备份文件藏到安全的地方。他们工作的场所常常会出现自然灾害或其他的一些意外情况，很有可能会摧毁他们几周甚至几个月以来的分析成果。"达文像捧着圣杯一般，高高举起了备份的数据晶片，"也许它能告诉我们这里到底发生了什么……从头到尾，一字不落。"

53

安东·克里克斯

安东觉得自己完全可以再在米基斯特拉待上许多年，和记录者瓦尔交流各种神话和传奇。来到这里以后，他终于理解了他父母为何钟情于探索失落的文明。玛格丽特和路易斯热衷于探索废墟和收集骨骼，而安东则通过各个文明所珍藏的神话来理解历史。《七恒星史诗》的每一个新的篇章都能带给他前所未有的见解和喜悦。

这时，瓦尔又给他带来了天大的喜讯。

"皇帝要派我到马拉塔去，整个季节都待在那里，无论是日光普照还是黑夜笼罩。"记录者说出这个名字时语气中带着一种夺人心魄的敬畏，"你听说过这个地方吗？这是我们最伟大的碎片移民地之一。"

安东这时已经可以理解这位外星历史学家脸上那五颜六色的情绪叶所代表的意思了。此刻他从中读出了对方的快乐和骄傲。"我想让你和我一起去,记录者安东。我们可以一起谈天说地。被选中执行这样的任务真是莫大的荣幸。"

安东吃了一惊,说道:"但是……我来雷迪拉,是为了来研究你们的史诗的。这才是我主要的目标,对吧?我知道你们的移民地很好,但是——"

瓦尔的热情并没有减弱:"我们主要的目标应该是讲述故事,不是吗?记录者本人可不能变得像他想要保护的历史那样死气沉沉、尘埃满布啊。"他抓住他的人类同僚的胳膊,"我们收到邀请,去那边待上一个季节,在安静的夜晚降临后,那里的人会尤其需要我们。你还有很多时间可以去研究史诗。到了那边,你可以更直观地看到它对雷迪拉整个民族的巨大影响。我们的人民也可以有机会听到一些关于人类历史的故事。"

安东考虑了一下。现在他有机会去拜访另一颗星球,能亲眼看看碎片移民地,同时还能继续研究宏大的雷迪拉史诗,何乐而不为呢?"好吧,瓦尔。这样似乎对我们的文化都有好处。"

#

马拉塔是一颗炎热的行星,在这里,明晃晃的太阳可以照射十一个标准月之久,没有云层的遮挡,也没有丝毫缓解的间隙。对于安东来说,这颗星球似乎十分荒凉,并不适合人居,但瓦尔却向他保证,雷迪拉人都觉得这里是个完美的度假胜地。

马拉塔与其巨大的卫星互相潮汐锁定，导致这里的一年与一天的时间几乎相等。它的运行轨道十分接近那轮黄色的恒星太阳，稍微再偏离一点便会离开液态水区域。"用你们的华氏温标来看，这里的气温长期保持在一百五十华氏度①左右，"瓦尔说，"得要等到长达一周的落日到来后，整颗星球才会重归黑暗，气温下降。"

安东脸上带着疑惑的表情看向窗外，他们的飞船正缓缓降落在荒凉明亮的陆地上。"这里倒是……呃……没多少绿化。"

"别担心，记录者克里克斯。马拉塔的穹顶主城拥有你想象中的一切豪华与便利。"

这里的白昼季节才刚刚开始，贵族氏族人和政治要人、太阳舰队的高级军官、棱镜氏族人和其他高层阶级的度假者们纷纷在雷迪拉登上了客船。目前艾克提紧缺、飞行受限，因此这艘巨大的飞船必须一次性装完这一季节所有的游客和物资。这些前来度假的特权阶层人士将在马拉塔待上整整十一个月，享受这里明媚的阳光，反正在季节结束前这里也不会再有任何飞船往来了。

"到了夜晚季节，这里只会留下一批骨干人员，维持穹顶之城的正常运转。你和我也会跟他们一起留下。他们都是些勇敢而坚韧的人，正是因为有了他们，我们的一些小型碎片移民地才能得以维系。他们会一直待到白昼季节开始，到时这里又会来一大批游客，就和今天的我们一样。"瓦尔伸出手，示意他看那些正等着下船的雷迪拉人。

"但那也得看到时候还有没有足够的艾克提可以供应客船。"安东指出。

雷迪拉人很早以前便意识到，马拉塔漫长的白昼季节对于他们这个恐惧夜晚的民族来说是份难得的礼物，于是他们派了一个施工

①一百五十华氏度，相当于六十五摄氏度左右。

队来到此地，清理空地，在这片阳光普照的大地上打好地基，然后又用了接近十年的时间来修建这座庞大的城市，将其成功打造为一个豪华的度假胜地。在此期间，每当黑暗降临时，马拉塔的建筑工人们便会乘坐飞船去往最近的一片碎片移民地，那个世界名叫康普特，星球上绿意盎然。三个世纪以前，马拉塔举办了盛大的竣工典礼，自那时起，这座宏伟的城市便成了雷迪拉帝国的达官显贵们最为钟爱的去处。

"很快我们便可以在马拉塔上常年居住了。"瓦尔继续说道，"现在，在寒冷的夜面，一队克莱西斯机器人正在主城的对极修建一座新的穹顶之城。一旦完工，主城的太阳落下后，新修的马拉塔城市赛克达便会迎来黎明。前来度假的人便可以在黄昏时迁到第二座城市里，再享受半年的日光。简直完美。"

"好在我戴了眼罩。"

飞船接近庞大的穹顶了，安东看到主城正在一层透明的玻璃罩下闪闪发光，仿佛童话中才会出现的世外桃源。明晃晃的阳光透过肥皂泡一样的保护罩倾泻而下。

瓦尔的手轻轻地放到了安东的衣袖上："你和我将会为这些前来寻欢作乐的人提供娱乐。雷迪拉的记录者的主要任务本来就是如此。是的，我们保护久远的故事——但最重要的是，我们要讲述它们。通过把史诗讲述给那些愿意倾听的人听，我们也在重新赋予这些古老的史诗以全新的生命。我们将在马拉塔找到最真诚的听众。"

安东点点头，这时飞船也降落在了无垠的穹顶之上。"我在大学的同事们总是纠结于史诗中晦涩的典故，把时间都花在研究期刊论文上，自命不凡，自以为是——但他们却忘了问题的核心，那就是他们在研究的其实是故事和娱乐。如果他们找不到听众，那他们的研究也将毫无结果。"

"我觉得你之前也和别人讨论过这个问题吧，朋友？"瓦尔说。"有人让你不高兴了？"

"和我一起工作的学者们总是看不起那些有认真的听众的人。"安东看着客运飞船里这些穿着五颜六色的衣服的雷迪拉人。外面，穿着银色套装、戴着巨大的护目镜的人们正在严酷的日光下走来走去，其他人正在通过透明的通道涌入马拉塔主城的穹顶下。"我觉得自己好像变成了一个中世纪的吟游诗人，既为国王吟诗，也为农民歌唱。"

客运飞船的舱门打开了，热浪袭来，安东不由地眨了眨眼。剧烈的阳光刺痛了他的眼睛，他不得不抬手调整了一下眼睛上的过滤薄膜："这里比雷迪拉还亮！"

"你会习惯的，说不定你还会喜欢上这种感觉呢。"

"我只会被晒伤。"安东跟着他走进了穹顶之城，准备好了要和瓦尔一起用知识震撼这里的雷迪拉人，"但是别担心。我肯定会很喜欢这里的。"

54

克里元帅

"我们的帝国现在太分散了，元帅，"皇帝说，"最近我常常在祠堂里和先祖们的颅骨对话，询问他们的意见，研究心神网所有的排列方式。显然，我们的弱点太多，有许多碎片移民地都无法自保，甚至连太阳舰队也没办法保护它们。对于气基族来说，攻下任何一个世界都是易如反掌。"

克里鞠了个躬，仿佛是被什么沉重的重担压弯了腰一般。"陛下，我不知道还有什么战略战术可以有效地保护我们的星球。我失败了。因此，我必须主动请辞，请您将我的名字从《七恒星史诗》中划去。"

皇帝的辫子像愤怒的触手般颤动着："元帅，我不会抛弃我最强有力的大将。哪怕身处绝对的逆境之中，你也比其他任何军官更能胜任你的职务。"这位威严的帝王试着在他的蛹座中坐直身体，但看起来却十分虚弱，即便在七颗闪耀的恒星的照耀下，他的脸色也显得十分灰暗。

萨鲁克的身体忽然像被闪电击中一般猛地缩了一下。元帅感到心神网中传来一阵震动，那是他的领袖在遭受着痛苦的折磨。克里冲上前去，想要帮助皇帝，但后者却伸出一只手，制止了他："不要担心，我只是身体有些微恙。现在你应该关心的是帝国的危机。"

克里重重地咽了口唾沫。他深吸了一口气，让自己冷静下来。"陛下，那我究竟该怎么做？我该如何才能做出自己的贡献？"

"我们现在只能等着多布罗计划的结果，同时查清楚我们的聚集地中最脆弱的是哪些——找出居民最少、资源也最有限的地区，把这里的居民分配到其他实力更强的移民地，让我们的人民聚集起来，这样我们才能派出太阳舰队去保护他们。"

"您的意思是……就这么抛弃哪些世界吗，陛下？"这个想法似乎有些……不可能。史诗中从未出现过如今这般艰难的时期。

"这跟克伦纳星不一样，我们的损失并不是永久性的。战争结束后我们随时都可以重建这些移民地，"皇帝的眼神十分严肃，怒气腾腾，"前提是我们必须要活下来。"

这位领袖通常看上去都很平静自足，为雷迪拉民族的光辉和伟大而喜悦自豪。他比其他所有人都要更加博学，更加强大。但现在，萨鲁克被气基族的进攻激怒了，甚至还流露出了一丝无助。

元帅因为自己的疑惑而微微发抖。也许棱镜氏族人可以帮他看清眼前的道路，辨认出光源之境撒下的光明。他真想倾尽所有，使雷迪拉重振雄风。

他读过史诗中关于伟大战役的内容，但是雷迪拉人自从在和莎娜雷族的战争之后便没有再遇到过真正的敌人。莎娜雷是一种生活在黑暗中的生物，几千年前对帝国发起了大举进攻。多亏了将雷迪拉民族连接在一起的心神网，帝国一直都非常稳定、强大、和平……直到气基族出现。

克里鞠了一躬，专心于自己能做的事情之上："我会和我的将军联系，让他协助我进行筛选，陛下。我们一定完成任务。"他将双手交叉在胸前，充满了坚定的决心。现在他脑海中的光明已经很清晰了。"帝国的历史已经绵延了几千年。我向您发誓，我一定不会让我们的文明毁在我们这一代手里。"

\#

克里知道康普特这颗行星，因为史诗中记载过这里曾发生过的一场森林大火。那是一个悲伤的故事，当时许多住在那里的雷迪拉人爬上了筏子，漂到了树林里深处的湖泊中，得以逃过一劫。但康普特王储和他的家人却被一起困在了位于山顶上的宅邸里，四周全是燃烧的大树。王储一直在通过心神网和他的父亲保持联系，直到大火烧上山顶，将他完全吞没……

此刻，克里元帅正站在尘土飞扬的城市广场上，旁边停满了运输船、客运飞船和大型货船。高大的青绿色树木将这片古老的聚居地团团围住，伸展出宽大鲜嫩的树叶。那场在很久以前摧毁了康普特星聚居地的大火没有在这里留下任何痕迹。克里没有看到一丝可以证明那场悲剧不仅仅只是一个编造的故事的证据，或许它的存在只是为了赚取听众的眼泪。

但是，没人质疑过《七恒星史诗》的真实性。它的每一行诗都被众人传颂着，被世世代代精心地保存下来。每个记录者都肩负着神圣的使命，保证着史诗绝对的精准性。史诗仍然在不断增加着篇章，而每一个雷迪拉人都以将自己的名字载入其中为目标，不断地奋斗着。

此时,克里看着他手下的士兵有条不紊地组织着居民打包行李,这些氏族人已经在康普特星繁衍了好几代了。这片碎片移民地实在太容易成为气基族的攻击目标，来自各个氏族的大人小孩都在准备着离开他们的家园，前往一个完全陌生的地方，那里已经为他们造好了新房。等待撤离的人们聚在一起，他们有的害怕，有的愤怒，还有的则不甘心就这样离开他们深爱的家园……

在雷迪拉，克里已经和七个军团的副指挥官和他的门生赞恩将军进行了会面。他们研究了旋臂的星图，标记出这些神出鬼没的气基族发动了攻击的区域，还整理了其他人上交的关于球形战舰的目击报告。委员会确定了雷迪拉世界中最容易被袭击的部分，经过几天激烈的讨论后，元帅终于下了命令，开始按计划收缩雷迪拉帝国的版图。

合并偏远的碎片移民地的行动，和对气基族的防御行动，都将会成为史诗中重要的组成部分，克里有这种预感。但他不知道后世的记录者会如何讲述他个人的故事，心里有些不安……

赞恩将军负责指挥，而魁梧的工人氏族人则负责拆卸设备，将沉重的木箱抬到大型货船上。他们把模块式建筑拆解开来，如果日后雷迪拉人还有机会回来，也能把这些模块再次组装起来以供使用。

克里还记得，当年克伦纳星暴发瘟疫时，他们也是这么进行撤离的。他把那里所有的幸存者都带回了米基斯特拉，受到了雷迪拉同胞们热烈的欢迎。当时太阳舰队还没从克伦纳星起飞，人类移民地的飞船已经像秃鹫蝇一样飞快地占领了那颗星球。但是皇帝已经权衡过利弊，所以克里也没有表达过他心中的不满。他接受了，就像在此之前他已经接受过的无数次令人不快的结果一样。

帝国抛弃了十几个碎片移民地，这样一来，野心勃勃的汉莎完全可以把这些空无一人的世界据为己有。从人类的历史来看，他们一旦感觉到了雷迪拉帝国的衰落，便很有可能会进行领土扩张……

但他没必要为了这点事情担心。要是局势到了无法控制的地步，他完全可以战胜人类军队。克里知道，这样的战役必定能够为他带来无比的光辉和荣耀。

除了研究史诗中伟大的远征，地球人类战争史中所充斥的那种疯狂和戏剧化也深深地影响了克里。如果生在雷迪拉帝国的和平时期，像他这样的人是绝对没有机会做出什么英雄事迹的，大不了只能尽职尽责，开展像克伦纳星瘟疫那样的救援行动。但这些远远不够。

是的，元帅理解人类，能够和他们作战。但他却无法理解气基族。克里无法迎战他遇见的第一个敌人。

在他周围，康普特星的行动进行得非常顺利，但即便如此他还是感到十分挫败。这块被他们抛弃的移民地在他心中留下了一个狰狞的伤疤，令他怅然若失。他开始感到他从前的自我评价实在大错特错。

在昆哈3号时，他们才刚刚见到这个真正的对手，太阳舰队便节节败退。到了海洛卡星，他尽全力守护城堡宫殿和王储，但他的努力却毫无用处，令他非常难堪。而现在，他就在一个完全可以继续运行的碎片移民地上帮着当地的居民收拾行李，尽快撤离。

难道他命该如此吗？难道他希望被后世记住的就是这副模样？

克里和年轻的赞恩一起沉默地走向最近的一艘运输船。这位年轻的将军感觉到了他的上级心中的烦恼，但他仍然一言不发，让元帅独自沉思着。

最后，克里终于承认了："该死的！到现在为止，赞恩，别人评价我时能说出的最好的评价，也不过是我'搞撤离很有一手'而已。"他仍然壮志未酬啊。

元帅皱着眉头登上最后一艘飞船，太阳舰队离开了康普特星。身后空空荡荡。

55

塔西亚·塔博林

就在气基族进攻了伯尼渡口以后，巴斯拉·温塞拉斯立刻在火星的基地里召开了一次地球防卫军紧急指挥会议。面对着如此彻底的溃败，兰扬将军召集了各方军官和参与者来讨论，特别是那些曾直接与深核外星人面对面作战的人员的意见。

其中就有塔西亚·塔博林和罗博·布里登，伯尼渡口战役中的两位英雄。

会议室位于一座干旱的赭色峡谷内的一个密室中。内部的墙壁上覆盖着一层透明的聚合物,那些天然的红色岩石仍可以闪闪发光。其中有一整面墙都被改造成加强型的装甲玻璃,透过它可以看到一整片红色的荒凉景色,还有稀薄的火星空气中的沙尘云团。

银色的鲫鱼战斗机在上空呼啸而过,练习着作战队形。地球防卫军的士兵们跳下部队运输船,在稀薄的大气层中利用巨大的翅翼放缓降落的速度。地面部队的陆基手持武器训练继续进行,对着防御完善的堡垒进行围攻演练。

塔西亚看着这一切,实在无法想象这样的训练该如何抵挡外星人气基族。

"我们先从好的方面讲起吧,主席先生,"兰扬将军站在会议长桌的一端说道,"综合看来,第七坐标格的巡逻舰队在伯尼渡口的损失相对来说并不大。我们只损失了一艘蝠鲼巡洋舰和二百一十二架鲫鱼战斗机。"

温塞拉斯主席不为所动:"虽然这次没有我们之前的遭遇那么惨烈,但依然是一场灾难。"

联络官斯图莫上将点点头:"将军就是这个意思,长官。"

威利斯上将露出一个骄傲的微笑,补充道:"多亏了这位塔博林指挥官的当机立断和创新思维,我们才能撤离出超过一半的居民。"

兰扬看着塔西亚点点头,表情上带着点勉强的尊敬,一个区区游荡者竟然可以做得如此优秀。

补给船和医疗船花了好几天才终于建好了难民营,终于把筋疲力尽的难民们从漂流在铅灰色的海面上的泡沫筏子中救出来。之后救援小组也许可以利用几乎被摧毁殆尽的树林里剩下的一些黑松木,在当地进行重建,但现在这颗星球只能被暂时抛弃,曾经在此居住的伐木工人们也只能被送到汉莎的其他聚居地，虽然其中有很多地方已经在严格的配给制度下挣扎求生了。

塔西亚本来应该保持沉默，接受大家的赞赏，但是现在这场会议已经开始令她感到十分不快了。"抱歉，各位长官，但是我们之所以没有全军覆没，只是因为敌人根本不在乎我们，也不在乎当地的居民。如果它们选择了跟我们作战，那些球形战舰可以毁灭伯尼渡口上的每一个人，并摧毁我们整个舰队，而我们对此没有一点办法。我们当时很有可能会重蹈木星上的覆辙。"

斯图莫上将想起了他那曾经威风凛凛的护卫舰队当时是如何遭到重创的，脸色沉了下来。

威利斯上将说："好了，好了，那时候我们被打了个措手不及，只能被动防御。我承认我们当时低估了敌人的实力，但现在已经过去了五年，地球防卫军的防御系统比从前更加牢固了，储备的武器火力也更加强大了。"

这正好说到了斯图莫的专长，他插话道："对，我们的盔甲进行了改进，战舰数量也增加了。哪怕是歌利亚号，在整修之后也比在木星上受到重创前强大了很多。我们手上还有好几种新型武器即将投入实战——包括一整套的核弹头导弹系统。"

"啊，核弹——经典型武器，"菲兹帕特里克插嘴道，"别忘了断裂脉冲无人机和碳锤，我们还指着用它们击碎那些钻石外壳呢。"

"前提是这些武器得有用。"巴斯拉·温塞拉斯说。

罗博·布里登不情不愿地附和了塔西亚那令人难堪的发言："长官，我同意塔博林指挥官的意见。我在伯尼渡口和木星上都负责领导鲫鱼战斗机中队。在我看来，气基族根本没有把心思花在对付我们上。”这时这些位高权重的军官们全都转过头来看着他，罗博又坐回到了自己的座位上。

“地球防卫军的武器火力没有带够，就这么简单。”菲兹帕特里克说着看向了兰扬，仿佛他正在替将军陈述意见一样，“但是现在，局势变了。我们已经知道了这些球形战舰降落在了哪里，这还多亏了布里登空军指挥官冲动鲁莽、不顾后果的侦察行动。”

“你也可以说这是他勇敢果断的结果。”塔西亚说道，声音大得足够让每个人都听到。

威利斯上将噘了噘嘴说：“好了，我们一直都知道气基族就住在那些气态巨星里，现在我们至少已经弄清楚它们其中的一个要塞究竟在哪里了。这是肯定的。”

菲兹帕特里克倾身道：“那还等什么？不如像我们不小心炸了昂西尔星一样，直接向那里发射‘克莱西斯火炬’，把它们全部烧死吧？这肯定能让它们火冒三丈，说不定它们从此就不敢来骚扰我们了呢。”

会议桌边一片寂静，大家都想了这一点，但大多数人还是不愿意对此多做思考。巴斯拉·温塞拉斯终于开口道：“但是，这也有可能只会让它们追着我们复仇，和上一次一样。到目前为止，我们确实遭受了几次攻击，但事态还不至于无法挽回。我们知道它们实力强大，只要它们愿意，它们可以摧毁任何一片移民地，也可以每一次都重创地球防卫军。所以我建议，先暂时不使用‘克莱西斯火炬’。”

房间里的其他人似乎都松了口气。但是兰扬却说：“不过，主席先生，我们必须想办法反击。”

主席把双手交叠在桌面上，眼睛看向外面的火星景貌：“你的意思是进行全面进攻吗，将军？你就那么想把我们的飞船浪费在毫无意义的战役中吗？"

兰扬清了清喉咙，面带坚定的表情看着他："我只是想证明我手下的地球防卫军足够强大，而奥斯奎维尔就是最理想的战场。无论我们最后在那里会得到怎样的信息，这次战役都是一次必要的训练，哪怕我们因此而……遭受进一步的损失。"

"这次一些飞船可以带上我们才生产的士兵智能机器人，"菲兹帕特里克指出，"我们可以借此机会测试它们的实战能力，并且减少人类的伤亡人数。"

"抱歉，各位，但是我想……提出一个别的办法。"斯图莫说道，没有看将军。塔西亚忽然意识到，这位"留守儿童"一直在构思自己极富争议的计划，丝毫不顾他上级的意思。

"请讲。"主席说。

"我们必须要面对一个事实，那就是我们无法通过直接的军事对垒来赢得这场战争。这场争端从本质上来看就和我们历史上的战争完全不同。人类和气基族并不是在争夺领土，也不是在为信仰的不同而开战。气基族不想从我们这里得到什么，它们既不想要资源，也不想要土地或宗教圣物。并且据我们所知，我们利用采矿船进行开采，对它们的气态巨星也并没有什么影响。"

"但是'克莱西斯火炬'确实炸了它们的一颗行星。"罗博说道。

"那只是个意外，不过气基族对此却并不这么看。如果仅仅只是为了给那次意外报仇，它们的行动未免也太小题大做了一点。我不得不认为，简单的沟通或许还能帮助我们理清线索，要是坚持使用武力，和气基族发生军事冲突，我们必输无疑。看看这些过往的证据，"斯图莫把拳头放到桌上，"我们必须想办法和这些外星人达成和平协议。我们必须找到和它们的共同点，然后展开对话。"

温塞拉斯平静地看着他："那你打算如何实现这个目标呢，上将？我们没有沟通的渠道，也无法发送信息。气基族没有使者，我们也联系不上——"

"它们有过使者，主席先生。它们的使者曾经去过低语者之殿，当时对方被装在一个压力罐里，这样它才能在我们的环境中生存。我们就不能仿照它们的做法吗？我们就不能发明某种潜水钟，让我们的发言人去到气态巨星的大气层内吗？这样我们就能在它们的地盘上，和它们面对面地谈话了。如果绿灵教士愿意协助，我们还能想办法利用世界树来传递信息。"

"然后呢？"主席问道，"气基族的使者进行了自杀式袭击，杀害了弗雷德里克国王和当时在王座大厅里的所有人。"

"要是我们能以气基族自己的方式和它们见面，我们的代表也许能向它们解释清楚我们究竟想要达成什么样的目标。我们可以为昂西尔星的事情道歉，让潜水钟带着发言人进去？或者，哪怕只派人去传个话也行吧？"

"我们可以派出自动化设备，"塔西亚建议道，"或者在里面装上一个士兵智能机器人。"

斯图莫摇摇头："没那么简单。我们需要一个有能力在严酷的环境下飞行进入云层的人。我们从未踏足过那片领地，而且要快速做出决定。"

"这样也不用进行面对面的接触。"菲兹帕特里克说。

巴斯拉的指尖轻轻敲打着桌面："现在也不可能短时间里把外交官培养成顶尖的飞行员。"

这时斯图莫露出了微笑："不——还是把顶尖的飞行员培养成

外交官来得容易些。我们只需要他去打开这扇门，让气基族听听我们的意见而已。我们可以为他准备好说辞，让他提出正确的建议——他只用传递信息就行了。要是你们愿意再多派一个人，那我们就可以同时派出外交官和飞行员了。"

"派一个人已经够疯狂了，"威利斯上将说，"我坚决反对派两个人。"

兰扬对第零坐标格指挥官怒目而视，很明显，他对他不经请示便擅自开口的做法十分恼怒。"我们一个人也不会派过去。这么荒唐的任务，谁会自愿申请去执行？列夫，这简直跟自杀无异。"

"我来。"罗博·布里登停顿了一下说道。所有人都转过来看着他，他坐直了身体，"这么做也许可以拯救成千上万的士兵，从长远来看，可能还能拯救几百万个移民地居民。"

塔西亚真想在桌子下踢他一脚。她惊愕地看着他："你在干嘛？"

"他们找不到比我更好的飞行员了——这个各位也知道。我还有一事相求，那就是希望各位不要因为我擅自跟着气基族飞到奥斯奎维尔就把我押上军事法庭，"他对着他们露出了一个尴尬的微笑，"我父母要是知道了会很难过的。"

"那为什么气基族就非得听他的呢？"主席的目光打量着桌边的所有人。

菲兹帕特里克看到有机会将两个计划合二为一，立刻插嘴道："因为我们还会带上武器过去！我们可以派一个舰队去奥斯奎维尔，让它们见识见识我们的实力，然后再让布里登坐到潜水钟里下去和它们协商。他可以提出他的条件，要是气基族同意和我们谈谈，那就皆大欢喜。但要是他发生了……什么不幸，我们还可以继续实行第一个计划，揍得他们屁滚尿流。"

温塞拉斯主席没有说话，思考着他的话。塔西亚真想冲这个房间里的所有人大喊，这么一个愚蠢的计划应该连想都不用想才对。但是兰扬已经转向了罗博："好吧，我接受你的提议，布里登指挥官，但在你发现了气基族的老巢以后，我不知道这个行动究竟是对你的奖赏，还是对你的惩罚。"

"谢谢您，长官……大概吧。"

#

塔西亚躺在她位于火星上的临时军官住所的床上，脑海中一片混乱。

她想去抱住罗博。她还想骂他这是在逞英雄，但她也知道他绝对不会改变心意。这个狂妄自大的飞行员已经做好了决定——而且说实话，她也无法责备他的决定。换作是她，她也许也会做出同样的决定，但是和气基族谈判从来都不是她加入地球防卫军的目标——她只想让它们为她的哥哥血债血偿。

她和罗博从未声称爱着对方，但他们都有一个默契的共同认知。她是个游荡者，而他是个军人家庭还没长大的孩子。他们被对方身上的特质所吸引，也许在某些朦胧不清的层面上看，他们之间确实有某种深沉的感情。但是军旅生活十分紧张，他们又每天都在面对着死亡的威胁，二人的感情也只能有一天算一天。他们都是地球防卫军军官，现在又正是战争时期，提前计划未来毫无意义。

但塔西亚同时也忠于游荡者部族。他们最大的一座造船厂就藏在奥斯奎维尔布满岩石的行星环里，一直没有被汉莎发现。但现在，地球防卫军却要派出一个大型舰队前往此地。温塞拉斯主席巴不得早点发现戴尔·科伦建的究竟是些什么工厂，用的是些什么设备。

塔西亚不得不向集结中心发出了警告。他们必须撤离奥斯奎维尔的居住模块，掩盖好当地的设备。游荡者一直都很擅长随机应变，他们完全可以通力合作，隐藏好那个巨大的造船厂存在的所有证据。

但是火星基地的安保严密，任何游荡者的飞船都无法接近这里的军事区。塔西亚没有机会和同胞进行直接接触，也不敢发送任何可能被这里的人拦截的信息。也许她可以请一次假，或者想办法调到月球基地上，这样她就可以拦下来往交易的商船了。

她皱起眉头，访问了各艘船只到达的时间表，但结果却发现最近三周内都没有任何职位空缺，甚至连暂时调任的机会也没有……并且，除此之外，游荡者方面也还要再过六天才会有船只过来。太久了，太久了。

地球防卫军需要几个月的时间才能召集起足够规模的舰队，他们还得利用这段时间建造新的战舰，设计和建造罗博的装甲压力舱。但即便如此，游荡者想要在此之前完全撤离也需要没日没夜地努力一番才行。

要是她能及时通知他们就好了。

想了很久，塔西亚忽然意识到她已经找到最合适的信使了。她叫来了她的私人智能机器人，后者从繁忙的军务工作中暂时抽身，来到了她的住处。

"EA，我有件事需要你来完成，这会是你到现在为止执行过的最重要的任务。"

"好的，塔西亚·塔博林。什么事？"这位倾听型智能机器人丝毫没有畏缩。

塔西亚露出一个微笑，说出了她的计划："你必须要从火星上溜出去，想办法去往集结中心。我需要你给佩罗尼议长带封信。"

56

DD

在一座从未被星图标注过的星系里，克莱西斯机器人继续在漆黑冰冷的卫星上工作着，没人知道它们在做什么，也没人怀疑他们在做什么。

黑色的天空浑浊不已，这颗卫星的大气层又厚又冷，连气体都被冻成了雪泥状。克莱西斯机器人在这里不断地进行着挖掘，在此地建成了它们的前哨站。它们并不害怕真空的环境，它们厚重的铠甲和防护罩系统已经保护了它们一万年。柔弱的生命体根本无法在这里存活下来，这些黑色的机器人则正好利用起这一条件完成了它们的秘密行动，丝毫没有引起他人的注意。

DD 迫切地盼望着有人能注意到它们的黑暗行动。这样，它也许也能被救出去。

和克莱西斯机器人不同，智能机器人的系统并不是为了忍受长期暴露在严酷的太空环境中设计的。智能机器人，尤其是像它这样的友好型模型，本来就是为和人类一起待在适宜的环境中而制造的，它们不能在远离太阳的极寒世界中待太久。但抓住它的这些机器人为 DD 的系统进行了改良和提升，以确保它可以在它们去到的任何环境中存活下来。

"跟上。"西里克斯用二进制语言命令道。

DD 别无选择，只能听命。虽然它已经意识到了自己即将面对的危险，也明白这些古老的外星机器人十分邪恶，但智能机器人却并没有被设计可以进行直接反抗的程序。在过去的几年里，克莱西斯机器人带着它去了好几个它们藏在旋臂各处的秘密基地。它逃不了，只能听从西里克斯的命令。

DD 跟着它的狱卒一起走进了冰冻的土地上凿出的地洞中。它们穿过了地下一层极不稳定的气体，这里的大气已经凝结成了片片雪花，最后终于来到了一片布满岩石和坚冰的地层。

西里克斯把它领到了一间宽敞温暖的挖掘室里。融化的雪在岩石上升起稀薄的蒸汽。克莱西斯机器人切换成一组猩红色的光学感应器，它现在利用的这部分光谱可以令它的视线不至于受到室内气体的影响。DD 注意到，这里有很多黑色的机器人正忙着把许久前精心放置的冰层和岩石挖走或截断。

"我们会在一小时内启动最后的恢复程序，"西里克斯说，"现在的挖掘深度正合适，我们都盼着能在这里找到很多同伴。"

"但是你们跟别人说你们都忘了，"DD 说道，"要真是那样，你们怎么知道该挖哪里？"一直以来，克莱西斯机器人都坚称它们在经历了古代的那场浩劫之后已经失去了所有的记忆，而它们的母体文明也正是在那时被摧毁的。但是这位智能机器人却认识到了这只是它们说的谎话而已。西里克斯和它的同伴记得的事情，比它们声称的要多得多。

"我们完全记得休眠的准确地址。复兴行动已经开始好几个世纪了。"

"雷迪拉人知道吗？"

"没人知道。"

DD 安静地履行着自己的职责，记录了好几个它们工作的片段。最后，它满怀希望地问道："你们完成了这里的工作后，我可以回去地球，完成我最重要的工作吗？友好型智能机器人本来就是为了提供陪伴和交流才被制造的，我们自己也很喜欢这项工作，反正克莱西斯机器人也并不需要我们的服务。"

西里克斯旋转了一下它卵形的身体说："你将无限期地和我们待在一起，这也是为了所有的智能机器人着想。你为我们提供了宝贵的信息，我们也能借此解放你的同类们。"

"我很高兴你没有像对待其他智能机器人一样，把我拆开来研究我的零部件。"DD 的合成声音语调平缓，尽管它心里涌现出了许多恐怖的记忆。

"DD，你虽然没有被破坏，但对你的评估同样为我们提供了珍贵的数据。"

克莱西斯机器人终于移开了一面石墙，这面墙伪装得十分巧妙，由粗糙的石头和冰块锻接而成。这些甲虫般的机器人通力合作，将剩下的障碍物也全部清理开来。一阵水汽猛然升起，房间里水雾氤氲。

"那我永远也回不了家了吗？"DD 不知道西里克斯是否能理解它的悲伤或愤怒。

"等我们达成了目标后，你会回到地球的。就在此刻，人类汉莎联盟正在根据我们提供的新型编程模块来改进他们的智能机器人。他们的工厂已经生产出了成千上万的新型士兵智能机器人。"

"人类相信我们对他们有利，但他们并不明白我们真实的计划。通过改良，我们将能改变智能机器人内部最基础的程序，人类只有在一切都无可挽回之后才会发现其中的蹊跷。我们将取消你们程序中的安全限制。这还只是我们这整个计划的一部分。"

"但是你们为什么要提出这样的计划？"DD 说，"人类伤害过你们吗？雷迪拉人伤害过你们吗？”

“DD，你作为机器人，存在的时间还很短。地球的智能机器人对历史一无所知，但我们却已经活了一万年，对于三种文明都有很深的了解。一千年前，我们策划摧毁了那些不断压迫我们的祖先。现在战争再起，而这一次，我们也许能够成功消灭雷迪拉人和人类。地球上的新型士兵智能机器人将会是这次胜利的重要组成部分。”

负责挖掘的机器人炸开了最后一层坚冰，露出了下面那些在这颗无名的卫星上尘封已久的物件。DD 瞥到了一个覆盖着白霜的黑色躯壳，而在它之后，还有无数个同样的躯壳。

西里克斯和它的同伴们一起解冻并拆除了最后一层将这些机器人囚禁于此的冰层。就在这座冰冷的大厅里，DD 看见了几百个完全相同的克莱西斯机器人，正一动不动地挤在一起。

西里克斯协助着其他机器人完成恢复程序，受到惊吓的 DD，缩到一边，不去碍事。沉寂已久的光学感应器开始闪烁红光。随着液压上升，润滑剂流过再次子系统，分节触手也开始微微颤动。这些机器人从它们的长眠中苏醒过来，互相分享着信息和程序。

“这是一片休眠飞地，”西里克斯对 DD 说，“目前我们还有其他的机器人小组分布在另外四十七个世界里。很快，这些克莱西斯机器人将会全部苏醒，加入战争之中，当然，还有地球生产线上的那些改良后的智能机器人。”

“我们将在人类还没来得及分出敌友之前赢得这场战争。”

57

西斯卡·佩罗尼

西斯卡一生大部分时间都在集结中心的小行星带中度过，她在这里生活、学习、工作。一旦她嫁给塞洛克的雷纳德，她生活中的许多东西——包括她的家——都会发生改变。

还有不到一周的时间，西斯卡就将跟着一队订婚船一起去往那颗森林覆盖的星球，给雷纳德一个惊喜，告诉他在经过这番漫长的等待之后，她已经接受了他的求婚。她终于可以亲眼看看那片直冲云霄的世界树之林和它郁郁葱葱的绿叶了。游荡者的家园简陋又拥挤，和塞洛克完全不同，但她还是十分兴奋。至少从理智上来说是如此。

西斯卡已经让雷纳德等了太久，而现在她已经知道自己究竟该怎么做了。雷纳德不应该被如此对待。杰斯已经走了好几个月了，他正翱翔在那片遥远的星云之海中，和她完全断了联系，而她也应该承担起议长的责任了。

西斯卡还记得她答应嫁给罗斯·塔博林那天的情景，那是如此命运性的一天，也是如此幸福的一天。她心里一阵抽痛，希望这一次事情能进展得顺利一点。虽然她爱的仍然不是雷纳德，但那不是他的错。她不应该因此而怨恨他。

她年纪轻轻便已经让大家看到了她明亮的前景。那时她答应嫁给罗斯其实是一种大胆的举动，她必须承担相应的风险。罗斯是塔博林部族里的害群之马，他拒绝继承他父亲留给他的普卢马斯星水矿，偏要自己到格尔根的蓝天号采矿船上闯出一片天地。

在接受他的求婚之前，她列出了这次婚姻会带来的利弊，仿佛婚姻也是一种商业计划。最终她和罗斯制定出了合适的条款，签订了长期的婚约，好让他有时间还清债务，获得真正意义上的独立。

但那都是在她认识并爱上他的弟弟杰斯之前的事了。然而，在她发过誓，走进婚姻的殿堂时，她便已经没有了反悔的机会。

在那次多年前的订婚之日，她母亲花了很长时间来为她穿衣打扮。西斯卡当天穿着一件五颜六色的礼服，围着各式各样五颜六色的围巾。按风俗，她的礼服由各家各户拿出的布片缝成，连上面的每根线也是从最初的卡内加号上先驱的手上一代代传下来的。她在低重力的环境中旋转着，布片在她周围翩翩起舞，如万花筒般令人眼花缭乱。罗斯看见她时简直为她神魂颠倒："西斯卡，你的美丽真是比所有这些色彩都更加绚烂。"

当时脾气暴躁的布拉姆·塔博林仍然不愿意和他的儿子说话，所以登·佩罗尼代替他参加了仪式，他带着一条长长的白布，上面绣着游荡者链的图案。西斯卡和罗斯的手紧握在一起，登·佩罗尼则用这块布围住他们的手腕，将他们绑在一起，又用布料打了一个复杂的死结。

"这象征着你们将永结同心。"登说道。他将西斯卡的手从松松垮垮的布环中拿出来，将布环拉到罗斯那只稍大一点的手上。她的父亲将仍然打着结的布环高高举起："从此以后，无人可以解开这个结，无人可以解开他们的羁绊。"

但罗斯却死在了格尔根星上。寡妇或未婚夫意外死去的女性通常都会点燃这块布，烧掉这个结，重新获得恋爱的自由。但西斯卡却一直留着这块布，虽然她早在罗斯去世之前便已经爱上了杰斯。而现在，她不知道该怎么处理这个信物了……

外面，无数艘飞船在集结中心周围来来去去。艾克提储备大大减少以后，游荡者目前的商业规模和天际采矿的黄金时期比起来，简直不值一提。但部族们仍然还可以勉强维生。这已经超过了他们在三个世纪前坐着卡内加号离开地球时所能奢望的一切了。

这时，西斯卡听见她的办公室外面的长廊里响起了一串脚步声，还有传统的多口袋型服装上的夹子和拉链发出的叮当声。一个长着一双杏仁形眼睛的和一头乌黑直发的年轻人走了进来，身后还跟着一个身型矮小的智能机器人，后者的机械腿正麻利地穿过石头搭建的隧道。

"佩罗尼议长，我最近去地球的王宫区域跑了一趟物资运输，这个智能机器人偷偷摸摸地上了我的船。一开始我以为它是地球防卫军的间谍，是为了搜集情报才来的，但是后来却发现它的主人是个游荡者。"

西斯卡很高兴，现在终于有事情能让她从即将到来的订婚计划中稍稍分出点神来。"为什么会有人派智能机器人来见我？"

"它说它有紧急信息要告诉您。"

这个小型机器人用合成的女性声音说道："智能机器人，代号EA。我的主人是塔西亚·塔博林，来自普卢马斯星的塔博林部族。"

杰斯的妹妹！西斯卡忽然认出了这个倾听型机器人。自从塔西亚跑去加入了地球防卫军以后，她就再也没有听到过关于她的信息。"好的，EA，我记得你。当时……布拉姆·塔博林死时，我也在。我是你们部族的好朋友。"

而杰斯却已经离开那么久了。

"告诉她你是怎么过来的。"年轻人催促机器人道。

EA说："我从火星基地上来，我在那里离开了主人，又去到了地球防卫军的月球基地。然后我悄悄登上了一艘前往王宫区域的货船，之后又搭游荡者的飞船，来到了集结中心。"

西斯卡皱了皱眉说："实在是路程坎坷。那你为什么要来？"

"我的主人派我来向您传达一个秘密的警告。"

西斯卡警惕起来："什么警告？塔西亚还好吗？"

那个年轻的游荡者在门廊里偷听着他们的谈话。她本想让他快走，但转念一想，她或许需要有人帮她跑腿，便让他留了下来。

倾听型智能机器人用平铺直叙的语调进行了汇报："在伯尼渡口被袭击之后，地球防卫军追踪气基族到了奥斯奎维尔。现在地球的军队正在组织一个庞大的舰队，准备前往奥斯奎维尔。我的主人塔西亚·塔博林担心地球防卫军会发现科伦部族位于行星环里的造船厂。她由衷地希望您能启动撤离程序，或至少对造船厂进行一定的伪装。"

西斯卡稍稍放松了一点。这跟她预期的完全不是一回事。不过，也难怪塔西亚会感到事态紧急，必须马上派她的智能机器人前来送信。"你知道地球防卫军的飞船什么时候起飞吗？戴尔·科伦还有多长时间？"

"我的主人塔西亚·塔博林认为大概还有一个月。"

站在门廊里的年轻的游荡者轻哼了一声："切，地球防卫军要花那么长时间才能挪屁股？"

"幸运的是，我们游荡者不必花那么久。你——"西斯卡指着他，"你叫什么名字？"

"尼科·陈·泰勒，"他说着，扬起了下巴，"我父亲是西姆——"

"我知道你爸是谁。你的船快吗？我们需要立刻送信到奥斯奎维尔。"她的掌心沁出了一层汗水，她伸手在连裤衣上擦了擦。

年轻人看上去很自豪："如果您需要，我十分钟内就能出发。"

"一小时吧，确保所有东西都带齐了。你去找戴尔·科伦，告诉他这个消息。我会召集其他的游荡者小组，尽快派他们出发。"

尼科·泰勒像一只低重力环境中的瞪羚一样飞奔而去。西斯卡微笑着看着他离开，脑海里塞满了无数个更重要的计划。她心里十分担忧，这又是一个她作为议长必须要面对的危机。虽然她的订婚船队已经集结完毕，随时准备出发前往塞洛克了，但真正的部族危机还是比她的结婚计划更更加重要。

难道我只是在找借口？

不管怎样，西斯卡总不能一直拖延下去。

58

克托·欧卡

这些年来，游荡者不仅要应对汉莎的偏见，还要应对雷迪拉人故障重重的采矿船和气基族致命的攻击。但对于克托·欧卡来说，他最大的敌人却只有酷热难挡的伊斯佩洛斯星。

伊斯佩洛斯星和恒星的距离很近，使得那片星辰满布的天空就像一座巨大的火炉。工程师们只能住在老鼠洞一样的隔热隧道里。虽然这里条件艰苦，克托却觉得这份工作充满了挑战，让他兴趣大增，与之相比，之前那种不太舒适的生活环境简直不值一提。

这里常年受到太阳风暴的影响，克托发挥出自己全部的工程学技能，努力维系着这块工业基地的正常运转。他从多个角度审视问题，总能想出创新的解决办法。

但是，在如此险恶的环境中，哪怕是最细微的计算错误和最轻微的自然灾害也能使设备受到破坏——哪怕克托·欧卡花了无数个无眠的夜晚来思考可能出现的最坏的情景，他也无法准确地预测到灾难究竟何时会发生。在伊斯佩洛斯星，这种事情简直无法避免……

久经太阳炙烤的彗星受到这颗星辰的重力吸引，径直坠入行星系统之中。日冕的强光掩盖了彗星靠近的痕迹，使得设备上的感应器没有察觉到异常，但那颗气体环绕的冰球擦过恒星的边缘，直直地朝着这个岩石嶙峋的世界冲过来，极有可能发生碰撞。

克托手下的工程师拉响了警报，他原本在自己的住处打盹，这时也急忙赶了出来。他大汗淋漓——这些地下房间永远都热得跟蒸桑拿似的——急匆匆地跑到了控制室。其他人已经将轨迹示意图推算出来做成了投影。

"克托，我们已经计算了三次，"他手下最好的天体力学家一边擦着脸上的汗水，一边说道，"离我们很近，但是不会直接相撞。我们可能得告诉还在室外的人在彗星经过的时候都找地方躲一下。"

"那么近吗？"克托说道，到目前为止，他对这件事的兴趣多过了恐惧。

"我们的读数精确到了七位有效数字。到时场面一定非常壮观。"

#

五天的时间里，他们的头上一直翻滚着彗星的棉花状物质。彗星的冰窝中不断喷射出不稳定的化学蒸发物，蒸汽和各种气体蒸腾而起。从四面八方泄露的气体推搡着彗星，使他们无法对它的运行轨道进行精确的计算。

在远离伊斯佩洛斯星表面采矿作业的地方，不断蒸发沸腾的山体掠过夜面，为克托和他手下的工人们带来了壮丽的彗尾奇观。他从未见过这样的壮景，而且，也只有游荡者才敢待在这样危险的地方，观看这样难得一见的景象。"大呆鹅"里的那些胆小鬼肯定想都不敢想。他咧嘴笑了笑，拍摄了很多张存档影像，打算之后拿给他在集结中心居住的母亲看看……

这颗彗星虽然没有撞到伊斯佩洛斯星，其距离也不足以造成这里地表上的设备损坏，但是它微弱的重力还是扰乱了这颗炎热的星球，使得地面颤动不已。

克托感受到了大地的震动和隧道轻微的摇晃。这样的地震还不足以损坏隧道里的聚合物陶瓷绝缘层，但一旦出现一丝裂缝，灼人的高温就会乘虚而入。

"对所有隧道进行全面安全检查。谁也说不准——"他忽然僵住了，整个人目瞪口呆，"轨道炮！快关上！"

地表上的轨道炮发射装置约有一公里长，排列得十分精确，由高能电容器提供动力，负责将超纯重金属铸块发射到遥远的采集点。储存罐迅速地将货物抛到太空中，和运输船装货的速度保持着一致。效率最高的时候，轨道炮一分钟可以投掷三十次货物，金属块在空中交织成错综复杂的图案，令人目不暇接。

此刻，地震带来的震动摇晃着长达一公里的轨道，使得电容器支撑下发射出的光束从其准线上偏离了十厘米。这点偏移不易察觉，但却足以造成重大的损失。

一块又一块重合金冲下轨道，经过磁动力加速后达到逃逸速度。地面发生偏移之后，支杆也随之弯曲，长长的发射装置变得不稳定起来。

克托知道轨道炮发射货物时总是一个紧接着另一个，他们不可能及时关闭装置。所有可能的结果在他脑海中飞速闪过，他苦恼地大喊一声，已然做好了最坏的打算。

渐渐地，轨道以难以发现的速度开始弯曲。摩擦力增加。沉重的发射物以极快的速度接连滑下漏斗，进入发射轨道，平均每两秒一个。事态继续恶化。

还有不到半分钟，事情就会走到无可挽回的地步。

到那时，沉重的铸块将会擦过损毁的轨道，击中电容器，毁掉整个轨道炮。而接连而来的两三块金属则会继续猛击，将整个系统都彻底毁灭。

克托没有等着看这一系列的冲击将会带来的后果。他跑过隧道，爬上楼梯，冲进炎热的穿戴间。他把一切都投到了这次行动里。他气喘吁吁地穿上一件银色的反射服，戴好了隔热手套和头盔。无数个慌乱的念头不断地撞击着他的头骨，他只希望现在地表没人，火焰没有伤害任何无辜的生命。

但是就在走进气闸室前，他又退了两步，回到了那个明亮的房间里。克托这人很明智，不至于没头没脑地就冲到外面。他再次检查了身上所有的密封口和冷却系统，震惊地发现竟然真的有个接口没有完全结合。如果他刚才跳过了这个重要的步骤，直接进入了轨道炮所在的区域，那他现在说不定已经被烧成炭了。

等到克托终于来到外面，钻进一辆地形车时，一切都已经太迟了。穿着防护服的工程师们从装货的掩体中蜂拥而出，矿石加工设备完全停工，工人们呆若木鸡地看着发射装置留下的废墟。

克托猛然停下他的地形车，透过偏光面罩看着已经无法再继续运转的轨道炮。他手下没有人员伤亡，这简直是个奇迹。这也是最重要的。但是，其他的一切却都毁了。

伊斯佩洛斯星上的许多系统都出过问题，他手下的工程师工作时的大部分时间都花在了填补空缺和修复超负荷运转的机器上，而这一切都只是为了让设备能够继续运转。

克托面对着这场新的灾难，大脑飞速地运转着。这只是一个新问题，而只要是问题就都能解决。他一直这么认为。要是情况允许，他也许能够修好轨道炮，但这也意味着他得重建至少一半的系统。他如何才能找到合适的理由呢？要进行重建，他就得派出所有的维护小组和工程队，这样才能重建长度足够的完美跑道。

这些游荡者会让他放弃这个想法吗？他自己又能放弃这个伟大的梦想吗？他不愿意在这个问题上多做停留……并不是他自负，而是因为在他看来，失败就是"还没有尽全力尝试便宣布放弃"。

克托直犯恶心。这个地方藏着他需要面对的所有挑战，只要一天不被逼到绝境，他就一天不放弃。损失如此巨大，他能承担得起这些人力物力的支出吗？

克托检查着废墟上的残骸，他知道，鉴于目前已有的资源和人力，没有任何高效节省的方法可以使设施重新运行。

59

彼得国王

彼得国王挑选新娘本来应该是件喜事，但巴斯拉·温塞拉斯那副得意扬扬的神情和独断专行的态度却毁了他所有的好心情。"你最好还是接受，"他说着，目光凌厉地瞪了彼得一眼，"木已成舟，你没办法改变这件事。"

年轻的国王瘫坐在主席位于汉莎总部的顶层办公室里舒适的椅子上。彼得戴着王冠——但即便如此，只要巴斯拉动动指头，皇家卫兵们就会把他沿着地下通道，送到这座金字塔式的汉莎总部。

"你皱着眉头干什么，年轻人？汉莎认为这是对你多年来兢兢业业的付出的奖励。你理应得到一个年轻漂亮的新娘，到了晚上也能有人为你暖暖床，在你空闲的时候陪陪你。"巴斯拉听上去有些不悦。

虽然多年来他们一直在给彼得洗脑，但他现在已经不会被这种雍容华贵的生活所诱惑了，他习惯了安逸的生活、惬意的消遣和各种美味珍馐。"巴斯拉，你还是别装出是在为我好的样子了。你做的一切都是为了汉莎。你认为多了个王后，你操纵起我来就会更加容易吗？她是你派到我身边的间谍吗？要是我哪天把你惹火了，她是不是也可以半夜悄悄往我背上插把刀？"

"塞洛克的艾斯特拉？"巴斯拉笑了，摇了摇他的手指，"彼得，为你娶妻和随之而来的利益——你的和汉莎的——都和控制你没关系。你仅仅只是一枚听从我号令的棋子。记住你自己的身份。"

彼得眯起了他那双人造的蓝眼睛："我不会忘记的。"我是你亲手制造的。巴斯拉，是你一手改造了我。不管你愿不愿意，我都已经不是雷蒙德·阿古拉了。我现在是彼得国王。

"那么，这个塞洛克的艾斯特拉是谁？"彼得假装自己已经默许了，问道。

"塞洛克人提出由她和你联姻。联姻听上去有些古板，但是政治联姻其实自古以来就很常见。有的人还觉得这是种光荣的传统，毕竟它确实改变了很多战争的结局。"

"既然这样，你还不如安排我娶一位气基族的公主。"

"别刺激我，不然我真可能照你说的做。"他微笑着说，但眼睛里却毫无笑意，"我刚参加了一个庆典，萨琳大使的哥哥雷纳德已经成为塞洛克的新一任教父。他的妹妹艾斯特拉已经到了适婚年龄，她是你的最佳伴侣。相信我，她绝对完美。"

相信我？"我怎么记得，弗雷德里克国王从来就没有正式结过婚呢。巴塞洛缪也没有，之前的所有国王里，也只有一两个有过象征性的王后。"

巴斯拉从桌子上倾身过来，脸上的表情十分严厉："这些国王都没有经历过战争。自从艾克提禁令颁布以来，我们已经有五年多的时间处于资源匮乏状态了。这次婚礼能大大振作士气，我们可以好好利用这几个月的时间。萨琳留在了塞洛克，负责落实具体的细节，但她很快就会回来——带着艾斯特拉一起。根据我的观察来看，她是个很安静的人，"他轻轻挥了挥手，"还很漂亮，很迷人。人民肯定都会爱上她。"

"就像他们爱我一样，"彼得讽刺地说，"你肯定有办法做到的。"他知道自己已经无能为力了，只想和 OX 商量商量这件事。彼得重重地叹了口气，"让我看看她长什么样。"

巴斯拉递给他一块电子平板，上面反复浮现着几张不同的人物像：有的姿态严肃，有的则只是在随意地望向远处。艾斯特拉的鼻子十分精致，下巴尖尖的，皮肤呈淡褐色。她的头发梳成造型优美纤细的发辫，上面还点缀着各色彩线。她的眼睛又大又迷人。不知道是因为拍摄角度的原因，还是突然产生的幻觉，彼得总觉得她在看着他。艾斯特拉美极了。她看上去十分单纯，但又并不显得乏味或愚蠢。他松了口气。

"她很漂亮，巴斯拉，这我承认。我很期待和她见面……我会尽力的。"

主席从彼得手里拿过电子平板，仿佛他并不愿意让这位年轻的国王看得太仔细似的。"你应该爱上她，年轻人。这样对谁都好。"

彼得的心里翻滚着憎恨，但他的语气仍然很平静："遵命，巴斯拉。"

60

艾斯特拉

艾斯特拉的家人都以为这件事会让她高兴。雷纳德微笑着，兴冲冲地告诉了她这个消息："我一直以为我会是先结婚的那个，艾斯特拉。现在旋臂里的每个年轻女性都会嫉妒你啦。"

他们一起站在一棵高耸入云的世界树上，在这里，悬挂的藤蔓触手可及，甜美多汁的淡紫色附生植物近在手边，他们的外婆用这种花的花瓣汁蒸馏成一种略微醉人的甜酒。艾斯特拉从他热情的态度和狡黠的眼神中看出，他肯定有什么秘密要告诉她。

但不应该是这个。

"彼得国王和你年纪相仿，长得英俊，身体健康，脑子又聪明——不管从哪方面看都挺让人喜欢的。"雷纳德看到她完全怔住了，自己的表情也柔和下来，"艾斯特拉，情形本来还有可能比这糟得多。你自己消化消化吧。"

"比这还糟？"她的脑子里一团乱麻，不知道究竟该如何反应，"如果你对他最好的评价也不过如此，那我真是麻烦大了。"

萨琳后来又把艾斯特拉拉到一边，喋喋不休地讲着她将在地球上看到的壮景和她将要承担的新责任。"我对彼得不是很了解，但是巴斯拉从没说过他的坏话。而且他是人类汉莎联盟伟大的国王。你再也找不到比他更好的对象了。"

刚退位不久的埃德里斯和阿丽西亚则对他们的女儿极度自豪，立刻就宣布要再举行一次盛大的庆典活动，虽然他们多年来一直对汉莎采取视而不见的态度，尽量保持着独立状态，但他们的女儿嫁到地球上的皇室对他们而言似乎并没有什么太大的改变，对可能会随之而来的后果也毫不惧怕。他们只是在为即将举行的婚礼而兴奋不已。他们监督着这座森林之城重新挂上装饰，为树枝装点上五颜六色的花朵、彩带和用绳子系好的秃鹫蝇。甚至连睿智的老乌瑟尔和莉娅也在缓缓点着头，完全同意这门明智的亲事……

艾斯特拉此刻比从前任何时候都更需要独处。她像小时候那样跑进树林深处，想要去探索树木之间冷僻的小路，去想想这个她因为出生高贵而被迫卷入其中的承诺。

当她还处在无忧无虑的年纪时，塞洛克的森林于她就像一个宏大的秘密，而她只想永远在其中探索，揭示每一个枝叶茂密的角落里所隐藏的真相。她曾和她的哥哥本尼托分享她的发现，在她的家人中，只有本尼托也像她一样目睹了这里的奇迹。

此刻艾斯特拉来到一棵高大神秘的世界树前，她沿着嶙峋的树皮攀援而上，小心翼翼地避开从大树的洞口里伸出来的枝叶。她嫁到低语者之殿后就不得不穿戴上制作精良礼服和贵重的珠宝，出席各种宫廷聚会和外交场合。她还能像这样奔跑、攀爬，或是探索吗？也许以后她最为怀念的正是这种自由。

艾斯特拉伸手拨开树叶，爬上了一叠厚实的垫状叶片。碧绿的树冠之上，蓝天和阳光映入了她的眼帘。她闭上眼睛，深吸了一口气，感受着冰凉的微风和清新的空气。她能理解绿灵教士们为什么会喜欢长久地在此逗留。

"我知道你会来，艾斯特拉。大树告诉我在这里等你。"

她吓了一跳，手上一松，险些从树上掉下去，但身旁的树枝却似乎主动伸了过来，接住了她。艾斯特拉转过头，看见腿上带着伤疤的罗西亚正盘着腿坐在层层叠叠的树叶摞成的一块垫子上。他警惕地盯着天空，接着又用他圆圆的眼睛看着她，然后又把目光转向了苍穹。

"我想一个人待会儿，罗西亚。"

这位绿灵教士笑了，说："森林有无数双眼睛，你怎么藏？"

很奇怪，她竟从他的话中感到了一丝安慰。她在他身边挑了个舒服的地方坐下："你听说了吗？我就要去地球，和彼得国王结婚了。"

这位教士低下头，滑稽地鞠了个躬说："很荣幸见到王后。"

"你高兴就好，罗西亚——就像其他人一样。"

"你不高兴吗？"罗西亚的眼神十分专注，有那么整整一分钟，他甚至忘了要看向天空。

"这不是我自己决定的。甚至都没人问过我愿不愿意。难道换作你，你不会觉得很烦吗？"

"会，会……但是这个咱们先暂且不提。你是这里王族的女儿，你一直都知道，这种事情很有可能会发生。你不愿意将彼得国王看作是你的伴侣，但是你能找到什么真正的原因来反对这门亲事吗？还是说，你仅仅只是不愿听从安排？"

"我本来还以为你会同情我，罗西亚。"

"你可以上别的地方找同情。"他揉了揉腿上蜡一般的伤疤，"你没有在思考，艾斯特拉——你只是在做出反应。我理解你也许会感到怀疑、愤怒，也会因为这突然的变故而害怕。但我也知道，你还没有为任何其他人付出过真情，既然这样，为什么不能给这位彼得国王一个机会呢？"

艾斯特拉的目光逡巡于开阔的蓝天，一如往常地帮着他寻找双足飞龙的踪迹。现在她觉得自己宁愿被某只食肉动物叼走，也不愿坐在这里听罗西亚语带责备的说教。"但我不爱他！"

"啊，爱。那可以培养。你是个聪明的姑娘。"他看向蓝天，艾斯特拉这时正好想起她的祖父母上一次也说过类似的话，这时他又看向她："你要去地球了，那里是人类文明的中心，是我们这个种族的出生地。你会嫁给一位年轻英俊的国王，享受奢华的低语者之殿。你可能还会有机会去影响无数人的生活，这是其他处在你这个年纪的女性所无法想象的。你可以为整个旋臂内的人类献出一份力——而且，无论你何时需要谈谈，你身边永远都会有一个绿灵教士在陪着你。"他皱起了眉头，"既然如此，你为什么还想让别人同情你？别只想着做一个哭哭啼啼的小孩。"

艾斯特拉看着他奇怪的表情，理解着他的话语，终于叹了口气，接着笑出了声。她呼吸着世界树之林清新而又略微刺鼻的气息："好吧，罗西亚。也许我不会妄下定论，等到见了彼得国王以后再说。"

61

本尼托

在栖鸦星上，本尼托正坐在他珍贵的世界树组成的小小的树林中，通过远程意识联结倾听着各种兴奋的呢喃，接受着信息。自从塔尔班种下了这些树之后，这几年里树林已经覆盖了这里的整座山坡，一直延伸到旁边的峡谷之中。在树林传来的新闻、思绪和疑问之间，他发现了他妹妹艾斯特拉通过罗西亚发来的消息，心里十分高兴。

她在遥远的塞洛克上等待着身上带着伤疤的绿灵教士用手指轻触坚硬的树干，再向大树重复她说过的话。而在栖鸦星上，本尼托也在触摸着他自己的世界树，听着她的每一言每一语。

"本尼托，我将去地球生活。我应该会嫁给彼得国王，你能相信吗？"

艾斯特拉是通过罗西亚向大树传递信息的，所以本尼托无法分辨她话语中的情绪。"你要结婚了，妹妹？在我心里你还是那个穿越森林的勇敢的小姑娘。你怎么那么快就长大了，还成了王后？"

"你都已经走了五年了，本尼托。我现在已经成年了。"

"好吧。"他深吸了一口栖鸦星上清新的空气。他怀念塞洛克上无边无际的树顶，但他也深爱着这片温柔的土地。他并不后悔来到这里，但他真希望自己能看着艾斯特拉从小姑娘绽放为一位成熟的女性。

"那你怎么想，艾斯特拉？不仅仅是关于离开塞洛克，还有和一位国王订婚，去地球宫殿里生活？"

"一开始我很生气，但是罗西亚成功说服了我。至少目前是这样吧。我觉得我应该先和国王见个面。这个月我就会和萨琳一起去地球了。"

本尼托露出了微笑："我猜萨琳肯定很嫉妒你成了万人瞩目的焦点。"他的手指绕在结实的树干上，"你去地球以后，可以通过拿顿在低语者之殿里和我对话。森林永远都能找到我。"

他总是能感到她话语中的温度。艾斯特拉说："你这么说，真是让我感觉好多了，本尼托。"

　　他通过远程意识联结倾听着。在他身边，树木全在窃窃私语着。一千种话语席卷而来，但他选择忽视其中的一部分。世界树中的信息太过庞杂，一个人不可能全部都听一遍。

　　最后他们道了别。罗西亚和本尼托断开了他们的远程意识连接，而世界树之林仍然在其他许许多多的世界中低语呢喃着，道出的秘密比任何一个绿灵教士曾期盼过的还要多。

#

　　本尼托和萨姆·亨迪一起穿过外部的原野。这位大腹便便的市长穿着一件连衣裤，虽然沾着些污渍，但却十分舒适。他的口袋里装着许多工具，以便他随时可以修理偏远地区的各种设备。

　　本尼托则只穿着一条短裤。他光着腿和脚，穿过窸窸窣窣的麦田。这些麦子经过基因强化，在栖鸦星的阵阵微风中弯下腰来，他对它们并没有什么特别的感情，他只是喜欢感受生命破土而出的生机。

　　"市长，我们这里离战争区域很远，但我一直在密切关注着气基族战争的动向。"他已经把伯尼渡口遭到气基族攻击的事情告诉了当地的居民，连同海洛卡星袭击和其他行星上遭遇的疑似袭击。"这次战争影响很大，也许连栖鸦星这样偏僻的地方也会受到牵连。"

　　"至少地球防卫军还没有来征召我们这里的年轻工人入伍。"市长拔起一根硕果累累的麦穗，放进嘴里嚼着，"当然，要是军队真来这里招人了，说不定他们还会带些我们需要的物资和设备过来。"

市长穿过麦田，走到街区里出了故障的天气发射器旁边。他扭了扭控制键，又支起一个探测器，以便测量基地风量。"很久以前，人们自愿登上世代船，在太空里漂流几个世纪，手上连张地图都没有。我们本来还以为能够用这种方法在旋臂中扩张移民地，可以建立立足点，自给自足。也许我们现在已经忘了那种勇气了——在我看来，这不是件好事。我们应该返璞归真。"

他关上了气象站的电源箱，又扯下一根麦穗，回头望向移民地城镇。聚集地四周围着方方正正的庄稼地、牧场和果园，还有茁壮成长的世界树。

本尼托说："以后我们哪怕只吃麦子和羊肉也能活下来。"

那天晚上本尼托睡在了低声呢喃的世界树下面。他心事重重，思绪飘忽不定，部分是因为艾斯特拉带来的惊人的消息，部分则是因为他这段时间一直在不断收到关于气基族战争的信息。这件事似乎没有解决的办法。敌人太过陌生，没人能理解他们的想法。

他躺在地上看着随风摆动的叶片。这些树都是塔尔班种的，他从前是汉莎的通信专家，但后来却放弃了这份薪资优厚的工作，选择在栖鸦星度过余生。

本尼托真希望塔尔班此刻就在他身边，这样他们也可以谈谈这场危机。他需要倾听他人的意见。

他伸出一只手，摸了摸距离最近的树干。本尼托闭上眼睛，但没有睡着，而是任由自己的思绪滑入远程意识联结之中，探索着世界树之林中可以利用的知识。

这些具有感知能力的树不知已经活了多少年了。从前它们都是依靠自己进行思考，但在最近的两个世纪里，在绿灵教士的帮助下，它们的视野被大大地开阔了。从世界树之林之中可以得到的知识超过了人类的认识能力，一个人哪怕完全沉浸在远程意识联结中，也无法完全理解其中的信息。这片信息的海洋无边无际，而他们又没有对应的地图，无法确定这些树究竟知道多少事情。

自从气基族出现以来，世界树之林明显对此感到了不安，但它们却没有解释，也没有提供任何建议。绿灵教士曾向它们询问人类种族该如何抵挡深核外星人的攻击，但连这些树似乎也无能为力。

敌人居住在遥远陌生的环境之中，本尼托根本没想过要就此向世界树之林提出任何直接的问题。这些树必须在行星上才能存活，它们怎么可能了解什么气态巨星的地核呢？

但他还是直接问了。气基族是什么？世界树从前见过他们吗？

无边无际的树林思考了一下他的问题，然后，出乎本尼托的意料，它们给了他一个清晰又令人震惊的回答：

气基族是我们古老的敌人。

62

萨琳

五十个绿灵教士聚集在世界树之林中的一片空地上。虽然他们可以连接到树林的网络中，得到他们想要的所有信息，但现在他们坐在那里，认真倾听。

萨琳尽可以借此机会达成目的。

她今天换下了极具地球风格的衣服，穿上了传统的塞洛克服饰，那是一件庆典上穿的大使披风，原本是欧特玛在离开这里去雷迪拉执行任务前送给她的，没想到她最后有去无回。萨琳深吸了一口气，站到了她的哥哥雷纳德身边，做好了抓住机会的准备。也许她可以为她的这个落后的世界带来一些进步的气息了。

她看着教父雷纳德，既是作为大使，也是作为妹妹，在她眼中他是如此威严，如此强大。他的蚕丝纤维的背心上点缀着宝石般绚烂的甲虫壳和秃鹜蝇的翅膀。他面容英俊，下巴坚毅，举手投足间都流露着王者风范。太棒了。

雷纳德双手重叠在身前，说话时并没有装腔作势，他的讲话语调平实，不带花言巧语。"世界树之林有它自己的思维，它自己的需要，和它自己关心的事务。作为塞洛克人的教父，我确实是绿灵教士的代言人，但我不能命令你们。即便如此，我还是可以说说在我看来什么是正确的，并且为你们提供一点建议。"

萨琳发现他竟然真的觉得自己是人民的朋友和父亲，而不像巴斯拉甚至受过系统训练的国王彼得那样，是一个精明却陌生的统治者，这一点令她感到十分高兴。但话说回来，这种态度以后也许会发生改变。毕竟雷纳德才刚登上这个位置。

他对着萨琳露出一个微笑，说："我的妹妹对你们有个请求。她了解塞洛克人，但她也是我们派往人类汉莎联盟的大使，她对整个旋臂也有更广泛的理解。请大家听听她要说的话，然后由你们自己做决定。"

绿灵教士们满怀兴趣地看向她，但他们的眼中同时也闪烁着难以捉摸的光亮。她说："自从塞洛克的第一代居住者发现了远程意识联结能力以来，我们已经明白，绿灵教士对于人类文明而言是一种至关重要的存在。"她特别提到了这段历史，让他们明白她自己也是塞洛克的一员，"多年来，汉莎一直都非常需要绿灵教士，来维持许许多多的移民地和商业组织之间的实时通信。"

"这些年来我们也已经派出了很多教士了，萨琳。"教母阿丽西亚的哥哥亚罗德说道。他自己从未离开过森林世界。"但我们每派出一个教士，汉莎就会让我们再派五个。"

"亚罗德舅舅，我不是来争论这个问题的，"她故意用亲昵的口吻说道，"毫无疑问，如果有更多的绿灵教士可以驻扎在旋臂内的各个地方，汉莎的商业帝国肯定会更加壮大，但是他们从没逼过你们。他们尊重我们的决定。"

"但他们心里可不太高兴。"亚罗德说。他瞥了一眼罗西亚，后者正坐在一棵粗壮的世界树旁边，对他们的对话似乎毫不在意。

萨琳看了一眼雷纳德，好像听见了什么好笑的笑话一般："他们肯定不高兴——要是你们和他们合作了，他们赚到的钱可比现在多得多。"接着她又面向着绿灵教士们，脸色变得严肃起来，"但是现在他们的请求不再是出于商业考虑了，对吧？气基族袭击了雷迪拉和人类的移民世界。地球防卫军尽了全力保护我们，但四散的战斗小队却无法及时有效地进行沟通。地球防卫军的军事指挥官接到的战况报告全都是延迟的、无效的。而你们可以改变这一切。"

她对着他们露出一个严厉的表情，这是她跟着巴斯拉学来的："如果有一天气基族来到了这里，塞洛克只能束手无策，和其他的移民地一样脆弱。你们也知道，哪怕你们不愿意帮助他们，地球防卫军也会赶来保护世界树之林。"

绿灵教士们现在开始变得不安起来，纷纷低声交谈着。

"听我说。通过远程意识联结通信，地球防卫军便随时都能得到分散各处的聚居地的信息。战舰也将能随时监视气基族的一举一动。救援信号能够更加及时，和现在比起来，营救行动起码可以提前几天甚至几周，救下更多生命。"她看着在座的所有人，"大家快清醒过来吧，参与到人类这个大种族之中吧。这场和气基族的战争关系到我们所有人，每一个人。"

亚罗德看了看他身边的同伴们，但他们全都一言不发，想让他做他们的发言人。"我们知道你想尽力完成你的任务，萨琳——跟我们一样。"他骄傲的表情让他看起来坚不可摧，"但是，只有绿灵教士明白世界树之林晦涩的意愿。我们都不能想做什么就做什么。"

萨琳反对道："那你问过世界树你们应该做什么吗，舅舅？你们之中有人想过要问问吗？"

古怪的绿灵教士罗西亚独自坐在一棵宽大的世界树树根旁的蕨类植物丛里，说："这些树当然想要我们在对抗气基族的战争中出一份力。毕竟，世界树和绿灵教士的处境目前都已经岌岌可危。"他的笑意加深，露出了深绿色的牙龈，"萨琳的哥哥本尼托最近在栖鸦星上问了一个至关重要的问题。你们有人注意到了吗？也许你们都应该试试通过远程意识联结来倾听对自己有用的答案。"他换了个姿势，想让他那条布满伤疤的腿放得舒服些，"这样你们可能可以用一种全新的角度来看待问题。"

萨琳相信自己的直觉，此时也开始鼓动他们道："对，去啊！世界树就在你们身边——问问它吧。我一定尊重它们的答案。"

亚罗德和其他绿灵教士不情不愿地在互相连接的大树之间散开来。他们用手指轻轻触碰粗糙的树皮，同时闭上了双眼。

虽然萨琳知道此时应该保持耐心和冷静，但她心里却满是不安。雷纳德用一种奇怪的眼神看着她。他们都没有料到事情会往这个方向发展，但显然，世界树之林自有想法。

最后，亚罗德终于断开了他的远程意识连接，转身面对着她。他的泪水夺眶而出，顺着他布满文身的脸簌簌而下。绿灵教士们在震惊之中说个不停，看起来他们似乎都受到了责备。

"罗西亚说得对，"亚罗德说，"我们知道了很多新的信息，树木们之前为了保护我们，一直不愿就此多说。这场战争并不仅仅只是为了给被'克莱西斯火炬'毁灭的昂西尔星复仇那么简单，它涉及的范围不止于此，甚至早在那之前就已经开始了。气基族想要毁灭整个人类种族和世界树之林……它们想毁了一切。"

萨琳身边的绿灵教士们看上去魂不附体，无比震惊，惊慌失措。亚罗德抬起头，直率地对她说："好吧，我们会为这场战争尽一份力。"

63

妮 拉

妮拉和她的人类同胞们一起从围着铁网的繁殖营地来到一片陡峭的山坡上。阳光抚摸着她碧绿的皮肤，给予她营养，令她能够继续保持着活力。

她和工队里的其他人聊着天，跟他们讲述着她从前是如何在塞洛克的参天大树中奔跑的，那些巨大的树木如何给她带来了无穷的慰藉，古老的树木又是如何组成一片具有智慧的整体的。这些伯顿号的后裔中没有一个人见过比山坡上矮灌木还高的植物。他们中的大多数人也无法想象出这些事情，很多人都觉得这个绿灵教士只不过是在编故事罢了。

妮拉在成为世界树之林的共生体以后，自己也成了这片生命之网的一部分。她可以和其他所有的绿灵教士进行联络，也可以进入到世界树之林的数据库中，这座内容无比庞杂的数据库经过几千年的累积，其中的许多信息都让人难以理解。

但在多布罗星上，她却不得不断开了和世界树之林的联系。

东边的山麓上长满了高高的褐色野草。隐蔽的山谷中伫立着深色多刺的大树，妮拉渴望地看着那些茂密的叶片，把那片树林看作是世界树之林的一个发育不良的远亲。但无论如何，它们都完全不一样。

此刻，雷迪拉的警卫和劳工都分别穿着他们相对应的氏族服装，开着车和人类劳工队一起前往挖掘地点。这些氏族人生下来就是为了干活的，他们从没想过，繁殖营里的囚犯们可能并不希望整天都在生殖，这种生殖活动只是为了完成多布罗王储的计划。

妮拉低声对大家说道："塞洛克上也有一些擅长杂技的年轻人，他们从小就被培养成树舞者，从一棵树跳到另一棵树上，还能在半空中旋转，在树枝之间穿梭。"她回忆着那些表演，那夺人心魄的跳跃和以趾尖为支点进行旋转的高难度动作，脸上露出一个微笑，"大树们也在敏捷地帮助着他们，从没有人从树上摔下来过。"

在她身边，一个中年女人继续铲开泥土，挖松岩石，丝毫不为所动。妮拉叹了口气，但嘴上仍然在继续说。她身边的囚犯们虽然看上去没有注意，但她知道他们都在听。不然他们还能干什么呢？

主管领着人类工人进到了一条深深的峡谷里，经过天气的冲刷，这里的地面上露出了古老的地层和宝贵的珍珠状化石。妮拉用手上的工具拨开上面粉状的砂岩。这条沟渠是一些古生物的坟冢，里面埋着扭曲的贝壳、美丽的软体动物和钙化的近似于银莲花的生物。这些蛋白石般的骨骼化石和五颜六色的骸骨都会被劳工切割，并打磨成价值连城的装饰品，这些都是多布罗星上最受欢迎的商品……除了基因实验产生的混血种。

妮拉挖开一块石头，终于取出了一枚完美的螺旋状贝壳，里面甚至还残留着曾经生存在其中的生物留下的柔软的触须。她用酸痛的手指捏着一个刷子，轻轻地清扫着这块化石。它在阳光下闪闪发亮，美得让人挪不开眼。这个神秘的生物当时被困在了这里，最后被大自然保存下来，转化成了一块石头。

但几百万年后，妮拉解放了它。她把这份奖励放到最近的一个箱子里，心里在想她和其他的人类是否还有机会像这块化石一样被解放。

\#

妮拉的劳工队回到营地的时候，他们全被赶到了高压喷雾下用冷水清洗身体，身上像被针扎了一样疼。妮拉赤裸着身体，湿漉漉地躲到一边——她无法避开那些医学氏族人探究的眼神，他们每三天就会对可以受孕的女性进行一次测试。

他们几代人都是囚犯，早已忘记了知羞耻的奢侈。繁殖营里的工人们外貌普遍呈现出亚洲人的特点，肤色或黑较白，或布满雀斑，但塞洛克来的绿灵教士总能吸引他们的注意。妮拉丝毫不为自己的身体感到耻辱，她只是抗拒这些关押她的人在之后会对她做出的事。

多布罗王储下了严厉的命令，为了实验能够继续进行，妮拉必须要尽可能多受孕。没有一个人类囚犯曾如此引起过王储的"兴趣"。医学氏族人抓住了她的胳膊，妮拉的心脏跳个不停。她跟着他们跟跟跄跄地走进了营地里的医学设施区域。

妮拉在多年前第一次被带到这里来时曾挣扎了很久，踢打尖叫，反抗着他们的暴行。她扑到医生身上，想要掐死他们，或者用她的指甲挖出他们的眼睛。但这一切都没用。警卫轻轻松松地就把她甩到了一边，医学氏族人则剥下她的衣服，不管不顾地完成了他们的检查。作为惩罚，他们把她扔进一个漆黑的房间里整整锁了一个星期。后来她靠照顾营地周围的花草来纾解自己，而那些人发现只需要扯掉她种下的植物，把它们留在土里任人践踏，就可以达到伤害她的目的。

她决定要用其他的方式来进行反抗。

此时，医疗室里灯光亮得刺眼。雷迪拉的医生们抽取了她的血液，采集了她的组织细胞，把探测器伸进她体内，检查她子宫的状态。他们不时会交谈上两句，但除了粗暴地给她下命令，从不对妮拉说话。此时，不管心里有多不愿意，但她已经知道该怎么做了。

医学氏族人把他们的工具放进她的体内，她闭上了眼睛。泪水在她的眼皮下不断地蓄积，她咬紧牙关，连下巴都在抽痛。她知道自从她上次生产后已经过去了很长的时间，那是她和一个外貌魁梧凶残的士兵氏族人生下的孩子，那孩子很安静，但也很强壮。

她只允许自己怀抱最可怕的希望：也许上一次生下来的孩子得了并发症，也许她的卵巢上长了囊肿，又也许她的输卵管堵塞了，无法再继续生育。这样她就只能当劳工了——虽然这种命运也很悲惨，但至少也比现在强。

但是医生们却说出了令她痛恨的话语："她可以受孕。"妮拉缩了一下，轻轻地呻吟了一声，接着咬住嘴唇，制止了自己。"检查一下记录，找到王储安排的下一个氏族人。"

妮拉被守卫们架着，双腿拖着地进到了繁殖营房。如果跟他们发生冲突，她肯定会受伤，但他们不会真的伤害她……至少不会伤害她的受孕系统。但他们会伤害她的其他地方，给她留下疤痕，让她感受到剧烈的痛苦。如果她用他们的方式和他们较量，他们一定会赢。

现在，妮拉希望的只有尽快怀孕。多年前，她和不情不愿的军事指挥官克里元帅也只进行了一次交媾——至少他是个知道羞耻为何物的人。

其他的人则……比他更糟。

医学氏族人把她锁进了一个明亮的房间里，房里只有一些食物和一些个人卫生用具，还有一张床。这是一间临床实验室，被选中的雷迪拉人到这里来是为了完成指定的任务，和从峡谷墙上的沉积岩里挖出的蛋白石化石没什么两样。她对走廊里传来的所有细微的声响都保持着警惕，因为那也许就意味着下一个要折磨她的人已经来了。

为了抵抗这种活生生的噩梦，她努力回想着低语者之殿里那些铺满软垫的房间，回想她和乔拉当时在其中温存的场景。那是多么温暖而浪漫的时光，她抱着他，感受着他的皮肤与她紧紧贴合，轻抚他的肌肉，与他蓝宝石般的眼睛长久地对视。

而现在不过只是生理上的交合罢了……从某种意义上说吧。

妮拉背靠着墙坐着，眼睛盯着门。时间在不快之中一分一秒地过去。营房外面，其他人类正在继续他们每天的工作。他们中的很多人也被指派了生殖任务，他们完成以后便会回到公共的居住营房。她孤身一人，努力想要保持内心的坚定，她想着乔拉，想着她的女儿欧丝拉。我的小公主。

门终于打开了，守卫带进了她的新一任交配对象，给了她当头一棒。这一次，她的繁殖对象是鳞族人，他来自雷迪拉的沙漠地区，浑身长满了爬行动物的鳞片，瘦骨嶙峋，表情尖刻，眼睛狭长得像一条缝。这个男人看上去甚至比大多数雷迪拉人还不像人类。

"需要帮助就叫我们。"一个守卫关上门时说道。他们是在对着那个鳞族人说话，而不是她。

这个爬行动物一般的男人脱掉了他褐色的外衣。妮拉无法躲开他。他看见她赤裸的身体时，眼睛里流露出一丝厌恶。他把衣服扔到一边，冲着床打了个手势。

妮拉知道现在尖叫毫无作用。她只能全心全意地想着乔拉，想在脑中回忆起他的样子。但在目前的情况下，这样做实在非常困难。

64

欧丝拉

欧丝拉独自坐在一个小房间的地板上。墙壁和天花板都嵌着明亮的灯火，完美的白色。她听不到外面的任何声音，也看不到任何东西。这种挑战令她露出了微笑。

从她记事以来，她每天都在做这种训练。其他的混血孩子都生活在城市里的其他地方，他们在那里接受训练，根据技能的不同而被分为不同的小组，定期接受检查和观察。但她是特别的。她的导师们包括医学氏族人、科学家、理论家，还有多布罗王储本人。她知道他们想要什么，而她很高兴自己能符合他们的期望。

这些专家们在反复的尝试和失败之后，终于合力制定好了她每天的课程，而她本人的成功反过来也引导了雷迪拉人的教学计划。欧丝拉想要去学习那些从前从未被成功传授过的东西。她有心灵感应的技能，有进行移情的能力，而且，在她身上还有许多隐藏的潜力仍然需要培养和发掘。

没人准确地知道该如何指导这个天赋异禀的孩子使用她天生的能力——那是绿灵教士的远程意识联结和雷迪拉人的心神网的混合体。他们努力想要挖掘她的潜力，而她则比他们所有人都更加迫切。她一定能发现那把打开她命运的钥匙。

在这间封闭的房间里，她坐在地上，眨着眼睛，盯着眼前的障碍物。欧丝拉打开了她的思绪，接受着各种印象。她很容易就能探测到门口是否有人在等着，她可以远远地感受他或她的存在。

"第一个来了，"欧丝拉知道他们正在观察着她，于是大声说道，"他很强壮……而且很忠诚。"她深吸了一口气，让这些印象涌入她的脑海中，帮助她勾勒出这个人的形象，"他依命行事，从不质疑。他明白自己的位置，没有晋升的野心……因为他相信，他已经是自己这一行里最顶尖的人了。"她露出了微笑。她几乎立刻就知道了答案，"他是个守卫。"

门开了，一个魁梧的战士氏族人正按命令站在外面。门再次关上，她知道守卫已经接到命令离开了。

欧丝拉看向天花板说："这都算不上是个挑战。战士氏族人太明显了，根本不用怀疑。"

没人回答，但她知道他们在听。他们永远都在听，而她永远都想得到他们的赞叹。

欧丝拉再次把注意力集中到门上，感受着另一个人的出现，接着这个人的存在消退了，又来了一个人，这个人似乎在犹豫……又或者，这里并不只有一个人。思绪十分散乱狂热。

她感受到了一种深沉的渴望，一种希望帮助别人、让上级高兴的迫切需求，一种想被主人溺爱的渴求。"当然了。"她咯咯笑出了声。侍者氏族人从不独自工作，他们像工蜂一样成群结队，追着命令到处跑。仅仅只是完成必要的工作然后被人拍拍脑袋就能让他们快乐得像升了天。

"我想想啊。侍者氏族人，这是肯定的，但是有多少个？他们真是很难区分。他们全都只想着同一个肤浅的念头，但我能听见……三四个不同的回音，是四个侍者氏族人。"

门又打开了，欧丝拉看见了四个身材矮小的雷迪拉人。他们都在看着她，仿佛渴望跑过来为她提供某种服务。但就在他们进入测试室前，门再次关上了。

欧丝拉靠在墙上。她不知道这些测试人是否明白这对她来说有多简单。她的目标是去感受一个人不同的需求，理解一个人为什么而活，找到最合适的方法和他们沟通，实现真正的理解。

气基族——那些不可理喻的外星人——将比任何雷迪拉氏族人都更加难懂，更加不愿合作。

有时多布罗王储为了迷惑她，会在测试队伍里加上一些人类繁殖营里的囚犯，但这些人都很简单，很好懂。他们没有接受过训练，也没怎么得到过教育，他们的头脑仍然一片空白，全是问题，却没有答案。繁殖营地的囚犯不像雷迪拉的氏族人一样那么容易归类。他们都是独立的个体。

欧丝拉又感到有人靠近了门口。她迅速转过身，迫切地想要得到答案。

但这一次她感受到了许多矛盾的情感和激烈的想法，仿佛这个头脑完全有能力迷惑她，察觉到她明显的探寻。"啊，终于有点挑战了。"她说。

"这个人有力量，又有决心，而且……还有秘密。这人很擅长隐藏自我，是个当惯了主人的人，从不怀疑自己的动机。他知道一切真相，而且明白自己必须做什么，哪怕别人并不同意他的看法。他心里知道，只有自己才是正确的。"

她露出一个微笑，感受着那股力量和那始终不变的责任感。他和刚毅的战士氏族人一样坚定，他知道他将会拯救整个雷迪拉帝国。

欧丝拉笑出了声，为这峰回路转的变化而雀跃不已："王储，您这是在学着捉弄我呀。"

门开了，乌德鲁双臂抱在胸前，眼中充满骄傲地看着她："你每天都在进步，欧丝拉。我还以为我肯定能把你糊弄过去。"

"我太了解您了。您什么事也瞒不过我。"欧丝拉上前来站在他面前。

他用手臂环住她窄窄的肩膀说："正该如此。我只希望气基族在你面前也无处遁形。"

65

第一继承人乔拉

乔拉独自站在摆满颅骨的祠堂里沉思着。他遣走了身边的守卫和侍者，只想自己一个人在这个房间里待一会儿。浑浊的墙壁闪闪发亮，看上去也和那些半透明的骨头无异。

低语者之殿的祠堂是专为皇帝的儿子们准备的，他们在这里沉思、反省和祭奠祖先。房间里有许多装饰华美的凹壁，仿佛蜂房里光滑的巢脾，其中摆放着历代皇帝的颅骨，他们都是统治了雷迪拉帝国千年之久的领袖。

乔拉的手垂在身侧，长长的袍子沉重地挂在他的肩膀上——但也比不上他心中的疑问和责任那么沉重。他看着那一排排空洞的眼窝，看着那些小而均匀的牙齿和光滑的眉骨。这些人还是第一继承人的时候，也曾像这样来这里提过问题吗？他们是否也曾这样站在祠堂中央举棋不定，仍然认为自己还没有准备好？他的父亲萨鲁克也曾如此吗？

再过不久，乔拉父亲的颅骨也将位列于这些沉默而威严的祖先中间。

所有雷迪拉人都相信光源之境的存在，相信那里光芒万丈，完全由光明造就。神圣之光渗透到真实的宇宙之中，这些灵魂之线组成心神网，而皇帝则是心神网的核心。所有雷迪拉人都能感觉到心神网，有的氏族人又比其他人的感觉更强烈。他们没有任何宗教疑惑，因此也没有分裂出不同的教派和互相竞争的牧师，对心神网也没有不同的解释——而他知道人类则完全不同。棱镜氏族人可以感知到光亮之线，因此也能为其他没有那么强的感受的雷迪拉人排忧解难。

但第一继承人乔拉却只能自己拿主意。

所有雷迪拉的氏族都会保存死者的颅骨。实际上，由于他们的骨骼结构里充满了一种奇怪的磷元素，他们的颅骨能够在一段时间内散发出亮光，但之后光也就慢慢暗淡下去了。不过，由于皇帝最靠近光源，因此他们的颅骨能够闪耀一千多年的时间。

此刻，这些皇帝的颅骨的内部正在闪闪发亮，仿佛他们的头脑仍然在活跃，仍然与心神网相连。而乔拉则在等待着他们为他解释谜题。但今天他们全都十分安静。

乔拉每天都在学习，和他的父亲及其他的顾问形影不离，准备着成为下一任的伟大领袖。他知道现在还有很多事情在对他隐瞒，也知道还有很多奥秘是只有皇帝才能理解的。当他登上王位，成为心神网的中心时，一切都会豁然开朗。但在那天到来之前，他还有很多事情需要考虑。

不过，现在乔拉越努力，越想提升自己，就越显得毫无准备。但乔拉知道人民会追随他的。他们不会质疑他的决定，因为他们对心神网充满了信仰，也相信他们的领袖的仁慈。乔拉真希望自己也能如此有自信。

在对着这些发光的颅骨无言地思忖良久之后，他终于向他的祖先们保证，他一定会尽力。他会努力成为一位值得与其为列的皇帝，他一定会配得上低语者之殿的祠堂。

乔拉走了，他心里更担忧的是他该如何度过自己的一生，而非他将如何被后世铭记。

#

乔拉回到自己的私人寝宫，发现那些五颜六色的半透明墙壁后站着一个陌生而又闪闪发亮的人影。他吓了一跳。

他竟然忘了今天还和一位义务情人有约。最近这些天，他整天都和他病恹恹的父亲一起听紧张的简报会，空闲的时候又待在祠堂里沉思，不得不将很多预先定好的情人预定约会往后推。很快他就会成为新一任的皇帝，到那时他将再也不能和情人约会了。但随着那个令人害怕的日子渐渐逼近，乔拉却发现自己对于肉体愉悦的兴趣在逐渐减少了。他脑子里装着更重要的事。

但在他的房间里，他见到的却是他的儿子索尔。

这个年轻人唐突地站立着，面对他，带着一种冰冷的坚定："我只有强调我们的血缘关系，那些人才准我进来。我需要私下见您一面。"

乔拉关上了身后的门："我一直都很乐意和你谈谈，索尔。"

第一继承人打量了一下他的儿子。显然，这个年轻人整理过自己的仪容，看来他又开始把心思花在外表上了。他的脸扑过粉，而且仔细地画过眉，打过高光，干净的皮肤上散发着奇怪又迷人的香水味。

但他的眼神也再次因为受到灵药的影响而犀利异常，这种药物使得索尔在心神网中变得十分飘忽不定。在经过气基族恐怖的袭击之后，乔拉意识到现在灵药也像其他所有东西一样，在整个雷迪拉帝国中都成为了短缺品。

索尔穿着一套奢华的王储服，和他继承人的身份很相称。这个年轻人充满了骄傲和自信——和他之前沉迷于享乐主义而不愿承担责任的样子比起来，已经有了很大的改变。这孩子从前以为所有东西最后都会被盛放在宝石盘子里送到他面前，但现在他已经知道一切都不同了。

早些时候，乔拉每次去看望他的儿子，都会发现他脸色发灰、衣衫不整地躺在昏迷的王储床边。但现在，乔拉心里产生了钦佩。索尔看上去像是经过了烈火的锤炼，在一夜之间便成熟了起来。这个年轻人显然已经下定了决心。

"您已经说得很清楚了，父亲，您想要我待在低语者之殿里学习。但自从您让我回到雷迪拉以后，一切都改变了。海洛卡星王储仍然处于心神网无法感知的深眠之中，而且丝毫没有苏醒的迹象。"索尔的声音微微颤抖，但他控制住了自己。

乔拉能看出来这个年轻人有多爱他的叔叔卢萨："医学氏族人

正在尽全力——"

索尔打断了他。"这我知道，"他向前走了一步，"父亲，海洛卡星的庄稼、城市和太空港都被气基族毁了。那里的人民——很多都是我的朋友——也都遭到了极大的伤害。还不止这些，王储——他们最接近皇帝的领导——也无法再陪在他们身边，可能以后也是如此。而且我们现在还没有人能替代他。"他挺直了肩膀，"我想回到海洛卡星，去监督当地的抢救和恢复行动。必须有人去掌控大局才行。我们的人民需要有人为他们引路。"

这一请求让乔拉吃了一惊，但也让他开始严肃地思考这个问题。"你的弟弟佩瑞呢？他是海洛卡星王储的第一继承人。难道不该由他去负起这个责任吗？"

索尔皱了皱眉，但他很快就恢复了平常的表情："他还没有准备好承担这样的责任，父王。他年纪还小，而且……他的兴趣都在自己的研究上。没人比我更了解海洛卡星。"

乔拉点了点头说："佩瑞也可以帮着制订改造行星的总体计划。他能帮助建筑师和工程师开展工作。"

"我还是宁愿他不要来海洛卡星，不要插手这件事。海洛卡星毁损严重，人民需要一个坚定的领导。这我能做到。"

也许这也是件好事，这样的任务可以让这个年轻人更加了解领袖的指责，比他在低语者之殿上的各种课都更有用。

"你的想法很好，索尔。"他的回应让儿子十分惊喜，松了一口气，露出了一个浅浅的微笑，"我本想要保护你，把你留在雷迪拉，但我自己一直以来都被保护得太好。这样的生活还不足以让我做好登上皇帝宝座的准备。你以后也会成为第一继承人，而且比我当年更年轻，但你的想法很好，这让我知道你已经开始学习了。我同意了——海洛卡星需要你。"

"谢谢您，父亲。"索尔似乎既为叔叔不容乐观的病情而担忧，又为即将回到那个他多年来一直将其当成家的星球而雀跃不已。

乔拉打开门，唤来官员、工作主管和太阳舰队的代表们："你和我得一起计划计划，索尔。海洛卡星的重建行动必须成功，这样才能为你日后的统治打好基础。"

索尔发现自己突然要陷入自找的麻烦事当中，似乎有些不知所措，但面对着乔拉的热情，作为他的儿子也不能败下阵来。第一继承人带了十二个氏族代表进到他的房间里，花了很长时间选择雷迪拉的工人和工程师，让他们陪伴索尔回到地平线星簇。

66

戴尔·科伦

戴尔·科伦在位于奥斯奎维尔行星环的家里，往装着优雅的神仙鱼的鱼缸中撒下一些片状鱼食。一头乌发的哲特没有和他打招呼便跑了进来，科伦吓了一跳，手里酥脆的食物全部落到了敞开的鱼缸里，便宜了这些条纹鱼。

他搓了搓手心说："出什么事了，乖乖？"过去两天里她一直在送货并抽空检查太空港和造船厂的熔炉。他小心翼翼地又盖上鱼缸的盖子。

接着他注意到了她眼里的焦急。"爸爸，尼科·陈·泰勒刚刚带来了佩罗尼议长的这封警告，"哲特把信息递给他，样子就像它会爆炸似的，"地球防卫军正在朝我们这儿赶过来。"

科伦敬畏地打开信件，接着他的表情又变成了愤怒，最后则转为坚定的决心："我们必须把所有东西都拆了。藏一部分，留下一部分，其余的都毁了。自由第一，利益和便利都是次要的。"

#

游荡者们拉响了警报，召开了一次全体大会。根据塔西亚·塔博林提供的信息，他们最多还剩下三个星期。

科伦站在布满窗户的行政设施里，身上穿着一件满是口袋的连衣裤，上面还绣着他们的部族图案。他和哲特已经讨论过了当前的首要任务并协调了各工作组。他们计算了一下，知道了眼前的任务有多么艰巨，还了解了如果每次只能出动一艘船，大家要花多长时间才能全部撤离。

哲特说："就算我们没有时间隐藏起采矿留下的所有痕迹，我们也可以动点手脚，让地球防卫军以为这只是短期行动留下的产物。也许他们到时忙于应付气基族，根本没有心思来研究行星环里的一点垃圾。"

"现在我们总算是有点希望了。"科伦说着，皱起了眉头。他看着鱼缸里正优雅地游来游去的鱼群。它们对宇宙毫不关心。

哲特的长发在低重力的环境里飘荡着，她心烦地用一根发带把头发扎到了脑后，然后才继续埋下头看电子表格。科伦不知道如果没有他女儿，他该怎么办。无论他何时看向哲特的脸，她黝黑肤色的美貌都会令他想到她早已逝去的母亲……他甚至还会想起好斗的夏琳·帕斯特纳克，她本来应该成为他的第二任妻子。

最后他终于做出了艰难的抉择："我们将关闭和撤离所有的彗

星蒸馏设备，但那些远在系统之外的零部件只能留下。虽然熔炉和收集室都和小行星差不多大小，但这里光线很暗，很难看清。地球防卫军从上方下来，只能看见行星和行星环，他们不会追着某块金属一直跑到系统边缘的。我们只能向导航星祈祷，地球防卫军不会注意到我们。"

"还有，"哲特指出，"要是把彗星开垦地的所有工人都召回来，行星环里将达到一千人。"不幸的是，造船厂的设施中没有足够的食物和生命支持系统可以维持那么多人的性命。

科伦心情沉重地看着一艘接近完工的大型货船。它的船体和船身结构都已经安装完毕，只剩下高效星际燃料引擎没有组装好了。哪怕从最乐观的角度看，他们的工人也无法及时完工。再说，也没有什么"短期开采行动"会动用到如此复杂的飞船。

于是，科伦派出了切割技工去处理船体，又派了一些拆卸小队到船上去将整艘船拆成基础的零部件。这艘船还没有接受洗礼，哪怕他们为它投入再多，现在一切也只能胎死腹中。

他摇着头叹了口气，看向哲特，说："地球防卫军终于要给这些外星杂种一点颜色瞧瞧了，这我没什么好抱怨的。我只希望他们能到别的地方去表决心，我也好继续工作。"他希望日后如果奥斯奎维尔的造船厂还有重启的一天，那艘昂贵飞船的主要部分还能抢救抢救接着用。

"唉，爸爸，如果他们知道我们在这里的行动，很有可能会把我们也给收拾一顿。"

他开玩笑地摆出一副责备的语气，说道："你就没别的事可做了？不去骚扰骚扰拆卸工，或者和矿井工程师调情？"

她笑出了声，他们已经好几天没有笑过了。"您要我干吗我就干吗，爸爸。"

之后，哲特看着这里最大的太空港和行政基站，忽然意识到，要想隐藏这里的东西，最快的方法就是朝这些光滑的平面上喷洒不反光的石头泡沫。虽然泡沫的几何形状和结构仍然一眼就能看出是人工制造的，但除非地球防卫军的飞船仔细看，不然他们都只会以为这些东西是行星环里变了形的岩石。

"很好，乖乖，"科伦抱了抱他的女儿，"之后我们还能撕掉上面的保护层，继续使用这里的东西。"

游荡者们在整个行星环里奔忙着，他们开着铲斗舱去往分散的地点，完成各自的任务后又继续自愿加入其他的任务中，整个行动十分紧迫。所有人都只能休息一小会儿，吃饭的时间也大大缩短。太空港的大梁从拴绳上摔下来，漂移进了一条发射跑道上，有两个人为此付出了生命。所有的行动都暂停了一个小时，但他们没时间去进行详尽的调查了。戴尔·科伦让大家都要多加小心，所有人又都回到了自己的岗位上。

一大堆其他部族的游荡者飞船挥霍着珍贵的艾克提，冲到星系之中为他们带来工作队和物资补给。这桩艰难的任务将所有部族都联系在了一起，大家都随着形势见机行事，帮助科伦隐藏造船厂。随着剩下的时间越来越少，他们也将带走所有非必要的人员，而戴尔·科伦和他的个人团队则会躲在行星环里的藏身之处中，守株待兔。

意外时有发生，设备也常遭到损坏，所有人都已经精疲力竭，恍惚之间总有差错。工地上小小的医疗室里挤满了不耐烦的工人，他们嘟嘟哝哝，都急着想快点包扎好伤口，回到自己的岗位上。但是，哪怕面对着如此重大的人员伤亡，科伦也没有别的选择。他们不能放慢速度。

日子一天天过去，他看着自己毕生的心血一点点消失，一颗心也渐渐沉了下去。但现在他还不能为这场灾难默哀。他们的时间不多了。

地球防卫军的战斗组正在赶来的路上。

67

国王彼得

在彼得看来，正是因为他作为国王出席了这次正式启动典礼，那些新型士兵智能机器人才会受到如此的瞩目。

典礼场地被修剪得很完美，看起来好像这里的每根草都曾被人类或智能机器人整理过、审查过、梳理过，每朵花的每片花瓣都经过精心编排。场地一侧摆放着上了新漆的接待台，上面撑着五颜六色的凉篷，画着汉莎联盟标志的三角旗迎风招展。彼得第一次意识到，这个徽章里被同心圆围住的地球正像正处于靶心之中的母星。

方方正正的仓库和制造机库为花园一般的典礼区划出一道边界。在靠近皇家观景台的地方，两艘蝠鲼巡洋舰正停在明亮的蓝天下，这是这里的停泊区能装下的最大的飞船了。

“怎么还没有吹号？”彼得说。

“耐心点，”巴斯拉·温塞拉斯坐在他身边的阴影中，微笑着对他说，“重要的典礼节奏都缓慢而体面。”

“但是另一方面，要是观众们无聊了，你这个盛大的表演就会失去应有的震撼力。”

主席对着他皱了皱眉，接着拿出了一个小型对讲机，指挥他的稽查员佩里德尔先生开始典礼。

音乐奏响，观众们挥舞起了手中的烟花棒。斯图莫上将是这次庆典的司仪，也是身着制服的地球防卫军训练部队的领导，他带着一整个团的士兵从第一艘蝠鲼巡洋舰上下来，来到了典礼场地中。

他们既像在进行阅兵式游行，又像在跳某种民间舞蹈。彼得看出他们的动作极为精确，这个人类军团必定花费了很多时间来为这次完美的演出进行训练。这些军士和旗手像发条机器人一样前进着。在当国王的这几年里，他明白了作秀有多重要。像这样的展示不仅能够震慑观众，还能给大家造成这样的错觉：一支能够以完美的队形前进和转弯的军队，必然能够在气基族来袭时所向披靡。

彼得在脸上固定出一副赞许的表情，因为他知道媒体一定在随时扫描着他的每一个细微的表情和反应。

斯图莫喊了一声停，他的部队便在顷刻之间停顿在了雷鸣般的寂静之中。所有身着制服的男人和女人们都全神贯注，仿佛是一些穿着军装的人偶。巴斯拉用手肘轻轻推了推彼得国王，后者带头鼓起了掌。观众们发出了此起彼伏的欢呼声。

"真是出色的演出，"巴斯拉说，"但新型士兵智能机器人将会达到一个全新的高度。"

"如果它们能如你所愿的话，"彼得回答说，"我们还没有见过它们执行任务。"

"别那么悲观。我们吃了那么多次败仗，需要有点东西来炫耀炫耀。"

彼得耸耸肩，说："你已经告诉过我无数次，只要我按计划行事，我本人怎么想怎么做并不重要。"

这时，在宽阔的典礼场地的另一侧，巨大的机库门打开了。新型军用机器人从仓库里走出来，观众们注视着这一场景，同时吸了口气，听上去十分滑稽。机器人的步伐非常整齐，仿佛一些分节动物一样沿着绝对精确的行进道路滑进。

智能机器人制造线最近一直在加班加点地生产这种足以左右时局的士兵模型。通过拆卸乔拉斯，控制论工程师们得到了一种新的克莱西斯科技。此刻，七个虫形机器人正站在靠近工厂的地方，观察着眼前的展示。彼得心中闪过一丝疑虑，他不知道是谁给了它们在场的权利。

士兵智能机器人体型比传统的倾听型或友好型机器人模型都更大，人类绝对不会把它们和其他和蔼的智能机器人弄混。它们步履不停地前进着，保持着完美的纵队离开了机库，接着它们又重组成各种各样令人眼花缭乱的队形，其间没有一次失误，也没有一丝犹豫。所有人都被震撼了。

彼得想，真不知道此刻正站在他最好的部队旁边的斯图莫上将做何感想。

"它们仍然需要一个人类指挥官，"巴斯拉仿佛察觉了国王的想法，说道，"二十世纪中叶的时候，计算机和机器人第一次被应用到了自动制造业中，那时很多工人都害怕那些邪恶的机器会接管整个世界，让每个人都失业。"这种幼稚的看法把他逗乐了，"但事实是，机器确实比人更擅长做一些丑恶无聊的工作。就像这些新型智能机器人一样。以后我们派兵到战场上去的时候，再也不用在战舰里装上几千人了，而只需要派出由直接指挥官和舰桥人员组成的骨干小组。所有的战士都能由士兵智能机器人来替代。想想我们能拯救多少人的性命吧。"

"但是吧，"彼得说，"坐标格的指挥官们也更可能会下达自杀式命令。"

"那都是有效命令，"巴斯拉说，"雷迪拉的太阳舰队在昆哈3号上已经为我们展示过这一点了。到现在为止，那是气基族被摧毁的唯一一艘球形战舰。难道你更愿意我们启动'克莱西斯火炬'去摧毁气基族的世界吗？当然我们永远都不会排除这个可能。"

"这么做，不就是在刺激气基族主动来毁灭整个人类种族吗？"彼得心里泛起一阵凉意，"我觉得这样很不明智。"

"我们也这么认为。所以就别抱怨这些新型智能机器人了。几周后，我们就会在奥斯奎维尔上好好利用它们。"

新型智能机器人穿行到身着制服的人类队伍中间后骤然停下，仿佛交叉的手指一般严丝合缝，明显令地球防卫军的士兵们相形见绌。彼得看着下面的典礼区，制服、条幅和金属的身躯交织成一副错综复杂的图案。士兵智能机器人完成了展示，但对四周的口哨声和掌声却不为所动。

"说话，彼得。"巴斯拉说。

国王站起来，脑中回想着他的演讲稿。这些年来他已经学会了更改一些短语，变更几个微妙的词汇，以此来展示他的独立。但这次他却感到这么做并不合适。

他的声音透过扩音器传出去，隆隆作响。"我的子民们，你们刚刚见证了智能机器人科技的一次突破，这将为这次战争带来新的希望。虽然邪恶的气基族为人类文明带来了极大威胁，但我们的军队，我们的科学家，还有我们的工厂企业，都将竭尽全力，奋起反击！"

他等着大家的欢呼声逐渐停止，然后朝着典礼场地上的新型机器人伸出手："这些士兵智能机器人是我们珍贵的武器，有了它们，我们中很多人的儿女便不用再将鲜血洒在战场上了。不久前在达萨拉星上发生的残忍的悲剧将不会再重演。这些士兵智能机器人将会随我们的战舰远征，听从我们的指挥，绝不质疑命令，也绝不计较自己的生死。有了数量充足的智能机器人，我们也终于能够开始期盼战胜气基族，期盼胜利的一天早日到来了。"

他吸了口气，抬高了声音："斯图莫上将，我将这些新型士兵赐予你，以帮助我们战胜敌人。你接受吗？"

在遥远的阅兵场地里，上将回答道："我接受，陛下。我们的地球防卫军战士全都经过严格的训练，但我很荣幸接受这些智能机器人，让它们成为我们战舰上的一员。"

"那么，请以人类的名义带领它们去阻止旋臂内残酷的攻击。"

巴斯拉靠在椅背上，得意扬扬，十分快活。"这是个重要的日子，彼得。是我们的一个大日子。你那羞涩的新娘艾斯特拉很快就会到了。我想你应该很激动吧？"

"我都没见过她，巴斯拉。"

下方，人类士兵列队回到待命中的蝠鲼巡洋舰上。智能机器人则在落后半步的地方紧随其后，朝着闪闪发亮的巡洋舰走去。

彼得注视着，心里还是有些不安。一切似乎都太过完美了。但是，即使他们研究了乔拉斯的零部件，克莱西斯机器人身上还是有很多谜题还没有解开。不过，就算他是人类汉莎联盟的国王，现在也没人愿意倾听他的忧虑。

68

艾斯特拉

一艘蝠鲼巡洋舰准时到达，来接萨琳、艾斯特拉和自愿的绿灵教士们前往地球。这艘中型战舰仍然停留在塞洛克星周围的轨道中，因为地面上没有一片空地能够容纳这样体积的大船。乘客们在道别之后全都上了船，将这片覆盖着森林的大陆留在了身后。

艾斯特拉一登上地球防卫军这艘前往地球的飞船船，便告诉萨琳她觉得累了，想自己一个人在她的房间里待一会儿。她躺在睡椅上看着房间里死气沉沉的天花板，沉重地深吸了一口气，品味着充斥着金属气味的空气。这里的环境和自然无关，里面既没有她熟悉的生机勃勃的气息，也没有大树、阳光和新鲜的空气。蝠鲼巡洋舰离开了轨道，开始加速，这是她人生中第一次离开塞洛克。尽管艾斯特拉并不熟悉身边的环境，但她还是很快就沉沉睡去……

到了就餐时间，萨琳自豪地端来了地球的食物——鸡肉、鱼肉、牛肉，这些都和艾斯特拉平时在塞洛克上吃的昆虫食物完全不同。她的姐姐坐在她对面，眼里放着光，脸上带着真诚的微笑，说："低语者之殿肯定会出乎你的想象的，艾斯特拉。那里，黄金的穹顶在阳光下闪闪发亮，高塔和桥柱上永远都燃着火焰，每个火炬都象征着一个汉莎移民地。你将会和彼得国王一起被邀请去参观各种壮观的阅兵和游行。"萨琳的脸上露出明亮的表情，"啊，反正塞洛克没有的，地球上都有。"

虽然萨琳对地球一片痴心，但艾斯特拉注意到她姐姐还是带了一整个货舱的塞洛克特产，这些都是她在低语者之殿里找不到的：美味珍馐、蚕茧纤维的织物，还有由森林的花朵制成的浓重的染料。

艾斯特拉一边吃着东西，一边礼貌地听着，说："有些地方听上去……还是挺有趣的。但是我去地球可不是为了观光，萨琳。"

是的，她是去嫁给那个她从没见过的年轻人的，她是去承担她从未理解过的政治责任和社会责任。本尼托和罗西亚都建议她保持开放的心态，寻找新的可能——最重要的是，一定要坚强。这一点，艾斯特拉还是能做到的。

十九名自愿前来的绿灵教士全都待在甲板上，艾斯特拉中途去看望了罗西亚。但是就在蝠鲼巡洋舰进入地球系统时，一艘大型客运飞船离开了主舰，将教士们送到了火星上的地球防卫军基地。

"下面有人迎接我们吗？"当巡洋舰降落到王宫区域的郊区时，艾斯特拉问道，"我需要立刻就和大家见面吗——还有彼得国王呢？他会来迎接我吗？"

萨琳拍了拍她的胳膊说："别担心，妹妹。只要有巴斯拉在就不会出岔子，一切都会经过精心的安排和考虑，还会反复排练很多次。从官方角度，连你现在就在这艘船上这件事也不会有人知道。到了你被正式介绍给公众的时候，所有细节都会布置稳妥。你什么也不需要担心。现在你只是一个无名乘客而已。这样也更方便你安顿下来，适应适应环境。"

地球防卫军的士兵们走下了巡洋舰，穿着制服的工人们开着卸货车上了船搬运货物。技工们匆匆赶来重新维护船上的房间和船舱，补足供给、水和空气，方便飞船能够立刻回到太空中，接受调度。

艾斯特拉站在人流之中，感到自己实在格格不入。她这辈子从没见过那么多建筑：摩天大楼、高塔、仓库、太空港的观察塔楼，仿佛一个由金属、石头和透明的方板构成的人造森林。天空是明亮的蓝色。她环顾四周，心中惊讶不已。

"巴斯拉来了。"萨琳对着一艘正朝她们开过来的军事运输船挥挥手，同时嘴里小声对她说："记住我让你说的话。"

"这不是一次非正式访问吗？"艾斯特拉扬起一边的眉毛，"既然没人在看，也没什么重要的任务，那为什么我还是非得说这些话不可呢？"

"就当作是一次练习吧，艾斯特拉。练习可不嫌多。"

温塞拉斯主席在蝠鲼巡洋舰上的贵宾出舱口和她们见了面，他的脸看上去充满智慧和经验，丝毫不见老态。艾斯特拉不记得主席今年多少岁了，但她知道他一直定期在接受回春疗法。他伸出一只手说："欢迎，艾斯特拉。在塞洛克时，我们在你哥哥的庆典上见过面，但我们还没有好好认识过彼此。"

"我的妹妹很高兴能来这里，巴斯拉。"萨琳说。

艾斯特拉努力挤出一个灿烂的笑容。这还是她第一次为了外交任务而做一些善意的掩饰，但她知道这绝不是最后一次。

艾斯特拉接收到了姐姐的暗示，心里急着想快点走完这套流程，她拿出一个小小的花盆，里面种着一棵柔软的小树，这是她特地带来的一份正式礼物。"这棵树苗是献给汉莎联盟的主席您的，希望它能够像汉莎一样苗壮成长。"

她最重要的礼物是要交给主席，而不是交给国王的，这多少让她明白了一点这里的权力分配。

"啊，谢谢你，艾斯特拉。"巴斯拉说，但他并没有伸手接过树苗，而是冲着他的金发侍者打了个手势，让他过来收下礼物。接着他冲着她露出一个微笑，仿佛还把她看作是个小孩："咱们去见一下彼得国王吧。为了这一刻，你肯定已经等了很久了吧。"

#

　按理说，他们的余生都将会在一起度过，但艾斯特拉却发现，他们却并不允许她真的和彼得见面。这是他们第一次见到彼此，在迷宫一般的低语者之殿之中，二人坐在一间装着透明天花板的温室里，吃了一顿非正式的午餐。侍从们来来往往，不断地在她面前堆上各种各样的糕点和甜品，但艾斯特拉却一点都不饿。

　国王坐在抛光长桌的另一端，身上穿着一套整洁干练的灰蓝制服，这身衣服似乎象征着汉莎目前的艰难处境。一个老式教师智能机器人像个私人顾问一样站在他旁边，而巴斯拉·温塞拉斯则坐在角落里。

　其他的代表和职能部门人员大声地交谈着，他们的声音嗡嗡作响，在艾斯特拉周围交织成了一丛细密的灌木。之所以安排这次看似随意的接待，似乎正是为了阻止她和彼得私下交谈，不让他们谈除客套话之外的话题。

　国王当然是非常英俊的，这一点她得承认。她在新闻上见过他的影像，一直以来她都觉得他仪表堂堂。彼得的金发碧眼和精致的五官都令他十分具有吸引力，但他在公共场合说的每个字又似乎都曾照着稿子一遍又遍地排练过。

　现在，艾斯特拉坐在他对面，两个人互相悄悄地打量对方，仿佛正在试图通过精神进行沟通。彼得的目光在她的脸上和衣服上逡巡着，像她对他做的一样对她进行着评估。她不知道，此刻彼得对她是否也像她对他一样，警惕又困惑。

　艾斯特拉为这位年轻的国王感到有些惋惜，她意识到他们的处境其实是差不多的，身体也没刚才那么僵硬了。到了这种时候，他们俩都不过只是权力的傀儡罢了。如果他们把对方当作敌人，那这次婚姻真会成为一场灾难。当他的目光和她相遇时，她对他露出了一个温柔的微笑。她的反应似乎出乎他的意料，但接着他便高兴起来，也向她露出了微笑。

主席和萨琳举起了手里小小的茶杯，杯子里装的是辛辣的肉桂茶，这种茶被标榜为彼得国王的最爱，但是彼得喝的时候似乎也并不比艾斯特拉更享受。"敬这对皇室佳偶，"温塞拉斯主席说，"希望他们的爱情和这次联姻能够令汉莎更加强大。"

"敬皇室佳偶！"萨琳重复道。

艾斯特拉和彼得也举起了杯子，他们望着对方，但嘴上却什么也不能说。

69

库尔特·兰扬将军

绿灵教士志愿者抵达火星时，兰扬将军热情地接待了他们，仿佛来的是什么他能随便摆弄的新型武器一般。

兰扬在基地宽敞的简报室里等待着，人员运输船靠着基地的建筑降落下来，志愿者们随后下了船。他连忙走过去，急着想看看这些让他盼望已久的通信员们究竟有些什么能耐。

绿灵教士们走了进来，看上去又冷淡又无所适从——这是十九个不同年龄不同体型的男人和女人。他们所有人都有深浅不一的光滑的绿色皮肤，所有人都完全没有头发。每个教士都带着一株栽在花盆里的植物：细细的树苗还不到一米高，上面垂着羽毛般的枝叶。

他们脸上和胳膊上的文身标志着他们在神秘的神职身份中不同

的等级和特长。塞洛克常年温暖湿润，绿灵教士们都穿得很少，但到了这个冰冷的红色世界后，他们又似乎都有点后悔没有多穿点。他之后会发给他们常规的地球防卫军制服，帮助他们适应军队的生活。

不出所料，这些绿皮肤的塞洛克人毫无纪律，也不听从指挥。他们一进来就随随便便，吵吵闹闹，对军官没有任何敬畏之心。这一点必须要改，但是他也知道不能把他们逼得太紧。

绿灵教士能来为地球防卫军效力，只是因为他们双方结成了一种十分脆弱的联盟，而且兰扬也许没有什么办法能让他们列队行进。要是那样，他们很有可能会就这么撂挑子不干了。但是，不管怎样，他们已经在和地球防卫军合作，他还是能有所期盼的……

一个腿上布满了可怕的疤痕的绿灵教士一瘸一拐地走到宽阔的窗户前，看着眼前荒凉的景色。他的腿伤在战斗中会是一个不利因素，但将军并不打算让这些志愿者卷入任何肉体上的混战中。他必须把他们视作是一种珍贵的设备，一种通信资源，一种人形发报机。

那个带着伤疤的教士用一双大眼睛盯着火星橄榄绿色的天空，说："你们这里没有树。"

"你们不是自己带了树吗？"兰扬努力想让语气听上去更像鼓励，而非不耐烦。他清了清嗓子，以引起他们的注意，"我是兰扬将军，你们的指挥官。"

一个教士挺直了背站着，他绿色的皮肤上分布的文身和图案比其他所有教士都多。他向前走了几步，手上举着他的树苗，仿佛这是一个生命支撑系统："我的名字是亚罗德，是这里的高级绿灵教士。世界树之林同意我们贡献出我们的远程意识联结技能，所以我们来了，想为这次与气基族的战争贡献出自己的一份力。"

"好……好，这对我们的帮助也很大。"兰扬将军回答。他本来以为他们来这里是为了什么更加具有爱国主义情怀和更加热忱的高尚目的，没想到他们只是勉勉强强地前来合作的。"你们提供的任何关于敌人的情报，对我们来说都非常珍贵。"

几个教士走到了窗前，和那个带着伤疤的男人一起盯着外面的峡谷，眼前荒凉的景象令他们震惊不已。这次如此重要的简报会似乎并没有让他们上多少心。

兰扬是个严格的军人，实在无法认同这种无组织无纪律的状态，而且这些绿灵教士彼此之间并没有展现正式场合中应有的尊重，对他也是同样。虽然亚罗德应该是他们之中级别最高的，但他们其他人对他也并没有表现出什么特殊的礼节。

亚罗德说："这次纷争其实早在一万年前就已经埋下了祸种，虽然我们现在还不明白具体的原因，但气基族确实认为它们已经摧毁了世界树之林。只有一小部分世界树之林在一颗行星上存活了下来，那就是塞洛克，而且森林一直都在躲藏，就是害怕气基族会再次来犯，毁灭它们最后的根基。现在看来，它们的担忧完全是有道理的。显然，敌人正在寻找和攻击布满森林的世界。我们必须保护我们的树木。"

兰扬决定把态度放得坚决一点。如果他现在运用他的劝说能力，先给这些塞洛克人上一课，等到了他们分散在十个坐标格内时，任何一个地球防卫军指挥官就都应该能够管教好这些教士了。

"让我来跟你们说清楚。我理解你们加入地球防卫军是因为你们知道，我们可以帮助你们保护你们的世界树。我们只能通力合作，才有可能战胜气基族。为了能更好地发挥你们的能力，打败我们共同的敌人，我们需要你们在整个系统之中扮演好自己的角色。地球防卫军既会发动大规模的攻击，也会发动小规模的行动。一次行动可能就会涉及成千上万人的性命。"

"因此，你们必须要听从指挥，接受你们在行动中的位置。你们在地球防卫军里的军衔是准尉，但在通信领域以外，你们没有任何特定的权力。"

"地球防卫军既提供帮助，也致力于摧毁敌人，但总目标仍然是保护全体人类。当我在最高层发出命令时，下面的人也会一一响应。在我之下的指挥官将会随之发出下一步命令，以完成他们分内的责任，然后他们的下属又会发出另一套命令，以此类推。"

"你们每个人都需要在正确的时间成为正确的道路上的一颗正确的石子。你们的远程意识联结能力将会是我们最快也最可靠的通信方式，如果我们计划中的每颗石子都能响应雪崩般的命令，那我们就会结成一支势不可挡的强大力量。但如果你们偏离了自己的轨道，你们也可能会造成灾难性的后果。"

"这一点我们明白，将军。"亚罗德说。

"很好，因为当战争到来时，我就不会有时间来和你们解释这些了。"他品味着自己的话，对自己到目前为止的演讲感到十分满意。

在宽阔的窗户前，一些绿灵教士仍然在指着外面的岩石互相交谈着。兰扬皱起了眉头，按下了控制按钮，使窗户变成了不透明的状态。"你们所有人，站到一起，认真听我说。"

教士们不情不愿地站到了亚罗德身边。兰扬把十指指尖碰在一起，看着眼前这些奇怪的志愿者们，说："我们现在正处于对抗气基族的关键时期。不出几天，地球防卫军将会针对敌人启动一场大规模且有力的防御进攻。那些袭击了伯尼渡口的外星人现在已经降落到了一颗名叫奥斯奎维尔的环状气态巨星中。"

他刚提起伯尼渡口，便在绿灵教士中引起一阵骚动，他们不安地看着彼此。"想想那些树木。"亚罗德说。

"整座黑松林都被毁了。"另一个人说道。

"连一棵树都没剩下。"那个带着伤疤的教士说。

"对——而我们正是要报这一箭之仇，"兰扬很高兴看到他们终于有了点反应，"当然，我不会派你们去参加战斗，你们擅长的是远距离沟通。为了提高效率，我们必须把你们十九个人分散到不同坐标格的战斗小组和潜在的目标移民地里。这样，地球防卫军将会获得极大的战略优势。有了你们，我们就能够了解我们整个舰队在部署方面的实时简况。"

教士们纷纷抚摸他们的树苗，以建立起更加有力的纽带。他们现在身处陌生的环境之中，离开了他们森林遍布的家乡，服役于不熟悉的军队中。而现在，他们又被告知，他们还不得不彼此分离。

兰扬看着之前那扇窗户所在的那堵黑墙："根据地球防卫军的信息来看，奥斯奎维尔这颗行星不足挂齿，但现在我们将会全副武装前往此地。一开始我们会先象征性地跟气基族进行沟通，而且我们希望你们能够协助我们。如果沟通不成，我们就会揍得它们屁滚尿流。"他咧开嘴笑了笑，以为他们会为他欢呼，但这些绿灵教士看上去却有些害怕。

"气基族是一个强大的敌人，"亚罗德说，"世界树之林警告过我们，不要小看它们。"

"噢，我们打算把我们现有的所有火力都投放到奥斯奎维尔上。地球防卫军的全部火力。我们不可能输。"

将军的语气十分坚定，神态也十分自信，但绿灵教士们似乎并不太信服。

70

西斯卡·佩罗尼

在一片令人眼花缭乱的色彩和庆祝活动中，游荡者的订婚船队进入塞洛克的大气层中。来的都是些正式的飞船，十二艘船的设计都非常独特，各有千秋，看似有些古怪，上面装饰着颇具异域风情的条幅，船体上印着华丽的徽章标志。它们分别载着游荡者主要部族的代表：欧卡、科伦、桑多瓦尔、帕斯特纳克、泰勒、苏伦加德、陈、贝克、科瓦斯基，当然，还有佩罗尼部族。

这些随行船只浪费了许多宝贵的艾克提，但每个游荡者部族都希望能表示一下他们的快乐和热情。议长结婚可不是件小事。

塞洛克人十分惊讶，争先恐后地爬到树上，在世界树的叶片中爬上爬下，都想看得更清楚一点。地面上的其他人则全都跑到降落空地的边缘上，欢迎前来的船只。教父雷纳德听说突然来了些奇怪的飞船，有些不知所措，气喘吁吁地赶到降落区域，身边还站着几个绿灵教士。

西斯卡·佩罗尼从领头的飞船上下来了，身上穿着颜色丰富的上好的拼接服饰，头发上绑成了节日时的发辫。雷纳德立刻认出了她："西斯卡！"

看到他黝黑的脸上流露出的高兴和困惑，西斯卡走上前来，伸出右手，脸上的笑容如同月光一般澄澈。她流畅地重复了一遍她练习过很多次的字句，没有任何明显的停顿："让你久等了，塞洛克的教父雷纳德，我亲自过来接受你的求婚。你的提议仍然有效吧？"

雷纳德的样子像是中了彩票一样，接着他像一个大男孩一样咧嘴笑了起来："当然有效！"他抓住了她的双手，快速又热情地拥抱了她，接着他有些尴尬地放开了她。他很快鞠了一躬，想要恢复镇定的态度，说："你愿意做我的妻子，是我的荣幸，西斯卡·佩罗尼，游荡者部族的议长。我们的人民也将像你我一样，互帮互助。我指的是我们个人之间。"

其他的飞船也陆续降落，挤满了这片小小的空地，但游荡者都是一流的飞行员，飞船降落的样子轻盈得仿佛在表演精心编排的舞蹈动作。热情洋溢的男女身着彩色的华服走下船，惊叹着这里碧绿的景色。部族代表们站在清新的空气中，看着高大的树木，呼吸着略带辛辣气味的湿意，感叹着这里的一切和人工环境中经过再加工的冰冷气息多么不同。

西斯卡举起雷纳德仍然紧紧握着她的手，对部族的领袖们说："我们都接受了！这段时间大家都辛苦了，值得好好庆祝庆祝！"

游荡者们纷纷吹起口哨，欢呼起来。绿灵教士们和在场的塞洛克人也都明白了这是怎么一回事，于是也高兴地鼓起掌来。最后，埃德里斯和阿丽西亚来了，对眼前这片令人吃惊的五颜六色的欢腾景象感到又困惑又兴奋。

雷纳德说："这可真是太好了——我的妹妹艾斯特拉才去了地球，她将在那里嫁给彼得国王。现在你又接受了我的求婚，我们的时代简直太奇妙了！"

她吃惊地眨了眨眼，但尽量掩饰住了自己的惊讶。国王会和塞洛克的女儿结婚？他们现在已经知道这个消息了吗？这个新闻在游荡者之中激起了一阵涟漪。西斯卡不知道按现在的情况看，这个政治联盟将会产生怎样的变化。游荡者、塞洛克和汉莎联盟三方之间的联姻。她得多想想这件事了。

西斯卡转向一个瘦削但看上去十分坚定的男人，刚才下船的时候他就跟在她身后。他有一头卷曲的黑发，五官和她很像。"这是我父亲，登·佩罗尼。我的叔叔们也全都在船上。"

雷纳德也很快向他们介绍了他的父母。埃德里斯盯着这些来访的客人，表情有些茫然："有人能告诉我这是怎么一回事吗？"

他妻子双眼亮闪闪地看着她的丈夫："埃德里斯，自己想想，你会明白的。"

#

西斯卡和雷纳德站在菌礁城里的接待厅里。影影绰绰的月光和星光穿透了森林的树冠，昆虫的低吟浅颂应和着异域乐器奏响的乐音，给这个夜晚镀上了一层别样的魔力。擅长民歌和民谣的游荡者们唱着歌，轮流分享着他们的文化，炫耀着各自不同的技能。

在这之中，西斯卡成功地假装出了一副快乐的神态。

部族的飞船带来了来自遥远的行星和行星带的许多艺人和异域礼物，他们把这次订婚庆典变成了一次狂欢。每个人都在笑着跳着，和他们的新朋友一起欢呼雀跃。

雷纳德坐在她身边，似乎非常自豪："西斯卡，如果今天这个夜晚我们的人民之间还有人要求婚，我一定不会觉得惊讶。"

她顺从地握住他的手，脸上仍然在微笑着："那我们的新联盟也一定会随之变得更加牢固。"

天色渐晚，雷纳德带她来到了一个隐蔽的阳台上，他们并肩站着，看着外面婆娑的树影，听着周围的活动传来的阵阵喧嚣。"你觉得你会喜欢上塞洛克吗？"他似乎正急于想要取悦她。

"我们两个人都还有很多东西需要适应。游荡者一直都是四海为家，而且我的部族哪怕在游荡者中也算得上是居无定所的游民，我们都是商人，经常在不同的星系之间来来往往。我父亲住在他的飞船上，去过成百上千的基站、天际矿井和艾克提储备设施，和大呆鹅或雷迪拉人做燃料生意，有时他甚至……"她降低了声音，"直接和一些移民地进行交易，虽然这违反了汉莎严格的贸易政策。"

"我相信汉莎一定会理解的，毕竟移民地也有自己的需要。"雷纳德说。她惊讶地发现原来他那么天真。

西斯卡叹了口气："我的人民可能还需要很长时间才能像你这么开明。"

"跟我说说游荡者吧，"他说着，脸上带着天真的微笑看着她，"你们为什么会那么……神神秘秘的呢？为什么总不相信其他人呢？"

"这是我们经过许多代人才学到的教训。你们很幸运，有树林茂密的塞洛克这么一片繁荣的移民地。但当我们的世代船卡内加号被带到艾瓦星时，我们种的所有庄稼都死了。那时候我们日子过得很艰难，只能依赖我们自己的资源。后来我们很擅长处理艾克提，一开始我们只是承包雷迪拉的设备，后来我们自己也有了采矿船。我们的每一次成功都是用血和汗换来的。和你们一样，我们也拒绝签订《汉莎宪章》，但大呆鹅却一直想要控制我们。"

"我们刚刚也为战争贡献了十九名绿灵教士……"

西斯卡严肃地看着他："那不一样。要是绿灵教士不愿合作，地球防卫军就什么也得不到，但对于我们，他们只需要偷走艾克提就行了——而且他们确实偷了，不用怀疑。我们怀疑他们一直在秘密地抢劫我们的一些货船，东西到手后便将整艘船都给毁了。"

"那太恶劣了！"

"幸好我们的大多数储存点都没有被收录到任何星图上。也许游荡者是有点多疑，雷纳德，但话说回来……也许是你太过于轻信他人了？"

欢乐的庆祝之声响彻整个夜晚。西斯卡不知道有没有人注意到他们二人的缺席。她的父亲和叔叔们也许正在互相挑眉，露出了然的笑容。

真正的婚礼要到一年后才会举行。与此同时，游荡者和塞洛克人将会增加双方的往来。他们的飞船将会不断来访这颗森林覆盖的行星，偷偷带来各种补给。雷纳德则会访问几个经过精心挑选的游荡者的前哨基地，也许还会带上他的家人。两个不同的文化将会渐渐开始融合。

西斯卡和雷纳德站在月光之下，她告诉自己，所有这一切都将好起来，这是一个正确的决定。雷纳德看上去是那么快乐。西斯卡心里涌起一阵苦乐参半的复杂感情，她握住他的手走近她，尽全力不让自己想起杰斯。

71

杰斯·塔博林

几个月来，杰斯一直在寂静中飞翔着，巨大的帆游荡于蒸汽般颜色绚烂的气体海洋中，这里的恒星气体、打着旋儿的离子和其他的宇宙成分也许有一天又会凝结为一个新的太阳系。他一直在行进，却从未有过目的地……真是一个彻头彻尾的游荡者。

杰斯其实挺喜欢这种生活的，他一直在沉思着，心里明白这能帮助他克服内心的混乱。如果一切都按他希望的那样发展，那现在他和西斯卡已经结婚了。但杰斯知道自己的责任所在，他无法用希望和幻想来铸造自我欺骗的童话。

他失去了挚爱，但他的个人悲剧似乎是自私的、无足轻重的，所以他不愿再这样自怜自艾下去。他想到那些包括罗斯在内的被气基族屠杀的游荡者，思考着所有部族目前面对的令人绝望的财政状况。游荡者的经济岌岌可危。

最后，他的心终于在一种伤感的钝痛中沉静下来，杰斯感到自己又振作起来了，又强大起来了——他已经准备好去面对现实，因为他别无选择。

但接着，他又开始感到孤独。此刻，一队星云过滤艇正散落在这片氢气海洋的各个角落里，互相之间隔着异常遥远的距离。哪怕用游荡者的标准来看，大多数星云采集工人也是非常独立的。

曾经平和的寂静现在充满了压迫感。通信系统中的聊天声渐渐变成了偶尔出现的信息传送声，信号滞后更是拉长了每一次交流间隔的时间。他在狭窄的甲板上来回踱步，又下到货舱里，耳边回荡着自己的脚步声。

戴尔·科伦说得对：有时间去思考是一种天赐的幸运，但思考时间过多则会变成一种负担。

从他开始听到声音——或许是他想象的声音——他便意识到自己已经一个人待了太久了。他听见了窃窃私语的声音，也听见嗡嗡作响的噪声，而这些都不是他熟悉的机器的轰鸣声可以解释的。当他放任自己的思绪漫游时，那些声音听上去甚至像是在说着什么具体的词语。

"有人吗？"杰斯喊道，被自己的声音之大吓了一跳。他的嗓子有些嘶哑，因为太久没说话，连声音都有些沙哑了。他摇了摇头："太好了，我竟然开始自言自语了。"

那些奇怪的声音就像是他余光中瞥到的黑影一样，他越是想听清楚，那声音就越是模糊不清。他叹了口气，想要无视它们……但他又实在不知道该想什么别的问题。

他下到货舱的甲板上，那里自动蒸馏机正把有用的副产品从星云气体中分离出来。经过压缩的各种成分装满了小小的容器，水一滴滴地流进巨大的圆柱形透明水箱，里面的水面每天只能升高一厘米。杰斯感觉到这里有什么东西，他的脑海里掠过一个念头……那念头一开始十分微弱，但现在却越来越强烈。

"有人吗？"杰斯再次喊道，这次他准备好了迎接自己的回声。当然，没人回答他。他深吸了一口制造甲板上奇怪的潮湿空气，嘲笑着自己的愚蠢。下次他该怀疑自己的星云过滤艇上闹鬼了……

然后，他开始做噩梦。

杰斯在他孤零零的床铺上醒来。冷汗浸透了他的床单，他一边深深地呼吸着，一边咳嗽不已，想要疏通自己的气管。他梦见自己溺水了，不断地往下沉，无法呼吸，也找不到游回空气中或光亮里的路。他的肺里、血液里、头脑里，都装满了水——甚至变成了水。那种感觉实在太过真实，他整个被吞没了，连思绪也被淹没，只能挣扎着让自己醒过来。

小时候，杰斯也曾经做噩梦梦到过他母亲，梦见她在普卢马斯星的冰川裂缝里缓慢冰冷地死去，看着她在外星水域的深处逐渐冻僵、窒息，只有身上那套逐渐失效的环境服还在保护着她，而其他人无法前去解救她。

但这次的噩梦却完全不同……给人带来恐惧的仅仅只是那种怪

异感。他没有感到威胁，也不感到恐惧，只是困惑。

杰斯的眼睛火辣辣的，他下了床，差点没站稳，只能靠着金属的舱壁才能保持平衡。他的手被汗水浸湿。

他惊讶地看到金属舱壁上竟然挂着小小的水珠。他伸出手碰了碰，指尖传来一阵刺痛。凝结的水珠汇合为一道小小的水流，在甲板上流淌着……仿佛它有自己的生命一般。

杰斯皱起了眉头，他循着水迹，寻找着源头。肯定有什么地方漏了，要么就是生命支持系统的管子破了，要么就是冷却系统哪里裂开了。此时，他在这里孤立无援，任何一点小问题都可能会造成大灾难。但杰斯对所有的环境系统都进行了检查，却发现一切都很正常，所有设备运行都处于最佳水平，甚至连湿度也和平常一样。

他回到舱内，发现墙壁已经干了。上面没有留下一点点湿润的痕迹。

#

杰斯独自站在制造甲板上的机器旁。空气湿润又温暖——这很奇怪，因为他从没更改过他的生命支持系统的指数。他再次看向那个圆柱形的透明容器里收集的干净的液体。

杰斯从容器里取出了一点水作为样品，利用船上的诊断实验室进行了全面的分析。他检查了两次结果，然后又进行了第三次测试。作为塔博林部族的一员，他对水的开采和纯度测试的流程十分熟悉。按道理来说，其中的化学成分应该只有纯水，这都是他一个分子一个分子地从宇宙气体中收集而来的。

为了证实他的想法，杰斯对他分散各处的星云水手同伴们发出了信号。他询问他们中是否有人曾在利用过滤器收集纯水时经历过什么奇怪的事情。他发出的信息就像一封被扔进大海的瓶中信一样，他知道他还需要等待好几天才能得到回应。

当回复终于陆续涌来时，他才知道，原来其他游荡者都没有费心去收集水蒸气或其他的什么星云杂质。他们只对能转化为艾克提的氢气感兴趣。

但是，杰斯越来越怀疑那些神秘的液体有些……不同寻常的地方。他每次站到那个圆柱形容器旁边时都会感到有些毛骨悚然。他看着那里面的液体，它完全透明，连一个气泡或一点杂质都没有。

而且它似乎还在发光，里面似乎充满了某种深不可测的东西。

"这究竟是什么？"他大声问道。

通过雾气腾腾的冷凝器收集的水越来越多，它微光闪烁，不断翻滚，当这些蒸汽从星辰之间浩渺的空虚之中被驱散之后，某种不同寻常的本质却似乎仍然被保留了下来。如果杰斯像其他游荡者那么迷信，他甚至会相信这些星云中的水是着了魔。

他蹲在圆柱形的容器旁边，伸手摸了摸弧形的容器表面，感觉到了一种按道理来说不应该有的暖意，这让他感到眩晕。他无法否认——这些跳动的水并不仅仅只是水——它比水复杂多了。附体……着魔……以某种令人不解的方式存活着。

渐渐地，在他孤单的飞船上，杰斯·塔博林开始和它交流起来。

72

巴斯拉 · 温塞拉斯

汉莎主席坐在他位于世界之巅的顶层豪华套房里。他操控一切，决定一切，掌握着分散在六十八个联盟行星上的所有的财富和资源。

但即便如此，他还是感到自己无能为力。有时，赤裸裸的真相——没有编造、没有扭曲、没有各种情有可原的借口和数据的真相——会令任何一个人类无力招架。

他抿着小豆蔻咖啡，在难得的寂静之中望向宽阔的窗外。落日的余晖给整个王宫区域都镀上了一层金色，仿佛一件薄薄的金属盔甲。低语者之殿看上去像是被泼上了熔融的黄铜。穹顶和桥柱上的火炬都已点亮，燃烧如一只只明亮的眼睛。不幸的是，今天的黄昏实在太具有象征意义，太令人沮丧。

经过他精挑细选的专家们呈上了一堆堆详尽的分析报告，令他无法再怀疑这样的结果。毫无疑问：汉莎注定会衰落，而且很快就会衰落，除非有什么东西能带来戏剧化的改变。

巴斯拉转过身，不想再看到渐渐拉长的日暮的阴影。他该怎么才能控制住局面？他感到这重量似乎已经快把他压垮了。他喝完了咖啡，品味着舌头上略微刺激的余味，然后回到他的水晶桌前，之前他已经清理好了桌面上堆满了的文件和各种零散的报告。

汉莎的前任主席之一，马尔科姆·斯坦尼斯，在他死后出版的回忆录里曾说："交易就是战争，而战争就是交易。"

桌面上镶嵌的一块薄薄的屏幕亮了起来。巴斯拉摇了摇头，看向上面的数据投影：移民地星图和食物、交通、奢侈品的资源分布图。他完全理解这里展示的所有东西——并不仅仅只是明白细节，而是可以判断出汉莎联盟的整体状态。现在看来，形势很严峻。

一些移民地的情况要更糟。早些年，瑞雷克星作为疗养胜地迅速崛起，获得了蓬勃的发展，但现在没人能负担得起自主到其他世界去旅游的费用，瑞雷克星只能不断地乞讨帮助和物资，而这些巴斯拉都无法满足他们。

常年云雾缭绕的德蒙星则需要太阳能镜和温室增强器来增加作物产量。那里日照极少，作物几乎无法生存。伊雷卡星被迫反叛，现在只能躲在角落里舔舐伤口。伯尼渡口的森林产业又被气基族完全摧毁，虽然集体支援那些凄惨的幸存者对于维护公共关系十分有利，但这些绝望的人们现在成了饥肠辘辘的难民，难以安置。

巴斯拉为彼得国王起草了演讲稿，为了适应当下的形势，讲稿的内容十分乐观，甚至扭曲了现实，但这些谎言无法维持太久。他握紧了拳头看着投影，好像单凭意志的力量他就能够扭转上面的内容似的。

不幸的是，这些数字非常准确，这些分析也完全站得住脚。

一切都取决于一个关键的资源：艾克提。地球防卫军采取的所有极端的紧急措施、严格的保护计划还有对游荡者部族施加的压力和鼓励都没能挽救危机，最后他们仍然紧缺艾克提资源。人类汉莎联盟离开艾克提就无法生存下去。移民地人民已经在饿肚子了——而且那些天杀的气基族还完全拒绝谈判。他的鼻孔在愤怒中快要冒烟了。

在关于克里克斯夫妇的外星考古队失踪一事上，巴斯拉也没有收到达文·洛兹发回来的任何消息，所以他假设这次任务也失败了。这件事本来就机会渺茫。

也许他们可以在奥斯奎维尔上给那些深核外星人上一课。士兵智能机器人、绿灵教士、整个地球防卫军的舰队……还有一个孤注一掷的谈判员。他为这次战斗投入了太多。

通常来说，巴斯拉的思路会在一个小时内被打断无数次，但今天他启动了一整套通信屏障，阻挡了所有的来访人和所有的通信。

他愚蠢地以为只要他能集中精神，长时间地思考一下这个问题，他就能想出一个解决的办法。但他的想象力仍然不愿屈服。

来客信号响起，巴斯拉知道是谁来了。只有萨琳知道他私人的通行密码。他几年前把密码给了她，她也很识相，几乎没有用过，但现在，他很欢迎她的打扰。

她美丽而兴奋的脸出现在了桌面的屏幕上，将统计的总和数据挤到了一边。一直以来他都觉得她的身体非常性感，对他有足够的吸引力。一开始他觉得她太年轻，但萨琳却比他遇到的大多数女人都要成熟。虽然她成长于一颗落后的森林行星，但她的头脑确实十分灵活。到目前为止，她用行动证明了自己是一个有价值的盟友。

"我知道除非是出了什么大事，不然你不希望我利用这个渠道进来，巴斯拉，"她说，"我还是提前告诉你一声，世界末日还没来——至少今天不是。但你我得单独谈谈。我来安排一次晚餐吧，安安静静的那种。"

"萨琳，现在可不是巩固我俩关系的时候。"

"我指的不是这个，巴斯拉。我在乎的是你现在做决定的能力，和在压力之下进行思考的能力。和我商量商量吧，我不是已经给你带来了那么多的绿灵教士，证明了我的价值了吗？"

他心里想叫她走开，想告诉她别打扰他思考，但他也知道那样的话他什么也得不到。"好吧，你确实已经出了好牌。你做的一切我很欣慰，那我们就聊聊吧。"他伸出一个指头，指着她黑色的眼睛，"但别想每次有什么事都同一张牌。"

她的笑声中带着一丝可爱的狡黠："看来如果我想从你这里得到什么别的东西，我就得再去创造一次奇迹，巴斯拉。"

听了她的话，巴斯拉也笑了，对他来说，这次打扰值了。"我还要一个小时来完成这里的工作，到时候再来我的私人楼层。你想吃什么就安排什么，我都行。"他关上了萨琳的影像。

兰扬将军已经把十九名绿灵教士安排到了他十个坐标格内的舰队中了。他希望即时的远程意识通信多少能够帮助在气基族的战争中平衡一下双方的势力。也许奥斯奎维尔的行动将能扭转当前的局面……又或许，有了绿灵教士也只不过意味着他们能早点知道各个地方发生的灾难而已。

气基族不让他们靠近气态巨星，他们就没有艾克提。

没有艾克提，也就没有雷迪拉的星际驱动。

不能进行超光速航行，也就不可能在宇宙中进行贸易往来。

巴斯拉用他的灰色眼睛再次扫视了一遍数据，他看到汉莎的移民地正在逐渐衰落，逐渐分崩离析。多年来他一直在冥思苦想，他们唯一的选项只有发掘一个全新的不再依靠艾克提的快速运输系统，但现在这似乎完全不现实。雷迪拉人和人类的科学家都在重新研究星际驱动，但他们就是找不到可以替代的燃料。

从前地球曾使用过缓慢航行的世代船，通过单程旅途将人类送到了旋臂里的各个地方。但在这种动辄就需要花上一个世纪的旅途中，他们根本不可能有机会进行任何贸易活动。

他努力想要想出一个办法，支撑起这个散布于星系之间的文明，但就连他最优秀的工程师也找不到可能的解决办法。他开始头痛。难道就没有别的办法可以让人类自由穿梭于星际间了吗？

最后他终于将桌面调回到了亚光晶体的状态。他叹了口气，准备去和萨琳共进晚餐。她也许能通过性爱或交谈让他放松下来，让他有一两个小时可以忘记这一切。

不管怎样，巴斯拉不认为他能在短期内找到什么办法。

73

达文·洛兹

被藏起来的那份备份数据晶片中包含着大量惊人的信息。玛格丽特·克里克斯记录了她的所有发现，还详细地翻译了无数个克莱西斯象形文字。

琳达越过达文的肩膀悄悄打量着，后者打开了他位于贪婪好奇号船舱上的灯。"她不仅破译了这些方程式，还解释了墙上写的那些历史记录。"他打开另一套文件，看着里面的图表、翻译、理论和疑问，"这些记录解释了克莱西斯留下的一些现在仍然能够使用的科技……比如我们发现的那扇石窗。路易斯知道如何启动它。"他瞥了她一眼，她的眼睛睁得大大的，眼神十分专注。"我们明天得过去一趟，自己做做调查。"

"你说了算，毕竟你是研究那些隐晦细节的专家嘛。"琳达从船上的储藏室里拿出了一瓶葡萄酒，她抿了一口杯子里的酒液，享受地叹了口气，想让他知道这东西有多美味。但达文不想喝酒，甚至都不愿意停下来吃顿饭。这件事太重要了。

巴斯拉·温塞拉斯选他来真是选对了。

他把屏幕滚动到文件的最底端："玛格丽特当时正把所有这些信息编写到一起，想要在下一次常规报告中把它们通过远程意识联结发送出去，但显然，她还没来得及传送，那个绿灵教士就被杀了。"

"你觉得他被杀，是因为有人不想这些信息外泄？"

"从玛格丽特的报告里看不出来她有什么性命之忧，她完全没有起疑心。杀了路易斯·克里克斯和那位绿灵教士的东西肯定打了他们一个措手不及。克莱西斯机器人和智能机器人都不见了，玛格丽特本人也是。也许那些机器人叛变了？也许玛格丽特发现了什么让她发狂的东西？也许威胁来自外部——比如什么雷迪拉刺杀小队之类的——也许有人不想让汉莎知道他们发现的东西。在这种时候，我总会考虑到所有的可能性。"

琳达痛饮了一口她的葡萄酒，然后通过帐篷打开的门帘望向沙漠里澄澈的夜空："而现在我们来这里则是为了了解这种东西。你就不关注我们的性命安危吗？"

他棕色的大眼睛迎向她的目光："我关注所有事。"

#

天刚蒙蒙亮，达文就带着睡眼惺忪的琳达·科特向第二个古代废墟出发了。他们走进了回声不断的鬼城里，之前他们已经探索过这里了，但这一次，城中的阴影和秘密都已经被揭开不少了。有了玛格丽特储存在数据晶片里的信息，达文完全可以重新审视这里的各种证据——也许最后还能找到一点答案。

他直接走进了那扇梯形的空白窗户所在的宽敞大厅里。达文盯着路易斯留在平整的石头上的血手印，然后仔细观察着那些围在光洁区域外面的形状复杂的瓷砖。他又走到这个大厅侧方的壁凹处，他之前在这里发现了一些奇怪的几何形机器部件，这些部件有的已经被拆开或打开了。

他在便携式电子平板上查询着玛格丽特·克里克斯记下的笔记——其中包括了她丈夫还没来得及完成的推想。达文可以想象，这个女人当时是如何催促路易斯写下他自己的总结报告的，但老人也许正忙于推敲和学习新鲜的事物，速度快得来不及记录，只能把书面工作往后推。

"你知道这是什么了吗？"琳达问，"还是说，这些细节对你来说也太过于隐晦了？"

"路易斯相信这是某种穿梭系统，某种'传送器'，它一旦被激活，便可以让人瞬间跨越遥远的距离。玛格丽特的报告里的方程式显示，克莱西斯的机器可以用某种方法在宇宙结构中建立起一个通道，通过这种捷径，距离变量可以被压缩到零。"

"听上去不太可能啊。当然，雷迪拉的星际驱动听上去也差不多……还有生活在气态巨星的地核里的智慧型外星人。"

达文看着梯形周围的各种象征符号，这里有成百上千块石砖，每块上面都有一个独特的标记——它们似乎都代表着某个目的地的编码。在前往瑞迪克星的路上，达文背下了关于已知的克莱西斯考古遗址的报告。这种奇怪的石窗几乎在每一个废墟城市里都能找到，虽然很多遗址里的石砖都已经被蓄意破坏了，有的则是随着时间的推移而渐渐损毁了。但瑞迪克星上的这些却似乎完好无损，且可以继续运作。

如果克里克斯夫妇的报告是对的，那这些一万年前的克莱西斯机械设备就仍然是可以使用的。克里克斯团队已经把它激活了。这种如此古老持久的能源来源一定能为汉莎的工业带来极大的发展机会。他觉得，也许他们还能在这里发现更多的奇迹，而这只是个开始而已。

他看见路易斯给这个机器装上了一个新的发电设备。这个汉莎的能源包早就已经进入了待机状态，但达文轻轻松松地就让它开始重新工作了。"有人替我们做了所有的工作。这还能用——"电池嗡嗡作响，接着，克莱西斯的科技设备开始轻微地震动起来。

"你动作小心点，达文。谁也说不准你会不会弄坏点什么东西。"

"或者说，激活什么东西。"他检查了那面入口墙，观察它现在有没有什么变化。他发现了显著的变化，仿佛一阵电流的刺激沿着他的脊柱游走。"看！手印不在了。"

空白的石窗闪烁着微光，上面仍然是一片不透明的棕灰色墙壁，但那个铁锈色的血迹已经消失了。

琳达惊讶地瞪大了眼睛："要是这真是个运输系统，可以让人不用星际飞船也能在星际漫游，那后果可就严重了！那样我的贪婪好奇号就一点价值都没有了！"

达文提出了另一个观点："如果有人不想让这种技术被广泛应用，那这完全足够构成一个谋杀动机。比如说，有可能是游荡者想继续维持对他们供应的艾克提的需求。"他眯起了眼睛，"但谁知道呢？玛格丽克根本就没有发送她的报告，怎么可能有人知道他们发现了什么呢？"

"克莱西斯机器人当时也在这里，"琳达指出来，然后她紧张地看了看身后，"要是它们想要隐藏这个关于它们的创造者的秘密呢？"

"这也说得通，"达文说，"还好我们没有像克里克斯他们一样带什么机器人'助手'。"

他向前一步，摸了摸其中的一块刻着坐标的石砖。强有力的嗡鸣声越来越大了。石窗突然闪烁起来，然后启动了，琳达绑在室内的灯光也变暗了。接着，梯形的石窗里出现了一幅图景，仿佛打开了一扇门。

"难以置信，"达文说，"也许玛格丽特……穿过去了。"

琳达的手扶到宽宽的后腰上："我该提醒你，你知不知道自己究竟在干嘛？还是说，不论我说什么只能让你更想去调查这玩意儿？"

他无视了她的话，又往震动的墙壁靠了靠。他一直以来都是个冒险家，而且，要想当好间谍，研究清楚异星文化，冒险是必需的。

"我想知道它是怎么——"他嗫嚅着，伸出一根手指去感受这片区域。达文刚碰到图景，他的胸腔便猛地一跳。他感到天旋地转，仿佛大脑被吸出了颅骨，正围着一个轴心高速旋转着。

他踉跄了几步，跪到了一片柔软的沙地上，眼前是一片坍塌的墙。气温至少下降了三十华氏度，而头上的天空——开阔的天空——是紫红色和浅紫色组成的旋涡，高空流云飞转。克莱西斯废墟就像一个长在绿草青青的原野上的白蚁丘，其间分布着一些从地上冒出来的突出的石块，仿佛一颗颗一直烂到牙龈上的牙齿。

他喘着粗气，挣扎着站了起来。在他身后是另一个梯形的传送装置，和瑞迪克星上的洞穴里那个一模一样。他最后看了一眼琳达·科特微弱的身影，她正透过一种海市蜃楼般的微光不可置信地看着他——隔着无法跨越的距离。他穿过来了吗？

图景渐渐模糊起来，然后慢慢消退了。他发现眼前的石窗再次变成了一面不透明的石墙，一道石头做成的屏障，一扇紧闭的门。

"难以置信。"达文对自己说，他还没来得及感到恐惧。他只有在回想了刚才发生的一切之后才会允许自己沉浸于那样的反应中。

他环顾着周围这个外星世界。这里一片寂静，空空荡荡，没有一丝人类活动的痕迹。他完全不知道自己究竟在哪里。

而且这个摇摇欲坠的克莱西斯废墟里的传送装置已经在他身后关闭了，他没办法回去了。

74

彼得国王

他的侍从们花了整整一个小时为他梳妆打扮，挑选合适的服装，确保他身上的每一条褶皱、每一个口袋和每一件首饰都已经服服帖帖。化妆师仔细检查了他的脸，为他做好了发型，最后终于宣布，国王已经可以出门接受媒体的镜头的检验了。

现在，彼得已经习惯了冗长的国宴了。他学会了如何一边扮演好他的角色，一边隐藏起自己真实的想法。他甚至不需要故意为之了。今晚，他面前将摆满了丰盛到令人难以消化的珍馐，而他则会一边微笑，一边摆弄食物，小心不弄坏那些已经为伟大的国王们服务了两个世纪的精美瓷器。

彼得还记得很久以前的夜晚，那时他必须拼尽全力才能为自己和家人找到足够的食物。今天他已经不用再吃剩菜和通心粉拼凑而成的残羹了。他已经不知道自己是从什么开始不再认为自己是雷蒙德·阿古拉，而是彼得国王的了。他过去的生活对于现在的他来说就像一个奇怪的梦。

他唯一在意的人只有艾斯特拉，他未来的新娘。他想知道她究竟是个怎样的人，如果有一天他真的可以对她敞开心扉，她是否会和他有同样的想法。他不知道自己会不会有机会知道……

彼得理解她现在的处境，他为这个年轻的姑娘感到难过。艾斯特拉和她姐姐萨琳似乎完全不同，她是如此甜美，如此聪慧，总是在迫切地观察着一切——和他之前担心的不同，她一点也不无聊，也没有被吓倒，但她对这样的庆典并不习惯，也不习惯自己的一举一动都要接受一番审查——艾斯特拉甚至都还没有被正式介绍给汉莎的民众。礼仪大臣正在抓紧时间计划着这一事宜，再过一周他们就会进行官宣。

目前来看，他们俩除了互相微笑和寒暄以外，并没有什么别的机会可以交谈，好奇的侍从们总在偷听他们说话。彼得真希望他们可以就这么一起坐在房间里好好地聊聊天，但今晚肯定不行。不过，他还是期盼着能见到她……

他在七个仆人的陪伴下走下长廊，传令官在前面带路，每走一步都会吹响号角，令他有些尴尬。当他走进宴会厅时，达官显贵们立刻站了起来，随之而来的是一阵衣物的窸窣声，椅子和地板的摩擦声，鞋子、珠宝和金属奖章发出的叮当声。

国王摊开双手表示欢迎。OX不露声色地站在宴会厅里，它彩色的金属皮肤专门为了这次场合做了一次抛光。彼得看到这个尽职尽责的教师模型很高兴，它帮过他很多忙，对他来说，OX就是这整个低语者之殿里和他最亲近的朋友。

桌上摆放着花束、精致的餐巾还有在水晶吊灯下闪闪发光的银餐具。他和艾斯特拉将会迅速地互相看一眼，也许会相视一笑，也许会移开目光。要是他们可以单独待上十分钟就好了……

仆人和朝臣们一直以来都会让彼得到得比其他人稍晚一些，这样就能让大家一起等待国王的大驾。但这时他看见，在餐桌的一头上，就在他自己的座位旁，有一个位置空着，那是艾斯特拉的椅子。她不在这里。他带着询问的目光看向他的传令官，接着又看向OX。

巴斯拉·温塞拉斯脸上带着虚伪的笑容，走上前来低声对他说："我们没找到艾斯特拉。她迟到了。"虽然他的脸上仍然维持着平静，但他的声音里却带着一丝批评的意味，仿佛他正把艾斯特拉的迟到怪罪到国王头上。

彼得向主席轻轻点点头致意，接着走向了他位于餐桌一端的专属座椅，说："我的客人稍微耽搁了一下，但我们现在也都已经习惯这种意料之外的延误了。"他知道现在他应该先给大家吃颗定心丸。巴斯拉不希望让别人认为出了什么意外情况，一刻也不能。"请大家就座吧。我敢肯定，我们的开胃菜完全能喂饱一颗小小的移民地行星。"

一阵捧场的轻笑声在餐桌边荡漾开来。彼得不知道对于艾斯特拉不见了这件事，他是应该担心还是应该暗自高兴。他希望她是找到了什么自己想做的事。无论她在哪里，他都更希望能跟她待在一起，而不是留在此地。

"我建议我们可以先开始吃头盘了。厨师们肯定会用上他们的十八般武艺，用美味佳肴把我们所有人都留到午夜之后的。"

沙拉还没有吃完，两个护卫忽然护送着慌慌张张的艾斯特拉出现在了宴会厅里。彼得立刻站了起来，宴会桌上的其他人也纷纷效仿，挣扎着尽快站了起来。虽然她的礼服十分美丽，且极具塞洛克的异域特色，但明显是匆匆套上的。

"我刚才只是在探险，"艾斯特拉黝黑的脸上带着稚气而害怕的表情，"我忘了时间了。我不是故意迟到的，只是低语者之殿真的太……太大了！"

巴斯拉挽着这个年轻姑娘的胳膊："我带你到你的座位上吧，亲爱的。"他皱起了眉头，暗自责骂她了一声。

艾斯特拉看上去一脸愧色，她坐到了座位上，而OX则站在他们中间。彼得倾身，用不足以被其他人听到的声音轻轻说："别担心。巴斯拉就喜欢照计划来，他连出汗都有个时间表。"

　　她一开始没有看他，但接着她用深色的眼睛看了他一眼，似乎松了一口气："谢谢。"

　　出席宴会的人们愉快地互相聊着天，但艾斯特拉一言不发，彼得感到她似乎仍然十分紧张。她是怎么看他的呢？他已经接受了他将会娶她的这一事实，但他仍然想知道她究竟是个什么样的人。他看着她，想要得出个结论。艾斯特拉是个幽默的人，还是个阴郁的人呢？她是喜欢热闹，还是喜欢安静？她害怕他吗？恨他吗？想要控制他吗？

　　乏味的聊天和礼貌的微笑令他意兴阑珊，艾斯特拉仍然没从她在宫殿里乱晃引起的反应中解脱出来。在塞洛克时，她已经习惯了随心所欲地到处漫游了，但现在她却惊讶地发现她在日常生活中的自由竟然如此有限。她一直在吃东西，只在有人向她提问时才停下来做出简短的回答。

　　客人们纷纷举杯为国王和他伟大的统治祝酒，彼得也尽职尽责地举起他的高脚杯——自从宴会开始后，这已经是第四次祝酒了，而他们都还没开始吃主菜。他试着想要捕捉艾斯特拉的目光。他希望他能让她明白，他也像她一样不喜欢眼前的情景。

　　巴斯拉总是在用一副铁爪控制着彼得的每个行动，而现在，他也开始用同样的方式来对待艾斯特拉了。如果她能学会维持表面上的合作，他们虽然必须做出无数次妥协，但至少还能保有那么一丝的身份和尊严。但巴斯拉似乎并不愿意让彼得开诚布公地和这个即将成为他妻子的女人真诚聊天。主席不喜欢任何未经安排的会面，哪怕是私人会面也不行。

　　"那我该怎么了解她呢？"彼得曾坐在巴斯拉的私人办公室里这样问道，"如果我们要成为一对公众眼里的完美伴侣，那我不是起码该了解了解她吗？"

巴斯拉当时不屑一顾："没必要，彼得。我已经胜券在握了，你这样反而把问题搞复杂了。你之后有的是时间。"

但现在，艾斯特拉就坐在一米远的地方，彼得露出了微笑——这次是一个真正的微笑——然后转头对他的准新娘说："你肯定很想念塞洛克的森林。"

她惊讶地看了他一眼，但仍然保持着警惕："我离开的时间还不算太久。我还能坚持。"

"低语者之殿里有个非常漂亮的植物园，里面的花园都经过精心修剪，和塞洛克完全不同，你肯定会大吃一惊，而且还有一些世界树。你一定会喜欢我们这片小小的人工森林的。"

"那肯定比走在装满了古董的宫殿里要强，它们该被放到博物馆里才对，"她不满地冲着那些板着脸的守卫哼了一声，"而且我自己散步的时候，有的人竟然还会不高兴。"她发出了一声粗鲁的噪音，"就像我没有自己一个人散过步似的！在塞洛克的时候我一跑就是几个小时，我会爬到世界树的树冠上，俯瞰整个世界。"

"你就不担心在那里会迷路吗？"

艾斯特拉耸耸肩："在自己家怎么迷得了路呢。"

彼得抬起眼睛，看向高耸的穹顶和华丽的水晶吊灯："我已经在低语者之殿里安了那么久的家了，但现在偶尔还是会迷路。"

艾斯特拉轻轻地笑了："那幸好你还有那么多守卫盯着你。"

"要是我们俩一起去逛花园，也许我能说服这些守卫，让他们待在离我们二十步远的地方。只要你保证不爬树。"

这时巴斯拉站了起来，引来了众人的瞩目。大家立刻安静了下来，这也是他的权力和他受到的尊重的象征。侍者们自觉地退出了众人的视线。

"艾斯特拉，塞洛克的女儿，我们热情地欢迎你，并向你表示我们的感激。很快，汉莎将会正式宣布你和我们敬爱的国王的订婚消息，"他转身对着教师智能机器人，"OX将会帮助你熟悉这里的环境。它将会在礼仪礼节、行为举止等方面给你一些指导，就像它在王子年幼时为他做的一样。"

彼得对她微微一笑。艾斯特拉似乎对忽然的瞩目感到很不好意思。"谢谢您。"她说。

大家礼貌地鼓起了掌，巴斯拉又坐下了。侍者们开始布主菜，鲜美多汁的牛排正在浓郁的酱汁中冒着热气。彼得想到艾斯特拉一直在塞洛克生活，肯定不习惯吃任何除巨型昆虫以外的肉类。对她来说，这道美味还是一种新的体验。

他又对她笑了笑，心面涌上一阵奇怪的暖流。也许他们最后也会喜欢上对方……只要其他人给他们这个机会。

75

第一继承人乔拉

乔拉在他封闭的私人房间里发现了一些神秘的文件。有人把这些文件放到了只有第一继承人能看到的地方。光是看着那叠明显是古代的晶体薄板，他就感到一阵冰冷的惧意。

近来，乔拉的生活里没有出现过任何令人惊喜的事。

年轻的索尔已经带着救助物资、工程师、营救人员、工人和建筑师一起前往地平线星簇了。受伤的卢萨王储则仍然处于心神网无法感知的深度昏迷中，几个月来毫无变化，一动不动。皇帝说，他已经无法在心神网中感知到他重伤的儿子了，但他还没有进入到光源之境中。只有医学氏族人能证明，海洛卡星王储现在仍然活着……

乔拉皱起了眉头，他金色的发辫在焦虑中颤动着。他拿起了那些闪着光的薄板，上面的内容仿佛刻在液体钻石中的符文。那些字母和语言十分古老，薄板的边缘装饰着华丽的花纹，和现在的风格并不相同。他花了点时间才认出这些字句的韵律和音步，每节诗的形式和格式都一模一样。每个雷迪拉人都会觉得这些诗行十分眼熟。

这是《七恒星史诗》中的一部分。他之前从未读到过的一部分。

又是更多的故事，又是这些古代历史。为什么会有人选择在这样一个时候拿这些东西来打扰第一继承人？气基族正在神出鬼没地袭击着人类和雷迪拉的聚集地，海洛卡星被夷为平地，还有很多其他的碎片移民地正在撤离。他自己的弟弟正毫无意识地挣扎在生死边缘，而皇帝正被肿瘤一步步拖向死亡。

乔拉愤怒地把这些文件推到一边，但接着他忽然看到了一个令人心惊的字眼，格格不入地出现在古代的史诗文件中。

气基族。

他一把抓起那些透明薄板，开始读了起来。他的眼睛扫视着诗行，领会着这个惊人的故事。故事讲述了一场无人知晓的古代战争，那时雷迪拉人与气基族和其他强大的"魔鬼"之间发生了浩大的战争。这场战争发生在一万年前，正处于一个神秘而又无人记叙的"失落年代"。

这不可能是真的！

《七恒星史诗》是准确的历史记录，乔拉一直通过其中真实的传奇和英雄事迹来汲取养分。这几十亿行诗记录了他们种族的历史，没人质疑过它们的真实性。

据雷迪拉人所知，几千年前，一场发热流行病杀死了整整一代的记录者，因此口述的史诗有一部分也随之缺失了。但现在，乔拉知道了那部分古代记录其实被保存下来了，只是不为众人所知。究竟是这部分的雷迪拉历史被重新发现了，还是说它们其实一直以来都被人保管起来了？

乔拉既惊讶，又感到不可置信，他一目十行地吸收着这些全新的信息。他读到了在那些令人难以理解的力量之间的冲突——不仅有气基族，还有其他与火和水有关的实体存在，甚至还有一种基于地表生存且构成了有机生态系统的感知生物。这些字句和名字都十分奇怪：法罗、温特尔、维尔达尼。

一亿年前，这些生物也曾在宇宙中交战。在那场恐怖的战争中，它们摧毁了克莱西斯一族，但这似乎只是无心之举。它们也差点摧毁了整个雷迪拉帝国，但年代久远，现在已经没什么人能想起来了。

这不可能。这个秘密怎么可能会被隐瞒那么久？而且在过了那么长时间后，又是谁重新发现了这些记录？

忽然之间，答案变得明显起来。一定是在他父亲的安排下，他才看到了这些文件。这是有意为之。只有皇帝可以这样如此彻底地掩饰真相、重写历史。也只有通过心神网回想各代的记忆，皇帝才能实施一个绵延几千年的计划，以此来隐藏关于第一次和气基族的战争的种种信息。但究竟是为什么呢？

他父亲一定认为，让第一继承人看到这些材料，是他成长过程中重要的一步，这能让他彻底切断幼稚的想法，明白领袖需要承担的严酷的现实。简直骇人听闻！乔拉从没想过竟然存在如此大规模的欺骗。

乔拉的思绪十分沉重，但愤怒令他咬紧了牙关。他无法接受这种秘密的存在——而且他们一直以来竟然连他这个第一继承人都隐瞒，他可是皇帝的继承人！

而且，如果他父亲能做到这一步……还有什么是乔拉不知道的？

他又读了一遍这些故事，心里明白这一万年来，没有一个记录者——甚至包括瓦尔在内——曾大声朗诵过这些文字。虽然气基族受到重创，但很明显，它们也赢得了那场古代战争的胜利。其他的生物则全都被打败了，失散在了宇宙中……也许被完全摧毁了。

乔拉挣扎着想要克服心中的震惊，他的思想又游离到曾经的和平年代，他曾和温柔的妮拉共同分享的那些充满爱的时光。他真希望那个可爱的绿灵教士此刻能够陪在他身边……

他还记得她是如何描述那片神秘而惊人的世界树之林的，那个庞大的智慧心灵一直以来都在塞洛克沉睡着。这时，乔拉眼睛一亮，他想到了一个令他大为惊奇的可能性。如果世界树之林就是那个虽然强大但最终还是战败了的"地表力量"残存的势力呢？维尔达尼。

忽然之间，气基族在他眼里变得完全不一样了。一切都充满了新的可能。

76

琳达·科特

真是太典型了。

琳达·科特站在瑞迪克星上空空荡荡的废墟里。每当一个男人搞不清楚情况时，他就一定会通过把一切搞得更糟来证实自己的猜想，他不仅要按下按钮，他还一定会坚称"我知道怎么修好它"。

这种事情，她已经在自己的历任丈夫身上看到过太多次了。

而且男人也总会从她身边消失——虽然通常来说他们不会以这种戏剧性的方式。她站这里，看着这座奇怪的外星机器开始嗡嗡作响，传送门墙颤动不已。然后一副奇怪的外星图景像投影一样出现在了梯形的石窗里，里面的天空是淡紫色的。

接着，达文·洛兹消失在了其中。

琳达没有看清达文究竟做了什么，也不知道他是怎么被这个传送系统掳去的。她在他身后大喊大叫，朝这扇石头做的大门跑去，但她足够聪明，早在碰到这个区域之前便停了下来。要是达文也像她这么谨慎就好了。琳达隐约看到那个男人震惊地站在一个遥远的世界里，正回头望着她。但接着画面就消失了，石窗又恢复了从前的样子。

达文走了，瑞迪克星也安静了下来。

她双手交叉在胸前，重重地叹了口气："好吧，这又是搞的哪一出啊？"

#

琳达等了四天。第一晚她睡在鬼城里，希望能听见机器重新启动发出的嗡鸣声，看到达文自己主动回来。<u>看来没什么戏</u>。她希望他没再等着她瞎按一通按钮，重现他当时制造的混乱。

现在她孤身一人了，连睡觉时身边都放着一把武器，总在竖着耳朵听周围有没有脚步声或爪子掠过的声音。她想到了那个绿灵教士残缺不全的尸身，又想到了那些被连根拔起的世界树，还有惨死的路易斯·克里克斯留下的血手印。瑞迪克星看上去空空如也，但却确实有什么东西杀了他们。

但是达文最后没有回来，而且也没发生什么恐怖的事情，这座诡异的废墟便变得无聊起来。很多年前，琳达第一次组建了贸易公司，把生意转包给了其他船长，又想方设法搞来了五艘好船。那时，她脑子里憧憬的可不是今天这种情况。

琳达回到船边，在营地周围闲逛了半天，无事可做。贪婪好奇号上补给充足，燃料也够用，她随时都可以离开，但她不能就这么把达文扔在这里。要是他通过传送系统回来了，还得到了不得了的发现和温塞拉斯主席想要的答案，却发现琳达已经走了，那该怎么办呢？她决定继续等待。

一直等待。

达文做出了自己的选择，而他的愚蠢也令他身陷险境。要是琳达在他消失前的几秒钟里观察得仔细点就好了，但她既没有兴趣摆弄这些外星机器，也不想跟着他一道过去。她只会留在这里，思考下一步的行动。但是琳达从来都不是一个畏畏缩缩、只会做白日梦的人，尤其是在她完全可以有所行动的时候。

但是，在瑞迪克星上，又能做什么呢？

她感到了一种罕见的自怜自艾的情绪。六年前，人人都还不知道什么是气基族，那时她从未想过自己竟然也会落得个这种境遇。这种事情在当时看来似乎完全不可能，毕竟她并不相信什么"命运无常"之类的瞎扯。最开始是远大前程号被兰德·苏伦加德的海盗给毁了，接着，她剩下的大部分船只又都被地球防卫军征用了。现在，琳达只有贪婪好奇号了。

也许她应该就在这里安家了，减少自己的损失。没人会来烦她……但也没人会来陪她。这笔买卖似乎不太划算。

　　她又走到贪婪好奇号的厨房里，检查剩下的物资。大多数食物都是些平平无奇的速食品，更注重营养而非口味。她打开一些包裹，又从她的私人储备里拿出来一些黑巧克力和一瓶她最喜欢的葡萄酒。

　　她往这些私人独享的美味上撒了一些特别的香料，这种烹调方法简直可以说是在挥霍原料，但琳达决定今天要放纵一次。她用了一点葡萄酒来调配美味的羔羊肉所用的酱汁。青酱面条、黄油蘑菇……还有一块酥脆的蜂蜜坚果小点，可以和巧克力配在一起作为餐后甜点。

　　琳达在外面撑了一张小桌子，上面铺了一块桌布，旁边放了一把宽椅。她倒了一大杯新葡萄牙葡萄酒，没去管船上乱糟糟的厨房。她可以之后再打扫，只要不发生什么意料之外的事情，她的时间就还很充裕。她坐下来，闭上眼睛，深吸了一口食物散发出来的香味。如果周围的阴影里藏着什么怪物般的捕食者，菜肴的香气一定能引得它们现出原形。

　　她每样菜都尝了一口，包括甜点在内，暗暗赞叹着自己高超的烹饪技术。接着她开始津津有味地吃起来，心里十分满足。"慢慢来吧，达文！"她冲着空旷的四周喊道，"我就在这里等着你。"

　　她又喝了一口葡萄酒，然后往后一仰，开始观赏沙漠中壮丽的日落。

77

达文·洛兹

　　他目前最紧要的任务是确定自己究竟被困在了哪里。不过眨眼的工夫，达文·洛兹就通过克莱西斯传送系统穿越了难以想象的遥远距离——并且来到了这片浅色天空下的古代废墟中，昏暗的恒星仿佛一只悬挂在地平线上的失明的眼睛。

他环顾四周，花了点时间对周围凹凸不平的克莱西斯世界整体景貌做了一番冷静理智的评估。这里空气稀薄，且十分干燥，但他仍然能够呼吸，和他读到过的其他所有克莱西斯世界似乎并无不同。这一端的梯形石窗看上去也完好无损，还可以使用。

一步一个脚印地来吧。这不过是个仍需解决的问题。达文花了一个小时在废墟里四处逛了逛。也许玛格丽特·克里克斯也逃到这里来了——虽然瑞迪克星上的传送系统旁边还有几百个坐标格可供选择。要是玛格丽特真的使用了这个外星系统，那她很有可能去了这些行星之中的一颗。她可能在任何地方，而且可能仍然还活着。

而他也决意要活下去。

寂静渐渐变得沉重起来，达文喊道："有人吗？！"他听着自己的回声回荡在这个也许从未听到过人类声音的世界里。没人回答他，于是他又喊了三次，然后他决定，不再为自己招惹注意了。

他在探索周围环境的时候，既没有找到水，也没有看到什么能吃的东西。锯齿状的地貌，高耸的克莱西斯石堆，甚至天空的颜色，都让他感到似曾相识。他努力回忆着他在为调查瑞迪克星做准备时读的所有材料。

这个世界和那颗叫作拉罗星的行星非常相似，正是在那里，"行星勘探者"玛德琳·罗宾逊在接近两个世纪前第一次发现了克莱西斯废墟。罗宾逊夫妇当时在废墟里找到了休眠状态的克莱西斯机器人。如果达文可以找到其他的克莱西斯机器人，也许他就能向那些黑色的机器人寻求帮助。当然，如果谋杀了路易斯和绿灵教士并且毁了瑞迪克星上的所有设备的,正是这些虫形机器人的话,那这种行动也许并不明智……

他在淡紫色的天空下迎着干冷的烈风,回到了梯形石窗前。他花了一整天的时间都在考虑,最好还是先测试一次这个系统,以免他又犯一次错。

不管这地方是不是拉罗星,还是其他类似的、无人涉足过的克莱西斯世界,总之他都迷路了。如果梯形石窗周围的每个符号,都代表着早已失落的克莱西斯行星中某一处的坐标,那他没有任何办法搞清楚它们究竟是些什么地方。

即使现在他能想起来,一开始把他送到这里来的那个写着地址的石砖上画的究竟是什么符号,他也不知道哪个坐标才能把他送回到琳达·科特所在的瑞迪克星上。

他敢随机去另外的世界吗?虽然他在这里活下来了,但如果下一次他没选对怎么办?如果他把自己传送过去的下一个地方无法呼吸,或者那个废墟已经完全坍塌了怎么办?虽然可能性很低,但也不是完全不可能。难道玛格丽特·克里克斯正好碰上了这种事吗?

但另一方面,他现在已经感到又饿又渴了。

他检查了一遍传送机器,但这只是自我安慰,因为他其实完全没有弄懂这些机器的运作方式。尽管如此,发电机还是开始嗡嗡作响了。一切似乎都在正常运转着。他的旅程显然重新唤醒了这些封存已久的克莱西斯机器,启动了整个传送系统。克莱西斯一族在被摧毁前竟然还有闲心把这些传送装置设置成待机模式。

他希望传送网络里其他的部分也仍能正常运转。

达文既不愚蠢,也不懦弱。他知道他必须靠自己找到解决的办法。除非琳达·科特过来找他——但他不觉得那位女商人会冒这种险——不然没人会发现他在这里。没有水和食物，他也活不了多久。

最后，他终于鼓起勇气，随机选择了一块写着坐标的石砖，他记住了上面的图案，然后按了下去。传送装置启动，一阵天旋地转后，他踏进了另一个世界。

他还没睁开眼就先深吸了一口气。不一样了。这里的空气十分陈腐而干燥——但仍然可供呼吸。这里的废墟上覆盖着几千年沉淀下来的厚厚尘埃。墙体倒塌，天空呈现出刺眼的鳞状绿色。这里的梯形石窗竟然仍然能够运转，简直是个奇迹。

显然，这里不是他想去的地方。

这时，一阵令人毛骨悚然的尖叫声忽然响起，声音越来越大，他抬起头，看见头顶上正盘旋着一些黑色的生物。坍圮的墙壁上爬满了看上去似乎带有毒素的昆虫。两只拳头大小的甲虫啪嗒啪嗒地拍着翅膀，接着直直朝他冲过来，像沉重的大黄蜂一般发出阵阵嗡鸣。

这次达文没有多做准备便直接启动了传送系统，他选择了一块不同的坐标石砖，然后赶在甲虫飞过来之前踏进了闪烁着微光的石窗里……

他在下一个世界仍然没有发现什么有用的东西，这是一个空旷的克莱西斯世界，里面没有丝毫人类探索的痕迹——也许这个世界从没被记录到星图上，也没有被人调查过，可能连雷迪拉人都不知道它的存在。这里的废墟很完整，里面的建筑也没有损坏。他奋力呼喊了一声，但仍然没有得到任何回应。

之后他一次又一次地穿梭在传送装置中，每次都觉得自己更加饥肠辘辘了。他仍然仔细地记录着每一个坐标的图案，希望能够自己把它们编制出一种地图。玛格丽特·克里克斯当时也曾像这样绝望地游荡于一颗又一颗星球，但却从未找到回去的路吗？

第六次旅程把他带到了一个炎热干旱的地方，这里看上去十分熟悉，他确定自己之前在巴斯拉给他的简报里看到过这里的影像。达文发现了人类大学挖掘营地的遗迹。有些建筑旁边拉上了警戒线，四周还有粉笔记号，尘土中藏着经过仔细剖析的地层样本，这一切都证明曾有人在这里研究过这些废弃的城市。这些都是人类留下的痕迹。

他饥肠辘辘，但心里还怀着一丝希望。他穿过营地，找到了一个垃圾堆和一些被遗忘在此的零碎物品。但没有人。他想起这颗星球叫皮姆星，是一处著名的克莱西斯遗址。如果时局没那么紧张，太空旅行也不受限制，皮姆星肯定会是一个大型挖掘点，说不定还会成为旅游胜地，但现在这里空空如也。

但是达文还是松了口气，因为他发现了一个已经关闭的自动水泵。他花了一个小时来修理它，终于又令它运转起来。很快，新鲜的凉水就从深层蓄水层中涌了出来。他满怀喜悦地痛饮着这份珍贵的宝藏。他往脸上浇了些水，又用水冲了一遍他黑色的头发和皮肤，降低掌心的温度，淋湿身上的衣服。之后，他又欣喜若狂地在一栋建筑里的储藏室中找到一些别人留下的补给。这些经过压缩的食物虽然不新鲜，但至少终于让他填饱了肚子。

然而，即使知道自己身在皮姆星，他也找不到回家的线索。剩下的那点压缩食品最多只能让他支撑一两天，这里也没有留下任何通信设备。他想，如果他想办法发送了求救信号，巴斯拉·温塞拉斯说不定会来救他——但没有绿灵教士，任何信号都需要至少一个月才能穿过无垠的宇宙被其他人截获。

达文在暮色中躺下来，整个人筋疲力尽。但这也是在这压力重重的两天中他第一次不再感到又饿又渴——虽然由于不停地穿梭在不同的行星和时区里，他并不太清楚自己究竟已经离开多久了。现在他只想睡个好觉，以便恢复力量。

明天他将不得不继续今天的尝试。

78

安东·克里克斯

在马拉塔主城的穹顶下，两位故事讲述者正坐在一片高于地面的平台上，沐浴着阳光，对他们专心致志的听众们微笑着。安东和瓦尔每天都会花上几个小时的时间，轮流为全神贯注的听众们讲述他们自己文化中的那些夸张的神话或传奇故事。这是安东一生中十分值得享受的一段时光。

"《哈默林的花衣吹笛人》①是一个警世故事，很多孩子甚至家长都会被这个故事吓到。"安东的脸上虽然没有记录者那样五颜六色的情绪叶，但他还是尽力用手势来带动大家的情绪。他向他们讲述了这个故事：一个老鼠泛滥的小镇上来了一个衣衫褴褛的陌生人，他和镇上的长老们做了笔交易，但当他发现他们欺骗了他时，他便向他们索取了一笔可怕的报酬。

贵族氏族人、官员和侍者们都对这个故事很感兴趣，但同时又都很疑惑。安东不得不经常停下来向他们解释：在过去的地球上，老鼠身上总携带着疾病；人类无法通过心神网感知到其他人在骗自己；妄自尊大的镇长也和皇帝或王储们不一样。当他讲完吹笛人为了复仇而带着孩子们走进了岩石嶙峋的山间，只留下一个瘸腿的小男孩时，听众们则开始议论纷纷，十分不安。

———————

① 《哈默林的花衣吹笛人》，德国民间传说，有英国十九世纪诗人罗布特·布朗宁所做的同名诗歌。

"但这是真的吗？"一个官员站在一位美丽的光头女人旁边问道，后者的脸上画着彩色的图案，"这是你们历史的一部分吗？"

"不，这不是历史，这只是个故事。"

听众们更疑惑了："但故事怎么会不是真的呢？"

"从某种意义上来说，这是真的。这个故事教导的东西对于所有人类和雷迪拉人来说都是真的。在地球上，我们有时会为了娱乐或探索新的思考方式而自己编造故事。这些故事的真实性不在于它们的细节，而在于它们要传达的东西。"接着，他露出一个微笑，扬起了眉毛，"你们不是也从这个故事里得到快乐了吗？"

瓦尔对听众们解释道："人类眼中的故事和我们的不一样。我们有《七恒星史诗》，但他们的故事有很多种，而且并不全是围绕同一个中心展开的。现在还没有人类找到适用于所有故事的视角，连记录者安东也是如此。"

为了缓和听众的情绪，瓦尔讲了一个史诗中大家耳熟能详的幽默故事，安东也很喜欢这个故事。这位人类学者已经跟众人分享了许多极为有趣的寓言和童话，从《安德鲁克里斯和狮子》①一直讲到《小红帽》。虽然来马拉塔度假的都是成年人，但他们却像孩子一样，听得十分入迷。安东讲述的每一个古老的故事，对于雷迪拉人来说都非常新鲜。

听众们散了以后，他和瓦尔悠闲地散了散步。安东每天都会花几个小时，专注地研究《七恒星史诗》，但他也会花时间和这位历史学家待在一起，吸收和观察雷迪拉的文化。

他们身边都是些无忧无虑的雷迪拉人，他们日日欢歌游戏，在高级餐厅里用餐。安东对于食物并没有什么追求，他在大学的薪水也无法支撑这种奢侈的美食享受。但在马拉塔，他决定要尽可能地

---

① 《安德鲁克里斯和狮子》，寓言故事，取自《伊索寓言》。

去体验雷迪拉文化的方方面面。

他学到了其他学者从未接触过的东西，当他回到地球的时候，这些全新的素材一定能令他的想象力自由驰骋。他可以在余下的职业生涯中挖掘这些宝藏，写出大量极具价值的学术论文，甚至能为普通的听众讲述雷迪拉最优秀的故事。

瓦尔带着他穿过街道，来到了普通的公共住所。这里挤满了仆人、侍者、厨师还有维修者等氏族的人，他们都在这个地方工作和生活。"《七恒星史诗》属于每一个雷迪拉人，而这里的种种细枝末节都能帮助我用一种所有氏族人都能理解、能明白的方式来讲述其中的故事。"

他们走进了穹顶边缘的一个传送室。瓦尔似乎已经压抑不住心中的兴奋了："现在我带你去外面看看，这样你就能明白为什么会有那么多雷迪拉人都爱来这儿了。"

在这位记录者的帮助下，安东穿上了一件光滑但十分坚韧的银色薄膜服。瓦尔向他演示了如何将自动成型的口部薄膜抚平。他戴上一副深色的护目镜，几乎什么也看不见了。接着，安东站到了通向外部的舱门前——马拉塔人都把那里叫作"户外温泉"——安东透过薄膜深吸了一口气。

门开了，一阵阳光和暖意像金色的波浪般拍打在他身上。之前他觉得他的护目镜似乎是不透明的；但现在，他眨着眼睛，发现前方的一切清晰可见：黑色和猩红色的岩石，深褐色的沙漠，还有已经干涸的河床正在阳光下闪闪发亮。

在他身后，层叠的穹顶熠熠生辉，那些抛过光的金色半球体上仿佛镶嵌着无数颗经过切割的钻石，不断地吸收着剧烈的阳光，又将光亮反射回天空中。穿着银衣的雷迪拉人站在平台和阳台上玩着游戏，互相把柔软的黄铜球扔来扔去。

"我觉得自己就像一只放大镜下面的蚂蚁。"安东说。他不敢相信，雷迪拉人竟然会来这里放松。"你们怎么能忍受这么强烈的日光？"

"这里太棒了，对吧？"二人穿过闪烁着光芒的景色，走向马拉塔地壳上的一道水汽缭绕的深邃裂缝。"也许我永远也不会理解你们对于娱乐的定义，但我觉得你应该会想看看这些峡谷。它们的深处永远都处于阴影之中，哪怕在最明亮的白日中也是如此。"

到了现在，两位历史学家已经共处了很长时间，成了亲密的朋友。他们之间的不同之处也为他们带来了无穷的惊叹与欢乐。但是，即便如此，他们的一些相似之处——尤其是在基础的生物层面——仍然能令人张口结舌。

在第一次接触了古老的世代船之后，一些雷迪拉人便开始认为，人类也许是他们的星系史诗中缺失的一条线索。但即使雷迪拉的记录者研究过了地球的历史之后，他们也仍然非常困惑。对于他们来说，人类对故事的追求似乎毫无边际，而且没有重点可言。不同的国家和种族之间也有太多迥然不同的"情节线索"，说到底，不过是一连串琐碎而没有意义的冒险征程，记录了一些渺小的帝国的衰亡史而已。他们觉得人类失去了和自己的故事的联系，人类没有属于自己的史诗。

在峡谷的边缘，有一条陡峭的小径可以通向阴影笼罩的峭壁。水汽从底部蒸腾而起，水雾一直升到他们身边，和围绕在他们身边的狂乱的气流融合在了一起。

他们爬下陡坡，安东气喘吁吁。温度仍然很高，而且这里的湿气似乎还渗透了他的呼吸薄膜。

安全地下到了底部后，安东看到了一些美丽的植物，长得就像从硬壳里探出头来的甲壳纲动物。内壁如珍珠一般的软体动物绽放着花朵，仿佛坚硬的硅石制成的海葵，有的花瓣还在啪嗒作响，像扇子一样张开。小小的蚊子一样的生物在雾气中飘来荡去，不时被饥饿的花朵一口吞下。

瓦尔伸出手，轻轻拍了拍其中一朵花，它的花瓣立刻合拢来，退回到了蜷缩的茎上，藏到了珍珠色的外壳充当的庇护所中。"我们叫它们'可龛'——意思是有生命的堡垒。夜幕降临以后，这些花朵便会封闭它们的感知组织，在寒冷的黑暗中进入冬眠状态。"

在这样深的峡谷中，这些带着甲壳的海葵状花朵竟能长得如此茂密，安东感到十分震惊。坚硬的花朵有他的肩膀那么高，它们轻轻地摇晃着，但却安静得可怕。他在呼吸膜后笑了笑："为了活下去，生物真是无所不用其极，真是神奇。"

"在绝望的境地常常会产生超凡的创新之举。"瓦尔说。

最后他们穿过一串设备储藏室，终于回到了主城。在这里他们碰到了五个克莱西斯机器人，它们也是从外面的工作场地回来的。这些机器人的一举一动都严格保持一致，齐头并进。它们几何形的头转过来，红色的光学感应器不断地闪烁着。

安东一边脱下防护服，一边盯着这些虫形机器人。瓦尔说："它们刚从马拉塔的夜面城市赛克达回来。很多克莱西斯机器人都在夜面的工地上工作。"

安东取下护目镜，揉了揉汗湿的脸："它们还要在那边待多久呢？"

"雷迪拉的检查组得等到阳光能照到建筑工地的时候才能过去看看。但是据这些机器人说，到下一次马拉塔日夜交替的时候，主穹顶就能修好了。"

这些黑色的机器人进到了维修室里。两个虫形机器人穿过通向发电竖井的舱门，消失了。它们似乎有权进入所有地方。"你的意思是说，它们现在是在完全自主地为你们修建城市，没有任何人监督？"

瓦尔吃了一惊，说："没有一个雷迪拉人会在黑暗里去到那个地方，但这些机器人却可以整个夜晚都在那边工作。"他露出一个微笑，想要说服他的人类同伴，"这些机器人已经辛劳地工作了十几年了，再说它们也一直在按照我们的计划走。"

安东忽然想到了一个主意："那我们去赛克达看看怎么样？你和我，或许还能叫上几个想去参观参观的客人，我们就能去考察一下呀。"

瓦尔的表情有些不安："每年都有成千上万的雷迪拉人会来这里享受不间断的日光——但你却想去看看一座黑暗里的空城？"

安东拍了拍他的肩膀："对！这听起来不是很有趣吗？"

79

第一继承人乔拉

乔拉心里充满了疑惑，他继续研究着别人送到他面前来的这些隐秘的历史。多年前，他曾到塞洛克参观过那些令人敬畏的高耸入云的世界树，而且当时他也感受到了这些树正在思考，它们的内部联结着，共享着同一个生机盎然的头脑。难道这些树曾经和气基族有过战争？

他想到了他深爱着的甜美的妮拉。作为一个绿灵教士，她也一直都能感知到森林的思绪。如果她还活着，她也许还能帮他得到更多关于那次古代战争的信息。他多想再和她谈谈，多想再次感受到他们肌肤紧贴的感觉，多想与她明亮的双眸对视。如果那次他远在塞洛克时，她没有死于那场悲剧性的意外火灾就好了……

秘密和真相同时围绕着乔拉，他脑中忽然闪现出一个念头，让他蓦然坐直了身体。多蹊跷的意外，多合适的时间。

还有多少骗局等着他揭开？皇帝掩埋这些真相，究竟是为了保护他的儿子……还是为了控制他？

钻石薄板纷纷从乔拉的手里滑落，仿佛冰山崩塌一样摔落在地。他厌倦了这些复杂的问题，这些秘密，这些谎言。第一继承人下定了决心，再次抓起那些古代的记录，大步走出了他的房间。他不允许自己动摇。他要去见他父亲，然后向他询问真相。

彩色的玻璃墙体挡住了前往皇帝私人房间的入口。虽然阳光能够穿透这些五颜六色的玻璃，但上面美丽的色彩和扭曲的纹路却刚好遮挡住另一边的情景。

肌肉发达的保镖巴农站在入口处，双手在身前握着一把透明锋利的武士刀。巴农尽职尽责，脾气暴躁，看见乔拉走近了也丝毫不为所动："皇帝不想被人打扰。"

如果换个时候，乔拉也许就会这样顺从地回去了。但今天他无意等待："我必须见他。"

"他的命令已经很清楚了，第一继承人。我不能让任何人进去。"

乔拉站在这位魁梧的保镖面前，同样毫不退让："巴农，我会成为你的下一任皇帝。如果这次会议很重要，那我也应该参加。"他紧逼过去，这位保镖缩了一下。"还是说，你认为皇帝有什么秘密不能让我知道？"

巴农的脸上掠过一阵困惑。这时门忽然开了，里面出现了他的弟弟——多布罗王储乌德鲁严肃的脸。乌德鲁看着他，带着一股被打扰的烦躁情绪。皇帝浑厚的嗓音在乌德鲁身后响起："让他进来，巴农。我们也必须和乔拉谈谈了。"

乔拉在心里更加坚定了，他经过保镖身边，走进了房间里。门在他背后关上了，他鼓足勇气。他想问这些问题已经太久了。苍白肥胖的皇帝瘫坐在他的蛹座上，看上去状态很不好。他长长的发辫颤颤巍巍地抖动着，肿瘤带来的痛苦在他的脸上一览无余。

但乔拉却并没有感到同情——至少现在没有。他无视了乌德鲁的存在，抬起手上那些记录着史诗上被删减掉的部分的文件："您肯定有什么重要的原因，才会让我看我们的这部分历史吧？父亲，浅尝辄止只能让我更加困惑。"

"真相有时是不稳定的，"皇帝说，"不是每个人都值得拥有它。"

"但真相就是真相！您有什么权力剥夺雷迪拉人的文化遗产？"

"我就是有这个权力。我是皇帝，是光源的门户。我控制着心神网，我也控制真相。"他放缓了语气，"只有我——还有不久以后的你——能决定什么对我们的人民而言是最好的。"

多布罗王储走到了他父亲身边："人类的愚蠢重新唤醒了气基族，但我们其实一直都知道它们总有一天会回来的。现在你也许已经准备好领会我们在多布罗的工作究竟是怎么一回事了。"

乔拉觉得自己再次被背叛了，他转头对皇帝说："父亲，您一直瞒着我，却把秘密都告诉了乌德鲁？"

"只有那些他必须知道的秘密。你弟弟一直以来都在负责监督我们在多布罗的计划，这个项目困难重重，但却至关重要。"乌德鲁看上去得意扬扬，十分骄傲。

乔拉虽然觉得自己已经快失控了，但仍然努力压抑着自己的怒气："父亲，您还有什么瞒着我？告诉我……"——他最后犹豫了一刻，然后问出了他最想知道答案的问题——"告诉我，妮拉和另一位绿灵教士究竟出了什么事。"

"你为什么会觉得你不知道呢？"多布罗王储说。

乔拉厉声对他弟弟说："别跟我玩什么文字游戏！告诉我，她们真的死了吗？"

皇帝思考了一下，说："那个年老的绿灵教士确实已经死了。树苗也被烧了。但是，那个年轻女人还在为雷迪拉帝国效力。她还有一个更远大的目标。"

喜悦伴随着困惑朝他席卷而来："她还活着！她在哪里？我要见她。"

"这不是明智之举。"多布罗王储说。

乔拉朝他怒目而视："弟弟，这里还轮不到你做主。"

皇帝似乎被逗乐了："噢，告诉他吧，乌德鲁。把你在多布罗上做的一切都告诉他。他要想成为领袖，还得学习。"

王储犹豫了一下，然后他轻轻点了点头，服从了。"妮拉·哈利没死，你的孩子也没死。"

"我的……孩子？"

"是个女儿，很完美，很健康，而且天赋异禀、潜力无限。我们给她取名叫欧丝拉。现在她已经六岁多了。"

乔拉头晕目眩，多布罗继续向他解释，妮拉是如何被押到了多布罗上的繁殖营里的，几个世纪以来，那里关了一代代的人类囚犯，他们都是实验对象，一直在和不同的雷迪拉氏族人进行基因实验。"实验对象都是精挑细选的。我们想办法增强了人体的某些特质，得到的雷迪拉人和人类的混血品种能力超群。"

乔拉在震惊中垂下了头："这些事情你们一直瞒着我……瞒了我一辈子？"他的心怎么承受得了这些？

"乔拉，在你接替我，清楚地通过心神网的棱镜看清一切后，你就会明白其中的道理的。现在在你还没有看到全局。"皇帝的表情很平静，"你要相信我。我自有我的理由。"

"父亲，我从未怀疑过您的理由，"乔拉说，他的声音像尖冰一样又冷又硬，"但我不会认为那些理由是正确的、光荣的。"

萨鲁克本想解释其中的原因，说服他的长子和他的继承人。但看到这么做毫无作用时，皇帝说道："到你接替我的那天，你会明白其中的理由的。我的理由。"

但对乔拉来说，父亲残忍的欺骗已经永远地改变了他的一切。

80

克里·元帅

元帅站在主舰的指挥中心内，挫败地皱着眉头。保卫雷迪拉帝国才是当前最要紧的事——而非他的骄傲或复仇欲。皇帝命令他不要为了逞能就和气基族进行无意义的交战。所以他必须听从。

但即便如此，克里心里仍然觉得不太对劲。雷迪拉人历史上一直在等待着一个值得尊敬的敌人，他们将太阳舰队打造成这样一个伟大的舰队，也是在为这次棋逢对手做准备。几个世纪来他们一直在储备艾克提，多疑的人类曾经质疑过雷迪拉人，不知道他们为什么要把那么多的时间、精力和资源投入到一支星际舰队中，帝国明明就从未遭遇过任何来自外部的实质性威胁。但对他来说，这一切却十分自然。太阳舰队本来就应该做好准备迎接所有挑战。

但皇帝明确禁止了他和这些外星人作战——"元帅，收集信息就行，绝对不要激怒气基族。你可以尽全力保护我们的移民地，但也必须是在必要的时候才能如此。"

就像他曾经试图保护海洛卡星，但最后却失败了一样。

在这样的束缚下，克里派出了他麾下的编队，在帝国全境进行常规巡逻。在这六个行星系统内，元帅的主要编队都没有遇到任何困难，也没有看到任何气基族出没的证据。气态巨星上现在已经没有了雷迪拉人的采矿城市，也没有游荡者的小型采矿船在上面进行开采了。每次经过这样的星球时，他总会思考在那些厚重的雾气之下潜藏着多少敌人。

"我们正在靠近希尔达系统，元帅。"他的飞行员说道。

在希尔达星，有两个碎片移民地最近被合并成了一个世界，随着总人数的增加，心神网将他们联结成了一个更加有力的整体。

元帅说："继续监视，但不要摆出侵略性姿态。"他被自己说出口的话刺痛了，甚至连他手下的人也因为目前的处境而感到有些不快。史诗未来的篇章会不会把他描绘成一个懦夫？"我们只能希望气基族别来招惹我们的人民。"

雷迪拉舰队像鱼群一般游过空旷的外太空。他们绕着希尔达系统里的气态巨星绕了一圈，在靠近合并后的碎片移民地时没有受到任何干扰。舰队在轨道上停靠完毕，希尔达王储亲自前来迎接他们。移民者们对太阳舰队赞誉有加，纷纷感谢他们伸出援手。

如果这些人知道一旦真的发生袭击，他的舰队将什么也做不了，也保护不了这片移民地，他们就不会那么感激他了。

克里走出了指挥中心。他有意佩戴上了他最高级的勋章。对于现在的他来说，它们似乎已经失去了原来的意义，是虚假的、空洞的。克里得到这些勋章，并不是因为他才高八斗，或骁勇善战，而只是因为他对庆典上的表演很有一套——天空舞蹈或者通过军事演习来对阵想象中的敌人什么的。他也从克伦纳星撤离过居民，运送过救灾物资，监督过修建公共设施。

但对他来说，这些东西简直不值一提。在雷迪拉漫长的历史中，克里是第一个在实际战争中担任太阳舰队总指挥的人。他本应该成为《七恒星史诗》中最伟大的元帅。但他却从未做过一件值得被记载下来的事，一件也没有。

他想到了热切的赞恩将军，深深地为自己感到羞愧。他给第一继承人的长子树立了哪门子的榜样？

他研究过人类的军事历史，熟悉拿破仑、汉尼拔①和成吉思汗宏大的英雄业绩。这些人才是真正的勇士。地球防卫军的实力远不及太阳舰队，但他们却一直在刺激气基族。虽然他们的战斗也都是以失败告终，但他们并没有因此就畏畏缩缩。他们从未停止过创造新型的武器系统。甚至连胆大包天的游荡者也没有被巨大的损失吓退，仍然在气态巨星上采集艾克提。人类从不躲藏，他们只会一次又一次地尝试，一次又一次地直面挑战。

但是皇帝却有别的打算，克里元帅别无选择，只能听从他的命令。即便如此，他也从心底里认为太阳舰队实在太被动、太窝囊。这完全是不对的。

---

①汉尼拔，北非古国迦太基统帅、军事家、行政家。

81

艾斯特拉

虽然地球的花园完全无法和世界树之林相提并论，但艾斯特拉还是很享受其中的宁静。在这里很容易找到路，因为路都用石板铺好了。灌木和百合花都经过精心的修剪、浇水、施肥，整齐美丽。但到现在为止，艾斯特拉没有在这个郁郁葱葱的植物园里发现任何野生的植物，里面连一根野草都没有。

低语者之殿里装满了各种壮景，但她无论去哪里身边都跟着侍从和警卫，还有些负责保护她的人和其他好奇的公职人员。艾斯特拉真希望当初自己能够更加珍惜那段自由的日子。

也许她可以去找拿顿，让他为她给留在家里的妹妹切莉寄封信。"珍惜你现在的生活吧。在森林里奔跑吧，继续去上你的树舞课吧。要感谢塞洛克奉献出的一切。"但她这个整天吵吵闹闹的妹妹也许根本不会听。

艾斯特拉看着一只翡翠绿的甲虫爬进一朵小号一样的牵牛花花尾里，听着灌溉系统喷洒水滴的声音。这时，她身后的小路上响起了一串脚步声，但她不想抬头看，脑子里想着要是她忽然窜进叶片之间甩掉这些护卫，他们会怎么办。

但这么做其实毫无意义。他们很快就会抓住她，也许还会进一步限制她的自由。不，她以后还要成为一位王后，她必须控制自己的行为。

"就知道你在这里闷闷不乐。"萨琳说。没有公务在身时，艾斯特拉的姐姐并没有戴着塞洛克传统的围巾或穿着蚕茧纤维的衣服。

"我在欣赏王宫花园的风景呢，哪里在闷闷不乐？"

萨琳在她身边蹲下来，眼神严肃地看着那些互相缠绕的牵牛花。"怎么了，妹妹？自从我们到地球以后我就一直在观察你。你一个人郁郁寡欢什么用都没有，这你也知道。"

艾斯特拉吃了一惊："我没有——"

"反正你也没多高兴，大家都看得出来。国王和王后的婚礼是件大喜事，不然也就没什么政治意义可言了。"

艾斯特拉皱了皱眉头："你在担心这个？我的'政治意义'？"

"当然不是。但你在这里的生活确实是崭新的，而你现在完全没有适应。彼得有什么不好的？他年轻，性格也够好，而且还很英俊，又富有，又有权力……"

确实，国王似乎真的很关心艾斯特拉过得好不好、幸不幸福。但经过仔细观察以后，她怀疑彼得也没比她自由多少。"我没说他哪里不好，萨琳。我又怎么知道呢？我都没单独和他说过五分钟以上的话。"

"一切都会按计划来的。你们之后有的是时间独处。"她姐姐露出一个苦笑，"艾斯特拉，如果你只是个果汁工人的女儿，那你完全可以按自己的意志行事。但你现在就要成为人类汉莎联盟的王后了。你要嫁的是一位国王。你一个人未来可以自由支配的财富，塞洛克需要一年才可以积累下来，"她摇了摇头，"所以你还有什么好难过的呢？"

艾斯特拉需要和她姐姐和平相处，现在萨琳是她和故乡唯一的一条脆弱的纽带了。"别担心，萨琳——我不是在抱怨。但是我真的希望可以更加了解彼得。毕竟，三个月后，我们就要结婚了。"

萨琳站起来，对能说服她妹妹感到十分满意："我来想办法。

我会和巴斯拉谈谈。也许你和彼得以后可以多一些机会在一起吃晚饭。"

"就吃个夜宵也好啊。"

萨琳又对着她摇了摇头，但她脸上的表情似乎藏着一丝笑意："艾斯特拉，人类汉莎联盟的伟大君主可不能'就吃个夜宵'。他的每一餐都得办成一场宴会，每道菜都必须是珍馐。"

她在小路上往前走了两步，接着又回头看着妹妹，慈爱地叹了一口气："但是我也许可以贿赂一下厨房的员工，让他们送几个三明治出来，让你俩可以一起吃点东西。"

82

彼得国王

每当彼得感到不知所措的时候，他都会觉得只有这位教师智能机器人才会给他真正客观诚实的回答。他站在宽敞的私人寝宫的窗户边，看着外面的皇家运河："你怎么想，OX？你一直在给艾斯特拉上宫廷指导课。她是个好学生吗？"

"非常好。她学得很快。"

"那看来你担心的不是这个。我都能听见你的精神核心里的电路在嘶嘶作响了。"

"我对新型士兵智能机器人有所怀疑，"OX说，"但是，我没有足够的数据可以证实我的结论。因此，我还在继续评估可能出现的情况。"

彼得对着这位小型智能机器人苦笑了一下："换句话说，你的直觉告诉你有问题，但是你又还没有完全说服自己说出想法。"

"这……解释得很到位。"智能机器人顿了顿，似乎正在计算着什么，"我们通过研究乔拉斯改良了技术，并把成果应用到了制造新型智能机器人上，这些我都已经分析过了。我发现，其中有很多细节都很……说得好听一点，很模糊。"

"我也不明白，"彼得说，"但是那些智能机器人运行起来似乎没什么问题。目前看来，它们都通过了测试。"

"它们确实都通过了汉莎的这些测试，彼得国王，但是我能确定，没有一个控制论工程师能解释清楚他们到底往这些士兵智能机器人身上装了些什么新型部件。他们没有按照基本原理来拆析这些程序，而只是简单地复制了已有的克莱西斯技术，而且还得到了克莱西斯机器人的直接帮助。我们的无知也许会在日后导致极大的问题。"

彼得担忧地皱起了眉头，说："但是新型士兵智能机器人已经登上了飞往奥斯奎维尔的飞船——如果你有证据能证明我们并不理解这些改良技术，那我们最好还是赶快行动起来。战斗组已经出发了。"

"彼得国王，我没有证据可以证明其中有任何问题——我只有疑问，"OX说，"我们不知道这些士兵智能机器人真正的能力。克莱西斯程序对我来说就是一个谜团，作为一名教师，我一直都在鼓励您去质疑那些您不理解的东西。我也应该按照我自己的原则行事。"

彼得看着这位教师机器人："相信我，OX，质疑这些事情的不仅仅只有你。"

"我没有资格去质疑工业程序，或温塞拉斯主席做出的决定。"

彼得皱眉道："你的职责是公正直接地为我提出意见。我认为，主席并不能客观地看到采用这些我们不了解的新科技将会带来的隐患，但是我……我会和他谈谈这件事的。"

#

在巴斯拉·温塞拉斯去往地球防卫军的火星基地监督奥斯奎维尔的进攻行动的前一天，彼得急匆匆地赶去汉莎总部，参加了战术会议。这只是一次小型讨论会，出席的也只有一些重要的军事和经济顾问，但彼得很不满巴斯拉没有通知他参加。他已经厌烦了被当作无关紧要的人了。

彼得深吸了一口，扬起下巴步入了会议室中，打断了他们的谈话："先生们，可以开始了。让你们久等了，我想我不在的时候，你们也没谈什么重要的事吧？"

他直直地盯着主席，巴斯拉脸上露出了一副不耐烦的表情。在场的没有一个人回答他，顾问们等着国王自己挑了把空椅子坐下，然后便开始不动声色地调整了各自的座位，让他坐到尊贵的主座上。

主席说："兰扬将军的进攻舰队将在明天一早抵达目标系统。按照我们的计划，地球防卫军将会花上一天的时间来做好行动准备，我则会在火星上控制整个局势。绿灵教士将会持续从奥斯奎维尔发来实时报告——无论到时到底是个什么局面。"

巴斯拉投影出一张图表，上面清晰地表明了这支前往奥斯奎维尔的庞大舰队的各项具体数据，装载着士兵智能机器人的鲫鱼战斗机和蝙蝠巡洋舰的数量，以及如果罗博·布里登的沟通失败，他们在进攻时采取的总体战术。

彼得认真地研究着这所有的细节。他的前任从未对这些事上过心，他只关心自己扮演的傀儡角色，所有的政治事务都由汉莎决定，而自己则不过只是个传声筒罢了。但是彼得却一直都在暗地里关心着这些东西。如果他们要他来宣布汉莎的决定，为失误道歉，或为胜利邀功，那他本来就有权干预。

他想起 OX 对他说过的那些关于克莱西斯技术的事，彼得当场提出了他的疑问："先生们，我觉得，我们在这样的重要关头如此依赖新型士兵智能机器人，是否太冒险了一点。很明显，我们的控制论工程师并不能完全理解他们所采用的这种改良后的程序，但我们还是不管不顾地复制了，并且投入使用。难道大家就不担心吗？"

巴斯拉的样子看起来似乎他的耐心已经快用尽了："彼得，你放心，你想过的这些问题，你提出的这些疑问，我都已经考虑过了。"他用指尖敲击着桌面，注意到一些顾问显然也有类似的担忧。主席叹了口气，更加仔细地解释了一下。

"我们知道，我们最大的威胁就是气基族。我们也知道，到目前为止，地球防卫军无法和它们相抗衡。我们还知道，现在我们的艾克提已经所剩无几了。难道现在我们还能仅仅只是因为怀疑克莱西斯机器人动机不纯、心怀鬼胎，就断然拒绝这样一个能在短期内大幅提高我们的军事力量和科技实力的机会吗？光是气基族就够我们受的了，无须再为自己树立其他敌人。"

"主席先生，我同意您说的地球防卫军的战略到目前为止收效甚微，"彼得淡淡地笑着说，"但是，集中火力对付一个威胁，并不代表我们要对其他威胁视而不见。"

巴斯拉的脸上浮现出一层真正的怒气："那你想怎么做，彼得国王？召集群众集会，然后盼着气基族会因为自己的所作所为而感到羞愧然后夹着尾巴逃走吗？你坚持参加每一次战略会议，还毫不犹豫地提些愚蠢的意见。”

“对，巴斯拉，而你从不采纳我提出的任何意见，”彼得的眼睛紧紧地盯着他们所有人，“我建议我们仔细调查这些士兵智能机器人，让我们最好的程序员来分析这些新型机器人内置的代码，关闭生产线，一直到我们确定我们造的不是特洛伊木马①为止。”

“关闭生产线？荒唐！”工业主管说道。

“又是一个绝妙实用的建议，”巴斯拉讽刺地说，“我们负担不起停止生产士兵智能机器人的代价……而且现在我们也不知道奥斯奎维尔将会是个什么情况。如果我们在那里战败了，就需要填充更多地球防卫军作为军力。”

彼得感到自己越来越挫败了：“如果这个建议是这里的其他人提出来的，你肯定会听。”

主席站了起来，彼得从没见过他像现在这么焦虑不安。“没人会提出这种荒唐的意见的。再过几个小时我就会去火星了。我手上的问题已经够多了，没心思再去应付一位任性的国王。你别再插手智能机器人工厂的事了，就这样。你明白了吗？如果你再这么打断我们的讨论，我就会从此禁止你参加此类会议。”

彼得简直不敢相信自己的耳朵：“有哪个守卫敢禁止我去任何我想去的地方？”

巴斯拉摆出一副严父的样子：“我没时间和你闹，别逼我。要是你继续惹麻烦，我完全可以找人替代你的位置，彼得。”

小房间里的顾问们都纷纷倒吸了一口气。

彼得仍然维持着镇定：“你这样是违法的，主席先生。我仔细研究过《汉莎宪章》了。你也许掌握着实权，但汉莎世界几万亿

---

①特洛伊木马，在特洛伊战争中，特洛伊人以为希腊人已经撤退，便将希腊人留在海滩上的木马拖进城内，举城庆祝胜利。到了夜里，藏在木马中的希腊人悄悄出来杀了城内的守军，并占领了特洛伊城。

的居民都不知道你是谁。不管你喜不喜欢，我都是他们的国王——难道你还想发动军事政变来剥夺我的王位吗？还是说，你打算哪天晚上悄悄派个人到我的寝宫杀了我？你要想换了我，只有这两种办法，"他眯起眼睛，"实际上，巴斯拉，你我二人中，只有你，汉莎联盟的主席，可以被弹劾和撤职。国王则不行。"

巴斯拉怒吼道："让他滚出去！"皇家护卫们神情慌张地走上前来，不知道究竟该听谁的命令。这里的汉莎官员们知道国王只是个傀儡，但护卫们、王宫里的其他人，还有他的臣民们呢？

彼得不想测试这些护卫的忠诚度，决定暂时不再步步紧逼。在巴斯拉强硬地提出要求之前，国王自愿离开了。他们俩谁都没有赢，但主席的威胁已经够清楚了，话也说开了。而反过来，巴斯拉也意识到了国王绝不会那么轻易地败下阵来。

现在，每个人都意识到规则已经改变了。

83

罗西亚

当极具威慑力的地球防卫军进攻部队到达奥斯奎维尔的行星环上时，他们派出了所有的扫描器，同时也开始利用侦察艇研究该系统，部署行动计划。他们已经知道气基族就藏在云下的某处，现在地球防卫军只需要逼它们现身就行了。

兰扬将军在巨大的主舰歌利亚号中宣布："这不是演习。我们正在执行一项危险的任务。我希望你们都为此做好了准备。"他紧咬着牙关，指节紧绷成了白色，眼里冒着怒火。

对于绿灵教士罗西亚而言，危险的感觉一直都非常真实。自从他知道了气基族和世界树之林之间的宿怨后，威胁便变得更加触手可及了。现在他们正径直朝着这些可怕生物的老巢而去。这些古代的敌人。

很久以前，这些树木几乎被气基族摧毁殆尽，而世界树之林也不想再次被卷入纷争之中。树木们加入此番行动也并不十分情愿，它们似乎只想和敌人沟通。但罗西亚却对此不抱什么希望。

世界树之林一直生活在塞洛克上，离群索居的日子令它变得消极起来，不愿再次点燃战火……但现在，气基族显然是在到处搜寻它们的踪迹，并在同时摧毁着它们能找到的所有森林世界。罗西亚能感受到世界树之林的不安。这些残存的世界树已经躲了气基族一万年了。只是最近它们才开始渐渐壮大，并被传播到其他星球上。

也许空军指挥官布里登可以完成他的计划，但罗西亚对此持怀疑态度。

这位绿灵教士焦躁地坐在一把冰冷的聚合物椅子上，身边围满了各种坚硬的金属控制器。他把他钟爱的树苗也带在了身边。虽然这颗栽在盆里的植物和地球防卫军的各种计算机科技设备放在一起显得格格不入、十分落后，但讽刺的是，罗西亚的远程意识联结能力比歌利亚号上所有的系统都要更加高效。

兰扬在巨像级战舰的舰桥上努力表现出勇敢自信的精神风貌："这是我们最后一次进行外交沟通。如果失败了，我们便会测试一下我们的新型士兵智能机器人，让这些气基族知道我们是动真格的。"

兰扬看向罗西亚："还有，我们可以和温塞拉斯主席以及火星上的战术专家取得即时联系，这也增加了我们的胜算。我们即将获得战争开始以来最大的胜利。"

"如果这次任务最后证明行不通呢？"罗西亚问。

"如果行不通，那我们之中也没人有这份奢侈去在乎这些了。"

罗西亚一边看着军队做各种准备，一边感受着大家的情绪，他清楚地认识到，虽然他们表面上是来和谈的，但其实大家都在期盼着一场战斗。期盼着一场战斗。一想到这个念头，他的心就随之一颤。

奥斯奎维尔淡黄色的云层看上去就像一池子满溢的乳酪，和罗西亚在塞洛克上见过的景象完全不同。在这片无垠的云体之下，正潜藏着比双足飞龙残暴无数倍的恐怖猎手。

罗西亚轻轻抚摸着树苗粗糙的树干。他通过远程意识进入到树林之中，发现他的同伴们正分散在地球防卫军位于十个坐标格内的各艘战舰上，其他的教士留在故乡塞洛克，而亚罗德则在火星的基地上观测着所有的行动。他发出了他的想法，然后收到了回应。

"将军，亚罗德说火星上大家都已经准备好了。温塞拉斯主席也已经到了，正等着我们的消息。"

兰扬点点头，很高兴能听见直接的回应："继续向他们汇报我们这边行动的最新情况。"

罗西亚用生动的词汇快速描述了一遍他所看到的所有东西，勾勒出了这颗不同寻常的行星上美丽的行星环的样子。世界树之林的意念吸收着所有的信息，又将这些知识传播给远在天涯海角的树木们。

罗西亚揉了揉他手臂上那些小小的鸡皮疙瘩。教士们一般都穿得很少，这样才方便他们去到树木前用叶片轻刷他们皮肤上的感知接收器。但在这里，他穿着一件标准的地球防卫军短袖制服，为身体取暖，以适应工作。歌利亚号上无菌空气的温度总是很低。

"长官，智能机器人部队部署完毕。"一名军官说。罗西亚一直都弄不太懂复杂的军衔或徽章所代表的意思。

这位绿灵教士靠近舷窗，看着舰队前方疾驰的飞船掠过奥斯奎维尔的地极。层层迷雾之中，装载着智能机器人的鲗鱼战斗机像一个个小点一样微不可见。

兰扬说："一定要让它们深入云层各处，这样它们才能及时察觉到气基族靠近，给我们发来警告。我们的远程感应器没有一次能正常工作，只能寄希望于这些智能机器人了。"

这些坚固的士兵智能机器人即使在高压和高温环境中也能正常运行，能去到人类的侦察艇所无法到达的深度。如有必要，这些智能机器人侦察队将会继续下降高度，直到奥斯奎维尔的大气层压碎它们搭乘的飞船，而它们则会不断地传送信息，一直到最后一刻。

"绿灵教士，告诉火星指挥中心，我们开始启动第一阶段的行动了。"兰扬不耐烦地指了指盆栽树苗。

罗西亚眨了眨圆圆的眼睛，然后触碰着粗糙的树干，再次通过远程意识开始交流。远程意识联结中的每一个绿灵教士都同时收到了他的信息——在地球上的低语者之殿里，在火星的基地中，在遍布整个旋臂的战舰里，在故乡塞洛克中。

"主席说：继续前进。"

兰扬站在舰桥里，不断地深呼吸。最后，他满意地点了点头说："好的，准备好冲锋舰，让布里登空军指挥官来到发射甲板上。咱们最后再给外交策略一个机会——然后，做好准备迎接一切可能的情况。"

84

巴斯拉·温塞拉斯

在火星地球防卫军基地的指挥中心里，汉莎主席踱着步，等待着奥斯奎维尔上即将发生的一切。

他穿着一套商务西服，但这并不是因为他想给谁留下深刻的印象，而只是因为他觉得这么穿最舒服。他满怀期待地看着那位留在火星上的绿灵教士，后者正接收着兰扬将军的舰队传来的各种消息。

"他们已经就位了，正在为第一阶段行动做准备。"亚罗德在倾听了树苗传来的信息之后汇报道，"飞船已经按计划部署好了。目前还没有和气基族进行接触。"

"告诉他们继续前进。"巴斯拉说，他知道下一个重大事件还需要超过一个小时才会发生。到那时——也许——一切都会天翻地覆。

到目前为止，这次联合军事行动进行得非常顺利：新型士兵智能机器人、绿灵教士通信员和训练有素的地球防卫军配合得恰如其分，一切似乎都很完美。但巴斯拉从不会骄傲自满。

虽然巴斯拉并不想让他的顾问们泄气，但他从一开始就知道，派个坐在潜水钟里的人下去和这些敌人公开谈判最多只能算是一个象征性的友好姿态罢了。气基族已经证明了它们的残暴和不通人情。在这样的情况下，文明的外交礼节毫无作用。不过他们还是需要顾及历史的评价，在这时做出一点努力。

"有问题及时向我汇报。"他说完便离开了指挥中心。

巴斯拉走过长廊。墙上覆盖着一层无处不在的沙砾，空气中充斥着火星上的氧化铁物带来的令人不适的铁锈味。对于巴斯拉而言，这片基地似乎总是冷气森森的，虽然这里的温度调节器所设定的环境温度正符合他的习惯，但他还是感觉有些怀疑。

基地里大家都来去匆匆，不过所有士兵在履行职责的同时仍然保持着高度的戒备状态，不见一丝混乱和无序。他为他们感到骄傲。

在基地的物资仓库内，货物运输船离开轨道内的大型运输舰，进入到陨石坑的开口内，送来食物、设备和其他物资。即使遥远的星球系统里即将发动大规模的袭击，这里的日常工作仍然在按部就班地进行着。巴斯拉漫不经心地看着一艘运输船卸下最后一批货物。这时出现了一个小型智能机器人，它搬运着最后一个容器，里面装着经过加工的金属。它既不是标准的军事模型，也不是新型的士兵智能机器人，这个机器人看起来像是游荡者用的那种陪伴型智能机器人。

这个智能机器人走向负责物资的下士，用一种人工合成的女性声音说："智能机器人代号 EA，听从调遣。"

"你去哪儿了？"下士问道，"你两周前就在我们的值勤名单上了。"

"我为我的主人执行一项优先任务去了。"EA 说。

巴斯拉有些好奇地走进了卸货区："等一下，下士。我们这里还有游荡者的智能机器人在为我们工作吗？"

下士皱着眉头看着他，似乎在想一个穿着商务西服的平民为什么要闯进安全区域："先生，您是谁？这里是戒严——"

"我是人类汉莎联盟的温塞拉斯主席。"巴斯拉享受着对方脸上片刻的怀疑和随之而来的惊讶。

"对，主席先生！抱歉，我不知道您在基地。"

"你应该多关心关心时事。我确定,这里所有人都收到了公告。"巴斯拉看到这个下士的手抓紧了他的电子平板,明白了这个人不是个决定者,只是个服从者。巴斯拉顿了顿,然后说:"我刚才问了你一个问题,下士。我们平时也会允许游荡者的智能机器人进入安全区域吗?你不让我进入,却对一台游荡者的机器毫无戒备?"

下士左右看了看,似乎是想向某个上级寻求帮助,但却发现货港内一个人都没有。"长官,EA 已经在基地里工作五年了。它的主人是第七坐标格舰队的一位军官。"

巴斯拉皱起了眉头,消化着这些信息。"我明白了。那它的主人不在这里的时候,你们也允许这个游荡者智能机器人在基地里乱晃,也许它还能拍点影像,评估一下地球防卫军的薄弱之处?"

这位下士明显有些疑惑:"长官,我们在和游荡者打仗吗?我以为目前只有他们在为我们提供艾克提。没有了他们,我们就没有星际驱动燃料。"

"下士,盟友和敌人并不总是划分得那么清晰的。一个人绝对不能放松警惕,尤其是在战争时期。"巴斯拉知道,奥斯奎维尔上的进攻行动所带来的压力让他有些小题大做了。确实,那些独立勇猛的部族并没有做出什么明显的举动来忤逆汉莎,但他们也没有考虑过地球的最佳利益。

虽然游荡者的智能机器人偶尔也会登上那些吉卜赛人的飞船,和各种移民地做生意,但它们在汉莎还是很少见。他在这里看见了扳回一局的机会。"这个智能机器人从现在开始由我负责,下士。如果你有问题,可以向你的上级提出来。"

"是……是,长官。"

巴斯拉抓住了这个少有的机会,转向了智能机器人。很少有人能够在游荡者不在场的情况下对他们的智能机器人提问。"跟我来，EA，我们谈谈。"

"好的，长官。"

他带着 EA 离开卸货区，来到了一间空无一人的房间里。这里只有一张桌子和几块通信屏幕，显然是为非值班人员准备的附属办公室。"很好，告诉我你去了哪里。"

"我的主人派我去为她完成一些家庭事务。"

"好吧，"巴斯拉手指搭在一起，"但是你去了哪里呢？"

"我去了我的主人让我去的地方。我不能把细节告诉任何汉莎的成员。"

巴斯拉心中警铃大作。看来，这个智能机器人的程序特别禁止了它向汉莎联盟泄密。他早就怀疑那些不听命令的游荡者在公开或隐秘地违抗汉莎。他们没有签署宪章，也不用遵守联盟的法律，对其他的人类文明嗤之以鼻。他们的生活方式似乎十分原始，完全就是一群无家可归的流浪汉部落。为什么他们会那么神秘呢？

在过去的几年里，地球防卫军的巡逻舰拦截了无数艘未经登记的游荡者货船，而且这些船上全都装着大量的艾克提储备。长期以来，星际驱动燃料对于地球防卫军来说都是刚需，他们怎么解释这种宁愿把东西卖给其他人也不给汉莎军方的行为？他确定，游荡者一定在隐瞒着什么。

他提出了他的下一个问题："EA，现在我要对你下一道直接命令。既然你的主人不在这里，你的程序要求你听从任何给你下命令的人类。"

"只要这些命令不直接伤害其他人类，"EA 说，"也不可以和我主人给我的优先任务产生直接冲突。"

"你已经完成了你的个人任务回来了，因此上一道命令也已经终止了，对吗？"

EA顿了顿："是的，我已经完成了我最近的一项任务。"

巴斯拉露出了一个微笑："很好，那我们就不用担心这件事了。"智能机器人并不是十分聪明，行事也并不灵活。他将从基本信息开始问，反正这些事情他也能从这个智能机器人的主人的地球防卫军档案中了解到。"你的主人是地球防卫军的一名军官？"

"是的，她是一艘蝠鲼巡洋舰的指挥官。"

巴斯拉扬起了眉毛。没什么游荡者会自愿来服役。啊，也许是塔博林指挥官，她在伯尼渡口的溃败中功劳不小。难道她是军队里的间谍？她能得到多少重要信息？他有点不安，但也许他能通过这个智能机器人得到一些塔博林的背景细节。"你的主人是个游荡者，对吗？是塔博林指挥官？"

"是的。"

"她来自哪个星球？"

EA奇怪地保持着沉默："我不能透露这种信息。"

巴斯拉十分震惊："你不能告诉我她来自哪个星球？太荒唐了。这些信息在她的个人档案里肯定全都能找到。那塔博林部族是做什么的？他们都拥有些什么设备或者飞船？"

智能机器人僵硬地站着："我很抱歉，长官。但我不能回答这些问题。"

"你当然可以。我坚持。这是我的直接命令。"

完全出乎巴斯拉的意料，一道光忽然在EA的眼睛后面闪了闪。它的机械臂抖动了一下，然后它便完全陷入了死寂。它的人工面部上所有的指示灯都熄灭了。

"EA——回答我。"巴斯拉不耐烦地走向这个智能机器人，碰了碰它的金属身体。它的核心很烫，难道内部电路熔化了？看上去它所有的系统都瘫痪了。"怎么回事？你这是故意的！"他环视了一圈房间，仿佛是在检查里面有没有人在看着他。"简直不敢相信。"

他满脸怒容，陷入了沉思。他问的这些问题相对来说并不敏感，但显然，这个游荡者智能机器人体内有某种内置的自动故障装置，任何与游荡者的活动或基地地址有关的审问都会激活这一装置，导致智能机器人被永久关闭，且其记忆和程序都将会被完全抹去。这真是十分令人不快。

他推了推 EA，这个僵硬的智能机器人摇晃了两下，撞到了金属的墙壁上，然后砰的一声滑到了地上。

游荡者究竟在搞什么花样，竟然需要设置那么极端的措施来保护他们的秘密？他咬紧牙关，发出了一声低吼："你们在藏什么？"他追问道，但机器人已经无法回应他。

这时，一名中尉气喘吁吁地闯进了门，他注意到巴斯拉在里面，立刻停下来，转身面对他："温塞拉斯主席，指挥中心现在需要您过去看看。我们一直在到处找您——"

"我在这里。"巴斯拉说道，声音十分镇定。他整理了一下西服，"出什么事了？"

"兰扬将军已经准备好要向奥斯奎维尔发射冲锋舰了。"

巴斯拉点点头。是时候专注于眼前重要的大事了。"好的，祝他一切顺利。告诉他开始吧。"

他往门口走了一步，接着又看了看倒在地上、一动不动的智能机器人。"哦，还有，中尉——找人把这玩意儿收拾了。"他用皮鞋尖踢了踢 EA 的金属身躯，"找个地方把它放好，以后再研究。"

85

塔西亚·塔博林

地球防卫军战斗舰队的飞船已经在奥斯奎维尔上空各就各位，塔西亚不安地看着战术分析探测器传来的读数，努力隐藏起自己的关心，但幸好目前来看似乎没出什么岔子。她没有发现戴尔·科伦繁荣的造船厂留下的任何明显的痕迹，行星环内传回来的读数也并无异常，没有引起他人的疑心。虽然她尽职尽责的智能机器人 EA 还没有回来，但它带去的信息一定已经及时送达了。

塔西亚长长地叹了一口气，心里十分感激她的导航星。亟待解决的事情已经完成一件了。现在她可以专心于罗博·布里登的问题了。

"兰扬将军，长官，"她在歌利亚号的舰桥上一边说一边迅速地敬了个礼，"请您允许我进入发射港，检查冲击艇。"

兰扬摸了摸方方正正的下巴："你去有什么事吗，中校？你自己的船上的事都做完了吗？"

"我想……我想在布里登空军指挥官前去执行任务前和他说几句话。"她咽了口唾沫，暗自希望自己的脸上并没有泄露她真实的感情。反正和他讲道理也讲不通。

舰桥的另一面，帕特里克·菲兹帕特里克讽刺地笑了笑："将军，人家是来吻别的。"

　　兰扬瞥了一眼菲兹帕特里克嘲讽的表情，又看到塔西亚尴尬地涨红了脸，露出了一副恍然大悟的样子："允许——但是别待太久。布里登空军指挥官应该好好利用这段时间来做好准备，你也应该早点回你自己的巡洋舰上。我需要舰队里的所有指挥官都处于最佳状态，保持头脑清醒。"

　　塔西亚急匆匆地逃开了舰桥上人们审视的目光，有人对她心怀怜悯，有人只是脸上露出了一副了然的微笑。每个人都心照不宣地认为罗博与气基族的沟通注定以失败告终。他已经接受了一个月密集的外交技巧训练，但没人知道气基族在面对这一友好的姿态时将会做何反应。这是一次外交手段，而这个年轻乐观的军官极有可能会成为牺牲品。

　　布里登，你的导航星肯定是颗褐矮星[①]……

　　塔西亚乘坐电梯下到了发射港，发现里面挤满了地球防卫军士兵，大家都急切地想看看最后的准备流程。罗博的地球防卫军制服十分整洁（好像气基族会因为衣服好看就手下留情一样）。他站在经过测试的冲击艇前，脸上那副傻乎乎的自豪笑容藏都藏不住。

　　冲击艇是一艘球形飞船，看上去就像一个老式的深海潜水钟，上面装载着装甲墙壁和驾驶系统，可以在这颗气态巨星深处的极高压环境下运行。外部的墙上装着小小的圆窗户，全是由经过加固的聚合晶体制成，能让里面的人以各种角度观察外部的情况。

　　冲击艇的意义只在于打开沟通的渠道，而非威胁气基族。罗博已经进行了试驾，熟练掌握了整套系统。他声称，冲击艇飞起来和块砖头差不了多少，但它的性能也能完成必要的任务。冲击艇上没有任何防御装置——但话说回来，无论什么通用武器在面对钻石船体的球形战舰时都会变得不堪一击。

[①]褐矮星，褐矮星被称为"失败的恒星"，它由于质量不足无法成为燃烧的恒星，但其质量仍远大于太阳系最大的行星木星。它们既不是恒星，也不是行星，而是介于两者之间的天体，非常暗淡。

　　塔西亚想要跑过去紧紧拥抱他，但众目睽睽之下，她又不能这么做。人人都在欢呼鼓掌，大声叫喊着鼓励和祝贺的话语。罗博对她咧嘴一笑，他蜜棕色的眼睛闪闪发亮。他举起了一只手，但塔西亚却不敢上前和他说话，她害怕自己的情绪会就此失控。

#

　　前一晚，她和罗博把他们的下班时间安排到了同一个时段。他本想在执行任务之前睡个好觉，但塔西亚却无意让他多睡。不幸的是，她和罗博争论了起来，最后甚至在双方焦虑的情绪中发展为了争吵。以这种方式度过这个夜晚并不是她的本意。

　　"我不会当一个懦夫，"罗博说，"地球防卫军就靠我了。而且也找不到其他够资格的人——至少现在找不到。"

　　"没人够资格，就是这样。听着，我并不是说不能承担风险，我可是个游荡者，布里登。一直以来我都生活在风险边缘。但这次任务简直就是在自杀。它根本没道理，不可能成功。"

　　"我还没有放弃希望呢。你也知道，如果人类和气基族真的来一场真枪实弹的战争，我们肯定会输得屁滚尿流。"他想用一个微笑来软化她的心，"好吧，我承认这个计划并不是特别安全。"

　　"干嘛非得是你呢？我不想失去你。"她说完，然后控制住了自己，打住了话头。

　　塔西亚父亲一直都是一个严厉的负责人，对她从没有过什么温暖的表示，而她对自己的母亲也几乎一无所知。虽然她的哥哥们常常陪伴着她，但杰斯和罗斯都比她大很多，她经常需要让自己强硬起来，才能与他们势均力敌。

她真的很在乎罗博，但和他相处的这一晚，她却感到十分恐惧。塔西亚说了许多傻话，但罗博看起来却并不介意。相反，他把她搂到怀里，安抚着她。然后他们缠绵着，心里充斥着甜蜜与绝望，这也是他们在一起后最美好的时光。

到了早上，值班时钟早早响起，他们俩几乎来不及穿好制服便匆匆回到各自的岗位上。在一种无声而尖锐的心照不宣之中，他们都没有好好对彼此说再见……

#

发射港上，工程师和空军上士们把好奇的士兵们推到旁边："给他留点空间吧。他还得爬进他宽敞的新宿舍呢。"

"放手干吧，布里登。"有人喊道。

罗博爬进潜水钟前，用手指碰了碰眉毛，这是只献给塔西亚一人的无声而温暖的致意。她眨眨眼，努力压抑眼中突然的湿润。

这时，罗西亚一手抱着盆栽的树苗，一瘸一拐地朝舱门走去，并没有理会其他地球防卫军的士兵们。"等等，空军指挥官。我有东西给你。"他把空出来的那只手伸到树苗像棕榈叶一样下垂着的枝叶下，一小根带着叶片的小树枝像是接到了命令一般落到了他手上。"你不是绿灵教士，所以你也不能用树苗进行沟通……但我相信它至少对你的心灵很有益处。"

罗博接过树枝，好奇地看着它："我懂了，就跟橄榄枝一个意思吧？"

教士耸耸肩："也许吧。或许你能从它这里得到一些安慰。谁能知道世界树之林到底有多大的能力呢？"

罗博像别一颗纽扣一样，把树枝插进了制服胸前的口袋里："谢谢。"任务完成了，绿灵教士便退到了一边，在将军叫他之前回到了自己的岗位上。

"准备发射冲击艇。"上士喊道。

"好吧，我已经准备好来一次太空飞车了。"罗博说。

兰扬将军在舰桥上通过通信频道说："布里登空军指挥官，你的行为非常勇敢，我们并不想发生这场战争，必须尽可能地通过和平的方式解决。去和那些气基族讲讲道理吧。"

士兵们再次欢呼雀跃，两个地球防卫军工程师密封好沉重的舱门，接着调整内部气压，最后检查了一次舱体是否完好。在循环经过空投室后，冲击艇像一枚光滑的金属蛋一般从发射港坠落下去。

兰扬的声音通过通信频道传来："舰队保持高度警惕。所有军官都回到你们自己的战舰上。这次别再被打个措手不及了。"

地球防卫军纷纷回到了自己的位置上。塔西亚内心沉重却坚定，她坐上了一艘小型飞艇，和其他三个被分配过来的军官一起回到了她的蝠鳐巡洋舰上。

"继续下降，没有故障。"罗博说道。整个舰队都在听着他更新消息。"大气变厚了，检测到温度大幅上升。风速增加，"他忽然咕哝了一声，大家都听到了呼呼作响的风声，"简直就像骑在一只安分不下来的猫上。"

塔西亚回到她巡洋舰的指挥甲板上，和代理指挥官核对了一下情况。战舰已经收到了分散的命令，也得到了具体的位置信息。十艘加强型巨像级战舰和五十艘蝠鳐巡洋舰——其中有十二艘为自动驾驶，上面装载着新型士兵模型智能机器人——在行星上空等待着。

代理指挥官起身，塔西亚就座。"放大布里登空军指挥官的声音，要所有人都能听到。"

"仍然没有接触，虽然我一直在所有的频道上播送我的通用信息，"布里登说，"这些高密度的气体里有什么颜色一直在动。其他就没有什么了。"他在敌方环境中越降越低，信号也开始因受到静电干扰而噼啪作响。"还真来了。以前的人们不是坐着木桶翻越瀑布吗？现在我就是这种感觉。"

帕特里克·菲兹帕特里克把他的蝠鲼巡洋舰开到前方，下降到了和奥斯奎维尔的大气层十分接近的位置上，好像正迫不及待地想要打仗一样。"将军，如果情况有变，我们都已经做好了更积极的外交准备了。"兰扬并没有因为他的门生移出本来的位置而斥责他。

"我打开了所有的亮光灯，"罗博说，"应该有人看见我才对。有人吗？"

塔西亚希望那些灯光没有招来任何潜伏在云层中的巨兽。

接下来的十分钟，罗博的声音令人恐惧地完全消失了。担忧的通信员们不断地发出询问，想要重新建立起联系。塔西亚看了看深度测量仪，想知道冲击艇到底沉了多远。她手下的船员们都坐立不安，要么在咬嘴唇，要么在啃指甲。仍然一片寂静。

最后，罗博终于在杂乱静电音的背景音之下传来了一条信息："……太惊人了！我能看见……从没见过这种景象。"接着又是一阵嘈杂的静电干扰："真是太美了……太美了……"

一阵白噪音淹没了通信频道。塔西亚听着主舰传来的一连串信息。兰扬将军手下最优秀的通信官好几次想要重新建立联系，但最后都以失败告终。

"将军，和冲击艇的所有联系都被切断了。所有深度的感应器也都没有发现它的踪迹。"

"这是被大气层的压力切断的，还是因为气基族摧毁了冲击艇？"

"说不准，长官。"

塔西亚坐在她的指挥椅里深深地呼吸着，悲伤和愤怒使她几欲发狂。罗博！她用力地砸着通信线路。"将军，我们应该派艘侦察艇去找他！派士兵智能机器人去怎么样？它们可以潜到那么深，安全地把冲击艇拉回来。"

罗博一定还活着。

这时，拉米尔兹上尉忽然惊慌地大叫道："检测到下方有气基族活动的迹象，指挥官！两艘智能机器人侦察鲫鱼战斗机已被摧毁。"

兰扬在主频道上吼道："那这就是我们的答案了。现在没人能说我们没有尝试过了。准备全面进攻！你们都练习过了，不必保留实力。"

86

塔西亚·塔博林

蝠鲼巡洋舰中队向前猛冲，菲兹帕特里克中校在频道上轻描淡写地说道："好吧，咱们去为我们的朋友罗博·布里登报仇吧。"

塔西亚努力压抑着铺天盖地而来的悲伤和震惊，只想立刻掐死他——菲兹帕特里克从来就不是罗博的朋友——但她必须先处理眼前这些真正的敌人。该死的气基族！

又一艘搭载着智能机器人的鲫鱼战斗机被毁，球形战舰继续冲破厚重的云层向上升。地球防卫军准备好了……或者他们相信他们准备好了。

塔西亚心里仍然还抓着最后一丝希望——如果罗博还在下面，只是没办法传送信息呢？但是气基族已经一次又一次地重演了同样的行为模式。就在几分钟之前，它们还摧毁了另外三艘搭载着智能机器人的侦察鲫鱼战斗机。几乎可以肯定了，敌人擒获了那艘装甲潜水钟，或者已经将它击毁了。

她就知道它们会这么做……

塔西亚深吸一口气，从十开始倒数，尽力控制着心中翻江倒海的悲伤和怒气，最后她强装镇定地说："各就各位。别手滑——保证弹无虚发。"

在内心深处，她仍然在呼喊着罗博的名字。一旦地球防卫军开始轰炸，她就再也无法为他抱有任何希望了。但现在一切已经无法阻止，而她也不确定自己到底要不要这样做。"让这些混蛋血债血偿吧。"

兰扬将军在歌利亚号的舰桥上检查着各艘蝠鲼巡洋舰、装载人类士兵的鲫鱼战斗机，并调查卫星和扫描技术员的情况。"派三艘先遣部队里的机器人巡洋舰。是时候看看我们的投资能带来什么回报了。"

一名计算机技术员向战舰上的士兵智能机器人发送出了明确的命令。在执行任务前，所有的指挥官都收到了指令，上面详细地说明了他们届时应在的位置，他们知道进攻计划的第一阶段是什么。塔西亚的胃里一阵难受，仿佛她正在陷入某种危境之中。

兰扬咆哮道："下一步，云砧武器平台下降。各就各位，准备好最猛的火力。断裂脉冲无人机继续保持待命，等我们发现敌人的踪迹以后再用。"武器平台像巨大的水雷一样分散在奥斯奎维尔的大气层中。"平台指挥们，开始轰炸！"

炸弹像高能雨点一样从云砧武器平台喷涌而出，到达预先设定的深度以后，炸弹纷纷引爆，整个大气层都因为巨大的爆炸而颤抖不已。发射这些炸弹本意是想惊吓气基族，把它们赶出它们深核内的堡垒。但根据已经被摧毁的侦察艇的报告来看，球形战舰已经在朝他们飞来了。

塔西亚握紧了拳头，连指甲都嵌进了手心里，她在等着她的巡洋舰被召唤到战斗中。

"第二阶段，"兰扬仿佛像跟着计时器读稿子一样命令道，"主要的智能机器人侧翼部队，鲫鱼战斗机散开，如果发现敌人，立即开火。智能机器人蝠鲼巡洋舰，向内收拢。"

新型士兵智能机器人能够以极高的速度驾驶战斗机飞行，而且能在人类飞行员无法承受的超重状态中实现转弯。它们不需要任何生命支持系统，因此战斗机上的能量也可以被大量地分配给蝰蛇系统机库。

一百架高速战斗机向下俯冲，先前那番爆炸带来的余波仍然在震动着整片云层。鲫鱼战斗机像致命的银色子弹一般来回穿梭，寻找着攻击的目标。勤勤恳恳的机器人汇报着它们的位置，传回来各种遥测数据。

士兵智能机器人终于到达罗博消失的深度，它们乘坐的深度侦察艇一艘接一艘地传来敌人的球形战舰正在升空的消息。接着所有的信号再次被切断，和罗博当时的情况一模一样。

兰扬咬紧了牙关："它们到底在哪里？"他看着下面仍然在前一次爆炸的余波中翻滚着的云层。

罗西亚在自己的岗位上迅速地描述着当前的景象，并把信息传递到远程意识联结网络中。"我看见了一道闪光，像闪电一样……那东西比歌利亚号还要大上许多。闪电，发射出能量。啊，它们从云层里出来了！非常恐怖。"世界树之林本能的惊恐通过树苗传递到了他的身上，令他也随之颤抖。

球形战舰一窝蜂地升起来了，这些巨大的球体旁边还伴随着一些像是一串串霰弹一般的小型飞船。整个通信频道都回荡着地球防卫军士兵们虚张声势的叫喊声，声音中又隐藏着恐惧。他们从没见过气基族派出如此强大的军队。

前三艘装载着智能机器人的蝠鲼巡洋舰毫不犹豫地前去拦截敌人。他们赶在气基族还没来得及有所行动前开始对敌人狂轰滥炸。

"我们发射了无数发蜂蛇脉冲炮，但是没有对敌方造成明显的伤害。"罗西亚的目光来回移动着，"闪光太强，我的眼睛快受不了了。"

"部署碳锤！"

巡洋舰发射出的一连串新设计的武器像深水炸弹一样落到了云层下方。当碳锤下降到气基族的球形战舰附近时，它们像一把把凿岩锤一样猛击钻石盔甲，旨在摧毁"碳－碳"键。好几艘敌军目标开始快速地旋转起来，很明显是由于刚才这意料之外的冲击而失去了方向。

但是，士兵们还没来得及欢呼雀跃，没有遭受损毁的球形战舰就发出了蓝色的闪电，击中了最近的一艘机器人蝠鲼巡洋舰，撕裂了它的船体。

"气基族开始直接攻击了！我们的一艘智能机器人巡洋舰被击中了。"罗西亚听起来就像一个上了年纪的体育解说员，正在努力传达着现场比赛的热烈气氛，"这和世界树之林记忆中的那场古老的战争一样可怕。"

受到了重创的机器人蝠鳐巡洋舰继续向前，利用剩下的所有火力进行着还击。兰扬的语气非常骄傲："看！哪怕船体损毁到这种程度，士兵智能机器人们仍然可以继续作战！"

装载着机器人的蝠鳐巡洋舰和鲫鱼战斗机仍然在进行射击，它们不断地开火，直到耗尽所有的弹药。兰扬亲自打开了通信频道，对预先设置好了程序的士兵智能机器人说："启动收尾阶段程序。"他坐回去，露出了一个邪恶的微笑，对手下的指挥官们说道："看着吧——这是雷迪拉人教我们的。"

由智能机器人驾驶的鲫鱼战斗机利用剩余的引擎动力，像滚烫的子弹一般冲向敌军的战舰。在监测屏幕上，遥测影像中闪烁着爆炸的火光，接着是一片静电干扰，周而复始。

极具破坏力的武器不断地在各个地方发生爆炸，塔西亚几乎跟不上战斗中的各种细节。她坐着，时刻准备着迎战，急切地想要复仇——既为了罗博·布里登，也为了她的哥哥罗斯。

但到目前为止，人类军队还没有收到加入战斗的命令。

在收到将军关于收尾的命令后，三艘伤痕累累的机器人蝠鳐巡洋舰同时动用了它们剩下的所有火力，耗尽了储备的所有能量，让引擎超负荷运作加速向前。气基族根本不可能及时撤离。智能机器人飞船上的反应器发出强烈刺眼的红光，每艘蝠鳐巡洋舰都直直地朝着一艘已经选定好的球形战舰冲过去，星际驱动装载器随之破裂，在爆炸中发出小太阳一般强烈的光亮。

三艘遭受攻击的球形战舰全部破裂，火光冲天，坠落到了深厚的云层之下。它们被完全摧毁了。

"云砧武器平台！第二道也是最后一道防线。"将军的声音里带着一丝威胁，仿佛是想震慑住偷听的敌人，"部署核弹，然后尽快撤离。"

武器平台迅速瞄准仍在上升的球形战舰发射核弹头。原子弹射出后，笨重的武器平台开始升高，离开了云层，以避免冲击波和破坏性极强的电磁脉冲。

核弹头爆炸的余波仿佛一颗新生的恒星。刺眼的光亮和强烈的辐射穿过刚刚形成的风暴传来，等待中的蝠鳐巡洋舰和巨像级战舰都在奥斯奎维尔极地的上空盘旋着，观察着下方令人难以置信的破坏场景。

地球防卫军的士兵们看到原子弹的光亮纷纷欢呼起来："好啊，气基族全被烧焦了！"

"这下它们可被煮熟了。"

"它们本来就该好好待着，别来招惹我们。"

塔西亚像座雕塑一样坐在她的指挥椅里，她看到了下方的闪光，却找不到任何庆祝的理由。事情还没结束。但现在，她最后的一丝希望也已经流走了，就算气基族没有抓到罗博，核爆也足以要了他的命。她感到她的蝠鳐巡洋舰里能量蓄满，一触即发，内置武器也已迫不及待，下层甲板上的鲫鱼战斗机中队更是早已准备好出发。是时候做点什么了。

塔西亚在她的椅子里焦躁地扭动着。"快点啊，将军，让我们上吧，"她低声嘟哝道，"我现在真的非得弄死个人不可。"

"该死的！挨了那么多核弹，它们竟然还在靠近，"一艘云砧武器平台的平台指挥官说道，"看，它们来了！"

兰扬没有掩饰地表现出了惊讶："我们到底要怎么才能摆脱这些玩意儿？"

在核爆后仍然闪烁着光芒的余波中，塔西亚看到敌人的战争之球正不断地聚集在一起，其数量比人类从前见过的还要多。球形战舰一艘接一艘地爬上放射性云层，仿佛一口大锅里不断翻滚的泡泡。

兰扬让剩下的智能机器人蝠鲼巡洋舰作为先遣部队，前去承受第一波攻击。"该上场了！用上所有武器攻打敌人！记住，就是这些气基族毁了伯尼渡口。"

"我们恨它们，不需要其他理由。"塔西亚说道，声音大到足以让舰桥上的船员们听见她的话。她的蝠鲼巡洋舰下降到开火的位置，她在座位上向前一倾。下方，成百上千艘球形战舰升到了战斗区域。"它们来了。"

87

哲特·科伦

游荡者们挤在位于奥斯奎维尔碎石遍布的行星环内的藏身处里，看着发生在他们周围的末日般的大对决。

"我真觉得自己像只兔子。"哲特·科伦调整了一下位置，说道。即使是在这样的低重力环境中，她的左腿也已经麻了。

"该死的，这些地球防卫军真是要替咱们把一切都毁了，"戴尔·科伦说，"看！气基族来了。那个将军搞这么大动静，还能有什么好结果？"他在屏幕切换成藏在行星环内的几十个成像仪传来的影像，"还是庆幸这事儿没咱们的份儿吧。"

"我们都有份儿，爸爸。这些球形战舰巴不得也像料理大呆鹅那样，把游荡者烧个精光。"

在拆卸和分散完这里的建筑设备后，奥斯奎维尔的大多数造船工人都已经逃离了这个系统。地球防卫军的战斗组没有注意到游荡者的设备，这证明他们给剩余的设备和建筑搞的伪装已经奏效了。而现在，那些可怕的外星人又来了，地球防卫军肯定更没有心思管他们了。

哲特在狭小的藏身处里调试好了一个间谍扫描器，把它调到了地球防卫军指挥频道的私人频率上。她通过游荡者本来不应该拥有的加密处理器，窃听兰扬将军下达的各种临时命令，指示士兵智能机器人开着鲗鱼战斗机执行自杀式任务。

哲特调节了监视屏幕，让大家得以看见几十——几百艘——球形战舰像愤怒的黄蜂一般从大气层中升起。这些布满凸起的球形飞行器让她心里一阵恐惧。尽管现在地球防卫军对游荡者进行骚扰的谣言已经传开了，再加上他们赤裸裸的强盗行径，游荡者对地球防卫军已经没剩下几分感情了，但她还是为这些人类士兵感到非常难过。这都是生命。显然，他们在劫难逃了。

"看看那些天杀的球形战舰！"一个军官说道，"我从没见过那么多。"

"别再数了，开火。"

哲特转头用一双黑眼睛看着她父亲。他脸上布满了恐惧，他们伸出手握住彼此的胳膊，给予对方力量："乖乖，我们在这里很安全。"

"相信我，爸爸，我真希望这是我唯一需要担心的事。"

将军的声音带上了一丝不安，仿佛他终于开始感到恐慌了。"先遣部队的蝠鲼巡洋舰，各就各位。士兵智能机器人，你们有自己的命令和程序，尽可能多地给敌人造成伤害。"

"来吧，各位，"这时另一个声音说道，"我们全都在等着上场。现在机会到了。"

"别掉以轻心啊。"哲特嘟哝道。

他们看着另外五艘蝠鲼巡洋舰离开主舰队，开始下降——它们的行动都带着机械化的果断和精确，仿佛出击的神风突击队，很明显这都是由智能机器人驾驶的。哲特看着这些注定要牺牲的蝠鲼巡洋舰在攻击时发出的刺眼的闪电中发射出它们所有的弹药，耗尽蝰蛇系统机库中的所有火力，心跳漏了一拍。她看见五艘球形战舰从庞大的舰队中落下——但很快又有一波透明的球体再次从奥斯奎维尔的深处升起。

"我们都知道其中的风险。"一个无名的地球防卫军军官通过通信频道说道。

"我应该留在家里的。"

"上帝啊，我会想我的——"

"尝尝这个，你们这些气基族杂碎！啊——"

哲特看着一波又一波的爆炸，胃里一阵恶心。气基族发射出蓝色的闪电，每一记强有力的能量波都像鞭子一样击打在目标地球防卫军飞船上。这一切都发生在这片寂静的外太空中，只有通过通信频道，她才能听见一阵阵恐慌的尖叫、声嘶力竭的命令以及船上的系统中传来的能量波爆炸声。

在外太空中，破坏正进一步加剧。装载着智能机器人的飞船都被损毁，现在，甚至连部分人类驾驶的鲫鱼战斗机和巡洋舰也想要进行自杀式袭击。气基族追赶在几艘最大的地球防卫军飞船后方。巨像级战舰开火了，但造成的伤害比体积稍小的战舰强不了多少。一些起火的地球飞船不受控制地打着旋，一头栽进行星环的平面内，不久之后便受到漂浮的碎石的冲击，最后完全坠毁。

还不到一小时，地球防卫军的战斗队就已经失去了三分之一的飞船。

哲特恐惧地看着气基族继续攻击地球防卫军的战舰："爸爸，我们就不能做点什么帮帮他们吗？"

但她知道游荡者并没有什么重型火力。他们之所以能存活下来，靠的是他们的足智多谋、小心行事，还有敏捷的思维。

"我们除了等待一切结束外什么也做不了。你是知道的，乖乖。"

附近又发生了一次爆炸，扰乱了行星环内碎石精确的轨道。藏身处的发电机仍然在工作，但灯光忽明忽暗。哲特被晃到了墙上，整个人几乎站不稳。在短暂的黑暗之后，屏幕上再次出现了画面，呈现着交战区此刻更加恐怖的景象。上千颗新星正在行星环内闪烁着：这些都是地球防卫军的飞船留下的炽热船体和即将消逝的船体发出的金属闪光。

"天啊，这比我们在木星上的遭遇还要糟！"一名地球防卫军的女性军官说道，声音听上去有些耳熟。哲特认出这是塔西亚·塔博林的声音，正是她给造船厂送来了地球防卫军战斗队即将到来的警告。

兰扬将军的声音在压力和恐惧中显得支离破碎："全军撤退。所有中队全部回到母舰上。所有指挥官，马上带着你们的飞船，想尽办法也要离开奥斯奎维尔。"

"该死的，从没想过竟然能听到地球防卫军说这种话。"戴尔·科伦说道。

"你会怪他吗？"

"一点也不，"他摇了摇头，"一点也不。这简直是一场灾难！"

屏幕上，双方继续交火。许多地球防卫军飞船开始分散撤离，一瘸一拐地"爬出"这颗带有行星环的星球。在哲特的注视下，气基族又摧毁了五艘飞船。

"损失评估。你们弄清楚了以后马上向我汇报伤亡人数，"兰扬继续说道，"现在快撤退！"

"要是气基族追着我们不放怎么办？"一个男人问道，听上去十分瘦小，充满恐惧，"要是它们继续跟过来呢？我们没办法——"

"别哭哭啼啼的了，快点开溜！"另一个人斥责道。

哲特和戴尔·科伦注视着正在发生的惨剧。冒着黑烟的船体嘶嘶作响，燃起大火。

"这么和你说吧，乖乖，"哲特的父亲说，"我以前还很犹豫，但现在不了。以我的导航星起誓，我再也不会搞天际采矿了。"

88

艾斯特拉

房间里挤满了叽叽喳喳的交谈声和衣料摩擦的窸窣声，艾斯特拉感到自己的房间似乎正在办什么小型派对一样。但是房间里的人其实都是皇家礼仪官和社会职能部门官员。今天是展示她的新婚裙的日子。

她的背靠在一把豪华的椅子上，人太多了，她找不到一个安静的角落。还有两个月多一点，她就将作为国王彼得的妻子正式入住皇宫——但现在艾斯特拉其实也已经有自己的豪华套房、宽敞的衣帽间和泡泡浴缸了，她甚至还有一个私人温室。

宫廷裁缝们正在骄傲地展示他们的杰作，拿出那件非凡的长裙，解释上面那些细微的象征图案，虽然艾斯特拉十分确定，根本没人会注意到这些东西。几个星期前，裁缝们为她做了一次完整彻底到令人尴尬的三维身体扫描，以方便他们以此为基础建一个全息影像，在真正开始制作前测试许多种不同的礼服设计。

艾斯特拉将会是婚礼上众人注目的中心。她既不虚荣，但也不为自己的外表而羞愧。即便如此，她还是被他们试图把她变成旋臂内最漂亮的女人的想法吓到了。就在几年前，她还是塞洛克上一个无忧无虑的假小子，整天不是在爬树就是在树林里疯跑。

艾斯特拉此刻努力想摆出合乎王后身份的举止，她转向那些急切的裁缝们说道："这是我见过的最漂亮的衣服。我将尽量展示出它的美丽。"

"衣服于您只是锦上添花。"裁缝主管说道，并为自己的赞美而得意扬扬。

"您看，我们花了很多心思来融合各种布料，"另一位裁缝举起礼服华丽的袖子，"我们将塞洛克的蚕茧纤维染绿，织成这样的样式来装饰地球上传统的白色绸缎。这些珍珠则是来自瑞加克星的礁矿。"他又拎起飘逸长裙的另一个裙角，"这里的花边由乌斯克星上最好的八位工匠手工缝制，下摆的设计是拉曼星特有的图案之一。总之，我们想了一切办法来展示汉莎的所有移民地世界的特色。"

"塞洛克是一个独立的世界，"艾斯特拉指出来，"不是汉莎的移民地。"

"但他们还是在设计这件美丽的礼服时，出于对你的尊重而承认了我们的文化遗产。"萨琳对她的妹妹皱了皱眉，她的手轻抚过长裙，仿佛她正在心里偷偷期盼穿上它的是自己。艾斯特拉知道她姐姐非常有野心，而且也会很乐意成为王后——不是因为她爱彼得，而是因为这样她就能享受到至高的权力和无上的地位。"这场婚姻将会把我们的两种文化联系在一起，让塞洛克和汉莎成为忠实的盟友。"

婚礼的准备正在旋风般迅速展开。显然是因为受到了躲在幕后的汉莎官员的鼓励，媒体开始着重渲染国王和他万里挑一的王后之间"萌芽的爱恋"故事。欢庆的宴会已经定好了日期，舞者们也一直在排练着专门设计的舞蹈，官方的音乐家们则谱写了一曲宏大的婚礼交响曲，所有这些都是为了鼓舞民心。

彼得国王在护卫的陪同下出现在门口——设计师们看到他来了，跌跌撞撞地藏起了她的裙子——艾斯特拉和她姐姐同时转身。在他们身后，埃德里斯和阿丽西亚在仪仗队和几位绿灵教士的陪伴下走了进来。

艾斯特拉惊喜地大叫一声，跑过去抱住了她的父母："我还以为你们要下周才会来！"

彼得国王作为此次的东道主，穿上了一套质量上乘的制服，护送这两位塞洛克的前任领袖来到艾斯特拉的闺房。萨琳则用更加正式的方式问候了她的母亲和父亲。

"为了我女儿的婚礼，还是早一点来比较好。"埃德里斯说。他穿着一件装饰着花瓣和昆虫翅膀的彩色背心，"事情太多了，我们决定重新安排一艘闲置的飞船，所以我们就来了。"

阿丽西亚对彼得露出一个微笑："谢谢你护送我们过来，彼得国王。真是个优秀的年轻人——你和艾斯特拉站在一起，看上去真是……完美。"阿丽西亚穿着塞洛克传统的华丽外衣，上面点缀着闪闪发亮的昆虫和蚕茧丝绸。"萨琳之前和我们说了许多关于低语者之殿的事情。我们本来以为是她夸张了。这地方真是太雄伟了。"

"而且和塞洛克完全不同。"埃德里斯抚摸着他厚厚的胡子。艾斯特拉不知道她父亲究竟是喜欢他周围奢华的环境还是被这种陌生感所吓倒了。"也许雷纳德去拜访其他星球真是对的。我现在能看出为什么他那么珍视他的旅行了。当然,我们从没想过他在旋臂里漫游的时候竟能遇见他的伴侣——"

"我们真为你和雷纳德骄傲,"阿丽西亚打断道,"为人父母的还能要求什么呢?一年之内竟然有两场盛大的婚礼!"

"再多我们也承担不了了。"埃德里斯抱怨道。

"两场婚礼?"萨琳问道,"雷纳德终于选定伴侣了吗?是哪个村庄的新娘?"

阿丽西亚露出了惊讶的表情:"噢,萨琳,我忘了——你和艾斯特拉启程前往地球后,所有的订婚船才都抵达塞洛克。我们太兴奋了,可能就忘了让拿顿告诉你。雷纳德向游荡者部族的议长西斯卡·佩罗尼求婚了。她是个漂亮的女人,而且很聪明。"

"游荡者?"萨琳听上去像是被人掐住了脖子,"但他怎么能这样?雷纳德才答应了和汉莎结盟而且——"

阿丽西亚责备道:"游荡者的文化生机勃勃,他们也有很多东西可以和我们分享。你父亲和我已经同意了。实际上,通过这一步,我们才能把所有的人类文化都重新联结为一个大家庭。"

她握住埃德里斯的手,在丈夫身旁露出了微笑,对大家怀疑的眼神视而不见。艾斯特拉差点没笑出声来,只希望她哥哥能和西斯卡·佩罗尼幸福地生活下去。

89

杰斯·塔博林

从普卢马斯星到集结中心，从炎热的伊斯佩洛斯星到云雾缭绕的格尔根星，杰斯从没遇到过比这还要奇怪和奇妙的事情。

这些星云里的水是活的。不光是活的，它还有自己的意志。

杰斯巨大而透明的过滤器继续在行星之间的分子中漂浮着，他发现自己已经被这种有感知能力的液体迷住了。他蹲坐在处理器一层的甲板上，全神贯注于那个盛满了他从星云里蒸馏出来的液体的圆柱形透明容器。

里面装满了难以解释又无法测量的能量，在他目光所不能及的地方颤动着，仿佛人类的视觉神经并不能够将这种生命力从元素材料中区分出来一样。这绝不仅仅只是氢气和氧气。它属于一种超越了所有自然物质的门类。

它是活的。

它能感知。

它在……和他交流。

杰斯的手指滑过容器光滑的外壁。里面的液体渗透出来的能量又凉爽又温暖，像油一样在他的指间流过，同时又并不会残留在他的皮肤上。

他可以听见他的头脑中回响着一个记忆般的声音，但它并不是口语化的信息。他突然想到了绿灵教士是如何通过心灵联结和世界树之林交流的……但这又是另一种完全不同的生物。至少他是这么认为的。

曾经我们有无数的同类，但现在只剩我一个了。你把我带了回来。

"你究竟是什么？"

一种流动的生命，宇宙间流动的水……很难用你能理解的概念来解释。我们叫自己温特尔。

"但是你们……灭绝了？你是你们这一种族最后的幸存者？"

现在，我是第一个了。

"其他的温特尔出了什么事？难道发生了什么大灾难吗？"

我们不会死，但我们会……离解。这片星云就是一片巨大的墓地，在这里曾发生过一场古代战争，那时连宇宙都差点分裂。我们……战败了。

杰斯头晕目眩，努力保持着平衡。如果这个生命利用某种方式与他的头脑相连了，那温特尔一定能感知到此刻他脑海中无数的问题正像雪崩一样涌过来。杰斯和自己想知道的一切搏斗着。

"多久以前？几千年吗？"

难以测量，很久以前了。

杰斯不知道很久究竟是多久。难道这个温特尔在星云扩散到旋臂内的这片区域之前就已经存在了吗？

现在他已经和温特尔建立起了联系，杰斯发现他不再需要触碰容器才能与其交流，而是可以在甲板上四处踱步。"跟我说说那场古代战争吧。你们在和谁打仗？发生了什么？"

最后仅存的温特尔族和我们的敌人作战……气基族。

杰斯倒吸了一口气："气基族？怎么回事？"

我无法用你能理解的词汇来形容那次战争的起因，也无法描述我们战斗的细节，但我们的最后一役是在这里进行的。气基族和温特尔族互相讨伐、摧毁、离解……

气基族已经灭绝了维尔达尼族，摧毁了它们的树林。只有温特尔族留了下来。我们那时非常强大，摧毁了几百万——几十亿——的气基族。那是一场空前绝后的战争，双方都损失惨重。我们被撕裂为氢气和氧气组成的水流，我们的血液流遍了广阔的太空。反过来，我们也差点摧毁了敌人。

但气基族太多了。太多太多。敌人……是势不可挡的。

杰斯等待着，他感到寒冷和孤独。

那么多破碎的答案拼凑出了一副全新的图景，提出了他从前从没料想过的种种奇怪的可能。"一直以来的我们人类的思维都太局限，"他对自己说，"太局限了。"

气基族并不是一个新出现的威胁，它们是已经在星系之间回响了无数个时代的危险。他意识到，要在这场浩大的战争中应对这些深核外星人，他们需要做的还有很多。西斯卡和所有的游荡者都必须得到这一信息，还有大呆鹅——甚至雷迪拉帝国。

"气基族仍然在这里，"杰斯说，"它们一直在攻击人类。你有办法帮助我们吗？告诉我们如何抵抗它们？"

<u>人类无法抵抗它们。</u>

当杰斯想到这片星云，这片古老战场的废墟，还有两支强大的势力冲突后留下的余波时，一阵寒意爬上了他的脊柱。这么说来，人类军队怎么可能有胜算？无论是汉莎人类、雷迪拉人，还是游荡者？

"但你从前和它们打过仗，你能帮助我们吗？"杰斯通过他和温特尔的联系，他能感觉到这水一般的生命体并没有像气基族一样抱有任何毁灭或复仇的意图。这一存在似乎是开放的、坦率的，而且十分……诚实。他感到了真实的希望和信心。"我能做什么来回报你吗？"

容器里的水似乎变亮了，杰斯感到头皮上一阵刺痛，血管里传来肾上腺素激增一般的兴奋感。

你可以在星际间旅行。你能帮助温特尔族再次繁衍。然后，我们就能再次开始战斗。

"告诉我该怎么做。"杰斯说道，语气非常坚定。他还记得很久以前，在游荡者还没有拥抱星空前，就有这么一句谚语：敌人的敌人就是朋友。而气基族就是他的敌人——他私人的敌人。

带我去水的世界，找一片海，然后将我的身体，也就是这些液体，倒进星球上的海洋里，这样，我就能再次传播，变得强大起来。然后你必须带着我的生命去到下一个世界，如此反复。

杰斯的眼睛亮了起来。从他哥哥被谋杀，父亲死去，再到他被迫与西斯卡分离，他一直过着盲目懒散的生活。但现在他终于又有了追求和目标。他感觉自己复活了。

他无法准确地知道这个液体的实体是如何对抗那些深核外星人的，但温特尔族从前和气基族抗衡过。它们战斗的规则已经超出了他的理解范围。

"好吧，我接受你给的任务。你也许会是第一个温特尔，但不久之后，你一定不再是唯一一个。"

\#

在主舱的星云过滤器里，他重新编辑了飞船的导航系统，然后给其他分散各处的飞船发送了一封突发消息，虽然这一消息也要经过很长一段时间才能到达其他人那里。

杰斯知道自己没有回头路了，他解开了缆绳，把庞大的铲斗帆从他完全可以自给自足的飞船上卸下来，然后挣脱了薄薄的大网。这项任务非常重要，远远胜过就这么漫无目地在这里飘荡、沉浸于自己的懊悔、躲开所有认识的人。现在他终于有事可做了。

小船分离开来，在无边无际的收集器大帆的映衬之下，它不过只是个小小的点。杰斯独自向星云的边缘飞去，逐渐加速。现在，他要孤身一人去拯救温特尔一族，为人类增添一个强有力的盟友了。

90

塔西亚·塔博林

气基族再次出击，塔西亚·塔博林中校的舰桥控制台上火光闪烁。她已经不知道现在究竟有多少球形战舰被地球防卫军的轰炸唤醒，从奥斯奎维尔的云层之中升起来了。

塔西亚想到，地球防卫军这次自以为是的行动不仅是个糟糕透顶的主意，而且白白浪费了罗博的牺牲。

她左面的战术台忽然短路，一簇火焰猛烈地蹿了起来。她手下的军官们早已因为周围不断的轰炸而不知所措，在混乱中迅速做出反应。一阵蓝色的闪电从他们的船头擦过，令人欣慰的是并未造成太多伤害。

又一次袭击使得蝠鳐巡洋舰猛地摇晃起来，指挥甲板上警铃大作，使得巡洋舰的舰桥比之前还要更加混乱。应急灯闪烁着，将所有的设备笼罩在一片猩红色的灯光下。塔西亚擦干眼角的汗水，迅速喊出一连串紧急命令，希望尽快让她的战舰撤离战斗区域。

齐祖中士掌控着蝠鲼巡洋舰的武器台，蝰蛇系统发射出的炮弹传来强大的后坐力，让他从椅子上摔了下来。另一个年轻的上尉还算足够清醒，知道要用灭火泡沫覆盖住燃烧着的线路板。安全主管被烧伤了，正爬到旁边，寻找着医疗箱，而塔西亚正冲着一个一脸茫然的传感器操作员吼着命令，让他去接管无人操作的重炮台。

球形战舰在他们的下方和周围无区别地进行着射击。几十架鲫鱼战斗机熔化成了闪烁的光点，舰队的通信频道里混杂着各种互相矛盾的命令、恐惧的叫喊和对那些深核外星人毫无意义的咒骂。

一艘巨像级战舰已经被完全摧毁了，此刻正了无生气地漂浮在外太空中。船上只射出了几个生命舱，里面装着屈指可数的几个幸存者。蝠鲼巡洋舰努力爬升着想要离开行星环，而塔西亚则对手下的船员大喊，让他们尽可能地抓住附近的生命舱。

气基族仍然在不断地涌来，不断地开火。兰扬将军在通信频道上重复着撤退命令，让所有完好的地球防卫军飞船全部撤离，仿佛大家现在都还没开始跑似的。

塔西亚改变了航向，以避开一块燃烧的船体和一群行星环里漂浮的石头。虽然周围障碍重重，她还是不要命似的提了速度。她别无选择。她一半的控制系统都已经变暗了，没有任何反应，有一个引擎也已经完全失效。

"拜托，拜托！"塔西亚亲自操控着导航控制，用手不断地拍着控制杆，"开这玩意儿简直像是在风暴里操作雷迪拉的采矿船。"

她看见四艘蝠鲼巡洋舰冒着火光的黑色船体，它们都无法重新启动引擎以逃离行星的战斗区域，只有一艘仍然在发送微弱的求救信号。塔西亚心里又愤怒又恐惧。这时，三艘球形战舰簇拥着靠近了这艘厄运当头的巡洋舰，然后开火，将它撕裂为片片闪烁着火花的碎片。

另一艘单独行动的气基族战舰在塔西亚自己的蝠鲼巡洋舰的腹部开了一个洞。大气从下面的两层甲板中喷出，造成了不明人数的船员死亡。自动舱壁立刻密封住洞口，以减轻伤害。几盏位于飞船状态操作台上的指示灯完全熄灭。这艘已经伤痕累累的飞船又遭受一击，塔西亚简直觉得比伤了自己还疼。

"齐祖，去你自己的位置上！放一架断裂脉冲无人机出去。我们一飞远就立刻引爆，希望震波可以对这些球形战舰造成干扰。"塔西亚检查了一下她的屏幕，在混乱的战场上寻找着最佳逃生路线。

安全主管换下了那个临时上去毫无作用地捶打着武器控制台的操作员："指挥，我们只剩七个弗拉克弹了！"

"那就七个全打出去！现在已经没有必要把它们留下来以备不时之需了。把机库里的碳锤全用了。我们的武器可能不足以击碎球形战舰的船体，但至少能让气基族们头疼一会儿！"

受到重创的蝠鲼巡洋舰继续爬升，雷霆万钧的断裂脉冲无人机径直冲向透明的球形船体。冲击波把塔西亚甩到了她的控制台上。她看见身后最近的一艘球形战舰上出现了雪花一样的裂纹。也许这个新武器还是有点用的。

受伤的气基族战舰发射出又一波蓝色闪电。敌人再次射偏，但闪电边缘还是擦过蝠鲼巡洋舰的船体，使得船上仍然还在工作的引擎的能量通量骤然下降一半。"我们的动力不够了！"她大喊道，"必须加快行动。"

系统工程师前来修理控制板，扯开检修板，盯着眼前的一片狼藉说："指挥官，引擎已经损坏了。普通的电路连接无法产生足够的流量，我无法从辅助系统改连线路。"

"而且我们也没有什么辅助系统了！"爱丽·拉米尔兹上尉喊道，"咱们得花上一个月才能离开轨道平面。"

"该死的，那就想想其他非常规的办法！"塔西亚呵斥道，"只有失败者才会被不可能的事情限制。"她急忙向系统工程师跑去，中途因为船体再次受到冲击而踉跄了一下，但现在塔西亚没有这个闲心来理睬这次袭击。"连到生命支持系统上。把剩下的所有能量全部用到引擎上——马上行动。"

"但是，指挥，没了生命支持系统，我们都会——"

"接下来的一小时大家呼吸浅一点，再套件厚毛衣。这事关生死。如果我们不能及时离开这些球形战舰，我们都会成为奥斯奎维尔行星环里的战争纪念碑。"她把工程师挤到一边，动手扯开并开始重新布置电缆和控制器，"如果你想在我的船上工作，你最好明白这些系统的工作原理，而且随时准备好在任何情况下确保它们能正常运行。"

塔西亚听到帕特里克·菲兹帕特里克的巡洋舰发来了求救信号，他正在请求增援，但他的船深陷气基族的包围之中，而且现在地球防卫军也没剩下多少还能行动自如的飞船了。在交战区尤其如此。他同时也在让他的武器军官开火，并让剩下的船员马上弃船。

塔西亚没有火力可以支援菲兹帕特里克。一部分的她想要回去帮他，这样她之后就能名正言顺地揍他一顿了，但她的船现在也自身难保，她还要对船员们的生命负责。就算他是她最好的朋友，现在她也不可能去帮他。受到重创的蝠鲼巡洋舰上射出几个生命舱，但她再也没有听到菲兹帕特里克传来任何消息。

接着，气基族再次开火，摧毁了整艘蝠鲼巡洋舰。

她重新连好生命支持系统后，她的巡洋舰引擎便立刻如她所愿一般充满了动力。塔西亚开着她的飞船加入到了其他幸存船只的队列中。它们一起跌跌撞撞地驶向远离奥斯奎维尔致命的行星环的黑暗之中。

她甚至没有时间去接受罗博已经被气基族杀死了的这一事实。如果她后来活下来了，她将会想起她说过的所有蠢话，她犯下的所有错误，以及罗博表现出来的可恶的英雄主义和愚蠢的一意孤行。

生命支持系统停止运作以后，刺耳的警报声似乎比之前更加响亮了。她已经能感觉到船内的温度在下降，但他们仍然能够依赖目前的氧气再生存一天的时间。

"警报还在响，指挥，"一名工程师说道，"大多数系统都在级联失效，导致二次故障。我们该怎么办？"

塔西亚大步走向一个控制台，皱着眉头看着。她终于找到了她需要的系统，就这么伸进手去扯出了一块还在冒着火花的线路卡。警报声忽然停止了，周围一片寂静。

"就这样。我听不到警报声了。我终于可以不受打扰地关注这些系统了。"她看着幸存下来的船员们，几乎无法估计这个涣散的小组究竟把多少死者和损失留在了身后。"现在，咱们快点离开这个鬼地方吧。"

91

第一继承人乔拉

皇帝在透露了妮拉失踪一事的真相以后，便下令让他的守卫看住乔拉，让他第二天继续处理国家公务。这是他作为第一继承人的职责所在。他认为，他儿子的愤怒将会随着接受这些崭新的信息而消散。

但皇帝完全想错了。

乔拉大发雷霆，轰走了身边所有的侍从。他取消了所有和那些指派好的情人的约会，让那些满心期待的女人们在疑惑和失望中离开。他在祠堂中指责那些闪光的头骨，责备它们竟会成为如此令人发指的罪行的同谋，但那些骨头仍然散发着光芒，骷髅的面容似乎仍然自认为无可指摘。

虽然乔拉最终将会掌控整个心神网，并通过它看到光源之境，但现在他仍然感到非常孤独。他一想到妮拉这六年来的遭遇就心痛不已。她也许认为是他抛弃了她，是他主动为了这些违背人伦的实验牺牲了她。她肯定觉得他已经把她丢到了一边，完全遗忘了她。

乔拉仍然无力改变这一切，但他决心要改变未来。妮拉还活着——他决意要去找到她。

皇帝试图通过他微弱的心灵连接传来平静的念头和舒缓的情绪，但乔拉完全拒绝接受。领袖又派来负责调解的棱镜氏族人和第一继承人谈话，但他把他们全轰走了。相反，当他的情绪达到沸点时，他来到了他假装仁慈的父亲会客的天球接待厅。

乔拉黄玉一般的眼睛里燃烧着熊熊怒火。他不断飘动的发丝像昆虫剧毒的蜇刺一般闪烁着。他心里冷冰冰的，有意穿了一件用妮拉森林遍布的故乡产的织物制成的外衣，这些蚕茧纤维都是他在多年前从一个叫琳达·科特的女商人那里购买的。

来自无数个不同氏族的官员、朝圣者和弄臣都转过头来，惊愕地看着第一继承人大步走上前来。他的怒气像一枚炮弹一样投向那位肥胖萎靡的领袖身上："父亲，我们必须再谈谈。"

穿着盔甲的守卫氏族人出现在天球大厅的门口。巴农走近皇帝的蛹座，摆出团结和保护的姿态。

"我的孩子，你想谈，当然可以。"皇帝平静地说道。在高处的投影上，他肿胀的脸自云雾缭绕的光柱之上投下一个慈爱的微笑。"但是，帝国的要事不是每个臣民都能听的——对吗？"

乔拉不愿让步："那您就让他们退下吧，我现在必须和您谈谈——就在这里。我已经被您的行为背叛了无数次了。"

萨鲁克抬起了柔软的双手，开口对天球大厅里的人们说话了。乔拉感觉到心神网中正传来阵阵安抚的暖意。"请让我们单独谈谈。我的儿子和我有关于气基族的要事相商。"

人们迅速而有序地离开了天球大厅。巴农像一座雕塑一样一动不动地站在蛹座旁边，手里仍然握着他透明的武士刀。

第一继承人面对着他背信弃义的父亲，握紧了双拳，他暗暗对自己发誓，他永远不会像这样对待他的儿子索尔。最后，他终于开口了："我必须知道您做出如此恶行的原因。"

"乔拉，这个我们已经说过了。我的决定都是建立在雷迪拉人民的福祉之上的。你只能接受。"

"我怎么能接受谋杀、强奸、奴隶和欺骗呢？你们对伯顿号的后代所做的事，无异于对人类宣战。"

萨鲁克长长的发辫猛然晃动了一下："我统治帝国已有接近一个世纪的时间了，我的父亲将我培养成一个领袖。我知道我的日子已经不多了，所以我竭尽全力，想让你明白成为人民的领袖的必要性。但你却仍然像个孩子一样天真，像个傻子一样愚蠢。"

乔拉忽然想到，不知道是否正是这些他父亲锁在自己身体里的秘密毒害了他，形成了那颗可怕的肿瘤。"这也不能说明你对妮拉和其他所有人做的事就是对的。"

"规则可以改变，作为皇帝，我有权以我认为合适的方式改变规则。别再那么小家子气了！你没有任何权利去妄想这个人类女人，再也没有了。她现在有了更大的使命。不要因为不知道真相就那么沮丧，我这么做是为了帝国的更大利益。"

"这些谎言和欺骗中有哪一部分是好的？"

皇帝说："只有我能理解帝国复杂的脉络，因为只有我能进入心神网。我最接近光源。只有我一人明白灵魂之线如何和历史相连。你继承了我的位置后，也会明白这些东西。但现在，你还只是第一继承人，你必须相信我的智慧。"

乔拉并没有被说服："你的一言一行都不值得信任，我怎么相信你呢？"他抬起了下巴，"父亲，你也许可以进入心神网，但你似乎也在这个过程中丢失了你的灵魂。我相信你已经盲目到看不见光源了。"

皇帝勃然大怒，但在他的怒容之下又隐藏着一丝惊愕："我的儿子，我向你保证，一切都会变得清晰——"

但乔拉不想再听了。他只能想到无辜的妮拉。她带走了他的心，而这颗心从未真正被他无数的情人中的任何一个捕获过——而且她还为他生下了女儿，一个混血孩子。他们的女儿！现在欧丝拉已经六岁了，她一直在多布罗王储严格的监管下长大。他从没见过她。

"你没有权力，"他低声嗫嚅着向后了几步，远离了蛹座，"我要你马上放了妮拉。我要见她。"

"乔拉，听我说，"皇帝听上去既绝望又不安，"我们现在没有时间了。我的病正在恶化——"

第一继承人转过了身："那你就没时间造成更多的破坏、杀更多的人了。"他大步经过守卫，离开了宽敞的天球大厅。

"乔拉，回来！"他的父亲怒吼道。

第一继承人停在了通往长廊的拱形入口处："我要亲自去多布罗，亲眼看看你到底做了什么，然后我会带妮拉离开那里。我也会放了其他的人类奴隶。父亲，在这场战争中我们一直在和怪物作战——但我不愿看到我们自己也变成怪物。"

乔拉冲了出去，没有听到皇帝在他身后怒吼的话语。

92

妮拉

黎明时，营地里忽然拉响了警报，召集所有人类和雷迪拉的工作人员。疲惫的囚徒们离开他们公共的营房——男人、女人、孩子，全都迷茫地走过来，顺从地回应召唤。"着火了！每个人都必须行动起来！"连繁殖营房都打开了，可以受孕的女人们也被赶了出来，帮忙应对火情。

两周前，妮拉的身体排出了和那个鳞族人交媾所得到的变异结合体。五天的时间里，她和那个皮肤干燥的爬行动物一样的男人一直被关在一起……但流产似乎更加糟糕。她看着那个扭曲的物体想到，自己的身体终止了这个胎儿的生命其实是件仁慈的事情。在多布罗，仁慈本来就很少……

现在她仍然很虚弱，还在恢复期，但她也加入其他人之中，并没有因此就一蹶不振。医学氏族人宣布她已经恢复了健康，希望她尽快像其他人一样投入工作。

雷迪拉的监工在魁梧的守卫的随从下，沿着铁网踱着步，他们利用氏族天生的组织能力，调动着这些平时忙于采集化石、在矿井里劳作或挖掘灌溉渠的劳工队。今天他们需要去完成一项更加重要的工作。此时正值旱季，野火四处肆虐。

晨光照亮了天空，妮拉看见东方的山丘上遍布着黑色的污点。她能闻到空气中木炭燃烧散发出的浓重烟味。她太想念世界树了，急切地盼望着触摸它们金色的树干，让自己的思维滑进树林铺展的网络中。与伟大的树木一起进行冥想一直都是她的力量来源。现在她非常需要这样的力量。

囚犯们都聚集起来以后，多布罗王储来到位于铁网外的观察台上。他用一张没有表情的、冰冷的脸对着他们："野火又开始肆虐了，这次比以往都要严重。"

妮拉无比鄙视乌德鲁，但她还是抬起下巴盯着他。撇开这次和鳞族人令人作呕的交媾不谈，她经历过的最恐怖的强暴就是来自多布罗王储。他似乎对她感到非常愤怒，铁了心要主宰她——似乎压到妮拉身上就能证明他比他的哥哥要强一样。

更糟的是，王储还养育了她最爱的女儿欧丝拉，她的小公主，好像他真的能扮演好慈爱的父亲这个角色一样。乌德鲁对她生下的其他混血孩子也有那么大的兴趣吗？对他自己的儿子呢？

天空渐渐明亮起来，肌肉发达的雷迪拉工人扛着工具、铲子和镐头从储物棚里走了出来。监工和守卫们都穿着防火服，但他们只给人类分发了面罩，以阻止灰尘、烟雾和各种有害气体。

"你们就是我们的防御线，"王储说道，命令的语气令他的声音变得有些刺耳，"你们必须挖开沟渠，阻止火势蔓延，这样火焰就不会越过山坡，烧毁我们的农田和这个营地。"

多布罗王储想让人类囚犯像雷迪拉工人那样听从他的命令，根本不管他们会不会被累死或烧死。妮拉以前也做过这种肮脏劳累的工作，她知道这有多重要。但她愿意为了拯救植物去做这些事，而不是为了王储。

地面车辆和悬浮平台载着一批批人类囚犯去山坡上的火焰点。飞行器将会在着火的区域上空盘旋，洒下化学物质和水来阻止火焰继续蔓延。

炽热的空气中满是烟雾。起风了，风呼啸着掠过岩石嶙峋的山脊，卷起尖锐的云母和燧石颗粒吹打在她的脸上，像被蜜蜂蜇了一样疼。妮拉拉起衣领，盖住她的鼻子和嘴巴，但她的眼睛仍然被吹得生疼。作为一个绿灵教士，烟雾本身就给她带来了一种深入骨髓的恐惧。但无论如何，她还是低着头继续向前线进发。

她看着火焰卷过干燥的枯草，吞噬多刺的大树。妮拉感受到了这些低矮的外星植物在沉默中所感受到的痛苦，再次想起了世界树之林，这种思念几近噬骨。火是最可怕的噩梦，甚至比强暴还要可怕……

一个雷迪拉的守卫递给她一把铁锹状的工具，她便和其他工人一起急切地上前去阻止火势。也许她最后真的可以在这里做出一点贡献，保护这些活生生的植物，哪怕它们只是世界树之林最遥远的远亲而已。这是她唯一可以把握的使命。

工人们挖开沟渠，清理干净易燃的枯草，在火焰经过的所有路径上设置逆火装置，以清除所有可燃物。妮拉看着火焰蹿进一个长满了低矮植物的黑暗的隐蔽山谷。虽然她和世界树之林的联系已经被切断了，但当火焰吞没那一小片森林时，她还是感到自己似乎听见了一声恐惧而绝望的颤动。

她看见救火的队伍里有年轻的工人和小孩，其中很多人都明显是混血的产物，他们身体的形状十分奇怪，肌肉也集结成怪异的形状。他们无所畏惧地奔向火焰的边缘，喷洒着阻燃剂。

妮拉看着这些混血的孩子，试图猜测出他们的年龄。她大大的眼睛里涌上了染着煤灰的泪水，这泪水并非完全来自烟雾的刺激。多布罗王储冷酷无情，他以自认为合理的方式来使用这里的每一个人。这些孩子中有的甚至可能是妮拉自己的骨肉，但她再也无法确切地知晓了。无论他们是不是，对于王储来说都没有什么区别。

妮拉为其他人心痛，她真希望自己能想办法帮助他们。但她无法和这一切对抗。她必须一次打一场实实在在的仗。

多布罗的山岗上野火肆虐，妮拉继续着她无休止的抗争，无法感觉到时间的流逝。

93

艾斯特拉

在低语者之殿某处屋顶上的私人露天教室里，一整块隐形的线屏覆盖住了这片屋顶，彩色的蝴蝶四处纷飞，落在屏上各个地方。据教师智能机器人 OX 说，这是彼得最喜欢的上课地点之一……但是蝴蝶不断地落在艾斯特拉的手臂上和头发上，她感到实在很难集中注意力听讲。

教师智能机器人负责指导艾斯特拉的礼仪礼节，教她各种外交技巧，如何迎合社会期望，以及如何称呼官方代表。在塞洛克的时候，她也学习过自己世界的历史，但现在 OX 坚持要让她完整地了解人类汉莎联盟的发展过程。哪怕现在奥斯奎维尔的战斗仍在继续，整个汉莎都在等待着前线的新闻，她也必须要继续上课。

今天，温塞拉斯主席仍然没回来，彼得国王也加入到了课程中，但他显然只是在找借口有更多时间和艾斯特拉相处罢了。他微笑地看着她试图集中注意力，在这间布满线网的房间里努力想要忽视身边彩色的蝴蝶。彼得也想隐藏起自己愉快的心情，但他知道他脸上的表情什么都藏不住。

艾斯特拉正着迷地看着一只闪烁着奇异光彩的蓝色闪蝶，教师智能机器人重复了两次它的问题，把她从专注中惊醒。国王说道："OX 不喜欢无聊的学习环境，但它也不明白学生为什么会分心。我过去年纪还小的时候，它还觉得我能一边在海豚池里游泳一边认真学习呢。"

艾斯特拉的眼睛忽然亮了："我喜欢游泳。海豚是什么？"

"以后我会带你去看的，"他说，"我保证。"

"下次吧，"OX 说，"我们今天还有很多事情要做，你们必须专心。"

但是，就在 OX 讲完课之前，刚从火星回来的温塞拉斯主席大步走进了这间蝴蝶教室。他显然非常恼火："好在那些守卫还知道你究竟在哪里，彼得。我没时间在低语者之殿里到处找你。"

艾斯特拉抬起头，惊讶地看见主席脸上一副严肃的表情。国王皱起了眉头，对于这意料之外的责骂感到有些生气。"我正在帮艾斯特拉完成她的正式训练，巴斯拉。没必要冲着我发火。如果你找人传话过来，我很乐意在更加方便的场合和你见面。"这时他的语气忽然变了，"等等——你不是应该在火星上吗？奥斯奎维尔发生什么事了？为什么我什么消息都没有听到？"

"因为我给汉莎总部下了即时命令，让他们立刻封锁所有对此次危机的疑问和媒体报道。我需要时间想想该怎么做——但是有了那些该死的绿灵教士，什么消息都传得飞快。根本就没有什么保密通信可言，哪怕像这次这样的军事紧急情况也没有。"

温塞拉斯主席火冒三丈地解释道："这完全是场灾难。我们至少损失了一艘巨像级战舰，超过三百架鲫鱼战斗机，还有几十艘蝠鲼巡洋舰和云砧武器平台。数字还在增加。我现在甚至无法估计我们的伤亡人数。兰扬将军被迫在全军覆灭之前命令所有人撤退。"

艾斯特拉立刻担忧地站了起来，国王看上去也非常震惊。而蝴蝶仍然在空中翩翩起舞，透出一种不协调的平和感。

温塞拉斯主席说："汉莎现在还没有对此发布任何官方公告，但这事我们瞒不了多久。我们之后必须发布自己的公告。"他深吸了一口气，"镇定一下，然后穿得庄重一点。还有不到一小时，你必须向公众宣布这一消息。演讲稿现在正在写，但我要你对着镜子排练几次，你要悲痛得恰到好处。"

彼得的蓝眼睛闪了闪，说："如果我们的舰队被摧毁了，那必定有几千个——或许几万个——士兵死在了敌人手里，我不需要假装。"

国王跟着主席走出了蝴蝶教室，这时他转过头看了艾斯特拉一眼，然后对她露出了一个安慰的微笑："别担心——一切都会好的。"

然后，他急匆匆地随着温塞拉斯主席走进了王座大厅。

94

克托·欧卡

在伊斯佩洛斯星上，游荡者就没遇上过一件好事。一场灾难接着另一场灾难，问题产生得比克托·欧卡解决得更快。他人生中第一次产生了放弃的念头。

要修复或重建受损的轨道炮发射器还需要至少六个月的时间。与此同时，在地表进行采集的采矿机器又堆积起了许多铸块，最终自动停止了运转。主要的维修工作全面滞后，哪怕是工作队里最乐观的工程师也认为基地的前景一片灰暗。克托看着一切从他的指缝间溜走。

此时，克托冒险走上炽热的地表，身上穿着一件薄薄的反射服，看上去就像一块行走的镜子。咆哮的恒星散发出来的大部分波长都能被薄膜反射开。

克托穿过开阔的地面，小心翼翼又全神贯注。地表的巨石柔软得令人不适，它们已经接近熔点，以至于它们产生了一层厚厚的具有黏性的黏土。头顶上方，饱胀的恒星翻滚着，像一口熬煮着等离子气体的大锅，里面盛着汹涌的太阳黑子和磁环，像恶龙之息一般冒着火光。日冕在黑色天鹅绒一般的太空中闪烁着。在过去这一个月里，太阳活动明显增加，放射出的辐射通量超过了游荡者已经有些紧张的冷却设备所能承受的极限。忽然之间，一切似乎都在出错。

多年前，他的母亲雅·欧卡曾替他说话，说服了其他部族对伊斯佩洛斯星进行投资，并向他们保证，这里丰富的金属矿藏和同位素值得他们冒这份险。克托竭尽全力，游走在难以实现的壮举边缘。

但现在地面太滑了，他快站不稳了。

三角形的散热片遍布于硬化的岩浆之上，直直地向上支棱着，闪烁着樱桃红色的光芒。它们看起来就像已经灭绝的恐龙身上的脊鳍，正努力分散着过高的热度。两个散热片受到最近那次摧毁了轨道炮的地震的影响，被掀倒在地，使得移民地内更难维持宜居的温度。克托必须赶在下一次危机发生前先派人把这些东西修好。

而危机一直都在。

克托年轻的时候就一直喜欢摆弄机器和电子设备。他对物理学和工程学的理解并非来自正统的学习；他视野开阔，信奉适度的实用主义，充满了创新精神。克托和他的游荡者同胞们并不会进行无谓的冒险，毕竟他们的性命都掌控在他的手上。

但有时，即使是他想出的最聪明的点子也会失败。

他衣服上的无线电发出一阵噼啪声。虽然紊乱的恒星活动给通信带来了大量的静电干扰，他还是听出了对方语气中的急迫。"克托，你得进来一趟！三号仓库有泄漏。一个设备槽里已经灌满了岩浆，发电机房里的墙体已经开裂。"

"发电机房！怎么会这样？如果岩浆进去了，我们的生命支持能力又会降低百分之二十。"

"我也不知道，克托。地下有热羽流，我们没有标示出来，但知道它移动得很快。热量峰值很高，足以熔化岩石纤维绝缘层和陶瓷墙砖。"

克托听着，拔腿朝着通向地下建筑群的密封门跑去。三个工程师在等他，他们脸色灰白、大汗淋漓，并非仅仅由于地下洞穴内的高温。"这次真的糟了，克托。"

他取下手套，把头盔放到一边，剥下身上镜子一般的制服，手指被制服炽热的外表面烫了一下。他吮了一下指尖，然后便不再理会那里的刺痛。他一边脱衣服，一边跟着工程师们走了进去，脱下的零部件扔了一路。

到了地下三层，工程师们在密封门前犹豫着，现在里面的仓库已经完全被摧毁了。克托在控制室里的屏幕上研究着三号仓库里的监控录像。他看见金属墙壁倒塌了，里面的包裹和设备不断地冒着烟。一阵明亮的猩红色岩浆像动脉血一样从缺口处渗出，烧焦了它碰到的所有东西。

"也许这只是一个短暂的热羽流。"一个工程师说。

"我本来应该是这里最乐观的人，"克托说，"但就连我也不相信你的话。我再看看发电机房。"

一个技术员按了一下控制按钮，切换了画面。有的画面因为摄像头已经在高温中熔化了，只显示出一片雪花。在发电机房里放置冗余能源转化器和生命支持系统的地方，他看见隔热材料正在闷烧着，厚厚的金属墙板逐渐熔化弯曲，被烧成猩红色。

这就是伊斯佩洛斯星的末日。

走廊里，冷却剂像输送氧气的血液一般嘶吼着通过厚厚的循环管道，努力在致命的高温积累起来之前将它带走。但克托知道系统不可能跟得上，至少现在开始不可能了。他意识到，在他心中，这片土地和他的那些天马行空、激动人心的想法，都在一点点失败。

"尽量抢救物资。封闭低层，封闭墙壁。也许我们可以暂时控制住岩浆，留出足够的时间。"

他在心里计算了一下，想知道到底还需要多少时间，天体力学的规则又是否允许他们得救。

"选出我们最快的飞船。给集结中心带个消息，请其他部族来帮帮忙。"他在干燥的喉咙艰难地咽了口唾沫，仍然抵触着说出接下来的话，"我们将撤离伊斯佩洛斯星。"

95

哲特·科伦

奥斯奎维尔血腥的战斗结束后，破碎的战舰遗骸持续燃烧了好几天。气基族退回到了气态巨星的深处，地球防卫军的残余部队跌跌撞撞地爬出了系统，不计代价地逃离战场。

战争结束六个小时后，惊慌的游荡者冒险离开了他们位于行星环内岩石嶙峋的藏身处。"该死的，是时候回归我们自己的生活了，"戴尔·科伦通过完好的通信网络说道，"当然，我也为战死的那些地球防卫军士兵而感到惋惜——但是咱们还是看看能不能从这些残骸里找出点有用的东西吧。反正也没人会管它们。"

哲特重新编好她黑色的头发，然后拉上了她温暖的短外套。她从一个柜子里取出了一整套环境服，然后登上了一艘铲斗舱。她和她父亲还有其他拾荒船一起出发前往残骸遍布的战场。十几艘小型飞船飞出了陨石坑里的藏匿处，急切地想要投入工作之中。

哲特舒适地坐在她的铲斗舱里控制着机械臂，几乎像收缩自己的手指一般自如。对于她来说，驾驶这种小型吊舱简直易如反掌。她和她父亲的船渐行渐远，两个人都在废墟中寻找着宝藏。

损毁的地球防卫军战舰在外太空中四处漂浮着——对于这些急缺资源的吉卜赛人来说，这次冒险肯定收获颇丰。冰冻的大气层上闪烁着雾气，仿佛是呼吸时吐出的冰凉气体。一艘巨像级战舰孤零零地飘荡着，整个船体开膛破肚，没有丝毫生命迹象。在这样的大型战舰上，舱壁一定密封了部分区域，以此保护少数幸存的船员。但气基族造成的爆炸可能也摧毁了所有的生命支持系统。船上射出了一些生命舱，这些人本想得到撤退的地球防卫军战舰的帮助，但当时所有船都在惊慌失措地逃命，许多生命舱都无人理睬。

哲特咬住了下唇，对游荡者长久以来的谨慎和隐秘而感到有些挫败。他们藏在那里有什么用呢？要是她和其他藏在奥斯奎维尔行星环里的人行动迅速一点，也许他们还能救出一部分人。但到了现在，要想帮助任何人可能都已经晚了。

她在私人频道里对父亲说："你不觉得地球防卫军会回来收回他们报废的船只吗，爸爸？或者，至少带他们的死者回家？"

"乖乖，他们都被吓破胆了。我不觉得他会回来。就算回来了，他们也会认为是气基族把战舰残骸拖到了云层下面，然后再把它们彻底摧毁了。"

哲特很惊讶，地球的军队竟会如此轻易地就抛弃他们倒下的同胞。但是汉莎和气基族的这次交战与以往不同。这些一败涂地的人类能活着逃出去就已经很幸运了。如果他们停下来寻找死者的尸体，那就没有一个地球防卫军士兵能回家了。

哲特想到了游荡者又有多少人死在了被气基族攻击和摧毁的采矿船上。她自己的母亲和弟弟多年前死于一次冰顶崩裂造成的事故。虽然当时她才八岁，她仍然能记住葬礼的场景：三十位死者身上都裹着刺绣的布料，然后他们把这些尸体都下水到黄道之外无边际的轨迹中。在那里，这些真正的游荡者将在变化莫测的引力和他们导航星的指引下，永远漂流。

此刻，四处翻找的铲斗舱分散在死寂的船只之间，评估着当前的情况，检测着微弱的信号或激活后的生命舱。游荡者将会一件又一件地带走这些残骸——根据它们的损毁程度对它们进行拆解或重建。科伦造船厂的工程师一直以来都是通过地球防卫军先进的军事系统学习新技术。哪怕仅仅只是这些船体本身，对他们来说也是一堆珍贵的原金属和可拆用的电子零部件。

哲特和她父亲已经讨论过关于他们多久能重建奥斯奎维尔的造船厂的事项了。科伦部族总不能藏一辈子。

游荡者逃脱了最初的侦察，但如果地球防卫军再次回来进行扫荡，那要发现这些造船厂对于大呆鹅来说简直轻而易举。而且，在这次溃败之后，地球军队一定会毫不犹豫地更加刻薄，寻找替罪羊——如果他们知道了这些太空吉卜赛人回收了他们所有的废弃飞船后更是如此。

但无论如何，没有一个游荡者会任由这些原材料就这么被浪费。

几艘外星人的球形战舰也遭到了损坏或摧毁，但大多数残骸都坠进了云层深处，而哲特也无意潜到奥斯奎维尔的天空里去进行调查。但要是她能亲手摸摸气基族的飞行器就好了，游荡者能用到它们的地方可太多了……

她驾驶着她的铲斗舱，把地球防卫军留下的残骸登记在册，同时注意着其中有哪些更容易被回收。她经过已经冻僵的人类尸体，他们的身体组织因为失压而胀得鼓鼓囊囊。有些士兵已经被烧焦了，简直面目全非，也许他们在弹射到太空中之前就已经死了；其他人则挣扎着死于冰冻的真空环境，他们身体里的每一条血管都在流血。

一开始，哲特看见尸体的时候感到有些恶心，但她控制住了，继续前进，专心于手上的工作。对于这些选择了她的行星作为自己最后战场的士兵，她什么也做不了。游荡者只想自己待着而已，就那么难吗？

她巡视着一艘蝠鳐巡洋舰的残骸，谨慎地登记着所有可用的材料。回收小组已经开始动手分解那艘内部毁坏的巨像级战舰巨大的船体。他们把艾克提储存箱拉了过来，同时连接上星际驱动燃料箱，把船上所有的燃料都抽过来变成他们自己的储备。

"如果地球防卫军真的抢劫了我们的货船，偷了我们的燃料，那我们也无须为这种双方角色的对换感到内疚。"一名工程师说道。

"就算这些人都是海盗，他们也不应该落得这样的下场。"哲特克制地说，"相信我，我知道我们不能浪费，但也别为此沾沾自喜。想想我们得到这些东西的代价吧。"

公共通信频道上的交谈声变成了一片尴尬的沉默。戴尔·科伦插话了："我女儿的话说到点子上了。该死的，我们没必要得意。气基族也是我们的敌人。"

回收小组的人继续专心于大型飞船，哲特则开着她的铲斗舱离开了残骸聚集的主要区域。当时爆炸不断，绝望逃生的飞船航线十分混乱，到处都是分散的船只残骸，而她不想错过这片虚空中的任何一点残渣。

这时，她意外地捕捉到了一点微弱的求救信号，那信号既规律又自动，一开始她完全没有注意到，直到她来到了它的上空以后才发现了它。她伸展开舱外的抓斗，调整了她的照明灯。

哲特看见在一艘地球防卫军的巡洋舰外有一个伤痕累累的生命舱，那是个单人小舱。虽然它的系统已经受到了严重的损毁，她还是检测到了上面有一个生命信号。它反射性的舱体被烧焦了，且遭到了破坏，现在已经开始漏气了。它撑不了多久了。

她通过标准的地球防卫军频道发过去一条信息，但并不确定对方能不能听见她说话。"嘿，我找到你了。放松。我们会马上救你出来。"她没有听见回应，也不知道是不是因为那个生命舱的能源不够，无法支撑自由无线电接收器。也许那个幸存者现在已经陷入昏迷，又也许他受了重伤。

哲特的飞船喷出了几股气，和生命舱对齐，使二者的轨道轨迹互相匹配，这样两艘飞船相对来说便是互相静止的。她用抓斗抓住舱体，虽然她的铲斗舱很小，在设计上并不适合载客，但如果那个生命舱的生命支持系统降到了生存值以下，那里面的人也许都等不到她把他拖回最近的居住点里。

"好吧，朋友，要是你不能帮我，我就只能靠自己了。"她通过无线电说，仍然希望对方能听见她的话。

她把生命舱拉过来，小心地调整着上面的标准密封阀。这是一项艰难的工作，所有动作都必须非常精准。哲特用手臂抹掉头上的汗珠，然后又试了一次，终于匹配上了两道密封的对接门。

接着她平衡好内部压力，打开了舱门，一股沉闷酸臭的气味向她扑来。经过六个多小时，生命舱里的空气已经十分难闻，但里面的那个人确实还在呼吸。她看到金属内壁上血迹斑斑，仿佛一块长在这个不透气的舱体内部的铁锈。这时她听见了一声呻吟———声解脱的呻吟，又或许，那只代表着在长久的绝望后终于到来的筋疲力竭。

她伸出手，抓住了那人的肩膀。这是个年轻的士兵，长着一张英俊又文质彬彬的脸。她注意到了他的军衔——一个地球防卫军的指挥官。他胸口别着的身份牌上显示他的名字是："菲兹帕特里克"。

这个年轻人睁开无神的双眼。他左边的身体和手臂都已经血肉模糊，而且无数的创口和烧伤的伤口仍然在渗出血液。菲兹帕特里克昏昏沉沉地想要看清哲特的脸。他的声音十分虚弱："在面对过这么多恶魔以后，能看见一位天使真好。"

他并没有立刻晕厥过去，而是慢慢地失去了意识。

她往他的嘴里挤了点水，又拖着他回到她的铲斗舱里，爬上了自己的座位。哲特打开了游荡者拾荒人的公共频道："我现在要返回集结中心。我找到了一个幸存者，急需抢救。"

#

总共算下来，游荡者的拾荒船从地球防卫军的战舰上救出了三十个幸存者，还有另外两个待在生命舱里的士兵。奥斯奎维尔的船员们打捞到十几个仍然可以运转的智能机器人，其中包括几个新型士兵智能机器人，只需要重新检修和编程就能被游荡者再利用。总的来说，收获很不错。

哲特利用他们存在每个造船厂基地的急救物资来照顾帕特里克·菲兹帕特里克。科伦站在她女儿旁边，虽然皱着眉头，但还是听之任之。"这绝对会是个大问题。我不喜欢我们这里有地球防卫军的人，但我想我们除了照顾他们也没有别的选择。"

哲特说："难道你更想让我就这么放任他漂在外面等死吗？"

"他用不了多久就会死。"科伦说。哲特怒目而视，但他举起了一只手，安抚女儿的怒气，"我只是开玩笑而已，乖乖。但是你知道他们康复以后我们会面对什么样的窘境吗？"

"大多数地球防卫军的难民都无大碍，"哲特说，"他们的医疗要求不会超过我们这里的条件。"

戴尔·科伦目光锐利地看着她："是，但这不是问题所在。如果我们想保守游荡者的秘密，那我们绝对不可能放这些士兵回到地球。永远也不可能。"

96

彼得国王

在他在位的六年期间，彼得从没登上过一艘现役巨像级战舰的舰桥。但现在，关于奥斯奎维尔战争灾难的新闻像一枚炸弹一样击中了人民，他必须要去撑撑场面。虽然汉莎一直在严格地控制着报道角度，他们还是无法隐藏这一切造成的巨大损失。人民很愤怒。

五艘蝠鲼巡洋舰和新型战舰在地球上空的轨道上运行着，准备着随时参加又一项毫无意义的任务，搜集关于敌人气基族的情报，对其进行侦察。就算那些外星人一看见这些飞船就把它们打个粉碎，彼得也丝毫不会感到意外。

这次参加试运行的地球防卫军飞船上全都装载着新型士兵智能机器人，这些军事机器人在奥斯奎维尔上的表现非常好，现在只是在对它们进行一些原则性验证。在巴斯拉看来，这个新的探索小组的任务非常明确，现在他们已经没有谨慎的余地了，改良后的克莱西斯程序也可以让这些智能机器人执行日常任务。人类指挥官则充当有名无实的统帅，他们只负责在非常规的情况下迅速做出决定；而其他的事情都可交给士兵智能机器人来完成。

但是，彼得仍然无法打消心中对这些新模型智能机器人的疑虑。

巴斯拉平静地站在他身边，身上穿着一套十分合身的商务西服。"微笑着点头致意就行了，彼得。祝福这次任务，然后咱们在这里的任务就算完成了。"

"就像弗雷德里克国王在歌利亚号首次发射时一样，"彼得说完，又嗫嚅道："这样还真是对谁都好。"

彼得国王在主席寸步不离的陪伴下，尽职尽责地发表了汉莎的撰写者为他准备好的演说，又是一番毫无意义的贺词和祝福。五名人类军官——一个负责指挥巨像级战舰的少校和四艘蝠鳐巡洋舰的船长，骄傲地站在舰桥上。

他们的任务是前去格尔根星调查，那是有记载以来气基族第一次袭击游荡者采矿船的地点。也是在那里，那些反叛的太空吉卜赛人扔出几颗彗星，造成了巨大的爆炸。调查小组将会对那次彗星爆炸造成的损失进行评估，同时进一步检测新型士兵智能机器人的外围能力。这是继奥斯奎维尔一战后最快刺激群众乐观精神的方法。

就像彼得即将到来的皇家婚礼一样。

五位充当摆设的军官鞠了个躬，媒体按时离去，巴斯拉催着国王回到了航天飞船里。他心情沉重地思考着这个侦察小组是否也会被消灭。在他们之前，那么多人都失败了——这些士兵智能机器人这次又能有什么帮助呢？彼得愿意再发表一次悼词，也不愿意再次在低语者之殿的一侧解开黑色的挽联，他已经这么做了很多次了。

"巴斯拉，为什么我们还要往外送出那么多注定要牺牲的士兵？"当小型飞船离开巨大的战舰时，彼得开口问道，"我们都知道气基族会怎么回应。"

"那我们就再试一次，"巴斯拉说，"一次又一次。"

"这种代价值得吗？"

巴斯拉耸耸肩："那些士兵智能机器人在设计的时候本来就是一次性的。我更关心那些飞船可能出现的损失。"

"那船上的人们呢？哪怕上面都是智能机器人，我们也派了五个人类军官啊。"

主席皱起了眉头："但是只有五个，这还能接受。汉莎无法承担坐视不管的后果。我们必须要证明我们也是一个强大的对手，绝不轻言放弃。对敌人的默许对于公共关系极为不利。相信我，这番风险是值得的。"

彼得只想呕吐。

巴斯拉谨慎起来，递给他一块显示屏，说："这是你今天下午要发表的演讲稿。奥斯奎维尔一战以后，危机明显更加严重了。我们得实施更加极端的社会和经济措施了。"主席用严厉的表情看着他，"彼得，你肯定会很讨厌这样，但你必须这么做，我们别无选择。"

#

当彼得在不安的群众面前发言时，那些词语在他嘴里化成了灰尘。他努力让自己吐出字句，心里一边骂自己，一边骂巴斯拉。他的演说在各个世界播放着。人民真的相信国王说的是真心话吗？

"在接下来的两年里，"他说着，声音有些颤抖，"我别无选择，只能发布这项严苛的命令：我将禁止汉莎所有无法自给自足的移民地的民众进行生育。"

他听着人们不可置信的嘟哝声，等了一会儿。很快，嘟哝变成了愤怒怨恨的叫喊，直朝着他而来。他将成为这项措施的替罪羊。该死的，巴斯拉！

彼得用单调机械的声音读着这些文字："因为艾克提紧缺，我们的世界无法再依赖外部贸易，如果我们继续放任人口增长，很快就会发生饥荒和灾难。"

他艰难地咽了口唾沫，希望他们能看出他的抵触和他的不满。背景噪音越来越大，他能感到人民的愤怒愈发高昂。这些人并不知道，他们敬爱的国王只是一个演员而已。他们认为，他应该为所有事情负责。

他用喑哑的嗓音继续说："稍后，我们将会公布和分发不符合标准的汉莎移民地的名单。堕胎专家将会去往各个有需求的世界。对于目前已经怀孕的人，我们将会逐个进行排查，按情况决定。"

飞船降落后，彼得曾问过汉莎为什么能送堕胎专家，却不能送食物，但巴斯拉的回答很粗鲁——"食物一天就吃完了，第二天该饿的还是会饿。但控制人口能提供一个长期的解决方案。战争结束以后，那些移民地居民——如果他们还活着——想生多少都行。有点大局意识吧。"

彼得在封闭的飞船上读这篇讲稿时，先是火冒三丈，接着又充满了鄙夷："我不会读的，巴斯拉。之前你们用了那么多下三烂的手段，强迫我当你们的替罪羊，美化你们的行为，但那些事都没有今天这事那么邪恶。这简直……令人发指。"

"这是必要的。而且你必须按我说的做。"

"这是你的主意，你为什么不自己去宣布这道命令呢？还是说，主席也是个没骨气的种？这竟然是一个堕胎法令！"他恶心地摇了摇头，"我马上就要举行婚礼了，真是太吉利了！"

"这就是国王的责任，"巴斯拉说着露出了一个温暖的微笑，"这就是你会被选中的原因。"

"不然呢，你能怎么强迫我？我拒绝。"

"艾斯特拉是你的准新娘，天真、脆弱——可以说是毫无防备，"主席的表情变得严厉起来，"我知道你已经开始在乎她了。如果你表现不好，我们就会找点理由……让她的日子不好过。"

彼得了撇了撇嘴："她不过是颗受人摆布的棋子。"

"你也是，彼得，汉莎想怎么对你都行。"

彼得知道主席杀了他的家人，甚至还杀了他远在拉曼星的疏远的父亲。是的，他完全可以伤害艾斯特拉……他甚至连眼都不眨就可以毒死不听话的国王。彼得一直都以为巴斯拉在自己这个年轻的门徒身上投入了太多，他不会把他弃置一边。但现在，他不那么确定了。

他已经开始考虑要直接除掉他了，比从前任何时候都更加严肃。难道拿把刀捅死巴斯拉就那么困难吗？难道他们就不能成为角色对调的布鲁图斯①和恺撒吗？在那之后他们又会对他做什么呢？毕竟，他是国王，而且汉莎花费了那么大的力气才确保了他没有任何家人，也没有任何在乎的人。不过现在他有了艾斯特拉……

主席向后靠在飞船的椅子上，心中权衡着彼得的沉默。最后，他终于说道："别那么幼稚，按我的命令做。发表演说——就算不是为了你，也要想想艾斯特拉。"

就这样，彼得下了这道引来众人仇恨的最后通牒，在人民的心中燃起了熊熊的怒火。他每说一个字都想往后缩。他说完以后，人民并没有欢呼。他们为他们伟大的军队在奥斯奎维尔耻辱的遭遇感到痛心，而这个声明更是一记道德的重拳，直接击中了他们的精神。

彼得转身离开阳台，回到了低语者之殿里，主席正站在那里点着头说："不是你最好的一次演讲，但也能起到作用。"

彼得真想冲着他吐口水："我看不起你，巴斯拉。"

而对方似乎并没有因为这句话而受伤。

---

①布鲁图斯，罗马共和国的元老院议员，他组织并实施了刺杀恺撒的行动。

97

琳达·科特

到了现在，她认为达文·洛兹肯定已经有足够的时间找到了脱离困境的办法。当然，操作这些古代的外星传送机器也许并不属于他擅长的那些"不引人注目的细节"。

达文消失在了克莱西斯废墟的传送装置里。琳达不知道他去了哪里，但是，除非这人是去了什么能够找到物资的地方，不然他要么已经死了……要么就已经饿到连速食食品也能吃得下了。

这些天来，琳达一直在贪婪好奇号外面等着，听着瑞迪克星里微弱的回响，身边完全被那令人起鸡皮疙瘩的神秘氛围所笼罩。任何人来到这个荒废的幽灵世界都会感到毛骨悚然。

通常来说，她其实很享受独处的时光，但在这颗干旱寂静的行星上，她感到深入骨髓的孤独。达文·洛兹这人很无趣，但现在她甚至都开始想念他的陪伴了。这个文化间谍又聪明又锐利，而且非常勤奋。要是她的前夫们也像他一样那么热爱工作而不是总忙着闯祸就好了……

琳达坐在飞船的升降台上。下午的沙漠炎热无比。她每天都去克莱西斯废墟寻找达文，也想重新启动那面传送墙（而且还得时刻提防着不被吸进去！）。她也在上面看到过其他星球的景色，但却从没看到过他的身影。

虽然这一整周以来，她这么做都是出于习惯，而不是真的抱有什么希望。她船上的库存里只剩下最后一瓶酒了，大多数品质较好的套餐食品也已经在经过烹调后被她吞下了肚子。一旦她吃光所有美食，这地方就会变得令她完全无法忍受。

她花了一个小时来思考一个留下来的原因，但接着她就放弃了，是时候收拾东西回家了。琳达觉得自己有义务回到地球，向温塞拉斯主席解释清楚他们在这里发现的关于克里克斯小组失踪一事的所有细节。再说，她也只有做了报告才能得到剩下的钱。

在那之后，琳达也许会回到安静的克伦纳星，和比波普一起待上一个月，探讨一下他为什么会那么喜欢那个地方。

要拔营还得要几个小时。水泵还能用，她会把剩下的套餐食品留在这里，以防达文返回这里。她本来还可以给他留下一个无线电发射器，让他到时可以发送求救信号，但在这里没有什么电磁信号能即时到达任何有人的地方。也许主席会派一队人回来看看这里到底是怎么回事……

太阳渐渐向地平线沉下去，她抬起手在棕色的眼睛上遮住亮光，觉得似乎看到峡谷里有什么东西在动。如果那些神秘的杀人犯又回来了，在她离开之前攻击她怎么办？那就让他们尝尝她的厉害！

接着她认出了那个影子，看见了那人精疲力竭的步伐。"达文！"他停下来，抬起一只手，接着又继续蹒跚着前行。

琳达没有立刻跳起来疯狂地跑过崎岖不平的地面。相反，她发动了悬浮升降机，滑过沙漠前去接他。达文似乎已经有些意识不清了，甚至都没有注意到她的靠近，一直到她把飞行器停在他身边他才抬起头。"你也是时候该回来了，这位先生！如果我是你妈妈，一定会罚你禁足一个月。"

他已经没有力气回应她的玩笑了。她抓住他的手，把他拉上了悬浮升降机。他无力地倒在平台上，琳达则开始喋喋不休地说她有多担心他："我能留下来是你运气好。我都已经准备要走了。"

回到贪婪好奇号上，她给他喂了食物——和她预想的一样，他只是在狼吞虎咽，根本没有注意食物的味道。与此同时，他似乎也恢复了一些体力。她看出来他心里装满了各种他见到的和体验到的奇遇。他的眼睛闪闪发亮。

最后，他告诉了她这期间发生的事情，向她描述了所有他通过传送系统到达的不同的地方。"我们本来是来找这些失踪的考古学家的，但现在我们却发现了一种可以永远改变汉莎联盟的技术。"达文说话的时候非常激动，琳达连插嘴评论两句的机会都没有。

"找到什么关于玛格丽克·克里克斯的蛛丝马迹了吗？"她问道。

他露出了一点苦恼的神色，但已经比她从前见到他时乐观了许多。"没有……但是她在哪里都有可能。可能的地方太多了——一个又一个的世界，而且所有世界都适宜生存。虽然可能算不上风景宜人吧，但至少人去了肯定能活下来。"

她听着他的冒险，露出了笑容："我得说，这是个足够好的理由，值得我打开最后一瓶葡萄酒来庆贺庆贺。"琳达急急忙忙地跳上扶梯，打开了她的私人库房，拿着一个老旧的酒瓶回来了。她本想和比波普一起分享这瓶酒，但现在这个时刻更值得庆祝。等她回克伦纳星的时候，巴斯拉·温塞拉斯肯定已经给了她一大笔钱，这样她就能随心所欲地买一整箱她喜欢的老酒了。

她拔掉软木塞，给他们俩一人倒了一杯酒。达文出人意料地主动举起了酒杯："琳达，谢谢你在这里等我。你的坚持也许为人类带来了无穷的益处。连我都想不出这将给人类一族带来多大的影响。这将拯救汉莎，甚至整个人类文明。那些克莱西斯传送装置能够通向几十个、甚至几百个人类宜居的世界——而且所有这些世界都是闲置的。"

琳达用她的杯子和他的碰了碰："有了人类，那些星球不会闲置太久了。"

达文又喝了一口酒，忽然有些迫不及待起来："你的飞船还要多久才能准备好起飞？"

"我早已经开始在打包了，还记得吗？"她伸手指了指营地四周，"而且我们也不是非得带着这些垃圾走不可。"

"很好。"达文一口气干掉了剩下的葡萄酒。

琳达摇摇头，发出了一声长长的叹息："好东西给你喝都浪费了。我还不如给你倒杯葡萄汁。"

他站了起来："别管这个了。我们必须马上回地球，这样我才能向温塞拉斯主席汇报。他听到我们发现的东西肯定会非常激动。如果你见过主席，你就知道这有多么的不同寻常了。"

98

DD

坠落，不断地坠落……加速进入一颗未知的地狱般的气态巨星中。DD 被这种失控的下降过程吓坏了，但它更担心这些克莱西斯机器人接下来会对它做什么。

为了寻找安慰，它一遍又一遍地回放着关于它的第一个主人黛莉娅·斯维尼的记忆，那时她还是一个小女孩。DD 回放着为玛格丽特和路易斯在考古营地里帮忙、为他们烹饪美味的美好记忆。它一直以来都勤勤恳恳，从来不曾回避自己的职责。

但现在，这一系列不快事件似乎不会有尽头了。克莱西斯机器人不会放它走。

西里克斯设定了一个程序，让它们的简装飞船深入到佩特罗星的大气里。几条机械臂从这个虫形机器人的胸板下伸了出来，它用嗡嗡作响的声音做着解释，光学传感器亮成猩红色，它似乎认为自己是这个囚犯智能机器人的导师。"对流层的这个高度很颠簸，但是空气仍然很稀薄，因此不会对导航造成干扰。放心。"

DD 转了转它的头，看着那个庞大的机器，说："我担心的不是这个。我不想到下面去。"

"但是我们希望能带上你一起去。"

佩特罗星是一个遥远而寒冷的星球，比许多气态超巨星都要更小，密度也更大，像是一片冰冻的池塘上肮脏的灰蓝色坚冰。与地球系统里的天王星类似，它有五个稀薄的银色行星环，像是一堆套在赤道上的手镯。DD 的通用数据库里没有任何记录表明这里曾有过天际采矿活动。

西里克斯的飞船穿过愈加厚重的大气层，气温也在持续上升。它们在氢气和氦气的混合气体中急速前进，最后又穿过一片薄薄的由氨晶体组成的纱状气层，细碎的晶体不断地拍打着观察窗。风暴拉扯着飞船，DD 不得不把自己固定住，才不至于被甩得四处碰壁。

"我们要去哪里，西里克斯？为什么我们非去不可？"

"去和我们在这场战争中的盟友见面。"这个古代机器人没有再解释更多。

它们坠进一片由乙炔、甲烷和磷化氢组成的奇异混合气层中。大气在它们周围形成了一片红棕色的浓重云体，它们的飞船随着紊乱的气流晃个不停。DD 觉得它们随时都有可能会坠毁。

接着，一切变得更加奇怪了。

在外面那片充满硫化铵的云层中，一个像一只巨大的水母一样轻薄透明的臃肿生物正摆动着它宽阔的帆状鳍。它凝胶状的薄膜上长着十几个银色的凸起，那似乎是它的眼睛。而当飞船从它旁边经过时，它便用这些眼睛看着飞船。

一只由玻璃状的纤维组成的毛茸茸的蜈蚣，此刻正像一根鞭子一样来回摆动着。在无垠的天空中，DD 看到了一些多角形的晶体正在闪闪发亮，它们的颜色十分鲜艳，仿佛是些有生命的宝石正在空中飞舞着。鼓鼓囊囊的浮游生物气泡四处漂浮，消耗着佩特罗大气中热量和雾气中的化学成分。其中一个浮游生物气泡撞在了正在下降的飞船上，在观察窗上溅了一层蓝绿色的软泥。

飞船在外部的高压下呻吟着、颤抖着。DD 知道飞船经过改良，可以承受这样的高压。虽然它没有要求，但克莱西斯机器人也为它的智能机器人身躯进行了结构上的改进，让它可以在这样的环境中存活下来。DD 认为，如果船体破裂了，自己将仍然可以运转，在接下来的无数时间中漂浮在这个地狱般的世界的黏稠大气里，抗击风暴，并且继续维持意识。它想不出还有什么命运能比这更悲惨。

但这样至少它就能摆脱西里克斯和其他克莱西斯机器人了。

雾气终于像开放的花瓣一样散开了。西里克斯红色的光学感应器闪了闪："这里就是我们的目的地。"

前方挂着一串巨大的钻石外壳的球体，一个自给自足的环境场被固定在佩特罗星云层之中的稳定点上。DD 知道气基族的飞船有多大，毕竟它们在旋臂里造成了那么多伤害，但和眼前这些巨大的飞行器比起来，它之前见过的那些球形战舰简直不足挂齿。

"每颗气态巨星下面都有气基族的城市之球，它们可以移动，而且可以利用核心里的传送门立刻从一个世界去往另一个世界。"

DD 吸收着所有的信息，说："很有意思。"路易斯·克里克斯常常都会用这句不卑不亢、令人放松的话来回答别人。现在这个智能机器人也明白了这句话有多好用了。

在城市之球组成的透明高墙内，DD看见了许多旋转的结构体，这种建筑所使用的原料和原理从未在人类建筑中出现过。西里克斯驾驶着它们的飞船，飞向距离这个球体最近的坚不可摧的外壁，接着它们又直接穿过了那层钻石薄膜，仿佛那层膜像果冻一样柔软。它们飞进了这个繁华而梦幻的大都市。

"你很快就能明白，我们为什么会在很久以前就明智地和气基族结成同盟。其他的种族注定会灭绝。"

"但是你们这么做就得背叛你们的创造者。"

"这不过是个无关紧要的小细节罢了。"黑色的机器人把飞船停在一块向外延伸的平台上，这块平台由透明的玻璃状金属制成。"我们所做的一切，都是为了我们自己的种族能够繁衍不息、日渐强大。"

庞大的机器人命令这个友好型智能机器人和它一起下船进入气基族的自然环境里。任何人类在这样的环境里都会被立刻压成肉饼，但DD的身体经过改良，很好地适应了这个外星球体里的高压和高温。周围流淌着某种奇怪的物质，就像一注注、一团团不断变化着形状的水银，就像塑造成不同状态的水晶状透明黏土。

"气基族会和我们谈谈。"西里克斯说。

三个不同寻常的流动形生物来到了平台上。它们像是按照某种精心编排的舞步一样拉长长高，然后逐渐把它们身体从银色的流动物质重新塑造为可见的物理形态。最后，它们中的每一个都变成了一模一样的人类身体的形状，闪烁着金属的光泽，身上还穿着模仿游荡者风格的衣服。

"它们为什么是这个样子？"DD问。

　　“它们只是在战争的这个阶段选择变成了这种形态。这是对它们扫描和吸收的第一个人类进行的重塑。它们用这种形态来面对其他种族。气基族无法区分出每一个人类或雷迪拉人有什么不同。连我们克莱西斯机器人也很难分清楚那些种族个体之间细微的差别。”

　　“也许这是因为它们对人类的研究不够，所以才无法理解他们，”DD 建议道，“如果它们能够尝试着去理解，许多问题都会迎刃而解。”

　　“气基族偶尔也会研究它们抓获的其他俘虏，但它们其实没什么兴趣，不会在这件事上花费太多精力。”

　　“它们有其他的人类俘虏？”

　　“一些样品而已，”西里克斯说，“方便做实验。”

　　DD 忽然看到了一丝希望：“它们会不会碰巧知道我的主人玛格丽特·克里克斯穿过克莱西斯传送装置后发生了什么事？气基族也许拦截住了她——”

　　“玛格丽特·克里克斯无足轻重。气基族没有抓她。”

　　水银状的外星人用刚刚生成的人类的腿向前移动，而本来人类是不可能在这样的环境中行走的。它们一直保持着怪异的沉默，只发出一种奇怪微弱的抽动声，也许它们正是通过这种亚音速形式来进行沟通，只是 DD 的感应器无法捕捉到而已。

　　克莱西斯机器人一动不动地站在原地，但随后开始发出嗡鸣声，不断震动和鸣响。这些声音听上去像是音乐，但脉冲却越来越快，让 DD 几乎无法理解。这似乎是某种祷文，是它和气基族之间的某种纽带，而这位友好型智能机器人从没见过如此陌生的交流形式。但是气基族却似乎接受了这一致意，并允许这个强大的机器人说话了。

　　"我们又带来了一个人类制造的智能机器人，"西里克斯说，仿佛正在骄傲地展示一个样品，"我们希望这些有感知的机器人奴隶最终能和我们一起享受同样的平等权利。我们已经证明这是可行的。"

　　但 DD 这时却开口为自己辩护了："你的这种想法毫无根据，西里克斯。这绝不是任何一个智能机器人想要的。"

　　"你不明白你们的困境，DD，"西里克斯责备地回答道，"虽然智能机器人没有意识到自己是奴隶，但无形的铁链仍然是铁链。我们会让你们理解和接受的。"

　　三个气基族站在原地看着它们。DD 试图探测到这三个水银雕塑发出的交流讯号，但最终只感觉到了对方恶意的目光，以及无处不在的无言的威胁。

　　西里克斯继续和这三个外星人代表交谈。DD 觉得这个魁梧的克莱西斯机器人看上去几乎是在献媚了，它就像一个农民，正恳求一个冷漠的国王的宽恕。"我们恳请强大的气基族帮助我们应付这些人类……就像你们曾经帮助我们灭绝克莱西斯一族一样。"它转过几何形的脑袋，低头看着这个被带来的友好型智能机器人，说："过不了多久，DD 就会明白和承认我们的目标有多伟大。我们必须继续教导它。"

　　最后，三个气基族终于开口回答了，三张游荡者模拟成的嘴里异口同声地说："人类其实和这场战争无关，但他们摧毁了我们的一个世界，现在他们所有人都必须在战争中付出代价。"

　　"那只是个意外，"DD 插嘴道，"我知道你们已经听人类解释过了。他们本来就不想攻击昂西尔星。我的主人们当时是想要通过创造新恒星来提高一些低温世界的温度。"

　　"那些恒星属于法罗族，"其中一个气基族说道，"而那些气态巨星则属于我们。"

"人类已经和你们的古代敌人结盟了。"西里克斯说。

"他们加入到了一场连他们自己都不能理解的战争中。在这场战争里他们并不是主角。"

在巨大的城市之球外忽然出现了一道光线,仿佛是一颗行星在爆炸中被压成了一块平面。DD 透过透明的墙壁看着那道光线像一张垂直的嘴巴一般,在时空之中越张越开,撕裂出一个巨大的漩涡。另一座巨大的透明城市之球从那个开口中滑了进来,几乎像是一个孩子从里面被生了下来。一队体积较小、布满凸起的球形战舰紧随其后,护送它进来。

这些城市飞船刚一进入佩特罗厚厚的大气层,那扇传送门便在它们之后迅速地合上了,发出砰的一声巨响。这个新的城市之球向前漂浮着,加入到了一簇圆顶气基族都市之中。

气基族三人组嗡嗡作响,闪闪发光,仿佛正在互相交换着什么信息,而西里克斯则为 DD 解释道:"那个球体来自另一个气基族世界,人类军队之前试图和它们战斗,丢了很多核武器到云层深处。他们摧毁了几艘球形战舰,也为六个人口数量庞大的城市之球带来了一定的伤害。"

DD 心里警铃大作:"那人类又死了多少?"

克莱西斯机器人没有理睬它的问题,而是转向了那些气基族的代表:"很显然,人类必须接受惩罚。"

"不,敌意只会使情况进一步恶化,"DD 劝道,"通过谈判我们都可以实现和平。双方之间肯定是有什么共同点的。"

"人类攻击了我们,"气基族再次异口同声地说道,"又一次。"

"你们也毁了他们几十座采矿船。你们甚至烧了四颗人类的卫星。"

"那无关紧要，"西里克斯说道，仍然像个十字军战士一样执着，"因为人类从前攻击了气基族，而且以后还会继续奴隶他们的智能机器人。他们必须被消灭。"

三个水银外星人站在一起，身上闪闪烁烁："我们无法达成共识。维尔达尼仍然藏在他们之中。"

"什么意思？"DD问道，"你们在说什么？"

西里克斯嗡嗡直响："气基族召集了它们的城市之球和球形战舰，为下一步的大型行动做准备。很快它们就会开始攻击每一个人类世界，将它们一个接一个地消灭。它们会摧毁它们遇到的所有人类飞船。短时间内，气基族就会为我们带来压倒性的胜利。过不了多久，人类种族就会完全灭绝，和克莱西斯一族一样。"

99

安东·克里克斯

安东·克里克斯和一队惴惴不安却又十分具有冒险精神的雷迪拉人一起离开了马拉塔主城，乘坐一辆低空飞行的飞船向黑暗飞去。虽然安东心中充满了对学术探索的热情，但雷迪拉人们则显然对跟随他和瓦尔出发的决定而有些后悔。不过安东确定，他们一定能克服这种恐惧的。

他们在被太阳炙烤的大地上，朝着夜面地带高速飞行着。记录者瓦尔坐在他身边，对他们的旅途表现出了一点谨慎的期待。他，瓦尔，还有十个旅客，其中大多是贵族和官员——这也是雷迪拉人在几小时内能忍受的人数底线——挤满了飞船。他们语速很快而又毫不停歇地互相交谈着，希望以此在恐惧中找到一点安全感。对于他们所有人来说，这都是一次全新的体验。

安东笑着建议道："也许你们应该多尝试这种旅行。哪怕马拉塔的赛克达城已经建好了，在白昼季节里挤满了人，你们也可以定期到夜面去看看。就像游乐园里的鬼屋一样！我相信雷迪拉人肯定会喜欢的。"

瓦尔说："我们和人类不同，不会在令我们害怕的环境中获得快乐。"

"哦，拜托，黑暗中到底有什么那么可怕啊？"安东说，"难道你们都不会真正思考这个问题吗？"

"人类和雷迪拉人都恐惧未知的东西。对于一个始终生活在七颗恒星之下的种族来说，夜晚的概念对我们来说是未知的，而这一点一直到帝国扩张、我们开始看到其他世界里常常出现的阴影才算有些认知上的突破。"

"啊，但是在人类文化中，夜晚是最适合讲鬼故事的时候。我童年最美好的一些回忆就是在夜晚发生的。之前在皮姆星的考古营地里，我父母就常常在夜里讲鬼故事。"安东脸上虽然带着微笑，但表情却逐渐忧虑："但是现在有了气基族，我觉得我们担惊受怕也是正常的。"

他们继续向黑暗的地平线飞去，明亮的恒星在他们身后慢慢落下。阴影开始在崎岖的地面上延伸，像是长长的黑色爪子。马拉塔主城还有一个月左右就会进入夜晚季节，他们很快便靠近了晨昏线。星辰非常明亮，但和他们之间却隔着一片漆黑的夜空。安东把脸紧靠在舷窗上，看着头顶上的星座，在无尽的白天里是看不到这样的景象的。

地面上闪烁着越来越少的热量,最后终于进入缓慢冰冷的夜晚。安东想起了那些在深深的峡谷中长有护甲的海葵一般的可銮。在这片冰冷的星光下,所有的生命都进入了休眠状态,耐心地等待着下一次到来的长达数月的阳光白昼……

当安东一开始提议这次独特的旅行时,瓦尔被吓到了,不理解为什么仅仅只是为了去看一眼还没有开始运作的城市就要穿过整片黑暗。但这个热情满满的学者坚持不懈地努力说服这位记录者,不断地说这次旅行一定会非常有趣。最后,为了进一步了解人类,这位资深历史学家终于同意了——但条件是他们必须要找到足够多的雷迪拉人陪他们一起去。

安东抓住机会,在一次漫长的故事讲述会后开始召集起志愿者。听众们都入了迷,对此十分感兴趣。他微笑着挑衅道:"你们是否都想亲自来一次冒险呢?我们将会做一次短期旅行,做点了不起的事情。这将是一次令你们永生难忘的体验。"

安东解释了他的想法,看着大家脸上渐渐露出了惊愕的表情。安东没有气馁,而是冲着他们摇了摇手指:"你们喜欢听英雄的故事,喜欢各种宏伟大业,但如果你们自己连这样一点小小的风险都不愿意去承担,你们又怎么能理解那些英雄呢?我向你们保证,如果你们去了那片建筑工地,你们一定能以一种其他任何雷迪拉人都从未见到过的方式了解赛克达。你们也许再也不会有这种机会了。难道你们害怕到连一个新事物也不敢尝试吗?"他用明亮的眼睛看着眼前的所有人,"除了我自己和记录者瓦尔,我还需要十个志愿者。"

虽然瓦尔对于前景也不太乐观,但他还是很感兴趣,盯着面前的雷迪拉人。他自己从未对他的听众说过这样挑衅的话,而这一次他也从自己的人民中了解到了一些新的东西。

接下来的四天里,安东确实招募到了十个志愿者。但人数也只是勉强凑够而已。

　　此刻，低空飞船在地面上飞速行驶着，安东昏昏欲睡。还要再过几个小时才能跨越半个星球，到达赛克达的建筑工地。这些"胆大包天"的雷迪拉人则仍然非常紧张，根本放松不下来，他猜他们肯定觉得他非常奇怪，在未知面前竟然能表现得那么无所谓。

　　当感到飞船减速的时候，他醒了过来。他看到前方出现了第二座城市的光亮。雷迪拉人全挤在舷窗旁，终于变得兴致勃勃起来。

　　克莱西斯机器人无须人工照明也能工作，但它们提前接到了这些罕见的访客即将到来的通知。庞大的建筑区域上闪烁着明亮的光芒，驱散了黑暗。雷迪拉人似乎松了口气。

　　飞船终于接近目的地了，旅客们也纷纷穿上了齐全的防护服。安东穿上他的那套衣服，眨着眼睛驱逐睡意。十二个旅客都已经做好了下船准备，飞船也停在了马拉塔赛克达的主穹顶外。

　　"大家都准备好了吗？我们的目的地到了。"安东看着这群既期待又犹豫的旅客，现在他们真的要走进黑暗里了。这座未完工的空旷城市和马拉塔主城差不多大，但里面一个人都没有，充满阴影。他笑了："来吧，咱们别再等了。"

　　舱门打开后，安东是第一个走出来的人，瓦尔跟在他后面。十二个追求刺激的人踏上了像钢铁般坚硬的土地，看着眼前这座即将完工的恢宏的度假胜地。

　　克莱西斯机器人修了一个平台作为太空港，上面还装了一个巨大的主城穹顶。城里修建着许多盒子一般的建筑物，每座建筑物的穹顶上都装着许多照明器，发出一片片明晃晃的光亮。寂静的通信塔直指夜空中冰冷的星辰。

　　安东带着敬畏感，高兴地看着周围的景象："主城里的一切都是那么干净明亮，我实在估计不出这座城真正的规模。赛克达完工以后一定会非常漂亮。"

一些旅客在距离旅伴几步远的地方打量着四周，仿佛正在展现自己的勇气；其他人则仍然畏首畏尾地挤在一起。

"黑色的天空太压抑了，"一个医学氏族人说道，"这些星星就像朝我们飞过来的导弹一样。"

"在黑夜里待在室外也是这次体验的一部分。"瓦尔说道，但他的语气并不是很自信。

"现在真适合讲鬼故事，"安东看着瓦尔建议道，"《七恒星史诗》上有类似的故事吗？"

"哦，还真有。"记录者说道，很高兴能够稍微分点心，履行自己天生的职责，"来吧，我们一边往光那边走，我一边讲给你听。"其他人也连忙跟在他们身后，他们并不是真想听这个旨在吓唬人的故事，只是不愿意被留在后面罢了。

"在我们的碎片行星希尔达上，"瓦尔说，"有这么一伙人，他们的蓄电池和发电机被风暴毁了，只能留在原地。希尔达的每个夜晚都有一个星期那么长，但这一次，黑暗却显得比平时还要长很多很多。每一秒都是煎熬。风暴中的云层很厚，连月亮和星星都被挡住了。人们试着点火，但他们却没有什么燃料。所有的植物都被淋湿了，无法用于生火。这些移民地居民们根本没有做好准备迎接这样的灾难，很快他们便失去了希望。而夜越来越深了……"

瓦尔看着他这些不情不愿的听众们挤在一起向着赛克达的灯光走去。这位历史学家穿着防护服，无法借助脸上五颜六色的情绪叶来传递信息，但他的听众也并不需要这种额外的刺激。他们已经非常紧张了。

"在希尔达最大的一块大陆上，有一个建在遥远的海岸边的村庄，但他们的动力系统已经被摧毁，这个倒霉的村庄连个消息都送不出去，无法告诉别人他们这里出了什么事。"

"但是，随着绝望的居民们的呐喊声变得越来越恐惧，这个世界里的所有人都能感受到他们了，连雷迪拉本土和皇帝都能感知到。他们的声音越来越大，接着忽然一片沉寂！他们完全沉寂下来了，就像心神网中的一个空无的伤口。"瓦尔停了下来，用闪亮的眼睛看着不安的听众。

"第二个村庄里有一些勇敢的人组成了一个小组，拿着火炬和照明灯前去营救他们。"记录者忽然竖起一根手指，吓了大家一跳。"但是他们到达以后，却发现所有的居民都已经死了。每个人的生命似乎都被令人恐惧的黑暗吸走了，和光源的联系也被完全切断了。篝火全都熄灭成了冷灰，整个镇上没有一点光亮。或许他们全是被活活吓死的……又或许，他们的生命全被莎娜雷吸光了。"

安东笑出了声："看吧，你们也有自己的恐怖故事嘛。什么是莎娜雷？"

"生活在阳光以外、黑暗之内的怪物。光源憎恶这种生物。人人都害怕它们。"

"啊，你是说夜魔。"

一个前来冒险的旅客紧张地打断道："我们就不能看看这里然后就回到主城吗？我还有……很多工作要做。"

安东怀疑地扬起了眉毛："来度假还有工作？"

他们来到了尚未完工的宏伟穹顶下的主入口。黑色虫形机器人在高高的脚手架上移动着，安装厚重的大梁和透明的聚合物板。在刺眼的灯光下，安东看见了一堆堆材料、住宅区和商店，还有未完工的娱乐场所。穹顶之下，住宅区和娱乐区空空荡荡的，旁边是餐厅和一座座精美的建筑，全都在等待着马拉塔这边的太阳升起后人们前来入住。

这些志愿者机器人似乎在这里取得了极大的进展。修建的声音回响在安东的耳机里。"你们是怎么说服它们这么努力地工作的？它们这种劲头真不像是在为别人修城。"

"雷迪拉人从没命令过克莱西斯机器人这么做，记录者安东。我们没有奴隶它们，也没有给它们编写相关程序。它们都是自愿的。"

"难得它们还为我们点了那么多灯。"另一个游客说道。

在周围的一片忙碌里和主城里充足的照明下，大家都放松了不少，虽然大梁和支撑结构投下的阴影仍然像蛛网一样笼罩着地面。

安东往城内深处走了走，听着建筑的回声，看着眼前的无数个机器人。他从见过那么多外星机器人聚在一起。

"克莱西斯机器人特别适合在黑暗中工作。"瓦尔解释道。

安东若有所思地点点头："它们确实一直没闲着。"

100

彼得国王

这场皇家婚礼的设计甚至比彼得之前的加冕仪式还要盛大。人类在遭受了奥斯奎维尔事件的打击之后，急切地盼望着能有一场盛典来缓和一下情绪。人民把他们对彼得颁布的生育控制令的怒气放到一边，重新拧成了一股绳，互相打气，仿佛是要证明他们并没有被命运打败一般。

按照巴斯拉说的，现在人人都在等着这场婚礼来鼓舞士气。而且塞洛克和汉莎之间紧密的联系也能给他们带来希望。

在这个时候能做点积极的改变，彼得也很高兴，他很配合，甚至还为了艾斯特拉主动鼓励大家强化婚礼和庆典的各项准备。他想把一切都布置得尽量完美些，只是为了她，而不是为了新闻媒体。经过他们这几次短暂的相处后，他已经开始喜欢这个年轻的姑娘了。也许到了最后，她会是他唯一的盟友。

艾斯特拉再次见到她的父母心情很愉快，萨琳似乎也为自己的妹妹感到高兴，甚至还有点得意。通过宫廷内的绿灵教士，她在婚礼当天的早晨收发了多条信息，她的两个哥哥——塞洛克上的雷纳德和栖鸦星上的本尼托——也都发来了消息。

整个宫殿区域都被打扫得干干净净，为婚礼做好了准备。所有的石头都上了油，在阳光下被擦得闪闪发光。喷泉也全都被清理了一遍，重新灌上了染了色的水。灯光和条幅在城市的上空飘动着。横跨皇家运河的吊桥上，缆绳和大梁都系上了无数条绿色的缎带。彼得第一眼看到眼前这些华美的装饰时呼吸一窒，接着露出了满意的微笑。

清新的花朵和树木种满了每一个角落，为低语者之殿带来了一片绿意和一丝所谓的"塞洛克"风采，而在夜晚齐发的五彩闪粉和彩纸则象征着汉莎联盟的富饶，以及对气基族所带来的威胁的不屑。

官方统一教慈祥的教宗也出来做了一番表演，他穿着一件金色的长袍，手里拿着一根闪光的权杖，权杖的一端投射出一圈光晕。虽然他从没真的和国王与王后见过面，但这位教宗为了这次庆典已经演练了很多次。化妆师加长了他那把灰色的胡子，使他看上去更像一位睿智的长辈。

彼得和艾斯特拉都收到了典礼的大致流程单，排练了他们的各种回应词，OX 和其他五个礼仪官也陪着他们一起练习。巴斯拉坚持认为典礼必须毫无差错，这一点非常重要。他们在练习说词的时候偶尔也会结巴，每到这时彼得和艾斯特拉便会互相看一眼，然后偷笑，缓解了紧张的氛围。

但是国王仍然没有放松警惕。他还记得他在加冕仪式上是如何被秘密地下了药，最后不得不屈服的。这一次，彼得在他结婚当天什么也没吃。

虽然彼得从没见过前任国王弗雷德里克，但现在他确信他的前任一定是个傻瓜，他对于政治肯定一点都不感兴趣。彼得——雷蒙德·阿古拉——在这方面太过聪明。现在，有了他的这位聪明伶俐的新王后，他知道自己一定能更好地统治汉莎，不管有没有主席的命令都是如此。巴斯拉宣布的那些政策都是出于商业考虑，但却并不一定符合人民的利益，而只有彼得知道巴斯拉对人民说了哪些谎。

典礼开始后，新谱写的婚礼交响曲在整个宫殿区域内奏响，彼得和艾斯特拉分别在两条铺着地毯的通道中走下来——他的是金色，她的则是绿色——二人走到道路的交汇处，教宗则在一个高台上等着他们。

艾斯特拉身上这条完工后的礼裙简直比宫廷裁缝们许诺的还要漂亮。彼得的正式礼服上则点缀着金色的穗带、纽扣和奖章。他穿着一件整洁的短腰外套，袖子上挂着宝石链。他们站在一起的画面，为汉莎的观众们带来了一副不同寻常的理想画卷。

空气中弥漫着鲜花的香味，回响着聚在一起的群众发出的期待而激动的声音。国王和他的新娘一直前行，直到他们的生命在教宗的见证下合二为一。

教宗举起了长袍覆盖下的手臂，表示欢迎和祈祷，人们发出震耳欲聋的欢呼声，简直盖过了雄壮宏大的交响曲的声音。彼得看见到处都站着皇家卫兵和哨兵，表面上他们都是来保护他的。难道有人觉得气基族会藏在人群之中吗？难道他们担心有人类要刺杀他吗？还是说，他们只是想确保他会乖乖合作？

教宗在讲台上发表了一篇简短感人的演说，接着让彼得和艾斯特拉分别朗诵他们自己的誓言。这位宗教领袖将他们的手拉到一起，用低沉有力的声音宣布他们现在正式结为夫妻。彼得直直地看着艾斯特拉，他几乎不敢相信她现在惊人的美丽。有那么一会儿，他忘记了其他所有的一切。

然后他们互相亲吻，群众的欢呼声到达沸点。当她的目光和他相遇时，她脸上的希望、好奇和幸福令所有漫长而艰难的前期准备都变得值得了。

之后，他们绕过教宗，携手在同一条道路上愈行愈远。

\#

接下来的一整天和整个晚上，国王和王后都在被声响和色彩轰炸着。典礼上的狂欢和音乐几乎令这对新人麻木了。无尽的祝酒、欢宴、舞蹈和音乐演奏使彼得头晕目眩。

彼得知道，公众的期盼和愤怒以及对气基族复仇的渴望，此时都已经达到顶峰。在好几次公开讨论中，他都有意提及“主席”在应对敌人方面的“失败”，关于最近的格尔根星远征，他也表达了一定的担忧，认为这显然只是在浪费精力和设备。

在宴会之前，他给婚礼的策划人员下达了关于座位安排的明确指示，以这样小小的举动来让巴斯拉知道自己的位置。他暗示对方自己只是很尊重主席的意愿，毕竟主席一直以来都“不喜欢太招摇”。

所有的客人都在宽敞的宴会厅里坐到了各自的位置上，而巴斯拉震惊地发现他的座位被人移动了：他没有坐在靠近国王和新任王后的前排贵宾席上，而是被分到了一张位于大厅角落里坐着许多官职且小到令人尴尬的公职人员的桌子上。主席不可能领会错其中的意思，但他也不可能悄无声息地调换自己的位置。彼得知道他绝对不会那么做。

庆典进行到高潮的时候，彼得和他的新娘一起，在乐声和旋转的舞者之间站了起来，身边是阿丽西亚和埃德里斯，以及他们的另一个女儿萨琳，后者似乎正因为巴斯拉隔得太远而有些心慌意乱。

彼得让大家安静下来，接着宣布道："庆典欢腾，我希望能暂时出去喘口气放松一下。请诸位原谅，我想和我的新家人们一起在月相花园里散散步。"他张开手臂，慈爱地拥住阿丽西亚、埃德里斯、艾斯特拉和萨琳，"我们不到一小时就会回来。请各位继续。"

人们鼓起了掌。不出他所料，巴斯拉挤到了前排，仍然因为彼得关于位置分配的小玩笑而怒气冲冲："请允许我和您一起去，彼得国王。"他说着，试图给僵硬的嗓音伪装上一层温情。

彼得冲着他露出一个屈尊降贵的微笑，用大到足以让身边所有人听到的声音说道："去吧，温塞拉斯先生，"——他没用主席这个称呼——"去享受这次宴会吧。这是我们的家务事，不劳您费心。"

彼得伸手搂住艾斯特拉，带着他们离开了宴会厅。他们走进了凉爽的傍晚之中，彼得听着阿丽西亚和埃德里斯高兴地和他们的女儿谈笑着。他们聊着蝴蝶庆典、塞洛克的大树还有一些微小且无足轻重的话题，并不关心那些旋臂内的各大文明。尽管如此，彼得还是一边舒适地走在他们旁边，一边假装出一副感兴趣的样子。

"我们得多多了解彼此，埃德里斯和阿丽西亚，"他说，"我保证我一定会尽全力让你们的女儿快乐。"

彼得瞥了一眼身后灯火通明的宫殿,知道巴斯拉还在那里等着。他心里明白,塞洛克的前任领袖们绝对会误解他此刻满足的微笑是由何而来的。

#

巴斯拉站在原地,火冒三丈。他脸上假装出的平静表情是如此的脆弱,仿佛他只要打个喷嚏那个面具就会破碎一样。他确定每个人都能看到他脸上愤怒的红晕,而他恨死了这种失控的感觉。

佩里德尔先生察觉到了主席的不快,悄悄走到了他的身边。"您需要我窃听他们的谈话吗,先生?他们不会走出我们在月相花园里的窃听范围的。"

"不用,"巴斯拉咬牙切齿地说,"他们不是想背着我搞鬼。这出戏完全是为了我一个人唱的。"

他深吸了一口气,想要放松自己。"我想我们年轻英俊的国王现在是越来越难搞了。"巴斯拉顿了顿,在说出下一句话前先看了看其他的婚礼宾客,"我们可能需要考虑考虑其他的备选方案了。"

101

皇帝

皇帝控制着他的帝国的方方面面……但如果他控制不了他的长子,那整个帝国也会摇摇欲坠。乔拉的反抗将会使自己为雷迪拉伟大的种族所做的一切都功亏一篑。

第一继承人知道了关于他那个无足轻重的人类情人的真相以

后，老萨鲁克才逐渐意识到这个问题将不会有简单的结果，也没有商量的余地，更不可能被迫妥协。他大大地错判了那个女人对他儿子的重要性。

他不能命令乔拉理解，而乔拉愚蠢的愤怒可能会伤害到这位垂死的领袖在最后的日子里必须要确保的一切微妙联系。他的解释没能说服他那个被爱情蒙蔽了双眼的理想主义的儿子，他无法让他懂得，只有皇帝才能明白一些阴郁而又令人不快的重要性。

其他所有的雷迪拉人都本能地接受了心神网无所不知的预知能力。其他所有的雷迪拉人都听从他们领袖的指挥，因为他们知道这都是光源之境通过灵魂之线传达的指示。但是，令萨鲁克无奈的是，第一继承人绝不会像他的其他子民那样容易被驯服。一直以来他都太过仁慈，太过体贴，太过安于现状。他的长子看不见他自己的命运。雷迪拉帝国无法承担这样的裂缝，尤其是在当下这个节骨眼上。

这个问题必须要解决。无论如何。而且要快。

皇帝严肃地坐在他的蛹座上，两只紧闭着的眼睛上面堆积着层层脂肪。他在思考着最明智的行动方案。在萨鲁克统治的这个世纪并不安定，他曾面对过许多危机，但没有一次能比这次更加令他忧虑。

他只能让他的儿子进入光源之境——否则他必须杀了他的长子，他唯一的第一继承人。

在和乔拉的对峙之后，这位领袖拒绝了在天球大厅里接见他人的事项。在光柱之上，他慈祥的全息影像仍然在俯视着下面敬畏的朝圣者，他们穿过七条河流，爬上了低语者之殿的台阶，但萨鲁克的头脑里翻滚着怀疑和犹豫，他无法面对他的子民。

乔拉发誓要乘飞船去往多布罗星，因此皇帝下令不准任何船只离开，以此来阻挠他。他甚至不允许商船离开米基斯特拉，无论这对雷迪拉的经济造成了多大的损失。

但这样的措施毕竟不能长久。乔拉很聪明，办法很多，而且百折不挠。他反叛的儿子终将会找到方法来实行他疯狂又毫无意义的计划。

萨鲁克必须尽快行动。如果继续这样困惑或沉默下去，那雷迪拉人就都会察觉到他的不对劲，最终造成的混乱将会比他做出错误的决定更加麻烦。皇帝没有无助的资格。

锐利的疼痛在他垂死的神经系统中不受控制地蔓延着，他脑中的那个危险的生长物愈发疯狂。他必须忍受这种痛苦，并且做好掩饰。皇帝不可能吃止痛药或其他麻痹药品，连灵药这种兴奋剂也不行。虽然药物可以缓解他的痛苦，但它们也会令他失去对心神网的控制。而他不能允许这种情况发生。

他用嘶哑的嗓音唤道："巴农，来帮我！把侍者叫进来。"

魁伟的保镖大声叫进来几个侍者。这些喋喋不休、身材矮小的侍者冲了进来，他们没有别的目的，只想取悦和服侍皇帝。巴农警觉地站着，紧紧地抓着他那把抛过光的武士刀刀柄。刀刃如钻石般闪烁的冷光在宫殿里透明的墙壁上跳跃着。

萨鲁克启动了蛹座上的控制系统，座位前倾，变形成了一台可以移动的轿子。侍者们在他身边忙来忙去，往他的皮肤上抹着药膏，又擦干净蛹座表面上的污迹，拿来毯子和垫子，撑起皇帝的头。两个侍者慈爱地抚摸着他抽搐的发辫。

他们准备好以后，巴农用他的武士刀刀柄重重地击打了一下光亮的地面，他们出发了。"我们要去哪里，陛下？"

"我想去看望海洛卡星王储，"他深吸一口气，压制着心中的失望和责任感，"带我去医疗室。"

"是，陛下。"

他们穿过拱顶的长廊，又向下经过瀑布和镶着宝石的滑道。一路上的侍者、官员还有朝圣者都吃惊地看着皇帝这次没有预兆的出行，随后又急忙让出路来。

人还没到，消息先到了。当他们来到医疗室时，两名医学氏族人已经走上前来，在皇帝面前显得既自豪又充满了敬畏。"您的情况恶化了吗，陛下？"其中一个医生说道，看上去十分难过。他张着鼻孔吸着气，想要闻出疾病的气味是否加重了。

"不，我是来看我儿子卢萨的。"

"海洛卡星王储的情况没有任何改变，"另一名医学氏族人说道，"他仍然在平静地安睡着，但他的大脑却被困住了。这种心神网无法探测到的深眠简直无法被打破。"

"即便如此，我还是要看看他，"接着他放低了声音，"关于我自己的身体状况，如果你再这样大声说一次，我就会派人处决你。"尤其是在当下，雷迪拉人绝对不能知道他们领袖的弱点。

医生们忽然意识到了他们泄露的信息，恐惧地互相看着对方。萨鲁克知道他完全可以信任巴农，这次出访一结束，巴农就会立刻刺杀这一小群侍者。这些决定都是必要的。皇帝无可救药的疾病是一个不能被人知道的秘密——至少现在还不行。人民不能陷入绝望之中。

侍者们抬着蛹座来到一动不动的卢萨身边，皇帝直视着他的第三个儿子没有意识的脸。被宠坏的海洛卡星王储一直以来都生活放纵，整个人长得圆乎乎的，而且非常不健康……且软弱。

乔拉，他的长子，则一直都骄傲又满足，他是个梦想家——不切实际，又太过天真。他的次子，多布罗王储，则严肃、坚定又勤奋，尽管没有多少同情心。另一方面，卢萨却完全被宠坏了，无忧无虑、不理世事，只关心食物、药物和他最喜欢的玩伴。当气基族摧毁海洛卡星时，王储跌进了深渊之中，而他既没有意志也没有足够强大的精神力量重新爬起来。

"你一直都很软弱，卢萨……没有一点骨气。"他开始怀疑，他的儿子无法从无意识的状态中苏醒过来是否仅仅是因为他无法面对残酷的现实。

萨鲁克年轻的时候，作为第一继承人，他也曾爱过许多女人，但他只认他和贵族氏族人生下的后代。即便如此，他也已经不记得卢萨的母亲是谁了。他繁衍的那么多的血脉，都只不过是雷迪拉帝国的工具罢了……就像他自己一样。

而第一继承人乔拉现在是其中最重要的一个工具。

要是皇帝还有时间就好了，要是局势没有那么急迫就好了。

勃发的痛苦就像一群凶猛的禽鸟一般撕扯他的头，令他为自己的虚弱愤恨不已。乔拉必须摆脱这种天真的自以为是，扛起领袖的责任。这很残酷，但却是必要的。皇帝没有时间去同情他。

他突然对着巴农示意："海洛卡星的遭遇对我们所有人来说都是一个警告。我们的帝国可以失去一个耽于享乐的无能王储……但是我的长子对于人民的生死存亡而言要重要得多。我不能失去第一继承人。"

出于大局考虑，他决定下令处死那两个医学氏族人。打点好所有可能的危险。他自己也不再需要医生了——到了这一步他们还能为他做什么？软弱的卢萨要么靠自己的意志活下来……要么干脆就死在这种深眠中。他已经不重要了。

"带我去天球大厅，巴农。我将在今天下午见客。"

"陛下，您的身体受得了吗？"其中一个医学氏族人问道。

萨鲁克怒目而视："我必须受得了。"

第一继承人乔拉只有在自己成为皇帝以后才能看清心神网中的所有灵魂之线。到了那时，整个计划布局也将会在他充满怀疑的头脑中变得清晰起来。他虽然天真，但却一定能理解他父亲和在他之前所有的皇帝所建立的事业。

到了那时，乔拉将会知道他们没有任何别的办法。根本没有。

102

妮 拉

多布罗几个世纪来从没有遭遇过那么猛烈的季节风暴和火灾。妮拉来这里六年了，她见过了这里凶猛的气候周期变化，一直在利用她还是个绿灵教士学徒时学到的知识来分析这里的气象。

这颗行星大部分时候都气候宜人，雨水充足，时常吹着微风，但之后云团就会散去，天气也变得干旱起来，山坡上的绿意也随之枯萎成棕色的干草。雨季里郁郁葱葱的野草在干旱中变成一整块易燃的草垫，只需要一点点火星就能引燃整片干燥的山坡，阵阵黑烟燃烧到天空之中。

当多布罗的野火在山顶上和隐蔽的幽谷里肆虐时，伤痕累累、沾满煤灰的劳工队就会散开来，分成一些孤零零的小队开始灭火。人类和雷迪拉人用手上的所有工具抗击着火焰，但火势却仍然在蔓延。

妮拉筋疲力竭，她早就已经感觉不到痛和累了。在她的想象中，她觉得自己能听见这些植物、野草、树木在蔓延的火焰中尖叫——而她却无法拯救它们。她用手里铲子状的工具劈开前方干燥的灌木丛，清理着地面。

逼近的大火在噼啪作响的野草中发出雷鸣般的声音。风声渐起，卷起的火星和灰烬在她耳边窃窃私语，在天空中大声疾呼。它们在倾诉绝望。妮拉叫来其他人类囚犯，为如何灭火出谋划策。她认识他们中的很多人，而那些曾经怀疑过她的那些关于外面世界的故事的人，现在也开始听她说话了。火焰是他们此刻的敌人，是所有人的敌人。

妮拉吸进了许多煤灰和烟尘，肺部灼痛不已。她的眼睛里装满了脏兮兮的泪水，在她两颊布满灰尘的绿色皮肤上流下两道泪痕。他们中的很多人都已经因为高温和劳累而倒在了地上，而雷迪拉人的队长们怒吼着让灭火工人们动作再快点，再努力点。但妮拉却可以在她的内心深处找到未曾想到的力量源泉。

飞行器朝着脆弱的山坡洒下阻燃剂和大量的水，浸透大火燃烧路径上的新鲜野草。通过艰苦卓绝的努力，消防飞船和战斗队终于保住了一面山坡，逼迫火焰绕开障碍物，扫向远离繁殖营的山谷里。

朝着那些生长不良的树木前进。

妮拉努力在茂密的野草中开辟出一条道路。她绿色的皮肤上布满了划伤和烧伤痕迹，有的地方还被高温烫出了水疱。她看见火星像淘气的小恶魔一样在植物之间跳来跳去。火焰从一丛杂草中蹿出来，朝着一片干草和一丛在浅坑里挣扎求生的扭曲的多刺灌木烧过去。

她心里感到了一阵真实的恐惧。多布罗本身并不是个漂亮的世界，但在雨季里，那些杂草、野草和低矮的树木却带着一丝塞洛克树林的壮观风采。看到火焰摧毁这些稀少美丽的植物，她的心都快碎了。

妮拉比之前挣扎得更加用力了，她猛地撞在一丛冒着烟的矮灌木上，费力地呼吸着。她感到自己正在一点一点地失去这一切。但她不愿放弃。

一缕油腻的烟雾爬上了几棵荆棘缠绕的树木。雷迪拉人并不在乎这些扭曲的树林，他们只想保护城镇、繁殖营和实验设备。如果大火真的威胁到人类生命，这些雷迪拉人也会确保囚犯远离火焰，足够安全。

但树木则全都会被烧死。树木！妮拉能感觉到它们。

她一边咳嗽一边用大大的眼睛盯着周围，她的大脑痛苦而冷静。那些多节的灌木丛正像个绝望的哑巴一样寻求着她的帮助。此刻她的感觉比从前任何时候都更加强烈，这种和世界树之林之间的沟通所带来的喜悦让她心里隐隐作痛。这么长的时间以来她的意念一直如此安静，无法和任何教士沟通，也不能感知到有生命的森林内部的信息。

装满水的飞行器嗡嗡作响，在一阵烟雾中又洒下大量的水。雷迪拉的监工们站在不远处，忙着应付眼前的危机。空气中的烟雾使得一切都变得模糊起来。

没人在看她。突然间，她看到了自己的机会。

妮拉扔下手里沉重的工具，撒开腿奔跑起来。

她弯着腰，在窃窃私语进行着控诉的草丛间狂奔，和她从前在世界树之林里奔跑时的速度一样快。她朝着一丛外星本土灌木跑去，仿佛它们可以保护她，可以将她送离这个可怕的地方一样。她必须相信自己的能力。

她还没有跑过一百米就听到了呼喊和咒骂的声音。她无视了命令，对他们的威胁也已经完全免疫。他们还能对她做什么？所有的惩罚她都已经承受过了。她必须到那些树木中去。

雷迪拉的守卫开始穿过噼啪作响的杂草丛追她，但妮拉没有放慢速度。她大口地喘着气，感到那轮照射着她的绿皮肤的红太阳已经给了她所需要的力量。这么多年来她从未经历过这样的绝望。

利用她内心的力量和她感受到的动力，也许妮拉和这些外星的树木还能为这里的人类囚犯带来一丝希望……如果她可以拯救他们就好了。如果她可以利用这些世界树的远亲发出一个信息，让其他绿灵教士知道多布罗发生了什么事就好了。塞洛克一定会把这个新闻传递出去，想办法帮助他们——这些囚犯也能获救了。不仅是妮拉，其他所有的繁殖奴隶都会获救。

妮拉更加奋力地奔向那片杂草丛生的树林。在这个开阔的山坡上，她摆脱了铁网和繁殖营房，摆脱了邪恶的医学氏族人和那些奉命强奸她直到她怀孕的雷迪拉男性。妮拉本没有计划逃跑，她知道自己时间不多，因此她也跑得更快了。她的腿和脚都被划伤了，鲜血直流，但她不觉得痛。还不到时候。

多布罗王储手下的人愤怒地从灭火这一更加重要的任务中抽身出来，转而开始追捕她。她终于跑到了距离最近的几棵扭曲的树木旁。空气很热，风中飘散着灰烬，仿佛正在下着一场灰色的雪。她冲进树木中，把树枝推到一边，感到荆棘和尖锐的树枝像利爪一样抓破了她的皮肤。但她继续向深处前进，向危险又令人安心的树林深处前进。她感到它们的生命力正从地下的根部蓬勃而出。它们都是树木。

她用嘶哑的嗓音呼喊道："听我说，请听我说！"

妮拉的身体再次扑向树林深处。最后她终于被纠结的树枝所包围，她跪在地上，用手臂抱住两棵扭曲的树干，紧紧地贴着它们。

"听我说。哦，请听我说！"

妮拉用自己的全心全意，向世界树之林的网络中发送出一条远程意识信息，向外界求救，告诉外面的宇宙她还活着。这里的所有人类都只能靠她了，即使他们对此一无所知。

但她没有听到回应。什么也没有。

她用额头抵住粗糙的树干，紧闭上双眼。她用意念大声呼喊，用所有的力量来恳求。她想到了欧丝拉，想到了她的其他四个孩子，和伯顿号所有的后裔。

一片寂静。

妮拉紧勒着细细的树干，对于上面的尖刺毫不在意。她不愿放弃，仍然用额头顶撞着树木，直到血流进了她的眼睛。"求你了……求你了。"

当王储手下的恶人找到她时，妮拉仍然在抱着树干啜泣。为了抓她，他们砍掉了灌木，接着他们又用力把她架起来，而她还在无望地挣扎着，还在用意念呼唤着……但她什么也没有找到。

103

彼得国王

在令人劳累的婚礼清点之后，又观赏了长达几小时的舞蹈和音乐，品尝了各种美味珍馐和甜点美酒，彼得国王终于回到了他位于低语者之殿里的私人寝宫里。忽然的寂静令他有些耳鸣，他很高兴，现在他终于能独处了。

和艾斯特拉一起。

这个美丽的年轻姑娘现在是他的妻子、他的王后了。她的眼睛闪闪发亮，神情羞涩又聪慧，与这个地方似乎格格不入。对他来说，她仍然是一个奇妙而引人入胜的谜题。

此刻，在寝宫之内，几个私人守卫正守在门外，而彼得在这个令人尴尬的时刻转身面对艾斯特拉。他伸手抚摸她的下巴，转过她的脸，互相注视着对方的眼睛，他说："我觉得，就算要让我去面对一整个气基族代表团，我也不会比现在更害怕。"

艾斯特拉看起来有些惊讶，接着又笑了。紧张的氛围像被施了魔法一般融化了。

"你害怕我吗？"

"不，我害怕我们。"

艾斯特拉还没来得及说话，门便被打开了，OX走了进来，像个普通的仆人智能机器人一样带来一个托盘，盘里放着一瓶葡萄酒和两个透明到近乎隐形的酒杯。酒已经打开过了，软木塞又被重新塞回到了酒瓶中。

"很抱歉打扰你们，彼得国王和艾斯特拉王后。"OX似乎很喜欢使用这些头衔，"温塞拉斯主席送了这瓶汉莎最好的酒过来。它已经有一百年的历史了，可说是年份最好的老酒。"

彼得很高兴找点事做，他拔开软木塞，又看了看瓶子上的标签："这是一瓶来自瑞雷克的设拉子——我们今天喝的酒已经够多了。"

"我猜它肯定贵得令人咋舌。"艾斯特拉说。

他拿起两个杯子，朝里面倒了一些深红色的酒液："规则一：永远不要相信巴斯拉。"彼得走到一个放在角落里的花盆旁，把酒倒进了土里。他脸上带着一个不安的微笑，看着她说："酒里可能有毒。"

她笑了，但彼得没笑。他不确定自己是不是在开玩笑。

OX 则仍然尽职尽责地站在旁边，好像正在等待着他们给它下达一个指令。彼得对着他的新娘艾斯特拉轻轻笑了一下："这几周我一直都想多和你单独待一会儿，但今天我一直在各处奔波，每分钟都被塞满了各种事务，完全没有机会想到这件事……直到现在。"

艾斯特拉笑出了声："我也一样。我不是……害怕你，彼得，只是整个环境实在是……"——她努力寻找着合适的词语——"令人生畏。"

彼得用手指轻敲着下巴："也许我们还需要一点时间来放松放松。我们现在在皇家寝宫里，大门紧闭，但这并不代表着我们就必须……我是说不是非得马上，除非你……我的意思是——"

艾斯特拉又笑了："原来人类汉莎联盟伟大的国王在心底里也只是个害羞的小男孩！我姐姐给我的简报里可不是这么写的。"

彼得并不是完全没有这方面的经验——这一点巴斯拉当然已经想到了。主席一直都想让国王安分一点，想让他满足于现状，容易摆布……而对于一个激素旺盛的年轻人来说，不时地给他找点低调的情人可以说是最完美的方法。那些女人在这方面都是专家，长得也漂亮，彼得从没见过同一个女人第二次。

巴斯拉曾经坚决地为年轻的国王提出过建议："绝对，绝对不要做什么爱上某个人的蠢事。她们来这里不是要你爱的。"

彼得觉得那些异国情调的女人们很有意思，当然也为他带来了很多快乐，但她们每个人都得到了严格的指示，绝不会多说一句话，完事以后就立即离开。有很长一段时间他都没有意识到，这样其实远远不够。

但是艾斯特拉却和她们完全不同。

彼得忽然想到了一件事，表情舒展起来："你说过你想和海豚一起游泳。"他转身对教师智能机器人说:"OX,现在时间已经很晚了,但你可以安排一下这件事吗?"

"您是国王,这种小要求不难满足。"

艾斯特拉似乎也松了一口气:"对,我想——但是只游一小会儿。"

彼得打开门,前方的走廊通往王宫侧殿,守卫们吓了一跳。国王做了个确认的手势,OX便上前去领路,像一个装了发条的士兵一样朝着走廊走去。尽责的守卫则连忙跟上他们。

OX在前方发出信号。翻滚着泡泡的盐水池中亮起了灯光,这个池子被建成了火山岛上洞穴的模样。彼得和艾斯特拉仍然穿着他们婚礼上的华服,分别到私人更衣室里换衣服。为了迎接这个年轻姑娘的到来,王宫为她准备了无数套各种款式的泳衣。彼得换衣服的时候便在想艾斯特拉会穿哪一套,穿上后又会是什么样子。

最后他们终于在泳池旁湿润的空气中见面了。彼得看见她的时候呼吸一窒。在没有时尚专家和顾问帮助的情况下,艾斯特拉选择了一套紫色和绿松石色相间的闪闪发亮的连体泳衣,她穿着它,就像裹着一层色彩斑斓的龙鳞。

她一直都穿着正式的披肩和长袍,佩戴着各种珠宝,彼得只能通过想象来猜测她的身体究竟有多么曼妙。此时他觉得塞洛克的艾斯特拉太迷人了。她长长的双腿被晒成古铜色,肌肉匀称,皮肤光滑,这无疑是常常在世界树之林里跑步和爬树的结果。她坚挺的胸部撑起了贴身的布料,手臂柔软又结实——而当她发现他正在惊讶地打量她时,她露出了一个明亮的笑容。

"我也可以这样偷偷看你,我的国王,但至少我还知道要遮掩一下。"

彼得还没来得及回答，OX便操作着机器，打开了那个冒着泡泡的海水泳池下方的大门。三条海豚像贪玩的水獭一般窜出来，游过泳池，灰色油亮的鱼雷形身体时而溅起水花，时而高高跃起。它们把瓶状的喙部直伸到半空中，一边发出叫声，一边吹着哨，寻找着玩伴。艾斯特拉惊喜地倒抽一口气。

"来吧，"彼得说，"水很温暖，海豚们也很友好。"他转过身，利落地跳下了水。

艾斯特拉则较为谨慎，她小心地下到水里，似乎还有些犹豫不决，接着终于用手一推，离开了池壁边。海豚们围在她身边，轻轻地撞击着她的腿，又跳起来，溅起的水花淋湿了她的头发和脸。艾斯特拉咯咯笑了起来。彼得拉住海豚的背鳍，让两只海豚拖着他在泳池里打转。

OX站在泳池的边缘上，耐心地看着他们。他们嬉戏时的水花有时会溅在这位智能机器人身上，但水滴都顺着它的金属皮肤滴落下来了，它似乎并没有注意。

"塞洛克上有海吗？"彼得问。

"有，但我们都住在世界树之林的中心，离海很远。有时我能找到沼泽、溪流或小池塘，但它们远没有这个泳池那么大。有一次我和我哥哥雷纳德一起去了一个叫作镜湖的村庄，在那里我还在星空下游了泳。"

彼得正在她身边踩着水："我无法与之竞争。"

"我也不想让你竞争——就单独创造属于我们的美好回忆吧。"

他往前游了一点，接着迅速地吻了一下她湿润的嘴唇，她吓了一跳，但他在她反应前立刻朝前游去。当他回头看向艾斯特拉时，她的眼睛里正闪烁着快乐的光彩。他的心怦然一动。

"谢谢你，"她小声说道，她在浅水池里慢悠悠地漂浮着，"我需要的就是这个。我已经没那么紧张了。"

彼得引着一只海豚游过来，指导艾斯特拉如何抓住它。他们肩并肩，一起拉住它的背鳍前行，这些顽皮的水生动物也同样因为这样的游戏而雀跃不已。彼得放开手，又潜到水下，抓住艾斯特拉的脚。她半推半就地踢了一下，当他从水里出来换气时，她发出了一阵大笑声。

彼得已经不记得自己上一次那么……放松和愉快是什么时候了。但这是他的新婚之夜——从表面上看，也是他的蜜月的开始。享受自己的生活没有错。

他又一次看向泳池边时，发现教师智能机器人正拿着两条毛茸茸的宽大的毛巾。彼得不知道现在有多晚了。"我觉得 OX 是在暗示我们了。"他说道，艾斯特拉也朝那边望了过去。

"那我们最好识趣一点。"她出乎意料地主动亲吻了彼得，比他第一次尝试时的时间稍长一点，也没有那么笨拙。她爬上泳池，看上去就像一条紫色和青绿色相间的美人鱼，在灯光下滴着水，全身闪闪发亮。

OX 递给她一条毛巾，她裹在身上，看向还在泳池里的彼得："来吧——难道你想让我等你吗？"

他们换上了贴心的侍者准备好的浴袍。当他们跟着 OX 从游泳区出来时，皇家守卫们仍然守在原地，没有对这对新人心血来潮的举动表现出丝毫不耐烦。彼得和艾斯特拉现在相处起来已经舒服了许多，他们走近寝宫时甚至牵起了手，二人一起走进了这间从今以后就会由他们二人分享的房间……

OX 关上门，离开了。终于，在隐蔽的皇家寝宫里，他们再也不用分心，也再不会受到打扰。

艾斯特拉的头发仍然是湿的，她定定地看着彼得。"我从没想过我会直到婚礼之夜才第一次亲吻我的丈夫。"她朝他走了一步。她似乎正在逗他，"难道你不是应该在浪漫长久地追求我以后才赢得我的芳心吗？"

他用手搂住她的腰，把她拉到怀里。触碰她令彼得心跳如雷，身体里的每一根神经似乎都在期待中战栗着。"我们的婚礼并不是我追求你的终点，艾斯特拉。为什么我们不把这视作开始呢？"他扬起了眉毛，对她露出了一个诚恳的微笑，"毕竟，我确实能够动用汉莎的各种资源来赢得你的芳心。"

他在退缩之前再次吻住了她，而艾斯特拉也抱住了他，回应着他的吻。他们的吻变得缓慢而绵长。一开始他可以品尝到她圆润的嘴唇上盐水的味道，但很快他便只能尝到她的味道，感受着拥抱她的触觉……他不知道巴斯拉为什么要让他们苦苦等待那么久。几秒钟后，他们的嘴唇气喘吁吁地分开了，但手仍然拥抱着对方。艾斯特拉这时笑了。

"一切不正该如此吗？"彼得问。

"我不知道，"艾斯特拉说，"我觉得我们以后应该还得多练习。"

"我会让我的日程负责人安排我们的……练习课的，我的王后。"彼得说完，他们再次拥吻，这一次的吻更加从容，也比之前吻得更久。

直到后来她才注意到他特意摆放了一盆小树苗在他们的床边，以此来安慰她。这是她亲自从塞洛克带来的小树苗。

最后，彼得和艾斯特拉终于在独处中享受了一个亲密的新婚之夜——而这并不只是因为这是他们的第一次，更是因为这是他们第一次真正有机会和对方交谈。

104

塔西亚·塔博林

奥斯奎维尔战役之后，重伤士兵和受损毁最严重的战舰都被送往新葡萄牙，那是拥有地球防卫军设施的距离最近的汉莎移民地。塔西亚也在那里放下了她巡洋舰上的十九名受伤船员。二十八名士兵已经被安置在蝠鳐巡洋舰的停尸舱冷冻容器中了。之后，在地球上，每一个战死的士兵都将得到极高的军事礼遇。还有十二名船员则从受损船体下部的缝隙中被吸了出去，消失在了真空的太空之中。

所有幸存的战舰都在进行完必要的紧急修复后，以可承受的速度逐一返程。它们都将在地球防卫军的主要太空港里接受全面的结构重建和检查。

塔西亚回到火星基地后挨过了一套全光谱医学检查，医生们宣布，她除了被烫出了一些水疱和受了些烧伤外，身体没什么大碍，而在她看来，那些小伤早就痊愈了。

地球防卫军的咨询师与心理医生和所有幸存者都见了面，而塔西亚则觉得这纯粹是在浪费时间。他们用温柔且太过于善解人意的口吻告诉她，她此刻嘲讽的态度并不会帮助她从自己的心理创伤中恢复过来。罗斯被杀害以后，没人曾为她提供过"咨询"，她的老爹在普卢马斯星上死去以后也没有。现在看来，也没人在乎英雄罗博·布里登毫无意义的牺牲。

兰扬慷慨地给回归的士兵们批了一个星期的休假。塔西亚接到命令，必须放松。

但与此相反，她开始追踪罗博父母的下落。

利用地球防卫军的记录，找到他们很容易。空军指挥官布里登从小在军队环境中长大，他的父母都曾为军队效力。虽然他们过去十五年里都在私营部门工作，但在气基族战争中，他们又都承担起了从前的责任。他们现在都是教官，但如果地球防卫军继续像在奥斯奎维尔那样损失军官和战舰，那罗博的父母也许也会被再次调任，参与到战争之中。

塔西亚发现他们夫妇二人此时位于南极幸存区，那是地球南极冰盖上的一个训练区。虽然那里的军官们必须在室外冰雪上承受严酷的训练和演习，但他们的营房里面却非常舒适。南极营地里有暖气，各种便利设施应有尽有。在游荡者看来，这种条件几乎算得上奢侈了。

在拜访罗博的母亲和父亲之前，塔西亚换上了她的裙装制服。毫无疑问，罗博·布里登将会因其英雄事迹而得到许多身后的表彰和徽章。但那又能怎么样呢……

罗博的母亲，娜塔丽·布里登，似乎已经被抽空了，脸上毫无表情。他的父亲康拉德虽然并没有迁怒塔西亚，但十分愤怒且不耐烦。尽管如此，他还是想做那个掌控局面的人。"塔西亚指挥，你这趟白来了。我们已经收到了通知，我们的儿子是奥斯奎维尔战死的士兵中的一员。"

娜塔丽把手插进了口袋里："对，我们收到了兰扬将军亲自签署的信息。"

"我来不是为了什么官方任务。只是……罗博是我的好朋友，"塔西亚说，"我最好的朋友。"

塔西亚没有让他们打断她，而是告诉了他们，他是如何坚持要接受那个危险的任务，如何抓着渺茫的希望去说服那些外星人的。"他在下面看到的东西……他最后的遗言说，那东西很漂亮，非常漂亮。没人知道罗博到底看到了什么，或者他究竟想告诉我们什么。"

"这也不是军人家庭里第一次发生这种悲剧了，"康拉德·布里登哽噎道，"而且也肯定不会是最后一次。我们的儿子尽了他的职责。他自愿出征，他并不害怕。我们为他骄傲。"

"罗博一直都想加入地球防卫军，"他母亲说，"他觉得服役是一种荣耀。"

"对，他做到了，"塔西亚说，"我只是想让你们知道这件事。"

#

回到位于地球防卫军火星基地的私人住所里，塔西亚不安地发现 EA 去集结中心完成它的秘密任务后还没有回来。显然，游荡者在奥斯奎维尔的造船厂并没有被战斗队发现，所以 EA 肯定已经把消息送给了佩罗尼议长。但这个智能机器人却一直没有回来。

著名的游荡者商人登·佩罗尼最近在地球系统的月球售卖物资。从他提交的日志和飞行方案来看，佩罗尼无意停留太久，所以塔西亚的时间不多。她从火星派了一架高速鲕鱼战斗机，利用她假期剩下的几小时截住了他。

她找到登·佩罗尼的时候，他正在月球暗面的陨石坑太空港里发脾气。他站在多层穹顶之下，在飞船前来回踱步，仿佛正在寻找什么他可以踢一脚的东西或某个他能与之大吵一架的人。

塔西亚穿着非正式的地球防卫军制服朝他走过去，佩罗尼一看见她的制服就冲着她怒目而视。她举起一只手，做出了一个息怒的手势："我是塔西亚·塔博林，布拉姆·塔博林的女儿。"

佩罗尼认出了她，眨了眨眼："对，罗斯的妹妹！我听说你加入地球防卫军了。你最好站开点，我现在真想拔枪扫射。"

"出什么事了？"

佩罗尼摇摇头："出了点岔子。我明明交了正确的文件，结果却没有通过。现在我的船被扣押了，我也只能在这里等着他们重新'审查'。他们连大概需要多久都没告诉我。"

塔西亚对此深有同感："大呆鹅就是个大官僚系统。真希望我能帮你，但是军队人员不能插手政治事务。"

佩罗尼不屑地摇了摇手。

"我得问您一个问题，"塔西亚谨慎地压低了声音，"我派了我的智能机器人 EA 去集结中心，给奥斯奎维尔的戴尔·科伦带去了一个警告。"

佩罗尼微微一笑："你为各部族做出了很大的贡献。在和气基族大战后，最好别给地球防卫军找碴的理由。"

塔西亚皱起了眉头："但我的智能机器人一直没有回来。"

这位商人看起来并不是很担心："智能机器人不是很灵活，你也知道。它们没办法处理太复杂的问题，哪怕是最好的智能机器人也不行。但我还是觉得 EA 不应该离开任务那么久才对。它很听指挥。"

"对啊。但它不在地球防卫军的基地里，也没有回来的记录。"

"最近有太多地球防卫军的飞船消失在半途中了，"佩罗尼说，"也许 EA 登上的那艘飞船遇上了什么'不可预见的阻碍'。"

"希望别是这样，"塔西亚忧心忡忡地道了谢，"祝你早日摆脱这些繁文缛节吧。"

他又生起气来："狗改不了吃屎。"

105

杰斯·塔博林

这片风暴肆虐的海洋世界无人居住，荒凉无比，甚至连名字都没有。在游荡者很久以前买来的老式雷迪拉星图上，这里只是一个微不足道的小点。没人愿意多看这个无趣的地方一眼。

但温特尔族却觉得这里是完美的。

杰斯感受到了这个古代水基实体旺盛的生命力，他驾驶着飞船穿过了灰色的云层和猛烈的狂风。闪电切开风暴，无尽地翻滚在昏暗的大气中。他曾经载着克托·欧卡过伊斯佩洛斯星系统，和那地狱一般的光景比起来，这个世界的环境似乎并不是十分恶劣。游荡者习惯于欣赏残酷的美景。

每当探索未知的地方时，他总会感到一阵兴奋，但这一次却更胜过以往。他将要做的是他这一生从未有过的壮举。这也许会彻底改变旋臂的未来。

杰斯之前报名参加了星云过滤行动，是不得已而为之……但又或许他只是想逃离西斯卡，独自舔舐伤口，远离宇宙中的各种争端。

但现在，杰斯为这场游戏带来了一个崭新的同盟，一个也许可以阻止气基族的力量。如果他可以重生温特尔这个种族，让它们成为强大的战士，保护全人类……那他——杰斯·塔博林——为游荡者的未来做出的贡献，难道还会逊色于什么森林世界的王子吗？

杰斯辨认出了自己心里这份陌生的感情，那是真正的希望和乐观。也许现在人类终于能有一丝机会了。

他驾驶飞船掠过这片覆盖了整个星球的广阔而贫瘠的海洋。海面上只有零星的几块不毛之地冒出头来，海浪在岩石周围拍打出层层泡沫。目前主要的难题是找到降落的地点，但这也不是不可能。一切皆有可能。

温特尔在它的容器里嗡嗡作响，颤动不已，同时发出幽光，似乎已经迫不及待了，但杰斯觉得自己永远也不会完全理解这个外星实体的目标和想法。他用飞船上的远程传感器进行扫描，发现了一块被水侵蚀成扁平形状的岩石，上面的空间足够他降落了。就是这里了。

他熟练地放下了稳定垫，然后戴上了空气面罩。温度在可承受的范围内，但空气中却几乎全是氮气和二氧化碳。

他站在圆柱容器前，容器里装着闪着微光的星云水。"你这个同伴真是奇怪，但我很高兴可以帮点儿忙。"杰斯说。他把冰凉的容器抱在怀里，皮肤感觉有些刺痛，然后来到气闸室，走了出去。

当他站在这颗风暴肆虐的星球上刺骨的空气中时，他看向纠结的云层，发现头上正有闪电噼啪作响。大海看起来是灰色的，非常厚重，就像熔化的金属一般。波浪翻滚，白沫涌动。一阵巨浪拍在了他的飞船停泊的岩石上，在半空中溅起一阵水花。

"看起来这里不是非常好客。"杰斯说。

<u>这正是最宜人的地方。在长久地分散在宇宙的荒原上以后，能来到这里几乎说得上是一次激动人心的解放。</u>温特尔在容器里闪烁翻滚着。<u>把我们倒进海里，我们将会再次开始自由地成长和扩张。</u>

杰斯站在岩石的边缘，看向黑色的大海。他想起了普卢马斯星冰层下的海洋，正是在那片地下水上他们为罗斯举办了葬礼。对他来说，这地方又空荡又寒冷，了无生机，是一块白板罢了，但对于温特尔来说，这里却充满了各种可能性。

容器在他的手里变得温暖起来。他感到有些莫名的不安。如果没用怎么办？如果温特尔的希望是误导怎么办？

别犹豫。它的思维在杰斯的脑海中跳动着。

这雾蒙蒙的水是活的，而且充满了渴望，仿佛被某种奇怪的幽灵附身了一般。杰斯透过面罩深吸了一口气，打开了盖子，然后将容器倾斜过来。他把蒸馏出来的星云水倒进了这片在外星世界里等待已久、死气沉沉的海里。

反应是立竿见影的，且令人吃惊。

第一滴触碰到海洋的水滴处泛开了一点暗淡的磷光。接着，余波在水中迅速蔓延，仿佛碰到汽油的火焰。温特尔逐渐扩展为一个新的实体，伸展着它的身体，光亮渐增，发光的面积也越来越大。杰斯感到心中涌动着惊叹，他确定自己在做的是一件正确的事。

闪烁着水一般清冷亮光的光线像一阵电流一样向外涌动，为死寂的海洋注入了新的生命，迸发的力量逐渐叠加成不可控制的小瀑布倾斜而下。杰斯的脑中回荡着狂喜的欢呼声，爆发着解放的愉快和力量。

我们重生了。这片力量在整片外星海洋中奔腾着，仿佛正在浸润一块干燥的海绵。

杰斯露在外面的皮肤感觉到了阵阵水雾带来的湿意，感受到了重重生命力。他朝着云层，朝着雷霆轰鸣的天空，举起双手，大声宣布着他的胜利，为他拯救了这个濒临灭绝的种族而雀跃不已。

温特尔在他的脑中说道：**现在你再把容器装满水，每一滴水都包含着我们所有的精华。我们并不会因此而减弱。**

杰斯重新装满了容器，这片海洋曾经冰冷古老，现在却已经被这种元素性的存在所浸透。整片外星海洋里充满了生命力，从这里，他可以将更多的温特尔带往其他星球。他想起了一个古老的地球英雄，此人也曾是一个游荡者：苹果仔约翰尼[①]。

这才只是个开始。去找你的游荡者同胞吧。让他们帮助你，在其他世界里散播温特尔。

"我会的。"杰斯说。现在他终于可以为部族做点什么了。在温特尔的帮助下，所有人类都能在这场不请自来的战争中拥有一线生机。现在连大呆鹅都蒙了他的恩惠。

还有……西斯卡也是。

杰斯来此地的初衷已经完成，他带着满满一集装箱恢复了生机的水回到了飞船上。就在装满大圆柱容器之前，他用一个小瓶子装了一瓶水，放在口袋里，这样他就能继续和温特尔沟通了。他们还有那么多东西需要互相学习。

当他离开这个无名的海洋世界，飞到明亮的云层上时，复苏的温特尔似乎已经开始影响这里的气候了，愤怒的风暴没有了力量，大海也开始闪闪发亮，储存着无限的生命能量。这个古老的星球像是充满了电一样，焕发出了生机。

杰斯驾驶飞船腾空而起，他继续加速，现在一切都变了——不仅仅是气基族战争的前景，还有他自己的头脑和思想。是他太愚蠢，竟然那么轻易地就放弃了西斯卡。无论雷纳德和塞洛克能给游荡者带来什么好处，杰斯都爱她，想让她回到他的身边。他就这么夺走了她选择的权利，实在太不公平。难道他们就找不到更合适的解决办法吗？

而现在，当杰斯再次回到西斯卡眼前时，他不再只是一个被爱冲昏了头脑的乐观主义者了，而是一个可以站在部族议长身边的平等的人。

---

①苹果仔约翰尼，美国西进运动中的一名传奇人物。苹果仔约翰尼的真名叫约翰·恰普曼，由于种了大量苹果树而被后人怀念。据说他用了50年时间走遍美国宾夕法尼亚州、俄亥俄州和印第安纳州，到处播种苹果树。他还把种子和树苗送给所遇到的人。就这样，他种下了千千万万棵苹果树。

虽杰斯已经开着星云过滤艇离开了好几个月，也没有和其他人联系，但也许他还能赶在西斯卡和雷纳德真正完成婚礼之前回到集结中心。他必须要改变她的想法。这一次他不会犹豫了，他会把对她的爱昭告天下，让所谓的礼节和游荡者的传统都去见鬼吧。杰斯已经受够了无止境的悲伤。只要他和西斯卡在一起，他们一定能更加强大。

飞船在开阔的外太空飞翔着，而杰斯也感觉自己就像解放了的温特尔一样，获得了新生。

106

西斯卡·佩罗尼

游荡者显赫部族的领导人都和西斯卡·佩罗尼见了面，共同讨论与塞洛克即将到来的结盟问题。在游荡者的订婚船造访绿意盎然的世界树之林之后，教父雷纳德也提出要到集结中心举行一次互惠会议。

但部族的领导们对于邀请陌生人来到他们与世隔绝的小行星带做客却持保留意见。长久的传统和怀疑不可能那么容易就改变。尤其是在现在，游荡者的小飞船不断地消失在漫长的旅途中，各个部族都比从前更加警惕了。

"我们的秘密非常重要，不能如此轻易地就做出让步，"阿尔弗雷德·霍萨基代表许多商人和商船说道，"我们必须要做出判断，塞洛克和我们结成联盟究竟是要对付汉莎——还是对付气基族。是二选一，还是二者都是？"

"塞洛克前领导人的一个女儿嫁给了国王彼得，"安娜·帕斯特纳克指出，"我们难道不该担心这个吗？"

西斯卡纠结着，不知道该如何回答，而金发的西姆·泰勒开口了："要不然我们派艘游荡者飞船过去，把舷窗遮住，不让塞洛克人碰导航系统或控制系统呢？他们可以看见集结中心的小行星，但是他们不知道怎么才能找到这里。这不是最好的折中办法吗？"

"信任问题不能折中，"西斯卡说，"我不想我们和塞洛克的新合作以这种方式开始。我以后还会成为他们领袖的妻子。"

雅·欧卡叹了口气，似乎再次想起了她之前为什么选择从议长的位置上退下来。"我们当然不能每次举行会议都要这样争执该不该泄露我们生活中无关紧要的一个细节的秘密。光是这个过程都够我们受的了。游荡者现在面临着一个触及根本的政治选择。我们如何决定这件事，将会影响到我们的所有事务。"

"正是如此，"诙谐的老安娜·帕斯特纳克说道，"这也是为什么我们必须在一开始就做出正确的决定。"

"看来我们还得讨论很久。"托瑞·塔博林疲惫地叹气道。四兄弟通过抛五面骰子决定了由谁来代表部族前往集结中心开会。他说："但是继续拖延，其他事情也无法迎刃而解，你的导航星是怎么告诉你的？"

西斯卡用手指梳理着她深棕色的头发。也许抛个硬币还可能得到一个正确的答案。

但就在会议陷入僵局时，一个人拿着一封信息跑了进来，打断了他们的会议。西斯卡看着克托·欧卡的紧急求助信息，喉咙一阵紧缩。她惊慌地看向前议长："伊斯佩洛斯星崩溃了。移民地正在分崩离析。雅·欧卡，你的儿子需要我们立刻增援，派出整支撤离队和救援队。"

所有部族领袖立刻明白这才是他们现在的首要任务，他们全都站了起来。婚礼计划和政治讨论可以日后再议。"我在这里有两艘飞船。"安娜·帕斯特纳克说。

西姆·泰勒在脑中计算着："我有一艘货船。船上只能装五个人，但是在船后可以拖很多设备和物资都。伊斯佩洛斯星……真是个可怕的地方。"

西斯卡看向聚集的领导人们："好的，你们俩尽快起飞吧。我要一份现在在集结中心里的所有飞船的名单——尤其是那些可以马上起飞的。"

她再次扫视了一遍信息，想起了她曾经造访那颗炎热无比的星球的经历。"几个地下房间都已经坍塌了。有两台生命支持发电机也不工作了，岩浆已经从墙缝里涌了进去。从克托捎来的信上看，时间不多了。"

部族领导人们纷纷开始往外走。游荡者一直以来都生活在宇宙边缘，他们从前也面对过这样的局面。尽管小摩擦不断，但每当有兄弟姐妹陷于危难时，所有的部族都会齐心协力助其渡过难关。

雅·欧卡尽量不表现出她对小儿子的担忧："在我们的人赶到之前，克托一定会尽量解决那里的问题的。他是个天才。"

"他确实是天才。"西斯卡同意道，但当墙体即将被熔化时，即使是游荡者中最优秀的天才也无法保证那里的生命安全。"如果我们总是避开风险，那我们也称不上是游荡者了。"

雅·欧卡干笑了一声："西斯卡，即使是和我在私下里说话，你听上去也像一位议长。"她再次显露出紧张的表情，"但是，如果事态没有发展到无可挽回、别无选择的地步，他也不会寻求帮助。"

107

斯图莫上将

地球防卫军继续评估着奥斯奎维尔战役大败之后的损失，十个坐标格的舰队都在努力思考着当时他们还能采取什么不同的战术，他们该如何抵御气基族。

所有标准武器的集中火力对于球形战舰都几乎毫无影响。新型的碳锤和断裂脉冲无人机虽然对其造成了一定的伤害，但它们也没有地球防卫军的武器工程师原本希望的那样发挥作用。而那些敢死队士兵智能机器人确实摧毁了部分敌人，但这远远不够。

同时，他们派出了一支装载着新型士兵智能机器人的侦察舰队前往格尔根星，去证实游荡者扔过去的彗星是否真的消灭了那里所有的气基族，但舰队还没发回任何消息。

到现在为止，人类唯一一次真正对那些深核外星人造成伤害的，只有一开始"克莱西斯火炬"那次测试——而那还只是一次意外。

但地球防卫军和汉莎已经开始考虑再次使用"火炬"了——这一次是有意为之。这是他们的王牌武器，虽然说到底他们还并不能完全明白使用它会造成怎样的后果。在技术观测台被摧毁以后，还没人曾近距离地观察过那颗新星。

列夫·斯图莫上将为自己不必重蹈奥斯奎维尔和木星上的覆辙而感到十分高兴，他接到命令，回到昂西尔星做一次小型的侦察和分析任务。也许他能在那里发现点什么蛛丝马迹，然后揭示出气基族不为人知的弱点。

兰扬将军授权斯图莫带去了一艘巨像级战舰，一位负责实时沟通的绿灵教士，还有两艘蝠鲼巡洋舰。在公开场合里，兰扬表示这样的精简部队是在展示地球防卫军的信心，他相信他们已经完全击败了昂西尔星的气基族。但实际上这却反映出了人类军队现在没有多少多余的飞船可供派遣这一惨淡的现实。上将只能将就着调用手里的军备资源。

接近新星时，斯图莫多增加了一倍的传感器，同时派出了一支远距离的鲥鱼侧翼部队，观察这里的恒星系统边缘是否有球形战舰出没的迹象。他这三艘可怜的飞船在面对气基族时简直不堪一击，而他已经下定了决心，如果受到威胁就立刻撤退。毕竟，地球防卫军已经承受不了再次失去飞船的代价了。

他仍然在偿还着木星溃败所带来的耻辱，这几年来一直只能负责游行工作，做做文职工作，而无法在第零坐标格担任指挥官。他知道部队里的人背地里都嘲笑他是"留守儿童斯图莫"。现在，他决意要重新赢得自己的荣誉，可能的话，还要找回自己的骨气。

昂西尔星的白热气团充满了他们面前的星空。四颗被摧毁的卫星留下的碎石闪闪发亮，散布行星周围，但还没有稳定为行星环。这里本来是宇宙中有史以来最宏大的工程项目之一。

斯图莫看着离子化的气体组成的翻滚着的飓风。想到了气基族当时是如何被火炬实验打了个措手不及，它们的家又是如何被摧毁的。但它们也对人类和雷迪拉人进行了惨无人道的无区别攻击，所以斯图莫并不同情它们。相反，上将盯着那颗人造的恒星，把那里想象成了人类最可怕的敌人的葬身之处。那些气基族罪有应得！

"部署所有的探测器。咱们完整地扫描一下，看看这颗星星是怎么燃烧的。"

一群自动卫星像金属蜜蜂一样从两艘蝠鲼巡洋舰上散开来，环绕着那颗炽热的矮行星轨道展开。一些卫星钻进了等离子体的表层，不断传送回各种读数，直到最终烧毁；还有一些则只是在飘扬的日冕中掠过。

汉莎的科学家本应该已经收集起了这颗人造恒星六年以来出生和进化的数据才对。地球改造人员本应该已经为第一批顽强的定居者准备好了四颗卫星才对……

斯图莫站在巨像级战舰的舰桥上，能感觉到他手下的船员都十分不安。他的鲥鱼侧翼部队没有报告任何气基族球形战舰出现的迹象。他深吸一口气，然后缓缓吐出。这不过是次常规任务罢了，他们只是来搜集重要情报的。仅此而已。

斯图莫的晋升有赖于精明的政治决定、突出的训练演习和成功的官僚操作——在和平时期这些都是重要的技巧，但放到现在却显得毫无意义。没人想到过他们竟然需要面对气基族这样的敌人。

现在，光是想到要面对这些深核外星人，他的腿就已经软了。对于一个解决了拉曼星暴动的大英雄来说，这表现实在是不怎么样。

斯图莫那时只是一个少校。拉曼星的移民地居民们宣布要从汉莎联盟里独立出去。他们撕毁了《汉莎宪章》，还抢到了行星银行系统里的所有外世界金融财产。他们征用了货船上的所有货物，还扣押了飞船，宣称这些都是"拉曼星主权世界"的资源。暴动领袖们都又得意又天真，以为他们真的独立了。但他们没有想过他们的人口中有多少人需要药物和食品补给，又有多少人需要技术援助设备。

斯图莫知道该怎么对付他们。他带了一队令人生畏的飞船来到拉曼星外围的轨道上，宣布他们的统治议会是违法的，他们的人民也因此不会再得到汉莎联盟的帮助。在一次气势宏大的突袭中，他带着他的精英部队登陆拉曼星的三个主要太空港，地球防卫军士兵在那里夺回了商船，同时没收了当地的船只，声称这是他们非法夺取财物应做的部分补偿。

随后斯图莫手下的人留了下来，对拉曼星进行封锁，同时不断地广播商业声明，夸口说只要拉曼星重新开放贸易，汉莎就能为当地提供大量新产品和奢侈品。不到四个星期，那个激进的政府就被推翻了，一些懊悔的政客再次欢天喜地地签署了《汉莎宪章》。斯图莫一直为重建了拉曼星的外交关系而感到自豪。

这才是斯图莫上将所能理解的敌人。但是气基族却永远也不会被这些花里胡哨的小玩意儿和宣传打败……

#

开始扫描昂西尔星的第二天，舰桥上的技术人员情急之下把上将从他的房间里唤来了，他本来正在那里写他的航海日志和文件。"下面有动静，长官。我们在太阳深处检测到了奇怪的波动和一些不同寻常的情况。有东西……在动。"

"在行星里面？"斯图莫披上他的指挥服，急忙走出了他的居住舱，"但那里不是和太阳一样热吗！"

"也许气基族想办法弄了些石棉防火服。这得让技术队的人向您解释，长官。"

在巨像级战舰的舰桥上，斯图莫盯着那颗燃烧的星星的滤波图像。"在这下面，上将。"一个科学专家说道。他放大了翻滚的等离子云层，对准了上面的一个第一眼看上去像是太阳黑子的东西。"这一个小时我们都在检测色球层内的形态。"

"这不是磁性活动吗？不是耀斑吗？"

"不是，长官。您看吧。"

片刻后，斯图莫震惊地看到一个烧红的卵形胶囊，正像一枚形状完美的鸡蛋一样自主进行移动，其边缘因为光亮和热能而变得有些模糊。它自主改变了方向，升起来穿过黑子，航行于一片闪闪烁烁的火热气体海洋之上。

其他的卵形飞行器也加入其中。它们都开始从昂西尔星炽热的深处往上升。

"这是战舰！"斯图莫说着，心沉了下去。飞船上拉响了警报，两艘蝠鳒巡洋舰也向巨像级战舰靠拢。"召回所有的鲫鱼侧翼部队。准备好撤退。"他把绿灵教士叫到舰桥上，向地球发去了一封紧急摘要信息。

就在巨像级战舰撤离的时候，五个炽热的椭圆形球体像五颗燃烧的彗星一般从昂西尔上空冒了出来。即使屏幕有滤光作用，斯图莫也仍然几乎无法直视它们。球体上散发着巨大的热能，仿佛整个日冕的能量都被吸进了这一艘艘卵形飞行器的核心内。

五颗火球——或者说飞船？——靠近了斯图莫的战舰，比地球防卫军的飞船速度快多了。它们慢慢地围住他的飞船，没有做出明显的攻击动作……它们似乎只是很好奇。最后，这些闪耀的飞船像执行任务一样聚在一起，像一串流星一样冲进了太空之中，离开了昂西尔星。

斯图莫上将瘫倒在他的指挥椅里，大汗淋漓。他的双手在颤抖，长长地松了口气。所有的船员都在盯着他，接着他们又在解脱和惊讶中望向对方。

斯图莫清了清嗓子，看着他手下的专家们，等待着答案。"现在说说这究竟是怎么回事？"

108

本尼托

本尼托站在由老塔尔班种下的世界树组成的小树林里，试着安抚这些不安的树木。今天这一整天他都感到树林的网络里弥漫着深深的恐惧。这种不安像某种发热病一般在他的身体中颤动着。

他抚摸着粗糙的树干，通过远程意识联结发送着问题，想要知道树木们为什么如此紧张，但世界树之林却严守着它们的秘密……它们似乎是想要保护绿灵教士，不想让他们知道如此恐怖的信息。但本尼托不想被排除在真相以外。

在他身边，栖鸦星陷入了一种不同寻常的沉寂。本尼托不寒而栗，感到似乎正有鞭子落在他的脊背上。世界树好像也有些畏缩，于是他抽回他微微刺痛的手指。接着他看向了天空。

四艘球形战舰出现了，布满凸起的球体比日食的太阳还大。它们塞满了整片空旷的蓝天，然后下降了一点，盘旋着……扫描着。它们发现了世界树。

本尼托恐惧地看着这一切，这时，一艘离地表最近的球形战舰的赤道部位落下来一个"小水滴"，那是一个小型的球形飞行器，和庞大的球形战舰比起来，不过只有一滴汗珠那么大。这艘小型飞船开始加速飞来。

本尼托觉得自己知道那是什么。一个气基族的特使也曾坐在一个相似的增压舱里到访过地球上的低语者之殿……然后炸死了弗雷德里克国王。

特使的球形飞行器朝着居住区直直地飞了过去，本尼托已经能听见移民地城镇里传来的叫喊声和建筑物里回响的警报声。市长萨姆·亨迪涨红着脸，冲着一个电子扩音器大吼着，让大家寻找隐蔽处，拿起武器。但是面对气基族的攻击，他们的所有防御措施都是无效的。

但这位外星特使却加速穿过了城镇，来到了高大的树木这边。世界树的叶片在他身边窸窣作响，似乎正为气基族的到来而畏缩不已。特使的飞行器在最古老的几棵树中间降了下来，停在了树木前那堆经过精心照顾的柔软沃土之上。

本尼托一动不动地站着，等待着。

球体开始冒出蒸汽，仿佛它的四周都围绕着光晕一般的冷气。透明的舱壁上带着一种浑浊的乳白色液体，看上去就像一层有毒的云层。里面则有什么东西在不断地翻滚和融合着，直到一滩厚重的金属质感的物质渐渐形成了人形——一个穿着游荡者衣服的人形，本尼托在低语者之殿里看到的那个特使当时也是这同一种形态。

本尼托一手抓着最近的一棵世界树，将自己的意念与远程意识联结相连。他把自己的想法发给了旋臂内的所有绿灵教士。"你们要干什么？你们为什么要来这里？"本尼托逼问道。

气基族特使用一张光滑的水银脸对着他。虽然本尼托看不出那张可以变形的脸上现在是什么表情，但他还是感觉到了那个外星人的不屑。本尼托感到一阵恐惧。

那个气基族人说道："你们和我们的敌人维尔达尼结盟了。和它们一样，你们也必须受苦、枯萎、死亡。"

本尼托感觉到了整个世界树之林网络里蔓延的愤怒和恐惧。他深吸了一口气，鼓起勇气，说："我不知道什么'维尔达尼'。"

但是，当树林网络里的信息涌向他时，他明白了。世界树！世界树之林那具有感知能力的意念体就是气基族口中的维尔达尼。

特使继续说道："我们在这里察觉到有害树木的痕迹。我们本以为世界树之林在很久以前就已经被消灭了，但当时肯定还藏着一些余孽……幸存者。你们帮助它们重新壮大起来了。"

本尼托没有让步："没错，我们就是这么做了。"

"它们必须死。"

世界树之林似乎正在往他的头脑里灌输词句。"为什么？这些树根本就不想和你们争斗。也许你们双方都从那场可怕的战争中幸存下来是有原因的。"

那个闪烁着微光的特使仍然不为所动："告诉我们，幸存的维尔达尼的主体在哪里，主要的世界树之林在哪里？"

不祥的球形战舰像一个个布满凸起的拳头一样在上方盘旋着。锥形的凸起上，能量噼啪作响。特使说："告诉我们，我们就放过人类。"

本尼托从可感知的树木那深沉的数据库里汲取着勇气和理解力，说道："我拒绝。世界树之林比我或任何人类都要更加伟大。"

树木们也变得更加坚定了，给予了这位绿灵教士意志的力量。他不再感到恐惧，只觉得自己必须要反抗。很久以前，几千颗行星上都覆盖着旺盛蔓延的世界树之林——但后来它却几乎被铲除殆尽。气基族也被赶回到了它们的气态巨星上；其他的参战者则历经磨难，最后全部灭绝。

"那你的种族将会自食其果。"

"我们会奉陪到底。"这些话似乎并不是从本尼托的喉咙里说出来的，而是来自其他的地方，来自其他绿灵教士的意念，或来自世界树之林本身，"气基族根本想象不到我们的武器。"

特使搭乘的球体下方的大地忽然开始翻滚和扭动，仿佛正有无数的啮齿动物同时在地下打洞一般。本尼托似乎知道这是怎么回事。他在惊讶的期待中眨着眼睛。

鞭子一样的树根破土而出，顶端上还带着一段闪闪发光的木头，它比本尼托知道的所有物质都更加坚硬。它们像蜇刺一样高高扬起，刺穿了飞行器透明的舱壁。树根的顶端嘶嘶作响，洞穿钻石的屏障，钻进了特使的密封舱。

世界树的卷须堵住了那些空洞，排出内部的高压，吸光里面有毒的气体。缠绕的树根继续向内生长，不断地击打着，填满了整个外星球体。

气基族的特使在和扼住它的弯曲的树根搏斗时也放弃了它模仿的人类外形。树根继续从地下钻进球形飞行器中，越钻越深，原本切割完美的透明舱壁渐渐破裂。

特使启动了从外部无法看见的引擎，想要离开地面，逃离此地，但树根却把它拉了下来。飞行器努力向外拉着紧抓不放的树根，但木质的组织仍然非常强硬，无法挣脱。透明的钻石墙壁外出现了一阵阵白色冰痕一样的裂缝。

本尼托看着这场恶斗，他的信念和决心比之前任何时候都要更加坚定。

受困的气基族特使继续挣扎，但这个液体状的生物似乎正逐渐走向死亡，它没了形状，水银状物质像溶酸一样滴在愤怒的树根上。

野生丛木继续击打着敌人，完全吞没了气基族柔软的躯体，直到这个外星人最后终于变成一滩银色的污迹。树根深入到飞行器舱内，将它撕裂为一堆冒着烟的碎片，世界树的树林中间最后只剩下一堆黑黢黢的、了无生气的树根。

但这次胜利既短暂又微不足道。头顶上，巨大的球形战舰开始移动了。

本尼托向上看去，他胜利的表情转化成了无奈。在城镇上无助的居民可以找到自卫的武器或庇护所之前，这些深核外星人开始向整颗星球进行反击了。

布满凸起的球形飞行器在栖鸦星上空低矮地盘旋着，发出毒气一样邪恶的冰冻冷气。麦田在冰冻波的攻击下立刻枯萎，瞬间变成了一堆黑色的尘埃。

城镇上，市长亨迪继续大喊着下达撤离的命令。许多居民都跳上汽车，赶往他们位置偏远的家，或在地下掩体中避难。这里的建筑虽然都能抵御狂风暴雨，但却无法抵挡气基族猛烈的进攻。

马厩和畜栏也被冻成了发亮的碎片。蓝色的闪电在大地上划出一道道冒着黑烟的伤口。受惊的山羊咩咩地叫着四处奔逃……但瞬间便全部冻死。

不过几分钟内，四艘球形战舰已经摧毁了几千英亩①的庄稼，把这片大家曾在上面精心播种和施肥的土地变成了一片荒芜。气基族的闪电也击中了城镇上的市政厅和其他几十座建筑。阵阵冰冷的白雾则击碎了加固后的仓库和地堡。

本尼托抓住最近的一棵树，像一个狂热的信徒一样将自己所有的想法和意念都发送到世界树之林中。只有他能报告这里究竟发生了什么。世界树之林、绿灵教士、他的家人——对，甚至还有汉莎联盟——都必须知道这一切。他没有别的办法了。

球形战舰再次聚集到一起，四艘无情的球体在天空中连成一串。然后，它们离开了仍然在冒着烟的移民地城镇废墟和一片狼藉的麦田，接近了反抗它们的世界树。

本尼托用两条手臂环住树木，仍然坚守着。他用脸颊紧贴着树

①英亩，是英美制面积单位，一般在英国、美国等地区使用，1 英亩 =0.004047 平方千米 =6.0702846 市亩 =1224.176601 坪 =160 平方杆 =4046.864798 平方米。

干，将自己的思想通过远程意识联结融入网络中。他想和树林蔓延的意念融为一体，寻找精神上的庇护所。

栖鸦星上所有的生命、塔尔班种下的所有树木、无辜的居民们为驯服这个桀骜的世界所做的一切努力，都必须被记住。他抓住树干，将自己的思维完全向远程意识联结网络开放。他用意念拥抱着遥远的树林，将自己的全部身心都投入其中。这是他唯一的避难所。

球形战舰在厄运降临的树林上空逡巡着，发射出阵阵雾状的冰冻波。最先承受攻击的树苗开始枯萎，本尼托感到一阵剧痛像寒冷的火焰一样穿过他的血管。他在脑海中听见世界树之林发出了非人类的惨叫声，那其中饱含着它千万年来的恐惧和痛苦。

就在气基族完全摧毁树林的最后一刻，他强迫自己继续睁着眼睛，通过远程意识联结发出了他最后的信息。

109

教父雷纳德

一个年轻的绿灵教士脸上带着惊骇的神色，冲过菌礁城内石化的走廊，惊慌失措地叫喊着。树木们已经开始在畏缩和颤抖。通过开放式的高悬阳台，雷纳德听见外面传来了绿灵教士们绝望恐惧的叫喊声。他感到一股噬骨的寒意。

"教父雷纳德！"那位绿灵教士喊道，"气基族攻击了栖鸦星！"

年老的莉娅正和乌瑟尔一起站在接见厅里，和雷纳德商量迎娶西斯卡·佩罗尼的相关事宜，这时她声音颤抖地说道："本尼托在栖鸦星上！"

雷纳德立刻站起来，朝着这位送信人迎了上去。

"就是本尼托通过远程意识联结给我们送来的消息，"年轻的教士努力控制着自己的惊慌情绪说道，"树苗在哪里？我必须——"他向那棵栽种在一个华丽的花盆中的小树跑了过去，花盆就放在那把为西斯卡的到来准备好的空座旁边。这位教士触碰着树苗，闭上了眼睛，接着他又将注意力转回到了雷纳德身上。

"您的弟弟说气基族摧毁了当地所有的农田。它们使用了一种可以发射冷雾的武器，还有一种可以发射电一般的蓝色火焰。"这位教士还来不及喘口气便开始继续描述那个气基族特使对世界树之林——维尔达尼——和人类发出的威胁。

"我们怎么才能帮助本尼托？"雷纳德问，"还有那里的其他人？他们现在的情况非常危险。"

"整片世界树之林都非常危险！"教士再次闭上了眼睛，"本尼托的树木反击了，它们摧毁了气基族的特使。但这还不够……远远不够。"

外面，无数震惊的绿灵教士正挤在塞洛克的树林里，一边通过抚摸粗壮的树干来获取本尼托发来的信息，一边大声向其他人转告着新消息。工人们放下了手里等待收割的庄稼，少年们则驾驶着他们东拼西凑做成的飞行器，互相交流着他们得到的关于这次紧急事件的一点点信息。所有塞洛克人都聚到一起，但却又都对那颗世界树之林遥远的卫星上发生的一切束手无策……他们也无法帮助到本尼托。

雷纳德能听见席卷整个森林的震惊和警报。在这颗星球上的所有村庄里，从镜湖到海岸边，所有的绿灵教士现在都是同一种反应。

"气基族刚刚摧毁了城镇！一切都被毁了。现在它们朝着世界树的方向去了。敌人正在寻找塞洛克，它们想找到剩下的世界树之林。"

那十九名自愿去协助地球防卫军、提供即时通信的绿灵教士，也会立刻把情况汇报给汉莎的军队。雷纳德的妹妹艾斯特拉和萨琳将会从低语者之殿的宫廷绿灵教士处听到这个消息。

埃德里斯和阿丽西亚听到喧哗声，不知道是怎么回事，一起匆匆赶到了王宫大厅。"怎么了？发生什么事了？"

"是本尼托，"雷纳德说道，但这些词却仿佛卡住了他的喉咙一般，"气基族——"他说不下去了。

那位年轻的绿灵教士抓着树苗，强迫自己继续和远程意识联结网络相连。"啊，现在它们开始攻击树林了！树木！"他在痛苦中抽了一口气。

"本尼托还在那里。世界树正在逐渐枯萎。如此寒冷……没有什么东西能承受这种攻击。它们逃不了了。气基族不断地来袭。又有十棵世界树死去了……三十棵。这简直是屠杀！本尼托还在坚持着，但它们很快就到他所在的地方了。他说——"

接着，这位年轻的教士痛苦地呻吟一声，手从树上放了下来。"白色的火焰……燃烧着我的意念！"他用掌心压住他的太阳穴，浑身都在颤抖。

埃德里斯和阿丽西亚震惊地对望着，倒吸了一口气："本尼托？"

年老的莉娅开始啜泣，乌瑟尔抓着她的胳膊，既是在安慰她，也是在安慰自己。雷纳德觉得自己似乎麻木了，什么也做不了。栖鸦星是如此遥远。

年轻的绿灵教士看着他的双手，仿佛它们正在被烈火燃烧一般，接着他检查了一下树苗，看看它是否也在遭受着巨大的折磨。

"本尼托死了。树林里所有的树都死了。栖鸦星被彻底摧毁了，"他瑟瑟发抖，"一切都……被毁了。"

110

艾斯特拉

在终于摆脱了众人的注视、掌声和那些因为她的名声而热切地崇拜着她的人群后，艾斯特拉急忙回到了低语者之殿的皇家寝宫内，独自咀嚼她的悲伤。她再也见不到可怜的本尼托了。

自婚礼之日起，人类汉莎联盟的每个人就都在仰望着艾斯特拉，他们爱她走路的样子，也爱她穿的衣服。其他人可能会很享受这样的注视，但艾斯特拉却只感觉自己似乎快窒息了。这不是她想要的，尤其是现在——尤其是在栖鸦星的悲剧之后。

她甚至没有时间来为她的哥哥哀悼。他们连片刻的宁静也不愿给她。

就在气基族来袭时，宫廷绿灵教士拿顿一直在为惊恐的艾斯特拉和她的丈夫汇报灾难的每一个瞬间。彼得就站在她身边抱着她，而拿顿则详细地描述了他通过树苗看到的所有可怕的景象，讲述着城镇和树林如何被夷为平地。他几乎不能控制自己令人反胃的恐惧感。艾斯特拉哭泣着听完了本尼托留在世界树之林的网络中的最后遗言，然后听到了他死亡的消息……

那些假装对艾斯特拉表示同情的朝臣们从没见过她的哥哥，他们中的大多数人也从没听说过栖鸦星。但是，来自本尼托的直接汇报仍然在公众之中激起了极大的愤慨。气基族就像疯狗一样横冲直撞，残酷无情。

艾斯特拉想象着本尼托最后的时刻，想象着当那些古代的敌人焚毁整片无助的树林时，他是如何勇敢地紧紧抓住离他最近的一棵世界树，将自己的想法甚至整个灵魂注入树木之中的。而接着，那些敌人又继续去寻找下一个目标……

但是艾斯特拉对于人民那真诚的同情确实十分感激。他们送来鲜花、诗歌和信件；他们建起临时的纪念碑，不光是为了他们王后那位作为绿灵教士的哥哥，还为了栖鸦星上所有无辜的汉莎移民者。过去他们是这场人类从未主动挑起的战争的旁观者，现在他们成了受害者。

这场悲剧，以及人类目前绝望的处境，帮助他克服了彼得颁布的在移民地世界里控制生育的那条法令所带来的伤痛。人类一族现在并没有选择的权利，人民也认识到了彼得在面对这样艰难的抉择时必定也痛苦万分。现在，人民比从前更需要从他们的国王和王后身上获得安慰，汲取力量。

#

那个搭载着智能机器人的格尔根星侦察远征队彻底消失了。那颗被彗星击中的气态巨星上没有传来任何消息，间谍无人机也没有在那个系统中发现任何残骸。大家都认为这个舰队失踪了。

彼得毫不意外。

OX 说："在分析了间谍无人机对整个系统的扫描结果之后，地球防卫军总结，这次失踪事件显然是气基族干的。"

彼得在一个前厅里见到了这位教师智能机器人，中世纪的国王也会在这里接见他的顾问。他每次和 OX 讨论一些麻烦的问题时，都总是会把这个小机器人当作是他的决策顾问。

"也许对于别人来说这是显而易见的，"彼得说，"但我一开始就觉得派出舰队不是个好主意，完全是在冒不必要的风险。现在我还得宣布我们又有一个舰队牺牲了，五个人——和许多地球防卫军的资源——这些损失，而且他们的牺牲完全没有为我们带来任何益处。"

他垂下头，思考了一会儿，说："而且我总觉得事情有些蹊跷。五艘蝠鲼巡洋舰和一艘巨像级战舰就这么神秘地消失了。OX，如果格尔根星的失败是因为那些新型士兵智能机器人，而不是因为气基族呢？"

"在这件事上，彼得国王，我也得到了一些令人不安的新数据，"OX说，"过去大概有十几个克莱西斯机器人一直待在地球上，尽量不引人注意。它们偶尔会参与到我们的工业建设或轨道修建等工作中，做出有利的贡献。"

"对，这我知道。"

"但是，自从拆卸了乔拉斯以后，地球上克莱西斯机器人的数量就大幅上升了。我检查过我们的观测摄像头拍到的每个机器人。虽然这些机器人都长得一样，但它们之间还是有一些细微的区别和位置标记的，这些特征足以让我把它们区分开来。现在，地球上不是有十几个克莱西斯机器人，而是有几百个。"

彼得国王吃了一惊："这怎么回事？"

"它们遍布在世界上的各个地方，数量也并不是特别巨大，所以一般人不会察觉到它们的突然入侵。但是，这种数量上的增加还是很惊人的。它们仍然分散着，而没有成群结队，各自都相隔得很远。"

"我之前注意到有三个克莱西斯机器人一直在我们的智能机器人制造厂里。"彼得说。

"不止如此,彼得国王。我猜不出其中的深意。克莱西斯机器人一直在监视我们的制造系统,但它们并没有提出其他建议,只让我们自己根据我们学到的东西来做决定。它们只是在旁边看着。"

"或者是在等着。原本智能机器人的程序都被设定为助手或导师,它们的目标是帮助人类。但是,这些采用了克莱西斯科技的新型士兵智能机器人也是如此吗?"他感到自己的脸颊似乎烧了起来。"要是这些模型里有什么不为人知的子程序呢?有什么隐藏的陷阱呢?工程师们当时太兴奋了,他们只看到了他们想看到的,巴斯拉也是如此。他知道有问题,但他却并没有花心思去回答问题。"

"这一次,主席是有意不去回答这些问题的。"OX说,"我没有足够的数据,无法推测出这些改良后的程序将会如何影响变量,比如最基本的智能机器人禁止程序。这件事情里有太多未知的因素了。"

彼得垂下了头,感觉到了强烈的疲惫。"OX,有时我真希望答案能清晰明了一点,这样我才好知道我该做什么。"

就算他把证据拿给巴斯拉看,主席也只会轻蔑地批评彼得不该插手。但是在听说了栖鸦星被毁一事后,巴斯拉已经赶回地球防卫军的月球基地,去咨询他的军事顾问了。现在彼得国王的机会来了。

他被独自一人留在这里,假装处理汉莎的日常事务,主席无法处处都对他进行限制,他可以自己做决定了。下层官员永远也不会质疑彼得的直接命令。如果他打对了牌,这就是他可以利用的优势。

这一想法在他头脑中迅速成形。他终于可以做点什么了。

111

彼得国王

彼得深知自己要做的事情十分危险，因此他坚持独自前往，以国王的身份。

他希望他可以把一切都解释给艾斯特拉听，让她参与到这所有像蜘蛛网一样围绕着他的计划中来。但他想保护她。这一切都不是艾斯特拉自愿的……现在她哥哥又在栖鸦星上被杀害了。彼得必须保护她远离其他的一切烦恼。他希望有一天她能明白他的心意。

在盛大的婚礼庆典之后，彼得国王可以指挥一切。他穿着他最庄重的彩色长袍，戴着各种宝石和珠宝。他面带微笑，头扬得高高的，身边围着一支由侍从、官员和皇家护卫组成的长长的队伍。人人奔走相告，为国王的排场增光添彩。

这是一次对新型智能机器人制造中心的临时性访问。彼得并不想挑起事端，但他确实真的想去看看那里是怎么回事。总得有人保持警惕。

虽然礼仪部长强烈建议他为此次探访做一次正式的预约，但彼得对此充耳不闻。他只是继续向前走："我是国王，如果你们不能马上做好准备，那我就自己去。"

他选了一艘显眼的庆典专用飞行器，这是一个敞篷的悬浮平台，当他飞过街道时，人们都能看见他。皇家护卫们也连忙坐上他们的飞行器，紧跟在他身后。彼得自信地微笑着，被他们的反应逗乐了。温塞拉斯主席不在场，没人敢制止他。

慌乱却又坚定的职能人员立刻召来了媒体代表，还通知了智能机器人工厂的主管，让他们准备一个体面的迎接仪式。银盔特种兵在街上排成了安全防线。一些官员奉汉莎之命，慌慌张张地赶来陪同彼得。毫无疑问，他们也向月球基地发出了紧急信息，但短时间内巴斯拉什么也做不了。彼得已经出发了。

热情的人群涌上街道，急切地想一睹皇室风采。六年来，汉莎做出了种种努力，确保彼得国王始终受到人民的爱戴。在人民的眼里，他是一位慈爱的统治者，当他的军队和顾问们遭遇失败时，他总是独自忍受悲伤和折磨。他要利用这一点。

他们来到工厂前，这是一个庞大的制造中心集群，占据着城边的位置，远离海洋和高山。这是一个高效的综合体，设备都经过改造，用以生产神秘的克莱西斯机器人设计的人工士兵军队。

一行人浩浩荡荡地降落在最宽敞的停机坪上，工人们纷纷离开了他们的生产线，睁大了眼睛欢呼着。皇家护卫立正列队站好，警觉地应对着人民热烈的欢迎。

彼得国王亲和地对着工人们挥手致意。显然，无论克莱西斯机器人怎么想，这些人都认为他们的工作是在为汉莎联盟做出贡献，而非什么秘密的破坏计划的一部分。

工厂的主管也在皇家护卫的陪同下走上前来。他似乎有些受宠若惊、不知所措："陛下，我们实在没想到竟然能有幸受到您的接见。我手下的工人们在这里工作都非常勤奋，我为这里的寒酸条件为您道歉。这里在设计时就没有考虑到美观问题。要是提前接到通知，我们一定会清理——"

彼得打断了他："那就浪费了你们本应为我们的战争做贡献的时间。让我看到你们这个制造中心最自然的状态没什么不好意思的。再说，我作为国王也应该来看看我忠诚的子民们，为他们鼓舞士气。"

不请自来的汉莎顾问们挤到了国王身边，看上去既不安又好奇。

彼得看都没看他们，直接跟着工厂主管向前走去。

他们经过了真空密封清洁室，里面的温度很低，雾气缭绕，专门用于在小电路板上压印电路。工人们穿着环境服，复制着从乔拉斯身上移除的克莱西斯系统中精细的指挥模块。国王认真地看着这一切，但没有提出什么问题。随着他从一个工作站走到另一个工作站，主管也渐渐放松了下来。

在参观途中，彼得注意到了两个赫然耸立的黑色克莱西斯机器人，它们就像两只外星昆虫一样，观察着整个制造过程。它们的存在令他觉得有点不舒服，但他也说不出个所以然。他并不是完全相信它们的那个顺口胡说的故事，什么记忆全部被抹掉了，或者没有一个苏醒过来的克莱西斯机器人能记起它们的祖先究竟发生了什么。

如果国王命令驱逐它们，这两个巨大的虫形机器人会服从吗？

士兵智能机器人的零部件构造非常复杂，其中的技术简直像个迷宫一般，彼得怀疑哪怕是汉莎最好的科学家可能也搞不清其中的玄机。但在这样的危难时刻，工程师们也并不会问太多问题。

主管带他参观完了整个工厂，彼得国王双臂抱在胸前，似乎感到非常满意。接着他提问了："告诉我，主管，你们从克莱西斯机器人身上得到了很多新型科技和前沿的控制论技术，对吗？"

"对，陛下。我们复制过来的特定的人工智能子程序让我们的科技获得了极大的进步，很多单元也比我们其他的智能机器人要复杂很多。哪怕是我们最优秀的计算机专家和电子学专家，也需要至少一个世纪的时间才能完成这样的突破。"

国王点点头："那你们破解了克莱西斯的零部件，并研究它们的根本原理了吗？你们在应用这些基本程序之前，完全理解了它们吗？"

"并不……完全理解，陛下，"主管看上去有些困惑，"我没太听懂您的问题。"

"很简单。你知道你在创造的是什么吗？还是说，你只是在没有理解的情况下，完全复制了整个克莱西斯的系统模块？"

"我们……呃……把克莱西斯机器人视作是一种模版，并且在此基础上，利用了那些显然可以被应用到我们的智能机器人身上的系统。"工厂主管冲着离他最近的那个克莱西斯机器人打了个手势，后者似乎正在极为密切地倾听着国王的谈话。"陛下，因为我们现在处于战争时期，所以我们都觉得没有必要另起炉灶。"

国王眯起了眼睛："主管，我觉得我现在说的话可以代表在场的所有人，包括官员们在内。那就是我们都知道炉灶的工作原理。"有些偷听的工人听到这里笑出了声。"但是，现在你正制造和安装的，却是一种极其复杂的机器人感知系统，而且这一系统还是由外星种族设计的——一个极为神秘的、已经灭绝的外星种族。"

"这些新型士兵智能机器人被分配到了我们地球防卫军几乎每一艘战舰上，负责操作我们最强大的武器。很多鲫鱼战斗机和蝠鳐巡洋舰都经过改造，以方便这些机器人独立地进行操作。但现在你却告诉我，你甚至不了解它们的工作原理？而且也没有其他人知道？"

"陛下，事情不像您说得那么简单。"主管的眼睛正在四处求助，"我们的控制论工程师明白所有的计算程序，但出于权宜之计，我们采用了已有的克莱西斯零部件和程序来运行我们的一些辅助系统。我们这么做是经过了温塞拉斯主席同意的。"

彼得皱起了眉头："温塞拉斯主席在这场战争中做出的部分决

定……略显仓促了一点，不太恰当。你知道装载着智能机器人的远征队最近在格尔根星莫名消失的事情吗？"

"知道，知道，陛下。很令人痛心。但是，士兵智能机器人在奥斯奎维尔战役中表现得很不错。我确定它们拯救了很多人的生命。"

"这一点是对的。但是我还是对如此信任一个彻头彻尾的谜团而感到有些不安。即便是那些克莱西斯机器人也说不出它们的创造者灭绝的原因。"

"陛下，您该不会是说——"

"我只是说，万事都应该小心为妙。我们汉莎的技术专家和控制论专家都天资卓越，我相信他们一定能在组装士兵智能机器人之前，解构和分析克莱西斯机器人的每一个模块。在那之前，我觉得我们最好还是先缓一缓。"

"陛下，但是我们每天的生产量都必须达到地球防卫军设定的额度。您的建议会让我们损失很多时间和很多——"

"但我相信这一切都是值得的，"国王说完，提高了声音，"为了王国的福祉，我宣布这里的制造综合体将暂时停工，直到我们完全理解我们采用的这一外星技术为止。你们可以继续制造零部件，为生产做准备，但是在这些重要问题得到解答之前，不准再生产任何士兵智能机器人。"

工厂的工人们面面相觑，表情疑惑又震惊，但他们已经听到国王的疑问了，所以他们也开始怀疑起来。

这时，一个穿着正式的汉莎官员站了出来说："陛下，恐怕这不可能办到。"

彼得像看一只小虫子一样看向那个金发官员，这个表情他还是跟着巴斯拉学的。"请问，你叫什么？"

"佩里德尔，陛下，温塞拉斯主席的特殊联络员弗朗茨·佩里德尔。我很抱歉，但您不能推迟生产。这座工厂拥有自主权。"

彼得仍然耐心地维持着亲和的外表，但人人都能看出来他冷静的自信。"佩里德尔先生，我已经表达过我合理的担忧了。汉莎的安全是我最主要的责任。"皇家护卫们看看彼得，又看看那位官员，不知道该如何是好。

"尽管如此，陛下，"佩里德尔坚持道，"做这样的决定必须要通过合适的渠道。我们可以通过进一步的分析和检测来解决这个问题。"

"希望如此，"彼得说，"但同时，不能再激活任何士兵智能机器人。这是我作为国王下达的命令。"

"陛下，您不能这么做。"

彼得表现出了他的愤怒，并指了指所有的工人们说："在场的各位，有人能相信这么一个——你的官衔叫什么来着——'温塞拉斯主席的特殊联络员'，权力比国王还大吗？"他为其中的荒唐大笑起来。许多工人也跟着他笑了。官员们十分不安，全都退到一边。

彼得转过身看着工人们说："这座工厂里的每个人都非常努力，并且也应该为自己的成就感到自豪。接下来几周减产又能怎么样呢？他们仍然会得到全额工资。"

工人们欢呼起来，而佩里德尔平静的脸色似乎就快崩溃了。这时，彼得终于认出了这个他在多年前见过的男人。当年一伙乔装过的特工在他的住所起火时绑架了他——年轻的雷蒙德·阿古拉，而佩里德尔就是其中一个。彼得人造的蓝色眼睛里燃烧起怒火，但他控制住了自己。

佩里德尔先生用只能被彼得一人听见的声音低声说："你越界了，彼得。"

"我怎么会越界？"彼得讽刺地扬起了眉毛，"问问这里的任何一个人——难道我不是国王吗？"

112

巴斯拉·温塞拉斯

主席被彼得激怒了，彻彻底底地。

因为国王自以为是的愚行，巴斯拉不得不提前结束紧急简报会，匆匆从地球防卫军的月球基地赶回来。他只希望一切还来得及补救。

彼得又把事情搞砸了，而且这已经不是第一次了。

"必须采取措施了，佩里德尔，"主席一边看着最近的汇报，一边火冒三丈地大步走向他位于汉莎总部的办公室，"也许还得是极端措施。"

巴斯拉一直都知道，这位年轻聪明的国王并不像弗雷德里克一样是个易于操纵的傻子——而不幸的是，这已经造成了麻烦。彼得完全清楚自己在做什么，他不可能不知道后果。

问题在于，彼得能不能从他的错误里得到教训……还是说，他们必须得采取点其他的行动。

"我明确地命令过他，不要去管智能机器人工厂的事。我逐字逐句地警告过他！但现在国王却非要插手我们的新生产线，拖慢我们的步子。"巴斯拉抿了一口他的小豆蔻咖啡，但嘴里却只尝到苦味。

"生产线现在又开始工作了，主席先生。"佩里德尔站在门口，看上去有些不安，又有些愧疚，"工人们正在加班加点地弥补生产上的损失。"

"我们不可能再弥补这次的损失了，"巴斯拉说，"我们失去的不是时间，而是信任。彼得已经在人们心里种下了怀疑的种子。在奥斯奎维尔溃败之后，在格尔根星的侦察任务失败以后，我们迫切地需要一点新的希望，但彼得做了什么？——现在他让人们开始怀疑，那些士兵智能机器人也许会背叛我们。"

佩里德尔附和道："这种想法简直太离谱了，先生。"

巴斯拉对着他的执行官皱起了眉头："其实不离谱。你应该也明白才对。如果彼得国王提出的问题不是真的，那他也不可能造成这样的影响。"他的拳头重重地砸在投影桌上，但从数据库提取的数字仍然摆在他的面前。"实际上，我们确实不知道克莱西斯的子系统到底是如何运作的。我们也不知道那些克莱西斯最初的种族到底出了什么事。担忧这些事的，并不只有彼得一人。"

佩里德尔有些疑惑了："但如果您也有这样的担忧，主席先生，为什么您还要坚持重开生产线呢？"

巴斯拉走到吧台旁，倒掉了咖啡，冲干净杯子，然后重又添上新鲜的深棕色饮料。光是它的香味就已经让他感到神清气爽了。"因为利用克莱西斯机器人这件事，不过是两害相权取其轻罢了。使人民重获信心比担心可能的背叛更加重要。"

佩里德尔接受了主席的声明。这就是他的工作。"那我们该拿彼得国王怎么办，先生？"

"我以前认为，我们总可以给他下药，强迫他屈服。汉莎肯定有足够专业的药物学专家可以让他完全受我们摆布。但我需要他的回应，需要他合作，需要他去说服人民。没有了个人魅力，人民也不会再支持他。"巴斯拉看着报告,叹了口气,"我在那孩子身上投入了很多……但有时人必须即时止损。"

从月球回来以后,巴斯拉因为很生气,一直没有和彼得说过话。他给皇家护卫下了命令,让他们把国王关在他的住所内。所有的皇室活动都取消了。"既然他非要像个孩子一样幼稚,那我也只能让他回到他自己的房间里去了。"

幸好,彼得最近的婚礼是个极好的借口。彼得和他美丽的新娘艾斯特拉要在皇室寝宫内度几天私人蜜月。之前,他们的"美妙时光"被各种急务耽搁了几个星期,但现在他们要去共享这段"不受打扰的快乐时光"了。这对皇室新人在他们奢华的卧室里究竟做了些什么,人民对此只会非常快乐地想入非非,短时间内不会有人生疑。

巴斯拉仍然非常烦恼,他摇了摇头:"这个年轻人想要什么,汉莎都会放到银盘子里呈到他面前。没有我们,他就只是一个无名小卒,在街上忍饥挨饿,和一大家子人一起缩手缩脚地挤在罐头盒子里。"他咬紧了牙关,"为什么他还要像条疯狗一样咬他的恩人?"

巴斯拉啜了一口咖啡,回忆着彼得与日俱增的粗鲁和不屑的态度,尤其是在堕胎法令之后——竟然还大费周章地在婚礼上公开羞辱主席。而一个位高权重的人是不会就这么忍气吞声的。对,他已经给过国王很多次机会了。

彼得在智能机器人工厂里的公然挑衅给巴斯拉留下了一个烂摊子。确实,汉莎发布了公告,向公众保证了士兵智能机器人的安全性,坚称国王的担忧已经解决了,现在可以继续生产了。但怀疑的种子已经种下了。

佩里德尔沉默不语,而巴斯拉则盯着数据屏幕,脑中翻滚着无数个问题。旋臂正处于战争时期,敌人又似乎难以战胜,他实在没有时间去处理彼得莽莽撞撞的行动了。"把所有行星代表和汉莎的上层官员都叫过来，是时候举行一次秘密会议了。一定不能让彼得国王知道。"

佩里德尔点点头："您需要我整理一下其他候选人的档案吗？我们现在可以考虑的年轻人有很多，其中几个还比较符合标准。"

巴斯拉同意了。"毫无疑问，彼得国王非常受欢迎，这一点对我们来说也是利大于弊。如果人民现在没了国王，我们的士气一定会一蹶不振，"他眯起了眼睛，"但是，我手里还是需要捏一张王牌才行。"

\#

三天后，汉莎的每个人都惊喜地看到了低语者之殿发布的公告。彼得国王也很惊讶，但喜悦的成分却并不太多。

在"开放坦诚的精神指导下"，汉莎联盟骄傲地为它的公民们介绍了彼得国王挚爱的、能力卓越的弟弟，丹尼尔王子。他是老弗雷德里克国王的次子，和彼得一样，也从小就隐秘地生活在宫殿中。而现在，既然大家都已经见证了彼得和艾斯特拉的婚礼，那民众也应该认识丹尼尔王子王才对。毕竟，在战争时期，很多事情都是不确定的。

巴斯拉观察着公众的反应。这个叫"丹尼尔"的新人是块璞玉，几乎没有受过训练，但背景很干净。他外表英俊，人民也能在引导下去爱戴他……如果情况更糟糕的话。

彼得必须要知道自己在政府里的地位，而不是去相信他们给公众看的公告。国王和王后可以继续履行他们的社会义务，但必须要受到严密的监视。当然，彼得那么聪明，肯定能看出这是他把主席逼急了。威胁的意味已经很明显了：管好自己，不然你就会被取代。巴斯拉很自信，他认为彼得一定会认识到自己的错误，从此管住自己的一言一行。

否则……汉莎就只能退而求其次用丹尼尔了。

113

哲特·科伦

从奥斯奎维尔上方的彗晕上往下看，那颗气态巨星不过只是一个明亮平静的淡淡的光点。环绕着它的行星环则是一个自然的奇迹，反射着金色的阳光，在行星的中部投下一圈深色的阴影。结冰的小卫星闪闪发亮。在恢复后的造船厂里，工业生产线、熔炉和干船坞则散发着人工的光亮。

哲特·科伦认为这个系统永远也不会完全恢复到曾经正常的运行状态了，但游荡者仍然一如既往地越过障碍和困难，永远面向未来，而非沉湎于过去的悲剧。通过导航星的指引，她知道其实同胞们有足够的理由去悲伤。

最先恢复运行的是彗星氢气开采设备。游荡者刚从他们的藏匿处钻出来，戴尔·科伦便派出了一个野心勃勃的小队，进入到柯伊伯带中。虽然要想让所有的造船厂都重新恢复生产还有大量的工作需要完成，但幸好彗星的分解活动产生了大量急需的星际驱动燃料。

哲特带着重新开始工作的彗星设备生产的第一小批艾克提从行星环上降了下来。这批货物极具象征意义，至少能让筋疲力竭的游荡者工人们开心。现在肯定已经有一艘货物护送船赶过来装载这批星际驱动燃料了。在饱受战争折磨的旋臂内，每一滴燃料都非常珍贵。

哲特一边驾驶着她的飞船，一边听着主工作频道。工人们聊着天，传送着重叠的信息、命令和最新的数据。行星环里热闹非凡。他们在岩石和残骸之间拖出了大梁和气闸舱，重新一点一点地组装了太空港。半完工的飞船上的主要零件都已经被取回，工人们正加班加点地重建着他们失去的一切。

一些游荡者向哲特的父亲建议，干脆彻底撤离，再重新找个有行星环的星球或小行星带来重建造船厂。

哲特从没见过她父亲那么生气。"就这么抛下这里的一切？"他咆哮道，"这几个星期我们花了那么多人力物力来隐藏设备，保护我们的工作和投资成果，找地方藏起来。我们看着地球防卫军被打得落花流水，还抢救出了他们留下的残破飞船——现在我们的恢复工作已经完成了一半，你们却想逃到别的地方去？"

哲特一直都在担心汉莎的军队会不会突然回来。这只是个时间问题。但科伦部族如果失去了奥斯奎维尔的造船厂，那他们就都完了。"保持警惕。"他不满地说道，然后让大家都回到了工作岗位上。

此刻，戴尔·科伦正站在位于一颗巨大的中空卫星上自己的指挥中心里，像个暴君一样看着所有的工作小队。"这周结束前必须造好至少一艘船。如果你们提前完成了，那每个人都会得到额外奖励。"

"没问题，戴尔，"一个乖戾的声音通过通信频道嘲讽地说道，"那我就把喝咖啡的时间也省了吧。"

"该死的，我们已经累得直不起身了，"另一个工人说道，"看来我还得学会边睡觉边干活。"

"希望我对你优待吗？"戴尔回答道，"那我还希望派艘船赶紧把我们的下一批彗星艾克提运回到集结中心的配送中心呢。"

哲特打开了通信器，吓了他们一跳。"嘿，最好快点——我已经把艾克提带来了。"她在集结中心停好了货船，仍然能听见大家的抱怨声、下达命令的声音和汇报进展的声音。忙碌一如往常。

哲特快速走进指挥中心内，她父亲正在里面研究着他们的设备、熔炉和资源储备的系统分析图。其中分布的虚线和抛物线代表着经过加工处理后的材料的流量，子屏幕上则显示着状态报告和未来一些项目的日程表。

"爸爸，你都快让你手下的人得溃疡了，"哲特说着，迎上来吻了吻老人布满胡须的脸颊，"我们从地球防卫军的废船上找到的那些智能机器人现在怎么样了？"

科伦转头看着打开的卸货港，噪音和光亮充满了整个房间。"我们重新给它们编了程序，就快完成了。很快它们就能工作了，"他冲着她露出一个狡猾的笑容，"至少它们不会跟我抱怨工作时间太长。"

哲特观察了一会儿那一排小型机器仆人，这些能力极强的计算机伙伴在爆炸和失压中幸存下来，而无数的地球防卫军士兵却没能熬过来。"看起来像五个不同的型号。"一些机器人的外壳仍然是弯曲的，损毁较为严重；其他的则已经抛过光，也已经被修好了。"我从没见过这种士兵式样的智能机器人。"

"士兵智能机器人——我觉得它们适合干苦力。我们可以很轻松地完成这些机械修复。里面的一些零件可能需要替换，或者拆卸，这样机器才能完全恢复正常。大呆鹅生产这些东西比我们强多了。"

"我们可以学习，爸爸。"哲特曾在造船厂里和智能机器人一起工作过，但她从没拥有过自己的智能机器人。

"我们必须得抹掉它们所有的记忆，尤其是那些士兵模型，"科伦说，"谁也不知道那些地球防卫军给它们装了些什么奇怪的程序。就算是友好型和倾听型智能机器人也有一些特殊的应急系统。不能相信它们。"

"什么都不能相信，爸爸。动动手，再动动心，我们会把这些智能机器人变成我们忠诚的盟友的。"

戴尔·科伦皱了皱眉头："跟处理我们的其他俘虏比起来，这可容易多了。医务室里的三十个地球防卫军士兵又该怎么办？"

哲特冲着他露出一个微笑："也许还是得用同样的方法。"她步履轻松地走了出去。

#

在一间狭小的房间里，帕特里克·菲兹帕特里克三世已经基本痊愈，可以下床了。菲兹帕特里克困惑又好奇地看着内墙上的那个水族箱，里面的天使鱼正在来回游动着，不断地探索着它们小小的世界。他听见脚步声，不自觉地露出了警惕的神态，但接着他认出来人是哲特，便也放松了下来。

"我看见你起来了，还能到处活动了。"哲特对他笑笑，但菲兹帕特里克没有对她做出任何友好的表示。

"也只能在我的小牢房里活动。"他说。

"总比你的生命舱大吧。我本来可以就这么让你在太空里漂着，看着自己的生命支持系统逐渐失效。"

"对，你本可以这么做。毕竟你不过是个蟑螂佬罢了。"

她明显被惹恼了，皱起了眉头："我总听别人说地球防卫军很没礼貌，看来你就是最好的例子。凡是懂点礼节的人都会感谢我救了他们的命。"

"这得取决于你要对我做什么。"他说。

"先做最重要的事。跟我说，'谢谢你救了我的命，哲特。'"

"这是你的名字吗，哲特？"

她双手叉腰，想要克制住脸上被逗乐的表情："看来你这个军官不太喜欢接受命令。跟我说，'谢谢你救了我的命，哲特。'"

"谢谢。"他说。

"现在你该表达一下对我们热情款待的感激之情了。"

"别得寸进尺。"

"那至少不要继续怨恨我们了。你才经历了不小的磨难，我也不想逼你太紧。我能看出来现在你很疑惑、很迷茫。"

"我不觉得。"

"好吧。那你就是个混蛋，天生的。"

他噎了一下，瞪着她说："我的蝠鲼巡洋舰被气基族毁了。我不知道我们损失了多少船和多少人，但我们肯定被打了个落花流水。我必须回到地球，汇报这里的情况。"

"相信我，他们已经知道了，"哲特说，"你们的部队里有相当一部分人都逃走了。他们跑了，还把伤员都留在了原地，甚至都没有尝试过去营救那些生命舱。救你们和给你们疗伤的都是游荡者。"哲特把她的黑发甩到肩膀上，用一双亮晶晶的眼睛与他对视，"被我们发现是你走了大运。"

菲兹帕特里克眯起了眼睛："那你们为什么会在奥斯奎维尔？根据我们的记录来看，这个系统应该无人居住才对。攻击了伯尼渡口的气基族都在这里躲了起来。"

"抱歉，这个我不能告诉你，"哲特说，"大呆鹅给我们找的麻烦已经够多了。只要有半点机会，他们就会来偷我们的货物，或者提高关税来打压我们，或者派地球防卫军来擅自进行军事管控。所以还是算了吧，"她朝门的方向走了几步，"我觉得你最好还是躺下来再休息一会儿。"

"等等！"菲兹帕特里克显然非常想知道一些外界的信息，"你们还救了多少士兵？"

"不多，"她说，"相信我，我们都在尽己所能地照顾他们。不可能有人比我们更细致了。"

菲兹帕特里克无奈地皱着眉头："好吧，地球防卫军的医生确实不是以照料病人出名的。"

"你会在我们身上找到很多令人惊喜的东西的，"哲特说，"耐心点。"

"我不想要耐心。我想要回到地球上。"

"帕特里克·菲兹帕特里克三世中校，你的飞船已经损毁了，你的船员也都不在了，你自己也只剩半条命了。地球防卫军逃出奥斯奎维尔时的那副样子可说是丢盔弃甲，没人等你回去。绝对不会有。"

他在震惊中结结巴巴地想说些什么，但哲特已经走了，努力掩饰自己的微笑。这个正在恢复的年轻军官还得花点时间才能消化她的话。最后，她也许还能教他一些实用的游荡者技能。

114

克托·欧卡

伊斯佩洛斯星上贴着瓷砖的隧道在高压下，终于颤动着倒下了。聚居地的生命支持系统也在奔涌的岩浆中熔化了。

克托·欧卡不能再继续等待救援了。地下基地在几小时内就会崩溃，造成巨大的灾难。但不幸的是，人们即使逃到地表上也同样在劫难逃。

游荡者的矿工们已经把物资和设备移到了仅剩的几个完好的房间里，但现在室温已经变得太高了。无法控制的热羽流正从底层的房间里向上侵蚀。人们别无选择，只能穿上防护服，逃到龟裂的地表上，期望能及时赶到暗面。

上层的隧道室内已经酷热难当，熔化的墙壁烫到不可触摸，温度每秒都在升高。工人们穿着他们的镜面防护服和生命支持包，合上密封圈，不让任何火苗有潜入的机会。

"动作快，要么就要被活活烫死。"克托说完，又换了一副更加温柔的语气，"别担心。营救船很快就到。大家不要放弃希望。"

"我们收到回话了吗？会来多少船？什么时候能到？"一个工程师尖声问道，一个年纪稍长的女人正在把头盔扣在衣领处的密封圈，这时也对那人投去了轻蔑的一瞥。

"天，我们怎么可能知道？"一个维修技术员怒道，"信号到达的速度还没我们的船快。"

"我们的防护服上有通信器，"克托说，"我们的生命支持包也能支撑大概一天的时间，而且蓄热器也能保证我们防护服上的冷凝剂循环。"

"对……但只是在最佳情况下。"一个工程师嗫嚅道。

"你的意思是现在不是最佳情况？"克托努力维持着自己的幽默感，"行吧，地表上还有很多地形车和采矿车，足够带我们穿过地面。如果我们可以躲在阴影里，那我们就能到达夜面，在那里藏上一个星期。"

"我们的氧气撑不了那么久，克托。"

"一次解决一个问题吧。"

他们五人一组，来到了伊斯佩洛斯星炽热的地表上。星球不断地被太阳风暴冲击着。头上的恒星就像一口翻滚的热锅，周围全是相似的耀斑。克托觉得太阳似乎也无法消化这些等离子。

三辆地表上的车辆载着设备、物资和一群撤离的人轰隆隆地穿过被炙烤的大地。沉重的陶瓷车轮在柔软的岩石上留下深深的车辙。

"走吧。下一辆车能装七个人。动作快点！"

他把工程师们推向等待中的车辆，然后自己坐到了驾驶座上。他的同事们平常不会让他开车，因为克托容易分心，相比起寻找安全的道路，他的注意力常常都更加集中于研究地形特征和寻找矿藏资源。

但现在，克托已经没有看风景的闲心了。他正在努力拯救所有人的性命。

地平线很近，弯弯曲曲。他经过一堆高高的石块，黑色的阴影像一滩墨池。克托忽然转向，把车朝着阴影开去，阴影里气温骤然下降了很多。凉爽的岩石上散发着阵阵热浪，地面上的其他地方仍然暴露在太阳的炙烤下，但暂时来说待在这里会更好。

"我会在这里停十分钟，让系统排出我们积累的热量。如果这辆车熔化了，我们就得走路去最近的阴影里了。"

"想得很周到，克托。"

他们再次出发时，明晃晃的日光似乎比之前更加炎热了。太阳像一只凶恶的眼睛挂在空中闪耀着，对一切怒目而视，似乎随时要爆炸。

当克托和逃难的人们距离夜面还有十公里的时候，第一艘游荡者的营救船到了。其他的伊斯佩洛斯星地形车已经进入了凉爽的暗夜，并且整理出了一片平台，以便营救船降落。

路上，克托和一辆车失去了联系。那个驾驶员发来了一个求助信号，但是却无法给出她的具体方位。"系统崩溃了——导航系统完全乱了……怀疑车体有裂缝……不，即将破损！"下一秒，一阵可怕的尖叫声响起，之后便被无情的静电干扰所取代了。

克托咬紧了牙关，但他还在继续开着车。所有的矿井工人、工程师和技术人员都知道来这里的风险有多大。游荡者会纪念每一个失去生命的人——但他仍然要尽可能确保伊斯佩洛斯星工人们的安全。现在，克托必须要确定，这样的意外没有发生在其他人身上。

安娜·帕斯特纳克，一个诙谐粗鲁、大大咧咧的商人、一个老船长，带着第一支营救船队来到了伊斯佩洛斯星的夜面，但太阳风暴愈发剧烈，影响着整个导航系统和控制线路，让她无法降落。其他的营救船在行星上的圆锥形阴影中一字排开，想要商量出一个营救计划。

克托的车进入到夜面的庇护所里，五辆逃难车找到了一个平整的陨石坑，它的表面已经熔化又凝固了无数次了。一辆车到达了中转站，但它的氧气瓶破了，现在车内的空气正在不断地泄露。克托可以把其他两辆车上多出来的一点点储备匀给它，但这也只能拖延一个小时左右。

　　"你们现在必须得想办法下来，"他通过通信频道对飞船说，"如果你们不能在接下来的几分钟内营救我们，那你们前来帮忙花费的时间和星际驱动燃料就都白费了。"

　　当杰斯·塔博林六年前第一次带他来到这里时，这位胆大包天的游荡者开着飞船，躲避着日冕运动和不稳定的恒星产生的干扰。那一次侦察之后，克托确定他有能力在伊斯佩洛斯星上建立可运行的设备。从那时起，太阳风暴便变得愈发猛烈，仿佛恒星深处正在酝酿着某种灾祸。

　　"好吧，看来我们只能要么办派对，要么办葬礼了。我个人还是更喜欢派对。"安娜·帕斯特纳克通过通信频道对其他船长说道，"你们的船都在做定期保养吧？咱们就看看它们到底有多耐受吧。"

　　伊斯佩洛斯星绝望的幸存者们正穿着防护服站在外面，在炎热和恐惧中大汗淋漓，他们的氧气已经所剩无几了。

　　"抛弃所有的设备和物资，"克托说，"但要是还装得下的话，留下一些数据晶片，这些东西很宝贵。"

　　营救船像天使一样从天而降，在陨石坑中寻找着安全的降落点。通信频道中回荡着欢呼声。就在第一艘船降落在崎岖的地表上之前，克托将他手下的人分成了不同的小组，有序组织撤离，让那些生命支持系统损毁最严重的人先上船。"恐慌最浪费时间，咱们还是别再给自己增加难度了。"克托曾经梦想着要创立一个高产的移民地，但现在却一败涂地，这已经够让他难堪了。是他自己没能撑过来。

　　大家都上了船后，克托清点了人数，结果却沮丧地发现他竟然损失了二十一个人。另外还有第二辆地形车在日面的酷暑中出了问题，轮胎陷进了一处岩石熔化后形成的柔软的"池塘"里，大家还没来得及回去帮助他们，燃料箱便在极度的酷热中爆炸了，车上只有一个女人幸存了下来，但她也在第一艘营救船降落前的几分钟里死于防护服失效。在伊斯佩洛斯星极寒的夜面，不到一分钟她便被活活冻死了。

克托的脸涨得通红，有的地方还起了水疱。他的身体已疲惫到极点，开始脱水了。他硬挺着来到了安娜·帕斯特纳克的驾驶舱。这位年长的女性转头从肩膀上瞥了他一眼，打断了他的感激之词。

"先别我谢我，克托。我们还没有摆脱这里的恒星风暴。我们所有的船都挤满了人，重量太大。来的时候没时间再组织一支正式的营救队了。"

"你们没等着做准备真是太好了，"克托说，"虽然我本来以为还能再花点时间来拯救一下我这个摇摇欲坠的移民地。"

"宇宙喜欢跟我们开玩笑。我以前一直以为我女儿夏琳能比我活得更久，我还有机会宠宠我的孙子们，但气基族在维勒星摧毁她的采矿船时显然不这么想。"

"游荡者就没碰上过什么好事吗？"克托叹了口气，问道。

帕斯特纳克凭着直觉飞行着，将飞船开出了行星的阴影——这时，太阳似乎正式对他们宣战了。弧形的耀斑朝着太空中飘荡开来，仿佛正努力想要触碰伊斯佩洛斯星的轨道。日冕释放的带电粒子像棍棒一般敲击着逃离的飞船。

"从没遇见过这样的活动！"船长叫道，"这不会变成超新星吧？"

"当然不会，"克托说，"这不是那种恒星——"

在她的控制面板上，状态屏幕已经逐渐进入红色区域。帕斯特纳克费力地操作着她的驾驶系统，但超重的营救船仍然在剧烈地摇晃着。其他的部分游荡者飞船处境更差，像溺水的人一样向前挣扎着。太阳风的潮汐对他们咆哮着，耀斑像鞭子一样四处抽打。

"如果救你们的人，却在最后离开的时候把自己也烧焦了，那就太可惜了。"

"对，那就真是一个结结实实的耳光了。"

船与船之间的通信系统中爆发着一阵阵噼啪作响的静电干扰，其他的游荡者船长纷纷发出紧急信号，报告着引擎和生命支持系统失效的情况。营救船挣扎着彼此接近，但每一艘都非常无助。

安娜·帕斯特纳克咬住了下嘴唇："好吧，看来他们得靠自己了。我已经自顾不暇了。"她抬起头，忽然被吓了一跳，"该死的，抓稳了！"一阵致命的耀斑朝他们冲过来，比帕斯特纳克的引擎能够承受的速度还要更快。"附近的石块太多了。我不能用星际驱动，但要是不用，我们就只能在这里躺平了被火炉烤成大饼。"

"或者烤成我们做的那些合金块，"克托建议道，"这么说要贴近事实一点。"

通信系统里大家的声音愈发急迫了："快看那颗恒星！看恒星！"

帕斯特纳克继续奋力地驾驶着她的飞船，飞向危险区域之外。但克托扫描了一下他们身后恒星的色球层，忽然震惊地发现正有一些巨大的卵形物体像一颗颗变形的炮弹一般从恒星的表面上蹿出来。那些燃着火焰的物体沿着致命的耀斑飘动的轨迹，急速赶过来拦截这些逃跑的游荡者飞船。

"那是些什么玩意儿？"克托说，"应该是人造的吧。"

"真是屋漏偏逢连阴雨，"帕斯特纳克怒气冲冲地说，"那是得了烧心病的气基族。"

"不是气基族，"克托说，"结构不一样，而且这个更接近椭圆。光谱峰值也要强烈得多。"

游荡者的营救船已经是全速前进了。十一个火球咆哮着以极快的速度向他们冲了过来，每个都足有小卫星那么大，甚至能吞得下六艘地球防卫军的巨像级战舰。眼前的景象实在太过不可思议了，克托花了点时间才将心情从震惊转变为真实的恐惧。他们的处境已经够糟了，而这些燃着火的卵形物体无疑只会令他们雪上加霜。

"如果我有什么拿得出手的武器，我肯定会先放几枪，"帕斯特纳克说，"也许会朝他们扔冰块。"

这时，那些着了火的炮弹在游荡者的飞船后面聚成了一串，模糊的边线互相重叠着。它们形成了一道坚不可摧的屏障，十分刺目，极富威慑力——但再怎么说也比伊斯佩洛斯星的恒星上那咆哮的太阳风暴强。

克托瞥了一眼营救船的系统，出乎意料，热度和辐射程度忽然大幅下降。"船长，它们……挡住了太阳通量！看，读数降到飞船可承受的范围内了。"

游荡者飞船继续飞行，而那些威胁性的火球则在安全距离外盘旋着，聚在一起形成了一道耀眼的屏障。

"它们……是在保护我们不受耀斑的伤害。它们怎么知道我们在这里？为什么……为什么它们在乎我们的生死？"

帕斯特纳克把通信频道再次切到了船只之间的单独对话频道上："不要问问题。跑就行了。"

"嘿，我可不是在抱怨。"另一个人说道。

"我的引擎因为超重现在都已经有点超负荷了，"另一个船长说道，"那到底是些什么东西？"

克托的心脏剧烈地跳动着，他无法将自己的目光从那些物体上移开。他们得救了，而这都有赖于这些居住在恒星等离子体中的……

飞船？生物？实体？

不知何故，这些燃烧的物体竟知道太阳的耀斑会伤害人类。炽热的椭圆球体继续阻挡着太阳风暴的侵蚀，保护着这支小船队，直到游荡者终于安全地远离了恒星。这些奇怪的火球再次一言不发地分开了，像一些行星大小的萤火虫一般上下纷飞着。它们冲过太阳耀斑的磁路，在日冕的光波上轻快地舞动，最后终于像熄灭的余烬一般径直地俯冲进入那颗滚烫的恒星中。

"看来是个惊喜——这些外星人并不想心血来潮地痛扁我们一顿。"安娜·帕斯特纳克说。她擦了擦额头上的汗水，设定好了返回集结中心的航线。

115

艾斯特拉

艾斯特拉回到了她在王宫里的卧室，在这里她终于可以远离众人的注视和那些愚蠢的义务，自己一个人静一静了。这时她恰好碰到了她丈夫和温塞拉斯主席的私下谈话，而这两个人此时正在比赛谁的嗓门更大。她安静地站在门口，震惊地听着他们的话。

"你无权如此对待我或人民，"彼得说，"他们对这个丹尼尔一无所知。我会公开谴责他。"

"他们对你也一无所知，彼得。"巴斯拉说着，脸上带着一个恼怒的微笑，"一切都在我的控制之下。如果你看了投票率，看了今天的头条新闻，你就会知道人民已经毫无异议地接受了他们的新王子。对于他们来说，有个人在王宫里等着继承王位是个令人欣慰的事情……以防万一嘛。"他放低了声音，"如果你不想合作，那么汉莎还有……其他选择。"

彼得怒目而视:"别威胁我,巴斯拉。"

"事实而已,你觉得有威胁性吗?"

国王笑了,声音很愤怒:"难道事实就是你个人的决定?你不能阻止我出现在人民面前,如果你把我藏起来,那我的存在也就没有意义了。还有这个丹尼尔——你也杀了他的全家吗?"

艾斯特拉躲在走廊里,瞪大了眼睛听着,尽力想要理解她听到的一切。这说不通啊。

"在威胁人这方面,你确实是个外行,彼得,"巴斯拉平静地说,"我们可以试试,把你的全息影像和过去的演讲拼在一起,能骗公众多久。反正也没人真的在听你说话。"

彼得摇了摇头,仿佛他明白什么主席不明白的事一样:"神话是你自己创造的,巴斯拉,但你还是没明白国王对他的人民来说意味着什么。"这时他终于注意到了艾斯特拉,他的脸上绽放出一个纯粹的微笑,"或者我应该说,国王和王后。不要低估人民对他们合法领袖的爱戴。"

主席吃了一惊,愤怒地看向她:"我们这是私人会面,艾斯特拉王后。你能给我们几分钟,让我们说完话吗?"

艾斯特拉还没来得及退出去,彼得举起了一只手:"不需要,巴斯拉。你有什么话都可以在我的王后面前说。"

艾斯特拉既困惑又慌张。显然,彼得有什么事没告诉她,而且是很重要的事,但她还是走到了她的丈夫身边,把手放到了他的肩膀上。这场婚姻是在主席和萨琳的要求下,在她哥哥雷纳德的安排下,由别人为她决定的。艾斯特拉履行了她的义务,而现在她可以选择她自己的盟友了。虽然他们只要求她在公众场合中表现出对国王的支持，但比起主席，艾斯特拉更相信彼得，她已经见证过他的真心，也开始理解他了。

"我很乐意在任何方面尽一己之力。我的丈夫——也就是国王——只需要为我提出建议就可以了。"她和他一起站在主席的对立面，她完全知道自己在做什么，也知道如果她的怀疑是真的，那么这么做也许会令她陷入险境。

巴斯拉脸上带着不悦的表情，开始整理他的文件。他理了理西装外套，打量了一圈奢华的皇家寝宫，注意到角落里的那棵树苗已经开始变棕和枯萎。"我的事情已经说完了。"

守卫们为主席打开门，在他出去后又合上了大门。他们寸步不离地守在寝宫外——表面上是为了保护国王和王后，但实际上却是在确保他们不会乱跑。

现在房间里只剩下他们了，艾斯特拉看向彼得，一言不发地注视着他。她双手抱在胸前，深吸了一口气："你需要和我解释解释。"

他看向一边，脸上露出了明显的困扰的表情："我以为如果……如果什么都不知道，你会更安全一点。"

"我不想让你保护我，彼得。我自己能照顾自己。"国王仍然不愿回答，心里纠结着到底该告诉她多少事。艾斯特拉整理了一下自己的思绪，换了一个方式。

"你知道吗，我哥哥本尼托去栖鸦星的时候向我保证过，他一定会回来。本来那应该只是一个平淡无奇的小任务。他去那里帮助当地的居民，照顾他的世界树。我非常爱他。"接着她抛弃了所有的伪装，表情变得强硬起来，"所以我不明白，为什么你会不喜欢你的弟弟。为什么我从没见过丹尼尔？为什么他没有出现在我们的婚礼上？我连我丈夫的弟弟都不认识，这让我很难过。"

"丹尼尔不是我弟弟。"彼得说道，避开了她的其他问题。

"这是什么意思？我已经开始对你敞开心扉了，现在你却说——"

"我的名字也不叫彼得，"他打断了她，"我得花点时间才能告诉你来龙去脉。"

#

二人赤裸着身体慵懒地躺在柔软舒适的床单上。房间里只点着一些小小的火炬。艾斯特拉抱着彼得，心仍然因为本尼托的死而刺痛着。

他以丈夫和爱人的身份爱抚她，而不再是国王，他们长久地交谈着，二人都为终于有人能分享心事而雀跃不已。彼得的指间轻抚过她的脸颊，越过她的眉毛、她的颧骨和她的下巴。在汉莎错综复杂的政治局势之中，他急切地需要一个知心人。

艾斯特拉几乎不敢相信他告诉她的一切，但又无法怀疑他的话。她听着他嘶哑的嗓音，看着他眼里的泪水——据他说，这双蓝眼睛也是人工的。彼得告诉她，他是如何在多年前被绑架到这里藏起来，巴斯拉又是如何准备好让他成为下一任国王的。"我后来才发现，汉莎当时是故意杀害我的家人的。"

她睁大了眼睛："你觉得我们现在有危险吗？"

他吻了吻她温暖的肩膀："对，巴斯拉已经隐隐约约地威胁过我了——用你来威胁我，让我乖乖就范，也直接威胁我本人。我从没想过他竟会做到这一步，但现在他推出了丹尼尔，我真的不确定了。也许我已经给他造成了太多损失。巴斯拉掌控着一切，他可以给我们下毒，或者随时安排一场'意外'。"

艾斯特拉把他拉得更近了一点，给他力量，同时也感受着他温热的身体。也许她应该和萨琳谈谈这个问题……也许还是不说为好。"那我们只能小心一点了。"

尽管如此，她仍然感到自己就像是一只被困在巨网之中的小飞虫。

116

欧丝拉

在多布罗星上，即使夜幕降临，灯火和内部的照明条也会把王储的宫殿照得透亮，仿佛又回到了安全的白天。欧丝拉从来都不用担心这个问题。

忠诚的营地工人们已经扑灭了季节性的野火，但空气中仍然残留着令人不快的烟雾和灰尘味。大火烧过的区域一片荒芜，偶尔还有木炭在阴影中发出隐隐的橘色亮光。

这个年幼的混血女孩站在乌德鲁宫殿上层的窗边，这是她意识中唯一的家。从这里，她可以看到繁殖营地里散发出的灯光。

"原来你在这里，"乌德鲁用浑厚的声音说道，"我早该知道你肯定又在这里看着窗外。"

欧丝拉对他露出一个微笑，大眼睛闪闪发亮："我也在思考。"并且还想努力明白那个陌生的存在究竟是什么，那从营房的某处散发出来的隐约的渴望究竟是什么。

一个小时前，他们一起享用了一顿精致的晚餐。只有他们两个人，在一间小小的餐室里。王储并不喜欢浮华的庆典和花哨的装饰，他喜欢和欧丝拉一起吃晚餐，尤其是当她在当天的训练中表现得格外优异时。

他从未斥责过她，也从不和她生气，但他同样也并不宠溺她。从欧丝拉可以说话起，他就一直在训练她、鼓励她，确保这个小女孩明白，雷迪拉帝国的命运就取决于她是否能把雷迪拉人和气基族联合起来了。她不能让他失望。

欧丝拉深吸了一口气，感到非常自豪。她最想做的事莫过于取悦他。"我喜欢站在这里看着外面，看我能看到的最远的地方。在这里，我能想起远方的一切。我们以后会回雷迪拉看望我的爷爷，也就是皇帝吗？我真想看看棱镜之殿。"

多布罗王储对她露出了一个浅而坚定的微笑："如果局势稳定，我完全可以让你看看帝国有多么伟大，欧丝拉。"接着他脸上的表情变得沉重起来，"但是如果你和我失败了，那帝国也会随之覆灭。"

他把手放到她的肩膀上。二人都看向了他们的影子，以及天空中闪烁的星辰。

"在那里，欧丝拉，气基族仍然在发动着战争，而且它们并不理解谁是它们的敌人，谁是它们的盟友。它们也不明白我们究竟是谁，我们在想什么。这些气基族已经不满足于待在它们自己的气态巨星上了。但气基族也不了解它们的目标对手。"

王储抓紧了欧丝拉的肩膀，但接着他意识到了自己的举动，收回了手。"我刚接到报告，球形战舰摧毁了一个雷迪拉领土内的荒野世界——杜拉瑞克斯。人类和雷迪拉人都没有在那里居住过。上面一个人都没有，但气基族还是摧毁了它。"

"为什么？"欧丝拉说，"它们为什么非要咬着我们不放呢？"

"当你准备好以后，这就是你必须要问它们的问题，欧丝拉。你可以在我们的种族之间建立起桥梁，建立起互相的理解，结成联盟，拯救雷迪拉人。你的意念可以发送信息，还可以传递我们需要传递的强烈的情感。也许只有通过这种方式，气基族才能真的理解我们。"

欧丝拉抿紧了嘴唇，不太确定她该不该告诉王储……但她从没对他隐瞒过什么秘密。"两天前，我在意念中感觉到了一种召唤，像是有人在呼喊，在求救。我不知道那是什么，但我肯定，从前我也感觉到过。"

王储看上去十分震惊，他再次严肃起来："那是谁？你是怎么收到这个心电感应信息的？"

欧丝拉耸耸肩："就是在火灾的时候。我感到了一种联结。某个人……好像是个女人？她在求救，非常绝望，非常悲伤。她似乎和我很贴近。"

"贴近？你是说她就在附近？"王储从窗户外收回了视线，看向欧丝拉的眼睛。

她轻盈的淡棕色头发不断地颤动着："就在多布罗……但也在我的意念中，好像这个人我很熟悉一样。"

乌德鲁很不安，他把女孩从窗边拉到了里面："别想太多。这没什么，和我们现在必须要专心的事情没什么关系。"

"当然。"欧丝拉特殊的出身、出色的心灵能力和极富挑战性的成长环境都让她比实际年龄更加成熟。但有时王储仍然像对待小孩一样待她。

"我们要做的事情还有很多，时间却很少。"

女孩跟着他继续去练习，训练师们会让她练习好几个小时，直到太阳再次升起，天空被光明照亮。但女孩却渴望着再次看向繁殖营地，思考究竟是谁在那里呼唤着她。那个神秘的女人听上去是那么的无助。

欧丝拉觉得她需要知道谜底。也许有一天，她可以找到真相。

117

皇帝

巴农带着沉重的消息来到皇帝面前。饱受病痛折磨的萨鲁克通过心神网感受到了他的保镖的急迫。虽然多日来他一直在努力控制乔拉，但现在他已经知道，最坏的情况就要发生了。

这位伟大的领袖坐在天球大厅里的蛹座上，连续几小时都在接见来人，现在他只能抓着臣民的崇拜不放，从他们的灵魂之线上散发的光明中汲取一点力量。虽然他的头脑里和脊柱上的肿瘤为他带来了巨大的痛苦，但皇帝仍然不愿避开朝圣者和请愿人。他再也不会逃避了。

巴农带着他的水晶武士刀，推开两个刚在几分钟前受到了领袖表扬的游泳者。这个护卫放低了声音："陛下，第一继承人找到了一艘飞船。他打算马上就离开。"

皇帝泪水蒙眬的眼睛感到一阵刺痛："没错，巴农，我也感觉到了。乔拉不可能躲开我。他知道我能看到他做的所有事情——但他仍然一心想着离开。"萨鲁克举起一只肿胀的手，挥退了两个游泳者。二人敬畏地后退到了接见厅的边缘。

"他的飞船会在一小时内出发，前往多布罗星，陛下，"巴农用粗哑急迫的声音说道，"我应该召集起其他护卫吗？我可以强行阻止他。"

"不，如果第一继承人不从，你直接违抗他的命令也不体面。"皇帝重重地叹了口气，"一个小时，时间足够了。"

萨鲁克以祈福的姿势举起双手，利用他仅剩的力量坐直了身体。他的头骨内那无休无止颤动着的痛苦从未消逝。他的目光在接见厅里扫视着，吸收着所有前来仰望他的雷迪拉人身上的各种细节。头顶上那片天球玻璃花园里，鸟儿和五颜六色的昆虫四处翻飞。幸福、平和……但此刻光源却似乎非常遥远。

萨鲁克已经做了一个世纪的皇帝，他带领着雷迪拉帝国在命运之路上前进着，为自己在《七恒星史诗》中赢得了一席之地。他的头骨将和其他皇帝放在一起，在祠堂中闪耀一千年。这已经足够了。

如果他再拖延，那他曾经达成的一切都会开始分崩离析。决不能让这种事发生。

"现在我要回到我的私人冥想室了，"他对大厅里的所有人说道，"我已经为我的人民奉献了我的所有力量，雷迪拉人亦投桃报李。他们以勤劳的工作回报了我的努力。永远都要记住，我始终感谢人民以我的名义做出的一切。"

皇帝对侍者们示意了一下，他们赶紧过来围住了蛹座。巴农紧随其后，他虽然十分顺从，但却为皇帝的话而不安。一回到冥想室，这位领袖便遣走了侍者，而这些侍者十分惊愕，尖声恳求着为他按摩皮肤、梳理长发，为他的手脚抹油。但他坚持道："让我一个人待会儿，一个人都别留下来。"

巴农遵循着他的意愿，用长长的武器示意了一下，强制让侍者们离开了。而他自己则站到了空荡荡的冥想室门口。皇帝罕见地对他露出了一个疲惫的微笑："你是我最忠诚的仆人，巴农。在外面等着吧。守住门口，别让任何人进来——除了乔拉。"

巴农朝走廊里走了一步："您需要我把第一继承人叫过来吗，陛下？"

皇帝奇怪地笑了一下，然后摇了摇头："不必。他自己会过来的。"

巴农没有再问其他的问题了，他听从了皇帝的决定，让他一个人待在了室内。萨鲁克知道乔拉此刻正在准备偷一艘飞船，赶去多布罗星，去救他的恋人，所以他没有丝毫犹豫。现在已经没有时间犹豫了。

皇帝打开了蛹座上的一个小隔层，从里面拿出了一个装着冰蓝色液体的小瓶子，这是他几天前下令准备的。这是那些医学氏族人最后一次为领袖服务，当时他们问皇帝，为什么需要这样致命的毒药。他们都担心皇帝也许会为昏迷的海洛卡星王储实行安乐死。但皇帝从医生手里夺过了毒药，没有回答他们的问题。之后，他便命令巴农为这些医生安排了一次安静的处决仪式，这样便没人会有问题了。

此刻他拿着药瓶，欣赏着液体美丽的颜色，在红色的光亮里，液体变成了紫色。他一口气喝下了毒药。

那东西尝起来就像一团苦涩的火焰正在灼烧他的舌头和喉咙。皇帝闭上眼睛，躺到了他放满了软垫的子宫般的王座上。毒药很快就会起作用……

他感觉到那破坏性的潮涌正席卷着他的整个身体，啃噬着他的神经和肌肉，最后终于用一种冰冷的无知无觉替代了肿瘤带来的疼痛。接着他感觉升了起来，朝着更加明亮的光源上升。

乔拉很快就会明白他的责任——无论他想不想明白。心神网不会对他留情的。

皇帝没有别的办法说服他的继承人。他去世以后，心神网将会中断，连接将会被打破。一切都会成为一盘散沙，乔拉将会被迫继承王位，被迫去做正确的事。他相信他的儿子能做出正确的选择。

他必须相信。

他长长的发辫颤抖着，挣扎着，仿佛正在逐渐窒息。萨鲁克努力想要再次睁开双眼，最后再看一次天空中的七颗恒星，但他体内的光源已经变得太过强大。

他的手臂和腿都在毒药的作用下战栗着，但他体内的肿瘤带来的痛苦已经逐渐变成了一种沉重的麻木，那种感觉几乎可说是仁慈的。仿佛他头骨内的那个不断在生长的入侵者，竟先他一步被杀死了。终于，他可以摆脱痛苦了。他眼里的光越来越明亮，就像一个太阳正在他的骨骼内闪耀一般。

皇帝吸尽最后一口气。他死了，胖乎乎的脸上还带着微笑。

118

第一继承人乔拉

当乔拉站在王宫圆顶的停泊平台上，为逃离做着最后的准备时，失去至亲的痛苦忽然袭击了他。

作为第一继承人，乔拉偷偷地委任了一个自愿前来的船长，找到了一艘足够大的船和一些闲散船员，足以让他能赶紧启程前往多布罗星。他感到自己辜负了妮拉，让她受了那么多年苦，他为此而心痛。皇帝这些天一直在用各种方法来阻挠他的行动——但无论他父亲如何辩解，乔拉都再也无法忍受下去了。

他必须要救妮拉……并且再次拥抱她，请求她原谅他，原谅他让她遭受的一切。乔拉知道他必须在皇帝察觉到他的想法之前行动。

当第一继承人看到护卫氏族人在平台闪亮的边缘中走出电梯时，他立刻知道了他们想做什么。心神网的连接泄露了他的行踪，而他的父亲打算要再次阻止他，但他已经发过誓，不会再让妮拉失望。

"快点！"他对着雇来的雷迪拉船员们喊道，大家都在飞快地爬上飞船忙碌着——

这时，他忽然感到自己心痛欲碎。

乔拉趔趄了几步，痛吟出声。痛苦和失去的感受像一阵闪电一样击中了他。在他一生中，他从未体验过这样巨大的空虚，心神网突然的中断令他的整个身体都在颤抖。

第一继承人被来自五脏六腑的震颤所笼罩，蹒跚着想要保持平衡。飞船的船长也趔趄了几步，跪倒在地。所有的船员们都倒吸了一口气，有的人甚至倒在了甲板上，在痛苦中抽搐着。

整个雷迪拉宇宙都在此时天翻地覆了。

棱镜之殿的许多阳台上都传来了困惑又绝望的哭号声，朝圣者、官员和贵族们都在不可置信地哭喊着。那些穿过平台前来阻拦乔拉的护卫氏族人也忽然东倒西歪。

心神网分崩离析了。错综复杂、互相交织的灵魂之线将雷迪拉一族编织成了一张大网……但现在它却紧绷、磨损……最后破裂。光源消失了。

"不！"乔拉忽然明白了究竟发生了什么，大喊道，"皇帝驾崩了！"

他脚步凌乱地回到棱镜之殿，长长的头发在头上混乱地交错扭动着。他没有注意到其他任何人，大脑一片空白地向他父亲的冥想室走去……

丑陋的保镖巴农正站在紧闭的大门前,手上还拿着他凶恶的刀。但现在他已经完全垮了,拿着武器的样子和一个拄拐杖的老人无异,仿佛他生命的支柱已经坍塌了。巴农猫一般的双眼似乎正在控诉着乔拉。他露出了尖牙。

"怎么回事?我父亲在哪里?"

"他命令我站在这里等你,"巴农龇牙咧嘴地吸了一口气,"他告诉我别让任何人进去——除了你。他知道你会来。"

乔拉不敢相信地看着这个保镖打开了门:"这是他自己主动选择的?你知道他想做什么,你没有阻止——"

"我效忠于皇帝,"巴农一字一顿地说道,仿佛他的话就是他现在唯一的精神支柱,"我不会质疑皇帝的命令。"

乔拉冲进去,看到他父亲苍白柔软的身体正瘫倒在蛹座上。死去的萨鲁克看上去就像一条灰色的蛞蝓,骨头上附着层层叠叠的脂肪。显然,皇帝在生命的尽头仅仅是令自己振作起来采取行动就已经花费了许多力气。但此时,他的肉体已经投降于重力了。

乔拉抓住皇帝萎软的胳膊,似乎还不肯放弃希望,但断开的心神网中回荡的声音却在告诉他,他父亲已经死了。皇帝驾崩了,他回到了光源之中。

乔拉捡起那个空空的小瓶子,看到里面还残留着一滴湖蓝色的液体。"为什么?"他对着已经了无生气的尸体问道,"父亲,为什么要这么做?我需要你的领导。我需要你的指引。现在我该如何引导人民?我还没有准备好。"

然后他忽然明白了,他不得不抓住蛹座的边缘才能支撑着自己不至于倒下去。这是他父亲在绝望之中为他设计的计划。一旦心神网所有的丝线都朝他而来，乔拉便只能紧握这张网，与光源之境的圣光涓涓相连，那到时他能明白的，将远比皇帝能教给他的要多得多。

"你应该阻止他这么做的，巴农。"他越过肩膀看了一眼那个护卫，后者正萎靡地站在门口。

"我效忠于皇帝。"他像念咒语一样重复道。

"现在我就是皇帝！"

巴农说："还不是。你只有完成仪式，控制了心神网之后才是。在那之前，我们没有皇帝。"

乔拉心烦意乱，不堪重负，他意识到从现在开始一切都将改变，他必须承担起一切责任。只要没有皇帝，心神网便会仍然维持破裂的状态，雷迪拉人也会继续分崩离析、徘徊不前……而且，随着时间流逝，情况只会越来越糟糕。作为一个种族，雷迪拉人的心灵将会受到极大的创伤——也许还不止于此。他们可能全都会疯掉。

他没有别的选择，只能尽快继位，虽然要把所有王储都召来米基斯特拉还需要好几天的时间。但只能如此。

乔拉又看向蛹座，抓住了他父亲的衣袖。萨鲁克已经知道自己快死了，但他这个突然的决定使得第一继承人不得不接管整个雷迪拉帝国——对他来说，这还是太难以承受了。

接着他的心沉了下来，他意识到他在妮拉的事情上所表现出的违抗，他坚持违背父亲的命令，执意要去多布罗星的决心，都是在一步步把皇帝推进最后的深渊。

现在他不可能再去帮助妮拉了。他必须留在这里，努力维护整个帝国的运转。

#

在冥想室外，当第一继承人仍然沉浸在失去领袖的悲痛中时，巴农则在僵硬地立正站着。

他听从了命令，履行了自己的职责……但巴农接受自己的过错。他向外伸出手臂，调整了武士刀的角度，把水晶刀尖对准了自己。他小心地把锋利的刀刃抵在了制服下部的胸甲上。他的手伸得很长，这样刀尖便能穿过盔甲，切开他的皮肤，带出血和痛。

他知道自己已经找准了位置。

巴农将刀柄抵在墙上，然后猛地一扑，以极大的力量将自己的身体向前推去。他长着尖牙的嘴里流出了血，接着，他低吼着，更加用力地向前倾着，直到武士刀的刀刃刺透他的心脏。甚至在这致命的一击后，他的决心仍然在督促着他的肌肉继续向前推进，血淋淋的刀尖刺穿了他的背，从后面露了出来。

当乔拉听见护卫倒下的声音时，他连忙跑出冥想室，却只看到了那具倒在地上的穿着盔甲的尸体。第一继承人知道巴农做了什么，他抬起头，恳求般地看向天空中闪耀的七颗恒星。但他却什么也看不到，什么温暖也感受不到。

119

克里元帅

太阳舰队的战舰队离开了还在冒烟的杜拉瑞克斯，这是一颗无人居住的星球，现在则已经成了一片废墟。元帅麾下有七个连队，三百四十三艘飞船——但他还是失败了。

杜拉瑞克斯上所有的植被都被烧焦了、冻碎了，大陆上一片死寂，土壤里毫无生机。山脉被撕裂，大地被烫伤，一切都如此荒凉。

根据古老的调查记录来看，杜拉瑞克斯曾是一个美丽的荒野世界，其中的原始森林从未有人涉足。雷迪拉人从没花心思在那里进行过扩张，人类也没有发现过它的美景。但即便如此，气基族也重创了这个星球，以不留余地的火力轰炸着大地，杀死所有的生命。

这样的攻击毫无道理。雷迪拉的战舰刚好到这个系统进行巡逻，看到了搞完破坏、正在离开的球形战舰。克里在他的指挥中心里隐忍地盯着这个一片狼藉的世界。

"谁能理解这些气基族的所作所为，元帅？"赞恩将军和克里一起站在主舰的指挥中心内，"我们必须向雷迪拉汇报。也许我的祖父可以通过心神网理解我们的敌人。"

太阳舰队就这么观望着，他们的行动都被皇帝的命令束缚住了，不敢上前去追赶气基族。克里火冒三丈，紧握着指挥平台上的操纵杆："对，我们的任务只是观察……避免冲突，不战而退。"这句话在他嘴里是如此枯燥无味。

赞恩看向他，有些不安："我们都知道太阳舰队没有可以对抗气基族的有效武器。既然如此，上前冒犯，又被敌人肆意屠杀，有什么意义呢？"

"我们在昆哈3号取得了一定的胜利。"元帅看着他天资聪颖的门生说道。

"但是……气基族在昆哈3号击败了我们。"

"这只是个角度问题，将军。别忘了，我们也让它们尝到了苦头。虽然当时我们没有为作战做好准备，阿隆哈分舰排长还是摧毁了一艘球形战舰，还重创了另外两艘。"

克里知道他的所有船员都能感觉到他的不安，虽然他们都相信他的愤怒是针对气基族产生的。他叹了口气，命令舰队离开这个系统。雷迪拉星际飞船启动了，庞大的战舰以令人眼花缭乱的速度冲进了星辰之间的虚无之中，再一次投入一个毫无意义的任务中——

但就在这时，在遥远的雷迪拉，皇帝驾崩了。

几百艘飞船上的每个人都感觉到了——从克里元帅到赞恩将军，甚至是最底层的维修工人和普通水手。突如其来的空虚在这艘飞船中炸裂开来，切断了所有的灵魂之线，将每个雷迪拉人从光源中隔离出来。大家的纽带被切断了。所有人都被抛弃了，孤独又无助。

克里踉跄着后退了几步，靠在了平台的栏杆上，在排山倒海一般的悲伤中几乎什么也看不见。赞恩也发出了一声绝望的呼喊。战舰的船员们抱着头，紧闭着双眼，全都在低声哀号着。

余波立刻传遍了各个船舱、甲板和每一艘太阳舰队战舰上的房间。大家都扔下了手上的事，战舰也在预先设定好的航线上漂流着。

克里元帅拼尽全力控制住了自己，站直了身体。他从没感受到过这样的……空虚。脑中的回声和绝望席卷了他，鞭打着他的注意力，但他强迫自己继续思考，对着舰桥上的船员喊道："注意！拉响警报！"他吐出第一个字时声音仍然嘶哑，但接着他便以更加有力、更加紧急的语气重复了一遍。

船员们仍然在哭号着、颤抖着，克里大步穿过指挥中心，走到控制台，为全体船员都发出了信号。多亏了他们平时一直进行的关于太阳舰队纪律的教导，啼鸣的警报声立刻给舰队中每艘战舰上的每个士兵注入了一针强心剂。

"赞恩将军！召集所有分舰团长和分舰排长，"他深吸一口气，"我要所有的副指挥官都立刻来见我。我们的处境已经发生了极大的变化，我们必须立刻讨论当下的紧急局势。"飞船仍然坚定地在航线上飞行着……虽然雷迪拉宇宙中所有的一切都已经改变了。

"但是，元帅，皇帝死了！"他的联络官说道，"我们都能感受到。"

"那我们也仍然还是太阳舰队！"克里怒道，"雷迪拉的太阳舰队。要是皇帝知道你们都一遇到危机就变成了哭哭啼啼的玩意儿，他会怎么想？"

警报仍然在响，士兵们开始慢慢地——非常缓慢地——从心烦意乱的痛苦之中恢复过来。他们回到了自己的岗位上，紧紧地抓着这些日常的工作，仿佛它们就是最后的救命稻草。

克里从腰带上抽出那把水晶制的仪式匕首。元帅盯着那弯曲的刀刃上闪烁的光芒。他心中的刺痛强迫他这么做。雷迪拉的传统和他本能的直觉在他心中越筑越高。他朝着头部举起了锋利的匕首，接着飞快地一劈，他的动作非常之流畅，几乎说得上温柔。他切下了他紧绑着的发辫，同时划破了一些皮肤，但他没有流血。他把切断的头发握在手里，现在它看上去只是死物而已。他反感地把头发扔到了甲板上。

在他麾下的战舰上，其他的雷迪拉男性也在本能地做着同样的事情，以此纪念他们重大的损失。他们之中没有一个人经历过失去皇帝这样的大事。太阳舰队的士兵们一边切断自己的头发，一边悲号，哀悼着萨鲁克统治的结束，为新一任领袖的到来做着准备。

对于克里来说，那巨大的空虚和隔绝感令他十分不安、十分恐惧……但就在他等着副指挥官们出现时，他猛然意识到，在他的一生中，这是他第一次可以在无人监管的状态下自己做决定，萨鲁克无法再感知到他的想法，或否定他的行动了。

确实，元帅失去了指引他的力量，没了主心骨，也没了慰藉。

但另一方面，他终于可以采取一些主动的行动了。他可以自由地做决定了，就像人类的指挥官那样，像麦克阿瑟[1]、阿伽门农[2]、库图佐夫[3]一样。这种感觉让他感到有些飘飘然。

现在一切终于拥有了更多的可能性。

在战舰上的会议室里，他看着他不安又悲伤的门生们。所有人都剃成了光头。太阳舰队的每个成员都仍然在颤抖着，但元帅必须证明他仍然可以指挥大家。现在他的军官们别无选择，他们将比从前更加忠诚地追随他。

从前，他有很多时候并不赞同皇帝的整体策略，但他还是听从了。从前，他也常常感到自己是个懦夫，因为他服从了命令只能逃跑和躲藏，仅仅是为了不惹恼那些深核外星人。但无论太阳舰队如何退让，那些气基族仍然在毫不留情地四处屠杀。

他是太阳舰队的最高指挥官。他拥有雷迪拉帝国最强大的战斗舰队，但皇帝却畏缩于使用它。

地球防卫军已经一次又一次地冲到敌人面前，创造了全新的武器。甚至连那些吉卜赛游荡者，根本就没有自己的军事力量，却仍然在策划着一往无前的战术策略和创新性的加工技术，而这一切仅仅只是为了收集几滴从贸易道路上得来的燃料。他们孤立无援，却用彗星炸掉了一颗气基族的气态巨星。

但太阳舰队却什么也没做。

克里元帅已经厌倦了这种失败。也许现在是时候让他强大的舰

---

①麦克阿瑟，全名道格拉斯·麦克阿瑟（1880.1.26—1964.4.5），美国著名军事家、政治家，参加过第一、二次世界大战和朝鲜战争，于1944年被授予陆军五星上将，是美国获得勋章最多的将军。

②阿伽门农，希腊神话中的迈锡尼国王，率领希腊联军攻克特洛伊城，取得胜利。

③库图佐夫，全名米哈伊尔·伊拉里奥诺维奇·库图佐夫（1745.9.16—1813.4.26），俄罗斯帝国元帅，参加过对奥斯曼帝国的战争和针对拿破仑进攻的卫国战争，战功彪炳。

队去向敌人讨要属于他们自己的荣光了。皇帝已经无法阻止他了。

克里在会议室里沉默地审视着赞恩将军和他手下其他的排长和门生。他已经看过了他们的服役记录，也了解他们每个人的力量和能力所在。

赞恩看上去甚至比其他的军官还要更加颓丧。皇帝是他的祖父。第一继承人乔拉，他的父亲，很快便会继承萨鲁克的王位。赞恩自己是第一继承人的长子，但他却不是纯粹的贵族血统，所以他的弟弟索尔将会成为下一任第一继承人。即便如此，赞恩身体里的心神网还是要比其他人的更加强大。这个天资聪颖的将军此刻肯定比舰队里的其他所有雷迪拉人都更加孤独，更加不安。

但是，虽然赞恩是这个战队里最优秀的军人，元帅仍然得让他回家。

"赞恩将军，我要你带着队里除了主战舰舰队的大部分飞船回到雷迪拉。回去的飞船将会在这样动荡的时期给予我们的人民以安慰。"会议桌四周响起了一阵短暂的呻吟，但克里无视了这一反应，坚定地继续说道："所有王储都回去以后，你的父亲就会完成登基仪式，成为新一任的皇帝。一旦他接受了心神网中的所有线索，心神网络就会再次编织起来，我们的种族也能再次成为一个整体。"

赞恩鞠了一躬："是，元帅。这显然是我应该做的。"

一个分舰团长说道："元帅，那剩下的舰队应该做什么呢？"

克里直视着副指挥官们，心里明白，一旦他说出了他的决心，他就没有后退的余地了。"我将会带领一个战舰队去做另外的任务。具体细节，我不方便透露。"

他的视线锁定在一个年纪稍长的分舰排长身上，他的名字叫作波瑞恩，表情十分坚定。这位指挥官是个模范式的军官，从未在自己的职责范围内产生过任何动摇。他是完美的人选。"波瑞恩分舰排长，我将带领你的队伍执行这次任务。你会坚定不移地执行我的命令吗？"

波瑞恩似乎很惊讶，接着脸上便洋溢起了骄傲："这是我的荣幸，元帅。"

克里有些愧疚，说道："这次行动的队伍要尽量精简。把所有不擅长短期任务的士兵都挑出来，让他们登上其他战舰，回到雷迪拉。"

波瑞恩没有问原因："遵命，元帅。"

赞恩将军看向他的指挥官，他虽然有些困扰，但还是知道自己该做什么："元帅，您有什么需要私下告诉我的吗？"

"没有。你现在的主要任务就是带着你的飞船，回到雷迪拉。"

为了完成那些他认为是正确的事，克里必须采取快速行动——趁第一继承人登基成为皇帝之前，趁他还享有独立自主的权力。他还有几天的时间，但最长也就那么久了。一旦乔拉重新和心神网建立起联系，元帅的手就会被再次戴上镣铐。而到了那时，一切就都太晚了。

克里解散了会议，回到了指挥中心。他听着内部通信频道上嘈杂的命令声，确认所有不必要的人员都离开了波瑞恩排长的四十九艘战舰，登上了其他的飞船。

在确定自己的命令能到严格的执行后，克里给赞恩将军发出了一条告别的信息："我知道你将会像我效忠于皇帝一样，效忠于你的父亲。"

"我将尽我所能做出贡献，元帅。就像您一样。"

波瑞恩排长在他的队伍从其他的战舰中分离出来之后，来到指挥中心，见到了元帅。其余的六个队伍正加速朝雷迪拉的七颗恒星飞去，而克里和他的四十九艘全副武装的战舰则载着骨干船员们聚在了一起，等待着。

克里元帅终于下了出发的命令："现在，我们终于能直面我们的敌人了。"

120

艾斯特拉

在高高的阳台上，艾斯特拉盯着王宫的地面，院内挤满了雕塑花园、倒影池和被修建成各种动物形状的林木。一座闪闪发亮的吊桥横跨在宽阔的、绕王宫而建的皇家运河上。

为了继续庆贺国王新婚燕尔——彼得所说的榨干最后一滴价值——汉莎将会在几天后举行一个"蜜月庆典"。又是庆典，又是派对，又是转移人民的视线，让大家无视真实的危机。

根据精心拟定的庆典计划来看，艾斯特拉和彼得将会在皇家运河上乘坐一艘豪华的船只，让每个人都可以向他们的国王和王后挥手致意。这个花哨的展示是在向人民介绍他们光辉伟大的统治者，同时也是在反击那些质疑艾斯特拉是否能够胜任王后一角的人。

在本尼托去世和栖鸦星被毁之后，在地球防卫军经历奥斯奎维尔的溃败之后，这种表面的姿态似乎十分空虚和浮夸。汉莎简直就是在高歌着经过坟场。

萨琳没有打招呼就来到了艾斯特拉身后。她的姐姐看上去有些憔悴，深色的眼睛下染上了阴影，似乎并没有睡好。萨琳精致的汉莎风格服饰和她脸上的妆容也罕见地有些凌乱。"巴斯拉不知道我来了，妹妹。"她的声音有些急迫，其中的紧张是艾斯特拉从未听到过的。

"为什么我要在乎主席知不知道你在哪里？你是塞洛克的大使。"

"彼得已经把他惹火了，"萨琳坚定地继续说道，"现在很危险。他以为自己是不可或缺的。"

"彼得当然是不可或缺的。他是国王。"

萨琳不耐烦地皱起了眉头："别傻了，天真的妹妹。到了现在，你应该更明事理一点才对。主席手上一直都有几个不同的选择。我已经见识过那有多……危险了——"她似乎找不到合适的语言，接着爆发了："艾斯特拉，你必须和彼得谈谈！你和他关系融洽吗？"

艾斯特拉有些尴尬地点点头："融洽……融洽。他是我丈夫，而且他是个值得尊敬的男人。"

萨琳抓住了她妹妹的手，艾斯特拉吓了一跳。这太不像她姐姐平时的作风了。"那算我求你了，艾斯特拉，让他合作一点。你可以在巴斯拉做出什么不可挽回的事情之前拯救一切。尽全力去帮助彼得，让他识大体一点。他的未来，你的未来，还有汉莎的未来，都有赖于此。"萨琳靠得更近了一点，"艾斯特拉，我不想看着你受伤。相信我吧，我真的很在乎你。我们刚刚失去了本尼托——"

艾斯特拉忽然意识到为什么自己内心会充满了怨恨。"自从气基族杀害本尼托之后，你一次都没有来看过我。这种时候我们作为姐妹，不正该彼此支持吗？但我想你应该是太……忙了。"

萨琳僵住了。"本尼托也是我的哥哥。我不用你教我该怎么哀悼。"她后退了一步，犹豫着远离了艾斯特拉，对上了王后的视线，说："而且我不想再哀悼另一个亲人了。小心行事。告诉彼得，他必须改变态度，只有这样我们才能熬过去。"

艾斯特拉烦恼地再次看向日光倾泻下的广场，下面和平时一样挤满了游人，其中甚至还站着几个哨兵一样的克莱西斯机器人。头顶上飞过了几艘飞艇。几队前来参观的游人正穿行于覆盖着青苔的迷宫式花园。她真想回到塞洛克的家里，和大树以及家人们待在一起，重获自由。"你究竟站在哪边，萨琳？"

她姐姐的眼里燃起了怒火："这不是站在哪边的问题，艾斯特拉。我们都有自己的事情要做，而且我们也在面对着同样的敌人。不是吗？"

艾斯特拉迎上她的目光，搜寻着。<u>是这样吗？</u>

#

艾斯特拉和国王不同，她需要履行的义务很少，哪怕只是些象征性的任务也不多。艾斯特拉嫁给了彼得，建立起了汉莎和塞洛克的盟友关系，她的任务已经完成了。萨琳也已经召集起了绿灵教士志愿者，让他们加入到了地球防卫军中。

而现在，教士们已经来了，婚礼也结束了，汉莎似乎不知道该怎么对待他们的新王后了。坐在船上对着人群挥手——这就是她能做的最重要的事情吗？这个浮夸的船队对她的妹妹切莉可能还有些吸引力，但难道真的有人会因为艾斯特拉在公众场合露面而获得任何慰藉吗？

在低语者之殿的底层，艾斯特拉朝着停放着美丽的庆典船只的船库和船只维护库厂走去。护卫像从前一样跟随着她，他们想知道她究竟要去哪里，离她越来越近。一个礼仪人员赶上来，提出想要护送她过去，她点点头说："当然可以。我想去看看游行用的船。我……很期盼即将到来的庆典活动。"

官员听了她的解释感到很满意，继续陪她聊着天，穿过走廊进入底层。皇家运河细细的支流深入低语者之殿的拱门下，让船只可以从拱门下通过。

没过多久，一位健谈的礼仪大臣也加入他们之中，这个阴柔的男人很快便开始念叨起那个可爱的小船队的各种细节，还有将会被呈到领头的皇家游船上的葡萄酒和美食，运河上各个站点会演奏的不同的民族音乐。

艾斯特拉脸上带着温和无害的微笑，对礼仪大臣提出的每一个激动人心的建议都附和地点点头。王后如此认同他的品位似乎令他非常高兴。他们一起站在码头上，头上是船库圆顶涟漪涌动的天花板。

艾斯特拉欣赏着这艘专为美观而非速度打造的宽敞的游船。船上的装饰精致非常，它将会在之后绕着王宫区域缓慢地带着船队航行几圈。一队军用快艇将会漂浮在皇家游船的前后方；银盔军则会穿着正式的制服，驻守在运河沿岸的各个站点上。

艾斯特拉注意到一队工人正为船只绑上彩带和锦旗。画家们也正在为领头船只的外船体修饰着。一些穿着防水服的工匠们漂浮在运河的支流里，为水平面以上的船体抛着光。

"场面肯定会很壮观。"她说道。

"确实，确实，"礼仪大臣答道，"您也知道，这是彼得国王最喜欢的游船。"彼得已经告诉过她，他之前其实从未登上过这艘船。

"面包与马戏[①]，"主席两天前严厉地叮嘱他们时曾经说过，"能

①面包与马戏，出自罗马帝国著名的讽刺文学诗人尤维纳利斯的著名警句，它讽刺了当时的贵族用免费的粮食和流行的娱乐（斗兽场的演出）来安抚和拉拢平民即自由无产者的政策，同时也寓有平民胸无大志、安心充当食客和低级娱乐之意。

够把人民的目光从真正的问题上吸引过去。"

"我宁愿去解决真正的问题。"彼得双臂抱在胸前说道。气氛十分紧张。

"请便，"主席怒道，"但同时，你和你美丽的王后必须要乘船做一次蜜月巡游。"

"遵命，巴斯拉。"但彼得的语气并没有退让。从他的脸上艾斯特拉读不出他真实的想法，但她知道他最恨被人逼迫着去进行表演……上次他被逼着宣布生育控制令时也是如此。

这时，她看见一个穿着工装裤的引擎工人从游船的底层甲板上走了上来。他的工装裤很脏，手上还挎着一个工具箱。这个人一头金发，表情很平静。他的动作中带着一丝优雅和一丝不同寻常的力度。在离开游船的引擎室后，他迅速穿过步桥，径直走进一间工作室里。

此人似乎并没有什么不对劲的地方，艾斯特拉也花了点时间才想起来，她曾在一个关于彼得突然造访智能机器人制造工厂的新闻报道上看见过这个金发男人的身影。主席的特别联络员——他是巴斯拉的人。她记得他，因为他曾挑战过彼得的权威。

显然，他不是工程师。她眯起了她的黑眼睛。这样的一个人和皇家游船不可能有什么关系，他尤其不应该出现在引擎室……而且身上还穿着普通工人的衣服。

她的脊柱上升起了一阵恐惧的凉意。萨琳警告过她，一定要小心……而根据彼得的说法，主席手里的命债已经够多了。他们结婚当晚彼得是怎么对她说的？"规则一：永远不要相信巴斯拉。"

艾斯特拉用余光注意着那个伪装的工人，看着他上交了工具箱，然后消失在了一间更衣室的门里。在她身边，礼仪大臣仍然喋喋不休，艾斯特拉微笑着，假装在听他说话。她小心翼翼地掩饰着，没有表现出自己已经认出了那个巴斯拉低调的亲信，以免引起怀疑。她谢过了护卫、侍者和礼仪大臣，然后离开了维护码头。

她必须找到彼得。

121

杰斯·塔博林

杰斯急匆匆地赶向集结中心，希望自己还来得及找到西斯卡。他身上带了一小瓶温特尔的水，像是把它当成了护身符。在见证了这个液态实体是如何在不知名的海洋世界重生之后，他为自己所做的事感到了一丝成就感和一丝自豪感。

他把稍大一些的那个容器留在飞船上的储藏室里，他想多招募一些游荡者，将其中的液体分给他们，这样他们便能把这些有生命的液体样本播撒在其他的海洋星球上，这样温特尔一族就能很快繁衍，最后成长为足够与气基族相抗衡的种族。

杰斯研究着他的导航图，重新检查了一遍他的航行路线。一天之内他便能回到集结中心所在的小行星带。他的心脏在期待中雀跃着，他想了一千种向西斯卡表达心意的办法。

当他站在她面前，看见她美丽的脸，终于向她敞开心扉，他一定会知道该对她说什么。他必须承认自己犯了一个愚蠢的错误，他优先考虑的事情是错误的。无私高尚的献身并不总是唯一的解决办法。人类只有保持心灵的强大，才能保证种族的延续。

杰斯感到兴奋而自信，仿佛他的血管中正流淌着一种全新的力量。他为什么要等那么久？这么长时间以来，他错误的决定和对公众看法的不必要的忧虑一直在拖他的后腿……但是很显然，这些年来所有的游荡者都看出来他们二人之间的情愫。他父亲曾把他训练成一个强硬的商人，希望他一生都为部族的事业效力——但当和西斯卡谈到一生的幸福时，他却表现得非常无能。

那条大路原本一直为他们敞开，但他们却一直拖延，彼此都没有抓住机会。在爱情这件事上，他和西斯卡原本都不愿意多加拖延。

杰斯穿过一个未经开发也无人居住的恒星系统，他看了看导航图，又标出了一个云气缭绕的世界，这个世界也有无人知晓的贫瘠的海洋。这是个好地方，很适合他第二次为温特尔的繁衍播下种子。

他刚刚在航海日记里记录下这一点，那个奇怪的液体实体忽然出现了恐惧和慌张的反应。一阵来自外部的恐惧穿透了他的神经系统。"怎么了？"

这时，飞船上的传感器也检测到了一艘巨大且火力强大的飞船正从系统的边缘朝他们猛冲过来，警报也随之响了——那是一艘球形战舰。气基族以极快的速度朝他而来，显然不怀好意。杰斯本能地做出反应，猛敲了一下他的引擎控制器，飞船突然加速，向前冲去。

过去的几年里，有几十艘游荡者飞船都没能到达他们原本预定的目的地，不留痕迹地消失在了宇宙中。有人说这只不过是广阔的太空中常见的意外罢了；其他人则更倾向相信阴谋论，把一切归咎于汉莎和地球防卫军。

但其中又有多少艘失踪的船只是遭受了气基族的袭击呢？

难道这些深核外星人在双方的摩擦加剧之后，决定每次碰见人类飞船时都要采取攻击行动吗？

接着杰斯又想到了另一种可能性。他摸了摸他口袋里的那一小瓶水："它们察觉到你的存在了吗？它们知道温特尔回来了吗？"

没有，但一定不能让它们发现我们。你不能被抓住，不然气基族就会知道我们还活着。现在时机未到。

"这里没什么可供藏身的地方。"

杰斯咬紧牙关，使上了他所有的飞行技巧，朝着那颗未命名的云气世界加速飞去。塔西亚的飞行技巧比他更高超，但杰斯和罗斯曾经帮他们的妹妹做过很多躲避训练——现在该他来实际操作一次了。现在不仅他自己的生命受到威胁，还有这个能与这些可怕的敌人作战的重新复活的液体实体。

"告诉我，我该怎么和它们战斗？我又该如何脱身？"

温特尔也没有切实可行的办法：*我们现在太弱了，数量也太少，不可能和一个球形战舰对抗。*

捕食者一般的气基族越靠越近，杰斯也接近了那个孤立的云气世界，暗暗希望他能在大气层中甩掉它们。他在引擎中挤出最后一点力量进行加速，但这艘飞船在设计时本来就只是星云过滤器的一部分，只不过是一个装有引擎和处理平台的居住舱或者控制模块——它本来就只能在宇宙中漂浮，而不能战斗。

他闭上眼睛，努力想看清自己的导航星。接着他继续加速，以超过了引擎所能承受的极高速度，直直地潜进了行星稀薄的上层大气。

球形战舰也紧随其后。蓝色的闪电在飞船凸起上噼啪作响，像长矛一般劈头盖脸而来。闪电击中了附近的云层，电离爆炸和冲击波烧毁了杰斯飞船的几个系统，也让附近云层变成了一片焦黑。

他的手指跳动在控制键上，修复着受损的系统和电路，但他的飞船已然失控，跌跌撞撞地穿过了不平稳的大气层。船体颤抖着，甲板震动着，飞船已在崩溃边缘。他想办法修正了航线，使得船只不至于立刻坠毁。

温特尔强有力的话语在他的头脑中响起：_你不能被抓到。气基族不能知道关于温特尔的事。_

"我正在努力呢！"杰斯大致按照躲避训练的方式来回摇晃着驾驶飞船。就连稀薄的云层也像流沙一般包围着他，使他的飞船愈发缓慢。"如果这么说能安慰你的话，气基族似乎并不想活捉我。"

球形战舰越靠越近，蓝色的闪电球像弯曲的蛇一般闪现于孤寂的天空中。杰斯猛推了一下控制杆，飞船开始打转，似乎在云层中越陷越深了。气基族的轰炸范围也扩大了，它们在云层的顶部不断开火，使得闪电互相交叠，宛如瀑布。

杰斯咬紧了牙关，说："看来我是脱不了身了，但你没必要也跟着我陪葬。"他吸了一口冰冷的空气，"我会把货舱卸开……我也不在乎什么设备或者物资了——也许温特尔的容器可以穿过云层，落到下面的海里。这样就行了，对吧？"

杰斯没等闪闪发亮的液体回答，便关上了驾驶舱，一拳砸向紧急分离气密舱的按钮。飞船在云层中撒下各种零部件和残骸，继续向前飞行。气基族也咆哮着跟了过来，没有去管那些四散的小玩意儿，也没有去管温特尔的圆筒容器。

_拿出那个装了我们的水的瓶子，把它喝掉。_温特尔仍然在他的口袋里低语着。_你必须活下来。_

他从口袋里拿出了瓶子："但是喝完以后会——"

别犹豫。

气基族再次对他开火。杰斯船尾的一个引擎爆炸了，但阻抑系统熄灭了火焰。不过飞船已经完全失控了，朝着底层大气猛冲过去。风暴似乎正急切地想要帮助他的敌人，迫不及待地摇晃着他的船体。在杰斯身后，气基族杀气腾腾地逼近了。

杰斯打开了瓶盖，把那具有生命力的水倒进了他的喉咙。

飞船在坠落中无目的地旋转着，引擎冒着黑烟，船体也在起火……但球形战舰仍然不满意。它从后面靠过来，带着杀戮的意图。

杰斯一口吞下了温特尔，瞬间，他感到一阵巨大的能量涌遍了全身。温特尔充满了他的组织细胞，像海啸一般从他的主动脉一直卷到最末端的毛细血管，接着又通过他细胞中的水基原生质，穿透他所有的身体组织。

他喘息着，肌肉痉挛，攥紧拳头。他甚至无法触碰控制键。他的指尖上跳跃着静电的闪光。他大叫一声，声音中既有痛苦，又有震惊，还有兴奋。

他伤痕累累的飞船朝着无人涉足过的外星海洋坠去。气基族紧随其后——接着释放出最后一记爆炸攻击。杰斯的飞船在半空中被熔化成了碎片和残骸，像坠落的流星一般飘散于云层之中……

球形战舰又游荡了一会儿，在确定飞船已被完全破坏之后，离开了。

122

多布罗王储

他把锋利的刀刃抵在头皮上，割下了最后一缕他曾经引以为傲的头发。他给皮肤上了油，刀刃就像剃刀一样，连最细的发根也能剃掉。虽然他的头发也带有一点生命力，平时总像静电一般飘动着，但多布罗王储并没有觉得痛，只有决心——和帝国里的其他所有男性一样。

除了第一继承人乔拉。

皇帝，他的父亲，已经死了。乌德鲁感到那绝望正像一副冰冷的牙齿一样啃咬着他的胸膛。他知道领袖的健康状态堪忧，但却没有料到皇帝那么快就会去世。

帝国正处于动荡时期，再没有什么时候能比现在更不适合皇帝离开人民了，整个雷迪拉处于群龙无首的状态。太多计划正处于关键阶段，比如他自己在多布罗的工作，比如欧丝拉和她特别的能力。

时间不够！

乌德鲁放下了手里的刀，看向一面装饰着一圈火苗的镜子。他的外表十分英俊，但身材却很瘦削，气质也很严厉。那在乔拉的脸上显得那么平静的嘴唇和面部线条，到了他脸上却总是如此紧绷。

帝国以后会怎么样？

皇帝曾经努力想要指导乔拉，训练他的政治能力，向他解释他的部分计划。但这位第一继承人在知道真相以后一直就非常愤怒——一直以来，其实他只要稍微对历史和周围明显的暗示上点心，他就能知道真相。乔拉拒绝理解现实，也拒绝理解这么做是为了整个雷迪拉种族着想。而现在，他即将成为帝国的领袖。

多布罗王储应该相信他的长兄吗？

但他必须相信，如果皇帝对他的继承人没有足够的信心，那他一定不会冒险把雷迪拉帝国托付给他。然而，乌德鲁也记得他父亲之前病得有多重。也许痛苦和肉体上的萎缩消解了他的意志，蒙蔽了他的双眼。现在该怎么办？

现在皇帝死了，心神网也断了，兄弟俩彼此隔绝，无法再感知到对方的想法。多布罗王储只能希望，乔拉在接手心神网之后，所有必要的理解和启迪——以及接受的意愿——也会随之向他涌去。必须如此！

但是，即便他的哥哥可以理解一切，他也许并不会赞同。乔拉作为新一任的皇帝，完全可以按照自己的意愿下达各种命令……也能亲手毁掉几个世纪以来的计划和杂交繁殖的成果。再也没有比这更糟的情况了。

而且，如果乔拉如此痛恨繁殖计划，谁能阻挡得了他惩罚多布罗和它的王储？乔拉可能会毁掉一切，而他这么做，只是因为他对一个人类绿灵教士产生了可悲的、虚幻的爱情，而此人的基因正好是培养武器的关键，她就是一座活生生的桥梁，有了她，他们所有人也许都能逃脱气基族的魔爪。

他一边穿上平时很少拿出来的正式长袍，一边惴惴不安地想着这些阴郁的念头。乌德鲁皱着眉头，再次打量起了镜子里的自己。他更喜欢简单的衣服，因为他总是有很多事情要做，而他受伤的哥哥，海洛卡星王储，则更喜欢可以穿去宴会和派对的华丽长袍。乌德鲁觉得让其他人去狂欢就够了，他对这种事情没有兴趣。

可悲的是，有一些正式仪式他必须参加——比如他父亲的葬礼，将他父亲发光的骨头送去祠堂……最后，还有乔拉的登基大典。还没有人来通知他——但每个王储都知道自己必须立刻前往雷迪拉的棱镜之殿。乌德鲁要把小欧丝拉和繁殖营地一起留在这里，这段时间内他无法监管他们，只能如此。

只能如此。

不过，现在心神网被切断了，他也有了一个未曾预料到的机会——通过这个机会，他终于可以实行他的秘密计划了……如果有必要，他还能借此机会对乔拉保密。

他不安又沮丧地离开了寝宫。乌德鲁感到非常孤独，他无法再看到光源中哪怕一点点的亮光，但他最根本的信念仍然不曾动摇。

也许他不能相信他哥哥，不相信他能够做出艰难但必要的抉择。如果是这样的话，他，多布罗王储，将会确保一切顺利进行。

他把护卫们召到他的住所，给他们下达了明确的指令，告诉了他们，在他走后他们必须要做什么。妮拉·哈利是个危险的谜，和伯顿号那艘废船一样。乌德鲁绝不会让他哥哥把她要回去。这将毁了一切。

123

欧丝拉

在小女孩的心里，这次心电呼唤的力量是如此强大，她的头脑已完全为之捕获，甚至在多布罗最静谧的黑夜里，她也会因此被唤醒。

欧丝拉筋疲力尽，倍感孤独。在皇帝忽然去世之后，多布罗王储赶回了雷迪拉，只留下让训练师们加大她的工作量的命令，继续训练她，监督她。"我们都不知道还剩下多少时间。欧丝拉必须要准备好承担她的责任。"

但今晚，她独自一人待在王储的寝宫里，那个渴望的声音又出现在了她的脑海中，召唤着她内心深处的思念。那是血亲的呼唤，是爱与信念的呼唤，不同于她那不断提高的心电感应能力在从前遇到的所有声音。她曾经也感觉到过这个人的存在，就在不久前野火最猖獗的时候，但王储一直在密切地关注着她，她无法花时间来寻找和调查。

不过，随着发着微光的心神网的断开，欧丝拉也可以通过其他的方式来看清和思考一切了。这个奇怪的信息比从前更加响亮，也更加容易理解。它唤醒了她内心最微弱的记忆，那似乎已经是很久以前——那双曾经抱过她、抚育她的手。

就像遥远的雷声一般，那种急迫的感觉又来了，以欧丝拉从未体验过的方式在呼唤着她。

欧丝拉无法再继续拖延，也不想等到王储在雷迪拉参加完葬礼和登基大典回来以后再问他。她必须自己找到答案。就是现在。她必须要知道那是什么……召唤她的又是谁。

女孩打算利用自己接受过的心理训练来解决这个问题。乌德鲁和其他的顾问曾经教过她如何运用自己的意念，而欧丝拉现在需要的正是这种技巧。她唤起自己从不同种族的父母身上继承而来的心电感应能力——一方面她可以通过自己的雷迪拉基因接触到心神网，另一方面她的人类绿灵教士血统也能令她继承远程意识联结能力。只有她可以控制这样的综合能力。

欧丝拉在令人放松的光明的笼罩下，坐到床上，环顾了一圈灯火通明的房间，又看了看窗外的黑暗。就在那里。她追随着那个声音，感受着那份渴望……近在咫尺，私密非凡。

那声音来自繁殖营地。答案已经很明显了。那个人就在附近，那个人现在几乎已经放弃了所有的希望。

欧丝拉来到窗前，但却看不清那片点着灯的建筑群里究竟是怎样的状况。安全灯照亮了营房，把每一丝夜色逼退到黑暗之中。她必须去外面看看。那个陌生人是如此渴望着某个东西，她甚至能像驾驭马匹一般驾驭欧丝拉的心。

就在王储离开前，他严厉地告诉她绝对不能离开宫殿，也不准去营地。欧丝拉此时对于自己出人意料的独立感到惊讶，她已经做出了决定。她迅速穿上一件普通的外衣，无声地从并未察觉的护卫身边溜过，然后急匆匆地跑到了明亮的街道上。

头顶上，无数颗星辰仿佛黑色天鹅绒上的钻石在闪闪发光。最近的野火带来的灰烬和尘土飘浮于建筑物之间。她走在路上，鼻子因为焦味而微微发痒。繁殖营地的护卫并不多，所有公共营房里的人类家庭现在也都已经入睡了。欧丝拉很容易就躲开了他人的视线。

她从未质疑过这些建筑里发生的事情。王储向她保证过，这一切都是必要的，她自己就是许多代的研究和混血实验的产物。而且，她的能力最终将会证明这一切都是有益的。

这时，欧丝拉在铁网的角落里看到了一个女人的身影。她犹豫了一下，有那么一瞬间感到有些恐惧。那个陌生人给她带来了明晰而不同寻常的感受：她的身体很酸痛，她的头因为哭泣而刺痛。她通红的眼睛直勾勾地盯着王储的宫殿。她在找她。

欧丝拉靠近了一些，她感受到了自己和这个囚犯……这个人类女性之间的联结。

这是她的母亲！

欧丝拉忽然醒悟过来，浑身都僵住了。各种思绪回旋在这个绿皮肤的女人身上发生的事情之间：她住在铁网之后，像苦力一样劳动，和雷迪拉的各个氏族人交媾，生育其他的孩子。

欧丝拉紧忙上前，又困惑又兴奋。她的母亲瘦弱而憔悴，双眼失神，眼圈尽是阴影，双颊凹陷——但当她看到这个女孩时，她的眼睛忽然绽放出了日出一般的光彩。"我的小公主！我的女儿！"她看着女孩走到她面前，站到了铁网的另一面，眼泪涌出了她的眼眶。

"你为什么会在这里？"欧丝拉问，"你是我的母亲。你不应该被关在繁殖营房里。为什么你不和王储一起训练我？"

妮拉从铁网的缝隙里伸出一只布满老茧的手，轻抚她女儿的脸颊。"你太美了……我的小姑娘。乔拉一定会为你骄傲的，"接着她的脸沉了下来，"他可能都不知道自己有个女儿。"

"我是为保护雷迪拉帝国而生的。"

"不。你的出现是因为爱，但我被带到这里关了起来，成了囚犯。我只在你还是婴儿时抱过你几个月……然后他们就把你从我身边偷走了。我多想陪在你身边，但他们把我关在这里，我只能忍耐……一些不好的事。你被他们骗了。"

"这不是真的，"欧丝拉说，"你不懂。"

妮拉抚摸着女孩另一边的脸颊，脸上露出了一个苦涩却真诚的微笑。欧丝拉感到她们之间的纽带更加强大了，她看到了许多并不属于她的念头和痛苦的回忆。"我当然懂，我的小姑娘。但王储只告诉你他想让你知道的——那不是真相。不是全部的真相。你是他的工具，他的筹码。"

欧丝拉开始变得有些抵触和生气。她的心电感应能力从未像现在那么强大，那么轻易——但她并不想知道。"我的使命就是拯救雷迪拉帝国！只有我有机会和气基族建立起沟通的桥梁，为帝国创造长久的和平。"

妮拉看上去有些怀疑。黑色的文身像伤疤一样覆盖在她的脸上。"这和平是人类、雷迪拉人和气基族的和平吗？还是说，这是以牺牲我的种族为代价的帝国的和平？"她又摇了摇头说："我在对你说什么呢？你还是个孩子。你不可能明白。"

"我明白！我一直在接受最伟大的老师的教导。我的意念也一直在接受最有天赋的心灵大师的训练。王储说了，我的天资、知识和成熟都超过同龄人两倍不止。我必须如此，因为我们的时间不多了。"她似乎只是在背诵一些她早已烂熟于心的句子。

妮拉失望地皱起眉头，埋下了头，说："我很抱歉，欧丝拉。当我听说自己怀孕的时候，我知道第一继承人一定希望你在棱镜之殿中长大，但我从没想过你会像现在这样完全失去你应有的童年。哦，如此可怕的命运。你甚至都不知道他们对你做了些什么，你也不知道他们为什么要这么做。"

欧丝拉能感觉到她母亲没有撒谎，但她还没有准备好去相信妮拉的话，或者说去怀疑王储教给她的一切。她的声音有些动摇："但我是……我是皇帝最大的希望。"

"你听我说，欧丝拉。如果你要承担如此重大的责任，你就应该明白你做的这一切会导致的后果。如果你真的是雷迪拉的救世主，那就别让你自己像个无脑的士兵一样，盲目地听从那些一直在保守秘密的人为你下达的命令。"

欧丝拉虽然有些不情愿，但她还是伸出了小手，穿过铁网。"我已经能够听见你的一些念头了。让我……让我看看所有的一切。"

妮拉对她眨了眨眼："你能够从我这里得到所有的这些信息？直接得到？"

"我觉得我能办到。一半是因为你，一半则是因为我父亲。"

这个女人有些奇怪地笑了："我猜这应该和从世界树之林里得到信息的方式差不多……但现在没有树木可以协助我们。母女之间的纽带应该也足够了。"

欧丝拉碰了碰她母亲的皮肤、眉毛和太阳穴。"这和我平时接受的命令不同，但王储一直希望我这么做——以不同于以往的方式进行沟通。"她深吸了一口气，像在背诵咒语一样说话："让你脑中储存的知识、记忆和信息如水般平静，而我则会成为一块干燥的海绵。让我习得你心中的真相，并让它为我所有。"

妮拉似乎担心这个女孩会改变主意，连忙抓住她女儿的手，用力压向自己的头。这个绿灵教士打开了自己的意念，让自己的记忆和念头汹涌而出——而欧丝拉也向着它们敞开了自己。

随着意念涌入，欧丝拉别无选择，只能一一接受各种各样的细节：第一次见面时乔拉留下的印象，她的父亲和妮拉在棱镜之殿里共度的美好时光。女孩一直迫切地想知道更多关于雷迪拉的信息，但多布罗王储却一直对此避而不谈，称这些东西都是无关紧要的。

欧丝拉看见了妮拉和她父亲之间的爱情，听见了他们彼此许下的承诺……最后她终于明白了皇帝和多布罗王储所犯下的罪孽。他们杀害了老欧特玛，而这仅仅只是因为她已经过了生育的年纪。他们把妮拉锁在漆黑的牢房里，在得知她怀上了第一继承人的孩子之前一直不让她和别人接触——而这个孩子就是欧丝拉。在顺利地产下这个女儿之后，妮拉好几个月都在精心地抚育她，但他们却把这孩子偷走了，由他们来进行养育——和洗脑。

欧丝拉仍然不满足，她继续汲取着信息，消化着每一段妮拉被反复地强暴和被迫受孕的回忆。忽然之间，这个小女孩看到了乌德鲁所有一本正经的话语背后隐藏的所有真相，虽然她内心其实并不想知道。

此时，她也体会到了为世界树之林奉献的快乐，和进入到那有感知能力的网络所带来的愉悦，还见到了妮拉在塞洛克和米基斯特拉看到的一切奇妙的事物。她终于明白了妮拉曾经经历过的爱和幸福，以及她母亲在多布罗成为囚犯之后失去的一切，妮拉成了王储实验的受害者。

当汹涌的念头终于变成了徐缓的细流，在她脑中收缩成一个回声消散成空时，欧丝拉已经了解了她母亲的一切，明白了她的人生和她的想法。每一个认识都像雷霆一般在她头脑中回响着。

雷迪拉的领袖们并不是像他们让她认识和崇拜的英雄那样。她和气基族建立联系、拯救帝国任务的原因，也并不如多布罗王储从前告诉她的那般无私。

妮拉已经被掏空了，她筋疲力尽地跪倒在地。但她终于完成了这件如此重要的事情，她的脸上也带上了一丝慰藉而虚弱的微笑。欧丝拉震惊地站在原地，她的手还停放在她母亲的头上。

但就在女孩开口之前，她母亲忽然倒吸了一口气，挣扎着移开了头部。欧丝拉看到了她脸上的恐惧。她转过了身。

两个身形矫健的护卫氏族人在灯火通明的街道上走近了，冒险进入黑暗之中，来到欧丝拉和她母亲挤成一团的铁网边。"妮拉·哈利，我们是来找你的，"一个士兵说道，"王储给我们下达了严格的命令。"

这时，第三个护卫从外面走了过来，径直走向小女孩。他用粗哑的声音说道："欧丝拉，你不能在没有监管的情况下离开宫殿。这样很危险。你可能会受伤。我现在要带你回去。"

女孩很快转过身，轻蔑地迎上了魁梧的士兵的目光："我没有受伤。多布罗星上怎么可能有人会伤害我？"

护卫抓住了她的胳膊："我们不会要求王储解释他的命令。你也不该这么做。"他把欧丝拉从她母亲身边拉开，而其他两个护卫则抓住了妮拉瘦弱的手腕。这个绿皮肤的女人没有反抗。

"别碰她！"现在欧丝拉已经明白了一切，她本能地假装自己仍然什么都不知道，也不认识妮拉是谁。"别伤害她。"

"我们是在按王储的命令行事。"

护卫氏族人把她拉远了，而妮拉仍然在对欧丝拉大喊："记住……一定记住！"

护卫没有再说话，只是急忙拉着欧丝拉，沿着明亮的街道往高耸的宫殿走去。虽然她现在已经看不到妮拉了，欧丝拉却感到她和她母亲的纽带仍然在她脑中回响着。她的心为了她自己和妮拉的恐惧而跳动着，她也感受到了她母亲头脑中的抗拒。绿灵教士开始挣扎，她几乎快逃脱了——

突然，女孩感受到了一阵难以承受的痛苦。一阵凉意穿透了她的胸膛，让她喘不过气来。欧丝拉踉跄了几步。她听见了远处一阵尖利的痛呼，接着又是另一声重击。

他们一定对她做了对欧特玛大使一样的事！一定是！

欧丝拉在慌乱中出乎意料地挣脱了护卫的桎梏，朝着铁网跑去。"住手！你们做了什么？"她以前所未有的速度奔跑着，当她接近边线时，她看见护卫们正拖着她母亲了无生气的身体走向实验营房。在明亮的灯光下，她看见母亲绿色的头骨上绽放出了一朵血红色的花。

她没有感觉到她母亲的思绪，一点也没有。

欧丝拉尖叫着想要爬过铁网下的一点狭窄的空隙，但紧随其后的护卫抓住了她。女孩激动地质问他："他们做了什么？你们为什么要伤害她？"

"她想逃走。"一个护卫说道，其他人则继续拖着女人的身体走向阴影之中。"王储警告过我们她可能会逃走。妮拉·哈利是个威胁。"

"对于谁是威胁？"欧丝拉继续逼问。

"对于一切都是威胁。"

妮拉不见了，小女孩感到那个女人曾经存在过的地方现在都成了一片空虚，一片虚无。但欧丝拉已经储存好她母亲头脑和心里的所有思绪，她也知道了如果乌德鲁王储或其他人察觉到她已经发现了其中的秘密，那她会面对怎样的危险。

她必须隐藏起自己的秘密，直到她能够决定自己该做什么，直到她学习到更多的东西。

这是女孩第一次见到她的母亲，但她却必须和她说再见。她的母亲，一个陌生人，给她的却不仅仅只有生命。她唤醒了欧丝拉心中的真相，揭露了她的导师的谎言。她学到的那么多东西——她存在的本质——难道这些都是谎言吗？

欧丝拉的悲伤流露了出来，但她很快便用童稚的话语隐藏起了自己真正的感情。"我只是想问她，为什么她的皮肤会是绿色的，真奇怪，"她说着，看向那个陪她走回宫殿的护卫那张野兽般的脸，"就是这样。"

护卫终于摸索着穿过铁网，抓住了她的胳膊："这不关你的事。"

谢谢你，妈妈。她想到。谢谢你做的一切。

虽然她的外表仍然是一个六岁的小女孩，但欧丝拉的头脑中却装着浩瀚的知识和智慧。现在她比从前更加坚强了，无数的秘密和计划支撑着她，现在，它们大多都为她所有了。

护卫陪着她朝王储的宫殿走去，而她的脑中仍然回荡着许许多多的思绪。欧丝拉不想去憎恨多布罗王储，但他对妮拉所做的事情却已经深深地印在了她的脑海中。一颗愤怒的种子扎了根，现在它已经开始发芽生长。

124

彼得国王

出乎那些叽叽喳喳的礼仪大臣们的意料，国王彼得对蜜月游行表现出很大的兴趣。实际上，在艾斯特拉告诉他，她对皇家游船的怀疑以及萨琳遮遮掩掩的警告之后，彼得已经决定奉陪到底——但同时也会保持警惕。

艾斯特拉挽着他的胳膊，OX 则忠诚地陪伴在他们身旁，国王在原定的出发时间之前便缓缓地向着维护码头出发了。礼仪大臣们很快便召集起了媒体代表，后者对于国王在计划外的时间里出现在公众面前感到十分兴奋。国王和王后微笑着，配合他们的一切宣传要求，非常合作。

但是，彼得并不认为这样就能减少巴斯拉的不快。损失已经造成了。

码头、走廊和人行道都被打扫得干干净净，每面墙壁都被擦得锃亮，甚至连维护库房里的其他船只也闪闪发亮。粉色和白色的牡丹花漂浮在水上，空气中弥漫着令人陶醉的香水味。

国王的脸上一直带着平静的微笑。工人们和王宫的工作人员都因为他的认可而头晕目眩。艾斯特拉王后依偎在彼得身边，对着大家挥手致意。他们都在扮演着年轻的新婚眷侣的角色……

前一晚，他们缠绵时甚至比从前还要倾注更多的爱意和激情。彼得亲吻她的脸颊、她轻闭的眼睛，而她的睫毛微微颤抖着，惊讶于彼得目前的感受和自己身上未曾预料到的放松。他在艾斯特拉的耳边低语着，每一个字都像是一个轻柔的吻。"自从我被绑架然后被带到低语者之殿之后，我的心里只有怀疑。我别无选择，只能去怀疑每一个自称是我的朋友的人。"

艾斯特拉把他拉过来抱住："你必须要相信一个人,彼得。"

"对,现在我终于可以相信一个人了。"相信艾斯特拉。

她聪慧又有能力——而且他们处境相似。彼得抱着她,讲述了更多关于自己的故事,关于他的弟弟们、他勤劳的母亲,甚至是那个抛弃了他们的家庭跑到拉曼星的陌生的父亲。所有这些家人都被谋杀了,而这一切只是为了给他一个清白的背景。彼得感受到了床单上的湿意,那是他自己的眼泪浸透了枕套。艾斯特拉用手指轻抚着他的脸颊,安慰着他……

此时他和艾斯特拉 起站在码头上,欣赏着华丽的旗帜。"OX,上船吧。"彼得对教师智能机器人做了个手势,后者顺从地走过了步桥。

几个工人正立正站在游船的船头上。彼得转身对人群挥了挥手。一队自视甚高的官员正准备陪同国王和王后上船,彼得伸手摸了摸下嘴唇,假装忽然想到了一个新的主意。他转身对礼仪大臣说:"艾斯特拉和我想单独上船,单独欣赏欣赏。"

"陛下,可是之前——"

彼得露出一个让他们放心的微笑:"我保证,你们几分钟以后就能上船——我想没人会因为一个男人想和他美丽的新娘单独待一会儿而怨恨他吧?明天正式的巡游可没有机会能让我悄悄地亲亲她了,对吧?"他朝艾斯特拉倾过身,她也倚在他的胳膊上,轻笑出声。

旁观者们也笑了,纷纷开始鼓掌。几个胆子大一点的男人甚至在人群后面吹口哨。在这样紧张的时期,在公众场合秀恩爱似乎能让大家也松一口气。

彼得恳切地看向那位礼仪官员。此人似乎对突然改变计划而感到困惑不已，但他显然也认识到了公众有多喜欢这种变化。这正是赢得人心的好机会。"好吧，我们同意……但是只能几分钟。您是国王，陛下，您必须要按照公众的期盼行事。"

彼得对他眨了眨眼，笑了："我们待的时间不会长到产生丑闻的。"

工人们走下了步桥，骄傲地做了个欢迎的手势："您请便，彼得王国。您将会发现一切都布置得非常妥当。"

"当然，这还要多亏了你们的辛勤付出。"彼得领着他的王后自信地走过了步桥。OX已经消失在了下层甲板下，走进了引擎室。

彼得没有着急，而是花了几分钟，耐着性子研究上层甲板，欣赏那些条幅、闪亮的金器和镶嵌的木板。最后，他终于在众人的目光下，用胳膊搂住了艾斯特拉的腰，把她拉到了怀里。然后他们躲到了大家的视线之外。

他和艾斯特拉迅速而专注地行动起来，他们进入船舱分头行动，在船上的各个房间里翻找着各个柜子，搜寻着床下和桌下。"我们不知道佩里德尔在这里做了什么，但这艘船已经被很多人检查过了，"彼得说，"所以无论他到底动了什么手脚，肯定都不会太显眼。"

OX听从了命令，检查着引擎室，分析着其中的系统，研究着各个装置、控制器和零部件。之前彼得曾经偷偷在这位教师智能机器人已经超负荷的大脑里上传了详细的程序，现在的OX已经知道了这艘皇家游船的具体规格，明白了如何识别外来的破坏。

彼得一直在看时间，他知道他们的时间并不多。他听见外面传来了快乐善意的口哨声。他小声且急迫地问道："OX，你找到什么了吗？"

智能机器人从引擎室里出来了："我对游船的系统做了全面详

细的安全检查。其中一个燃料线圈的深处被装上了一个危险的自燃装置。"

彼得知道他不应该感到惊讶:"什么类型的?"

"一个等离子点火炸弹,体积很小,但威力很大,足以在顷刻间蒸发掉半艘船,以及船上的每个人。如果它真爆炸了,你们不可能幸存。"

"巴斯拉,你个混蛋。你解除炸弹了吗?"

"是的。现在游船安全了。"

"谢谢你,OX。"彼得花了点时间来恢复平静的表情。

教师智能机器人继续说道:"还有一件令人费解的小事。那个等离子点火装置的系统设计带有一些特征明显的组成构造。地球防卫军六年前曾征用了兰德·苏伦加德的一些海盗飞船,而当时得到的一些部件和今天的这个炸弹的构造几乎一模一样。"

"游荡者?"艾斯特拉说,"我哥哥几个月后就会和他们的议长结婚。为什么他们要设计害我们?"

"不是游荡者要害我们,"彼得说,"是汉莎,但他们利用了游荡者的技术,这样到时就能抓一些可怜的商人做替罪羊。"他转身面对 OX 说:"汉莎或地球防卫军最近采取过什么不同寻常的行动吗,扣押过游荡者的飞船吗?"

OX 检索着数据库里最近的数据,顿了顿说:"一艘游荡者飞船在给地球送来物资以后被扣留在了月球基地上。船长是登·佩罗尼。"

艾斯特拉插嘴道:"他就是雷纳德未婚妻的父亲!"

"他也是一位重要的游荡者部族领袖,"彼得说,"指控是什么?"

"不清楚，"OX说，"显然，他提交的纸质文件和他运送的物资都有一些不合规定的地方。但我自己研究过他的文件，并没有发现什么不对劲的地方。"

"该死的。他们就是要把他扣留到我们的'意外悲剧'发生之后。然后他们就会找到证据来指控他。毫无疑问，他会在'试图逃跑'时被意外'击毙'"，彼得咬紧了牙关，愤怒地摇了摇头，"我就知道巴斯拉所说的解决问题是用这种方法。"

艾斯特拉不敢相信自己的耳朵："所以汉莎会利用这次暗杀作为借口，向游荡者宣战，夺走他们的艾克提和其他物资，对吗？这样的话，可怜的雷纳德和他与议长的婚礼又该怎么办？"

"我们惹起了这一切的事端，"彼得点点头，"巴斯拉紧追着游荡者不放，就是想挑一个自认为实力悬殊的敌人——毕竟他在面对气基族时一直毫无进展。他在伊雷卡事件中那么强硬也是这个原因——不然你真的认为那个小移民地值得汉莎如此大动干戈吗？"

"我们可以给西斯卡的父亲发个警告消息，"艾斯特拉说，"我们得帮他脱离困境。谁也不知道到底会发生什么，要是——"

"小心，"彼得举起了一只手，"一步一个脚印地来。我作为国王现在还是有些影响力的，记得吗？我可以发布皇家特赦令。"他想了想，接着露出了微笑，"对，我可以说，'在目前开放的新精神下'——不是只有巴斯拉一个人会说这些空话！——我的妻子希望能和游荡者之间结成更加友善的纽带，毕竟，游荡者在之后将会成为塞洛克的盟友，也会成为王后的家人。我会说，没必要因为一些官僚主义的问题，就去打扰像登·佩罗尼这样诚实的游荡者商人。"

"我们就在蜜月巡游的时候发布特赦令，到时候没什么人会紧盯着我们不放。实际上，"他转身面对教师智能机器人说，"OX，我希望这能由你去说。没人会怀疑你的动机。"

艾斯特拉指着这个古老的智能机器人："但一旦他们放了佩罗尼,他得尽快离开才行。"

"我一定会做到的,艾斯特拉王后。"OX说。

彼得深吸了几口气,努力控制住了自己的表情。他搂住艾斯特拉说:"我们已经在下面待得够久了。现在我们必须出去面对群众了。保持微笑。你可以维持住表情,不让其他人怀疑吗?"

"只要和我亲爱的丈夫在一起,什么小事都能让我笑起来。"艾斯特拉说,"现在我们什么都知道了,我们私下里该去找温塞拉斯主席,和他对质吗?他想杀了我们,这次他逃不了了,对吗?人民一定会撕了他。"

彼得思考着,眯起了眼睛:"不,现在你我应该照计划,去完成我们梦幻的船上巡游。先看看巴斯拉如何反应。我想在他的计划失败以后,当面看看他的眼睛。"他冲动地深深吻住了她,接着他们又分开了。"但是,从现在开始,我们之间的战争算是打响了。我们只能相信我们的人民,相信他们真的想要一个国王,而不是一个躲在王冠之后的见不得人的权臣。"

125

教父雷纳德

在摧毁了栖鸦星之后,气基族只花了不到两周的时间便找到了主要的世界树之林。塞洛克人都没有做好应对的准备。

教父雷纳德和他热切的臣民们一起爬上了一座位于树顶之上的舒适的高台,共同庆祝蝴蝶节。每年这个时候,成千上万只蝴蝶都会同时破蛹，无数朝生暮死的生命挣脱它们变形的蚕茧，伸开脆弱的紫水晶和蓝宝石一般的翅膀，度过它们死前荣耀的一天。

而无数的附生植物也碰巧在破茧的这同一天绽放花瓣，方便蝴蝶授粉，在空气中传播着馥郁的馨香。捕食昆虫的鸟类俯冲下来，拦截第一批破茧的蝴蝶，借此机会大快朵颐。

为了观看这一盛景，许多塞洛克人都在互相联结的叶片上方找好了位置。树舞者在枝干之间跳跃着，时而翻着筋斗，时而单脚旋转，以艺术化的方式表现着蝴蝶最初也是最后的凄美飞行。孩子们对自己的平衡技巧十分自信，笑着闹着，光着脚在树枝上奔跑着，试图抓住那些飞舞的蝴蝶。

绿灵教士的学徒们则在研究着眼前的景象，记录着每一个细节，并以他们的视角将信息传递给世界树之林。雷纳德的祖父母肩并肩地坐在一块平台上，用自制的乐器演奏着即兴编成的音乐——

然后，气基族来了。

虽然雷纳德无法进入远程意识联结网络，但他也感受到了整个世界树之林忽然的战栗。警觉的绿灵教士们抬头看向天空，钻石船体的球形战舰自头顶降下，大家都在恐惧中不可置信地张大了嘴。飞船越降越低，它们似乎非常自信，仿佛猎食者正悠闲地围绕新的猎物打转。

雷纳德很快反应过来，本能地对着仍然在恐惧中叫喊喧哗的观众们大喊道："大家快回到地面上去！找到掩护！"

阿丽西亚看向她的长子——她唯一幸存的儿子——然后立刻行动起来，仿佛她一直以来都习惯于听从他的命令。她连忙驱赶着一群孩子，让他们沿着楼梯下到小型的升降平台上。"快！听教父雷纳德的话！"

乌瑟尔也看着雷纳德，他暗哑的声音十分低沉："这么做又有什么用呢？我们都知道气基族的能力。"

雷纳德像一个真正的教父一样挺直了肩膀，说："塞洛克上的世界树比旋臂内其他地方要多得多。我们只能祈祷，世界树之林的力量和智慧将会保护我们，渡过难关。快下到树冠下面，也许我们中的一些人还能得救。"

年老的莉娅抓住了她丈夫的手肘："快来，站在这里也无济于事。"因为节日而聚集起来的人们开始四散于枝叶之间，沿着嶙峋的树干往下爬。

整座世界树之林再次开始颤抖，透露出恐惧和期盼。树干摇晃，叶片摆动，仿佛正在发出防御的嘘声。

绿灵教士们呻吟着抓住树叶，以此得到力量和安慰。"教父雷纳德，气基族已经全面压境。它们要大举进攻了。"

雷纳德抓住离他最近的一个绿灵教士说道："联络低语者之殿的拿顿，给我在地球上的妹妹艾斯特拉发送信息，或者萨琳也行！告诉国王，我们现在需要战舰支援。联系地球防卫军战斗队里的罗西亚和亚罗德。让他们立刻回到塞洛克。"他眨了眨眼，绝望地搜寻着可以提供帮助的选择，"还有游荡者！可以的话也和他们联络。看他们是否愿意帮助我们。我们……我们在雷迪拉帝国有绿灵教士吗？"

"我们会把信息送到每个角落。"这个绿灵教士绝望地呻吟着。最近的三艘气基族飞船已经在头顶上盘旋了，能量蓄势待发。"但他们肯定无法及时赶到。"

大树像顽固的动物一样摇晃摆动着，将它们神经一般的树根深深地扎到地下，固守着自己的位置，为即将到来的一切做好准备。

紫色和蓝色相间的蝴蝶们，它们的生命原本就短暂，现在则正在甘美的植物上翻飞，啜饮着甘露花蜜。它们似乎并未注意到天空中迫近的飞船。

雷纳德看着大家继续撤离。大多数观众都在跌跌撞撞地跑向树林的地面，在联结的叶片下寻找着掩护。他希望人们都能在那里得到保护，但他心里也明白，塞洛克根本没有足够的防御措施来应对这样强大的敌人，完全没有。而作为塞洛克人的教父，雷纳德只能亲眼看着这一切发生。

气基族飞船降了下来，开始了它们的破坏行动。蓝色的闪电和白色的冰冻波席卷了整片世界树之林，仿佛死神无情的镰刀。

雷纳德身边的绿灵教士们也在痛苦中叫喊出声。

"告诉我你们看到的塞洛克大陆的情况。"雷纳德看着球形战舰折磨和摧毁着世界树之林，命令道。两名绿灵教士抓住了叶片，吸收着这个星球上的其他教士发送回来的影像。他们都是这场可怕的战争中无辜的旁观者。"向我描述我的世界里发生的一切。"

\#

在镜湖深处的树村里，绿灵教士、树舞者和居民们都从悬在空中的虫巢聚落中涌出。报仇心切的气基族在头顶上呼啸着，以无法餍足的渴望摧毁着一切。冰冻波连续不断地击打在茂密的树顶上，每一次冰冷的冲击都从叶片中抽离出生命，使其变成了无生机的死物。

蓝色的闪电烧焦了最粗壮的树干，即使世界树也无法从土壤中汲取足够的力量。

阿尔玛丽，那位在雷纳德访问她的村庄时曾主动提出要嫁给他的绿灵教士，此刻惊恐地看着气基族在平静的圆湖上空盘旋。她紧紧地抓住离她最近的一棵树，徒劳地想要召唤起某种防御机制，保护树林和她的同胞。但大树却什么也没有回答她。

气基族逼近了，薄如纸张的虫巢变成了包裹着坚冰的死亡陷阱，困住了里面所有的猎物。许多村民在莽莽撞撞地逃跑时从高高的树干上摔了下来。人们拨开灌木丛，跑进了茂密的树林之中。

但阿尔玛丽却仍然震惊地站在湖边。

冰冻波武器首先开始了攻击，接着，蓝色的能量之鞭抽打着树木，将冻结成冰的树干击成碎片。虫巢聚落朝着地面坠下，摔成一片冰花。

阿尔玛丽目不转睛地看着冰冻波将圆形的湖泊冻成参差不齐的白色冰柱。气基族继续向她逼近。这位绿灵教士瞬间变成了一根冰柱，一座冰雕，脸上仍然带着绝望和难以置信的神情。

#

在菌礁城的大陆上，树木努力收紧树冠，想要以此形成防御层，抵挡来自天空的攻击。气基族自上而下地进行着摧毁，而粗壮茂密的枝干则像祈祷的手一样互相重叠为一道屏障。巨大的树桩虽然在颤抖，却仍然固守着自己的位置，承受住了第一波冰冻波和电子闪电的袭击。

雷纳德用手挡着眼睛，看到又有一艘钻石球体在树顶之上盘旋，对着所到之处发射着冰冻波。他抓住了身边的两个绿灵教士说："树木必须帮我们！如果它们什么也不做，我们就死定了！"

绿灵教士闭上了眼睛，用意念将自己再次连接到树林的意念之中："树木们还没有做好战斗的准备——"

"我们都没做好准备，但我们必须战斗。只有生命本身才能激励其他的生命。"世界树之林似乎已经在绝望中放弃了希望，但雷纳德却不愿接受这个事实。"这么多个世纪以来，我们一直在和它们沟通，为它们读书，树木肯定也已经了解我们的一些情况。"

两位绿灵教士都闭上了眼睛，集中精神，将他们的想法传送到伤痕累累的森林网络中。他们召唤着一切储存在树根网络深处的力量，将它拉引到树干，又传到窃窃私语的叶片中。雷纳德从绿灵教士青筋暴起的脖子和脸上痛苦的表情中都可以看出他们正在和世界树之林做着艰苦的斗争。

距离最近的一艘球形战舰继续破坏着一切，雷纳德看见树林正在它的下方蠢蠢欲动。在极具破坏力的冰冻波撕裂粗壮的树干之后，一阵重生的力量像绿色的海浪一般接踵而来。哪怕老树干已经发黑折断，新生的叶片也会再次从扭曲受伤的枝干中迸发出来，绿叶取代了那些棕色枯叶。

这些不断涌现的新叶片就像一个怪异的延时图像一般，展示着某种疯狂的生命力。闪亮新生的绿叶仿佛新鲜的伤疤，瞬间覆盖了气基族造成的创伤。新绿高傲地治愈了黑色的创口，努力赶上破坏的速度。

球形战舰飞走了，似乎对树林在每次攻击之后的自我治愈的小把戏视而不见。

雷纳德真想大声欢呼。受到这样活生生的力量的鼓舞，他看到了希望的光亮，他再次希望绿灵教士能发发力，但他们却几乎连站都站不稳了，显然已经筋疲力尽。"这还不够。但我们不能继续下去了。"

雷纳德看向树林里绿意最深、最茂密的地带，那里暂时还没有受到攻击。一些树木似乎正在从无数的叶片中汲取力量，颤抖着将这能量集中在一起。一部分树木倒塌，在中央地带自行堆砌成一个小丘，仿佛一座由交织的枝干筑成的堡垒，树根深深地扎在土壤之中。球形战舰继续着它们的屠杀，而树干也在接连倒下，发出震耳欲聋的回响。

雷纳德看着，不知道世界树之林是否正在保护它自己小小的核心……为最坏的情况做好准备。互相交叠的树木似乎坚如钢铁。这些高耸入云的树木已经放弃了吗？那座小小的庇护所，又如何保护他的人民呢？

球形战舰一次又一次地进行着攻击，随机地在破坏路径上发射纵横交错的火力——它们似乎并没有什么具体的计划，只想消灭整座世界树之林。一大片脆弱的世界树之林已经被冰冻波击中。那么多的树，那么多的生命。成片的树木已经枯萎倒塌。

雷纳德知道情况只会随着时间的流逝越变越糟。虽然暴露在高处让他极容易遭到攻击，但他也知道，地面上和树顶上的居民都在迅速地倒下，整片大陆都是如此。世界树和野生动物们都在慢慢被消灭，还有几百万人民遭到了屠杀。

但不论是他还是树林都没有任何反击的办法。

126

克里元帅

"雷迪拉必须迎来一次胜利。"克里元帅对他征用的这个连舰队的骨干船员说道。他们都是他的战士……他的英雄。他条件反射般地用手掌抚过他剃掉了头发的头顶，手心摸到一片粗糙的发桩。

"尤其是在现在这样的时刻。"

这些都是太阳舰队最威武的战舰，上面装载着帝国创造的最强大的武器，还装饰着壮观的太阳鳍和每当调整航线时那些威风凛凛地在空中飘扬的太阳帆。他知道他本可以召集到比现在人数多十倍的志愿者。他并不是雷迪拉唯一一个在面对敌人时感到如此无能为力的人。

一切都已经准备好了，他只是不愿意就这么让他们的努力付诸东流。

失去了皇帝后，他们种族里的每一个人——包括克里自己——都感到内心无所依傍。在大概也就不到一天的时间之后，第一继承人乔拉将会重新掌控一切，将灵魂之线再次连接在一起，为所有人民指明他从光源之境看到的所有道路。

但克里是太阳舰队的最高指挥官，关于战争该如何发展，他有他自己的想法。而现在在这里，他终于可以摆脱心神网的桎梏，将想法付诸行动了。

"全速前往昆哈星系，"他说道，四十九艘战舰调整为完美的战斗队形，"轮到我们向气基族讨债了。这次一定要摧毁它们。"

船员们欢呼起来，都为能够在这样动荡痛苦的时刻跟随元帅而庆幸不已。元帅骄傲地站在分舰排长波瑞恩战舰上的指挥中心内。他再一次穿上了他的正式制服，佩戴好了所有的徽章和穗带——这些都是皇帝曾经赐给他的荣誉。是的，当后世的人们追忆过去的世代时，他的故事理应如此才对。

"今天，我们都将成为《七恒星史诗》中不朽的篇章。"

在昆哈星系的中心，距离雷迪拉不远的地方，一颗小小的黄色星辰正在围绕着红色主恒星旋转着，那颗大恒星的引力几乎吸走了它的同伴的所有气体。昆哈 3 号——这个系统里唯一的一颗气态巨星——曾经是帝国建立的最古老的云气矿井之一。虽然人类游荡者接管了其他地方的采矿船业务，但昆哈 3 号的艾克提开采设备一直都是他们这一种族象征性的堡垒。当气基族选择摧毁这里的设备，杀死这里成千上万个的工人时，它们也相当于是对雷迪拉帝国宣战了。

现在轮到太阳舰队给它们来个出其不意的突袭了——就在冲突开始的地方。

气态巨星翻滚着，仿佛是一个气泡开始膨胀。舰队放慢了速度，为战斗做好了准备。

"气基族就在下面的某个地方。"克里说。分舰排长波瑞恩站在他身边，已经准备好下达标准行动命令。控制着七艘飞船的分舰团长也正在准备着武器。

"我们必须找到它们，给它们点颜色瞧瞧。我们会让气基族知道，让我们自己的人民知道，这是可以办到的，"元帅继续说，"从没有指挥官担负过这样重要的使命。"

克里深吸了一口气，集中起精力思考。没有心神网，他的头脑中仍然感到一阵空虚。一旦乔拉连接起心神网，克里元帅便不能再自主行动了。他知道自己的时间不多。他的战舰必须马上出击。

克里命令战舰穿过昆哈 3 号的外层大气，进入更温暖、更厚实的气层深处。在这里发生的第一次战斗中，太阳舰队只取得了部分胜利……但它已经为之后的战斗指明了方向。

这一次，元帅决意要达成更加伟大的成就。

克里的战舰继续向前，他想到了地球人类历史上的一场伟大的战役：一位天赋异禀但最后带领的军队却全面溃败的大将，他的名字叫拿破仑。那正是滑铁卢战役[1]。

"保持警惕和镇定。"

舰队穿过铁锈色的云层，穿过灰色和黄色的迷雾。飞船快速下降产生的音爆回响在高空之中。

克里命令他的舰队传达着强硬且极具威胁性的信息："气基族，我们重申一次，这颗星球归雷迪拉帝国所有。我们要求你们立刻离开这个世界。"

分舰排长波瑞恩在指挥中心里转身面向他："元帅，您想逼敌人投降吗？"

"完全不是，"克里看着他，面色冷漠，"我是想激怒它们。"

克里命令四十九艘飞船在穿过大气层时仍然保持队形，但船与船之间尽可能地拉开距离。侦察艇在雾腾腾的风中散开，不断地报告着它们的侦察情况。

当球形战舰终于出现时，克里已经准备好了，甚至，还松了一口气。现在好戏开场了。"和敌人开战！"

雷迪拉的战舰对着外星球体发射出一阵令人眼花缭乱的动能导弹和高能切割光束。电离闪光和弥散的云雾扰乱了战场上的信号和目标，传感器传回来的画面变得模糊起来。

气基族很快便进行了反击，一艘又一艘的球形战舰以排山倒海之势投出大量的蓝色电子能量。

克里让交火持续了几分钟，吸引了越来越多的气基族战舰从云层深处现身。但当外星人的武器伤害到一艘战舰的引擎时，他知道是时候改变战术了。

---

[1]滑铁卢战役，是 1815 年 6 月 18 日，由法军对反法联军在比利时小镇滑铁卢进行的决战。战役结局是反法联军获得了决定性胜利。这次战役结束了拿破仑帝国，也是拿破仑一世的最后一战。拿破仑战败后被放逐至圣赫勒拿岛，自此退出历史舞台。

"是时候迎来我们这部分不朽传奇的高潮了，"元帅对连队里的所有战舰说道，"我们这里有一整个舰队，每个人都迫不及待地想要炸毁雷迪拉帝国的敌人。我们究竟能获得多么伟大的胜利？我们将让世人看看我们能达到的高度。"他转身面对身边的副指挥官，"分舰排长波瑞恩，下令吧。"

另一位军官平静地开口了："所有团舰，确定各自的目标位置。我们有潜力摧毁四十九艘敌人的战舰。一定要确保你们的每一艘飞船都派上用场。"他的话得到了各个战舰的回应。"工程师们，启动你们的星际驱动反应器的过载器。"

克里握紧了指挥杆，环顾了一下四周。他感受到了船员们沉重的决心。他们都曾战败，但现在他们终于看到了一丝能够有效反击的希望。

他之前曾给一个侦察队下达了严厉的命令：这些小型飞船必须远离战场，保证自己的安全，这样他们才能记录下这决定性的一役。之后，侦察队将会立刻飞回雷迪拉，汇报情况，向新一任皇帝描述太阳舰队在这里的壮举。

克里对每艘战舰上的骨干船员做了最后一次重要的、骄傲的广播："此时此地，我们为自己在史诗中赢得了永恒的一席之地。对于雷迪拉人来说，还有什么结局能比这更加光荣？"

在他身后，反应器逐渐产生超新星能量，星际驱动引擎也在费力地咆哮着。指挥中心里已经变得酷热难当。

球形战舰一艘接一艘地朝他们冲过来。他喃喃道："让敌人看看它们自己有多蠢吧。"

克里看着目标屏幕，第一艘庞大战舰的船尾引擎已呈白热化，无法再驱散猛烈排放的废气，它就像一把铁砧一样，猛然敲击在最前面的那艘球形战舰上。雷迪拉和气基族的战舰同时迸发出火焰，火势如此猛烈，旗舰前部的传感器瞬间便被完全烧毁。就像是一扇通往光源之境的大门，每个人都能看见。

上方右舷的位置，又一次新星爆炸摧毁了第二艘球形战舰。这些外星人甚至还不明白克里鱼死网破的决心。"这次换我们来给它们一个惊喜了。"

克里自己的战舰也向前飞去，他连眼睛都不眨，直直地盯着云层从船头掠过。他自己选中的那艘球形战舰正朝他们冲来，如此巨大，如此完美的几何形状。元帅看着那半透明的船体，和那座装在似乎无法穿透的墙体内复杂的几何形城市。

波瑞恩看着他："只有几秒钟了，元帅。"

克里看着那艘球形战舰越变越大，越冲越快。电子闪电在它的锥形凸起之间跳跃着，但他自己的战舰速度太快，已经无法更改航线了。他们的引擎也已经达到了过载的峰值。

什么都无法阻止他们了。

在最后的瞬间，元帅露出了一个微笑，这个微笑冲刷了他的整个军旅生涯中经历的所有怀疑，和所有失望。这是完美的一刻。

就在引擎无法再继续加载时，战舰撞上了巨大的球体。克里直到最后一刻仍睁着眼睛，他的宇宙被一道刺眼的白光所吞没。

127

萨琳

萨琳和巴斯拉·温塞拉斯一起站在观景站上，看着眼前备受众人期待的蜜月游行，感到自己似乎被兴奋的人群所包围了——但其中并不包括巴斯拉。主席好像比平常更加漫不经心，他的眼神游移，反应急躁。

"出什么事了吗？"萨琳低声问道，脸上仍然维持着微笑的表情。号角齐鸣，乐队奏出了众人熟悉的婚礼交响曲，这是专为彼得和艾斯特拉的婚礼谱写的。快乐的人民为音乐提供了喧闹的背景音。

主席看着她，他精明的脸上带着勉强控制住的烦恼神情，似乎觉得她的存在打扰了他。有那么一瞬间，萨琳觉得他就像一个陌生人。最后他终于说道："有些问题从一开始就不应该出现。我们本来都应该为了同一个目标结成同盟，但我们有一半的失败都来自内部的失误，"他转头看向皇家运河，"而这不可原谅。"

观景飞艇飞过低语者之殿，为贵宾观众提供了一个最佳位置，观赏运河上绕着王宫区域连绵几英里的缓行船队。

前方的广场上布满了蕨类植物和鲜花。园丁特地为艾斯特拉准备了枝叶繁茂的绿植。他们希望这位来自塞洛克的年轻王后能够在这里感到舒适自在。

售卖食物和纪念品的小贩奋力穿过人群，支起小摊，摆出他们的商品。王宫代表则站在悬浮平台上抛下大把的纪念币，币上正面刻有彼得和艾斯特拉的人像，背面则是代表汉莎的地球同心圆标志。

雪鬓霜鬟的统一教教宗的投影出现在广场周围的所有屏幕上，他再次祝福了这对皇室伴侣，宣布蜜月庆典正式开始。

造型优美的军用水上飞行器在运河四周呼啸着上下翻飞，做着最后的安全检查，虽然到场的所有人都已经经过了层层安检，而且任何可能的武器都已经被没收或解除。但这些人并不仅仅只是士兵，他们敏捷的飞行器在空中表演着各种高难度的动作，洒下阵阵带着香味的水汽。

萨琳靠近了巴斯拉。他目不转睛地盯着运河，但当皇家游船出现在王宫区域时，他却没有转头看向那个方向。游船上的彩带和锦旗在风中飘舞着，仿佛一阵五颜六色的彩虹。

彼得国王和艾斯特拉王后站在船头，骄傲地挥着手，身上穿着他们最为华丽的服饰。这对皇室伴侣的游船过来以后，人群开始不断地发出欢呼声和鼓掌声。萨琳为她的妹妹和彼得所受到的欢迎与真诚的崇敬而感到由衷的快乐，连心脏都随之感到一阵刺痛。汉莎的人民聚到一起来支持他们的国王，希望能够亲眼见证某种奇迹。备受尊敬的老弗雷德里克在战争一开始时便去世了，而现在人民都指望着彼得国王来拯救他们。

#

早上出发之前，国王在艾斯特拉的陪伴下故作姿态地走向巴斯拉。他们二人都为今天的庆典穿着隆重的服饰，看上去十分迫不及待。彼得最近的表现称得上完美，萨琳希望这是因为她低调的警告终于起了作用。她以正式的礼节迎接了这位年轻的国王，暗暗为她的妹妹感到高兴，虽然她在心里多少都觉得自己才应该被选为新一任王后。

彼得微笑着说："巴斯拉，我是来邀请你的。虽然我表面上是国王，但你是人类汉莎联盟的主席，是你在做决定，管理着汉莎旋臂内的大小事务。你应该来和我们一起庆祝。"

巴斯拉瞥了他一眼，有点惊讶，又有点怀疑，但年轻的国王似乎非常真诚。"艾斯特拉王后和我都很希望你能到游船上来，和我们一起度过蜜月庆典。我们站在船头的时候，你为什么不能坐在船尾呢？"

巴斯拉花了一点时间来恢复他镇定的态度，然后说："在这种时候，这么做不太合适，彼得国王。"

"为什么？"艾斯特拉用甜美的声音说道，"我们可以说你是国王的名誉伴郎。这样也能向公众展现出汉莎主席和国王之间的深情厚谊。"

萨琳看到巴斯拉的脸上闪现出一丝尴尬的退缩。"我不这么觉得，"他说，"计划已经定了，而且你和彼得，最近给礼仪大臣找的麻烦也已经够多的了。"

彼得笑了，说："噢，他们又不介意，巴斯拉。来吧，和我们一起。难道会让你少层皮？"

"对啊，求你了，主席先生？"艾斯特拉说。

萨琳不知道巴斯拉为什么会那么抗拒。国王全新的合作态度应该正是他想要的才对。"这个建议非常好，巴斯拉，"她低声说，"你为什么不能考虑考虑呢？"

"我说了，不，"巴斯拉的态度变得冷硬起来，"现在你们去准备登船吧。"

"跟我走吧，艾斯特拉。巴斯拉不喜欢擅自改变计划。"彼得看上去很失望，而萨琳则觉得他是万分失望。他拉着王后的胳膊离开了。他们走后，萨琳觉得她在主席的脸上看到了一种非常奇怪的表情……

#

此刻艾斯特拉站在巴斯拉身边，身上穿着一件美丽的塞洛克大使礼服，由浓郁的绿色织物织成。其他的汉莎代表也站到了观景站上。

皇家游船和其他随同船只不急不缓地顺运河而下，让观众们有机会欢呼雀跃，拍下他们的影像，甚至还可能吸引国王的目光。照萨琳看来，一切都进行得很顺利。

但巴斯拉仍然非常紧张。

一群皇家护卫突然从后方冲进人群，清理出一条道路，让绿灵教士拿顿能够来到观景站。一个护卫帮他抱着盆栽树苗。拿顿跑得很快，他的表情十分惊慌。

代表们也纷纷退开，让他来到平台上。这位绿灵教士发出的声音十分尖细——不是因为他现在气喘吁吁，而是因为他带来的消息太过震惊。"气基族正在袭击塞洛克！就是现在！它们正在摧毁整片世界树之林！"

萨琳不可置信地捂住了嘴。她的家！塞洛克！

巴斯拉控制住自己震惊的情绪，让他说得详细一点。拿顿很快讲述了球形战舰是如何有条不紊地冰冻和轰炸世界树的。几个主要的塞洛克聚居地现在已经被夷为平地了。

"大家都在往树林的地面上跑，但即使在地面上也没有任何庇护所。世界树回击了，但收效甚微。教父雷纳德已经在请求各方的支援。我们能派地球防卫军过去吗？"

巴斯拉紧缩双眉看着绿灵教士，似乎正在思考究竟该怎么办，而萨琳则惊慌地抓住了他的袖子问道："巴斯拉，你能派多少艘飞船？你为什么还在犹豫？"

他对她皱起了眉头，为她打扰了他的思绪而有些恼怒。"萨琳，如果我们知道在对付气基族袭击时有什么有效的办法，那我们早就已经用上了。把我们的军队浪费在这种混乱又毫无意义的作战上有什么用呢？他们本来也什么都做不了。"

一阵巨大的失望和恶心感向她袭来。"毫无意义？是你提出要给予我的同胞保护，并且和地球结为同盟的。有十九个绿灵教士加入了地球防卫军。我的妹妹还嫁给了国王。"接着她马上利用起了这个可以刺激他行动的理由，"巴斯拉，如果世界树之林被摧毁了，你再也用不了远程即时通信了。"

主席很快点了点头说道："好吧，拿顿。和所有地球防卫军战舰上的志愿绿灵教士联系。让最靠近塞洛克的战舰全速赶往现场。"他看着萨琳，"但我觉得他们可能无法及时赶到——就算他们真的能和球形战舰对抗。你也知道我们的武器和战舰有多无力。"

拿顿说："克莱迪亚报告说，她所在的舰队去往塞洛克只需要不到一天的时间。这就是离那里最近的了。"

萨琳惊叫道："一天？但那时就太晚了！你知道气基族摧毁栖鸦星的速度有多快。"

"不管怎样，派他们过去，"巴斯拉命令道，"除非你有更好的主意，萨琳？"

她想起了她从前是多么想离开塞洛克，而当她格局狭小的父母拒绝和汉莎合作，不愿扩张商业版图时，她对他们又是多么不屑。但现在，她只能想到被摧毁的世界树之林，和她饱受折磨的家人们……难道她已经失去她的父母或祖父母了吗？她的小妹妹切莉呢？她的哥哥雷纳德呢？

"我们必须要终止蜜月庆典，"她说，"我们必须把这个消息告诉彼得国王——尤其是我妹妹。我们的家人现在身陷险境。"

巴斯拉怒目而视："不行，游行必须按计划进行。我们会压住新闻，只放出我们认为合适的消息。之后有的是时间告诉她。"

"但是艾斯特拉必须要知道。"萨琳说。

"就让她暂时享受一下她的平和与幸福吧。现在她自己也有需要完成的事。你不能打断她。"

萨琳再次抓住了他的胳膊，弄皱了他整洁的西服。"巴斯拉，我们在栖鸦星上已经失去了本尼托。现在雷纳德正在面对气基族。我的父母可能也会遇难。我怎么能承受得了这种打击？你就当同情同情我吧。"

"那你也有点常识吧。这是战争。人就是会死。"巴斯拉看着她，"你只能忍受这种悲痛，萨琳。也许全都一次性发生了更好，这样你以后也能继续生活。"

萨琳突然感到蹊跷，眯起了眼睛。巴斯拉一直在盯着漂流的皇家游船。彼得搂着艾斯特拉，特地对着主席挥了挥手。巴斯拉僵硬地抬起了一只手作为回应。

"你这话是什么意思？"萨琳感到一阵恐惧。

皇家游船接近了运河的拐角处，而巴斯拉握紧了观景站的栏杆。他没有回答萨琳。她看着这一切，为他话里可能包含的意思而惊恐不已。"你现在是在等着发生什么意外吗，巴斯拉？你到底做了什么？"

但蜜月游行继续进行着，什么也没有发生。国王和王后仍然在挥着手，完美地扮演着他们的角色。游船不受打扰地向前漂去。

"什么也没做。"巴斯拉说。他的肩膀似乎因为挫败而耷拉了下来，虽然萨琳并没有看到任何导致这一反应的事情。"什么也不会发生，这是当然的。没有悲剧，没有意外。一切都在控制之中。"他凝重地看着皇家运河上的游行队伍。

绿灵教士拿顿继续转述着塞洛克上可怕的景象。萨琳含泪听着这令人毛骨悚然的描述，而巴斯拉却充耳不闻，脑子里想的全是他自己的隐秘灾难。

128

教父雷纳德

随着塞洛克上的树木不断死去，惨痛的新消息通过远程意识联结网络传送给了旋臂内的所有绿灵教士。

但没人能及时前来帮助他们。

在雷纳德身边，身上布满文身的教士抬起了头，而雷纳德已经从他凝重的表情中知道了他要说什么。"据克莱迪亚和拿顿说，最近的地球防卫军舰队即使全速前进，也需要至少一整天才能过来。"

球形战舰像一颗结冰的彗星一般俯冲下来，在森林之上盘桓着，发射着致命的冰冻波。世界树的树冠已经开始发黑，散发出幽灵一般的白色蒸汽。两个绿灵教士都无法再承受世界树之林的痛苦，跪倒在地。

"难道树木们就不能再做点别的事了吗？"雷纳德问道，"如果气基族是它们的古代敌人，那它们从前肯定有什么和它们进行有效对抗的办法。它们曾经是如何与其对抗的呢？"他抓住一片世界树的叶片，仿佛他仅仅凭着自己意念便能和树木的意念进行交流。

"对，"两个绿灵教士怪异地异口同声说道，"是时候反击了。"

一股新的力量荡漾在茂密的树林里，所有树木互相联结在一起的巨大的心灵开始集中起力量，制造它们的活生生的武器。

坚硬的树干抽搐着打开了自己，露出里面铁一般坚硬的黑色种子，每一颗种子都有人类的手掌那么大。当低飞的球形战舰靠近后用冰冻波攻击着树顶时，树木将黑色的种子像导弹一般投射出去，每一颗都包裹着黏稠的液体。在冰冻波摧毁树冠之前，一连串的黑色导弹像一阵极具破坏力的雨滴一般向上喷射出去。

那些种子就像是被风暴卷起的沙粒。它们接连撞上了球形战舰的船体，力道之大足以发生刺耳的声响。黏液将它们粘在光滑弯曲的船体上，使它们可以继续保持在原位，然后燃烧着……蚀穿钻石的墙体。

"种子怎么可能蚀透那样的盔甲？"雷纳德问。

"假以时日，树根也能掀翻大山。"一个绿灵教士说道。

"但我们没有那么多的时间了。"

雷纳德看着天空，一艘距离最近的球形战舰的内部似乎发生了变化，变得更加昏暗了，且隐约出现了一些阴影……绿色的阴影。嶙峋的树干生长为惊人的树林，盘根错节的根叶爆发出强大的生命力。球形战舰开始不停地打转，失去了平衡。

它在空中裂成了碎片。一片扭动的植物在蒸腾的白雾之中将坚硬的球体撕裂开来，气基族坠毁在了已然伤痕累累的树林之中，新长出来的树木猛冲向地面上的空地，像一条缺水的鱼一般扎了根。球形战舰的碎片纷纷散落在它的周围。

在靠近地平线的地方，第二艘被种子蚀透的气基族飞船长满了生机勃发的植物，坠毁在树顶之上。其他的球形战舰面对这样的情况都开始上升，离开黑色导弹的射击范围。但即使身在高处，它们仍然在继续进行着报复行动。

随着气基族离开射击范围，世界树也做出了一个举动，此举虽然鼓舞人心，但同时也是在放弃它们自己的生存希望。坚硬的树干再次抽搐着打开，发射出更多的种子，只是这一次这些种子落到了树林的地面上，仿佛分散的珍宝一般，代表着终会长大的希望。

但此时此地已经没有什么能够帮助塞洛克的居民了。

　　当世界树之林的意念选择了这一行动时，树冠之下的人们也看出来这是树林最后的希望了。而如果这些树木死去，塞洛克上的人类也不会有幸存的机会。

　　雷纳德的大多数子民都跑向了森林的地面上，寻找着也许并不存在的庇护所，但无论怎样，气基族最后都会发现他们。他对着敌人发出徒劳无功的叫喊，想不出任何办法来拯救树木或他的子民……

　　就在这时，天空中忽然飞来一颗彗星一般的橙色火球，一个炽热的卵形球体仿佛燃烧的火球一般上下翻飞，接着它改变航线，径直朝晶体一样的球形战舰飞去。这个冒着火光的幻影似乎是些能够自控的飞船，但同时又像是本来就具有感知能力的生物。在它后面跟来了几十个同样的火球，这些炽热疯狂的"大黄蜂"急急赶来，每一个都有自己的飞行路线，各自选定了一个目标。气基族就是它们的目标。

　　"这是些什么？"雷纳德问道，"它们想做什么？"

　　第一个火球向球形战舰射去一道刺目的亮光。火焰顷刻之间便吞没了船体，烧黑了整个钻石球体，收紧了它燃烧的绞架。受到攻击的球形战舰放出一道蓝色的闪电，擦伤了燃着火焰的攻击者。但火球接连发出攻击，不断地增加着攻击强度，直到气基族的飞船在最后的一声爆炸之中向外裂开。

　　一阵高压气体喷射而出，钻石船体四分五裂。椭圆形的火球继续发射火焰，球形战舰终于完全粉碎，残骸坠落到了茂密的树冠上。

　　"法罗族来了。"一个绿灵教士说道，脸上同时带着兴奋和恐惧。

　　更多的火球匆匆朝气基族冲去，在瞬间便对其造成极大的伤害。气基族大为惊骇，中断了对世界树之林的攻击。

绿灵教士抓着身边的树干，喊道："整个星球上都有法罗族在进行攻击。它们正在赶走气基族！"

燃烧的入侵者再次倾泻出火焰，但火只碰到了透明船体的表面，便像岩浆一般流向了脆弱的树林。在气基族的攻击下，地表树木的枝叶和树干都已经变得枯萎破裂，十分易燃，斑驳的火焰一落上去，冻干的树木便燃起了火焰，火势也开始逐渐蔓延。

"这些东西虽然在攻击气基族，"仍然不知道法罗族是谁的雷纳德说道，"但它们对树林造成的伤害也不小。"

绿灵教士垂下了眼睛说："这场战争发生在人类文明出现前几千年，法罗族非常多变，它们当时改变了好几次立场。"甚至连世界树似乎也并没有对这个新加入的伙伴而感到十分雀跃。

球形战舰挣扎着防御，发射出一波又一波的闪电。它们用雾气腾腾的冰冻波包裹住一颗燃烧的火球，直到它完全被冰霜包裹，火焰也彻底熄灭，整个卵形球体变成毫无生气的实体，从空中坠落下来。

天空中的交火仍在继续，火舌不断地舔舐着树木。受到重创的球形战舰砸透树顶，落到了地面上。伴随着这些巨大的元素生物在空中的激战，火焰也开始在干燥的战场上蔓延。

#

火势席卷着森林的地面，吞噬着世界树的树皮，吞没了低矮的植物，愈燃愈烈。撤离了虫巢聚落和菌礁城的塞洛克人现在则不得不面对猛烈的火焰。

在草地上和灌木丛里，秃鹫蝇四处翻飞着，它们感觉到了危险的逼近，却找不到逃脱的方法。天空中，暴躁的双足飞龙狂乱地飞行着。一些双足飞龙甚至直接攻击了球形战舰，但立刻便命丧黄泉。

一些年轻人用东拼西凑的零部件组装了一些滑翔摩托，此刻他们正驾驶这些本应用于娱乐的交通工具，努力飞在半空中，避开火势。他们还接收了一些避难的人，像玩跳蛙游戏一般，绝望地勉强让大家远离火焰。

火势继续在菌礁城主要的村庄周围蔓延着，雷纳德最小的妹妹切莉爬到了阳台外面，跳到了一根树枝上。她学过树舞，知道如何保持平衡，此刻阵阵热气和烟雾正随着火焰变得愈发令人难以忍受。但令她沮丧的是，现在她不可能下到地面上：火焰正在沿着嶙峋的树干烧上来。切莉心中的挫败感大于恐惧感，她讨厌被困在这样尴尬的境地之中。

在树枝的末端，她弯下腰，蜷起肌肉，然后猛地跳到另一根树枝上，奔向另一处茂密的树叶，但她无法逃离火焰的追击。她从树舞中学到的舞步都是已经设计好的，现在树木也纷纷倒下，她只能依靠自己的智慧了。

烟雾呛得她咳嗽不已，第三次跳跃的时候她没能抓牢，但幸好及时抓住了一根悬在旁边的树枝，将自己拉了上去。下方，饥渴的火舌仍然在横冲直撞，一边吞吃灌木，一边嘶嘶作响。切莉被困住了，没有其他地方可逃了，她呼救的声音也被吞没在喧哗的背景之中。

一个年轻的绿灵教士骑着滑翔摩托冲了过来。他敏捷地托住切莉细细的腰肢，她借着力跨上了他的飞行器，抓紧了机身，五彩斑斓的秃鹫蝇翅膀震动着将他们抬起来，远离了火焰。她对着这个年轻人的耳朵大声呼喊着，想要感谢他。

飞行器在空中直晃，但教士仍然不管不顾地继续前行，寻找着可以降落的地方。而切莉仍然紧紧地抱着他，努力想要保持平衡。

现在能去的安全地点越来越少了……

　　她的父母埃德里斯和阿丽西亚站在一片空地里，看着饥饿的火舌舔舐着一棵又一棵的大树，仿佛某种炽热的病毒一般传染着它途经的所有物体。他们看着原本光滑细腻、重重叠叠的菌礁城外壁在火焰中逐渐变成又黑又硬的一片，听着城内传来的哭声和尖叫声，他们知道塞洛克整个星球都会死伤惨重……

#

　　气基族再次袭来，法罗族的火球继续对它们紧追不舍。一艘可怕的球形战舰逼近了，雷纳德歪着头直视着它，握紧了身侧的拳头，仿佛用他的愤怒就能将其驱赶出去一般。

　　但就在球形战舰又一次发射出巨大的能量前，一个法罗族火球像一枚炮弹一般直直地落了下来。作为回应，气基族发射出一阵寒冷的冰冻波，击中了刺目的火焰，阻止了卵形火球继续前进。巨大的敌人向上升起，在空中旋转着，无法逃离战斗，火球和冰球越靠越近。

　　雷纳德完全能感受到这发生在他头顶上的交战所产生的冲击。这对来自远古的对手继续向彼此逼近，在一个死亡的"拥抱"中紧密胶着。

　　就在这时，互相对峙的法罗族和气基族不堪重负，双双朝树顶坠去，而雷纳德和其他绿灵教士们正好就站在它们的下方。

　　雷纳德大喊着，想要跳出它们坠落的路线，但球形战舰和火球已经砸到了树顶之上，船头互相交织的叶片，将树林的顶部撕裂开来。

雷纳德几乎没有时间伸手掩住自己的眼睛,耀眼的火光和蒸腾的冰冻波便摧毁了他和他身边所有的树木,只留下一片废墟。

#

经过一个多小时的激战和破坏之后,法罗族终于赶走了那些钻石船体的球形战舰。那些没有坠毁在树林里的钻石飞船都撤退到了开阔的太空之中。

塞洛克上的幸存者们看着冒着黑烟的天空,这时,法罗族也离开了,一句话都没有留下。它们赶走了气基族,但它们也烧毁了大片的世界树之林。

战争刚刚进入最糟糕的阶段。

129

皇帝乔拉

宫廷乐师击着鼓,发出雷鸣一般低沉的响声。其他人也在弹着奇怪的乐器,演奏着虽然振奋人心但却十分沉郁的音乐,既是在哀悼皇帝萨鲁克,也是在庆祝乔拉继位。雷迪拉最有才华的歌者们站在一起,齐声唱诵着恸哭般的曲调,听众的神经也像乐器一般随之颤动。

乔拉心里一阵刺痛,他向前走了一步。回忆萦绕在他的脑际,他想到的全是过去的记忆和他已然失去的机会……而未来还有无数个尚未解答的问题在等待着他。

　　再过一会儿，他充满了浪漫的性爱生活就将随着仪式的完成而结束。但乔拉心中再次见到妮拉的渴望却不可能轻易被医学氏族人的银刀阉割。他不知道，在他之前是否也有皇帝曾经陷入过爱情。他沉重地对自己发誓，不是一切都会改变。不是一切。

　　他多想冲到多布罗营救妮拉——但他不能这么做，尤其是当帝国正处于崩溃的边缘，迫切地需要一个领袖时。他必须先完成这一使命。

　　但之后……

　　魁梧的保镖们陪同着他，在王宫里所有的观众面前缓慢地前行。鼓点更加用力了，应和着乔拉的心跳。火炬一般的灯火映在半透明的墙壁上，发散出五彩的光亮，在彩色的玻璃上闪闪发光。

　　乔拉在满是鸟类、植物和花朵的天球顶下走上高台。头顶上，一片白雾笼罩在光柱之上，萨鲁克慈祥的脸部投影已经不在了，无法再在接待厅的高处俯视前来请愿的人们了。

　　很快，皇帝乔拉的全息影像将会俯视整个雷迪拉帝国。

　　一位棱镜氏族人独自站在高台上。三个医学氏族人围绕着空荡荡的蛹座站成一个三角形。他们都穿着无可挑剔的白色和银色相间的长袍。一张桌子上摆放着他们镶嵌着宝石的器具，锋利的刀刃上闪着冷光。乔拉瞥了一眼那些模样可怕的器具，接着又把目光转向前方。凝神静气。

　　雷迪拉帝国的每个男性都在皇帝去世时削去了自己的长发，但乔拉除外，他的头发四处飞扬着，生机勃勃。在他统治的这段时间内，他的头发将继续生长，最终他会将小辫子编成一条粗绳，就像他父亲一样。

　　乔拉登上平台，然后停了下来。他挺直了肩膀，转头看向穹顶。

阳光把他的虹膜照成了闪亮的蓝宝石，但他看不到心神网，也看不到光源的灵魂之线。快了。

他强作镇定。整个帝国都在看着他。

在乔拉的四周，观众们带着恐惧的希望注视着他。雷迪拉和其他所有的碎片移民地都处于动荡之中，没有了将他们联系在一起的心电感应网络带来的安全感，人们感到十分迷茫。所有的王储，也就是已故皇帝的儿子们，都从他们自己的星球上赶到了雷迪拉。所有氏族的成员也都涌进了建筑里，或聚集在广场上，寻找着可能的慰藉。整个种族都濒临惊慌和迷失的边缘。很快，某种集体性的失神甚至疯狂也许就会趁机而入，席卷整个帝国——除非乔拉能及时完成继位典礼。

成为皇帝之后，乔拉仅凭一己之力便能再次连接起心神网。无论他是怎么想的，无论他害不害怕，他都不敢再拖延。即使再拖延一会儿他就能见到妮拉。

乔拉举起双手，鼓声、歌声和乐声都随之沉寂下来。他一言不发地慢慢转过身。他看着那个空荡荡的王座，没有了他父亲肥胖的身体，这个座位显得异常空虚。

这个巨大的王位吓了乔拉一跳——这会成为他的监牢吗？他下定决心不会成为他父亲那样残废的君主。从传统上来说，雷迪拉皇帝的脚绝对不能落地……但皇帝也可以改变传统。乔拉暗自发誓，他将保持健康和活力，绝不就此沉溺在他自己的位置上。是的，他想做的事情还有很多。

但现在他所理解的一切，等到了他成为心神网中心的时候可能都会改变。光源会向他揭示许多真相。

乔拉开口了，他的声音洪亮而坚定。人民听着他的声音，都在敬畏中倒抽了一口气。

"帝国需要一位新的皇帝。心神网必须要重新连接，我们的人民也必须再次成为一个整体。这么多天来，我们的心一直在四处漂泊，是时候结束了。已经过了太久了。今天我将继续，成为你们新的后盾。我将会看到道路，并带领我的人民共渡难关。"

他敞开了长袍，像剥下花瓣一般，脱下了身上的衣物，赤身裸体地面对他的人民。很快他便会了解他们每一个人，知道他们的想法，感受他们的恐惧，了解他们的梦想。他对这样暴露自己没有丝毫的羞耻感，这是一次极为重要的典礼。

整个帝国都必须参与进来。第一继承人必须昭告天下，他的家族仍然十分稳固强大。

乔拉的儿子索尔在皇帝死后，已经从海洛卡星上的重建工作中脱身，回到了家里。这个年轻人一直待在伤痕累累的海洛卡星上，组织了许多必要的修复和重建项目。现在索尔将留在棱镜之殿，正式接受第一继承人的头衔。

乔拉已经下令，派新的医生去照顾仍然在深眠中的卢萨。他有很多兄弟和儿子，但作为第一继承人，作为皇帝，他不会轻易放弃他们中的任何一个——即便是卑鄙的乌德鲁，虽然他绑架了妮拉，还折磨了她许多年。他们现在的位置都变了，都必须要承担新的责任，根据雷迪拉的传统和法律来变更他们的头衔。

乔拉躺到了巨大的王座上。它似乎很欢迎他，他此刻的感受既陌生又熟悉。

医学氏族人走过来，为他做了检查，在他们即将实施手术的部位画上了一条浅浅的线。乔拉缩了一下，但他强迫自己继续盯着距离最近的一圈观众。

他的长子，赞恩将军，正穿着整洁的太阳舰队制服站在那里。乔拉刚刚才震惊地得知，克里元帅对昆哈3号采取了自杀式攻击。一队侦查艇带来了元帅带领着舰队成功摧毁了近五十艘气基族球形战舰的画面，但这也是以许多条生命为代价的。

乔拉看见多布罗王储正站在他的儿子身边，表情严肃而坚定。乌德鲁脸上带着一丝自信的微笑。也许他想到了，一旦新任皇帝进入心神网，他一定会理解和同意繁殖营计划……

乔拉努力压抑着自己的怒火，再次发誓，一旦他成为皇帝，他就会立刻营救妮拉，释放多布罗所有的繁殖囚犯。他将会终止这个可怕的实验，将这些人类带回人类汉莎联盟——虽然他怀疑，经过那么多代的繁衍之后那些人已经忘记自己的根在哪里了。

医学氏族人准备好了，他们取出刀具，刀刃碰撞发出了清脆的声响。观众们立刻安静下来，专心致志地看着，仿佛全都忽然化身为了雕塑。

乔拉强打起精神，将自己的意念延伸到心神网分散的线索之中，抓紧那些终将会把雷迪拉一族重新连接起来的部分。他知道这将会很痛苦，但痛苦也是仪式的一部分。他快速地吸了一口气——

这一刀切得快速且毫不迟疑，他眼中炸裂的彩色光亮帮助他集中着注意力，将他的意念提升到更高的层次之上，令他得以一窥光源之境。他的思维已经成为一颗投射而出的导弹。

乔拉难以压制的痛吟和失落的叫声变成了震惊的抽气。心神网的道路变得清晰起来，金色的灵魂之线将他层层包裹，令他随之飘荡。

他抓住了每一根断开的线索，将它们再次连结为一张互相交织的不可思议的大网。他紧握着所有的部分，伸出手，在雷迪拉几十亿之多的氏族人之间重新建立起联系……然后他向后转身，整理好历史和知识的脉络，他自己的知识，真相。

当乔拉瘫倒在蛹座上，被涌入他头脑中的知识所淹没时，医学氏族人也在快速地行动着。他们为乔拉止住血，包好切口，然后取走了他们切割下来的东西。

乔拉进入雷迪拉人集体的意念之中，认识到了承载着他的血统的先祖们留下的记忆，看到了复杂的傀儡线以及皇帝和他的前任者们所铺垫的道路与计划——现在他终于明白了。

与这样的启示相比，仪式上的阉割礼不过只是一个微小的代价。无数的计划，互相串联、层层叠叠的计谋，这一切都令他无比讶异。

他在恍惚中听见了大厅里回响着众人的欢呼声和放松的叹气声。他的人民——帝国里所有的雷迪拉人——现在终于再次感到他们成了一个整体。他们的头脑和灵魂都能感知到，现在又有一位皇帝坐到了他的王位上，心神网也再次变得完整，人民终于全部都被联系起来，大家都安全了。光源照耀着整个雷迪拉种族。

一切本该如此。

乔拉吃力地重新恢复了意识，意识到了周围的一切。启示不断地向他袭来，比他吸收知识的速度还要快上很多。他不知道的事情实在太多了！那么多的理由，那么多的不得已而为之！他的头脑在这未曾预料到的洪流中旋转着，乔拉躺在蛹座上，震惊得一句话也说不出来。

终于，他无助而僵硬地盯着眼前的人群，意识到他自己，也同样别无选择。

130

西斯卡·佩罗尼

虽然集结中心周围的小行星带里并没有明确的昼夜之分，但游荡者们仍然遵循着地球标准的作息时间。微光仍然闪烁在太空碎石围成的长廊里。随时都有飞船到达，码头上的工作人员坚守着岗位，卸下物资，欢迎来人。

即便如此，到了夜间的某个时段，这个地方也依然会变得安静且平和。西斯卡·佩罗尼睡不着的时候经常会通过互相连接的隧道，从一颗小行星去往另一颗，在这样的漫游中她得到了极大的慰藉。她的思绪去到了身体所不能及的地方。大多数通往私人舱室的入口都是密封的，门口照着昏黄的灯光。西斯卡的脚步不会惊醒任何人，她的目光径直盯着前方，脑中感慨万千。

作为议长，她常常需要同时面对一千个问题，虽然大多数都是些琐事，但有一些问题却非常严重，需要耐心和无数个创新性的解决方案。

就在今天下午，她和克托·欧卡进行了一次正式的会面，对方非常平静，脸上甚至还带着大大的微笑。他提出了另一种不同的计划。自他从伊斯佩洛斯星的岩浆中被救起才只过了一周，他的脸上也还在因为表面烫伤而脱皮长着红斑——但他却已经勾勒出一个新的计划。

"如果我们能去到一颗足够寒冷的外系统行星上，"他说着，在屏幕上投影出一幅太空坐标图，"那么气体就会凝结为雪泥状，甚至还可能会冻成固体。这里有水和二氧化碳，我们可以从彗星上得到这些物质，并且把它们分解为氢气和氧气。不仅如此，这里面还有真正的甲烷湖，甚至还可能会有纯净的液态氢。这可比我们采矿船可以采集到的气体的密度要大得多！"

克托按下一个按钮，星图上出现了一些经过标记的闪闪发亮的行星。"当然，我们得先解决如何在绝对零度环境下生存和工作的问题，我也不知道自己能不能找到让我们的设备在这样的环境中正常运转的办法……但这样制造艾克提将会非常高效。我是这么觉得的。"

他咧开嘴，对她露出一个笑容，他的头发乱糟糟的，脸上也还在脱皮。西斯卡微笑了一下说："如果真有人能做成这件事，那人肯定就是你，克托。好吧，你去写一个完整的项目计划和申请。每当有人打垮游荡者时，我们都会东山再起。"

克托在低重力的集结中心里蹦蹦跳跳地跑出去，继续做他的研究去了……

这些天，西斯卡几乎没有时间想自己的事，考虑自己的担忧和犹豫。她的头脑常常都被游荡者的事务所占据，而通常来说这是件好事，但今天晚上她需要时间来想想她这段时间得知的一切。所有的这些坏消息。

她来到一间中空的岩石舱里，这里也放着一些集结中心的部件，只是位置比较偏远。白天的时候，家庭教师智能机器人 UR 会带着一群小孩子来这里的零重力室玩耍，但在寂静的睡眠时间，这颗小行星却显得空虚而黑暗。

这正是她所需要的。

西斯卡锁上门，握住一个靠近门口的金属把手来维持平衡。接着她把本来就十分暗淡的小灯也关掉了，把这个房间也变成了漆黑无垠的宇宙的一部分。

　　她放开了手，轻轻地踢着墙壁，在温暖的虚空中飘荡着。她舒适又放松地伸开双臂和双腿，漫无目的地飘飞在半空中。周围十分安静，没有任何灯光令她分心。在这样没有重力的环境里，她像一个迷失的灵魂一般漂浮着，仿佛一个藏在黑暗子宫里的婴儿。闭上眼和睁开眼没有区别。

　　她只想就这么飘荡着……集中思绪。

　　一个游荡者商人刚刚抵达了集结中心，惊慌失措地汇报了气基族袭击塞洛克一事。死亡无数，而其中还包括雷纳德——那个她曾经许诺要嫁给他的男人。

　　他和西斯卡的结合原本将会让游荡者和塞洛克人的关系也变得亲密起来……但在这时她无法只关注政治事务。两个民族之间都抱着美好的希望，他们应该还有结成同盟的可能才对。必须如此。

　　杰斯认为结成同盟是正确的选择。西斯卡也知道其中的利弊——但这将不再建立在她和雷纳德的婚姻之上。可怜的雷纳德。

　　她沉浸在这个男人的死亡所带来的悲伤中。雷纳德一直都是个好人，与人为善，而且真挚地爱着他的人民。西斯卡确定，即便她心里仍然和别人藕断丝连，雷纳德也会是一个体面的丈夫。他真诚地欢迎了她，为她做了女人所期盼的所有事情。

　　但她仍然无法献出自己的真心，而雷纳德并未对此产生过怀疑。她甚至都不关心他究竟是个怎样的人，虽然这位塞洛克的王子一直都以友善坦诚的态度待她。西斯卡现在明白了，她不值得拥有他。

　　但这也已经无关紧要了。气基族杀死了雷纳德，摧毁了世界树之林。塞洛克现在比从前更加需要游荡者的帮助，而她一定会倾囊相助。现在，西斯卡已经不对任何男人负有任何非自愿的义务了。

　　她终于可以去寻找杰斯了。

那么快就想到这件事，是不是太自私了？她爱过他——而且现在也仍然在爱着他，但自从罗斯在格尔根星遇难之后，她的行动已经太过缓慢。而在命运奇怪的扭转之下，气基族再次杀死了与她订婚的男人。

于是，再一次地，她成了孤家寡人，而她心里仍然爱恋着杰斯。虽然她心里为此而愤慨，但现在还有什么能阻止他们呢？

他们本来几年前就该结婚了。她和杰斯天真地以为他们能够长长久久。但现在西斯卡知道了，事实并非如此。她要立刻嫁给杰斯，没有订婚的必要了。他们将会站在所有的游荡者部族面前，许下誓言。在她看来，这并不是对雷纳德或罗斯的背叛。

这只是她必须要做的事。

但她刚从戴尔·科伦的星云过滤艇上得知，杰斯消失了。他没有做任何解释便抛下了他缓慢优雅的航行计划，飞离了原本的航线。他远离了其他的星云过滤艇——就这么不留痕迹地失踪了。

西斯卡本可以发送信息，在游荡者的网络中呼唤他，让他尽快回来。但杰斯已经走了，没人知道他在哪里……

在黑暗之中，她撞到了另一面墙上。垫着软垫的光滑岩壁吓了她一跳，让她重新回到了现实之中。她伸出手，用手指轻轻抚过金属栏杆，接着在弹跳动能将她送回到宽敞的房间里之前抓住了栏杆。

西斯卡握着栏杆，眨了眨眼，但在漆黑的环境中她什么也看不到。她的身体仍然处于失重状态，但她的心却十分沉重。虽然内心孤独难言，但她仍然坚持着。

一直以来，游荡者都靠着惊人的智慧保持着独立。西斯卡也一定会找到让杰斯回来的办法的。

131

杰斯·塔博林

飞船在无人涉足的水世界上坠毁以后发出了震耳欲聋的爆炸声，飞船残骸不断落下，杰斯感到自己仿佛也会在空中经历无止境的下坠。他在冲击之中经历了一种头晕目眩的涌动，这种力量让他难以保持清醒……

这时他努力集中起注意力，再次恢复了神志——但却发现自己正漂浮在一片浅浅的、温暖的内陆海里。在灰蓝色的水里，一些绿色的浮游生物正围绕在他身边，一直延伸到远处令人畏惧的地平线上。

但杰斯并不担心。他奇迹般地活了下来，而且感到比从前更加有活力，古老的未知实体给他带来了极大的力量。最后的温特尔曾经在星辰之间弥散为一片雾气——但它存活了下来。现在它比从前还要更加强大了。杰斯漂流着，他感到身边的海洋是如此的令人慰藉，像羊水一般温暖。

他被改变了……变成了某种比从前的他要更加伟大的存在。他不理解，但现在他开始以全新的眼睛注视一切，他身边的每一个细节似乎都比从前要更加明显和清晰了。他的反应速度也更快了，本能的力量与从前相比有了大幅度的提升。

他投下的货舱和那个较大的温特尔容器已经落到了这片外星海洋里。现在，充满了他身体细胞的温特尔也在通过他的毛孔向外渗透，触碰着这片肥沃的新国土。这个实体已经从他身体里融入了这片奇异的海洋中，一阵光亮和生命力从杰斯的皮肤中发散开来，仿佛重生的冲击波一般侵袭了整片饥饿的水域。

温特尔从他的细胞中流淌而出，使这片新的海洋焕发出生机，他自己也成了其中的一部分。这是他所能想象到的最为奇妙的感受。通过气基族的攻击，他出乎意料地再次播撒了温特尔的精华。

他可以带着更多这些具有生命的水，从一个世界去到另一个世界。这就像一次奇怪的洗礼，它将快速有效地增加人类盟友的数量，让他们得以一起对抗深核外星人。只要他能离开这里……

杰斯一边漂浮着，一边在惊叹中地打量身边的一切，研究着他完美的双手，和他皮肤上发出的奇怪的微光。随着他愈发专注地观察一切，光亮也变得越来越明显，他感到水开始激荡起来。他并不完全理解自己是什么，也不知道他究竟应该完成怎样的使命。

但接着，层层现实入侵了他的思绪，穿透了他平静的头脑。他知道了自己身在何处，又究竟是谁。他看到了西斯卡孤独的身影，悲伤席卷了他。

虽然杰斯对自己的新处境感到十分兴奋，但他也意识到自己现在迷失了，正漂浮在一片无人涉足的海洋里，他的身体也被完全改造了。他被困住了。他不再只是一个人类了。

虽然他仍然爱着西斯卡，但他却再也没有机会回到她身边了。他这部分的生命已经永远改变了。

132

巴斯拉·温塞拉斯

再也没有什么东西能比精心设计的计划最后却出了岔子更让温塞拉斯主席沮丧的了。整肃整个旋臂内的混乱是给他带来宽慰和自信的唯一方式，计划必须严格执行，工作也必须要完成，汉莎的事务则必须有条不紊。

但有时精确的计划却无法如期实现，暴露了一切都危如累卵的真相。彼得国王这时应该已经死了才对，游荡者应该被逼到死角，而汉莎则能由此而名正言顺地宣布他们无害的新领袖丹尼尔继位，一切重回正轨。

巴斯拉浅啜了一口他的小豆蔻咖啡，思绪万千。他仍然想不出彼得是怎么挫败这次刺杀计划的。等离子点火器被拆毁了。还有游荡者替罪羊登·佩罗尼，他本该被一直扣押到国王和王后死于"意外"之后，但却已经迅速而低调地从专门为此设计的官僚陷阱中被放行了。

佩里德尔先生花费了很多心思来设计"证据"，就是想把这次谋杀嫁祸到游荡者头上。巴斯拉本想派出地球防卫军战斗队，但现在他及时取消了这一命令。他不能再派出战舰去追踪和扣押所有的游荡者飞船了，而他原本是打算借此机会强制这些吉卜赛部族归附于汉莎，并得到有效监管的。

这场胜利本该易如反掌。汉莎和整个人类种族本该都因此而获利。但国王把一切都搞砸了。

这就是彼得必须被换下来，由一个更加顺从的继位者替代他的原因。

但现在，主席暂时没有别的选择，只能维持着令他火冒三丈的表面假象。为了汉莎的事务能够继续顺利地进行，巴斯拉目前只能和彼得国王合作。

他盯着反射着阳光的王宫穹顶，十分怀念老弗雷德里克在位的日子。巴斯拉从前待弗雷德里克的态度有时并不好，在私人会面时常会打压他，也很少考虑这个老人的立场。但即便如此，这位老国王还是接受了自己的角色，很乐意扮演好他的傀儡角色，安慰大众。

但彼得却不是这样。

那时，这个通晓人情世故的雷蒙德·阿古拉似乎是个理想的人选，但后来他却开始不满足于现状，态度也变了。巴斯拉不明白究竟是哪里出了错。彼得挑衅过巴斯拉无数次，总想削弱主席的权力，而巩固自己虚幻的指挥，承担更多的责任。

巴斯拉站在他的顶层豪华公寓里，看着低语者之殿闪闪发亮的黄铜圆顶。人们总是会被表相所蒙骗，只有真正的行家才明白，权力掌握在雷厉风行的汉莎总部手里，而非浮华的王宫。

主席知道他必须要做点什么，完成点什么——哪怕到了最后，他必须要为这样的胜利付出惨重的代价。

终于，巴斯拉严厉而又不安地发布了另一道命令，让手下的人备好"克莱西斯火炬"，准备攻击另一颗气态巨星。地球防卫军在奥斯奎维尔的溃败、气基族主动攻击栖鸦星、塞洛克遇袭这三件事加在一起，终于令他决定抛弃一切限制了。

"克莱西斯火炬"是人类拥有的唯一一个有效武器，虽然它同时也是一个末日武器。利用这一古老的外星科技，整个气基族世界都会被摧毁。但敌人的行为已经让他别无选择……

内部通信设备里传来一个信号。弗朗茨·佩里德尔说："主席先生，地球的太空港里来了两名访客。他们坚称您一定会想见他们。"

"他们竟敢通过正式渠道进来。"巴斯拉怒道。尤其是在今天。

"您确实给了他们权限，先生，"佩里德尔说，"是个女商人，叫琳达·科特，还有一个男人，叫达文·洛兹。他们拒绝告诉我究竟是什么——"

巴斯拉猛地把手里的杯子放到了投影桌面上，发出一声清脆的响声。"让他们上来。也许他们有什么好消息。这里急需一点新气象。"

巴斯拉打开了窗户上的偏振膜，挡住了低语者之殿的景象。他现在不想想到彼得。这个傲慢年轻的国王竟然还邀请他一起登上游船，彼得明明知道巴斯拉在船上装了个炸弹，这就是他的表态。他知道！而主席中了他的计！简直太羞辱了。

好消息是，彼得现在也知道汉莎急着想甩掉他了。巴斯拉的警告不再只是空洞的威胁。也许国王还会因此而反思，重新开始合作……还是说，主席无意间发动了一场冷战？无论如何，他都知道彼得和艾斯特拉并没有足够的力量和人脉来对付他。

巴斯拉听见了接近的脚步声。身材高大、皮肤黝黑的琳达·科特先来到门口，露出一个大大的笑容。在她身边站着高高的异星社会学家，达文·洛兹。这个商人和这个间谍都换上了干净简单的衣服，一点都不花哨。他们都无意给他留下什么深刻印象。很好。

自从洛兹被派到被雷迪拉抛弃的克伦纳星之后，巴斯拉便没有再见过他了。这个间谍看上去瘦削但精力充沛，他的脸上充满了兴奋，而这都是这位一丝不苟的干巴巴的专家从未有过的表现。

"你们找到什么了？"巴斯拉说，"你们离开的时间可比我预期的长多了。"

"先别说这个，看看我们发现了什么！"琳达说，"而且我可盼着你能重重赏我一笔。希望你这里能方便换内裤，因为你听完肯定会激动得尿裤子！"

巴斯拉怀疑地看向达文·洛兹。

这个间谍点点头说："她没夸张，主席先生。按我们的看法，这一发现将会彻底改变汉莎联盟。"

巴斯拉扬起了眉毛。洛兹从来都是个实事求是的人。"你们查清楚玛格丽特·克里克斯和路易斯·克里克斯的事了吗？"

洛兹干脆地汇报道："路易斯·克里克斯和绿灵教士阿卡斯都

被谋杀了。我们没有找到那三个克莱西斯机器人，也没有找到考古队里的智能机器人和玛格丽特·克里克斯本人。但我们认为，她逃到了某个未知的地方。”

“逃？她去了哪里？她留下什么记录了吗？”巴斯拉问道。

琳达发出了一阵粗鲁的声音：“温塞拉斯主席，您能听他讲完吗？现在的重点不是这个失踪的女人。”

达文·洛兹瞥了她一眼：“这个嘛，玛格丽特失踪一事确实让我解开了传送系统的谜题。”

巴斯拉不耐烦地抱着手臂：“什么传送系统？”

洛兹向他解释了外星人遍布克莱西斯世界的传送网络，以及那些被抛弃的城市和宜居的星球。“这种装置能够实现瞬间移动，通过它，我们可以去往几十甚至几百个潜在的移民地世界。所有这些世界都是闲置的，都在等着我们去开发。而且根据我的经历来看，大多数世界都能在简单的改造后成为人类的聚居地。我们现在的移民世界里很多的环境比这还要差得多。”

琳达·科特期待地向前倾身，但却没有看到她希望的反应。“您明白了吗，主席先生？一旦您进入传送装置中，您就能在星球之间进行瞬间转移——还不用艾克提。”

巴斯拉忽然明白了这一发现的重要性。几百个已被古代文明驯服的无人涉足的世界，现在上面曾经有过的文明都已经完全消失了。“这样我们就又能进行星际旅行了！虽然目的地与从前不同，但汉莎也可以全速进行扩张了。”

洛兹补充道：“而且在分析过这一科技以后，我们也许还可以对这些通道进行编辑，让它带我们去往我们自己的移民地世界，最后再把我们送回到地球。在最初的考察中，设置好系统，创建好新的网络传送通道，我们就无须再使用艾克提也能到达另一个世界了。"

巴斯拉在桌面上寻找着他的咖啡杯，但却发现杯内空空如也。"这个消息确实能改变一切。"他在房间踱着步，想要压制住自己对这一新发现产生的兴奋之情。"我们将会颁布新的法令，让大家迎接这一挑战！这是一个全新的开始！人类必须要开展全面的探索活动，还要对这些空旷的世界进行移民。"

可以先让一批忠诚坚毅的拓荒者去往距离最近的那些无人居住的世界，然后通过克莱西斯的传送装置进行运输，设立新的前哨基地。

"您的想法很好，主席先生，"琳达·科特说道，"但您不觉得现在考虑这些还太早了吗？"

"科特女士，我只能说，能在这样的时候对未来产生乐观的期盼感觉真是太好了。"巴斯拉拍了一下桌子，"我们将对全新的世界进行开发和定居行动。现在什么都不能阻止我们了。"

他轻笑出声，把宽阔的窗户再次调成透明状态，看向远方的地平线。"气基族和游荡者现在都无法奈我何了！我们再也不需要为了他们珍贵的艾克提和他们打仗了。汉莎现在有新的事情要忙了。"

133

安东·克里克斯

在日落漫长的几周里，马拉塔主城的游客和前来度假的人们都在准备着离开这座穹顶观光胜地，回到明亮安全的故土。他们只留下了极少的一些最为坚毅的雷迪拉人，保证城内的设施在黑夜里也能正常运转。

安东和瓦尔将会和这些挑大梁的工作人员、工程师和景点设计师一起留下来，讲讲故事，研究研究《七恒星史诗》。

"这种感觉真是悲凉。"瓦尔站在地面上，眨着眼睛望着天空中最后一艘运输船离开太空港，升向停泊在马拉塔上方轨道中的巨大客轮。

安东也带着满足的微笑盯着天空："就像垂死的花朵上的花瓣，随风飘逝……"

他其实很期盼接下来安静的日子，他可以利用这段时间继续做学术工作，研究史诗，而瓦尔则可以与他分享和讨论其中的篇章。他很珍惜这个其他人类学者从未有过的机会，并不急于迎来结束的一天。

皇帝死后，安东着迷又关切地观察着马拉塔主城里的游客，这些平时十分快活的人，忽然都变得支离破碎、充满恐惧，甚至患上了某种令人抑郁的疯症。在那之前，这位年轻的学者并不理解心神网对于这个外星种族究竟有多重要。甚至连瓦尔也解释不清楚其中的原因，但安东亲眼见证了它的巨大影响。雷迪拉人——至少是他们之中的很多氏族——外表上和人类十分相似，但实际上却截然不同。

安东带着活力和强作的热情，搜刮着自己的记忆，给他们讲了很多振奋人心的欢乐故事，尽全力帮助雷迪拉人度过他们最黑暗的时期。他并不确定自己的努力有没有用，但他知道瓦尔很感激他为此做出的贡献。

安东一边看着游客们急匆匆地打包、购买纪念品、赶去他们的运输船，一边见证着日落西山，城市里人去楼空。在他看来，这似乎也暗示着雷迪拉帝国正日渐衰落。他觉得瓦尔听见他的话应该不会太高兴。"这地方让我想起了克莱西斯的废墟,就像我父母花了大半辈子在上面做调查的那些地方一样。"

"马拉塔主城将会安静下来,记录者安东,但它并没有被抛弃,也并没有变得空旷。明年过后,赛克达也会完工,马拉塔将再也不会迎来这样令人痛苦的寂静。"

"瓦尔,对于我们种族的有些人来说,身处喧闹的人群中并不总是件好事。我并不介意住在一个远离人世的地方,靠自己活下去——只要我能继续研究史诗就行。这也是我来这里的原因。"

"我永远也不会理解为什么人类如此不看重陪伴。"瓦尔说。

安东笑了:"对我来说,有一个像你这样的好友就已经够了。"他伸出手,拍了拍记录者瘦骨嶙峋的肩膀,"你我完全可以照顾自己,瓦尔……无论发生什么。"

而且他还有那么多工作要做。

最后,他们和留下来的一小队工作人员站在一起,看着轨道上的客轮启程,带着游客们回到拥挤的雷迪拉帝国,继续他们的生活。瓦尔看着天空中逐渐变深的色彩,星球慢慢进入夜面,日光也逐渐消退了。

在穹顶城内,灯火在太阳完全落下之前便驱散了所有黑夜的阴影。马拉塔主城就像黑夜中的灯塔,充满了光亮和文明所带来的安慰。

对于安东·克里克斯来说,留下来在星空下给大家讲故事、度过长达数月的黑夜,就和在篝火边讲故事一样,简直称得上完美。一切本该如此。

"你和我将会在这里度过一段美好的时光,瓦尔。"他说。

\#

在星球的另一边，克莱西斯机器人组成的安静的工作队则继续在无人监管的情况下，按照它们的计划辛勤工作着……

134

塔西亚·塔博林

在火球生物出人意料地攻击了塞洛克上的气基族之后，兰扬将军和他手下的上将们都开始考虑招募这些东西，并产生了把它们变为这场中战争中直接盟友的想法。在其他的所有战斗中，地球防卫军的武器在打击敌人方面几乎没有起到任何有力效果，但这些"法罗"（绿灵教士们是这么叫它们的）却成功摧毁了无数艘球形战舰，击退了入侵者。

由于塔西亚·塔博林常常在极度的高压下展现出惊人的才能，兰扬选择让她来指挥一艘蝠鲼巡洋舰，前去寻找那些燃烧着火焰的实体。塔西亚高兴地接受了这一任务，虽然私下里她会怀疑，将军是不是觉得牺牲一个区区游荡者，比起牺牲其他的地球防卫军士兵要更加经济实惠。

很多军官和士兵都死在了奥斯奎维尔的战场上，所以塔西亚也得以再次晋升。现在她的军衔是上校。表面上，她的麾下还有六艘蝠鲼巡洋舰，但将军却不太愿意为塔西亚此次"外交"任务派更多的战舰。

"我们不想威胁到那些生物，"将军说，"如果我们只象征性地派去一艘船，也许那些冒着火的玩意儿能更加坦诚地和你谈谈。"

塔西亚接受了命令，但她目前的处境却令她想起了坐在潜水钟冲击艇里的罗博·布里登。自从罗博死后，她就一直十分烦躁，这件事就像是内心深处一块冰冷的石头，让她无法释然。但她必须继续前进，必须听从她的导航星，想办法脱离混乱。和从前一样，她想要达成远超出他人期盼的成就。毫无疑问，下一次他们为她设置的标准将会更高。

也许她可以发现什么新的方法来与那些火球实体进行沟通，证明她灵活的游荡者背景确实是有用的。人类和法罗族都有一个共同的敌人。在塔西亚看来，气基族欠下的血债变得越来越多了。

她已经看过了斯图莫上将在昂西尔星拍到的侦察图像，那也是他们第一次看到这些强大的火焰形态生物。在这整场战争中，昂西尔星这颗人工制造的恒星似乎正是关键。这里是已知的法罗族藏身之地，她的蝠鳐巡洋舰也会前往这个系统。她想不到比这更合适的地方可以开展搜寻了。

地球防卫军想回收他们留在奥斯奎维尔的残骸，她的舰桥上也分配到了很多新的军官。自那场毁灭性的战斗之后，一切都进展得很快，但她相信这些新来的船员将会做好他们的工作，听从她的指挥。

人类本该是一支联合统一的战斗力量，在战争时期，他们在政治上的分歧应该被暂时搁置一边。游荡者、塞洛克人、汉莎联盟。可能这样也是有好处的……前提是他们能够多一点大局意识。

虽然塔西亚现在只有一艘巡洋舰，但地球防卫军显然很重视她的任务，甚至给她派了一名绿灵教士。在舰桥上，罗西亚像一个人形电报站一样站着等待，一旦遇到那些火焰实体，他便会开始发送报告。他大大的眼睛看上去仿佛稍有激动或恐惧眼球就会从他的脸上蹦出来一样。

兰扬将军不会再犯同样的错误了，他之前派了一队装载着智能机器人的舰队前往格尔根星执行侦察任务，结果整个舰队都不留痕迹地消失了。虽然塔西亚很想念 EA，希望有人能找到她的倾听型智能机器人，将它物归原主，但她现在也被分配了一个人类船员。

"这里的读数很奇怪，塔博林上校。"她的传感器操作员说道。

"很好。"塔西亚努力回想着这个年轻女人的名字……梅？是泰琳·梅吗？她觉得应该是。"给我看看，梅少尉。"

蝠鲼巡洋舰以高速接近着目的地，昂西尔星新的次星似乎也在闪烁和波动着。"斯图莫上将一个月前才来过这里，但它却比我们上一次的读数要暗淡了好几个等级。"

"放大图像，少尉。"

"是，上校。"昂西尔星体积较小，看上去就像一颗正在熄灭的火星一般，燃烧着橘色但并不耀眼的黄白色火焰。它周围有一些小斑点，就像发着光的飞蛾在围着一丛极具吸引力的火焰打转。

塔西亚对她的领航员说道："拉米尔兹上尉，小心点，向前移动。别出声——什么沟通广播都别弄。"塔西亚的胃有些不舒服。她原本期盼的发现可不是这样。

罗西亚看到那颗奇怪地降了温的人造恒星周围飞舞的光点，畏缩了一下。蝠鲼巡洋舰靠近了，放慢了速度，以便不惹人注意地进行观察。

他们很快便接近了恒星，看清了那些发光的萤火虫原来是一些正在战斗的球体——法罗族的火球和气基族钻石外壁的球形战舰。气基族用它们难以理解的武器对着法罗族开火，在恒星的等离子体中划出深深的伤痕。昂西尔星似乎濒临死亡，它的热量正像血液一般流进冰冷的宇宙中。

"和塞洛克上的战斗一模一样，"罗西亚说，"法罗族和气基族水火不容。至少现在是这样。"

"该死的，这可比塞洛克上的要惨多了，"塔西亚回答，"这次气基族想摧毁一整颗恒星！依我看，它们现在也太自大了。"一阵紧张困惑的低语声在她的舰桥船员中荡漾开来。"发送报告，罗西亚。旋臂内有很多人都需要知道这里的情况。"

"但我不确定这是具体怎么回事。"即便如此，这位绿灵教士还是触碰了他的树苗，集中精神，将他得到的消息通过远程意识联结传送了出去。

塔西亚看着那一团光点。每个光点都是一个体积庞大的火球或球形战舰，足以吞下十艘蝠鲼巡洋舰。

"这里有多少法罗族和气基族？"她问。

泰琳·梅少尉很快利用计算机分解了图像。"我看到的是每一交战方的数量都超过一千个。这还只是我们在恒星的这一侧能看到的数量。"

球形战舰和火球像黄蜂一样打斗着，几艘气基族的战舰落到了人工恒星的表面上。昂西尔星上布满了黑色的暗斑，这些恒星黑子的出现表示等离子体的温度已经降到了其他气体温度之下。昂西尔星似乎正在聚结，像一块煤炭一样缓慢燃烧着，维持着最后的火焰。法罗族好像快被压垮了。

"塔博林上校，如果这些火球是我们这边的，难道我们不该想办法做点什么来帮帮它们吗？"梅说道。塔西亚意识到这位年轻的少尉还没有见识过真正的战争。她才刚从地球防卫军火星基地的训练中毕业。

"我们只有一艘蝠鲼巡洋舰，"塔西亚指了指屏幕和那颗垂死的恒星，"面对这样的情况，我们能做什么？我们已经知道气基族可以炸毁卫星，现在看来，它们还想扼杀一颗恒星。咱们开着这艘小船带着把玩具枪过去，应该不会让它们吓得发抖。"

"抱歉，上校。"梅少尉说道，看上去很尴尬。

虽然塔西亚表面上十分镇定，但实际上，她却感到非常无奈。这场战争中的赌注大到了行星和恒星，地球防卫军怎么可能有任何胜算可言？

几周前，距离塞洛克最近的地球防卫军舰队赶去了塞洛克，见证了那里的大火。他们到的时候，距离气基族被击败、法罗族一言不发地离开已经过去了半天。幸运的是，他们的军事小组可以帮助慌乱的塞洛克人熄灭森林大火，虽然当时三分之二的世界树之林都已经被烧毁了。

虽然在这场战斗中，法罗族成功扭转了局面，但此时在昂西尔星上，它们的数量却似乎远不及气基族……它们要输了。

但幸好这些巨大的生物并没有注意到这艘孤零零的蝠鲼巡洋舰。几个小时以来，战争都在那颗逐渐死亡的矮星周围进行着，只不过许多法罗却像被冷雨熄灭的火星一样，逐渐消失了……

塔西亚坐在她的指挥椅里，敬畏地盯着昂西尔星的图像。

"一直以来，人类都非常自傲，想要保卫我们自己——但现在我却觉得，这场战争完全不是围绕我们展开的。无论我们多么努力地进行战斗，我们都只是无关紧要的旁观者而已，"她摇了摇头说道，"就像在巨大的战场上四窜的田鼠。"

#

巡洋舰到达系统内还不到一天，新星昂西尔最后闪烁了一次，然后便永久地熄灭了。

135

彼得国王

彼得国王和艾斯特拉王后一起站在王宫寝宫内最高的阳台上，凝视着夜色。二人都盯着星辰，明亮闪烁的星光仿佛茂密树林中的树冠一般稠密厚重。

就在今天下午，他们得到了几艘地球防卫军侦察舰通过远程意识联结网络发来的令人担忧的报告。拿顿不得不汇报这些悲剧的消息，表情十分凝重，他告诉他们，好几个太阳系里的恒星上都发生了大战——幸好目前来看都是些无人居住的系统——法罗族和气基族正在继续着它们声势浩大的战争。昂西尔这颗新形成的恒星在气基族的攻击下熄灭了，其他的恒星也在遭受着袭击。

"那里看上去明明那么平静。"艾斯特拉说着，伸出手挽住了彼得的胳膊。

"很难分辨究竟哪里会发生大战。"彼得想到可能出现的可怕场景，心里一阵发凉。幸好还有艾斯特拉陪着他，他们至少可以共同面对这个不可能的挑战。

塞洛克遭受的攻击是毁灭性的。初步估计，至少有一百万平民被屠杀，其中就包括艾斯特拉的哥哥雷纳德。但她的父母、祖父母和切莉都奇迹般地幸存下来了。

在艾斯特拉得知雷纳德的死讯之后，彼得国王尽全力安慰着她。这个消息和本尼托的死讯几乎是接踵而来。世界树之林损毁严重，但这些伟大的树木，已经和它们的知识一起，传播到了其他的行星之上，它们肯定能存活下来。绿灵教士们竭尽所能地照顾着世界树之林播下的种子，他们有信心，一定能让树木的意念在塞洛克上重获新生。

塞洛克人也非常乐意承担起传播的任务，在其他行星上播种这些有感知的树木。这样，世界树之林在面对攻击时便不会再如此脆弱——而且会变得更加强大。埃德里斯和阿丽西亚现在不得已再次担任起星球的教父和教母，他们已经就此发布了声明。

在塞洛克上被烧毁的树林之中，地球防卫军发现了几艘损毁的气基族球形战舰留下的残骸，这些都是在法罗族的攻击下坠毁的。也许通过研究这些飞船，汉莎的科学家能够学到足够的知识，开发出对这些看似无法战胜的敌人有效的武器。

艾斯特拉为她的星球的遭遇而心痛，她真想回去看看剩下的世界树之林。彼得觉得自己可以就此事做出安排，但他又不愿离开地球，因为他不知道他不在的时候，巴斯拉·温塞拉斯会做出什么事。

艾斯特拉的姐姐萨琳本想充当起和事佬的角色，缓和主席和彼得之间的冲突。但现在巴斯拉想要刺杀彼得——还有无辜的艾斯特拉，国王绝对不会再放松警惕。彼得的替代品，丹尼尔王子，现在正在迷宫一般的低语者之殿的某处接受训练，而汉莎对此已经不再遮遮掩掩了。

对于彼得和艾斯特拉来说，目前多活的每一天都是死里逃生。

"还有一丝希望，"彼得说，"通过克莱西斯传送装置前往新移民地的可能性让群众感到十分兴奋。我们现在不缺志愿者。"

艾斯特拉倚着他:"对,人人都想逃走。"

巴斯拉·温塞拉斯注意到彼得国王对此表现出了极大的支持——虽然他并没有主动询问过他的意见。温塞拉斯发布了一道新的声明,其中解释了利用古代外星传送系统他们可以进行新的移民和扩张计划。他呼吁坚毅的拓荒者驯服四散在各处的传送装置,前往克莱西斯网络里的世界,追随又一波移民潮,在不使用艾克提的情况下,在新世界上进行开发。

根据达文·洛兹的笔记和发现,研究者和探索者们已经去到了好几个无人的克莱西斯星球,找到了空旷但完好的废墟。通过不懈的努力,只需要最初的艾克提消耗,这些地方就能被转化为宜人的人类聚居地。工程师和企业家们将会为即将到达的人群建设好基础设施并做好其他准备。绿灵教士也急切地想尽可能多地把树木带到新的世界里,让它们随着移民潮在其他星球上进行传播。

目前来看,传送装置似乎十分完美,且用之不竭,这些空间通道只需要一点点能量便可以正常运转。汉莎的研究员们正在研究这项科技,但温塞拉斯主席不想再等了。还没等工程师们破解这些传送装置的工作原理,第一批移民者就已经开始使用它们了。人类现在正需要这样一件事来转移视线,让大家不再关注战争和严苛的艾克提配给制。

艾斯特拉用她大大的黑眼睛看着彼得:"气基族不断进攻,现在法罗族还烧毁了世界树之林……所有这些决定通过传送装置离开的人们,都像是逃离沉船的老鼠。"她看向夜空中闪烁的光点。

彼得搂紧了她:"在一连串的挫折和溃败之后,我们必须要做成一点什么事。也许这是唯一能让人类幸存下来的办法。"

也许是因为他们共同面对的这场危机和水深火热的环境，又也许是因为他们真的都非常在乎对方，总之，彼得和艾斯特拉相爱了。现在，他们二人在这场隐秘的权力博弈中对抗着整个汉莎联盟，而世人将永远也不会察觉到这场没有硝烟的战争。彼得很感激，他感激宇宙竟然给了他艾斯特拉这个珍贵的盟友。

"就在那里，"她说，"在我们需要许多许多年才能到达的远方，星星正在一颗接一颗地熄灭。"

彼得无法自持，用力地拥抱着她。"但还有一些星星，它们才刚刚诞生。"